Jaan Kross
Die Frauen von Wesenberg oder Der Aufstand der Bürger

Roman

Aus dem Estnischen
von Helga Viira

Carl Hanser Verlag

Die Originalausgabe erschien 1982 unter dem Titel
Rakvere romaan
bei Eesti Raamat in Tallinn.

1 2 3 4 5 01 00 99 98 97

ISBN 3-446-19120-8

Satz: Fotosatz Amann, Aichstetten
Druck und Bindung: Friedrich Pustet, Regensburg
Printed in Germany

I

I

An jenem Vormittag, als ich mit den jungen Herren vom Rodeln auf dem Burgberg zum Gutshof zurückkehrte, ließ mich die alte Herrin durch Tiio eiligst zu sich rufen. Doch das, was sie mir zu sagen hatte, und wie dies geschah, setzt eine Erklärung voraus, wie es mir bis dahin auf dem Gut Wesenberg ergangen war.

Seit dem Frühling 1764, also etwa seit einem Jahr, oblag mir die Erziehung der beiden Enkel der Witwe Gertrude von Tiesenhausen. Frau Jakobine, ihre Tochter, war allerdings schon über vierzig und in der Geburtenfolge das zweite der sechs noch lebenden Kinder der alten Dame. Sie war in erster Ehe mit Generalmajor Albedyll aus Livland verheiratet gewesen, der einige Zeit vor meiner Ankunft in Wesenberg verstorben war. Danach hatte sich die Generalswitwe mit einem Herrn Rennenkampff vermählt und sich mit ihm ins Ausland begeben. Wie mir schien, billigte die alte Dame die zweite Ehe ihrer Tochter nicht, und doch hätten die meisten Leute diese durch den Rang des Generalleutnants für einen wahren Segen gehalten. Jedenfalls übernahm die Großmutter die Erziehung ihrer Enkelkinder. Ich hatte deren Mutter kein einziges Mal gesehen und wurde nicht klug daraus, ob dies auf die Pflichtvergessenheit der Mutter oder auf die Willkür der Großmutter gegenüber der Tochter zurückzuführen war. Da ich die alte Dame nun näher kennengelernt hatte, schien mir das letztere eher wahrscheinlich zu sein.

Ich weiß nicht einmal, wie die Dinge juristisch lagen, aber die eigentlichen Herrschaften auf dem Gut waren jedenfalls ihr Sohn Jakob und seine Frau Wilhelmine, eine geborene Baranoff und Tochter eines estländischen Landrats. Trotzdem stand diese Schwiegertochter mit ihrem hübschen Gesichtchen der alten Dame nicht nach dem Sinn. So lebte Herr Jakob mit seiner Familie in einem Flügel des Hauses, und wir, das heißt die alte Herrin mit ihren Enkeln, dem Diener, dem Koch, dem Kutscher, dem Zimmermädchen und mir, wohnten im anderen. Zu Feiertagen oder zum Geburtstag der alten Herrin, wenn Gäste im Hause waren, trafen sich die Bewohner beider Flügel lächelnd im großen Speisesaal, und unter den Augen der Gäste kam es selbstverständlich zu keinen Spannungen. Gewöhnlich aber tauschten sie miteinander, wenn sie sich zufällig einmal begegneten, nur Grüße und kühle Verbindlichkeiten aus, und auch das nur, weil die alte Dame es von Herrn Jakob und besonders von seiner Gemahlin erwartete, selbst aber mit einer Erwiderung maßlos geizte. Übrigens haben mich gerade ihre kühlen Beziehungen ins Haus geführt, denn die Erzieher der Kinder von Herrn Jakob und seiner Gemahlin Wilhelmine, der Instruktor und die französische Gouvernante, hätten ja das Kommando über die jungen Albedylls übernehmen können. Aber die alte Dame meinte, der Instruktor, ein junger Mann von der Insel Rügen, wäre arrogant, obwohl er die Universität Greifswald fast abgeschlossen hatte, und die Französin spräche Provenzalisch. Eigentlich hatte das zu bedeuten, daß ihre Schwiegertochter nicht fähig war, ihren Kindern anständige Erzieher auszuwählen, Jakob aber eine zu gute Kinderstube hatte, um seiner Frau zu widersprechen. Da ich der alten Dame in Reval im rechten Augenblick in die Quere gekommen war und sie mich für dieses Amt anscheinend nicht für absolut ungeeignet hielt, erwies ich mich dafür als gut genug.

Meine Zöglinge, Gustav zwölf und Bertram neun Jahre alt, waren rechte Rangen. Ich hatte meine liebe Not, mir bei ihnen Geltung zu verschaffen. Sie waren wenigstens höflich, soweit Enkel der Tiesenhausens einem *Hofmeister* gegenüber höflich zu sein hatten. Zumal der *Hofmeister* kaum Papiere deutscher Universitäten vorlegen konnte. Zudem wußten die Jungen wie der ganze Gutshof, daß der Vater des Hofmeisters nicht mehr, aber auch nicht weniger als der Glöckner der Revaler Heiligengeistkirche war.

Daß die alte Dame sich herabließ, mit mir über die anfangs erwähnte Sache zu sprechen, war durchaus nicht auf meine erzieherischen Aufgaben zurückzuführen. Ihre unerwartete Offenheit kam daher, daß ich neben meiner Arbeit als *Hofmeister* gewissermaßen ihr Privatsekretär geworden war. Ich war ihr bei derartigen Tätigkeiten zum ersten Mal aufgefallen. Da dies für alles weitere von ziemlicher Bedeutung ist, will ich erzählen, wie wir miteinander bekannt geworden sind.

Ich hatte mein Studium in Deutschland aus Geldmangel unterbrechen müssen und war gerade nach Reval zurückgekehrt. Glücklicherweise hatte ich auch Arbeit oder wenigstens Aussicht darauf: Ich absolvierte die zweite oder dritte Woche eine Probezeit als Hilfsschreiber beim Estländischen Landgericht. Eines Morgens rief mich der Gerichtssekretär von Bahr zu sich, befahl mir, zu Frau von Tiesenhausen zu gehen und mir anzuhören, was sie von mir wollte. Ich warf meine fadenscheinige Pelerine über die Schultern, denn es war kalter Vorfrühling, schritt über den Schloßplatz, suchte die alte Dame im alten Steinhaus der Tiesenhausens am Rand des Dombergs auf und lauschte bei einer Tasse Kaffee dem, was sie mir zu sagen hatte.

Es stellte sich heraus, daß sie in Reval ein Gerichtsverfahren eingeleitet hatte. Männer des Fleckens Wesenberg, Bauern von ihrem Gut, vier oder fünf Schurken, hatten eine Klage beim Estländischen Landgericht eingereicht. Darin hieß es, ihre Vorfahren wären nach dem lübischen Recht freie Stadtbürger gewesen, ihre Väter hätten nur durch Willkür der Brederodes und Tiesenhausens und nur zeitweilig dem Gut Wesenberg Frondienste geleistet, aber nun wolle Frau Tiesenhausen ihnen ihre Grundstücke nehmen und ihre Häuser niederreißen, um den Boden umzupflügen und dem Gut anzugliedern, und dagegen bäten sie nun das Landgericht um Schutz.

Die Dame hielt die Klageschrift natürlich für eine Frechheit und für unbegründete Faselei, und zu Gesicht bekam ich sie selbstverständlich nicht. Aber sie würde nun Einspruch erheben, wozu ihr, dank der Vielzahl ihrer früheren Gerichtsverfahren, die erfahrensten Anwälte zur Verfügung stünden. Unglücklicherweise war Herr von *Soundso*, der der kompetenteste sein sollte, nach Petersburg gefahren, und ein anderer, der den Einspruch ebenfalls im Handumdrehen fertiggeschrieben hätte, lag krank zu Bett (»Seht Ihr, nicht einmal hochgelehrte Herren wissen sich die Zeit zum Kranksein auszuwählen!«). Und der Lebenswandel des Beamten vom Landgericht, den ihr jemand vorgestern empfohlen hatte, sei so ausschweifend, daß sie sich nicht dazu herablassen könne, ihn zu beauftragen. Eine weitere schäbige Beamtenseele – »Stellt Euch nur vor!« – habe mit ihr wegen dieser nichtigen Schreibarbeit im voraus eine Vereinbarung über das Entgelt treffen wollen (»Als fürchte er, ich könnte ihn leer ausgehen lassen! Oder ich könnte nicht soviel zahlen, wie er verlangt ...«). Und dann sagte sie, *ich* sei ihr empfohlen worden, und fragte, ob ich den Einspruch verfassen wollte.

Nun, ich muß zugeben, ich fragte die alte Dame gründlich über die *Essentialia* aus und machte mir einige Notizen. Und ich erhielt von ihr Blätter mit ein paar bis einem Dutzend Zeilen. Es waren Aufzeichnungen, deren Undeutlichkeit in krassem weiblichem Gegensatz zu der Deutlichkeit ihrer mündlichen Erläuterungen stand. Am selben Abend hatte ich ihren Einspruch zu Papier gebracht. Ich habe bemerkt, daß mir solche Dinge leicht aus der Feder fließen, worüber sich andere Leute wundern. Und statt Mühe bereiten sie mir eher Vergnügen. Ich zitierte darin das Privileg Sigismund Augusts sowie die Polizeiordnung Claes Totts aus der schwedischen Zeit und den Kodex von Budberg-Schrader (all diese Texte fanden sich auf den Regalen des Landgerichts und wurden in ähnlichen Fällen zitiert). Von mir aus fügte ich hinzu: Die Stadt Wesenberg genoß tatsächlich seit dem Jahre 1302 das lübische Recht, doch ist es mitsamt der Stadt verschwunden, als Fürst Scheremetjew uns von den Schweden befreite und die Stadt in Schutt und Asche legte, so daß kein Stück Holz mehr da war und kein Stein auf dem anderen lag. Und zum Schluß schrieb ich noch – es fiel mir ganz plötzlich ein –, es gereiche kaum jemandem zur Ehre, die jetzigen Rechte mit der Vergangenheit Wesenbergs zu begründen, wo doch der selige Balthasar Rüssow die Stadt bereits vor zweihundert Jahren ein kleines Sodom genannt habe...

Nach zwei Wochen ließ mich Frau von Tiesenhausen aufs neue zu sich rufen und teilte mir mit: Das Landgericht habe den Anspruch der Bauern zurückgewiesen und die Verfasser der Klageschrift zu vierzig Paar Rutenstreichen verurteilt. Aber sie hatte mich nicht gerufen, um mir das mitzuteilen, sondern um zu fragen, ob ich *Hofmeister* bei ihr werden wolle.

Wie man sieht, bin ich auf ihr Angebot eingegangen. Aber nicht, weil sie mir drei Rubel pro Monat versprach, mehr als ich vom Landgericht erhoffen konnte, dazu freie Kost und Logis. Zumindest nicht nur deshalb. Sie bemerkte auch, daß die Bauern, die niederträchtigerweise gegen sie Klage erhoben hatten, gezüchtigt werden sollten. Und zwar hatte der Gouverneur dem Manngericht von Wierland und Jerwen den Befehl erteilt, dies solle in zwei Wochen auf dem Wesenberger Markt stattfinden, um dem Volk einen Schreck einzujagen und ein Exempel zu statuieren.

Lieber Gott, mir war ja klar, daß das Landgericht die Klage auf jeden Fall zurückgewiesen hätte. Selbst wenn die alte Dame sich nicht die Mühe gemacht hätte, Einspruch zu erheben, hätte das hochadlige Gericht die Anmaßung der Bauerntölpel mit Füßen getreten. Wäre Frau Tiesenhausens Einspruch weniger eindrucksvoll gewesen, wäre *vielleicht* keine so harte Strafe verhängt worden, möglicherweise statt vierzig Paar Hieben nur zwanzig oder dreißig Paar... Es fällt mir schwer, dies zu beschreiben, aber gewissermaßen fühlte ich mich an der Prügelstrafe der Bauern schuldig. Freilich war dieses Gefühl weiß Gott nicht sehr deprimierend, zumal die Prügelstrafe hierzulande sehr häufig ist. Übrigens ist es in

Preußen nicht anders. Nicht nur auf den Gutshöfen, sondern sogar an den Universitäten ist sie fast an der Tagesordnung. Auch ich habe sie von den Pedellen in Jena auf meinem Buckel zu spüren bekommen. Aber das zu erwartende Schauspiel auf dem Wesenberger Marktplatz war auf merkwürdige, beklemmende und zugleich aufreizende Weise ein Grund, der mich hierherführte.

2

Ich befahl Tiio, dafür zu sorgen, daß den Jungen die schneenassen Kleider ausgezogen und sie selbst abfrottiert wurden, stapfte mir den Schnee von den Stiefeln, klopfte an und trat bei der Gnädigen ein.

Frau Tiesenhausen war eine hochgewachsene, siebzigjährige, jetzt im Alter fast magere Frau mit scharfen Gesichtszügen, graumeliertem Haar und immer noch klaren Augen. Eine Lappalie konnte sie in Panik versetzen, und selbst das Klagen über nichtige Dinge war ihr nicht fremd. Aber in ernsten Fällen schien es bei ihr umgekehrt zu sein. In der Familie machte eine Legende aus ihren Mädchenjahren über ihre stoische Ruhe während eines Handgemenges im Nordischen Krieg die Runde. Und ich habe von mehreren Seiten erfahren, wie adelsdamenhaft kaltblütig sie während des Brandes gewesen war, damals, als die Speicher des einstigen Franziskanerklosters, die jetzt als Gutsspeicher dienten, in einer Septembernacht abbrannten. Das Unglück war doppelt groß gewesen, da die Hälfte des Roggens schon eingebracht worden war und der starke Ostwind glühende Strohbündel durch den Park direkt auf das Dach des Herrenhauses getragen hatte. Ich kann mir vorstellen, wie damenhaft, wenn auch mit vom Feuer gerötetem Gesicht, sie all das beobachtet hatte. Genauso sah ihr Gesicht jetzt aus, nur war es blaß. Und der Geruch, den ich durch den Duft ihres *Eau de Colo-*

gne wahrnahm, verriet, daß Tiio ihr hatte Baldrian verabreichen müssen.

»Gnädige Frau wünschen mich zu sehen?«

Sie erwiderte: »Berend, schließt sorgfältig die Tür. Seht, Ihr habt mir trotz Eurer Jugend einige Male einen sehr guten Rat gegeben. Ihr wißt, Jakob ist in Deutschland, und meine anderen Kinder sind – na, in alle vier Winde verstreut, und überhaupt ... Also bin ich noch einsamer als gewöhnlich. Und ich möchte, daß Ihr mir einen Rat gebt. Nur müßt Ihr schwören, daß Ihr den Mund haltet. Ja, ja. Hebt Eure rechte Hand. So. Werdet Ihr schwören?«

»Ich schwöre.«

»Setzt Euch.«

Ich setzte mich ihr gegenüber an den krummbeinigen Tisch in einen knarrenden Sessel. Sie streichelte mit ihrer ringlosen braungefleckten Hand die Stickerei des Tischtuches und schaute mir plötzlich ins Gesicht. Vor vierzig Jahren muß sie eine auffallend schöne Frau gewesen sein.

»Berend – ist Euch hier auf dem Gut etwas Eigentümliches aufgefallen?«

Diese Frage mutete mich seltsam an. Aber ich ließ die Zeit in Wesenberg gewissenhaft an mir vorbeiziehen. Was hätte mir hier auffallen sollen? Es war ein ganz gewöhnliches Gut. Ganz gewöhnlich unter den prächtigeren dieses Landes. Gewöhnliche Menschen aus der obersten Schicht des Landes. Mal so, mal so. Und ich hatte ja auch keine persönlichen Erfahrungen mit anderen Adelsfamilien, um Vergleiche zu ziehen. Ich schüttelte den Kopf.

»Etwas Eigentümliches? Nein.«

»Könnt Ihr Euch an den Franzosen erinnern – Ihr wart damals ja schon im Hause –, der von Petersburg nach Reval unterwegs war – im vergangenen Frühling – und bei mir zu Mittag speiste – an diesen Marquis?«

Ich erwiderte: »Ich erinnere mich. Ein kleiner Herr mit einer Allongeperücke. Nur seines Namens kann ich mich nicht entsinnen – Dubois oder Dufois oder so ähnlich.«

Die alte Dame sagte:

»Jawohl. Vielleicht. Dieser Herr ist gestorben. Und es stellt sich heraus, daß er ein Schwein war.«

Derartige Ausdrücke waren nicht häufig aus dem Munde der alten Dame zu hören, überraschten aber auch nicht. Ich schwieg und wartete. Sie steckte die Hand unter das Tischtuch (zuweilen traten bei ihr Verhaltensweisen einer Zofe zutage) und holte einen Brief hervor.

»Lest. Da Ihr geschworen habt. Er kam heute morgen aus Petersburg. Dann werdet Ihr verstehen ...«

Ich nahm den Brief und las ihn zunächst durch, ohne zu fragen. Es handelte sich um einen französischen Text in akkurater Kopistenschrift ohne Unterschrift. Er lautete:

»Mon cher cousin!

Ich habe Dir vor einem Monat vom Tod unseres teuren Oheims in Paris geschrieben und von seiner unerwartet schäbigen Erbschaft. Wovon ich aber noch nicht geschrieben habe, sind die Aufzeichnungen über seine Rußlandreisen. Ich habe sie jetzt gelesen, es gibt eine ganze Menge, neun dicke Mappen, und meist sind sie so interessant, daß ich beschlossen habe, bald einige Bücher aus ihnen zu machen. Ich glaube, es würde sich ein Verleger finden, was möglicherweise unsere Enttäuschung lindern könnte. Natürlich ist das Ganze nicht so spannend wie das Blatt, das ich für Dich neu schreibe, erstens, damit Du eine Vorstellung hast, welche Köstlichkeiten in der Schublade unseres Onkels zu finden sind, und zweitens, weil Du den Herrn, von dem auf diesem Blatt die Rede ist, persönlich kennst. Der Onkel schreibt also:

Im Frühling 1764 fuhr ich von Petersburg nach Reval. Der Weg führt durch einen Flecken, der einst eine Stadt gewesen war und Wesenberg heißt. Er gehörte Baron Tiesenhausen, bei dessen Witwe ich auf dem Gut namens Wesenberg abstieg. Die Baronin lud mich zum Mittagessen ein und erzählte mir bei Tisch unter anderem folgendes:

›Ihr, mein Herr, sitzt auf dem Stuhl meines seligen Mannes. Aber ich erinnere mich all die Jahre daran, daß hinter diesem

Stuhl Graf S., der damals unser Leibeigener war, in der Livree eines Kammerdieners gestanden hat. Dieser Mensch dürfte nichts gegen mich haben, abgesehen davon, daß er wirklich mein Leibeigener war. – Ob Ihr mir glaubt oder nicht: Er verfolgt mich auf Schritt und Tritt. Er verursacht mir gewaltige Ausgaben für Rechtsanwälte und Richter, dank derer es nicht wenige Witwen und Waisen auf der Welt gibt. Er versucht meine Bauern gegen mich aufzuwiegeln, redet ihnen ein, sie hätten die Rechte und Privilegien von Stadtbürgern und wären nicht mir untertan, sondern freie Menschen. Seine Ränkespiele haben mich soweit gebracht, daß ich in meinem eigenen Haus keine Ruhe mehr habe und nicht einmal meines Lebens sicher sein kann. Seine Karriere kam dadurch zustande, daß er nach seiner Flucht aus meinem Wesenberg nach Petersburg fuhr und es ihm gelang, am Hof der Zarin Elisabeth unterzukommen. Zunächst wurde ihm eine niedere Tätigkeit in der Küche zugewiesen. Aber er sah gut aus, und schon von weitem erkannte man in ihm den Kraftprotz. Das war der Beginn seines allmählichen Aufstiegs. Er wurde Hoflakai, kaiserlicher Mundschenk, Oberlakai, Kammerjunker, Kammerherr und schließlich Hofmarschall. Als Katharina II. den Thron bestieg, wurde er pensioniert. Und jetzt residiert er auf seinen prunkvollen Gütern als einer der hohen Herren Rußlands.‹«

Ich legte den Brief auf den Tisch, und die alte Dame versteckte ihn wieder unter der Decke. Sie schaute mich an.

»Nun?«

Ich fragte:

»Was für einen Rat wünscht die gnädige Frau von mir?«

Die alte Dame rief voller Ungeduld:

»Großer Gott! Ich möchte Eure Meinung hören! Was soll ich in dieser Lage unternehmen?«

Ich entgegnete: »Um Euch antworten zu können, muß ich einige Fragen stellen.«

»Nur zu!«

»Entspricht das, was im Brief steht, der Wahrheit?«

»Vollkommen. Leider. Denn mich hatten die gemeinen Intrigen sehr aufgebracht. Und ich dachte, dieser Marquis sei ein Adliger.«

Ich fragte: »Wer ist Graf S.?«

Die alte Dame wackelte tadelnd mit dem Kopf: »Darauf seid Ihr noch nicht gekommen? Das ist ...« Sie verzog den Mund und sagte mit ironischer Deutlichkeit: *»Herr Reichsgraf und Général en chef Karl von Sievers aus Waiwara.«*

Es gab wirklich keine anderen Grafen in Wierland, deren Namen mit S begannen und die das Amt eines Hofmarschalls ausübten, als Herrn Sievers. Darauf war auch ich gekommen, hatte den Gedanken aber als zu närrisch verworfen. Ich wußte nichts anderes zu tun, als tiefes Nachdenken vorzutäuschen und zu fragen:

»Und gnädige Frau sind sicher, diesem Franzosen die Wahrheit über den Grafen S. gesagt zu haben?«

Ich wagte nicht zu fragen, ob sie dem Franzosen nicht etwas vorgeflunkert hätte. Aber die alte Dame schien meine Gedanken zu lesen und erwiderte beleidigt:

»Lieber Gott, Ihr meint wohl, ich hätte phantasiert! Selbstverständlich habe ich die Wahrheit gesprochen. Das ist es ja, was mir Kummer bereitet!«

Ich dachte: Na schön. Ob es wahr ist oder nicht kann später geklärt werden. Ich fragte:

»Wer hat Euch diesen Brief geschickt? Es handelt sich doch um eine Kopie, nicht wahr? Und warum wurde er Euch geschickt?«

Die alte Dame versetzte gereizt:

»Ihr versteht also noch immer nichts?!«

Ich antwortete: »Ich kann ja nur Vermutungen hegen. Aber ich brauche Klarheit, wenn ich der Gnädigen einen Rat geben soll.«

Sie erklärte: »Versteht doch, dieser Franzose ist in Paris gestorben. Er hat Neffen, einen in Paris, einen anderen in Petersburg. Der Pariser hat demjenigen in Petersburg einen Brief geschrieben. Und dieser Brief ist in die Hände des verhängnisvollen Sievers geraten. Ich glaube, er ist ihm zugespielt worden. In der Hoffnung auf Belohnung. Ist das klar? Und Sievers schickt mir nun die Abschrift. Wozu? Damit ich weiß, daß er weiß, was ich über ihn gesagt habe. Und damit mir klar wird, daß er mich in der Hand hat.«

Ich sagte: »Ich verstehe, Eure Geschichte kann Herrn Sievers ärgern. Obwohl der Graf seine Position dadurch nicht verlieren wird. Jetzt, wo der Hofstaat immer noch von Leuten aus Elisabeths Zeiten wimmelt. Aber gnädige Frau müßten mir erklären, was ein Herr Sievers einer *Frau von Tiesenhausen* antun könnte?!«

Die alte Dame träufelte aus einem silbernen Flakon *Eau de Cologne* auf ihr Spitzentaschentuch und tupfte sich damit die Stirn.

»O Gott, das läuft ja schon dreißig Jahre lang so. Besonders in den letzten Jahren, seit er im Ruhestand ist. Dieser lumpige Flecken – oder Stadt, wie manche ihn nennen. Unterhalb des Burgbergs befindet sich ein Streifen Land, den nicht alle Instanzen vorbehaltlos als zu meinem Gut gehörig anerkannt haben. Dort sind jetzt wieder neue Hütten errichtet worden. Ihr wißt ja, dort, wo allerhand Gelichter beisammen wohnt. Alle durch die Bank sind ausnahmslos von Sievers oder seinen Agenten bestochen. Ich stehe ihnen völlig wehrlos gegenüber. Ein Prozeß folgt dem anderen. Sie bekommen Prügel, aber das hält sie nur einige Monate zurück. Und ich habe keine Leute. Die Hälfte meiner Bediensteten ist mit dieser Schlangenbrut verwandt oder verschwägert. Ihr sagt, Ihr hättet hier auf dem Gut nichts Eigentümliches bemerkt! Aber hier brennt es doch drei- oder viermal im Jahr! Meint Ihr, das passiert einfach so? Seid nicht naiv! Und wenn ich Schlangenbrut sage, stimmt das aufs Wort. Jeden Sommer finde ich unter meinem Fenster ganze Bündel von Kreuzottern. Glaubt Ihr, die kriechen selbst dorthin? Und er weiß, dieser Sievers weiß, daß es mich fast zu Tode erschreckt, wenn ich nur eine Kröte erblicke. Aber jeden Frühling habe ich Kröten in diesem Zimmer!«

Ich muß gestehen, ihre Geschichte wurde durch all diese Ausschmückungen für mich zu grotesk und unglaubhaft. Aber was den Grafen Sievers anbelangte – weiß Gott! Warum sollte ein wierländischer Kammerdiener schlechter sein als ein kurländischer Stallknecht? Da doch Herr Biron zum Herzog von Kurland und gar zum Gemahl der Zarin Rußlands aufgestiegen und, bevor er nach Sibirien verschickt wurde, ganze drei Wochen Regent des Imperiums gewesen war...? Aber Herr Biron hatte wenigstens von Anfang an einen Namen. Er modelte ihn nur ein wenig um – aus Bühren wurde Biron. Der Wesenberger Kammerdiener Karl, im Sprachgebrauch der Bauern natürlich Kaarel, mußte aber, da er leibeigener Bauer der Tiesenhausens gewesen war, ein völlig namenloser Bursche gewesen sein. Ich fragte:

»Können gnädige Frau erklären, wie sich der Diener Karl den alten Adelsnamen der Sievers' angeeignet hat?«

»Sievers ist kein alter Adelsname«, erwiderte die Gnädigste verächtlich. »Der Adel aller Sievers' aus Estland und Livland ist kaum hundert Jahre alt. Aber ein Adelsname ist er zweifellos. Karl erhielt ihn, wie alles andere, dafür, daß er mit dieser Kuh Elisabeth geschlafen hat.« Die alte Dame richtete sich plötzlich kerzengerade auf und fragte beinahe kokett:

»Na, werdet *Ihr* nun *übermorgen nach Berlin* fahren und ein Buch herausgeben, in dem Ihr behauptet, dann und dann habe Frau von Tiesenhausen, die Herrin von Wesenberg, von der russischen Zarin Elisabeth dies und jenes gesagt?«

Ich antwortete ein wenig gelangweilt: »Nein. Gnädige Frau wissen, daß ich dies nicht tun werde.«

Die alte Dame fuhr fort:

»Also gut. Ich glaube Euch. Denn was bleibt einer dummen alten Witwe übrig. Obwohl sie schon längst hätte aufhören sollen, an die Menschen zu glauben. Nun ja. Aber der Aufstieg dieses Karl begann mit der Kunst des Kaffeekochens. Ich habe ihm beigebracht, menschenwürdigen Kaffee zu kochen. Man gieße ein Stof Wasser in einen Kupferkessel und nehme sieben Dessertlöffel gutgerösteten gemahlenen Kaffee. Nur einmal aufbrühen. Um Gottes willen nicht kochen. Mit kaltem Wasser abschrecken, damit sich der Kaffee setzt. Und eine Fingerspitze Salz. Damit das Aroma zur Geltung kommt. Ich weiß nicht, *wer* ihm ins Haus der Großfürstin verholfen hat. Anfangs putzte er für das Küchenpersonal Rüben. Dann erkrankte der Kaffeekoch der Großfürstin, und natürlich bewarb er sich um diesen Posten. Das war alles. Feinere Manieren, als er sie besaß, wurden nicht verlangt. Und auch kein besseres Deutsch. Denn die Großfürstin sank sogleich hin, wenn sie einen hübschen Mann erblickte. Und wollte sie ihren Lakai als Belohnung zum Kammerdiener befördern, fand man für ihn auch einen angemessenen Namen. Eigentlich war es sowohl Zufall als auch Frechheit, daß ihnen an jenem Morgen in Petersburg gerade der alte von Sievers über den Weg lief. Ein Schnapsbruder und schwedischer Leutnant a.D. Folglich der russischen Macht gegenüber so zahm wie nur möglich. Karl hatte ihn bei uns in Wesenberg kennengelernt. Denn sein älterer Sohn war unser Verwalter. Ebenfalls ein von Sievers. Da seht Ihr, wie alt und hochstehend dieser Adel war. Karl schleppte den alten Sievers zu Elisabeth. Der Alte wurde ganz steif vor Schreck, als Elisabeth zu ihm sagte: ›Du sollst diesen hübschen Jungen als deinen Sohn anerkennen! Ich schenke dir dafür eine brillantenbesetzte Uhr!‹ Der Alte tat es auf der Stelle, und das ging so schnell, daß ihm gar nicht einfiel, bereits einen Sohn namens Karl zu haben. So waren zwei Karl Sievers' plötzlich Brüder geworden. Für mehrere Jahrzehnte. Bis der ältere Karl vor einigen Jahren irgendwo in Livland starb. Aber der Karl aus dem Krähwinkel Wesenberg spielte den wahren Herrn von Sievers. Danach lief alles wie am Schnürchen. Auch als der Baß Rasumowski anstelle von Karl zur Kaiserin ins Bett stieg. Ihr müßt wissen, Karl ist kein kluger Mensch. Weit entfernt davon. Aber er hat ein Gespür für Realität. Er hat nie versucht, in den Gang der Dinge einzugreifen – und Liebe war es ohnehin nicht gewesen –, sondern er ließ sich einfach neue Güter und neue Ränge schenken. Denn Elisabeth, die Kuh

Gottes, wechselte dauernd ihre Liebhaber und beglich ihre Sünden gegenüber Karl jedesmal mit Beförderungen und Geschenken. Zuletzt, im Jahre sechzig – ich erinnere mich nicht, mit wem sie damals eine Liaison hatte –, erbettelte sie jedenfalls damals für Karl von Kaiser Franz I. das Grafenpatent des Heiligen Römischen Reiches.«

Die alte Dame verstummte, und ich fragte:

»Aber, wenn es gestattet ist: Was hat denn die gnädige Frau von Herrn Sievers zu befürchten?«

Sie hob die Brauen und schaute mich kampflustig an:

»Alles! So bedenkt doch: Wenn er mich dreißig Jahre lang nicht in Ruhe gelassen hat, wenn er mir immerfort seine Sklavenseele bewiesen und mich in den letzten Jahren fortwährend durch Sticheleien gequält hat, so ist dieser heutige Brief geradezu eine Kriegserklärung! Und Ihr solltet nicht vergessen, daß er jetzt sogar einen Grund dazu hat, was bisher nicht der Fall war!«

»Was könnte es denn sein, was er der Gnädigen antun könnte?«

»Er wird meine Bauerntölpel aufwiegeln, wegen meiner Stadt einen Prozeß gegen mich anzustrengen, und zwar hinauf bis zum Senat. Er wird die Richter bestechen. Ja, ja. Das haben wir schon erlebt. Er wird das nötige Geld fließen lassen, und die Anwälte der Bauern sind dann so erfinderisch wie nur je, und meine bringen kein vernünftiges Wort hervor. Die Gerichtsschreiber werden die notwendigen Papiere verlegen, und wenn das Gericht die Forderung der Tölpel endlich dennoch zurückweist – anders wäre es ja nicht zu denken! – und sie für ihre Frechheit zu einer Prügelstrafe verurteilt, so ist entweder die Strafkompanie wegen der schlammigen Wege nicht zur Stelle, oder die Ruten erweisen sich als zu dünn. Aber Karl kann noch ganz anderes unternehmen. Er kann nicht nur meine Riegen und Speicher, sondern auch das Herrenhaus niederbrennen lassen! Er kann mir Kröten nicht nur ins Zimmer, sondern auch ins Bett legen lassen. Oder mein Vieh verhexen, so daß die Pferde die Rotz- und die Schafe die

Drehkrankheit bekommen. Oder Kadaver in die Brunnen des Gutshofes werfen. Ihr könnt mir glauben, er ist zu allem fähig, dessen bin ich gewiß!«

Ich sagte: »Falls gnädige Frau wirklich meinen, so etwas könnte geschehen, ist es nur mit Hilfe des hiesigen Volkes möglich.«

Sie nickte: »Zweifellos.«

»Folglich«, sagte ich, um ihrer Phantasie auf die Sprünge zu helfen, »folglich sollten gnädige Frau nachforschen lassen, was das Volk im Schilde führt, ob es mit Herrn Sievers in Verbindung steht und durch wen diese Verbindung *eventualiter* aufrechterhalten wird.«

Ich gebe zu, daß mein Vorschlag weder rein zufällig noch harmlos war. Denn ich hatte im Flecken meine Beziehungen und nahm an, daß folgen würde, was da folgte. Die alte Dame rief aus:

»Stimmt! *Damit* muß angefangen werden! Und Ihr übernehmt diese Angelegenheit!«

Ja. Bis jetzt hatte ich das Verhalten der alten Dame vorausgesehen. Aber sie fügte noch hinzu:

»Und ich sage: Wenn es uns gelingt zu beweisen, daß Karl seine Hand im Spiel hat, lasse ich sie ihm abhacken, bringe sie persönlich auf einem goldenen Tablett zum Senat und fordere mein Recht!«

Daran gedachte ich mich nicht zu beteiligen. Und ich wußte erst recht nicht, wie ich mich zu dem verhalten sollte, was sie sogleich hinzufügte:

»Aber damit es uns gelingt, müßt Ihr nach Waiwara fahren. Ihr müßt Euch überlegen, wie Ihr es anstellen wollt, und die Angelegenheit auch von Karls Standpunkt aus betrachten. Das wär's. Ihr könnt gehen. In allernächster Zeit erwarte ich Bericht über Eure Beobachtungen.«

3

Obwohl ich den Einspruch verfaßt hatte, nahm ich als einfacher Gerichtsschreiberkandidat natürlich am Verfahren der Frau Tiesenhausen nicht teil. Aber eine Woche später, Anfang Mai, als man in diesem späten Frühling im Schlamm fast versinken konnte, kam ich hier an.

Der südliche Abhang des Burgbergs (dem Zahnfleisch eines Riesen ähnlich) grünte hie und da schon, doch im Norden, auf der zum Gut gelegenen Seite, lag noch Schnee. Die graue steinerne Burgruine erhob sich gen Himmel wie ein halbes schadhaftes Gebiß. Unerwarteterweise hatten einige Zahnlücken verglaste Fenster. Dort oben wohnte das Gutsgesinde der Tiesenhausens. Das Gut selbst bestand aus vielen Speichern und Ställen, die aus alten Klostergebäuden umgebaut worden waren und sich nordöstlich der Burg befanden. Das Herrenhaus war ein ziemlich neuer, weißgetünchter riesiger Steinbau mit Veranden. Es stand mitten im Park, der kaum noch Brandspuren aufwies, die von der letzten Eroberung durch Scheremetjew stammten.

Flecken oder Stadt, von den einen so, von den anderen anders genannt, und wieder andere sagen sogar Rattennest – das sind einige Steinbauten und dreißig oder vierzig Holzhäuser, eine Kirche und ein Pastorat am östlichen Abhang des Burgbergs und an die drei oder vier Straßen am Rinnsal, das hier Soolikas genannt wird. Von welchem Umfang das kleine Sodom, das schon Rüssows Mißbilligung erregt hatte, einst gewesen ist, kann man sich heute kaum vorstellen. Denn schon vor zweihundert Jahren, beim ersten Einfall der Moskowiter in dieses Land, war es zerstört worden, und die Woiwoden Iwans IV. hatten aus den Steinen um den Südrand des Burgbergs eine Mauer errichtet. Inzwischen zerstörten und bauten Schweden, Polen und Russen abwechselnd Burg und Stadt, bis Scheremetjew im oben erwähnten Jahr sein letztes gründliches, wohl sein gründlichstes Werk vollbrachte. Es heißt, nur Füchse und Dohlen hätten achtzehn Jahre lang die Stadtruine bevölkert. Aber allmählich wurde aus den Steinen der teilweise erneut zerstörten südlichen Burgmauer wieder eine Handvoll Häuser gebaut und sogar die zur Ruine gewordene Kirche instand gesetzt. Zunächst, nach der Restitution des Gutes an die Tiesenhausens im Jahre 1728, hatte das Gut, wie mir zu Ohren gekommen ist, dies in gewissen Grenzen geduldet. Denn Krieg und Pest hatten das Land verwüstet, ringsum gab es mehr als genug brachliegenden Boden. Dem Gutsherrn war es sogar willkommen, wenn in der Nähe Hufeisen geschmiedet, Stifte in Stiefelsohlen geschlagen und Fässer bereift wurden. Auch daß ein Mann auftauchte, der es fertigbrachte, dem Herrn Verwalter von Sievers ein tadellos sitzendes Paar Hosen zu schneidern. Eine Gefahr stellte das für das Gut nicht dar, so meinte der Gutsverwalter. Denn das hiesige Volk zeigte keinerlei störendes Selbstbewußtsein. Vom Hochmut Sodoms war nichts übriggeblieben. Und von der Verschwendung wie zur Schwedenzeit und ihren Privilegien war nur noch eine vage Erinnerung geblieben. So auch von Männern wie dem alten Sprint-Pärtel, der hier vor achtzig Jahren eine Poststation unterhalten, tief in die Tasche gegriffen und (fünfzehn Jahre vor ihrem abermaligen Brand) für den Aufbau der Dreieinigkeitskirche dreitausend Taler gespendet hatte ... Aber wie ich festgestellt habe, wurde plötzlich alles anders. Gott allein mag wissen, warum. Einige Esten, die am Rand des Fleckens wohnten und deren Hütten die Gutsbesitzer niederreißen wollten, um das dazugehörige Gartenland den Tiesenhausenschen Feldern anzugliedern (wie man es vor zehn oder fünf Jahren von Zeit zu Zeit getan hatte), erhoben plötzlich gewaltiges Geschrei und behaupteten, auch sie befänden sich auf städtischem Boden. Und wenn sie früher auf Drängen des Verwalters hin und wieder zur Balken- oder Dungausfuhr aufs Gut gekommen waren, so hatten sie jetzt erklärt, sie seien *freie Bürger der Stadt Wesenberg* und man solle sie künftig nicht mit Gutsarbeit belästigen. Sonderbarerweise hatten sogar die deutschen Handwerker des Fleckens gemeint, die Bauerntölpel wären wahrscheinlich im Recht. Herr Jakob Johann von Tiesenhausen, der selige Gemahl meiner Herrin, hatte all das Gerede über die Privilegien der Stadt als aufrührerischen Unsinn bezeichnet. Doch da hatten die Männer des Fleckens – es stellte sich heraus, daß diese Rüpel sich sogar ihre Leithammel gewählt hatten, die sich erkühnten, sich Rat der Stadt Wesenberg zu nennen –, da hatten die Männer aufbegehrt. Als Ritterschaftshauptmann und Landrat hatte Herr von Tiesenhausen keine Zeit, sich mit diesen Anführern herumzuschlagen, aber seinem Verwalter sagten sie direkt ins Gesicht: Die Stadt Wesenberg habe, wenn er es wissen wolle, seit dem Jahre 1252 von dem dänischen König Erik IV. ein Privileg und vom dänischen König Erik VI. seit dem Jahr 1302 das lübische Recht, und seit 1695 gebe es die Bestätigung des Rechts durch den schwedischen König Karl XI. Freilich habe die Stadt inzwischen in Schutt und Asche gelegen und sei menschenleer gewesen, aber dasselbe gelte für das Gut der Tiesenhausens. Also möge der Herr Verwalter oder Herr Tiesenhausen selbst dem Rat von Wesenberg gefälligst die Papiere vorlegen, die bezeugten, daß die fünfhundert Jahre alten Stadtrechte Wesenbergs von höchster Stelle für nichtig erklärt worden seien. Solange der Rat diese Papiere nicht zu Gesicht bekomme – doch das sei unmöglich, weil es keine gebe –, würden die Städter auf ihrem verbrieften Recht bestehen.

Als der Verwalter, der nächste nach dem oben erwähnten von Sievers, Herrn Tiesenhausen davon unterrichtet hatte, färbte sich der Nacken des letzteren purpurrot, er galoppierte sofort nach Reval und marschierte geradewegs ins Estländische Oberlandgericht. Lieber Gott, er war ja selbst Landrat! Er war vor kurzem Mitglied desselben Gerichts gewesen! Er marschierte also ins Gericht hinein, haute mit der flachen Hand auf den Gerichtstisch und forderte sein Erbrecht gegen diese unverschämten Handwerker und Bauerntölpel. Von seinen Standes- und Zunftgenossen – von all den Douglas' und Helmersens und Baranoffs, die seine direkten oder angeheirateten Verwandten waren – sein eigenes und ihrer aller lebenswichtiges Recht! Und da gab es doch Männer – mir ist es nicht gelungen, ihre Namen festzustellen –, die sich am Kopf kratzten und meinten: »Lieber Bruder von Tiesenhausen, wir müssen vor allem die Geschichte der Privilegien deiner Rattenschar erforschen ...« Worauf Herr von Tiesenhausen die Augen fast zukniff, sie anstarrte, sein Gesicht plötzlich jegliche Farbe verlor und er spürte: *Von irgendwoher* war in das ehrwürdige Kollegium der Geist des Verrats eingedrungen ... So hatte der stämmige Mann das Schloß verlassen, die Bürde der Erschöpfung in sein Stadthaus mitgeschleppt (er war direkt aus Wesenberg herbeigeeilt und hatte seine bis zum Dach kotbespritzte Kutsche am Schloßtor weggeschickt) – in sein altes Steinhaus am Abhang des Dombergs. Er war mit hohem Fieber auf sein knarrendes feuchtes Himmelbett gesunken. Am nächsten Tag wollte er zur Ader gelassen werden, und gegen Abend befahl er seinem Diener, nach Wesenberg zu fahren und Gertrude zu holen. Doch als sie nach fünf Tagen in Reval ankam, war Herr von Tiesenhausen in der Nacht verschieden, und die Witwe konnte seine Augen nicht mehr zudrücken. So wurde der alte Herr, das linke Auge halb geschlossen, das rechte starr offen, zu Grabe getragen. Wie die alte Dame zu sagen pflegte: »Mit offenen Augen, damit der Geist des Verrats keinen Frieden fände.«

Das fand, wie man erzählt, im April des Jahres 1749 statt.

Ich kann durchaus verstehen, warum die alte Dame Marquis Dubois (vorausgesetzt, der Name des Franzosen lautete so) von den Gerichtshöfen erzählt hatte, dank deren es auf Erden nicht wenige Witwen und Waisen gäbe. Aber sie setzte ihren Kampf fort.

Ich war kaum eine Woche im Haus gewesen und hatte die ersten Schlachten mit dem recht stumpfsinnigen Gustav und dem sommersprossigen Schelm Bertram hinter mir. Wir hatten die ersten Stunden in Arithmetik, Geschichte und Latein abgehalten, als das geschah, was einer der Gründe war, die mich hergelockt hatten, was mir aber damals nicht bewußt geworden war und was ich bis heute nicht recht begreifen kann: die Züchtigung der Männer auf dem Marktplatz.

Diesmal war die Strafkompanie trotz der schlammigen Straßen schon einen Tag zuvor zur Stelle und wurde beim Speicherwärter und Verwalter des Gutes einquartiert, da es im Ort keinerlei Gemeindegebäude gab und es sich schließlich um eine Gutsangelegenheit handelte. Also traf die Strafkompanie ein, und auch die Ruten waren, wie es sich gehörte, fingerdick.

Ich sagte meiner Herrin, ich wolle meine Zöglinge zu diesem grausamen Schauspiel führen, worauf sie antwortete: »Unbedingt!«, was mich erschreckte und an meinem Entschluß zweifeln ließ. Denn ich wollte es ihnen vorführen, um es nachher als möglichst abstoßendes Exempel darzustellen. Aber sie sagte:

»Unbedingt! Meine Enkel sollen von klein auf wissen, neben welcher Schlangenbrut sie leben!« Es ist möglich, daß meine Verlegenheit ihr meine Gedanken verriet, denn am Morgen der Vollstreckung verbot sie mir kategorisch, die Jungen mitzunehmen. Als ich gegen neun Uhr die Richtstätte erreichte, bemerkte ich, daß weder die Herrschaften noch ihre Kinder sich dort eingefunden hatten.

Der Marktplatz hatte einst das Zentrum der Stadt gebildet. Heute sieht man Stadthäuser nur noch zwischen Markt und Burgberg, weshalb der Markt nun am Stadtrand liegt. Auf der einen Seite, im Osten, stehen Häuser, auf der anderen Seite, auf einem Streifen von etwa hundert Ellen, gibt es grasbewachsene Hügel auf einstigen Grundmauern und dahinter einige Hütten mit Gartenland und Geräteschuppen.

Die Soldaten hatten in das ehemalige Pflaster, das von zertrampeltem Erdreich bedeckt war, vier Pflöcke gerammt, die mit Stricken verbunden waren und ein Quadrat von ungefähr zwanzig Ellen bildeten. Hinter dem Seil drängelten sich die Gaffer. Vom Gut war etwa ein Dutzend Menschen gekommen, nicht mehr. Aber das Stadtvolk stand wie ein gewaltiger düsterer Haufe da. Im nachhinein, als mir klargeworden war, wie viele Menschen es in dieser Stadt überhaupt gab, begriff ich, daß von je zehn Leuten wohl acht gekommen waren. Ich drängelte mich an breiten Rücken und stummen Gesichtern vorbei bis zum Seil. Ich befühlte das graue, ausgefranste Seil und dachte voller Furcht: Dieses morsche Seil ist eigentlich eine beängstigend brüchige Trennwand zwischen denen, die geprügelt, und denen, die nicht geprügelt werden ... Da waren sie schon in Begleitung von Soldaten – vier stumme Männer mit kantigen, blassen bärtigen Gesichtern, die eher Bauern als Städtern glichen, obwohl zwei von ihnen Stiefel trugen, die übrigen zwei jedoch erdige Bauernschuhe. Ich fragte die Menschen, die dicht um mich herumstanden, nach ihren Namen und erhielt auf meine mehrmals wiederholten Fragen in der Bauernsprache und auf deutsch widerwillig gemurmelte Antworten, die mich erkennen ließen, daß ich als einer vom Gut in diesem Moment hier nicht gerade erwünscht war. Ein ungefähr sechzigjähriger Mann, der mir am nächsten stand, wurde als erster niedergestoßen. Er sollte der Schuster Aadam Simson sein. Als nächster kam ein jüngerer Mann an die Reihe, der Metzgergeselle Kaarel Lammas, nach ihm der trotz seines Namens magere blasse Schlossergeselle Juhan Tonn und als vierter und letzter ein Häusler namens Kaldaaluse Jaak. Als die Männer einen Augenblick später bäuchlings auf dem Boden lagen und die Soldaten auf ihnen saßen, einer auf ihren Beinen und einer auf ihrem Nacken, las ihr Leutnant von einem im Winde flatternden Blatt das Urteil des Oberlandgerichts vor:

»*Dieselbigen vier Bauern der Frau von Tiesenhausen*« – jemand rief: »Er lügt!«, aber der Leutnant ließ sich nicht stören –, »*die vier Bauern, die Herr Hans Heinrich von Tiesenhausen, der Großvater des ehemaligen Gutsherrn von Wesenberg und verstorbenen Gatten der Frau von Tiesenhausen vom ehemaligen Erbherrn von Wesenberg, dem schwedischen Staatsrat von Brederode mitsamt Gut, allen Liegenschaften und leibeigenen Bauern vor sechsundneunzig Jahren rechtsgültig käuflich erworben hat, dieselbigen vier Aufsässigen, die Frau von Tiesenhausen untertan sind und ihr in allem gehor-*

chen müssen, an welcher Pflicht ergo *keinerlei Zweifel bestehen kann – diese vier sturen Rebellen sind als Strafe für ihren Ungehorsam und für die Verbreitung dieser Gedanken unter den anderen Wesenberger Bauern, für freche Verleumdung ihrer Herrin, für Belästigung des hohen Estländischen Oberlandgerichts und schließlich als Exempel für alle, die sich törichterweise ihren Erbherren widersetzen könnten, mit Rücksicht darauf, daß sie eher aus Torheit als aus Bosheit gehandelt haben, zur folgenden Prügelstrafe verurteilt: Aadam Simson vom Gut Wesenberg – vierzig Paar Hiebe, Kaarel Lammas vom Gut Wesenberg – dreißig Paar Hiebe, Juhan Tonn und Jaak Kalda vom Gut Wesenberg – je zwanzig Paar Hiebe.«*

Ich hatte mich während der wenigen Tage in Wesenberg schon genügend in der Stadt umgesehen und mit den Menschen gesprochen, um einige Gesichter in dieser farblosen, versteinerten Menge zu erkennen. Der junge dicke Kerl mit dem spaßigen weißen Bauerngesicht, aber mit beinahe griechischem Profil, der mit seinem tiefen Bariton rief: »Hört, was der da redet! *Leibeigene Bauern aus dem Dorf Wesenberg*! Alle sind Bürger der Stadt!« – das war zweifellos der Schankwirt Johan Rosenmark. Und diese zwei Hageren mit den sauren Mienen, die neben mir ihre Gedanken austauschten (vielleicht, schoß es mir durch den Kopf, damit es auf dem Gut durch mich bekannt werde): »*Wir haben ja immer jesacht, ein Unjlück brinjen wir uns mit diesen Grauen auf den Hals*«, das waren Küster Gööck oder Jööck, wie er es wohl selbst aussprach, und Schneidermeister Kiegell.

Nun waren alle vier Missetäter, alle vier Verbrecher, nackt bis aufs Hemd, zur Züchtigung bereit, und die drei Trommler standen in einer Ecke des mit dem Seil abgegrenzten Quadrats zusammen. Der Offizier gab ein Zeichen, die Trommeln ertönten dumpf, an jeden Missetäter trat von beiden Seiten je ein Soldat heran, und das Pfeifen und Klatschen der Ruten ging los.

Eigenartig – der Trommelwirbel war so laut, daß das Klatschen der Hiebe und das Stöhnen der Geprügelten nicht zu hören waren. Zumindest solange es sich nicht zum Geschrei erhob – solange es nur ein im Rhythmus der Ruten ertönendes tiefes Ächzen darstellte, und lauter wurden ihre Stimmen erst gar nicht. Aber das Pfeifen der Ruten vermochte der Trommelwirbel seltsamerweise nicht zu übertönen. Die ganze Luft war voll davon, obwohl man es eher mit der Gesichtshaut und den Wimpern als mit den Ohren wahrnahm. Und als das Prügeln andauerte, spürte ich, daß in der feuchten Morgenluft über der Volksmenge noch etwas schwebte. Ich meine nicht die fiebrige Angst, die sich in der Luft versprühte, und den Ekel, wogegen sich mein Verstand wehrte und was er in der gegebenen Lage als normal aufzufassen versuchte. Ich meine die kalten, klebrigen, nassen Klumpen, die die Ruten den Nahestehenden beim Prügeln ins Gesicht wirbelten. Und dann, beim zehnten oder fünfzehnten Hieb, färbten sich die Hemden der Männer rot, und ich fühlte plötzlich etwas Warmes in mein rechtes Auge und an meine rechte Wange spritzen. Ich fuhr über mein Gesicht und sah an den Fingern, daß es ein Blutstropfen war, nur wußte ich nicht, ob das Blut vom Schuhmacher Simson, vom Metzgergesellen Lammas, vom Schlosser Tonn oder vom Kätner Jaak stammte. Wahrscheinlich kam es von Simson, der nur vier Schritt von mir entfernt dalag.

Der Trommelwirbel hörte so abrupt auf, daß mir schien, die Stille hätte mir einen Schlag in den Nacken versetzt. Der Leutnant schrie etwas in die Stille hinein – warum müssen sie immer schreien! –, die Geprügelten erhoben sich vom Stroh, und während sie zwischen den Bajonetten der Soldaten die Wämser über ihre blutigen Hemden zogen, rief der Schankwirt Rosenmark:

»Männer, ihr werdet heute wohl nicht in den Krug kommen können. Aber eure Weiber und Söhne und Töchter sollen kommen, Balsam auf eure Wunden holen. Verdammt noch mal, die wollen mit Branntwein behandelt werden, sonst werden sie eitrig, sind ja voller Schlamm und Pferdemist. Wo heizt man heute die Badstube? Bei Simson? Hinunterspülen täte ebenfalls gut – und nachdenken auch. Ich laufe gleich hinter meine Theke. Eure Leute sollen nur kommen. Ein Quart für jeden, der Prügel gekriegt hat, und ein Stof für die ganze Badstube gratis.«

In der sich verlaufenden Menschenmenge hörte ich jemanden fragen:

»Wieso, zum Teufel, hat der Krüger die Stirn, so etwas zu sagen ...? *Wie kann er sich's leisten? Wenn die deutschen Stadtbürger das Maul halten?!*«

Jemand brummte darauf:

»Woher soll ich das wissen! Manche sagen, er nimmt kein Blatt vor den Mund, andere wiederum, er muß in Reval einen Rückhalt haben.«

Nach dem grausamen Schauspiel hatten sich die Menschen langsam zerstreut. Nur wenige begaben sich in die Kneipe, ich unter ihnen. Denn die Neugier an den hiesigen Angelegenheiten peinigte mich inzwischen noch mehr als zu Beginn. Es war wohl eher das Interesse *eines Schuldigen*, wie ich bereits zugegeben habe, obwohl alles an jenem Morgen in Rosenmarks Kneipe eine völlig neue Richtung nahm.

Das Wirtshaus war ein langgestrecktes Bauwerk an der Ecke der Lang- und Gerberstraße. Sein rechter Flügel ging zum Soolikas, die Front aber zu einer Kirche mit vier gediegenen Holzsäulen und einer Glastür, in deren Scheiben sich die abziehende Menschenmenge, die der Züchtigung beigewohnt hatte, undeutlich spiegelte.

Ich ließ mir ein Quart Vogelbeerschnaps geben, denn ich bemerkte erst jetzt, daß mich das aufregende Ereignis ins Schwitzen gebracht hatte und daß ich nun fror.

Plötzlich wurde mir warm, denn als ich in der Nähe der Theke Platz nahm, um meinen Schnaps zu schlürfen – auch der Wirt stand schon hinter der Theke –, traten etwa fünf oder sechs Menschen ein, die sich etwas abseits von den anderen Gästen hielten. Das mußten die Angehörigen der Gezüchtigten sein, die der Aufforderung des Krügers gefolgt waren und für sie Medizin holen wollten: zwei ältere Frauen, zwei blutjunge Kerle mit Flaum am Kinn, noch jemand – und dieses Mädchen. Es war mir schon vor der Auspeitschung auf dem Marktplatz aufgefallen. Soweit es in diesem Moment möglich war. Und mir schien, daß auch das Mädchen mir einen Blick zugeworfen hatte, neugierig oder befremdlich, ich wurde nicht klug daraus. Beides war leicht zu erklären: Neugier, weil ich ein neues Gesicht in diesem winzigen Flecken war, und Befremdung, weil sie über mich gehört haben konnte, daß ich als Mann vom Gutshof höchst unzuverlässig war.

Sie trug eine schwarze Schafsfelljoppe, um den Kopf hatte sie aber ein weißes Tuch gebunden, wie im Sommer zum Gottesdienst. Unter dem Tuch schaute hanffarbenes Haar hervor, ganz wie es sich für ein Dorfmädchen gehörte, und auch ihr Antlitz war ein rechtes Dorfmädchengesicht (obschon sie jetzt hier stand, weil ihr Vater aus ihr ein Stadtfräulein hatte machen wollen ...). Trotz der hellen Haare hatte sie dunkle Brauen, unter denen sie ein wenig böse hervorblickte. Ich konnte die Augenfarbe nicht erkennen, aber ich sah ihren üppigen roten Mund, als sie zum Schankwirt sagte:

»Für meinen Vater auch ein Quart gratis. Und ein zweites für Geld. Und den Freitrunk für die Geprügelten – den gib mir auch.«

Ich erhob mich von meinem Tisch und ging auf sie zu. Ansonsten bin ich in solchen Dingen nicht allzu gewandt. Eher im Gegenteil. Häufig habe ich mein Zögern im nachhinein bereut. Aber in diesem vollkommenen Dorfmädchenantlitz gab es etwas ganz Besonderes, und ihr recht erschrockener, doch unverwandter Blick schien mir zu sagen, daß sie auch in meinem Gesicht eine unverhoffte, unerklärliche, altbekannte Vertrautheit wahrnahm. Wenn diese vorhanden war, bedurfte es nur weniger Worte, um den weiß Gott woher stammenden Mißklang zwischen den Menschen zu überbrücken und nie dagewesene Innigkeit herzustellen. Ich fragte:

»Du bist wohl die Tochter des Schuhmachers Simson?«

»Ja.«

Sie musterte mich von oben bis unten mit einem abwehrenden, gleichwohl interessierten Blick. Ich fragte:

»Wie heißt du?«

»Maade –«

Nachträglich muß ich annehmen, daß der Schankwirt Rosenmark mir einen höchst aufmerksamen Blick zuwarf. Aber damals bemerkte ich es nicht. Ich sagte:

»Ich bin Berend Falck. Vom Gut. Der Schulmeister der jungen Albedylls. Gleichwohl, grüß deinen Vater von mir. Und auch die anderen, die heute gezüchtigt wurden.«

Freilich, die Grüße kamen mir aus Unbesonnenheit über die Lippen. Ich tröstete mich damit, daß Rosenmark, der hinter der Theke Schnaps in kleine Fläschchen füllte, meine freche Prahlerei nicht gehört hatte. Das Mädchen warf mir jedenfalls erneut einen störrischen Blick zu, ergriff die Flasche und schlüpfte wortlos hinaus. Und ich beschloß, die erste Gelegenheit zu benutzen, um den wer weiß woher stammenden Mißklang in der Vertrautheit zwischen uns beiden durch geeignete Worte wegzuwischen.

Nein, ich dachte mir zu diesem Zweck nichts Außergewöhnliches aus. Ich bediente mich wieder einmal der uralten und ewig neuen Wahrheit, daß, solange es hübsche Schusterstöchter gebe, ihre Väter weder arbeitslos werden noch Hunger leiden müßten. Denn leichtfertige junge Männer würden bei ihnen Fußbekleidung bestellen – Reit- und Schaftstiefel, Schuhe und Sandalen, wie es die Mode erforderte und ihr Geldbeutel zuließ. Das hätte auch Sokrates erfahren, hätte er nur eine hübsche Tochter gehabt. Nicht einmal die Anwesenheit der Xanthippe hätte junge Männer davon abgehalten, beim Alten Sandalen zu bestellen. Es heißt, auf die gleiche Art hätte es vor zweieinhalb Jahrhunderten der berühmteste Revaler Kunstmaler Michel Sittow durch sieben Paar Stiefel zum Schwiegersohn eines Revaler Schuhmachermeisters gebracht.

4

Nach einiger Zeit (es war schon Ende Juni, Ende Juni des Jahres 1764) erzählte man auf dem Gut, der aufsässige Simson sitze nach Heilung seiner Wunden bereits wieder in seinem Häuschen am Fluß und schustere eifrig. Eines Nachmittags kehrte ich bei ihm ein. Es war ein kleines Holzhaus mit einem ziemlich hohen Steinsockel am Stadtrand hinter dem Soolikas. Das Grundstück umfaßte vierhundert Quadratmeter, und wieder war ein Streit zwischen Stadt und Gut entbrannt, bei dem es um den Boden ging, möglicherweise aber vor allem um den Starrsinn des Besitzers. Ich trat durch den Windfang in eine winzige, nach Pech und Leder riechende Werkstatt.

»Tag, Meister! Mir täte ein Paar Schuhe not.«

»Tag.« Der Alte hatte einen Stift zwischen den Zähnen und schaute mich an. »Wenn Ihr einen Meister sucht, geht zu Schubert. Ich bin laut Beschluß des Landgerichts Bauer und laut Beschluß des Wesenberger Schuhmacheramtes Flickschuster. Und allzulange werde ich hier wohl nicht mehr Schuhe flicken können.«

»Na, na«, murmelte ich, »Ihr habt hier doch zwanzig Jahre lang Schuhwerk gemacht, wie ich höre –«

»Was für Schuhe braucht Ihr?«

»Keine zum Tanzen, sondern welche zum Gehen. Aber hübsche. Mit Kupferspangen. Und sie sollen nicht mehr als zwei Rubel kosten.«

»Also hübsche? Mit Kupferspangen? Aber nicht teurer als eine halbe Teremari!?«*

Der untersetzte Mann mit der Lederschürze und den pechbeschmierten Fingern musterte mich nicht allzu freundlich. Doch sah ich seinen Augenwinkeln an, daß er mich erkannt

* Volkstümliche Benennung einer Vierrubelmünze, bedeutet »Guten Tag, Mari!«.

und meine Grüße erhalten hatte. Aber diejenige, die ihm meine Grüße ausgerichtet hatte, war nirgends zu sehen, obwohl ich mich nach ihr umschaute.

Der Alte sagte:

»Ich kann Euch Schuhe machen, wie es sie für zwei Rubel gibt. Auch mit kleinen Kupferspangen.«

Er hieß mich, die Schuhe auszuziehen, was ich mit ruhigem Gewissen tun konnte. Daß sie abgetragen waren, sah man ihnen auch so an. Aber in der Hoffnung, im Schusterhaus Maade zu treffen, und bemüht, mich nicht zu blamieren, hatte ich funkelnagelneue blaue Strümpfe angezogen, die mir Mutter gestrickt hatte. Meister Simson nahm ein Stück Birkenborke von einem Haken, ließ mich darauf treten und zog mit einem Stück Blei die Umrisse meiner Sohlen nach. Dann maß er Mittelfuß, Ferse und Knöchel und notierte alles mit plumpen Ziffern auf beiden Fußabdrücken.

»Samstag sieben Uhr abends sind die Schuhe fertig.«

Während ich die alten Schuhe wieder anzog, lauschte ich den Geräuschen des Hauses, von der Tochter des Meisters war jedoch nichts zu hören. Die Werkstatt befand sich links vom Windfang. Die Wohnräume, wahrscheinlich Küche und Kammer, lagen vermutlich rechts, aber obwohl die Türen halboffen standen, war von dort weder etwas zu sehen noch zu hören. Es war mir peinlich, den Meister nach seiner Tochter zu fragen. Ja, hätte ich mir statt der Schuhe für zwei Rubel Schaftstiefel für zwanzig Rubel bestellt ... Freilich, der Wesenberger Flickschuster Simson würde solche kaum machen wollen oder gar zustande bringen.

Auf dem Pfad, der zum Steg führte, erblickte ich Maade, die mit zwei Wassereimern am Tragholz aufs Haus zukam. Ich ging ihr entgegen und sagte:

»Guten Tag. Ich war bei deinem Vater, um Schuhe zu bestellen. Samstag abend soll ich sie abholen. Samstag abend um sieben.«

Maade ging schweigend an mir vorbei. Und doch schien mir, wenn ich ein wenig länger ihr schönes, ausdrucksvolles

Gesicht hätte betrachten können, hätte ich sie bei meiner Anrede erröten sehen.

Die ganze folgende Woche schulmeisterte ich meine Albedyll-Schlingel bald strenger, bald weniger streng als sonst. Obgleich ich mich redlich bemühte, gerecht und konsequent zu sein. Und jedesmal, wenn ich an den nahenden Samstagabend dachte, fühlte ich mein Herz heftig an die Rippen pochen... Am Samstag gegen sechs Uhr verdüsterte sich der Himmel, und es begann in Strömen zu regnen. Um Dreiviertel sieben, als ich mich auf den Weg hätte machen müssen, goß es ununterbrochen. Aber natürlich blieb ich nicht zu Hause. Ich warf mir einen Umhang über die Schultern und rannte durch den niederprasselnden Regen und die glucksenden Pfützen. Ich wäre fast vom glitschigen Steg in den Soolikas geschlittert, aber punkt fünf vor sieben war ich, naß bis auf die Haut, an Ort und Stelle.

Die Schuhe waren fertig, saßen wie angegossen und waren mit hübschen glänzenden Spangen verziert. Doch als ich zahlen und meine alten strapazierten Schuhe anziehen wollte und mich dabei enttäuscht und zögernd umschaute, weil Maade auch diesmal nicht zu sehen war, sagte der Schuster:

»Halt, mit dem Zahlen eilt es nicht. Ihr seid heute zum ersten Mal mein Kunde, und wer weiß, vielleicht seid Ihr auch mein letzter. Also, wenn Ihr Euch nichts vergebt, unter meinem Dach eine Tasse Kaffee zu trinken...«

Ich stellte die schmutzigen Schuhe zurück unter die Bank – die neuen hatte ich ja schon an –, erhob mich überrascht und sagte:

»Sehr gern.«

Und erst viel später habe ich mich gefragt, ob diese alte Pechpranke schon damals wußte, warum dieser selbstbewußte, aber natürlich bettelarme *Hofmeister* so gern dazu bereit war...

Wie er es am Samstagabend zu tun pflegte, hatte der Alte die Hände schon gewaschen, und sie waren so sauber, wie es seine schmutzige Arbeit zuließ. Er führte mich durch das Haus in die Wohnkammer, wo – alles, was recht ist – der Kaffeetisch hübsch gedeckt war und es würzig nach gerösteten und gemahlenen Kaffeebohnen duftete. Als wir eintraten, kam die Schustersfrau gerade durch die Küchentür herein. Neben ihrem untersetzten Mann sah sie klein und zierlich aus. Sie trug eine blaue Leinenhaube, die auf ihrem glatten Haar mit Nadeln befestigt war, und hatte einen freundlichen Gruß auf den sorgenvollen Lippen. Ich konnte sie mir als Xanthippe noch weniger vorstellen als ihren Mann als Sokrates.

Natürlich hätte ich mich fragen sollen, warum ich in diesem fremden Haus unverhofft so freundlich empfangen wurde. Beim ersten Montags- oder Neujahrskunden wäre es vielleicht angebracht gewesen, aber mußte man dem möglicherweise letzten, wie der Alte angedeutet hatte, Kaffee und Brötchen vorsetzen? Doch dazu kam ich nicht, denn gleich nach der Mutter trat Maade in die Kammer.

»Guten Tag, Herr Berend«, sagte sie lächelnd, errötete und stellte den Butternapf neben die Brötchen auf den Tisch. Ihr Seitenblick verriet mir, daß sie von meiner Einladung wußte. Die Hausfrau bat uns, Platz zu nehmen, und goß das dunkle dampfende Gebräu in die Tassen der Fabrik Fick. Ich muß zugeben, daß ich in Reval, vor meinem Studium, nie Kaffee getrunken hatte. Bei uns zu Hause wurde Milch, Bier und Dünnbier getrunken. Sogar in Jena hatte ich nur wäßriges Bier und manchmal eine Tasse Tee getrunken. Erst in diesem Frühjahr, während der wenigen Wochen als Landgerichtsschreiber, hatte ich mit einigen Revaler Stutzern hin und wieder im Kaffeehaus Stadt Hamburg gegenüber der Nikolaikirche gesessen und dieses seltsame Getränk kosten können. Da ich es nicht gewohnt war, stieg es mir ein wenig zu Kopf. Vielleicht hätten mich sonst die Kammer des Schusters, ihre niedrige Decke, der sauber gescheuerte Fußboden, der braungestrichene Tisch, die weißen Tassen mit dem Leberblümchenmuster und das rosa Licht, das die am Fenster blühende Pelargonie ausstrahlte, nicht so vertraut angemutet. Vielleicht wäre auch Maades Gesicht anderthalb Ellen von mir entfernt nicht so aufregend gewesen und ihr hanffarbener Zopf hätte nicht so tiefkupfern geglänzt... Zunächst fühlte ich mich trotz all der Behaglichkeit ein wenig steif. Ich lobte den Schuster für die neuen Schuhe, denn sie waren wirklich bequem, die Hausfrau für die köstlichen Brötchen (was ebenfalls stimmte) und beide für die herrlich aufmunternde Wirkung des Kaffees. Aber gerade, als ich mich an die zweite Tasse gemacht hatte und Maades schöne braune Augen preisen wollte (denn sie waren wirklich braun mit hellen Pünktchen, wie ich aus nächster Nähe feststellen konnte), gerade da ertönte Gepolter und Klopfen, und der Schankwirt Rosenmark trat ein.

Er hatte seinen Regenmantel schon im Flur an den Haken gehängt. Sein milchiges Gesicht und seine kurzen rötlichen Kraushaare waren regennaß und seine neuen Schaftstiefel schlammig. Er begrüßte die Hausbewohner höchst familiär, entschuldigte sich wegen der Verspätung, nickte mir vertraulich zu und nahm mit der größten Selbstverständlichkeit Platz. Ich nahm erst jetzt wahr, daß eine fünfte Kaffeetasse für ihn auf den Tisch gestellt worden war. Und wahrscheinlich erst jetzt – wenn überhaupt – kam mir der Gedanke: Der Schankwirt war zum Kaffee eingeladen worden, na schön. Aber es regnete noch immer in Strömen, das war Rosenmarks Gesicht und seinen Stiefeln anzusehen, und so erhob sich die Frage: Warum war ihm der Besuch beim Schuster und das pünktliche Eintreffen so wichtig? Rosenmark steckte seine sommersprossigen Pranken in die Brusttaschen des Wamses und holte zwei Flaschen hervor – eine rote für die Weiber und eine zweite, die ein dunkleres und schärferes Getränk enthielt, um das Gespräch der Männer in Gang zu bringen, wie er erläuterte. Maade stellte auf den Wink der Mutter winzige Schnapsgläser neben die Tassen. Rosenmark schenkte ein, und bevor wir die Gläser an die Lippen führten, sagte ich:

»Nun, gebe Gott, daß in diesem freundlichen Hause noch lange so bequeme Fußbekleidung gemacht wird, die Kunden mit derartig köstlichem Getränk bewirtet werden und sie sich dabei an den wunderschönen Augen der Tochter des Hauses ergötzen können, bei meiner Ehre, an den schönsten, die ich hierzulande und in halb Deutschland zu Gesicht bekommen habe.«

Der Hausherr, der Krüger und ich leerten die Gläser auf einen Zug, die Hausfrau und die Tochter nippten nur an ihnen. Rosenmark sagte, bevor er sein Glas wieder auf den Tisch stellte:

»Was die Augen der Tochter des Hauses anbelangt«, dabei schaute er Maade schalkhaft an und zeigte mir lachend seine weißen Zähne, »was ihre Augen anbelangt, die hat schon so mancher *vor* Herrn Falck bemerkt.« Darauf wandte er sich an den Hausherrn und an mich: »Für heute haben wir sie schon genug bewundert und könnten mit Männergesprächen den Anfang machen.«

Daß sie mit mir anscheinend ein ganz bestimmtes Ziel verfolgten, überraschte mich so, daß ich nicht einmal wahrnahm, wann sich die Schustersfrau und ihre Tochter zurückzogen. Wie zwei schwere Karren überrumpelten sie mich jetzt, Rosenmark voran und der Schuster dicht hinter ihm.

Sie, also die Wesenberger Grauen, hätten zuverlässige Kunde, ich würde bei Frau von Tiesenhausen großes Vertrauen genießen, wäre aber nichtsdestoweniger ein anständiger Mensch. Ich überlegte hastig, was dieser Bescheid bedeuten könnte und woher er stammte. Er konnte nichts anderes bedeuten, als daß sie mich allem Anschein nach im Streit zwischen Gut und Stadt nicht zu den Speichelleckern der Tiesenhausens zählten. Aber das mußte auf etwas Ernsterem beruhen als auf der Tatsache, daß ich am Tag der Züchtigung Maade Grüße an Simson und seine Gefährten hatte ausrichten lassen. Es konnte zum Beispiel auf meinen Unterhaltungen mit dem alten Diener Tehvan beruhen, dessen Vater aus diesem Flekken stammte, mütterlicherseits aber bäuerlich-harrienser Abstammung und der Vetter meiner Mutter war. Meinetwegen auch auf unserem Gespräch über den Aufsatz, den ich vor etwa einem Jahr gelesen hatte: »Eines Liefländischen Patrioten Beschreibung der Leibeigenschaft, wie solche in Liefland über die Bauern eingeführet ist«. Ich hatte in Reval beobachtet, wie einige Herrschaften des Landgerichts diese Schrift einander wie etwas Schmutziges über den Tisch zuschoben und mit dem Finger darauf wiesen, welch aufsässige Greuel darin beschrieben wurden. Daraufhin hatte ich sie mir heimlich aus dem Bücherschrank des Gerichts geholt, nach Hause mitgenommen und aufmerksam durchgelesen. Am Abend nach der Züchtigung hatten Tehvan und ich in meiner Kammer auf dem Gut gesessen und hatten vielleicht einen Schluck Bier über den Durst getrunken (denn auch *in cervisia est veritas*, nicht wahr?). Da hatte er Betrachtungen angestellt, ob es heutzutage unter den Gutsherren überhaupt noch gerechte Menschen gäbe ... Ich hatte ihm die wichtigsten Gedanken dieser Schrift dargelegt und gesagt, das habe der Pfarrer aus Torma in Livland geschrieben, der ein Gutsherr namens Eisen von Schwartzenberg sei. Und ich hatte hinzugefügt, er habe zwar lange vor mir, aber ebenfalls an der Jenaer Universität studiert ...

Danach hatte Tehvan mich hin und wieder besucht, und ich hatte beim Bier mit meiner Meinung über das Leben der Bauern, der Stadt- und Dorfbevölkerung nicht hinter dem Berg gehalten. Gott weiß, wie wahrhaftig diese Gedanken von Fall zu Fall waren. Vielleicht hatte es sich häufig nur um aufrührerische Übertreibung gehandelt, Tehvan zuliebe und um mein Gewissen zu beruhigen – weil ich, wie mir heute noch scheint, Frau Tiesenhausen mit meinem geschickten Antwortschreiben geholfen hatte, die Prügelstrafe des Schusters Simson und seiner Gefährten härter ausfallen zu lassen. Und nicht nur deshalb, sondern auch wegen der seltsamerweise wachsenden Achtung, die mir Frau Gertrude entgegenbrachte. Ihr gegenüber behielt ich meine wahren Gedanken natürlich für mich. In ihrer Anwesenheit lächelte ich loyal und schwieg. Glücklicherweise brauchte ich ihr in den ersten Wesenberger Monaten bei ihren Prozessen gegen die Stadt nicht beizustehen. Und so erhielt ich – nolens volens – bei den grauen und halbgrauen

Handwerkern und Krämern von Wesenberg den Ruf eines anständigen Menschen.

Der Schuhmachermeister füllte unsere Gläser aufs neue, leerte das seine bis auf den Grund und erklärte: Die Stadt Wesenberg, wie hartnäckig sie sich im Zwist mit den Tiesenhausens auch gewehrt habe, sei innerlich leider Gottes gespalten. Die hiesigen deutschen Familien, dreißig oder vierzig an der Zahl, würden sich den zehn oder fünfzehn estnischen oder gemischten Familien gegenüber so zugeknöpft und hochnäsig geben, als hätten sie gar nichts miteinander gemein. Als wären die Grauen von Wesenberg ebenso hilflos und stumpfsinnig wie diejenigen von Reval und Narwa. Aber die Grauen von Wesenberg, so wenige es ihrer auch geben möge, seien viel gewandter und hartnäckiger. Jawohl! Denn gerade sie hätten in der letzten Zeit ernsthaften Widerstand gegen die Vormachtstellung und Gewalt der Tiesenhausens geleistet. Bis zu diesem letzten Rechtsstreit, dessen Folgen noch auf des alten Simsons Nacken brennen würden. Worum es sich bei diesem Streit handele? Es gehe immerzu um ein und dasselbe: Frau Gertrude verlange – wie sie es immer getan habe –, Grund und Boden der vier Männer, Simsons und der anderen, solle ihrem Gut angegliedert werden. Denn dieser Boden hätte von jeher dem Gut Wesenberg gehört! Und Simson und die anderen wären Kinder und Kindeskinder der Leibeigenen des Gutes Wesenberg! Was selbstverständlich eine grobe Lüge sei. Stehe die Wahrheit denn nicht ausdrücklich in den Kirchenbüchern geschrieben, als daß Frau Tiesenhausen sie zu ihren Gunsten verdrehen könne? Gott weiß, was aus ihnen zu ersehen wäre, wenn sie vorhanden wären, denn Pastor Borge sei – der Herr Schulmeister möge verzeihen – der Kettenhund der Tiesenhausens. Außerdem gebe es für die Zeit vor 1703 keine Wesenberger Kirchenbücher mehr. Als Stadt und Kirche abbrannten, seien auch sie verbrannt. »Und doch«, sagte Schuster Simson, »will ich Euch etwas zeigen ...«

Er erhob sich, bemerkte, daß es in der Kammer dämmerig geworden war, zog die graue, mit gelben Sonnenblumen bestickte Gardine vor das Fenster, holte aus der Küche eine brennende Kerze und aus der Werkstatt eine Glaskugel auf einer Drahtunterlage, stellte sie neben die Kerze, nahm aus einer blumengeschmückten Truhe, die am Fußende des Bettes stand, ein Buch und ließ das Kerzenlicht mit Hilfe der Glaskugel auf das Buch fallen. Dann schlug er das Buch auf. Es war eine Bibel in der Bauernsprache. Der Schuster zeigte mit dem Finger auf das, was auf dem hinteren Buchdeckel mit Krähenfüßen geschrieben stand, im gelblichen, flackernden Kerzenlicht aber deutlich zu lesen war:

»Schau, hier hat mein Vater im Jahre 1740 eigenhändig geschrieben, sein Großvater wäre – lies selbst – Bürger der Stadt Wesenberg und Schuhmachermeister gewesen und mit sechzig Jahren in der Stadt Wesenberg im Jahre 1671 gestorben. Paß auf, er, also mein Urgroßvater, wäre der Sohn und Enkel eines Wesenberger Bürgers und Schuhmachers gewesen... Verstehst du? Das besagt doch unmißverständlich, daß die Simsons bereits zur Ordenszeit, schon während der sogenannten Sodomer Zeit Wesenberger Bürger gewesen sind, also schon damals, als von den Tiesenhausens noch keiner einen Fuß auf Wesenbergs Boden gesetzt hatte. Um den Tonn Juhan und die anderen steht es nicht anders. Unsere Väter und Großväter nahmen in diesen zweihundert Jahren natürlich Gott weiß wie oft Reißaus, wenn die Stadt wieder einmal niedergebrannt oder bloß geplündert wurde. Sie suchten Schutz im Weißen Moor von Reggafer oder im Forst von Lepna, oder meinetwegen hinter den Mauern von Reval. Aber jedesmal kehrten sie zurück – im schlimmsten Fall taten es ihre Kinder –, bauten ihre Häuser auf und fingen von vorne an. Inzwischen verdiente man sich einige Zeit lang sein Brot auf dem Gut. Aber kann unsere alte Frau Tiesenhausen beweisen, welcher König oder Kaiser uns die Rechte freier Stadtbürger abgesprochen hat?«

Ich stellte eine Frage, denn der Schnaps des Schusters hatte meine Zunge gelöst, und diese Frage interessierte mich mehr als die Geschichte ihres Zwistes mit dem Gut:

»Meister Simson, Ihr und noch drei Männer aus Wesenberg wurdet vom Landgericht zu einer Prügelstrafe verurteilt. Soviel ich weiß, pflegt man die Gezüchtigten zur Zwangsarbeit zu schicken, neuerdings zum Hafenbau, nach Rogerwiek oder Baltischport oder wie der Ort heißt. Wie kommt es, daß Ihr vier nicht verschickt worden seid? Und Euren Boden hat Euch auch niemand genommen ...?«

»Nun«, erwiderte Simson gedehnt, »nicht einmal bei den Herrschaften werden alle Dinge und Beschlüsse über einen Leisten geschlagen ...«

Und der Schankwirt sagte, wobei sein breites weißes Gesicht Zufriedenheit ausstrahlte:

»Zwangsarbeit und Landenteignung, beides führten sie im Schilde. Aber es gelang uns, dem zu entgehen.«

Er füllte unsere Gläser aufs neue.

»Papa Simsons uralte Geschichten sollten Euch zeigen, wie ungerecht wir behandelt worden sind. Tatsächlich ist die Ungerechtigkeit noch viel größer. Denn Frau Gertrude fährt fort, das Messer zu wetzen, wofür ihr seliger Gemahl sich längst die Hölle verdient hat: Sie behauptet nämlich, eine Stadt namens Wesenberg habe nicht existiert. Sollte sie irgendwann vorhanden gewesen sein, so gebe es sie jetzt jedenfalls nicht mehr. Übrigens, Herr Falck, wie unangenehm uns diese Behauptung auch sein mag, kommt sie uns doch in unserer Bedrängnis zugute. Wartet, wartet! Es ist schon richtig, was Papa Simson gesagt hat: Unsere Stadt ist innerlich gespalten. Aber eines hat er nicht erwähnt: Wenn nämlich Frau Tiesenhausen wieder einmal verkündet, eine Stadt sei nicht vorhanden, es existiere nur ein gottverlassenes Dorf auf dem Grund und Boden des Gutes Wesenberg, so schließt sich dieser Spalt in der Stadt für eine Weile. So kann es geschehen, daß eines Abends der Kaufmann Tallquist mein Wirtshaus aufsucht, in die hintere Kammer für die feinen Leute tritt, zwei Glas Kümmel bestellt und unverblümt sagt: ›Rosenmark, ich sage Euch, in Wesenberg müssen die Deutschen und die Undeutschen zusammenhalten! Sonst fressen uns die Tiesenhausens wie eine Martinsgans!‹ Und sollte er zufällig besonders gnädig sein, fügt er hinzu: ›Ihr, Rosenmark, seid überhaupt ein komischer Kauz. Als Sohn eines Müllers und der deutschen Sprache einigermaßen mächtig, habt Ihr es doch nicht nötig, hinter diesen Handwerkern und Kätnern her- oder ihnen gar vorauszurennen. Ihr könntet einen dienstbaren Geist hinter die Theke stellen, Euch ein steifes Jabot um den Hals hängen, Euren Kornhandel betreiben und Deutsch sprechen. Und wenn Euer Geschäft einigermaßen gut geht – und warum sollte es bei einem derartigen Mann nicht der Fall sein? –, würde aus Euch in zehn Jahren *ein acceptierter Wesenberger Bürger*, und aus Euren Kindern natürlich auch.‹«

»Mutter! Maade!« rief der Hausherr zur Küche hin. »Bringt uns nach diesem Kaffee etwas Herzhaftes! Etwas, das zu einem sachlichen Gespräch paßt ...«

Kurz darauf brachte Maade aus der Küche Gerstenbrotschnitten von Prechel, Butter und Salzheringe sowie einen Teller mit gehackten Zwiebeln. Ich hatte schon reichlich von Rosenmarks Kümmel- oder Pfeffer- oder weiß der Kuckuck welchen Schnaps genossen und sagte:

»Maade, schau mich mal richtig an! So, daß ich in deine Augen sehen kann.« Während das Mädchen mich errötend anblickte und ihre Augen leuchteten, als hätte Papa Simsons Glaskugel das ganze Kerzenlicht auf sie gerichtet, füllte ich mein Glas und sagte:

»Maade, gebe Gott, daß dir in alle Ewigkeit nur Tränen der Freude und des Zwiebelschneidens in die Augen treten!«

Nun leerte ich mein Glas und meinte, der Hausherr und der Krüger würden sich mir anschließen, aber letzterer gab Maade einen Wink, sich wieder in die Küche zu begeben. Als sich das Mädchen, wie mir schien, zögernd, zurückzog, sagte er:

»Unsere Gespräche sind nichts für Mädchenohren.«

Ich getraute mich nicht, Papa Simson zu sagen, er solle den Krüger in seinem Hause nicht auf solch tiesenhausensche Art das große Wort führen lassen. Und den Schankwirt konnte ich auch nicht zurechtweisen. So versuchte ich meinem Ärger durch eine Frage Luft zu machen:

»Ich warte hier schon anderthalb Stunden darauf, daß Ihr endlich zu der Sache kommt, auf die Ihr Kurs genommen habt. Worum handelt es sich?«

Nun rückten sie mit der Sprache heraus. Zwei Drittel der Geschichte erzählte Rosenmark, ein Drittel Simson: Die Wesenberger Grauen waren entschlossen, für ihr Recht gegen das Gut zu kämpfen. Und sie wollten die Wesenberger Deutschen dazu bringen, mit ihnen gemeinsame Sache zu machen. (Unerhört, nicht wahr?) Bei diesem Kampf ging es vor allem um die Anerkennung der althergebrachten Rechte und Privilegien der Stadt und ihrer Bürger. Der Kampf hatte so oder so schon einhundertvierzig Jahre gedauert, seit König Gustav Adolfs Zeiten. Und nun wollten die Wesenberger Grauen endlich in Erfahrung bringen, was die althergebrachten Rechte und Rechtsbestätigungen aus den Zeiten der dänischen Könige und später genau darstellten. Mit den deutschen Texten kämen sie irgendwie zurecht, obwohl ihnen die Erläuterungen eines studierten Mannes von großem Nutzen wären. Aber die ältesten und wichtigsten Urkunden seien in lateinischer Sprache abgefaßt, und die könne in Wesenberg keiner lesen. In Reval gebe es zwar Lateinkundige, aber das seien fremde Menschen, von denen nicht bekannt sei, ob es sich um anständige Leute handele oder ob sie am nächsten Morgen zum Anwalt der Frau Tiesenhausen rennen und Bericht erstatten würden: »Gestern abend waren Abgesandte aus Wesenberg bei mir, um sich Klarheit darüber zu verschaffen, was in König Waldemars alten Privilegien zu ihrem Vorteil ausgelegt werden könnte, und ich fühlte mich verpflichtet, die gnädige Frau davon in Kenntnis zu setzen.« Und so weiter. Folglich sei es am besten, wenn sie für diese alten Dokumente einen Vertrauten in Wesenberg hätten. Dies sei besonders zu begrüßen, weil auch die Wesenberger Deutschen niemanden hätten, der sich im Lateinischen auskennen würde. Außer Pastor Borge, mit dem auch sie nichts zu tun haben wollten, weil er, wie gesagt, die Kreatur der Frau Tiesenhausen sei. *Chirurgus* Götze habe behauptet, er kenne sich nur im Medizinerlatein aus, in den anderen lateinischen Kram stecke er seine Nase nicht. Apotheker Richmann kenne bloß den lateinischen Namen des Schöllkrauts und nicht viel mehr. Auch könne er ihnen den Inhalt der Urkunden nicht in der Bauernsprache erklären, geschweige denn zu Papier bringen. So sei ich, den die Frau Baronin für gut genug befunden habe, ihren Enkeln Latein beizubringen, auch für die Wesenberger Grauen der rechte Mann, und zwar nicht nur für sie, sondern für die ganze Stadt. Natürlich verstehe es sich von selbst, daß ich diese Angelegenheit in meinem eigenen und in ihrem Interesse für mich behalten müsse.

Ich war freilich von Anfang an zu der Überzeugung gelangt, daß Frau Tiesenhausen, hätte sie Wind davon bekommen, daß ich mir Schuhe nicht bei Schubert oder doch wenigstens bei Baumann, sondern ausgerechnet beim aufsässigen Simson bestellt hatte, dies in ihrer kernigen Art rundheraus *eine Schweinerey* genannt hätte. Daß ich mich in Simsons Haus mit Kaffee und Kuchen bewirten ließ, hätte sie sicher für Meuterei gehalten. Und ich weiß nicht, wie sie meine Teilnahme an der Unterhaltung an Simsons Tisch eingeschätzt hätte ... All das war mir von Anfang an bewußt. Aber von Anfang an (und, wie ich meinte, vollkommen unabhängig von Maades Zauber) übte das Unterfangen Simsons und seiner Gesinnungsgenossen einen merkwürdigen Reiz auf mich aus. Ungefähr so, wie die kalten Quellwasserstrudel denjenigen anziehen, der in einem See schwimmt. Ich fragte:

»Gesetzt den Fall, ich wäre einverstanden. Wie sollte ich aber an die Texte Eurer uralten Privilegien herankommen?!«

Es stellte sich heraus, daß sie sie hatten! Die ältesten wie auch die jüngeren! Im Laufe der Zeit hatten sie sich Abschriften von allen Papieren, die die Stadtrechte betrafen, verschafft. Apotheker Richmann hatte sie in Verwahrung und war bereit, sie Rosenmark zu geben, damit ich sie abschreiben und übersetzen konnte. Schenkenbesuche, um eine Partie

Tarock zu spielen oder mir ein Gläschen zu gönnen, würden bei Frau Tiesenhausen kaum Mißtrauen hervorrufen. Sogar das hatten die Männer in Betracht gezogen.

Ich willigte ein. Warum, ist mir nicht ganz klar. Wegen des Genusses, gegen Frau Tiesenhausen vorzugehen, während ich ihr untertan war und ihre Befehle ausführen mußte? Gewissermaßen schloß ich mich der Sache wegen des Unternehmens selbst an, versteht sich. Ich glaube aber nicht, daß das Ringen der Bauern und Bürger mit dem Adel der wichtigste Antrieb gewesen ist. Ausschlaggebend war wohl, daß Maade im selben Augenblick das Zimmer betrat.

Ich war vom Kümmel oder wie das Zeug hieß und vom Starren auf die Glaskugel etwas benommen, als ich den Blick hob und sie bemerkte. Ihre dunklen Augen schienen noch strahlender zu sein als zuvor. Sie hatte das herrliche hanffarbene Haar gelöst, es reichte ihr bis unter den Gürtel. Sie trat zum Tisch – und plötzlich legte Rosenmark seinen Arm um ihre Mitte ... Die Luft in der Kammer war schwül geworden, der Krüger hatte das Wams ausgezogen und die Hemdsärmel aufgekrempelt. Ich fühlte, daß er auf seinem kräftigen, fast haarlosen Arm das leichte Kitzeln von Maades offenem Haar spüren mußte. Mir schien, daß sich ihr Hals rötete und sie den Atem anhielt, während der Krüger ihre Taille umfaßt hielt und – welche Frechheit – unter den Augen des Vaters seinen begehrlichen Blick zum Mädchen emporhob. Sie schaute mich durch die Wimpern abwesend und hoffnungslos an, ihr Blick schien etwas sagen zu wollen. All das bewog mich wohl, zu den Männern zu sagen:

»Na schön. Ich werde es für Euch tun.«

»Geh jetzt«, sagte Rosenmark zum Mädchen, »wir sind noch nicht fertig.«

Seine breite Hand, die auf Maades schmaler Taille ruhte, wies zur Küche, und während sie zurück in die Küche ging, sagte der alte Simson:

»Im Grunde genommen sind wir fertig. Nur über den Lohn haben wir noch keine Vereinbarung getroffen. Wir schlagen vor: Ich werde Euch künftig für acht Rubel weiteres Schuhzeug machen. Und Johan wird Euch in seiner Schenke ein Konto von zwanzig Rubel eröffnen. Das wär's fürs erste.«

Mir fuhr der Gedanke durch den Kopf, daß dies ein unverhofft willkommener Verdienst wäre, auf den ich es gar nicht abgesehen hatte. Ich hatte in der Kindheit und während des Studiums bittere Not leiden müssen, und so konnte ich es mir nicht leisten, mich aufs hohe Roß zu setzen und ihr Angebot abzulehnen. Also murmelte ich:

»Das ist vielleicht ein wenig zuviel ...«

»Keine Spur«, erwiderte der Schuster, »es wird Euch harte Arbeit kosten. Wenn es soweit kommt, daß wir draufzahlen müssen, werden wir uns schon einigen. Ihr wißt, daß ich ein armer Schlucker bin«, er schaute zum Krüger hin, »und wir nicht allzuviel aufbringen können.«

»Allerdings«, warf der Krüger eilends ein, »aber vergiß das Wichtigste nicht.«

Simson schob Flasche und Geschirr beiseite und holte die Bibel vom Truhendeckel.

»Ihr seid ein studierter Herr, und wir sind einfache Männer ...«

Der Krüger unterbrach ihn: »Aber einfältig sind wir bei weitem nicht.«

»Geduld, Johan.« Der Schuster hob seine pechbraunen Finger und fuhr fort, und ich bewunderte seine nachdrückliche, überzeugende Art. »Wortbruch kommt unter einfachen Männern vor und unter studierten Herren ebenfalls. Wohl am brüchigsten ist der Pechdraht des Gelübdes, wenn es sich einerseits um Herren und andererseits um Bauerntölpel handelt. Darum bitten wir – nichts für ungut –, daß Ihr auf die Bibel schwört zu tun, was Ihr könnt, und daß Ihr das, was hier gesprochen wurde, nicht aus dieser Kammer hinaustragt.«

Ich legte meine Linke aufs Simsons zerlesene Bibel, musterte die ein wenig windschiefe, mit brauner Ölfarbe überstrichene Küchentür und dachte: Komische Käuze, wie feierlich sie sich anstellen ... Und weiter: Obwohl ich Maade heute abend wohl nicht mehr sehen werde, knüpfe ich dennoch einen Faden, vielleicht den uns beiden vom Schicksal beschiedenen Ariadnefaden, der von mir zu ihrem Vaterhause, also zu ihr führt. Ich sagte:

»Gut, ich schwöre hoch und heilig auf die Bibel, daß ich nach bestem Wissen und Gewissen dem Gelübde nachkommen werde, das ich hinsichtlich der Urkunden der Stadt Wesenberg geleistet habe. Und ebenfalls gelobe ich, kein einziges Wort darüber aus dieser Kammer hinauszutragen.«

5

»Ericus, Dei gratia, Danorum Slavorumque Rex, Dux Estoniae omnibus praesens scriptum cernentibus salutem in Domino sempiternam. Notum facimus universit quod nos Exhibitores praesentium dilectos nobis in Christo cives Wesenbergenses. Eos cum juribus suis omnibus, et familia sibi attinente sub nostra pace et protectione suscripientes specialiter defendendos, ipsis omnibus et singulis in civitate propria et extra, omnes easdem libertates, et jura, et leges, quibus cives nostris Revaliensis commode uti agnoscuntur, concedimus per prasentes …«

Also:

»Wir, Erik, von Gottes Gnaden König der Dänen und Slawen, Herzog von Estland, wünschen mit diesem Schreiben unseren Untertanen den dauernden Segen des Herrn. Hiermit geben wir kund, daß sich die Wesenberger, unsere Untertanen in Christi, in dieser Sache mit einer Bittschrift an uns gewandt haben. Also nehmen wir sie mit allen ihren Rechten und ihren Familien unter unseren besonderen Schutz und Schirm und haben ein wachsames Auge auf jeden einzelnen und alle zusammen, inner- und außerhalb ihrer Stadt, mit allen Freiheiten, Rechten und Gesetzen, wie sie für unsere Revaler Bürger gelten …«

Letzteres konnte man unmöglich anders auslegen, als daß

dasselbe lübische Recht, das den Revalern bereits im Jahre 1248 verliehen worden war, mit dem oben zitierten Schreiben Eriks VI. auch den Wesenbergern gegeben wurde. Und weiter:

»Indem wir diese unsere Gnade bezeugen, erklären wir, daß keiner unserer Machthaber, ihrer Beamten oder sonst jemand sie selbst oder ihre Familien weder in Sachen des Besitzes noch der von uns verliehenen Rechte bedrängen darf, ohne unsere unumgängliche königliche Mißbilligung und Strafe auf sich zu ziehen. Als Beglaubigung wird diesem Schreiben unser Siegel beigefügt. Gegeben in Viborg« (womit nicht die gleichnamige Stadt in Finnland gemeint ist, sondern die alte dänische Krönungsstadt in Jütland) »im Jahre des Herrn eintausenddreihundertzwei, am dritten Pfingsttag, in Anwesenheit des Herrn Nicolaus Obberso und vieler anderer ehrbarer Zeugen. Der Urkunde wird als Beglaubigung unser Siegel hinzugefügt.«

Hier noch die zweite, ebenso wichtige Urkunde (im Original natürlich auf Pergament):

»Woldemarus Dei gratia Danorum Slavorumque Rex, et Dux Estoniae omnibus praesens scriptum cernentibus – salutem in Domino sempiternam – ad perpetuam rei memoriam, et omnium – tam praesentium quam futurorum notitiam volumus devenire. Quod nos praedilectos oppidanos nostros Wesenbergenses, una cum terminis ejusdem oppidi, et bona eorumdem, cum familia sibi attinente sub nostrae pacis protectione accipimus specialiter defendendos, dimittentes eis omnes easdem libertates, gratias et jura, quibus temporibus praedilecti avi nostri Erici, quondam regis Danorum Illustris, clarae memoriae, liberrime usi fuerant et gavisi, quibus etiam praedilecti cives nostri Revalienses commode uti dignoscuntur, ipsa eorumdem privilegia, libertates, gratias et jura conscripta rata et stabilia habere volentes, atque firma perpetuis temporibus duratura ...« usw. usf. »Folglich muß es um die Rechte und Freiheiten der Wesenberger genau so stehen, wie es unser Ahnherr und ruhmreicher Dänenkönig Erik bestimmt hat und wie unsere Revaler ihre Freiheiten und Rechte gebrau-

chen. Gegeben in Reval im Jahre des Herrn eintausenddreihundertfünfundvierzig ...«

Nach den dänischen Urkunden schien die Angelegenheit der Wesenberger sonnenklar zu sein. Und da die Dokumente aus jüngerer Zeit die Aberkennung des lübischen Rechts für die Stadt Wesenberg nicht *expressis verbis* bezeugten (was natürlich nur der Landesherr hätte beschließen können), mußte die Befehlsgewalt der Tiesenhausens über Wesenberg ebenso widernatürlich sein, wie es widernatürlich wäre, wenn Herr Budberg von Hark, Ritterschaftshauptmann und bezeichnenderweise Schwiegersohn unserer Frau Tiesenhausen (der Mann ihrer jüngeren Tochter Barbara), den Boden der Revaler Vorstädte umpflügen, die Handwerker nach Hark zur Mistfuhr beordern und die Wismarer Raveline niederreißen ließe, um aus den Steinen in Hark Schweineställe errichten zu lassen! Oder wenn er fordern würde, die Revaler Ratsherren sollten nur mit Genehmigung seines Harkschen Gutsverwalters ihr Amt antreten können. Oder gar, daß derselbige Harksche Amtmann in seiner Person den Posten des Stadtrats wie den des Bürgermeisters vereinen müßte.

Nachdem ich die Papiere zunächst ins Deutsche und – zum Verständnis aller – mit großer Mühe in die Bauernsprache übersetzt hatte, hielt ich mit meiner Meinung über ihren Inhalt Rosenmark gegenüber nicht mehr zurück. Ja, ich mußte ihn wegen derselben und weiterer Papiere im vorigen Sommer und Herbst Samstag und Sonntag abends mehrmals aufsuchen. Seine Wohnung befand sich unter einem Dach mit der Schenke, neben der Feine-Leute-Kammer, und war durch den Schankraum sowie durch eine Hintertür zu erreichen. Sie war weniger prächtig, als ich erwartet hatte.

An jenem Abend, als ich ihrer Aufforderung zugestimmt, wir über den Lohn gesprochen und der Schuster gesagt hatte, daß sie nicht im Geld schwimmen würden, hatte Rosenmark »Allerdings« hinzugefügt. Es hatte den Anschein gehabt, er hätte dies aus rein geschäftlichen Gründen gesagt, um mir möglichst wenig zu zahlen. Dabei schätzte er ihren Besitz viel höher ein, ja sogar auffallend hoch. Es ist durchaus möglich, daß die Worte des Krügers in meiner Erinnerung erst später einen derartigen Sinn erhalten haben. Auf jeden Fall war Rosenmarks unordentlichte, verwahrloste Junggesellenwohnung für mich eine Enttäuschung. Leere verrußte Balkenwände, winzige dreckige Fensterscheiben, durch die kaum etwas zu sehen war. Einige Hocker, die vermutlich in der Kneipe kaputtgegangen und vom Wirt mit ein paar Nägeln halbwegs repariert worden waren. Ein nicht abgeräumter Tisch, von dem ich jedesmal die Brösel wegwischen mußte, ehe ich mich an meine Schreibarbeit machen konnte. Und ein Bett mit schmierigen Schaffellen. Enttäuschung hin, Enttäuschung her – andererseits war es für mich ein Trost. Großer Gott, es war ja nicht zu übersehen, daß dieser Trampel mit dem griechischen Profil und Maade etwas miteinander hatten. Ich entdeckte in seiner Wohnung keine Spur von Aufräumen und Putzen, kein anständiges Kleidungsstück, kein Deckchen oder Tüchlein, das auf eine ordnende Frauenhand hingewiesen hätte. Was zwischen ihnen auch sein mochte, so weit reichte diese Beziehung offensichtlich nicht, daß Maade sich um Sauberkeit und Behaglichkeit der Wohnung gekümmert hätte.

Ich suchte ihn also fünf- oder sechsmal auf und weiß bis heute nicht, ob Frau Tiesenhausen nichts von meinen Schenkenbesuchen zu Ohren gekommen war, oder ob sie beschlossen hatte, sie mir *tacite* zu gestatten.

Gewöhnlich führte mich der Krüger durch das Lokal in sein Zimmer, prüfte, ob die Tür zur Straße verschlossen war, brachte mir Tintenfaß, Papier sowie Gänsekiel und holte aus der Ofennische eine ziemlich große eiserne Schatulle hervor. Beim ersten und zweiten Mal machte er sich selbst an der Schatulle zu schaffen und reichte mir behutsam zwischen zwei Fingern das Privileg König Eriks. Später legte er den Schlüssel einfach auf den Deckel, und ich nahm mir selbst, was ich brauchte. Ich breitete saubere und halbbeschriebene Blätter vor mir aus, darunter auch solche, auf denen ich mir aus dem lateinisch-deutschen Wörterbuch aus Frau Tiesenhausens Regal fremde Wörter oder solche mit mehreren Bedeutungen notiert hatte, und machte mich an die Arbeit. Nach ein oder zwei Stunden brachte mir der Wirt höchstpersönlich das Abendessen und einen Humpen Bier. Manchmal leistete er mir beim Essen Gesellschaft, und wir unterhielten uns. Über die schlechte Ernte, die durch den regnerischen Sommer zu erwarten war, über die steigenden Roggenpreise. Hin und wieder fragte er mich, ob ich wisse, was Frau Tiesenhausen gegen die Stadt im Schilde führe, worauf ich nicht antworten konnte. Und immer hatte ich das Gefühl, daß wir an der Sache vorbeiredeten. Einmal sagte er, Apotheker Richmann – er sagte Herr Apotheker Richmann – wolle sich meine Arbeit ansehen.

Diesem gelbgrünlichen Herrn, der einer sauren Gurke ähnelte, war ich einige Male auf der Straße begegnet. Nachdem mich die Gnädige einmal zu ihm in die Apotheke geschickt hatte, um für den mit Fieber zu Bett liegenden Bertram Medizin zu holen, hatte ich den Hut gelüftet, wenn ich Herrn Richmann auf der Straße traf. Obwohl sie mir gesagt hatte, sie schikke mich nur deshalb zu ihm, weil Doktor Götze verreist sei. Denn der Apotheker wäre ein unverzeihlich frecher alter Narr. Der Krüger wiederum schien zu glauben, seine Nachricht über den zu erwartenden Besuch des Apothekers hätte mich nicht genügend beeindruckt. Was sollte ich dazu sagen? Da der Apotheker die Papiere in Verwahrung hatte, war es ganz natürlich, daß er sich für meine Arbeit interessierte. Rosenmark setzte sich mir gegenüber auf einen Hocker und sagte:

»Herr Falck haben wohl noch nicht gehört, daß Herr Richmann ...?«

»Nein. Was denn?«

»Hat Euch Frau Tiesenhausen nicht davon erzählt? Die gnädige Frau hegt gegen Herrn Richmann unversöhnlichen Haß. Denn es war Herr Richmann, der mit Befugnis des Wesenberger Magistrats –«

Ich hob wohl merklich die Brauen, denn Rosenmark erläuterte:

»Freilich, offiziell haben wir natürlich keinen Magistrat. Aber unter vier Augen (Ihr und ich sprechen davon ja auch nur unter vier Augen, nicht wahr?) hieß es all die Jahre, wir hätten immer noch einen. Und mit dessen Vollmacht brachte Herr Richmann die Bittschrift der Wesenberger persönlich nach St. Petersburg zu Händen der Zarin. Darin baten sie untertänigst, alle unsere alten Rechte zu bestätigen ...«

»Zu Händen der Zarin ...?« fragte ich.

»Ja, ja. Sie hat zu lächeln geruht und ihrem ersten Sekretär befohlen, unsere Bittschrift in Empfang zu nehmen und dem zweiten Sekretär weiterzureichen.«

»Und das Ergebnis?« fragte ich weiter.

»Ein Ergebnis«, antwortete der Wirt resigniert, »gibt es nicht. Erst auf unsere dritte demütige Nachfrage teilte irgendein Kollegium mit, unsere Angelegenheit werde geprüft. Derweil würden wir nicht bestraft, wenn wir uns weiterhin in Schreiben an die Regierung eine kaiserliche Stadt nennen würden. Damals hätte es Herrn Richmann sehr schlimm ergehen können.«

»Nanu? Wieso denn?«

»Nun, auf vielerlei Art«, entgegnete der Schankwirt, nun schon abweisend, als wolle er dieses Thema meiden. Er erhob sich und sagte: »Ich will Euch nicht weiter stören. Der Herr Apotheker sähe es natürlich gern, wenn Eure Arbeit möglichst schnell fertig würde. Deshalb ist er wohl heute zu erwarten.«

Also vertrauten sie mir, wenn auch nur in gewissen Grenzen.

Nach einer Stunde kam Rosenmark mit dem Apotheker wieder. Die gelblichen durchfurchten Wangen des jovialen alten Mannes (die Größe seiner Mütze und seines Kragens war anscheinend die gleiche) waren vom Abendschoppen gerötet, und seine winzigen grauen Augen blickten rötlich unter dem hellen Wimpernkranz hervor. Er schob die Weinflasche, die der Wirt auf den Tisch gestellt hatte, beiseite und füllte die kleinen Tonbecher aus einem kantigen Flakon, den er aus der Tasche hervorgeholt hatte. Die schwüle Luft in der Stube duftete nun nach Pfefferminze und anderen mir unbekannten Gewürzen. Der Apotheker gab ein Zeichen mit dem Kinn und trank sein Glas auf einen Zug aus. Rosenmark und ich folgten seinem Beispiel. Der Apotheker nahm seine recht ramponierte graue Perücke vom Kopf und warf sie auf den Tisch. Sein kahler länglicher Schädel glänzte golden im Licht der Kerze, die Rosenmark angezündet hatte.

»Nun, was haltet Ihr von unseren Dokumenten?« fragte er, selbstverständlich auf deutsch.

»Was die dänischen Könige angeht, ist alles klar. Wesenberg wurde, genau wie Reval, das lübische Recht verliehen.«

»Ihr habt diese Papiere ins Deutsche übersetzt?«

»Allerdings.«

»Lest sie mir vor!«

Ich las ihm Eriks und Waldemars Privilegien Wort für Wort vor.

»Na also! Genau das hat mir der Petersburger Anwalt auch gesagt. Darauf könnten wir einen Schnaps vertragen. Die Grundlage ist jedenfalls von Dauer.«

Er schenkte wieder ein, und wir leerten die Gläser. Er fragte, mit der Zunge seine erstaunlich roten Lippen benetzend:

»Was werdet Ihr nun weiter tun?«

»Ich sitze gerade über dem Schelmenstreich des Königs Gustav Adolf ...«, erwiderte ich.

»Ein verflixter Streich, muß ich schon sagen«, meinte der Apotheker. »Wie weit seid Ihr damit?«

»Eile mit Weile«, entgegnete ich. »Ich habe auch die Briefe Brederodes durchgesehen, die er daraufhin der Stadt Wesenberg schickte ...«

»Die kenne ich!« rief Herr Richmann. »Nur zu! Danach kommen die Briefe von Königin Christine und von König Karl XI., die wiederum die fragwürdigen Stellen in diesen Briefen widerrufen. Nun, noch ein Schlückchen! Ich hoffe, Ihr seid in einer Woche fertig.«

»So schnell geht es nicht«, meinte Rosenmark. »Ich muß in Roggengeschäften nach Narwa, und das wird unter Umständen zehn Tage dauern. Inzwischen muß Herr Falck die Arbeit ruhen lassen.«

»Warum?« fragte Herr Richmann. »Ihr werdet die Kneipe doch nicht schließen! Euer Peter wird unterdessen das Geschäft weiterführen. So kann Herr Falck manchmal hier hereinschauen. Schließt die Tür, die zum Lokal führt, ab und gebt ihm den Schlüssel zur Hintertür. Und den Schlüssel zu diesen Papieren. Er wird fertig sein, wenn Ihr zurückkommt. Seht«, er wandte sich mir zu, »das hättet Ihr auch bei mir tun können, aber die Gnädige würde Euch kurzerhand verbieten, zu mir zu kommen. Nein, nein«, er entblößte beim Lächeln seine bläulichen Zähne, »Herr Falck wird Euch nicht bestehlen, das ist ihm anzusehen. Und er wird unsere Papiere auch nicht der Frau Baronin zum Verbrennen bringen. Also – wenn Ihr Euch auf den Weg nach Narwa macht, gebt ihm die Schlüssel.«

Ich sah, daß dies dem Krüger wider den Strich ging, aber er widersprach nicht. Der Apotheker goß die Gläser noch einmal voll, und wir leerten sie bis auf den Grund. Dann erhob er sich, setzte sich die Perücke schief auf den Kopf und sagte auf dem Weg zur Tür kokett und geheimnisvoll:

»Wenn sie mein Haus jetzt in die Luft sprengen sollten – hahaha –, ist es verdammt gut, daß die Papiere hier sind.«

Ich wollte fragen, was er damit meinte, doch ehe ich dazu kam, waren die beiden fort. So machte ich mich wieder an den Brief des Gustav Adolf. Ich hatte mir etwa eine halbe Stunde den Kopf sowie die Feder zerbrochen, als an die Tür zum Schankraum geklopft wurde.

»Ja«, rief ich, mehr aus Versehen, denn Rosenmark stand entweder hinter der Theke, oder die Tür war verschlossen. Ich konnte gerade noch denken: Das wird wohl kaum der Gutsverwalter Freundling sein, als die Tür geöffnet wurde. Sie führte auf einen dunklen Flur, und im ersten Augenblick sah ich nicht, wer eintrat.

»Johan –«

Ich erkannte ihre Stimme sofort. Ich erkannte sie, ehe sie noch zu hören war. Ich glaube, ich dachte noch: Sieh an, meine Hoffnung, daß mich diese Dokumente dem Mädchen näherbringen, wird wahr. Sie trat hinter dem Türpfosten hervor und stand nun im Kerzenlicht.

»Ach, Ihr seid hier –«

Sie schien weder erschrocken noch überrascht zu sein. Ich sagte:

»Du suchst wohl Johan –«

Maade schwieg.

Normalerweise hätte ich jetzt auch geschwiegen. Ich hatte zwar eine seltsame Vertrautheit zu diesem Mädchen empfunden und die Gedanken an sie hatten mich gereizt, aber in dieser unerwarteten Situation wäre ich wahrscheinlich stumm geblieben, hätte ich nicht vier Gläser vom Likör des Apothekers getrunken ... (Was mich aber nicht von dem Entschluß abhielt: Nein, ich werde nicht fragen, was sie mit diesem Schankwirt, mit diesem dicken weißgesichtigen Johan hat. Denn ich fürchte, sie könnte antworten ... Nein, nein, nein!) Dank dem Likör des Apothekers sagte ich:

»Maade, ich weiß schon lange, daß du weißt, daß ich feierabends hier an etwas schreibe. Wie dein Vater und ich es vereinbart haben. Und all die Zeit habe ich auf dich gewartet. Ich habe gehofft, daß du kommst und ich deine Schönheit und deine leuchtenden Augen bewundern kann.«

Ich hatte längst bemerkt, daß Maade leicht errötete. Auch jetzt sah ich im Kerzenlicht leichte Röte in ihre Wangen steigen. Sie schaute auf den ungescheuerten Fußboden und schwieg. Mir schien, daß dieses glühende Schweigen eindeutiger und beredter war als jede Antwort. Ich sagte, was ich ohne den Schnaps des Apothekers kaum über die Lippen gebracht hätte:

»Maade – Johan fährt am Donnerstag nach Narwa. Am Morgen reitet er nach Pödrus, und weiter geht es mit der Postkutsche nach Narwa. Er bleibt zehn Tage weg. Aber er gibt mir die Schlüssel. Ich werde am Samstag abend hier arbeiten. Also komm!«

Sie drehte sich auf dem Absatz ihres Halbschuhs um und schlüpfte wortlos hinaus. Der Geschmack meiner verblüffend unzüchtigen Worte brannte mir auf der Zunge und vermischte sich mit dem Pfefferminzgeschmack von Richmanns Likör, und ich dachte: Sie wird zweifellos nicht kommen ... Aber sollte sie es dennoch tun, muß sie wissen, was sie tut. Die Ungewißheit, wie es tatsächlich war oder sein könnte, verlieh mir einen besonderen Eifer, mit dem ich mich in den Brief des Gustav Adolf vertiefte, der übrigens in recht fehlerhaftem Deutsch verfaßt war.

6

»Wir, Gustaff Adolff, von Gottes Gnaden der Schweden, Gothen und Wenden König, Großfürst in Finnlandt, Herzog zu Esthen undt Carelen, item zu Ingermanland, urkunden und bezeugen offentlich für Uns und Unsere Erben, daß wir aus königlicher Gunst undt Gnaden, wie auch umd der gegen Uns undt unsern Stat in Gnaden erspürten unterthänigen, sonderbaren wohlmeinenden Zuneigunge, dem wohlgeborenen und Edlen Unserem besonderen lieben Herrn Reinhold von Brederode, Freyherrn zu Wessenbergk, Herrn zu Voenhuysen, Spanbrück, Osthuysen, Ettherßen, Spyredick, Schardam und Quadick, Holland, Seeland und Westfrießland, Rittern, verlehnet geschenket und gegeben haben, immaßen wir dann kraft dieses Unseres Briefes ihme undt seinen beiden ehelich gezeugten Töchtern, undt alsdann ihren ehelichen Leibes Erben männlichen Geschlechtes, gnädigst schenken, verlehnen undt geben zu einem wahren erblichen Lehn Gutt zwanzig Haaken Landes und eine Mühle, von denen zu demselben Hause Wesenbergk angehörigen auch zunächst an das Haus gelegenen freyen und verlehnten Ackern, Ländern, be-

setzten und unbesetzten, geradeten und ungeradeten neben denen zu solchen Landen undt der Mülen zugehörigen Heuschlägen, Wisehen, Viehdriften, Ströhmen, Holzungen, Birsen, Puschen, Fishereyen, Wildbahnen, kleinen und hohen Fogelfange, undt andern Herrlich- und auch Nutzbarkeiten, wie solches von Alters her an dasselbe Unser Haus gehöret, undt wie eine rechtmässige Obrigkeit der Länden von Unseren Hochgeehrten lieben Vorfahren, Königen zu Schweden christmilder Gedechtnis auf Uns vererbet. Welche freye unverleente 20 Hacken Landes neben der Mülen undt ihren Pertinentien in allen ihren vollkommenen Gränzen undt Scheydungen wir durch Unsern jetzo oder künftig in Lieflandt anwesenden Gubernatoren und Statthaltern Unserer Festung Reval, Ihm, obgenannten Reinholdt von Brederode, Freyherrn zu Wesenbergk, sobald er seinen Vollmechtigern dahin senden wirdt, gnedigst einweisen und solche für ausdrücklich allhier gesetzt haben, auch ihn und die seinen bey solcher Donation mantiniren, schützen und erhalten lassen wollen, nur allein, das Uns, Unsern nach dem Willen Gottes, am Reiche Schweden, künftigen regierenden Königlichen Leibes Erben nach Inhalt des Nordtköpingschen jüngsten Beschlusses, Er und sie, ratione huius feudi, getreuw undt gewehre verbleiben, und gleich darin Unserm Fürstenthum Esthland, eingesessene Ritter- und Landschaft von solchen Gütern die schuldige Rossdienste folgendes leisten usw. usf. Gegeben im Königlichen Schloß Stockholm den 11. July Anno Ein Tausend Sechshundert undt Achtzehn.«

Sosehr ich auch daran denken mußte, wie Maade in die Kammer geschlüpft war und ob sie am Samstag kommen würde oder nicht, las ich den königlichen Lehnsbrief zu Ende, löste den Knoten meines weiß und grau gestreiften Halstuches und schritt eine geraume Weile auf dem schmutzigen Fußboden des Kruges hin und her.

Verdammt noch mal! Das Papier, oder eher das Pergament mit dem königlichen Siegel, dessen Inhalt genau mit dem des erwähnten übereinstimmte, das irgendwo im Tresor der Frau

Gertrude lag, stellte das wichtigste Argument der Tiesenhausens dar. Darauf beruhten hundert Jahre lang alle ihre Ansprüche. Darauf beruhten auch heute noch alle Forderungen der alten Dame. Denn was dort festgehalten war, und kein Jota mehr oder weniger, hatten die Tiesenhausens von den Töchtern des Brederode im Jahre 1669 gekauft. Und meine Herrin hatte es geerbt. Aber hier, in diesem Lehnsbrief, wurde die *Stadt* Wesenberg nicht einmal erwähnt ... Wie war das zu verstehen? Wie war es zu erklären, daß eine Mühle, die den Brederodes als Lehen gegeben worden war, in der Urkunde dreimal erwähnt wurde, eine ganze Stadt aber kein einziges Mal?! Ja, und wenn die Stadt im Jahre 1618 nicht existiert hätte, wie das im Laufe der Zeiten öfters der Fall gewesen war, oder wenn sie Ende des zweiten Dezenniums des vergangenen Jahrhunderts wirklich in sehr jämmerlichem Zustand gewesen wäre? Aber im Schubfach des Schankwirtes gab es Papiere, von denen ich einige bereits gelesen hatte, unter anderem dasselbe Schreiben Brederodes, das er nach Erhalt des Lehnsbriefes an die Stadt Wesenberg gerichtet hatte, aus dem klar hervorging, daß es in der Stadt – na schön, in dem Städtchen – zu jener Zeit Einwohner ohne Bürgerrecht gegeben hatte, Bürger, Ratsherren und sogar mehrere Bürgermeister. Also handelte es sich doch um eine wirkliche Stadt, die neben der Mühle nicht wahrgenommen worden war ...?!

Ja, ja, so war es, aber wie sollte man es erklären? Das mußte doch möglich sein! Im Brief hieß es: »zwanzig Haken Landes zunächst an das Haus gelegenen Äckern und Feldern«. Galt das vielleicht auch für die Stadt? Denn bis zu den westlich gelegenen Grundstücken war es vom Schloß aus tatsächlich nur ein Katzensprung. Oder konnte man es so auffassen, daß die »Äcker und Länder zunächst an das Haus« die Stadt nicht berührten? Warum nicht? Denn westlich vom Schloß reichten die freien Länder bis zu den Schloßmauern. Auch diesen Boden hätte man zum Lehen geben können ... Da im Lehnsbrief nicht ausdrücklich das Gegenteil behauptet wurde, war es wohl so zu verstehen, daß Schloß und Baronie, die sich zwar damals in sehr verwahrlostem Zustand befunden hatten, zu diesen zwanzig Haken gehörten. Oder hatte man (bei diesem Gedanken blieb ich vor Schreck wie angewurzelt auf dem dreckigen Fußboden stehen) den König genasführt? Vielleicht war der Text des Lehnsbriefes, der ihm zur Unterzeichnung vorgelegt worden war, absichtlich so nebulös abgefaßt worden?! Absichtlich, damit man folgern konnte, dies gelte auch für die totgeschwiegene Stadt? Eine derartige Interpretation hätte man vor Ort gut und gern unterstützen können. Beispielsweise durch ein Darlehen für den Revaler Statthalter des Königs (gemein, so etwas auch nur zu denken, nicht wahr!), wie Brederode ja auch mit Wesenberg belehnt worden war (ich kann mich nicht erinnern, wer mir davon erzählt hatte), also durchaus nicht nur für seine Verdienste beim Friedensschluß mit Rußland, sondern ebenfalls als Dank für eine immense persönliche Anleihe ...

Jedenfalls hatte Brederode daraufhin den folgenden Brief an die Stadt Wesenberg geschrieben, den ich aus Richmanns Schatulle hervorholte:

»*Wir, Reinhold von Brederode, Freiherr zu Wesenberg in Liefland (usw. usf.), thun kund und bezeugen kraft dieses unsers offenen Briefes, nachdem der Durchlauchtige, Grossmächtige und Hochgeborne Fürst und Herr, Herr Gustav Adolph* (ich suchte mit dem Finger unter den Titeln und höfischen Floskeln nach dem Sinn dieses Ergusses und fand ihn schließlich) *uns und unsere Töchter mit der freien Herrschaft und Baroney zu Wesenberg sammt Schloß, Hackelwerk und denen dabey gehörigen Ländereien gnädigst begabet, geschonken und zum männlichen Erblehn infeudiert gehabt* (so! Die Frage sei gestattet, wieso plötzlich ein Hakelwerk auftaucht! Aber wir wollen weiterlesen), *von welchem allen, sobald solches unsre liebe und getreue Unterthanen, die Bürgermeister, Räthe und gemeine Bürger des gemeldeten Hackelwerks oder Städtlein Wesenberg in Erfahrung kommen* (aufgepaßt, aus nichts wird durch Zauberei ein Hakelwerk und durch noch merkwürdigere Zauberei gar eine

Stadt!), *sie sich zum höchsten erfreuet, und derselben bei ihrem Schreiben uns für ihren gerechten Erbherrn gutwillig angenommen, und uns dabei ihre unterthänige Dienste und Gehorsamkeit versichert.* (Was im Brief der Urgroßväter der Wesenberger gestanden hat, weiß ich leider nicht, aber es ist auch völlig egal, ob sie aufs höchste erfreut waren. Denn es gibt weder Maß noch Zollstock, die Freude zu messen, und ich habe zu viele sogenannte untertänige Versicherungen erlebt, jemanden als Herrscher anzuerkennen, um diese ernst zu nehmen – begonnen mit der Katzbuckelei des estländischen Adels und des Revaler Rats vor der Zarin Katharina bei ihrem Revaler Besuch, bis hin zu meiner eigenen Kriecherei vor der Frau Tiesenhausen.) *Welches uns denn gar angenehm gewesen, und haben derhalben billig ihnen wiederum für unsre liebe getreue Unterthanen erkannt, und in unsern gnädigen Schutz und Beschirmung auf- und angenommen. Und dieweil sie uns auch dienstlich berichtet haben, wie sie von Altershero bei der Königlichen Würde zu Dennemark, höchstlöblicher Gedächtniss, und folgends bey den Höchwürdigen gewesenen Herrn Magistern zu Lieflandt deutschen Ordens, und letztlich bey die Großmächtigsten Könige zu Schweden mit schönen herrlichen Privilegien und Freiheiten gnädigst versehen und confirmiret sind. Von welchen sie auch an uns, als ihrer gerechten Obrigkeit unsere gnädige Confirmation unterthäniglichen ersucht, und gebeten haben, und uns davon gute auscultirten Copien dienstlichen zugesandt, und unter andern zween an den eltisten in lateinischer Sprache* (das sind die bereits bekannten Kopien zum lübischen Recht der Wesenberger. Brederode erwähnt sie in seinem Brief meiner Meinung nach nur, damit man nicht behaupten könne, er hätte von ihrem Vorhandensein nichts gewußt) *nebenst mehrern andern Briefen ihre obbemeldeten Freiheiten und andere Gerechtigkeiten samt ihre gemeine Lande betreffende. Und demnach wir geneigt sind, Ihnen alle Beförderung zu thun, und in ihren Freiheiten und Gerechtigkeiten zu handhaben und erhalten, damit Sie zu vorigem Wohlstande und Verbes-*

serung der Nahrung gerathen mögen. Also haben wir auf Ihro Königl. Mayst. gnädigstes Wohlgefallen, aus unserer rechten Wissenschaft den obgenannten Bürgermeistern, Räthen, Bürgern und Einwohnern unseres Städtleins Wesenberg, gegenwärtige und zukünftige, den, welchen wir oder unsere Statthalter und Verwalter alda Bürgerrecht gnädig auch freundlich vergunnet, und vergünnen werden, die gemelte neben ihre andere löbliche Privilegien, Freiheiten und Gerechtigkeiten, davon sie in ufrichtiger und friedsamen Possession und Gebrauch sind, gnediglich eingewilliget, geconfirmiret und bestettigt, imaßen wir denn dieselbigen bey diesen einwilligen, confirmiren und bestättigen, solche hinfüro friedlich zu behalten, zu gebrauchen und zu genießen, gleich wie sie ihnen verleyhet, und gegeben seindt und sie die allerfreyeste bishero genoßen und gebraucht haben. Und obwohl die Landen und Aecker zu gemelten Städtlein Wesenberg gehörig uns auch vermöge Ihr Königl. Mayst. gnädigsten Donation erblich eingeräumet sind, damit wir dieselbe für uns und unsre Nachkömlinge in freiem Eigenthum erblich sollten mögen behalten: Als haben wir doch zu Erzeigung unseres guten undt geneigten Willens gegen Ihnen den obgemelten Bürgern und Einwohnern des gemeldten Städtchens Wesenberg samt alle denjenigen so daselbst Bürgerrecht bekommen werden. Ihnen gedachte Landen und Aecker, samt alles so dazu gehörig, aus guter Gunst und Gnade provisionaliter und bis zu unserm Gegensagen, aufs neue eingeräumet, aufgetragen und übergeben, bei diesen, damit sie solche zu ihrem eigenen Nutzen und Profit besitzen und gebrauchen mögen. Jedoch, dass sie uns, unsre Erben und Nachkömlinge, Freiheren und Freifrauen zu Wesenberg, für unsere Gerechtigkeit und ihrer dankbaren unterthänigen Erkenntniß dieser unsern besondern Gunst und großer Gnaden davon und von ihrem inhabenden Gewächsen und allerley Getreyde und Saamen alle Jahre die Zehende Schoß bezahlen werden, oder unsern Verwalter zu unserm Nutz frey folgen zu lassen. Vorbehältlichen auch, daß sie in unserm Abwesen unsern Statthalter oder Verwalter (die ihnen ihre Bürgermeister und alle andre Amptleute verordnen werden) alle redliche Dienste und Behülf leisten, auch alle gebürliche Gehorsame und Unterthänigkeit erzeigen wollen und sollen, und Sie vor ihr Oberhaupt erkennen und respectieren, und deshalben auch keinen neuen Bürger annehmen oder einlassen und Bürgerrecht vergönnen, anderst denn mit gedachter unserer Statthalter und Verwalter eigner Raht, Willen und Consens, bey pön in unsre gerechte Ungnade zu fallen. Gebiethen derowegen und befehlen den gemelten Bürgermeistern und gemeinen Bürgern samt allen andern unsern Unterthanen im Gebiethe Wesenberg, daß sie sich hiernach richten, und unsern verordneten Verwalter, daß er ihnen bey dieser unserer Begnadigung (unter gemelter Vorbehaltung) erhalten und handhaben solle. Gegeben in Grauenhagen in Hollandt auf Ostermontag 1621.«

Auf diese Art also hatte sich der überaus gerechte Herr von Brederode der Stadt Wesenberg bemächtigt, ohne daß König Gustav Adolf sie ihm überhaupt je als Lehen überlassen hätte.

Laßt uns nicht vom Zehnten sprechen. Wie es auch um alle Katzbuckelei stand, das Bedrückendste war, daß Wesenberg – denken wir nur an sein lübisches Recht – seine Räte und Vögte und Bürgermeister nicht mehr wählen konnte. Die sollten von nun an von einem Obmann des Herrn Brederode ins Amt eingesetzt werden. Und auch diesen Räten stand es nicht zu, jemandem das Bürgerrecht zu verleihen. Dies gehörte nicht mehr zu den Obliegenheiten des lieben und getreuen Magistrats, sondern zu denen eines bei Herrn Brederode in Lohn stehenden Hundsfotts. Für all das war im königlichen Lehnsbrief wahrhaftig nicht der geringste Anhaltspunkt zu finden.

Zugegeben, meine Entdeckung war kaum zu fassen. Ich las Richmanns Kopie und den Text, den ich umgeschrieben hatte, mehrmals durch und konnte es doch nicht glauben. Schließlich zerstreuten sich meine Zweifel, und zwar auf überaus bedauernswerte Weise.

In Richmanns Schatulle fand ich noch ein Papier. Es handelte sich um den Lehnsbrief Gustav Adolfs in Sachen der Wesenberger Baronie, gegeben demselben hochwohlgeborenen und getreuen Herrn Brederode im Jahre 1625, also sieben Jahre später, und dort, aber erst dort, war wirklich von einem Hakelwerk die Rede ...

Herrgott, in einer verborgenen Schicht meines Gehirns begriff ich wohl: Ich hatte mich bereit erklärt, mich mit diesen Papieren abzugeben, um dadurch meine indirekte Beteiligung an der Züchtigung Simsons und seiner Gefährten zu sühnen. Und auch, wie ich bereits zugegeben habe, in der Hoffnung, die Arbeit an den Dokumenten könnte eine Brücke zwischen mir und der Schusterstochter schlagen. Aber nachdem ich mich in die Urkunden vertieft hatte, wurde mir klar, daß alles, was über das lübische Recht Wesenbergs geredet wurde, durchaus kein Hirngespinst war. In mir erwachte das Gefühl (möglicherweise aus purem Trotz), daß ich, wie die Wesenberger selbst, in den Papieren eine Begründung für die Forderungen der Stadt suchte – wie es Richmann und Simson und Rosenmark, na schön, auch er, taten ... Nach der Überraschung und dem unglaublichen Triumph, daß Brederodes Besitzergreifung der Stadt jeglicher Grundlage entbehrte (was folglich für die Tiesenhausens ebenfalls galt), war Gustav Adolfs zweiter Lehnsbrief für mich natürlich ein harter Schlag. Obwohl ich mit all dem eigentlich nichts zu tun hatte ... Denn mich interessierte in dieser ganzen Woche nur eines: ob ich durch meine unbedachten Worte, durch meine unzüchtige Aufforderung meine Chancen bei Maade völlig verspielt hatte.

Ich spazierte mit Gustav und Bertram im jungen Eichenhain südlich vom Schloßberg. Die beiden trugen leichte linnene Anzüge mit offenem Hemdkragen, waren braungebrannt, munter und übermütig, doch trotz allem hatte ich sie erstaunlich fest im Griff. Der Eichenhain, nur noch ein Name, weniger ein Wald, nach der Überlieferung einst ein heiliger Hain des heidnischen Bauernvolkes, war zu Kriegszeiten zweimal abgeholzt worden, das erste Mal vor zweihundert, das zweite Mal vor sechzig Jahren. Trotzdem bekamen die Baumstümpfe Triebe, und hie und da war aus dem fünf oder sechs Ellen hohen Gestrüpp ein ansehnlicher Jungwald geworden, der sich auf den rasenbedeckten, für diese Gegend ungewöhnlich steilen Hügeln ausbreitete. Westlich wogte ein ebenes Roggenfeld wie ein heller kupferfarbener See. Es war eine wahre Augenweide. Wir spazierten auf der Straße nach Torma, vorbei am Wirtshaus, das hundert Jahre lang der Zankapfel zwischen der Stadt und den Tiesenhausens gewesen war. Das Haus hatte man schließlich abgetragen und hier, dreißig Ellen jenseits der einstigen Stadtgrenze, wieder errichtet. Gustav wollte ins Wirtshaus einkehren, aber ich sagte: »*Pudeat te!*«

Wir schlenderten weiter bis zu einem flachen Hügel, den man den Heideberg nannte, und setzten uns in die Schafgarben am südlichen Bachufer. Ich reichte den Jungen Schreibtafel und Griffel und hieß sie deklinieren: für Gustav *vesper dii Saturni* und für Bertram *somnium praeclarum*... Sie kratzten sich hinter den Ohren, machten sich ans Schreiben, und ich dachte nach, begleitet vom lästigen Griffelgekreische, das mir unter die Haut ging:

Selbstverständlich wird sie nicht kommen. Weil sie ein anständiges Mädchen ist. Nur deshalb. Nicht, weil sie diesem dicken Johan nahesteht oder ihm treu ist. Nein. Nur deswegen, weil ein anständiges, keusches Mädchen der Aufforderung eines fremden Mannes zu einem Stelldichein unter vier Augen nicht Folge leistet. Ja, wenn es sich um einen Spaziergang im Eichenhain handeln würde, aber durch die dreckige, nach Tabakrauch und Bier stinkende Kneipe, in der Betrunkene randalieren, in die hintere Kammer mit dem schmierigen Fußboden und der schwülen Luft, deren Tür zum Schankraum schon wegen Richmanns Schatulle verschlossen ist! Freilich, einmal war sie gekommen, um Johan zu suchen. Vielleicht auch nicht deswegen. Vielleicht sollte sie dem Schankwirt eine Botschaft ihres Vaters bringen über Angelegenheiten, die

die beiden (und mich!) angingen. Warum auch nicht! Aber auf meine Aufforderung wird sie natürlich nicht kommen. Und mir bleibt nichts anderes übrig als zu hoffen, daß ich sie durch meine Aufdringlichkeit nicht allzu tief gekränkt habe ... So daß sie künftig möglicherweise ...

7

Sie ist gekommen. Am Abend desselben Samstags!

Meine Taschenuhr, eine von Vater geerbte kleine Uhr in silbernem Gehäuse, lag auf dem Tisch, und hin und wieder warf ich einen Blick auf sie. Ich hatte bereits zwei oder drei überaus interessante Urkunden, die ich in der Schatulle gefunden hatte, kopiert, zwei Privilegien des Gustav Adolf an Brederode aus den Jahren 1629 bis 1631 sowie einen Abschnitt des Dorpater Hofgerichtsurteils vom 3. Jänner 1632 darüber, daß aus allen früheren Lehnsbriefen nicht klar hervorgehe, ob der König, als er Brederode Wesenberg als Lehen übergeben, der Stadt ihre alten Rechte abgesprochen oder belassen hatte. Darum müsse man den König persönlich fragen, wie es eigentlich um Wesenberg stehe. (Offenbar hatte sich niemand je danach erkundigt. Wenn es aber doch der Fall war, so hatte der Fragesteller die Antwort geflissentlich unterschlagen, weil sie seinen Wünschen nicht entsprach ...)

Ich hatte bereits den Brief der Königin Hedwig Eleonora anno 1667 gelesen, in dem den Töchtern Brederodes gestattet wird, das Gut Wesenberg an Hans Heinrich Tiesenhausen zu verkaufen. Und auch den höchst erstaunlichen Brief Karls XI. vom 5. Juni 1695 an den estländischen Gouverneur Graf Axel De La Gardie. Ich tat es irgendwie abwesend. Ich nahm zwar wahr, was in ihnen geschrieben stand, betrachtete dabei aber bald den frischen Lattenzaun des Kaufherrn Knaack durch die rußigen Fensterscheiben, bald die sich im Schnekkentempo fortbewegenden Zeiger meiner Uhr, und was ich las, prägte sich mir zwar ein, ging aber auch an mir vorbei... Bis mein Auge erfaßte, was sich die Wesenberger in ihrem Brief vom König tatsächlich erbaten: Sie wollten über die Polizei- und Straßenordnung verfügen, wie es in Reval der Fall war, sowie über die Gerichtsordnung, sie wollten ihre Richter frei wählen und ihr eigenes Siegel benutzen können. Sie erbaten Marktplatz und Gefängnis zurück, die ihnen weggenommen worden waren, die sie aber dringend bräuchten – notabene zu einer Zeit, als sich Gut und Stadt in Privatbesitz befanden; weiter baten sie, die Stadt vom Schloß und dessen Pächter vollständig zu separieren, um ihre Kontribution dem König direkt bezahlen zu können, statt daß der Pächter sie in die eigene Tasche steckte. Sie baten um die Erlaubnis der Ausdehnung ihrer Grundstücke und Weiden, um die Schließung der umliegenden Schenken und darum, wieder aus dem alten Hafen von Tolsburg ins Ausland segeln zu dürfen. Sie wollten Ämter und Zünfte gründen wie in Reval, um mehr Handwerker zu beschäftigen, und laut königlicher Verfügung einen Baugrund erhalten, um eine Schule für ihre Kinder zu errichten. Sie fügten noch hinzu, sie seien gern bereit, dem König höhere Kontributionen zu entrichten, sobald sich ihre Lage durch diese Maßnahmen ein wenig bessere. Ja, sie waren sogar bereit, sich Gewehre und Musketen zu verschaffen und zu exerzieren, um die vom König bestätigten Rechte sowie die Staatsordnung zu verteidigen, falls sich dies als notwendig erweisen sollte.

Derartige Forderungen, wie sie vor siebzig Jahren gestellt worden waren, waren ein schlagender Beweis für das verblüffend selbständige Denken der Einwohner dieses Nestes. Ebenso verblüffte es mich, daß Wesenberg, wie aus dem Brief des Königs deutlich hervorging, den Tiesenhausens während der Reduktion der neunziger Jahre weggenommen worden war und am Ende der schwedischen Zeit der Krone gehört hatte! Als ich das Warten fast schon vergessen hatte und überlegte, wie diese Tatsachen den Lauf der Dinge beeinflussen könnten, wurde leise an die Tür gepocht, die zum Hof führte.

Ich zuckte nicht einmal zusammen, denn es war noch hellichter Tag, und folglich konnte jeder x-beliebige an der Tür stehen, Richmann oder sonstwer, nur nicht Maade. Ich legte die Papiere in die Schatulle, schob diese in ihr Versteck unterm Herd, öffnete die Tür – und da war das Mädchen!

Einen Augenblick stand ich vor Freude, Verlegenheit, Verblüffung, Mißbilligung wie gelähmt da. Freude, daß sie gekommen war. Freude, daß meine Worte sie dazu veranlaßt hatten. Verlegenheit, daß sie da war – denn ich war durchaus nicht der Schürzenjäger, der ich gern hätte sein wollen. Verblüffung, daß sie die Regeln der Schicklichkeit so unbekümmert übertreten hatte. Und Mißbilligung, daß sie es getan hatte – ja, auch das. Irgendwie triumphierte ich über den dicken Johan mit den weißen Zähnen, unter dessen rußigem Dach wir standen, und schämte mich zugleich. Doch alles andere wich der Freude. Als ich sie so dastehen sah, in der Jacke mit roten Bändern und dem indigoblauen Stadtrock, das honigfarbene Haar zum Zopf geflochten, mit glühendem Gesicht und stumm vor Selbstüberwindung, den Blick auf den Fußboden gerichtet, rief ich:

»Tag, Maade. Wie schön, daß du gekommen bist!«

Ich faßte sie an den Händen, an ihren weichen, unverhofft kalten Händen, zog sie fort von der Tür und schloß diese hinter ihr ab. Ich sagte:

»Du verstehst, wegen der Papiere, die ich hier...«

Da ich nur die halbe Wahrheit gesagt hatte, fiel es auch ihr nicht schwer, sich zu verstellen. Sie setzte sich auf einen Hocker am Tischende, hob den Blick, der so seltsam war, daß es mir den Atem verschlug, und sagte anscheinend interessiert:

»Nun, wo sind denn die Papiere? Ich habe seit meiner Kindheit von ihnen gehört und gedacht, sie jetzt zu Gesicht zu bekommen. Aber es sind keine da?« Sie schaute sich im Zimmer um.

Ich weiß nicht, ob ich in diesem Augenblick ihr Interesse für echt hielt. Möglicherweise war ich ihr dankbar für das

Gesprächsthema. Vielleicht begriff ich instinktiv, daß in einem solchen Moment jegliches Thema die Redenden, und sollte es sie auch mehrere Jahrhunderte zurückversetzen, einander näherbringt. Also holte ich die Schatulle aus dem Versteck hervor. Das widersprach bestimmt nicht meinem Gelübde, die Angelegenheit nicht aus dem Haus des Schusters Simson, also aus der Familie hinauszutragen. Ich setzte mich zu Maade an den Tisch, legte die Papiere vor sie hin und erklärte, worum es sich handelte. Daß es leider nur Kopien waren, doch daß sich viele Originale im Besitz der Stadt befanden, wie etwa die Bestätigung der Privilegien von König Sigismund aus dem Jahre 1594, von der Richmann behauptete, sie sei mit königlichem Siegel in beinerner Kapsel und Seidenschnur versehen. Und die Originale befänden sich zur Zeit in Petersburg, bei der Zarin oder im Senat oder sonstwo. Als Beilage und Begründung der Bittschrift der Stadt. Und dann erzählte ich ihr, was ich vor einer halben Stunde entdeckt hatte, nämlich daß den Tiesenhausens nicht nur die Stadt Wesenberg, sondern sogar das Gut während der Reduktion der Schwedenzeit abgesprochen worden sei. Daß beide zuerst der schwedischen und später der russischen Krone gehört hätten. Und daß die Tiesenhausens sie erst mehr als dreißig Jahre später zurückerhalten hätten. Laut Beschluß der Restitutionskommission, wie es scheine. Folglich müßten nicht alle einstigen Rechte der Brederodes oder Tiesenhausens den letzteren zurückgegeben worden sein. Ja, die Restitutionskommission könne sie sogar aufgehoben haben, und zwar zugunsten der Stadt, nicht wahr. Und all das müsse gründlich erforscht werden.

Erst jetzt wurde ich gewahr, daß ich bei meinem begeisterten Bericht unbewußt – oder Gott weiß wie – meinen Hocker Zoll um Zoll Maade nähergerückt hatte. Bis ich ihr so nahe saß, daß meine Wange die Wärme ihres Antlitzes und mein Schopf den Flaum an ihrem Ohr spürten. Als ich mich, unsicher geworden, zurückzog und sie anschaute, begriff ich, daß sie mir vielleicht zugehört hatte, jetzt aber nicht mehr bei der

Sache war. Denn als ich verstummte, sah sie mir in die Augen und sagte:

»Erzählt jetzt etwas von Euch.«

»Von mir? Hahaha.«

Verwundert nahm ich wahr, daß Maade nicht bloß ein Dorfmädchen war, das ein paar Stadtkleider besaß, wie es mir anfangs geschienen hatte. Ihr Lächeln, wie schüchtern es auch sein mochte, bezeugte, daß sie vor einer Woche gut und gern im Gartenhaus des Kaufmanns Knaack in erlesener Gesellschaft hätte Menuett tanzen können. Auch Rosenmark war dort gewesen, wie mir zu Ohren gekommen war. Papa Knaack hatte, ohne sich etwas zu vergeben, den jungen Leuten auf seiner Geige zum Tanz aufgespielt, und der Apothekergeselle Schlüter hatte Flöte geblasen. Ob Papa Simson von Bauern oder Handwerkern abstammte, mag dahingestellt sein. Sein Sohn Anton jedoch, an die zehn Jahre älter als Maade, sollte seine Lehrzeit als wandernder Handwerksgeselle im Ausland verbringen. Und plötzlich schien mir, daß sogar dies zu ihrer relativen Selbstsicherheit beitrug, obschon das Ausland ihres Bruders Anton kaum prächtiger oder ferner war als die Hauptstadt des kurländischen Herzogs jenseits von Riga. Ich aber bedurfte, trotz meines Studiums in Deutschland, einer Bestätigung meiner Selbstsicherheit. Ich holte unter dem Tisch eine Flasche Rheinwein hervor und stellte große Römer neben sie.

»Was soll ich dir von mir erzählen?«

Ich entkorkte die Flasche und dachte: Ich habe sie auf mein zweifelhaftes Zwanzig-Rubel-Konto anrechnen lassen, also gehört sie eher dem Krüger als mir. Und jetzt soll sie mir als Mittel dienen, dieses Mädchen zu verführen, auf das derselbige Rosenmark offenbar ein Auge geworfen hat. Das grenzte an Ehrlosigkeit, rief in mir Hemmungen hervor und spornte mich zugleich an. Ich füllte die Gläser bis zum Rande, und während sie das ihre nur mit den Lippen berührte, leerte ich meines in einem Zug. Ich sagte:

»Du weißt ja von mir fast alles. Hier weiß jeder alles von

seinem Nachbarn. Daß ich der Sohn des Glöckners der Revaler Heiligengeistkirche bin. Daß der Revaler Kaufmann Falck, ein Namensvetter und Verwandter, mir dazu verholfen hat, in Jena zu studieren. An unsere Verwandtschaft hat er sich nicht gern erinnert. Jetzt ist er tot, und ich bin hier. Aber erzählen möchte ich dir von etwas anderem. Vom Wichtigsten, was mir hier passiert ist ...« Ich gab mir einen Ruck, bevor ich meinen Satz beendete. Mir war bewußt, daß dem eine lange Rede folgen würde. »Ja. Vom Wichtigsten. Wovon du noch nichts weißt. Obwohl du es hättest wahrnehmen können, hättest du ein wenig mehr Erfahrung. Für mich ist das Wichtigste in Wesenberg, daß ich *dich* hier gefunden habe.«

Diese Behauptung, wahr oder unwahr, hielt mich nicht zurück, nein, brachte mich erst richtig in Schwung. Ich ergriff ihre kühlen Hände (sie zog sie nicht zurück!) und erinnerte sie daran, wann und wo wir einander im Frühling zum ersten Mal bemerkt hatten, nicht nur ich sie, sondern zweifellos auch sie mich ... Herrgott, dort, einige Schritte vom Exekutionsplatz entfernt, wohin neben anderen Männern ihr Vater geschleppt worden war ... Ich sagte ihr nun, es hätte mich irgendwie seltsam erregt, daß sie die Tochter jenes Schuhmachers Simson war und daß sie mich in einem derartigen Augenblick anscheinend interessiert betrachtet hätte. Ich erklärte ihr leidenschaftlich, es sei nicht erstaunlich, daß sie mir dort aufgefallen sei, weil ich ja mit dieser Sache nichts zu tun gehabt hätte und nur Zuschauer gewesen sei. Und sie sei ein so auffallend hübsches Mädchen, kindlich schüchtern und dabei voller Weiblichkeit. Diese harmonische Verbindung, sagte ich ihr und drückte ihre warm gewordenen Hände, habe mich dort, auf dem Marktplatz, erkennen lassen: Ein solches Mädchen hätte ich weder in Reval, in Riga noch in den Städten Deutschlands erlebt! Nie im Leben sei mir so ein Mädchen begegnet! Und ich erzählte ihr noch (mir schien, das müsse sie mir besonders nahebringen), wie ich dort, ein paar Schritte entfernt, hinter dem Seil die Züchtigung der Männer beobachtet und plötzlich einen Blutspritzer auf meiner rechten Wange gespürt hätte – und das wäre sicher das Blut ihres Vaters gewesen. Und als ich sie im Krug gefragt, ob sie die Tochter dieses Mannes sei, und sie bejaht hatte, sei das für mich von ganz besonderer Bedeutung gewesen.

Maade hatte den Blick gesenkt, vielleicht betrachtete sie unserer beider Hände. Sie sagte kein Wort und nickte nur, ohne mich anzuschauen, als ich fragte: »Erinnerst du dich, Maade?« Nun sah sie mir in die Augen und entgegnete beinahe flüsternd:

»Und Ihr habt mir aufgetragen, meinen Vater und die anderen Männer zu grüßen ...«

Ich zuckte zusammen, denn ich begriff, daß auch sie meine Nähe suchte. Und dann erzählte ich ihr, daß ich ihretwegen bei ihrem Vater Schuhe bestellt und im Flur und im Zimmer vergeblich nach ihr ausgeschaut und gehorcht hätte. Und ich hätte mich so gefreut, als sie mir auf dem Weg zum Brunnen begegnet sei. Als ich die Schuhe abholen kam, hätten mich ihr Vater und ihre Mutter mit Kaffee bewirtet und zu meiner Augen- und Herzensweide Butternapf, Gerstenbrot und Zwiebeln auf den Tisch gestellt. Ich hätte in meinem Freudenrausch das Glas erhoben und ihr fürs Leben zwei Dinge gewünscht: daß ihr nur Zwiebelschneiden und Glück Tränen in die Augen treiben möge. Und Schankwirt Rosenmark habe ihr seine Pranke um die Taille gelegt, hahaha – so daß ich vor Eifersucht zusammengezuckt sei.

Während meines ganzen Ergusses sagte Maade kein Wort. Als ich fragte: »Erinnerst du dich?«, nickte sie nur. Als ich fragte: »Du hast es doch nicht schon vergessen?«, schüttelte sie den Kopf. In den sechsundzwanzig Jahren meines Lebens hatte ich auch früher bemerkt, wie beredt Frauen schweigen können. Geradezu, als sei es etwas Wundersames und stecke voller Wissen, das nur ihnen allein gegeben sei. Aber ich muß sagen, daß das Schweigen dieses Mädchens, dieser Schusterstochter, dieser Maade, belustigt, ja sogar ironisch war, auch ein wenig schmerzlich und doch interessiert und, was mich betraf, bei weitem bedeutsamer als alles bisher erfahrene Schweigen.

Eigentlich untersagt mir das aus meiner Glöcknerfamilie stammende Gebot der Sittsamkeit, ausführlich zu schildern, wie meine Hände fast unbewußt und doch bewußt die ihren drückten, ihre Arme, ihre Schultern, ihre Brüste liebkosten, wie ich sie küßte, wie ich sie aufhob und wir uns beide auf den staubigen Schafsfellen von Rosenmarks Bett wiederfanden. Wie ich mich freute, daß sie sich widersetzte und mich trotzdem gewähren ließ… Und wie meine Rührung und mein Frohlocken dennoch von einem satanischen Grinsen getrübt wurden: Wüßte ich nicht, was ich anstrebte, würde mich ihr bald schwächerer, bald stärkerer Widerstand ebenso anleiten, wie es beim Kinderspiel der Fall war, wo die Ausrufe »Warm!«, »Kalt!«, »Lauwarm!«, »Heiß!« den Suchenden zum Ziel führten.

Danach lagen wir nebeneinander, der Welt geöffnet und seltsam fern von ihr. Verwundert spürte ich den Staubgeruch der Schafsfelle in meine Nase und den Lärm von nebenan in meine Ohren zurückkehren. Ich drückte Maades glühendes Gesicht an das meine, glücklich, dies tun zu können. So glücklich sogar, daß sich in diesem Glück der Schatten des Gedankens verlor, der mir durch den Kopf geschossen war: daß in der Erfahrenheit dieses Mädchens die Erinnerung an das sündige Blut des uralten Wesenberg steckte.

Maade erhob sich. Ich sah in der Dämmerung nur wie von ungefähr ihr Antlitz und ihr offenes Haar. Sie sagte tonlos:

»Ich muß jetzt gehen…«

Ich setzte mich auf den Bettrand und fragte: »Wann sehen wir uns wieder? Wir müssen ja nun –«

»Ich weiß nicht…«

Ich trat durch die Dunkelheit zu ihr. Ich umfaßte sie. Sie wich zur Tür zurück und öffnete diese hinter dem Rücken. Ich fragte:

»Wann?«

Ich hatte einen geheimen inneren Kampf, einen Kampf unter dem Meeresspiegel durchfochten: War sie eine zufällige Erscheinung, oder hatte ich wirklich in meinem Leben nach

Hause gefunden, war sie eine Blume am Wegrand oder der vertraute Garten, zu dem ich endlich gefunden hatte? Diesen Kampf hatte ich jetzt, hier zwischen Rosenmarks Schlafstätte und der Hintertür, zugunsten des vertrauten heimischen Gartens zu Ende geführt. Ich sagte:

»Ich komme mit dir. Wir müssen miteinander sprechen –«

»Nein. Komm nicht –«

Sie fuhr mir mit den Fingern zaghaft durchs Haar, machte sich frei und stieß die Tür in die Abenddämmerung auf. Dann, schon auf der Schwelle, schon draußen, schon weg von mir, sagte sie, wie mir schien, so laut, daß es in allen Nachbarhäusern zu hören war:

»Ich bin mit Rosenmark verlobt.«

Sie schlug die Tür, die sich merkwürdigerweise nach außen öffnete, hinter sich zu.

8

Ich blieb wie angewurzelt stehen. Ich eilte ihr nicht auf die dunkle Höllenstraße nach, um sie zur Rede zu stellen, was diese Verlobung zu bedeuten hätte. Und warum sie es mir überhaupt mitteilte. Und warum es erst jetzt geschehen war.

Ich stand eine ganze Weile im finsteren Zimmer und lehnte die Stirn an die ungestrichene Brettertür, die sie vor mir geschlossen hatte. Nein, sie hatte gesagt: »Komm nicht!«, und sie war ja mit einem anderen verlobt – wie konnte ich ihr nacheilen und fordern, sie solle mir Rede und Antwort stehen? Ich blieb im Zimmer. Ich verschloß die Tür. Ich unternahm gar nichts. Ach ja, ich zündete eine Kerze an und goß den Rest aus der Flasche – es reichte noch für drei Römer – in mich hinein. Aber der Wein stieg mir nicht zu Kopfe. Als ich den Entschluß faßte, auf dem Burgberg oder zwischen den Feldern spazierenzugehen und nachzudenken, was ich tun sollte, wurde an die Tür gepocht. Ich eilte, um sie zu öffnen, und stieß dabei zwei Hocker um. Es war Richmann.

»Tag, junger Mann.« Er nahm die Perücke vom Kopf. »Ich war bei Gerber Rohleder zum Schachspiel und bemerkte beim Vorbeigehen Licht bei Euch. Rosenmark ist ja fort. Wie weit seid Ihr denn?!«

Mir wäre fast entschlüpft: »Hab mit Rosenmarks Braut Unzucht getrieben und bin vollkommen fertig«, doch obwohl mein Gesicht vom Wein glühte, waren meine Hände und mein Kopf eiskalt. Also sagte ich nichts, sondern erzählte ihm ganz sachlich, daß ich morgen noch nicht fertig sein würde, am nächsten Wochenende aber ganz bestimmt. Er brummte zufrieden:

»Also gut. Wo Eure Auftraggeber die Abschriften und Übersetzungen aufbewahren werden, ist ihre Sache. Unter meinem Dach will ich sie nicht haben. Mir reicht es, daß man mich in die Luft sprengen wollte!«

Mein Interesse für die einstigen Angelegenheiten Wesenbergs war im Augenblick gering. Doch da der Apotheker wiederholte, was er schon früher gesagt hatte, fragte ich:

»Herr Richmann, was hat es damit auf sich? Neulich habt Ihr ebenfalls davon gesprochen ...«

Dabei dachte ich: Na schön, wenn er sich jetzt hinsetzt und loslegt (denn anscheinend hatte das Schachspiel ihm nicht über seine Langeweile hinweggeholfen), kann ich meinen Gedanken nachhängen, als wäre seine Rede wie das Rascheln eines Roggenfeldes im nächtlichen Wind.

»Habt Ihr denn nicht davon gehört?!« rief der Apotheker aus und nahm Platz. »Ich dachte, in Wesenberg weiß es jeder Hund und jede Katze, von den Menschen ganz zu schweigen.«

»Ihr seht ja, ich weiß es nicht. Aber ich hoffe, es gleich zu erfahren.«

»Das sollt Ihr! Und das müßt Ihr! Denn Ihr müßt daraus Eure Konsequenzen ziehen. Wenn Ihr Euch hinsetzt und darüber nachdenkt. So. Es war also im Frühling dreiundsechzig. Die Not der Stadt und der Haß der Bürger auf Frau Tiesenhausen hatten wieder einmal einen Höhepunkt erreicht. Seht, es hat nicht in all den hundert Jahren, die Euch durch diese Urkunden bekannt sind, gleich heftig gebrodelt. Die Stadt hat auch andere Zeiten erlebt. Lämmchenfromme Zeiten, und auch ihre Lämmerschwänzchen, die in jenen Zeiten die Angelegenheiten der Stadt geregelt haben. Zum Beispiel die schwedische Zeit, soviel ich weiß, unter Karl XI. Damals schrieben gewisse Bürgerkreise dem König einen Brief, in dem sie sich über die Tiesenhausens beschwerten, und der König befahl Statthalter Poorten, eine Untersuchung einzuleiten. Ihr könnt Euch denken, daß Poorten sich nicht auf den Weg machte, sondern forderte, die Stadt möge ihm ihre Abgeordneten nach Reval schicken. Da aber begannen die Lämmchen von Wesenberg vor Schreck zu blöken: ›Was wird aus uns, wenn wir Ärmsten den Ärger von Herrn Tiesenhausen hervorrufen?‹ Und sie blökten ihre besten Männer nieder und wählten ihr größtes Lämmerschwänzchen zum Abgesandten bei Poorten. Einen Speichellecker namens Sendenhorst. Dieser machte Poorten weis, alle Nörgelei an den Tiesenhausens sei eine Intrige. Die Tiesenhausens seien die gerechtesten Herrschaften auf der Welt. Die Stadt lebe unter ihnen wie die Made im Speck, und all das Begehren nach größerer Selbständigkeit sei lauter Großtuerei der Krämersleute. Bis heute führt Frau Gertrude den Judasdienst von Sendenhorst gegen die Forderungen der Stadt ins Feld. Nun ja, zuweilen war man hier auch rühriger. Und im Frühling dreiundsechzig brachte die langjährige Ungerechtigkeit des Gutes die Stadt wieder in Harnisch. Die Enkel der im Nordischen Krieg umgekommenen Bürger strengten wieder Prozesse gegen das Gut an und forderten den Boden ihrer Vorfahren zurück. Aber meist gewannen die Anwälte der Frau Tiesenhausen die Oberhand. Und wenn jemand auf gerichtlichem Wege sein Grundstück zurückerhielt und ein Haus bauen wollte, versperrte man ihm den Weg zu den Lehm- und Sandgruben des Gutes. Die Balken, die die Städter heranschleppten, eignete sich das Gut mit

Gewalt an. Aus denjenigen, die für eine Schule bestimmt waren, baute das Gut mitten in der Stadt einen Krug. Ja, ja, das war ein noch nie dagewesener Stil. Das Gut pflügte die Weiden der Stadt um, damit die Kühe und Pferde der Städter an Hunger verendeten. Nun, ich als Apotheker konnte alles gewissermaßen als Außenseiter beobachten. Ich hatte keine Kühe und wollte mir auch kein Haus bauen. Ich war hier seit etwa zwanzig Jahren in meinem Amt seßhaft. Und die Gnädige beabsichtigte nicht, mich fortzujagen, denn ich war dem Gut von Nutzen. Doch da kamen die Städter und baten um meinen Beistand. Denn der Stadt war pulsierendes Blut zugeflossen. Zum Beispiel dieser junge Rohleder. Seht, ansonsten sind die Esten, die noch nicht gänzlich Deutsche geworden sind, in ihren Forderungen zahmer und recht feige. So sieht es wenigstens aus. Aber dieser Rohleder hielt sich wohl schon soweit für einen Deutschen, daß ...«

»Ist er denn auch einer von den Grauen?« fragte ich und rief mir das verwitterte Gesicht des breitschultrigen Gerbers ins Gedächtnis.

»Versteht sich«, erwiderte der Apotheker. »Einer aus der Dorpater Vorstadt. Wie hätte sonst der Name eines Gerbers Rohleder lauten können?! Doch nur, wenn er in Amt und Würden war, bevor er seinen Familiennamen erhielt. Nun ja. Und mit ihm einige alte gediegene deutsche Handwerker. Und überaus eifrig am Werk ist der Herr dieses Hauses, Rosenmark. Sie baten mich, ihre Beschwerden und Forderungen zu einer Bittschrift zusammenzufügen. Für keine geringere als die Zarin höchstselbst. Andere gelehrte Männer waren in Wesenberg nicht aufzutreiben. Der Pfarrer kam nicht in Frage. Doktor Götze lehnte ab. Auch an Küster Gööck hatten sie sich gewandt. Der hatte ihr Anliegen verängstigt abgewiesen. Aber ich eitler Greis, nicht wahr, ließ mich beschwatzen. Wie auch Ihr. Zum einen aus Langeweile, zum anderen ein wenig aus Trotz. Jawohl, ich gebe zu: aus einem weiteren Grund. Ich meinte, zu so einer Bittschrift würde man in Petersburg die Meinung des estländischen Generalgouverneurs hören wollen. In dieser Hinsicht schien es mir der passende Moment zu sein. Ausgerechnet einige Monate, bevor die Sache mit der Bittschrift ins Rollen kam, hatte Frau Tiesenhausen unseren Generalgouverneur gegen sich aufgebracht. Sie hatte sich geweigert, den Offizieren des Kexholmer Kavallerieregiments auf ihrem Gut Unterkunft zu gewähren. Aber es handelte sich um Männer mit einem Einquartierungsbefehl des Generalgouverneurs. Nun, da ihnen das Gut keine Unterkunft gab, forderte das Regiment sie von der Stadt. Diese quartierte die Offiziere ein, meinte aber, daß man laut des alten Rechts diesmal von dieser Pflicht befreit sei. Daraufhin schrieben wir dem Generalgouverneur auf Rosenmarks Initiative hin ein Brieflein, im Gutshaus stünden zur Zeit mehr als zwanzig Zimmer völlig leer. Und seht, Herr Holstein, also der Generalgouverneur, verwies unsere Gnädige dann recht deutlich auf ihren Platz. Ich würde sagen, unverhofft deutlich: Die Rechte der Stadt seien aufrechtzuerhalten. Das Gut habe die Quartiere bereitzustellen. In dieser Angelegenheit gebe es keine weitere Regelung. Unterzeichnet: der Baronin und Landrätin dienstbereiter Prinz von Holstein.

In diesem Sinne schien unser Brief an die Zarin zur rechten Zeit entstanden zu sein. Ich habe ihn nicht selbst verfaßt. Ich kann Theriak mischen, der aus vierundsechzig Kräutern besteht. Aber derartige Briefe überlasse ich den Anwälten. Ich habe das Dokument bloß nach Reval befördert, zu Händen des Anwalts Markwart. Und habe für ihn das Konzept verfaßt, das allerdings. Sonst hätte es bei ihm zu lange gedauert. Aber hundert Rubel hat er uns dennoch abgeknöpft. Wir haben das Geld zusammengebracht, indem fünf Mann zu gleichen Teilen die Hälfte bezahlten und Rosenmark allein den Rest. Wir haben nicht widersprochen, denn so wollte er es selbst. Aus purem plebejischem Stolz. Nun ja. Und dann kehrte ich aus Reval zurück und mußte am übernächsten Tag nach Petersburg fahren. Denn ein anderer Dummkopf, der der Zarin die Bittschrift überbracht hätte, war in der Stadt nicht aufzutreiben. Und dann – am Tag vor meiner Abfahrt –

erwachte ich wie stets um sieben Uhr – durch das Kellerfenster war in die Apotheke eingebrochen worden! Nein, nicht in die Apotheke, sondern in den Keller der Apotheke. Ich hatte dort leere Flaschen und Gläser. Und in einigen Behältern Silbersalze. In einem sogar ein Stof Quecksilber. Verschwunden war nichts. Sie waren nicht durch die Kellerdecke in die Apotheke eingestiegen. Aber die Tür zum Keller war aufgebrochen, und es roch seltsam nach Brand. Auf dem Fußboden war eine winzige bräunliche Aschespur zu sehen, die zu meinem alten Steinmörser führte, und auch darauf lag Asche. Der Mörser enthielt etwa sieben Pfund schwarzes Pulver. Alles war klar: Die Asche sollte als Zündschnur dienen. Und das schwarze Pulver war folglich Schießpulver. Ich schlug natürlich Lärm, und eine Stunde später nahmen die Männer im Krug zwei verdächtige Subjekte fest. In ihren Taschen fand man Stücke einer hedenen Zündschnur und ein wenig Schießpulver. Damals hatten wir noch keinen Gerichtsvogt. Die Bösewichte wurden in der Poststation unter Aufsicht gehalten. Zu Hause stellte ich fest, daß das Schießpulver in meinem Keller und dasjenige der Einbrecher tatsächlich ein und dasselbe war. Nun wollte ich herausbekommen, warum es eigentlich nicht explodiert war. Als ich ein wenig davon in die Presse gab und kurbelte, tropfte daraus goldfarbenes Öl.

Am nächsten Tag gingen wir zum Hakenrichter. Ich sagte, er solle die Männer doch fragen, warum sie mich in die Luft hätten sprengen wollen. Sie beteuerten: Bei Gott, eine derartige Absicht hätten sie nie gehabt! Sie hätten nur den Fußboden sprengen wollen, um in die Apotheke hineinzukommen. Wozu? Nun, in der Hoffnung, Spiritus zu finden. Was sie damit anfangen wollten? Gottchen, mit Wasser vermengen und trinken. Hier unterbrach der Richter meine Fragerei und wollte die Untersuchung einstellen. Weil nichts Ernstes passiert sei, wie er behauptete. Ich verlangte, die Männer sollten mein Kellerfenster und die Tür ausbessern. Das könnten sie nicht, sagten die Eindringlinge. Ich meinte, sie könnten auch den Fußboden der Apotheke nicht kaputtmachen. Falls ihr Schießpulver explodiert wäre, stünde das Haus als Ruine da, und Schlüter und ich wären im Jenseits. Der Hakenrichter fand, das dürfe man, ohne es nachzuprüfen, nicht behaupten, und fragte die Häftlinge, ob sie wüßten, warum es keinen Knall gegeben habe. Sie versicherten hoch und heilig, sie hätten keine Ahnung. Der Hakenrichter meinte, das Ausbleiben einer Explosion mache die ganze Angelegenheit zu einer Posse. Da der Richter die Schurken anscheinend nicht zu bestrafen gedachte, fragte ich, woher sie das Schießpulver bekommen hätten. Sie erklärten, sie hätten es von unbekannten Jägern im Krug gekauft. Darauf ich: ›Nun, da seid ihr auf Gesinnungsgenossen gestoßen. Die Jäger haben euch sieben Pfund Rübensamen verkauft.‹

Der Hakenrichter lachte so laut, daß seine Spucke auf den Richtertisch spritzte, und schimpfte auf die Häftlinge, was das Zeug hielt: Schurken! Scheißkerle! Schafsköpfe! Und ließ sie laufen. Verständlicherweise waren sie im Handumdrehen verschwunden.

Und nun – für Euch – ein paar Erläuterungen. Um Schlüsse daraus zu ziehen. Der Hakenrichter war Herr Jakob von Tiesenhausen. Einen anderen hatten wir nicht. Der Sohn der Frau Gertrude. Und der alte Mörser, in dem sich das angebliche Schießpulver befand, stand im Keller nicht unter der Apotheke, sondern unter meiner Wohnung. Ihr versteht? Gewöhnlich stand er in der Ecke, rechts von der Tür. Diese Scheißkerle hatten ihn in die linke Ecke gerückt. Genau dorthin, wo mein Schreibtisch oben stand. Und die Bittschrift an die Zarin gegen Frau Gertrude und die Urkunden, die die Stadt betrafen, Originale aus mehreren Jahrhunderten, lagen alle beisammen in einem Schreibtischfach.«

»Das ist wahrlich verblüffend, was Ihr da erzählt«, sagte ich anerkennend, obwohl ich nicht sehr aufmerksam zugehört hatte.

»Ich sagte nichts«, ließ Richmann verlauten, »und verschob meine Reise nach Petersburg. Rosenmark schickte seinen Knecht, um Schlüter zu helfen, die Apotheke zu bewachen, und ich legte mir zwei gewaltige Hofköter an und kaufte für beide Männer je eine Pistole. Dann fuhr ich dennoch in die Hauptstadt und händigte der Zarin die Klageschrift der Wesenberger aus. Obwohl sie mich erst nach anderthalb Monaten zu empfangen geruhte.«

Ich erkundigte mich: »Habt Ihr jetzt keine Angst mehr, in die Luft gesprengt zu werden?«

»Eigentlich nicht«, entgegnete der Apotheker und schürzte die Lippen. »Denn jetzt ist ja bekannt, daß ich keinen Spiritus mehr habe. Daß mein Spiritus schon längst in Petersburg ist.«

»Aber die Schatulle, in die ich ...«

»Nun ja«, meinte Richmann gedehnt, »in gewissem Maße vielleicht. Darum rede ich immerzu von Sprengung. Aber in dieser Schatulle befindet sich ja meist verdünntes Zeug.«

Er setzte sich die Perücke auf und erhob sich. »Es ist Zeit zu gehen. Und, nicht wahr – ich habe Euch nichts erzählt! Herr Tiesenhausen behauptete, bei mir seien Diebe gewesen. Ich habe Euch dasselbe gesagt. Was in der Stadt darüber gemunkelt wird, dafür sind wir nicht verantwortlich.«

Ich sagte: »Herr Richmann, wenn es einem jungen Mann wie mir geziemt, so etwas zu sagen – Ihr seid ein mutiger Mann.«

Er machte an der Schwelle halt und lachte in sich hinein. »Ich bin eher eitel. Dazu kommt – na hört, wenn mein jüngerer Bruder keine Angst vor dem Blitz hatte, sondern ihn in sein Zimmer einlud – komm und zeig, wie du aussiehst –, darf auch der ältere Bruder sich nicht von Frau Tiesenhausen ins Bockshorn jagen lassen.«

Ich verstand, daß er die Frage erwartete, was es mit dem Blitz und seinem jüngeren Bruder auf sich hätte, aber obwohl seine Geschichte spannend gewesen war, war ich vom Zuhören erschöpft. Ich machte Miene, als könnte ich seine Aufforderung zu einer weiteren Unterhaltung nicht verstehen, und sagte respektvoll:

»Ja, ja. Mut liegt meist in der Familie«, wünschte ihm eine gute Nacht und begleitete ihn hinaus.

9

Es war fünf Uhr und die Langstraße zu dieser Dämmerstunde vollkommen menschenleer, als ich den Krug verließ und das Kopfsteinpflaster betrat. Nachdem Richmann gegangen war, hatte ich mich auf das Schafsfell Rosenmarks gelegt und darüber nachzudenken versucht, was mit Maade und mir geschehen war. Ich hatte dort mit gemischten Gefühlen gelegen: Der Gedanke, daß dies das Bett des Schankwirtes mit dem Bäcker- und Propstgesicht war, hatte in mir den unwiderstehlichen Drang hervorgerufen, im Finstern mein Antlitz in das verfilzte schmierige Krausfell zu drücken und im Staub- und Schafsgeruch den Kamilleduft von Maades honigfarbenem Haar zu erspüren. Aber ich hatte keinen Halt gefunden, an dem ich mich hätte orientieren können. Aufgrund dessen, was sie mir gewährt hatte, hätte ich ihr ersehnter Freier sein sollen. Aber danach zu urteilen, wie sie mich abgewiesen hatte, war ich ein Teufel in Menschengestalt. Dementsprechend hatten die kaum hörbaren Register meiner Gedanken dort im Dunkeln vollkommen falsche Noten gespielt: Ich hatte mir vorgestellt, am nächsten Morgen mein Amt niederzulegen (weg von der verbrecherischen Gnädigen, zu deren Haus ich nicht zu blicken wagte) und dem ganzen Wesenberger Schlangennest den Rücken zu kehren. Ich hatte mir vorgestellt, ich würde meinen Abschied nicht sehr kämpferisch, jedoch resolut nehmen, nach Reval ziehen – ich wußte zwar nicht zu wem, aber ich zöge ja mit Maade nach Reval – wir würden in einem niedrigen Haus zwischen Fliederbüschen wohnen, hinter der Kleinen Strandpforte, unbedingt dort.

Vielleicht hoffte ich, mit mir ins reine zu kommen. Jedenfalls verzögerte ich die Rückkehr aufs Gut, indem ich bei den schläfrigen Häusern der Langstraße nach links abbog, am Pfad hinter dem Precheler Garten entlangging und den steilen Burgberg emporstieg. Dort oben stand ich, unter dem morgendlich-grauen, sich von Osten her rötenden Himmel, zur Rechten die Kirche, zur Linken die sogenannte Stadt, weiter links die drei spitzen Fassadengiebel des Herrenhauses und hinter mir die Burgruine.

Über dem Bächlein hing wattiger Nebel. Im Osten ragten nur die Schornsteine und Giebel der Häuser auf ihm hervor. Das vorletzte rechts überm Fluß mußte dem Schuster Simson gehören. Lag Maade dort in friedlichem Schlaf? Oder wachte auch sie, gequält von unerklärlichem Kummer? Wer weiß. Ringsum abfallendes Gelände: fern unter dem Himmel eine Ebene, Felder, Wälder, da und dort bodennahe Häuser, die sich, dem Vieh ähnlich, demütig niedergelegt hatten und im Morgengrauen kaum zu erahnen waren. Und hier, ein wenig höher, in Nebel gehüllt, der Flecken, der eine Stadt sein wollte, mit seinem schiefen Kirchturm und den flachen Häusern, von wenigen Straßen durchzogen. Dahinter das Gut. Es handelte sich eigentlich um ein ebenerdiges weißes Herrenhaus mit einem sehr hohen Steildach und drei Giebeln an der Fassade. Im dritten waren drei Fensterreihen zu sehen. Hinter dem Herrenhaus, im Nebel, ein Park, der einst der Klostergarten gewesen war, und hinter diesem, wo der Flußnebel heraufzog, Wirtschaftsgebäude, Pferde- und Kuhställe, Brauereien, Schmieden, Brennereien, Riegen, Müllershäuser, Mühlen ... Also zu solchen Praktiken war die gnädige Frau Tiesenhausen bereit, wenn die Macht der Tiesenhausens in Frage gestellt war. Könnte diese Macht überhaupt eingeschränkt werden? Käme es überhaupt in Frage, daß dieses Nest von den Tiesenhausens loskommen oder wenigstens ein wenig mehr Freiheit erreichen würde? Große Hoffnung schien die Stadt in die Bittschrift nicht mehr zu setzen. Allzu lange hatte sie in den Petersburger Kanzleien herumgelegen. Und jetzt planten sie anscheinend, mit meiner Hilfe einen neuen Brief aufzusetzen. Folglich war meine Position auf dem Gut, nach Richmanns Worten, bei Gott sehr bedrohlich. Wüßte ich wenigstens, ob ich an Maade einen menschlichen Halt in der Stadt hätte. Aber das war ja nicht der Fall. Und dann der verfallene Steinkoloß hier oben hinter mir, dieser höchste Punkt in der Landschaft. Aber wenn der Verfall von oben begann und sich nach unten ausbreitete, kamen die Tiesenhausens wirklich demnächst an die Reihe. Lächerlich, so etwas auch nur zu denken.

Ich hatte vom am Abend genossenen Wein einen sauren Geschmack im Munde, und mich fror. Das lag nicht an der kühlen Morgenstunde, die den plötzlich eintretenden Herbst ankündigte, sondern eher an der Depression, dem Gefühl der Ungewißheit und der Leere. Und an einem törichten inneren Hoffnungsfädchen, das mich zum Gut hinzog, zurück in mein sogenanntes Heim, das mich durch meine alltägliche Arbeit doppelt so stark an sich fesselte.

Am selben Sonntagmorgen saßen wir am Teetisch auf der großen Terrasse des Herrenhauses mit Blick zum Park, der nach Norden abfiel und den ich vor wenigen Stunden vom Burgberg aus betrachtet hatte. Um neun Uhr hatte sich der Nebel verzogen, die perlenden Sonnenstrahlen glühten über Wegen und Teichen. Aber im Norden, zwischen den Kronen der alten Linden, ballten sich bläuliche Wolkentürme und kündeten für den Nachmittag ein Gewitter an.

Am Frühstückstisch hatte ich mich wie an jedem Tag darum zu kümmern, daß sich meine Zöglinge nicht in die Haare gerieten. Merkwürdigerweise war mir dies bisher tadellos gelungen, obgleich ich für die Zähmung der Bengel keinerlei besondere Methode anwendete. Da ich das als Mangel empfand, fühlte ich mich recht unsicher. Ich brauchte mir nur einen Augenblick lang einzureden, sie würden mir gehorchen, ihnen dabei in die Augen sehen, und sie hielten still. Wenn mein Blick nicht half, flüsterte ich Gustav zu, als älterer Bruder habe er gewisse Pflichten, und Bertram, er sei kein Baby mehr, und sie gehorchten mir aufs Wort, allerdings nicht so schnell, wie mir lieb gewesen wäre, aber auf eine Art, die die alte Dame auch an jenem Sonntagmorgen veranlaßte, über ihre dampfende Teetasse hinweg zu sagen:

»Nur auf mich hören sie besser als auf Euch.«

Und ich lächelte dazu. Kaum merklich, aber doch beflissen.

Dieses Lächeln, dessen Erscheinen und Verschwinden ich auf der Haut spürte, erniedrigte mich. Ich starrte den silbernen Serviettenring an, der an Handschellen erinnerte, und dachte: Ich weiß doch längst, daß meine Gnädige den Tagavälja Priit, den Aufseher, den die Wesenberger Bauern hassen und fürchten wie eine giftige Viper, ihren tüchtigsten Leibeigenen nennt. Sie hatte ihn über den grünen Klee gelobt (»Ein sehr pflichtgetreuer Mann, genau wie unsere Bauerntölpel sein sollten!«) und dabei durch ihr Lorgnon einen französischen Roman namens »Émile« gelesen, den ich mir später aus ihrem Regal holte. Beim Lesen wurde mir der Widerspruch zwischen dem Lob der Gnädigen und ihrer Lektüre klar. Doch darüber wunderte ich mich nicht. Ebenso überraschte es mich nicht, daß sie sich gegen den Beschluß des Generalgouverneurs wehrte, in Wesenberg müsse ein Vogteigericht ins Leben gerufen werden. Herrgott, sie hatte mich ja das Konzept ihres Protestschreibens verfassen lassen. Erstens hieß es, dieser Beschluß bedeute, daß Frau Tiesenhausen übergangen werde. Zweitens brauche ein Ort wie Wesenberg ein solches Gericht überhaupt nicht – denn sie, Frau Tiesenhausen, die Erbfolgerin aller Wesenberger, und ihr Sohn, der örtliche Hakenrichter, würden jeden eventuellen Rechtsstreit zwischen ihren Bauern auf allergerechteste Weise schlichten. Und drittens seien alle sogenannten Stadtbürger, die der Generalgouverneur als Kandidaten fürs Gericht vorgeschlagen hatte, Kaufmann Verlau und Goldschmied Lindblad und noch weitere, durch die Bank Falschmünzer und Diebe ... Wie gesagt, auch das überraschte mich nicht. Aber ich beobachtete, wie sie ihr Ei aß und mit dem silbernen Löffel bearbeitete. Diese braungesprenkelten gepflegten Greisenhände – Großmutterhände – hatten das Geld für die Ganoven abgezählt (und anscheinend so knapp, daß es für anständiges Schießpulver nicht reichte!). Das klang mir denn doch zu phantastisch ... Als ich den Blick dennoch vom Tischtuch hob und sie ansah, ihr nicht einmal unfreundliches, nur überhebliches, feines Antlitz, ihre hellgrauen Glupschaugen, fühlte ich: Ich muß ihren Blick meiden, ich kann sie nicht mehr so anschauen, daß meine Augen keine bewußte Unterwürfigkeit oder verängstigte Verachtung verraten.

Sonntags war ich von meinen Erzieherpflichten befreit. Nach dem Frühstück, als die Gnädige beschloß, mit den Jungen in die Kirche zu gehen, spazierte ich südwärts zur Stadt hinaus. Vobei am Leeri-Moor und den staubigen, eingefahrenen Weg entlang ein gutes Stück in Richtung Finn. Irgendwo auf einem Hügel nahm ich im Schatten eines Erlengestrüpps Platz, holte Hallers Verse aus der Tasche hervor und las seine ziemlich dummen Zeilen, bis mich der Schlaf übermannte:

O Vater! Rach' und Haß sind fern von deinem Herzen,
Du hast nicht Lust und Qual, noch Freud an unsern Schmerzen.
Du schufest nicht aus Zorn: die Güte war der Grund,
weswegen eine Welt vor Nichts den Vorzug fund.
Wie hast, o Heiliger! du denn die Welt erwählt,
die ewig sündiget und ewig wird gequält?

Möglicherweise war es die ewig unbeantwortete Frage dieses Liedes, die mich wieder auf die Beine brachte. Ich wanderte die Straße von Reggafer zurück in die Stadt. Es war schwül, und ich hatte schon Durst gehabt, als ich über den Versen gedöst hatte. Da sah ich den Brunnenschwengel des Kaldaaluse Jaak einladend links auf seinem Hof stehen. Vielleicht ging ich hin, weil mir dünkte, ich würde sonst möglicherweise in der Karristraße bei Papa Simson einkehren und um einen Schluck Wasser bitten.

Obwohl die Häuser am Rande der Stadt den Bauern- und Kätnerhäuschen sehr ähnlich waren, unterschieden sie sich durch ihre Essen. In dieser Hinsicht stellte die Kate des Kaldaaluse Jaak hier am Fuße des Kalksteinfelsens, hundert Schritt südlich von der Kapelle der Esten, sozusagen einen Vorposten der Stadt dar, denn auf ihr hockte ein ganz unbäuerlicher Kalksteinschornstein. Jaak selbst, den das Quietschen des Brunnenschwengels auf den Hof geholt hatte, erkannte und begrüßte mich und war ganz und gar ein Landmann. Er hatte noch das weiße Sonntagshemd an, das er in der Kirche zu tragen pflegte. Die Jacke lag bereits in der Truhe. Er war braungebrannt, sehnig, etwa fünfzig Jahre alt. Aber die Sonntagsstiefel (welche er bestimmt besaß) hatte er bereits gegen Pasteln eingetauscht, dieselben, die er bei der Züchtigung im Frühling angehabt hatte. Ich schöpfte einen Eimer angenehm kühles Wasser aus dem Brunnen, füllte den Tonkrug, der auf dem Brunnendeckel bereitstand, und trank ihn in einem Zug leer. Dann holte ich meine Tabatiere hervor und bot Jaak den Revaler Knaster an. Wir setzten uns auf die Bank beim Brunnen und steckten die Pfeifen an. Ich glaubte, Jaak wäre durch Simson und die anderen unterrichtet, wüßte also, daß die Stadtgrauen es müde waren, die Antwort auf ihre Bittschrift vom Jahre 63 abzuwarten, daß einige von ihnen eine neue schicken wollten und ich damit ein wenig zu tun hatte. Wir hatten schon von allem möglichen gesprochen, da fragte ich:

»Jaak, ich wollte dich schon längst danach fragen, hatte aber keine Gelegenheit dazu – wie bist du zu dieser Züchtigung im Frühling gekommen?«

Darauf erzählte er mir seine Geschichte. Sein Großvater hatte zur Zeit der Brederode-Töchter am Ende der Ritterstraße ein Grundstück samt Haus besessen. Er war Gutsgärtner gewesen, hatte übers Gut holländische Blumenzwiebeln erhalten und für die Fräulein Blumen auf seinem Flurstück gezüchtet. Jaak brummte:

»Nun ja, das Bürgerrechtspatent hatte er vermutlich nicht. Aber Städter war er auf jeden Fall, und das während der ganzen Tiesenhausenschen Zeit. Aber dann fegte Scheremetjew die Stadt mit allem Drum und Dran von der Erde. Und als mein Vater nach fünfzehn Jahren von den Tiesenhausens den Grund und Boden seines Vaters zurückhaben wollte, stand auf dem Fundament schon der Wagenschuppen der Tiesenhausens, und der Herr Verwalter, ein wildfremder Mensch, soll gesagt haben: ›Mach, daß du fortkommst! Oder ich lasse dir auf der Stelle für derartiges Gerede das Fell gerben!‹«

Jaaks Vater hatte jahrelang mit dem Gut gehadert. Vor Ort waren keine Zeugen aufzutreiben gewesen, die vorangegangene Generation war der Pestseuche erlegen, und die wenigen Überlebenden hatten unter der Fuchtel der Tiesenhausens gedarbt und nicht gewagt, Erinnerungen zu haben. Doch mit der Zeit hatte Jaaks Vater in Reval ausfindig gemacht, ehemalige Wesenberger, die so weit vom Gut entfernt lebten, daß sie sich besser an die alten Geschichten erinnern konnten. Mit ihrer Hilfe war es ihm gelungen, gegen die Tiesenhausens einen Prozeß zu führen, bis der Herr General, Frau Tiesenhausens Schwiegervater, dessen müde geworden war und Jaaks Vater statt seines einstigen Baugrundes ein Landstück neben der Weide angeboten hatte. Jaaks Vater war es recht gewesen, und er hatte sich ein kleines Gehöft angelegt. Jaak erläuterte:

»Mein Vater hat hier bis zu seinem Tode in dem Glauben gelebt, er sei ein freier Mann und der Boden sei ihm als freiem Kleinbauer gegeben. Und bis vor zwei Jahren habe ich dasselbe gedacht. Da entdeckte der Verwalter Freundling plötzlich, ich sei bereits bei der letzten Zählung der Eingepfarrten als Leibeigener in die Revisionsliste aufgenommen worden. Bis dahin sei ich nur dank Frau Tiesenhausens Gnade frei von der Fronarbeit gewesen. Nun sollte Kaldaaluse aufgepflügt werden und dem Gut gehören. Ich sollte nach Lepna oder sonstwohin umsiedeln und für das Gut Frontage tun ... Na ja, zur selben Zeit ging das Kesseltreiben gegen Lamba Kaarel und sogar gegen Tonn und Simson los, die ja zweifellos auf städtischem Boden hausten. Da kam der Schankwirt, der Rosenmark, daher und riet uns, wir sollten uns an das Landgericht wenden.«

»Der Krüger hat euch also aufgewiegelt?« fragte ich.

»Nein, ihn beschuldigen wir nicht. Wir waren ohnehin wütend genug. Er sagte uns rundheraus: ›Es kann noch mieser werden, aber man *muß* sich eben widersetzen.‹ Wir haben es getan, und was haben wir davon!«

»Wer hat den Klagebrief geschrieben?«

»Das ließ der Krüger in Reval machen. Wir haben unterzeichnet und ihn abgeschickt.«

»Zwangsarbeit habt ihr nicht gekriegt, und weggejagt hat man euch auch nicht?«

»Darüber wundern wir uns auch. Der Krüger hat erzählt, er habe bei einigen hohen Tieren vorgesprochen. Wer weiß, vielleicht stimmt das sogar. Er behauptet, deshalb wären wir nöch hier.«

Sonntagnachmittag und -abend saß ich wieder hinter verschlossenen Türen im Zimmer des Krügers, schrieb irgend etwas um und übersetzte die letzten Papiere, die sich in Richmanns Schatulle befanden. Mit Feder und Augen war ich bei der Sache, aber meine Ohren waren abwesend. Ich hörte Besoffene lallen und gelegentlich Geräusche aus der sommerlich leeren Schenke und gab mir Mühe, etwas zu hören, was nicht zu hören war – Maades leichten eiligen Schritt, der sich der Hintertür näherte. Da meine Gedanken woanders waren, gedieh die Arbeit nicht, und ich kam nicht einmal mit dem Brief Karls XI. aus dem Jahre 1695 an den Generalgouverneur Axel De La Gardie zu Rande. Ganz zu schweigen von den Schriftstücken, die Beschlüsse der russischen Restitutionskommission aus den Jahren 1723 und 1728 enthielten. Trotzdem begriff ich, daß der erwähnte Brief des Königs den damaligen Bitten Wesenbergs im wesentlichen entgegenkam. Nur den Außenhandel über den Tolsburger Hafen hatte der König ausdrücklich untersagt (wäre wohl auch überflüssig und unangebracht gewesen ...?). Aber die Schaffung der Gerichtsbarkeit und der Polizeiordnung sowie die Gründung einer Schule – um die Staatstreue und die Religiosität der Stadtbevölkerung zu festigen, versteht sich – hatte er nicht nur gestattet, sondern sogar befohlen. Setzte man also – ich spielte mit einem vagen staatswissenschaftlichen Gedanken – trotz endloser Anfeindungen, Metzeleien und fürchterlicher Kämpfe um die Macht eine innere Brüderlichkeit aller christlichen Monarchien voraus, wie es in weisen Büchern häufig dargestellt worden ist, mit einem Wort, setzte man die Fortdauer der wichtigsten königlichen Urkunden voraus, hätte die russische Restitutionskomission ganz bestimmt vom unleugbaren juristischen Vorhandensein der Stadt ausgehen müssen ...

Montagvormittag schickte mich die Gnädige zu Borge ins Pastorat, weil sie am nächsten Sonntag zur Kommunion gehen wollte.

Als ich auf dem Rückweg auf der Langstraße zum Gut schritt, schaute ich an der Ecke der Gerberstraße, die im Volksmund Höllenstraße heißt, bei Rosenmarks Schenke nach rechts über den Steg und das Bächlein zu den letzten Häusern jenseits des Flusses. Auf Simsons Hof war, soviel ich sehen konnte, keine Menschenseele zu erblicken. Aber da kam Krüger Rosenmark fünfzig Schritt entfernt die verwahrlosten Stufen der Höllenstraße entlang auf mich zu. Er war also von seiner Narwa-Reise zurück. Und nun kam er – ich konnte es mir denken, woher. Um so lieber hätte ich um die Ecke des Kruges verschwinden wollen. Aber er erkannte mich sofort und winkte mir zu, ich solle warten.

Ich blieb stehen und wartete. Es war unmöglich, mich anders zu verhalten. Er trug einen Hut und eine erstaunlich saubere Jacke aus braunem Tuch und hatte sich ein graues seidenes Halstuch umgebunden. Zum Kuckuck, so gepflegt hatte ich ihn noch nie gesehen. Hellgraue Kniehose und weiße Strümpfe, und zwar staubige, aber neue Schuhe mit großen Kupferspangen, viel größer als die meinen. Die Schuhe dagegen stammten offensichtlich vom gleichen Leisten und gleichen Reibeisen.

Rosenmark drückte mir die Hand: »Nun, was haben der Herr Hofmeister inzwischen vollbracht?«

Ich war immerhin sechsundzwanzig Jahre alt und überzeugt, daß ich weder errötete noch erblaßte. Aber ein aufmerksamer Beobachter hätte vermutlich in meiner Stimme eine gewisse Hemmung erkennen können.

»Nichts Besonderes. Ich bin mit meinen Papieren fast fertig. Noch einen Samstag Arbeit, dann ist Schluß.«

»Treten wir mal ein.« Wir standen in der Nähe der Wirtshaustür mit den Glasscheiben.

Er ging voran, obwohl ich ein studierter Mann war. Denn er war trotz seiner Schuhspangen ein ungehobelter Kerl... Und seine mächtige Silhouette mit dem Hut verdeckte mein Spiegelbild in den Türscheiben vollkommen – eine lange, dürre Gestalt mit hohem Kragen, mit hellem struppigem Haar und angeblich eigensinnigem Kinn.

Ich folgte dem Schankwirt durch das Lokal in seine Wohnung. Während er Hut und Jacke an den Nagel hängte, stand ich mitten im Zimmer, sah vor mir das Bett mit den gedrechselten Knöpfen und wandte mich ab. Rosenmark kam zum Tisch und bot mir einen Hocker an, von dem aus ich dasselbe Bett mit den zwei schwarzen Schafsfellen sah, die quer übers Bett lagen und bis zum Boden reichten. Mir schien, daß die Felle ganz anders ausgebreitet waren als vor einer Woche. Ich fühlte, wie sich mein Herz zusammenkrampfte wie bei einem Stoß: Mein Gott, jetzt bemerkt der Krüger, daß die Felle anders liegen als früher... Zugleich gaukelte mir meine Phantasie ein Bild vor – Maade und ich auf diesen Fellen, ineinander verschlungen, der schwarze Schleier der Finsternis weggerissen, unser unzüchtiges Beilager – auf der Schlafstatt von Maades Verlobtem – allen sichtbar. Und je mehr ich die Zähne zusammenbiß, damit sich dieses Bild verlöre, desto überwältigender und deutlicher wurde es, bis es mir ganz unmöglich schien, daß er es nicht auch sah. Doch in dieses atemberaubende Mißbehagen mischte sich ein anderes Gefühl: ein leises erlösendes Gekicher rührte die Schwingen, lautlos, doch wahrnehmbar, weil wir hier so einträchtig beisammensaßen, Rosenmark und ich, zwei Betrogene und Betrüger zugleich...

Nach einer Weile – wir tranken dabei wohl auch einen Schluck Bier – stand ich auf und verabschiedete mich. Er begleitete mich freundlich zur Tür. Erst auf dem Heimweg ging es mir durch den Kopf, daß ich nicht einmal wußte, was er mir erzählt hatte. Nach angestrengtem Nachdenken konnte ich einzelne Satzstückchen zusammenflicken, und mir wurde klar: Er hatte von einer Versammlung gesprochen, von der Versammlung der Bürger, die des Deutschen nicht mächtig waren. Diejenigen, die Deutsch nicht soweit beherrschten, um die Urkunden, die ich durchgesehen hatte, zu verstehen, und denen ihr Sinn in der Bauernsprache vorgelesen und erläutert werden mußte. Er hatte Namen genannt: Rohleder, Tonn, Simson – sich selbst, der eine besonders präzise Übersicht über die Forderungen Wesenbergs erhalten mußte. Damit er die Leute, die es nötig hatten, aufklären konnte. Rosenmark hatte noch einige Namen genannt, den Schmiedegesellen Töpffer und andere. Er hatte gesagt: »Und unbedingt der Kaldaaluse Jaak.« Er sollte ein besonders deutlicher Fall sein, denn die Gnädige hatte aus ihm, einem Bürgersohn, ohne weiteres einen Leibeigenen gemacht. Richtig, Rosenmark hatte gesagt, es müsse eine Versammlung einberufen werden, und ich solle ihnen alles über die alten Rechte der Stadt darlegen.

Der Tag und die Nacht des folgenden Dienstags und Mittwochs halfen mir über mein Verlangen und meine Sehnsucht nach Maade, meine Bedenken und die Ungewißheit hinweg. Das erforderte gewaltige Anstrengung, gelang aber doch. Von Zeit zu Zeit konnte ich mich sogar überzeugen, ich sei von solchen Gefühlen weit entfernt. In den Stunden mit meinen Zöglingen war ich wohl zerstreuter als gewöhnlich, denn ich ertappte mich wiederholt dabei, mich zu Ruhe, Würde und Gelassenheit als höchste Weisheit zu zwingen. Es gab sogar erlösende Momente, in denen ich mir einredete, niemand könnte es mir nehmen, mich über mich selbst und über Rosenmark lustig zu machen. Und auf alles zu pfeifen. Aber am Donnerstagabend wurde mir plötzlich bewußt, was für ein Quadratesel ich gewesen war.

Das frühe Abendbrot war verzehrt und die Jungen auf ihre Zimmer geschickt worden. Der Abend war dämmrig und der Himmel bewölkt. Ich stieg aus meiner Mansarde hinab und eilte in die Stadt. Lieber Gott, warum hatte ich es nicht schon früher getan?! Dem Himmel sei Dank, daß ich wenigstens jetzt, nach einer Woche, diesen Entschluß gefaßt hatte. Es war ja einfach, Maade aufzusuchen. Es fand sich sicher eine Gelegenheit, ein paar Minuten unter vier Augen zu sprechen. Sie ohne Umschweife zu fragen: »Liebes Kind, sag mir, wie muß ich unsere Beziehung auffassen? Wenn du seine Verlobte bist und mich dennoch erhört hast – bedeutet das, daß du ihn nicht liebst? Oder etwas anderes? Vielleicht, daß du *mich* liebst? Oder war es purer Leichtsinn – um nicht zu sagen Liederlichkeit? Oder eine Tat der Verzweiflung? Wenn beides, Verzweiflung und Wankelmut mitgespielt haben, dann weißt du wohl selbst nicht, was von größerem Gewicht war... Was mich betrifft – ich bin mir noch nicht im klaren, aber ganz bestimmt kann ich sagen: Ich liebe dich. Jawohl. Und mir scheint, daß das, was ich für dich empfinde, wahrscheinlich die große Liebe meines Lebens ist. Darum frage ich dich: Warum willst du dich an ihn binden? Tu es nicht! Verlobungen sind auch früher schon gelöst worden.«

Ich hastete an den Gutsspeichern vorbei, bog in die Langstraße ein und war im Nu an der Ecke von Rosenmarks Schenke. Da fiel mir ein: Den Krüger wollte ich bei Maade keinesfalls antreffen. Ich betrat den Hof des Kruges durch die kleine Pforte, schlich so leise wie möglich zum Fenster und spähte hinein. Rosenmark war Gott sei Dank zu Hause. Er und drei oder vier Männer saßen am Tisch, auf dem eine Kerze brannte. Der schwarze Schatten des Bierhumpens nahm die halbe Wand ein. Ich entfernte mich lautlos, passierte die Pforte in Flußrichtung und wäre fast in einen Graben gestolpert, der über den Flußpfad gezogen war. Es war der Graben für das Fundament des neuen Hauses, das Rosenmark zu bauen gedachte. Deswegen hatten die Einwohner der Langstraße Klage gegen ihn erhoben, weil ihnen der Zugang zum Fluß verbaut werden sollte.

Ich schritt zwischen den Kohlfeldern, ging über den Steg, den einige Wesenberger großspurig Brücke nannten, und stand gleich darauf hinter Simsons Hecke. Der Hof war menschenleer, rechter Hand war ein Fenster beleuchtet. Die Tür des Windfangs war verschlossen. Ich mußte zweimal klopfen, ehe eine Frauenstimme, aber nicht diejenige Maades, rief:

»Wer ist da?«

Ich antwortete, und die Schustersgattin öffnete mir. Sie trat mit einer Kerze in die Kammer und bot mir am Tisch Platz an, am selben runden Tisch, an dem ich gesessen hatte, als wir Kaffee getrunken und den Vertrag geschlossen hatten.

»Was hat der Hofmeister auf dem Herzen – zu so später Stunde?« fragte die Schustersfrau und nahm mir gegenüber Platz. Es war wirklich schon neun Uhr vorbei.

»Ist der Meister zu Hause ...?«

Ich traute mich nicht, sofort nach Maade zu fragen, und wollte Zeit gewinnen, um mir einen plausiblen Grund für mein Kommen auszudenken. Ich dachte: Wenn sie jetzt ihren Alten holt, wie soll ich dann meinen Besuch begründen?

»Nein«, erwiderte sie, »er ist nach Reval gefahren. Schon vorgestern. Mit der Postkutsche.«

Ich überlegte: Wunderbar! Je weiter weg Papa Simson ist, desto besser. Dann muß nur die Mutter außer Hörweite gebracht werden. Nun, ich werde mir schon etwas ausdenken.

»In welcher Angelegenheit ist er unterwegs? Und gar mit der Postkutsche?« Für einen Schuster war das wahrlich etwas protzig.

»Er bringt Maade nach Reval.«

»Maade? Nach Reval?«

»Nun ja. Habt Ihr davon nicht gehört? Ich dachte, Johan hätte es Euch erzählt. Da Ihr doch dort bei ihm ...«

»Nein. Was denn?«

»Er bringt sie nach Reval zu Kaufmann Stöör. In seiner Familie soll sie Deutsch und feine Sitten und die Fertigkeiten einer Hausfrau lernen. Bis zum Frühling. Dann wird er sie zurückholen, und sie werden Hochzeit feiern.«

Mir verschlug es die Sprache. Die alte Frau saß da, ihr kleines gelbliches sorgenvolles Gesicht glühte vor Eifer im Kerzenschein, ihre Augen – jetzt erst bemerkte ich es – waren verweint, und in ihrer Stimme erklang ein Schimmer von Begeisterung, als sie sagte:

»Vater und ich bleiben diesen Winter ganz allein. Da ist nichts zu machen. Und ich sorge mich immerzu, wie das Kind in dieser großen fremden Stadt, in diesem feinen Haus zurechtkommt. Vater hat mich schon gescholten, weil ich mir Sorgen mache. ›Aus unserem Mädchen wird ein Mensch, aber du heulst immerzu.‹ Es ist ja schön von Johan, von Rosenmark also, daß er es tut, nicht wahr? Selbst ist er ein ungehobelter Mann, aber seine Braut soll ein feines Fräulein werden. Und bei ihrem künftigen Wohlstand wird es sicher auch notwendig sein. Ihr wißt ja sicher, daß er sich neben dem Krug ein neues Haus baut. Und jetzt will er eine zweite Windmühle für die Stadt errichten, damit das Gut keinen Anspruch auf städtische Abgaben hat. Und stellt Euch vor, er hat selbst erzählt, er habe schon die riesigen leeren Grundstücke hier auf der anderen Straßenseite ins Auge gefaßt. Durch Zutun einiger maßgebender Herren will er sie dem Gut abkaufen. Und das Korngeschäft läuft bei ihm von Reval bis Narwa. Also hat er gewissermaßen recht mit seiner Behauptung, seine Frau müsse in etwa fünfzehn Jahren dem Format einer Ratsfrau entsprechen.« Mutter Simson fügte fast flüsternd hinzu: »Freilich – ein Freier deutscher Herkunft wäre mir lieber... Selbst wenn er bloß ein einfacher Handwerker wäre. Aber wir trösten uns damit, daß der Herrgott unser Kind auf seine Art erhöht ...«

Die jüngste Mitteilung der Schustersfrau und ihr sonstiges Gerede ließen mich vergessen, daß ich meine Spuren verwischen und den Grund meines Besuches erfinden wollte. Und sie war so sehr um das Schicksal ihrer Tochter besorgt, daß sie erst fragte, als ich mich bereits erhoben hatte:

»Und was hattet Ihr denn auf dem Herzen?«

»Ach, einige Fragen zur Arbeit, die ich auf Wunsch des Meisters und Rosenmarks erledigt habe.« Um noch etwas zu sagen, erkundigte ich mich: »Wann wird der Meister denn zurücksein?«

»Anfang nächster Woche, so Gott will ...«

10

Es ist mir ganz unmöglich, meine Empfindungen in Kürze zu schildern, und des langen und breiten will ich es nicht tun. Von Zeit zu Zeit hatte ich das Gefühl, daß mir aus einem mit sinnlosem Kram vollgestopften grauen Raum plötzlich eine gewaltige Welle der Enttäuschung entgegenbrandete, mir bis zum Mund und zu den Augen stieg und mich zu ersticken drohte. Doch jedesmal wogte sie zurück, und ich fand mich dort wieder, wo sie mich eingeholt hatte: im Klassenzimmer des Herrenhauses mit Gustav und Bertram, vor der schwarzen Wandtafel beim Flicken der Hose des Pythagoras. Oder mit den Jungen hoch zu Roß bei Tolsburg am Meer, aus dem Schutz des Zollhauses gegen den Wind und ins schäumende Meer galoppierend. Oder im Erkerzimmer des Herrenhauses auf dem Strohsack liegend, die Arme im Nacken verschränkt, die Ellbogen an die Wand gelehnt, in einer Abendstunde vor der Frage stehend: Sollte ich alles stehen- und liegenlassen, nach Reval eilen und zu den Stöörs gehen ...? Doch aus Tagen wurden Wochen, und ich blieb an Ort und Stelle. Die erstickenden Wogen wurden seltener, sie stachen manchmal zwischen den Rippen wie schmerzliche Erinnerungen. Die seltenen Begegnungen mit Rosenmark – auch die Versammlung, von der er erzählt hatte – verringerten eher das Gefühl, enttäuscht und betrogen zu sein. Es war vielleicht beschämend, aber mir wurde leichter ums Herz, wenn ich in ihm vor allem den gehörnten Mann sah und erst danach den siegreichen Rivalen, der mir die Geliebte geraubt hatte. Mir war ein unleugbares Unglück geschehen, doch die Schadenfreude half mir, meine Niederlage zu verwinden. Bis dahin hatte ich mich damit getröstet, daß ich meine bescheidene Bildung und gesellschaftliche Erfahrung gegen Rosenmarks Reichtum ins Feld führen konnte. Aber Mutter Simsons Stimme, die trotz der mütterlichen Sorge vor Begeisterung zitterte, hatte die Wunde meiner Minderwertigkeit weit aufgerissen. Zumal die

Dinge, die ihre Stimme zittern machten, durchaus greifbar waren. Rosenmarks neues Haus mit den fünf Zimmern und zwei Veranden in der Höllenstraße sollte zu seiner Hochzeit fertig und der Bau der Mühle gleich begonnen werden. Die Grundstücke in der Karristraße, jedes eintausendfünfhundert Quadratellen groß, waren vorhanden und zwangen mich jedesmal, wenn ich das leere Gelände erblickte, dorthin den Kopf zu wenden. Und für das neue Haus des jungen Paares waren bei Tischler Senneborn ein Eßtisch für zwölf Personen, ein Ehebett und – verdammt noch mal, was für eine Ironie des Schicksals – bei Wagner Liebe eine Hochzeitskutsche bestellt worden.

Was die erwähnte Versammlung anbelangt, so fand sie an einem Freitagabend Mitte September in Rosenmarks Wohnung statt. Sieben brummige Männer. Auf dem Tisch einige Bierhumpen. Knusprige Schweinegrieben. Der Krüger sprach die einleitenden Worte: Die Stadt erwarte bereits das zweite Jahr eine Antwort auf ihre Bittschrift. Das sei eine unzumutbar lange Zeit. Aber die deutschen Städter säßen da und hielten es für unmöglich, noch etwas zu unternehmen. Sie hätten ja der Zarin höchstselbst geschrieben, und ihr kluger Richmann sei sogar in dieser Angelegenheit in Petersburg gewesen. Dabei seien die derzeitigen Umstände für die Grauen noch untragbarer als für die Deutschen. »Warum?« brummelte jemand. Als ob er das nicht selbst wüßte! Weil sich Frau Tiesenhausen in Angelegenheiten, die die Deutschen beträfen, mehr zurückhalte als bei den Grauen. Sie habe deutsche Bürger zwar als ihre Bauern bezeichnet, aber als ihre *freien* Bauern. Vorläufig jedenfalls. Über ihre Leibeigenen, die sie mutwillig verprügeln lasse, habe sie noch nichts verlauten lassen. Die Grauen behandele sie aber allmählich so. Wie es viele, die an diesem Tisch säßen, am eigenen Leibe erfahren hätten. Die Grauen hätten sich bis jetzt entscheidender Maßnahmen enthalten. Warum? Denn die einen würden auf die Bittschrift hoffen, die anderen meinen, sie wüßten einfach nicht, was zu tun sei, die Deutschen dagegen wüßten, welche alten Rechte die Stadt Wesenberg und folglich sie selbst eigentlich hätten oder gehabt hätten. Und das sei bei Gott wahr. Bis jetzt. Denn seine Rechte müsse man kennen, um sich auf sie zu stützen oder sie zurückzufordern. Freilich seien sie bis heute nur in deutscher und teils in lateinischer Sprache zugänglich, und nur die Deutschen wüßten Bescheid. Nun aber habe dieser Jüngling, der allen Anwesenden bekannt sei, die alten wie die neuen Rechte in die Bauernsprache übersetzt und werde sie kurz vorstellen. Was ich auch nach Kräften tat. Mir war, als stünde ich dabei neben mir, hinter mir, ja als wäre ich doppelt anwesend. Ein Ich lauschte schaudernd den beschwingten Worten dieses Doppelgängers und dachte: Lieber Gott, auf welch höllische Art sind wir so weit gekommen, daß wir vor aller Ohren Dinge sagen, für die uns unsere Herrin, wüßte sie davon, vor den Kadi schleppen würde ... Aber das andere Ich hinter mir folgte interessiert und genüßlich meinem wohlerwogenen Redefluß und beobachtete zugleich anmaßend den Krüger, der versuchte, aufmerksam dem Redner zu lauschen. Aber der Redner konnte seine Eitelkeit nicht überwinden und streute unverständliche Wörter in seine Rede – *usus fructus, sentimentum, allodium* und ähnliches Zeug –, so daß Rosenmark mit den rötlichen Wimpern zuckte, als blende ihn grelles Licht.

Im großen und ganzen gab ich mir Mühe, so verständlich wie möglich zu sprechen. Ich betonte, daß die Rechte der Städter uralt und unerschütterlich seien und die Behauptung der Gutsherren, die Stadt hätte sie längst eingebüßt, nichts als Fälschung sei. Und mich dünkte, daß die Anwesenheit Rosenmarks und seines künftigen Schwiegervaters meinen Worten unverhofften Elan verlieh.

Aber der verblüffendste Eindruck dieser Versammlung war, daß meine Erläuterung die Grauen von Wesenberg – außer Rosenmark und möglicherweise den alten Simson – anscheinend wenig interessierte. Und doch saßen hier am Tisch sicher die hellsten Köpfe der Stadtgrauen. Der Krüger hatte mir gesagt, daß er den Lamba Kaarel, obwohl dieser durch die Prügel im Frühling zu den Leithammeln aufgestiegen war, nicht für pfiffig genug gehalten habe, um ihn zu der Versammlung zu holen. Also mußten diejenigen, die gekommen waren, kluge Köpfe sein. Rosenmark als Hausherr saß an einem Tischende, Rohleder rechts und Simson links von ihm. Neben Simson saß ich, was mir recht seltsam vorkam. Mir gegenüber rutschte der dürre Schlosser Tonn auf seiner Bank hin und her. Er hatte bereits vor der Versammlung im Schankraum Bier getrunken und zupfte nun unruhig an seinem rötlichen Schnurrbart. Links neben mir saß der Schmiedegeselle Töpffer, ein Mann mit schweren Pranken, bläulichrot glänzendem Gesicht und Glupschaugen. Er sah aus, als wäre er stets sternhagelvoll, trank aber nie einen Tropfen. Quer über den Tisch, ein gutes Stück weiter zum Tischende hin, aber nicht dem Hausherrn gegenüber – denn er hatte anscheinend begriffen, daß dieser Platz ihm in den Augen einiger Leute unverdient großes Gewicht verliehen hätte –, saß mit geschürzten Lippen der Kaldaaluse Jaak. Ich überlegte: Er sitzt ein wenig abseits, als wäre seine himmelschreiende Erklärung zum Leibeigenen am Stammtisch wenn schon nicht anerkannt, so doch *de facto* zur Kenntnis genommen worden ...

Als ich mit meiner Erläuterung begann, steckte Rohleder seine Pfeife an und verbreitete eine so dicke Wolke Tabakrauch um sich, als wollte er sich – das ging mir plötzlich durch den Kopf – gegen das lübische Recht, das ich darlegte, wehren. Nur der Krüger und, ein paarmal hüstelnd, Papa Simson stellten mir Fragen zur Sache. Auch der Kaldaaluse Jaak blieb stumm. Der Schlosser Tonn war ebenfalls so gut wie stumm. Das heißt, als ich davon sprach, daß die schwedische Krone den Tiesenhausens das Gut weggenommen hatte, drückte Tonn die Augen fest zu, verzog das Gesicht und machte »Mmch-mmch«; es klang, als würde ihm jemand auf der Schwitzbank in der Badstube den juckenden eingefallenen Bauch kratzen. Und als ich weiter berichtete, der damalige Tiesenhausen habe das Gut von der Krone gepachtet und dafür gesorgt, daß die Stadt keine Kenntnis davon erhielt, daß Tiesenhausen nicht mehr Gutsherr war, sondern nur der Pächter von des Königs Gnaden – als ich erzählte, die Stadt habe erst sieben oder acht Jahre später zufällig davon erfahren, schnitt Tonn eine ganz fürchterliche Grimasse und gab Laute von sich, die dem vorigen »Mmch« ähnelten. Doch das klang nun, als hätte eine Fuhre Mühlsteine seinen mageren Körper überrollt.

Zuletzt erzählte ich ihnen – und daran konnten sie sich selbst erinnern – vom langen Brief an die Zarin und den darin enthaltenen Forderungen. Übrigens handelte es sich dabei um einige, die selbst mich verblüfft hatten, als ich sie aus Richmanns Schatulle geholt und gelesen hatte. Beispielsweise die unerhörte Tatsache, daß die Stadt von den Tiesenhausens Schadensersatz für den willkürlichen Gebrauch des städtischen Bodens forderte. Diese Willkür währte schon einundneunzig Jahre, und die Summe betrug 29157 Rubel... Die Männer am Tisch versetzte das nicht in Staunen, denn sie hatten natürlich längst davon gehört. Sie wurden erst munter, als Töpffer fragte:

»Gesetzt den Fall, diese Summe würde der Stadt zugesprochen – an wen würde sie ausgezahlt?«

»Jawohl«, rief Tonn, »wem würde sie ausgezahlt?«

»Keine Bange«, meinte Rosenmark, »das wird schon im Zahlungsbefehl stehen, falls es einen solchen geben wird.«

»An wen wird das Geld verteilt?« erkundigte sich der Kaldaaluse Jaak.

»An die, die dafür gekämpft haben«, sagte Rosenmark, »das dürfte doch klar sein wie dicke Tinte.«

»Und wer wird verteilen?« brummte Töpffer.

»Nun«, Rosenmark dämpfte die Stimme, »wir haben doch den Magistrat von Wesenberg.«

Meister Simson zählte an seinen pechschwarzen Fingern ab: »Knaack, Hallstädter – und du.«

»Es kommt natürlich darauf an, wie das Geld verteilt wird«, sprach Rohleder durch seine Tabakrauchwolke.

»Gerecht, das steht fest«, erwiderte Rosenmark gewichtig. »Aber wir haben ernsthaft Grund zu zweifeln, ob wir dieses Geld kriegen. Und ob Petersburg uns überhaupt antwortet. Und darum meine ich, ist es an der Zeit – jetzt, wo uns unsere Rechte frisch vor Augen stehen –, an unsere weiteren Schritte zu denken. Das heißt, an die Klage in Sachen der Rechte der Wesenberger Grauen. Besonders die Züchtigung im Frühling müssen wir hervorheben. Meine Revaler Freunde haben mir angedeutet, der Generalgouverneur würde eine solche Klage gnädig zur Kenntnis nehmen. Wenn sie nicht in einem Ton vorgetragen wird, daß die Kläger dafür bestraft werden müssen.«

»War unser Brief an den Gouverneur denn so dreist?« fragte der Kaldaaluse Jaak in einem Ton, den man bei einem raffinierteren Menschen ironisch genannt hätte.

»Was danach kam, war ja der Beweis«, murmelte Papa Simson und bewegte unter seiner Jacke aus schwarzem, grobem Tuch die rechte Schulter, als würde sie immer noch von den Schlägen brennen.

»Wir müssen zugeben«, sagte Rosenmark und füllte die Bierhumpen eigenhändig aus dem Faß nach, »wir müssen zugeben, daß es Markwart, dieser Revaler Anwalt, der das Schreiben verfaßt hat, zu weit getrieben hat. Also, heraus jetzt mit eurer Meinung.«

Die Männer schlürften ihr Bier, redeten, schnauften. Ich mischte mich nicht ein. Aber ich bemerkte, daß der Krüger, der ja der Initiator zu sein schien, sich auch nicht besonders ins Zeug legte. So wurde beschlossen, bis Jahresende zu warten. Wenn bis dahin keine Antwort aus Petersburg vorliegen sollte, würden sie sich zu Dreikönige wieder einfinden und die Sache besprechen.

Tatsächlich trafen sie sich viel früher, wenn auch nicht wegen des Briefes an den Generalgouverneur, und auch nicht alle.

In der zweiten Oktoberwoche – es war plötzlich kalt geworden, die Erde war gefroren und die Bäume im Park hatten ihre gelben raschelnden Blätter verloren – kam ich am Vormittag mit den Jungen vom Reiten und sprang bei den Ställen aus dem Sattel. Ein loser Nagel am Sattel hatte meine einzige, ohnehin schäbige Hose zerrissen. Ich heftete das Loch eher schlecht als recht zusammen und begab mich am Nachmittag mit zwei Ellen grauen Stoffes, den Mutter mir in Reval in den Reisekorb gepackt hatte, in die Karristraße zu Schneider Museus.

Dieser feinknochige Mann mit winzigem Kopf und überaus großer Nase, die, nach seiner Stimme zu urteilen, stets verschnupft war, nahm meine Maße und fragte oder bemerkte vielmehr:

»Das wird also die Hochzeitshose sein?«

»Nanu? Nicht daß ich wüßte«, warf ich hin. Da mich sein lockerer Ton aufgebracht hatte, war meine Antwort ein wenig heftig gewesen. So fügte ich begütigend hinzu: »Ich werde bis zu meiner Hochzeit noch etliche Paar Hosen verschleißen. Wenn ich überhaupt je soweit komme.«

»Nein, nein«, berichtigte Meister Museus, »ich habe nicht die Hochzeit des jungen Herrn gemeint, sondern den Ehren- und Glückstag des Krügers.«

»Welcher Krüger?«

»Na, unser Rosenmark.«

»Er sollte doch erst im Frühling ...«

»Na wenn schon. Jetzt heißt es, zu Martini.«

»Also mit ... Simsons Tochter?« In meinem Herzen glühte ein Hoffnungsfunke auf und verglomm daselbst.

»Allemal.«

Ich sagte möglichst gleichgültig:

»Das Mädchen sollte doch zuvor in Reval vornehme Manieren lernen?«

»Dann ist sie wohl schon fertig damit«, erwiderte Museus gedehnt. »Die Hose kriegt der junge Herr am Montag. Zur Hochzeit braucht Ihr sie nur glattzubügeln.«

Zu Martini war meine Hose allerdings längst fertig. Viele Dinge blieben jedoch wegen der unerwartet baldigen Hochzeit unerledigt. Das neue Haus des Bräutigams sollte ja erst im Frühjahr einigermaßen fertig werden. Aber jetzt trieb der vorwinterliche Wind das welke Laub raschelnd am Graben für das Fundament entlang. Auch der Eßtisch für zwölf Personen und das Ehebett ließen auf sich warten. Tischler Senneborn hatte gerade mal die notwendigen Fichten- und Eichenbretter zum Trocknen aufgestapelt. Doch außer meiner grauen Hose wurde noch etwas zur Hochzeit von Johan und Maade fertig, und zwar der bei Wagner Liebe bestellte, hellgelb gestrichene Zweispänner für die Kirchfahrt.

Vor diesen Wagen hatte Rosenmarks Knecht Peeter am Morgen der Trauung das auf Hochglanz gebürstete Pferd gespannt und war zum Haus der Braut, also in die Karristraße zu Simsons Treppe gefahren, sofern die Kalksteinstufe an der Schwelle des ärmlichen Hauses eine Treppe genannt werden konnte. Dort hatte das junge Paar die Kutsche bestiegen. Ich war ja nicht dabeigewesen, aber Stadt und Gut sprachen noch wochenlang davon. Sie waren aus dem Schusterhaus auf die Straße getreten, Johan in seinem Sonntagsrock aus braunem Tuch mit Hut und heller Kniehose, und Maade im weißen Brautkleid, einer Schöpfung von Frau Museus. Wegen der Kälte und dem Schnee hatte sie sich einen Umhang über die Schultern geworfen, was ich ja später in der Kirche selbst sehen konnte. Johan hatte der Braut wie ein feiner Herr in den Wagen geholfen, neben ihr Platz genommen und den Bürgern, die an ihren Hoftoren und Haustüren gafften, mit dem Hut zugewunken. Danach war er eine Schleife gefahren und in die Ritterstraße eingebogen, weiter über die Brücke und über das Kopfsteinpflaster der Langstraße zur Kirche. Und da war es geschehen. Eine Bagatelle, versteht sich. Eine Schrecksekunde, aber in einem derartigen Augenblick dennoch seltsam und irgendwie bedeutungsvoll. Wenigstens für mich, der ich in all das verwickelt war. Als der Zweispänner an der Ecke von Rosenmarks Schenke angekommen war und der Bräutigam die Zügel gestrafft hatte, damit das Pferd die letzten hundert Schritt ein wenig schneller zurücklegen konnte, hatte sich ein Rad vom Wagen gelöst und war quer über die Straße in den Graben vor Findeisens Haus gerollt. Der Wagen hatte sich auf die Seite gelegt und am Zaun einen Halt gefunden. Die Braut hatte einen Schrei ausgestoßen und die Arme um den Hals des Bräutigams geschlungen, um nicht auf dem Steinpflaster zu landen. Als ich davon hörte, vermochte ich mich des schadenfrohen Gedankens nicht zu erwehren: Johan kann von Glück sagen, denn sonst hätte ihn Maade nicht auf offener Straße umarmt.

In der Kirche fand ich mich unter etwa hundert Menschen – den Verwandten und Bekannten des jungen Paares und sonstigen Schaulustigen – wieder. Ich weiß nicht recht, warum ich hinging. Zur Trauung seiner Geliebten begibt man sich wahrscheinlich entweder, um sich selbst zu quälen, oder aus Schadenfreude. Bei dieser Trauung frohlockte ich über das Bäuchlein, die bäuerlich-feisten Waden und die tolpatschige Selbstsicherheit des Bräutigams, mit der er seine Braut am Gestühl vorbei zum Altar führte. Aber ich war vor allem aus Neugier gekommen. Denn ich mußte Maades Antlitz sehen, wenn sie neben Johan vor den Altar trat. Und ob ihr Gesichtsausdruck etwas verriet, das für mich von Bedeutung sein konnte. Ich sah sie aus nächster Nähe, als sie die Kirche betraten. Johans Miene verriet nichts außer leichter Langeweile und Freude darüber, seinen Willen durchgesetzt zu haben. Der Schreck in Maades blassem Gesicht fiel mir sofort auf. Lieber Gott, ich hatte sie ja seit jenem Abend, *seit unserem Abend* nicht mehr gesehen! Und ich will nicht verheimlichen, daß ihr erschrockenes Gebaren vor dem Altar ein Trost für mich war, wie jämmerlich egoistisch das auch klingen mag. Der Krug-Peeter, der nach ihnen in die Kirche gekommen war, steuerte durch die Menge direkt auf mich zu. Bei leiser Orgelmusik – sein sonntäglicher Frühschoppendunst war deutlich wahrzunehmen – flüsterte er mir ins Ohr, was mit dem Zweispänner unterwegs geschehen war. So erfuhr ich, daß der Wagen bei Findeisens Haus ein Rad verloren und das Brautpaar hatte aussteigen müssen. Maade hatte zu Fuß in die

Kirche gehen wollen, doch Johan hatte darauf bestanden zu warten, bis Peeter aus der Krugremise einen neuen Splint für die Achse besorgt hatte, das Rad aus dem Graben geholt und wieder festgemacht worden war. Dann hatte der Bräutigam der totenblassen Braut in den Wagen geholfen, um mit ihm die letzten hundert Schritt zur Kirche zu fahren. So konnte ich Maades Totenblässe nicht darauf zurückführen, daß sie von diesem Mann zum Altar geführt wurde (wieso hatte ich diese Möglichkeit überhaupt erwogen?!), sondern auf die närrische, unheilverkündende Begebenheit, die ihren Schatten auf den feierlichen Vorgang warf. Oder handelte es sich um beides, sowohl um den Gifttropfen des bösen Omens, der in ihren Kelch gefallen war, als auch um den Kelch selbst, was ihr Gesicht so blaß, ihre Lippen so schmerzverzerrt und ihre Stimme so dumpf werden ließ, soweit ich dies aus der Ferne erkennen konnte? Denn als Borge, der einer zerrupften Elster ähnlich sah, mit der Trauungszeremonie bis zu dem Punkt gelangt war, wo das Brautpaar ihm antworten mußte, sprach Johan das Jawort laut und deutlich, Maades Stimme dagegen war gar nicht zu hören. Aber gesagt oder geflüstert mußte sie es haben. Denn daraufhin erklärte Borge Johan Andreas Rosenmark und Magdalena Simson zu Mann und Frau. Die Brautmutter links in der ersten Reihe begann leise zu weinen; ob es Freudentränen oder Tränen des Schmerzes ob des Verlusts waren – wer konnte das wissen (vielleicht nicht einmal sie selbst). Dann sprach Borge noch ein paar Worte, die Orgel setzte ein, und ich verließ die Kirche, denn ich hatte dort nichts mehr zu suchen.

II

11

So stand es um meine Beziehungen zur Stadt Wesenberg, als mich Frau Gertrude an jenem bewußten Tag im März zu sich beorderte, mir ihre so überaus seltsame Geschichte auftischte (ich meine den Brief aus Petersburg) und befahl, ich solle herausfinden, ob und wieweit Herr Reichsgraf Karl von Sievers der geheime Drahtzieher hinter der Aufsässigkeit der Wesenberger sei.

Ich war in den vier Wintermonaten kaum in der Stadt gewesen, nur an Heiligabend und an einigen Sonntagen nach Weihnachten mit den Jungen im Gottesdienst. Und einmal in der Apotheke, um mir Ohrentropfen zu holen. Die Städter zeigten sich nicht besonders beflissen, mit mir ins Gespräch zu kommen, war ich doch immerhin eine Amtsperson vom Gutshof. Obschon mir einige von ihnen Vertrauen geschenkt hatten. Insbesondere hielt man sich von mir fern, wenn ich mit den jungen Herren die Kirche aufsuchte. Die Ohrentropfen bekam ich von Schlüter, den ich kaum kannte. Ich war einmal vorbeigegangen und hatte nach Richmann gefragt. Schlüter hatte gesagt, der Prinzipal sei nach Simonis oder sonstwohin gefahren. So wußte ich kaum, was inzwischen in der Stadt geschehen war, nur einiges, was ich von Tiio oder anderen Dienstboten gehört hatte: zum Beispiel, daß sich Krüger Rosenmark von Kaufmann Hartmann ein Haus in der Langstraße gekauft hatte und mit seiner jungen Frau dorthin gezogen war. Und in ebendasselbe Haus war ich an diesem Märzabend unterwegs.

Warum?

Ich habe es mir reiflich überlegt, und ohne mich besonders anzustrengen, scheint eines klar zu sein: nicht, um Frau Tiesenhausens Interessen zu dienen. Natürlich hätte ich sagen können: »Nein, gnädige Frau. Ich bin bereit, Eure Enkel zu unterrichten. Ich bin bereit, allerlei amtliche Papiere für Euch zu verfassen, wenn Euer Stolz oder Eure allzu große Nervosität Euch davon abhalten, dies selbst zu tun. Aber Eure geheimen Befehle werde ich nicht befolgen.« Freilich, das hätte ich sagen können. Niemand hat mir den Mund gestopft, außer mir selbst. Wahrscheinlich hätte mich die Gnädige postwendend vom Gut gejagt, und ich hätte an diesem Ort mein täglich Brot nicht mehr verdienen können. Aber nicht aus Furcht davor enthielt ich mich einer derartigen Antwort. So scheint es mir wenigstens. Und wenn diese Furcht mein Handeln auch beeinflußte, so doch nur zum Teil. Entscheidend war die Freiheit, die mir der Befehl der Dame einräumte, mich nach Wunsch in der Stadt herumzutreiben. Ich brauchte nicht länger Vorwände zu suchen, ich hätte Spaziergänge in den Eichenwald oder Gott weiß wohin unternommen, oder ich wäre am Kartentisch eingenickt, was ich ihr vorgelogen hätte, wenn sie mich über mein Tun im vergangenen Sommer zur Rede gestellt hätte. Jetzt gab mir ihr eigener Befehl Gelegenheit, mich mit dem Stadtvolk einzulassen. Dieses Krümchen Freiheitsgefühl, ob nun wirklich oder eingebildet, ließ meinem Interesse für die Stadt, das mich den ganzen Winter in atemloser Spannung gehalten hatte, freien Lauf. Zunächst galt mein Interesse, vermischt mit Teilnahme, Verachtung, Mitleid und noch vielem, verständlicherweise Maades Ergehen. Zweitens fesselte mich – nachdem ich unverhofft in die Kraftprobe zwischen Stadt und Gut geraten war – dieses seltsame Ringen an sich, und drittens empfand ich eine von Frau Tiesenhausens Auftrag ausgehende unbezähmbare Neugier, ob das, was sie über Graf Sievers erzählt hatte, wirklich wahr sein konnte?! Ich darf wohl sagen: All diese Gründe flossen in meinem schweigenden Gehorsam zusammen. Ich verheimliche auch nicht die Möglichkeit eines vierten Grundes, der in meiner Bereitschaft, meinem Bestreben liegt, alle Befehle trotz innerer Widerstände untadelig und genau auszuführen, die mir von höherstehenden Personen erteilt werden. Und fünftens konnte schon damals an jenem

Märzabend der Plan entstanden sein, ihren Auftrag anzunehmen und *etwas völlig anderes* zu tun.

Also zog ich meine neue Hose an, die Hose für Maades und Johans Hochzeit, brachte meine Schuhe, die Papa Simson angefertigt hatte, soweit wie möglich auf Hochglanz, band mir ein sauberes Halstuch um und bürstete sorgfältig meinen Sonntagsrock, dessen Ellbogen ziemlich fadenscheinig geworden waren. Einen Mantel besaß ich nicht; so hängte ich mir meine abgetragene kalbsfellgefütterte Pelerine über und setzte mir die ebenso schäbige Hasenfellmütze auf. Wahrlich, meine ärmliche Kleidung, die meiner finanziellen Lage entsprach, war mir durchaus bewußt. Dieses Bewußtsein existierte irgendwo hinter meinem Denken und Fühlen, wurde aber meist geflissentlich ignoriert. An diesem Abend, als ich das Herrenhaus verließ und die eisglatte holprige Straße zur Stadt fürbaß schritt, schämte ich mich plötzlich meiner Kleidung, obwohl es schon dämmerte und keine Menschenseele auf dem Weg und der Ritterstraße zu sehen war. Und da die Ursache meiner Scham buchstäblich durchsichtig war, schämte ich mich doppelt. Trotzdem war ich von meinem bittersüßen Eifer wie berauscht.

Rosenmarks neues Haus war, wenn man vom Gut in die Langstraße kam, das dritte auf der linken Seite. Ein hübsches, frisch gestrichenes grünes Haus mit einem roten, zum Teil schneebedeckten Ziegeldach. Kein Prachtbau – so etwas gab es in Wesenberg nicht –, aber ein durchaus anständiges Geschäfts- und Wohnhaus eines Durchschnittsbürgers. Zum Gut hin gab es einen sogenannten Bauernladen, zur Straße hin den eigentlichen Laden und dahinter in Richtung Hof ein Kramlager. Zur Kirche hin lag die Drei- oder Vierzimmerwohnung des Kaufmanns.

Eine fremde Dienstmagd, anscheinend ein neuer dienstbarer Geist des jungen Paares, öffnete mir die Tür. Jawohl, der Hausherr sei zu Hause. Die Hausfrau ebenfalls. Ich betrat ein geräumiges niedriges Zimmer, das von einer einzigen Kerze beleuchtet war. Ich kam gar nicht erst dazu, einen Blick auf die Möbel zu werfen. Ich bemerkte nur den sauberen, braungestrichenen Fußboden und den grün und braun gestreiften Läufer, der das ganze Zimmer hindurch bis zur Tür reichte. Als ich gerade den Läufer betreten hatte, wurde die Tür geöffnet, und Rosenmark stand auf der Schwelle. Seine Silhouette zeichnete sich im hellen Lampenlicht des Nebenzimmers ab – ein winziger Hüne, ging es mir durch den Kopf. Ich gab mir einen Ruck und schritt auf ihn zu. Sein Gesicht sah ich im ersten Moment nicht, aber er hatte die Hand ausgestreckt und kam mit freundlichster Miene auf mich zu. Wir trafen uns in der Mitte des Zimmers.

»Welch angenehme Überraschung. Wo habt Ihr gesteckt? Es sind ja mehrere Monate vergangen, seit wir zuletzt –«

Wir reichten einander die Hand. Sein Händedruck schien noch selbstsicherer zu sein als früher. Und ich hätte wetten können, daß seine Hände gepflegter waren. Er sagte leicht befangen:

»Wir haben heute die Badstube geheizt. Ich war gerade drauf und dran hinzugehen. Sie ist hier auf dem Hof.« Ich bemerkte, daß er ein Wäschebündel in der Hand und ein sauberes Handtuch auf dem Arm hatte. Er kam leicht über seine Befangenheit hinweg: »Kommt mit! Ein Schwitzbad tut immer gut. Auf dem Gut werdet Ihr kaum eine anständige Badstube haben. Und nachher –« Er rief zur offenen Tür hinter sich: »Magdalena! Schau, wer bei uns hereingeschneit ist«, und zu mir: »Und danach essen wir zu Abend und plaudern.«

Auf sein Rufen erschien Maade fünf Schritte hinter ihrem Mann an der Türschwelle. Gegen das Licht konnte ich ihr Gesicht nicht sehen. Ich murmelte eine Begrüßung und hörte deutlich ihre Worte:

»Ach, Herr Berend! Guten Abend.«

Rosenmark sagte: »Magdalena, du wolltest ja nicht in die Badstube. Also deck den Tisch für uns drei. Herr Berend und ich werden einander vor dem Essen mit dem Badequast bearbeiten, und dann – gib ihm ein sauberes Handtuch zum Abtrocknen.«

Maades Silhouette verschwand in der Tür. Sie brauchte eine Weile, um das Tuch zu suchen. Dann erschien sie wieder auf der Schwelle. Aber sie kam nicht herein ins Zimmer, wo ihr Mann und ich standen. Rosenmark griff nach dem Handtuch und reichte es mir. Wir begaben uns zur Tür. Ich rief Maade ein »Danke« zu und schaute zurück, doch sie war nicht mehr da.

Der Gedanke, nach der Badstube zu dritt zu Abend zu essen, in Maades Nähe und unter Johans Augen, und mir nichts anmerken zu lassen, überwältigte mich. Erst als wir beide auf der Schwitzbank saßen, kam ich auf diesen Gedanken zurück, der mich veranlaßt hatte, seiner Aufforderung sogleich Folge zu leisten. Ich hatte gehofft, es wäre leichter, ihm in einer so unerwarteten Situation, mit Badequast und Schöpfkelle bewaffnet, verfängliche Fragen zu stellen. Und daß er in dieser Umgebung und in seiner Nacktheit möglicherweise ganz unbewußt aufrichtiger antworten würde, als er es sonst getan hätte.

Wer waren seine Hintermänner bei all seinen städtischen Vorhaben? Er hatte ja mir und anderen gegenüber angedeutet, daß er einflußreiche Beziehungen habe. Und nicht nur das. Er mußte auch großzügige Geldgeber haben für dieses so hoffnungslose Unternehmen. Unmöglich anzunehmen, daß dieser zwar nicht knickerige, aber durchaus geschäftstüchtige Mann verschiedene Dienste (zum Beispiel das Honorar für den Anwalt, der den Brief an die Zarin geschrieben hatte) aus eigener Tasche bezahlt hatte. Er mochte noch so reich sein, so weit hätte sein Reichtum doch nicht gereicht. Und noch weniger hätte ihn seine Begeisterung für die städtischen Rechte beflügeln können. Es war unmöglich, sich vorzustellen, daß sich dieser krummbeinige Mann mit dem Schmerbäuchlein und den Hängebrüsten von etwas beflügeln ließ, das keinen Nutzen verspach.

Johan streckte die Hand nach der Schöpfkelle aus und schüttete kaltes Wasser auf die Ofensteine. Er hockte gebückt da, bis sich die heiße Dampfwolke verzogen hatte, und fragte: »Wollen wir weitermachen?«

Ich vergaß fast, ihm zu antworten. Denn – du lieber Himmel – als er mir so, mit der Kelle in der Hand, sein rotgeflecktes schweißtriefendes Gesicht zuwandte, ertappte ich mich dabei, daß ich in seinem rötlichen kurzgeschorenen Kraushaar nach Zeichen von Hörnern suchte...

Jedenfalls traute ich mich nicht, mit meinen Fragen über ihn herzufallen. Ich ließ ihm Zeit, seine Hände im Wasser zu kühlen und beim Schwitzen mit Genuß zu erzählen, daß er, trotz des Hauskaufs, die Absicht nicht aufgegeben habe, ein neues Haus auf seinem Grundstück in der Gerberstraße zu bauen. Es sollte aber kein Haus für ihn und seine Familie werden, sondern eventuell ein Bau mit vier kleineren Mietwohnungen für besitzlose Handwerker, deren Zahl in der Stadt demnächst rapide anwachsen werde. Oder er könnte einen Teil des Hauses, zumal der Krug ja nicht weit war, den feineren Stammgästen zur Verfügung stellen. Für gutes Geld natürlich. Anschließend sprach er von seinem Plan, eine Windmühle bauen zu lassen. Und daß Frau Tiesenhausen diesen eifrig hintertreibe – was ich flüchtig auch aus ihrem eigenen Munde gehört hatte (»Dieser dicke Krüger, Ihr kennt ihn ja, will eine Mühle errichten! Er will mich um meine Kornabgabe bringen! Ich sage Euch: Daraus wird nichts!«). Nein, diese Worte der Gnädigen hinterbrachte ich Johan nicht, sondern pries seine löbliche und vor allem aufopfernde Rolle im Kampf für die Interessen der Stadt:

»Seit dem vorigen Sommer beobachte und bewundere ich den Eifer, mit dem Ihr Euch für den Kampf der Stadt ins Zeug legt. Wesenberg kann von Glück sagen, daß ein Mann wie Ihr dies als seine Mission betrachtet. Ihr seid doch genau der Haken, an dem – ich möchte nicht sagen, die Hüte der Deutschen und die Hüte der Grauen hängen sollten, aber jedenfalls der Haken, an dem sie bereit sind, nebeneinander zu hängen.«

Guter Gott, erst als ich das gesagt hatte, fuhr mir durch den Kopf, daß mein bildlicher Vergleich vom Geweih herrührte, das als Kleiderhaken diente, und einen bestimmten Grund hatte. Doch Rosenmark konnte das ja nicht ahnen. Seine runden Ohren lauschten genüßlich meinen Lobreden, während er mit dem Badewedel seinen feisten Bauch bearbeitete. Er brummte:

»Schon gut, schon gut ... Hehehe ... Doch sagt mir, wo sollten sie sonst hängen? Wie? Nirgends!«

Ich sagte: »Zumal ich von Herrn Richmann gehört habe ...«

»Was?«

»Nun, daß Ihr im Interesse der Stadt nicht nur für Fahrten nach Reval, sondern auch für Gericht und Anwälte und vieles mehr gewaltige Beträge aus eigener Tasche auf den Tisch geblättert habt und öfters auch für die Hälfte der Kosten aufgekommen seid.« Ich legte eine Pause ein, doch da der Krüger schwieg, fuhr ich fort: »... das ist ja eine Opferbereitschaft ohnegleichen, verglichen mit der Knauserei der meisten Leute.« Ich machte erneut eine Pause, und als er noch immer nichts sagte, sondern den Badequast auf seine Knie legte und sich an der Seite kratzte, sagte ich bedächtig: »Es sind so große Beträge, daß es Euch sicher gelungen ist, Gesinnungsgenossen zu finden ... Scheinbar sehr reiche – oder gar hochgestellte. Und ich habe mir gedacht: Sollte das stimmen, so ist dies ein weiterer Beweis Eurer Gewitztheit. Jawohl. Und seht, es interessiert mich rein persönlich: Falls Ihr solche Leute gefunden habt, so muß es sich um Revaler oder Narwaer Kaufleute handeln, aller Wahrscheinlichkeit nach um adlige. Jawohl, also habe ich gedacht: Was sind das für Menschen, die einen so ausgeprägten Gerechtigkeitssinn haben ...?«

Ich kam zu dem Schluß – während ich Johans Eifer und seine Geldopfer als Dinge hervorhob, die nur ihn allein angingen, hatte er nur geschnauft und sich gekratzt –, daß er auf meine Worte über den Gerechtigkeitssinn doch schließlich den Mund aufmachen müßte, entweder um seine Hintermänner zu preisen (»Ihr seht, es gibt bewundernswerte Herrschaften!«) oder um ihnen jeglichen Gerechtigkeitssinn abzusprechen (»Was? Seid kein Narr! Es ist der eigene Nutzen, für den einige Herrschaften ihre Beziehungen und ihr Geld eingesetzt haben.«). In beiden Fällen hätten einige Namen fallen können. Oder es hätte sich eine Gelegenheit geboten, unauffällig nach Namen zu fragen. Aber nichts dergleichen geschah. Rosenmark schwieg einfach und schlug schnaufend mit dem Badequast auf seinen Nacken los. Er schwieg noch einen Augenblick, schaute mich an und fragte:

»Das klingt nach Richmann?«

»Mmm. Nach Richmann und mir. So ungefähr haben wir die Sache besprochen.« Teilweise stimmte meine Antwort sogar.

Johan setzte den Quast wieder in Bewegung, und ich tat es ihm nach. Ich muß zugeben, daß ich mit einigem Vergnügen dachte: Wenn dieser Kerl in der Wesenberger Angelegenheit wirklich ein Agent des odiösen Herrn Sievers ist, so hat man sich jedenfalls den rechten Mann ausgesucht. Und ich überlegte noch, wie ich bei Tisch auf diese Fragen wieder zurückkommen konnte, und fühlte zugleich, daß ich sie in Maades Anwesenheit nicht aussprechen wollte. Es gab ja tausend wichtigere Fragen, die mir auf der Zunge lagen. Wenn nicht auf der Zunge – denn leider würde auch Johan dabeisein –, so doch in der Kehle. Und einige würde ich ihr doch stellen: Wie es ihr ergangen sei und was sie jetzt, als verheiratete Frau, die Knecht und Magd hatte, den ganzen Tag treibe. Ich hatte gehört, daß sie einen kleinen Webstuhl besaß und darauf winzige Läufer webte. Falls das stimmte, würde ich darum bitten, sie ansehen zu dürfen. Und ich würde sie fragen, ihr und mir selbst und der Welt zum Trotz: »Sag, bist du jetzt (oder sollte ich fragen: Gnädige Frau, seid Ihr jetzt) glücklich?« Und ich sähe, was sie dann vor Johans Augen antworten würde.

Wir ließen nochmals die Badequaste auf unseren Rücken tanzen, begossen uns mit kühlem Wasser, rieben uns trocken, kleideten uns an und gingen zurück in die Wohnung. Im Zimmer mit dem braunen Läufer brannten auf dem Eßtisch für zwölf Personen, der Arbeit von Senneborn, drei Kerzen. Eine dampfende Schüssel, Brotschnitten und Teekannen standen bereit. Aber gedeckt war nur für zwei.

»Nun, warum denn das?« murmelte Rosenmark, als er es bemerkte. »Nehmt Platz. Ich ziehe mir ein trockenes Hemd an und hole Magdalena.«

Ich setzte mich auf das Korbsofa, und mir war alles klar: Maade wollte mich nicht sehen. Ich dachte: Vielleicht wird ihr Mann sie überreden ... Und ich fragte mich, was mich wohl mehr bekümmern würde – daß sie nicht kommen wollte oder daß sie auf Johans Drängen kam. Bevor ich zu Ende gedacht hatte, erschien Johan in einem frischen Hemd und brummte:

»Ach, Weiberschrullen. Wir wollen uns setzen.«

Wir nahmen am Tisch Platz, und ich mußte allerlei Fleisch-, Teig- und Quarkfladen kosten – »Greift zu!« Ich mußte an die Worte von Rosenmarks Schwiegermutter denken: Gevatter Rosenmark scheint sich eifrig darin zu üben, in fünfzehn Jahren dem Format eines Ratsherrn von Wesenberg zu entsprechen ...

»Was fehlt denn der Jungvermählten, daß sie nicht mit uns zu Tisch sitzen will?«

»Ach, wer weiß. Kopfweh vielleicht.«

»Oh! Darum ist sie wohl auch nicht in die Badstube gegangen?«

Als mir diese Frage entschlüpft war, empfand ich sie als aufdringlich, und ich hätte sie gern zurückgenommen. Aber Johan machte sich nichts daraus. Im Gegenteil. Sein breites Gesicht wurde vergnügt, und er sagte, während er den heißen Tee schlürfte:

»In die Badstube wollte sie nicht, weil – nun ja, die Weiber haben es sowieso schon bemerkt. Wir erwarten ein Kind.«

»Ach so ...« Ich wußte darauf nichts zu sagen. Glückwünsche sind anläßlich einer Nachricht wie dieser nicht üblich. Ja, man konnte sie sogar für Beschwörungsformeln halten. Und zum Staunen gab es auch keine Ursache. Warum hätten sie kein Kind erwarten sollen? Freilich spürte ich einen Stich in der Rippengegend, als ich dachte: Genauso hätten wir ein Kind erwarten können, Maade und ich, früher oder später!

Plötzlich stockte mir der Atem, denn ich dachte, es könnte vielleicht Maades und mein Kind sein, das Maade und Johan erwarteten ...

Ich schwieg eine ganze Weile, mir schien, eine Verdacht erregende Weile, bevor ich sagte:

»Nun, Euer Hab und Gut – und es geht ja bergauf damit? – warten ja geradezu auf einen Erben. Also –« Ich überlegte, ob ich jetzt, wo Maade nicht anwesend war, das Thema, das ich in der Badstube angeschnitten hatte, wieder aufnehmen sollte. Und ob ich ganz einfach und direkt fragen sollte: Herr Rosenmark, ich habe gehört, Euch und der Stadt Wesenberg stärke der Herr Reichsgraf Sievers den Rücken. Ist das wahr? (Frau Tiesenhausen hatte mir ja nur das Gelübde abgenommen, die Herkunft des Grafen Sievers, nicht aber seinen Namen für mich zu behalten.) Doch ich stellte weder eine indirekte noch eine direkte Frage. Nicht nur, weil ich den Namen Sievers nicht auszusprechen wagte. Meine Furcht will ich gar nicht leugnen. Wenn selbst Frau Tiesenhausen, die die Stirn hatte, sich mit der Zarin anzulegen und mit ihr Händel auszutragen, wenn sogar sie diesen Sievers fürchtete, was würde dann mit mir geschehen, würde ich den Zorn eines solchen großen Herrn hervorrufen? Und das könnte leicht passieren, sollte ein derartiger Name in falscher Verbindung fallen. Denn wenn dieser Sievers seine Finger im Spiel hatte und wenn derselbe Krüger, der mir gegenüber am Tisch saß, sein Helfershelfer war, würde er meine Fragerei seinem Gebieter zutragen. Aber ich verzichtete nicht nur deshalb auf meine Frage, sondern auch aus jener Verwirrung heraus, die Maades Fernbleiben in mir hervorgerufen hatte. Denn ich wurde nicht recht klug daraus, was es zu bedeuten hatte. Sie wollte mich nicht sehen, na schön. Aber aus welchem Grunde? Sie mochte mich nicht? Womit hatte ich das verdient? Schämte sie sich, daß sie Johans Frau geworden war, nachdem wir ...? Aber warum war sie es denn dann geworden? Oder war es ihr peinlich, daß sie in anderen Umständen war? Wie hätte ich das wissen sollen? Ach ja, natürlich machte es sich schon bemerkbar. Oder war sie nicht gekommen, weil das Kind, das sie erwartete, tatsächlich von mir war?

Johan legte mir ausführlich seine Pläne mit der Mühle dar. Ich stellte ihm keinerlei Fragen. Ich kann mich nicht einmal richtig erinnern, wovon er sprach. Und dann erzählte er von dem Gerücht, die damals dem Dirigierenden Senat zugeschickte Bittschrift sei nun bearbeitet und werde demnächst der Stadt bekanntgegeben. Auch dazu fragte ich nichts. Ich spülte einen Mundvoll Fladen mit Tee hinunter und dachte: Aber wenn es wirklich mein Kind ist ...? Dieser Gedanke rief in mir ein freudiges, zweifelndes, kribbelndes Schamgefühl hervor, verlieh mir aber zugleich eine unverfrorene Keckheit. Beim Abschied klopfte ich Rosenmark auf die Schulter und bat ihn, der Frau des Hauses meinen Dank für die Bewirtung auszusprechen.

12

Drei oder vier Tage später sagte Frau Gertrude beim Frühstück, ich solle den Jungen ihre Aufgaben geben und bei ihr vorsprechen. Ich nahm an, es würde sich um die städtischen Angelegenheiten handeln, was auch stimmte. Sobald ich die Tür hinter mir geschlossen hatte, fragte sie:

»Nun, was habt Ihr in Erfahrung gebracht?«

Da mich weder die Unterredung noch die Frage überraschte, antwortete ich gelassen:

»Vorerst nichts«, und fuhr fort, ehe sie mich unterbrechen konnte: »Ich habe Rosenmark auf den Zahn gefühlt. Ich konnte ihn ja nicht direkt über Graf Sievers befragen, da ich der gnädigen Frau ein Gelübde gegeben habe. Aber ich habe den Eindruck, daß Rosenmark keine zweifelhaften Beziehungen unterhält. Sonst müßte er pfiffiger sein, als es den Anschein hat. Aber – mit Verlaub – ich habe eine Idee. Wenn gnädige Frau wünschen, daß wir bald Gewißheit haben, gestatte ich mir einige Fragen ...«

»Fragt!«

»Also – Graf Sievers war hier auf dem Gut Wesenberg Euer Diener?«

»Ich habe es Euch erzählt. Obwohl ich es wohl nicht hätte tun sollen.«

»Später ist er aus Wesenberg geflohen?«

»Ja.«

»Wann?«

»Ja, ich erinnere mich. Es war im Frühling dreiunddreißig.«

»Und er war ein – hm, Bursche von Eurem Gut Wesenberg?«

»Selbstverständlich.«

»Aus welchem Dorf?«

»Daran kann ich mich nicht erinnern.«

»Und wie hieß das Gehöft?«

»Ich weiß nicht. Ich weiß nicht, ob ich es je gewußt habe.«

»Ich frage, weil dort, wo er herstammt, noch Verwandte von ihm leben könnten. Möglicherweise steht er *mit ihnen* in Verbindung.«

Die Gnädige schnupperte an ihrem Fläschchen *Eau de Cologne*, kniff die Augen zusammen, überlegte eine Weile und schüttelte den Kopf. Nein, sie konnte weder mir noch sich selbst in dieser Sache helfen. Aber sie hieß mich eifrig weiterrecherchieren. Und bereits am selben Abend ließ sie mich nach dem Essen wieder zu sich rufen. Als ich an ihre Tür pochte und eintrat, saß sie in einem Korbsessel vor dem Kaminfeuer. Ihre Beine waren in ein Plaid gehüllt und ruhten auf einer Fußbank, und sie trank aus einem winzigen silbernen Täßchen starken, den Schlaf raubenden Kaffee. Sie sagte:

»Ich habe Euretwegen den ganzen Tag mein Gedächtnis malträtiert und werde in der Nacht nicht schlafen können. *Cet homme était de mon sousdomaine Karitsa. Et du ferme qui s'appelait Jörrit. Allez. Faites ce que vous pouvez.* Aber ich hege keine Hoffnung, daß Ihr irgend etwas erfahren werdet.

Denn ein fremder deutscher Herr kann von den estnischen Bauern nie und nimmer etwas von heiklen Dingen erfahren. Jedenfalls nicht, wenn es sich um etwas handelt, was diese selbst angeht. Sie antworten sowieso: ›Wir wissen von nichts.‹ Ja, wenn es andere angeht, zum Beispiel die Nachbarn. Und wenn man dadurch das Vertrauen des Gutsherrn verdienen kann. Dann sind sie oft sogar ekelhaft dienstbeflissen. Was sie selbst angeht, erfährt man nur, wenn sie auf der Prügelbank liegen. Ich könnte ja die Jörrit-Leute prügeln lassen. Ein Grund findet sich immer. Aber ich möchte es nicht tun. Ihr versteht – oh, das kommt natürlich von der Unentschlossenheit einer alten Frau und ziemt sich für eine Adlige durchaus nicht, wenigstens nicht in diesem Lande – zumal in diesem Staat – und in der Lage, in der ich mich befinde, wo man dergleichen Gelichter eine solche Karriere nachsagen kann und Grund hat, verwandtschaftliche Beziehungen anzunehmen. *Je vous ai dit: faites ce que vous pouvez.*«

Am nächsten Morgen begab ich mich zum alten Brummbär Freundling, also zum Wesenberger Inspektor oder Obmann oder schlicht Verwalter, und ließ mir von ihm – auf Befehl der Herrin! – das Seelenverzeichnis von Karritz zeigen. Es gab wirklich ein Gehöft Jõerüüt auf diesem Beigut. Gegenwärtig lebten dort der vierzigjährige Bauer Jüri mit seiner dreißigjährigen Frau Ello, zwei Söhnen, Zwillingen im Konfirmationsalter, und einem Mädchen von zehn Jahren. Außer ihnen lebte dort Madis, der sechsundzwanzigjährige Bruder des Bauern. Diese Leute waren für meine Mission eine Generation zu jung, doch ich fragte dessenungeachtet:

»Was sind das für Menschen auf dem Hof Jõerüüt? Aufmüpfige?«

»Nein, das sind sie sicher nicht«, brummte der meist ironische Freundling, »das sind vernünftige Bauern. Starrköpfige Kerle, allerdings. Was sie auch sein mögen, aufmüpfig sind sie nicht. Bis jetzt nicht.«

Freundlings Bemerkung brachte mich auf einen Gedanken. Frau Tiesenhausen hatte natürlich recht gehabt, als sie von der

Unnahbarkeit der Bauern gesprochen hatte. Ein deutscher Fremdling wie ich konnte kaum auf ihr Vertrauen hoffen. Nun, ich hatte der Gnädigen jedoch nicht erzählt, daß meine Großeltern väterlicher- wie mütterlicherseits von ebensolchen Bauern abstammten, die zwar nicht in Wesenberg, sondern im Kreis Harrien ansässig gewesen waren. Das hätte nur ihr Vertrauen zu mir untergraben können. Übrigens hätte es mich den Bauern von Karritz kaum nähergebracht. Dazu war ich in ihren Augen schon zu rettungslos deutsch. Aber wie gesagt, die Bemerkung des Verwalters brachte mich auf eine Idee. Für einen Mann wie mich, der die Bauernsprache fließend beherrschte, aber immerhin von weit her kam, gab es unter den jetzigen Umständen nur eine einzige Rolle zu spielen, in der ich die Zunge der Bauern möglicherweise lösen konnte – und zwar die Rolle eines von weit her gekommenen und folglich bedeutenden Predigers der Brüdergemeine.

Das Verbot und die Unterdrückung dieser Brüdergemeine, im Russischen Reich eigentlich schon mit der Festnahme von Graf Zinzendorf und seiner Verbannung im Jahre 1744 begonnen und zwanzig Jahre während, waren von Katharina II. vor einigen Jahren halbwegs aufgehoben worden. So war der Eifer in den frommen Versammlungen nun in den Dörfern, die sich zur Brüdergemeine bekannten, größer als je zuvor, und einige Brüder aus Barby oder Niesky waren im Lande schon früher zu sehen gewesen. Einige hatte ich in Jena kennengelernt, und in meinem Wesen schien die notwendige Frechheit zur Schauspielerei zu stecken. Jedenfalls wollte ich einen Versuch machen. Und ich muß gestehen: Als ich dabei war, Rosenmark auszufragen, fand ich mich berechtigt, meinen Verführer – der auch Maades Verführer war – in Versuchung zu führen. So enthielt mein Entschluß, die Dorfleute durch Predigten in mein Netz zu locken, eine weitere Absicht oder zumindest den Keim einer Absicht: Sollten sie mir wirklich von ihrer Verwandtschaft zu Sievers erzählen, würde ich dies nicht zugunsten von Frau Tiesenhausen, sondern im Interesse der Bauern nutzen. Bei Gott, ich glaube, ich hoffe, ohne diesen Entschluß hätte mich meine Frechheit, Theater zu spielen, nicht in dieses Dorf locken können.

An einem Nachmittag im März traf ich dort bei starkem Schneesturm ein. Nach einem Ritt von ein paar Meilen durch den Wald erreichte ich einen gewöhnlichen Bauernhof zwischen verschneiten Staketenzäunen, sprang vom Pferd, trat in ein gewöhnliches ebenerdiges Häuschen, rief den grauen Gestalten im rauchigen Dämmer meinen Gruß und meinen Segen zu und bat, meinen Gaul ins Trockene bringen zu dürfen. Der Hausherr murmelte eine Begrüßung, dann blieb es still. Die Bäuerin wischte mit ihrem Schürzenzipfel einen Hocker ab, damit ich mich setzen konnte. Ich erzählte ihnen im Kienspanlicht, das wegen des Besuchs angezündet wurde, ich käme aus Reval, würde aber aus Deutschland stammen und brächte den Freunden in Estland Grüße von Bischof Spangenbert aus der Stadt Barby und von den Brüdern Ignatius und Raudjal aus dem livländischen Dorpat. Ich weiß nicht, wieviel sie von Bischof Spangenbert gehört hatten, aber als die Namen Ignatius und Raudjal gefallen waren, ließ der Bauer einen Zinnleuchter holen und stellte die brennende Kerze vor mich auf den Tisch. Und ich begann von der großen Gnade Gottes zu sprechen, die durch die Zarin Katharina II. den Brüdern zuteil geworden war – daß sie jetzt wieder des Erlösers teilhaftig werden durften, ohne die Strafe der Regierung befürchten zu müssen. Ich sprach fließender, als ich es in dieser heiklen Lage erwartet hatte. Und mir wurde die Ursache meiner Beredsamkeit klar: Mit denselben Worten, die mich vor den stumpfsinnigen, steinernen, sich langsam erhellenden Mienen der Zuhörer zum Betrüger machten, kaschierte ich meinen eigenen Betrug.

Während meines Sermons beobachtete ich die Zuhörer, den Bauern Jüri, einen breitschultrigen untersetzten Mann mit einem flachen, kantigen Gesicht, dessen strenger Mund langsam von einem Lächeln umspielt wurde, und seinen Bruder, einen sehnigen Mann etwa in meinem Alter, der vor Verwunderung mit der Zunge über seinen rötlichen Schnurrbart strich. Und ich musterte die Bäuerin, eine junge Frau mit schönem, verhärmtem, früh gealtertem Gesicht, deren dunkelgraue Augen sich beim Zuhören erhellten und zu leuchten begannen. Inzwischen fiel mir ein, was ich als Einleitung zu sagen vergessen hatte und nun nachholte: Ich hätte in Reval vom Eifer der Brüder Westwierlands und in Wesenberg von dem der Karritzer und vor allem von der christlichen Demut auf dem Bauernhof Jõerüüt gehört. Und da es Zweifel hätte erregen können, daß ich, ein Abgesandter aus Deutschland, von Haus zu Haus ging, einzelne Bauernhöfe aufsuchte (Abgesandte aus Barby pflegten bestimmt vor größerem Publikum zu predigen), fügte ich hinzu: »Wundert euch nicht, Freunde, daß ich von unserer Angelegenheit in engerem Familienkreis rede. Ich hoffe, ein gutes Werk zu vollbringen, falls der Allmächtige mir Kraft dazu verleiht.« (Im stillen dachte ich: Gebe Gott mir wahrhaftig die Kraft, das Begonnene zu Ende zu führen!) Ich fuhr fort: »... denn ich bemühe mich, die am meisten erleuchteten Familien herauszufinden, um mir ein Bild von den Gemeinden zu machen und eure Herzen zu festigen. Hat doch Er selbst gesagt: ›Denn wo zwei oder drei versammelt sind in meinem Namen, da bin ich mitten unter ihnen.‹« Dann begann ich ihnen von den gewaltigen Wunderzeichen unserer Zeit zu erzählen. *Exempli causa* von Zinzendorfs Leben und Werk. Davon, wie der HErr einen als Grafen Geborenen zur Erkenntnis der Wahrheit finden ließ – wobei ich dachte: Stehe ich nicht trotz meiner allzu ausführlichen, komplizierten Umschweife splitternackt vor diesen Menschen da? Schmachvoll enthüllt wenn nicht für andere, so doch für mich selbst. Hier, unter dem elenden Dach, in dieser kalten rußigen Höhle, vor bedürftigen, wehrlosen Menschen, die schon fast an meine Worte glauben und vor denen ich vor Scham in die Erde versinken müßte. Vielleicht nicht vor den erwachsenen Männern und der Frau, denen die menschliche Lüge nicht fremd sein dürfte, sowie vor den jungen Burschen, die auf den Tisch starren und nicht wissen, wohin sie ihre Kulleraugen richten sollen, sicher aber vor dem Mädchen im grauen Fähnchen, das sich nicht in meine Nähe traut, mich aber aus verklärten Kinderaugen ansieht ... Ach, meine Jenaer Kommilitonen hatten sich öfters über meine langen Einleitungen lustig gemacht. Aber meiner Meinung nach – und ich kenne mich doch am besten – hatte ich häufig Ärger, wenn ich mit der Tür ins Haus fallen und gleich zu einem Resultat kommen wollte. Also habe der Herr uns in Gestalt des Grafen Zinzendorf das ersten Wunderzeichen gegeben, indem er einen Mächtigen erkor, auf daß dieser fromme Dinge tue ... Und ich erzählte ihnen mit einem Eifer, der auf die Angst zurückzuführen war, mich zu verheddern (zufälligerweise waren mir die Einzelheiten bekannt), wie derselbe Graf auf seinen Ländereien den Glaubensflüchtlingen ein neues Heim geschaffen und es zur Blüte gebracht habe, was zum großen Teil der einflußreichen Stellung zu verdanken gewesen sei, die er in Preußen bekleidet habe (das war für mich im Augenblick eine notwendige Folgerung).

Hier legte ich eine Pause ein, denn ich bemerkte, daß Wasser in dem kleinen Topf zu kochen begonnen hatte. Ich befahl, sieben Becher oder Tassen mit heißem Wasser auf den Tisch zu stellen, holte meine Teedose aus der Tasche und braute einen starken indischen Tee. Ich nahm meinen Zuckerbeutel, süßte ihnen den Tee und legte Zwieback auf den Tisch. Ich sagte ihnen, in unserem Lande sei es noch nicht üblich, bei Tee, Zwieback oder einem Stück Kuchen seinem Herzen Luft zu machen. In den alten deutschen Gemeinden dagegen sei es gang und gäbe. Dann bat ich – der Herr möge es mir verzeihen! – um Gottes Segen und dachte dabei, der Blitz träfe mich nur deshalb nicht auf der Stelle, weil dem Herrn meine armen Tischgenossen leid taten und es für Gewitter nicht die richtige Jahreszeit war ... Und dann fiel mir Richmanns seltsame unvollendete Erzählung über seinen jüngeren Bruder ein, der sich erkühnt hatte, den Blitz zu sich einzuladen, um herauszufinden, wie er aussah – und ich überlegte mit bodenloser Frechheit, ob ich nicht Ähnliches versuchen sollte ...?!

Ich hörte meine Tischgenossen gemütlich Tee schlürfen und machte mich an den entscheidenden Teil meiner Rede. Ich erzählte ihnen, man hätte in Berthelsdorf ernstlich über die Angelegenheiten der estländischen Gemeinden gesprochen und lobend und besorgt erörtert: So viele demütige Brüder und Schwestern, so treue, strebsame Gemeinden, und dennoch so großes Elend! Das hätte die Gemeindeältesten – in Erinnerung an das Wunderzeichen des Grafen Zinzendorf – auf die Idee gebracht, nach einem mächtigen und einflußreichen Mann auf estländischem Boden zu suchen. Unter dem Provinzadel, der erst auf dem Weg zur Wahrheit wäre. Ja, wenn es nach Zinzendorfs eigenem Beispiel geschehen sollte, nach einem Grafen? Einem solchen, den die Gemeindeältesten behutsam zu Jesu führen könnten, wenn er noch nicht selbst dorthin gefunden hätte, und für die Gemeinden beten könnten. Und der der Brüdergemeine mit Gottes Hilfe Schutz und Schirm selbst vor dem Zarenhof bieten könnte... Ich sagte, in Reval gebe es mehrere Deutsche, die sich zu den Brüdern bekennen würden – aus der Sippe der Stackelbergs, der Breverns –, aber die würden nicht zu den einflußreichen Kreisen gehören. Daneben seien sie vollblütige Deutsche, deren Adelsdünkel trotz ihres Verlangens zum Heiland unverbrüchlich wäre. Deshalb wäre es für die hiesigen Brüder ein Segen, wenn wir hier im Gouvernement Estland einen großen Herrn fänden, der selbst in Petersburg Gewicht hätte, dem man am Hof der Zarin Gehör schenken würde, in dessen Adern jedoch, wenn auch verborgen vor der Welt, das Blut eines schlichten Grauen flösse!

Was ich jetzt von mir gab, kam mir noch zweifelhafter vor als das, was ich vorher hatte verlauten lassen, aber ich mußte ihnen meine Gedanken logisch und in einer ihnen verständlichen Sprache darlegen. Ich sagte: »Denn so ein Mann versteht das erlösende Wunder des Blutes Jesu, der Wunden des Gottes- und des Zimmermannssohnes besser als seine heutigen Standesgenossen. Und wenn er das versteht und sich in Demut unserer Brüderschaft anschließt, erwächst daraus der ganzen Gemeinde ein wahrer Segen.« Ich schloß mit den Worten: »So lege ich es euch ans Herz: Wer von einem solchen Mann gehört hat oder hören wird, lasse die Gemeindeältesten davon wissen. Damit sie wählen, erwägen und entscheiden können, für wessen Bekehrung wir beten und wem wir unsere Hoffnung schenken sollen.«

Ich wartete einen Augenblick auf irgendeine Reaktion. Aber nichts dergleichen geschah. Nur die Zwillinge kratzten mit ihren kleinen Holzlöffeln in ihren Teenäpfen nach Zucker. Ich hätte die Anwesenden nach ihren Sorgen fragen sollen, hätte ergründen sollen, was sie von den Betstunden und den Predigern hielten. Aber ich hatte mich allzusehr angestrengt, nun übermannte mich ein Gefühl der Befreiung – ich brachte es nicht fertig. Ich konnte nur noch die Hände falten und stumm beten: Herr, ich bete zu Dir – sofern Du anwesend bist –, vergib mir, daß ich Deinen Namen mißbraucht habe, aber ich konnte nicht anders. Und laß bitte alles, was ich hier gesprochen habe, in der dunklen Hütte sang- und klanglos verklingen. Denn sofern sie sich nach meinen Worten richten, wird meine Verantwortung so groß werden – das verstehe ich erst jetzt –, so groß, daß ich nicht weiß, was ich tun soll.

Ich murmelte ein Amen, stand auf und verabschiedete mich. Ich wagte es nicht, sie zu segnen, was ich in dieser meiner Rolle hätte tun sollen. Jüri, der Bauer, trat mit mir auf den Hof, um mein Pferd zu holen.

Mitten auf dem fast schon dunklen Hof sprach er leise zu mir:

»Warte. Ich weiß ja von nichts. Aber da du davon geredet hast, will ich dir sagen, was ich gesehen und gehört habe.«

Wir gingen in den Stall, und Jüri erzählte mir flüsternd über den Kopf des Pferdes hinweg:

»Als ich sieben oder acht Jahre alt war, wohnten hier auf dem Hof Jõerüüt für kurze Zeit ein junger Mann, damals ungefähr zwanzig Jahre alt, und ein Mädchen in etwa gleichem Alter, angeblich die Halbschwester und der Halbbruder meines Vaters. Der Großvater war im schwedischen Krieg geblieben, und ihre Mutter, die zweite Frau des Großvaters, hatte die Pest geholt. Die beiden, der Junge und das Mädchen, verschwanden bald von hier. Denn dieser Bursche – soweit ich mich erinnere, war er ein gottloser Galgenstrick, und ich habe gehört, ihm hätten viele Mädchen nachgeweint – ist angeblich Diener auf dem Gut Wesenberg geworden. Seine Schwester hat er mitgenommen, und sie hat geheiratet. Aber von diesem Burschen, von meinem Halbonkel, habe ich gehört, er soll nach Petersburg geflohen und ein großer Herr geworden sein. Er wird wohl kaum die Brüdergemeinde unterstützen. Doch als ich dir zuhörte, habe ich gedacht, so Gott will ...«

»Wie hieß er?«

»Kaarel.«

»Und welchen Namen trägt er jetzt?«

»Nun, er wird wohl immer noch Kaarel heißen.«

»Ich meine seinen Familiennamen.«

»Den kenne ich nicht ...«

»Wohin hat seine Schwester geheiratet?«

»Das weiß ich wohl. Sie lebt hier in der Nähe. Nach Wesenberg hat sie geheiratet. Schuster Simson ist ihr Mann.«

Ich griff mit der Faust heftig in die Mähne des Gauls. Mir wurden vor Überraschung die Knie weich.

»Seht Ihr Euch manchmal noch?«

»Leeno und ich? Nicht mehr. Sie ist ja jetzt Frau Helene. Selten mal in der Wesenberger Kirche ... Wir sind ja eigentlich Mitglieder der Jakobgemeinde. Denn der Veterant ist den Brüdern wohlgesinnter als Herr Porje in Wesenberg. Aber einige Male bin ich in der Wesenberger Kirche gewesen und habe Leeno getroffen. Ich habe ihr sogar einen Gruß zugenickt. Und sie hat mir in all den Jahren ein paarmal gesagt, ich solle doch mal vorbeikommen. Aber – der Herr möge mir verzeihen – ich habe es nicht getan. Denn allzu freundlich war die Einladung nicht. Im Hause Simsons glaubt man nicht an Gott. An Jesus noch weniger. Was habe ich in meinen erdigen Bauernschuhen in diesem Handwerkerhaus zu suchen ...«

13

Es war neun Uhr, als ich durch den Wald, den das Mondlicht von Zeit zu Zeit erhellte, zum Gut zurückritt. Tiio sagte mir, die Gnädige wolle mich sehen, wenn ich zurück sei. Ich legte ihr den Zeigefinger auf den Mund und zerrte sie aus dem Flur zur Treppe. Ich sagte:

»Ich gehe nicht. Es ist zu spät. Wenn sie morgen fragen sollte, wann ich gekommen sei, sag: um elf Uhr.« Ich wußte, daß Tiio mir zuliebe diese kleine Lüge gern auf sich nehmen würde.

Ich stieg in meine *Hofmeister*-Mansarde, zündete eine Kerze an, warf mich auf meine dürftige Schlafstatt, ohne mich auszukleiden, und starrte auf die weißgetünchte Decke.

Diese höchst seltsame Geschichte schien sich langsam als Wahrheit zu entpuppen. Also war die Frau der alten vierschrötigen Pechpranke Simson und – o Gott – *Maades Mutter* die Schwester des Reichsgrafen Sievers? Maade war die Nichte des Grafen?! Und Rosenmark mit seinen geheimnisvollen Geldern, Verbindungen und Zielen der Mann von Sievers' Nichte. Folglich mußte Sievers in die Wesenberger Angelegenheiten verwickelt sein. Daran war kaum noch zu zweifeln. Wenn es so war, spielte er darin natürlich eine entscheidende Rolle ... Und ich hatte davon erfahren, weil ich einem winzigen Kreis naiver Hinterwäldler – ich fürchte, er wird sich bald erweitern – eine vollkommen nichtssagende und völlig aussichtslose Hoffnung eingeredet hatte. Das rief in mir eine noch viel tiefere Unzufriedenheit mit mit selbst hervor, als ich sie während meines heuchlerischen Possenspiels empfunden hatte.

»Nein, gnädige Frau. Ich habe nichts in Erfahrung bringen können. Dort wohnen jüngere Leute, und die wissen nichts von einem solchen Menschen.«

Das war alles, was ich ihr am nächsten Tag nach dem Frühstück antwortete, als sie mich wieder zu sich rief.

»Sie *müssen* es wissen!« rief sie aus und warf mir aus ihren einst schönen, gläsernen Augen einen zornigen Blick zu.

»Wenn meine Bemühungen Euch nicht zufriedenstellen, solltet Ihr nach einem klügeren Mann Ausschau halten.«

Dabei fühlte ich, wenn sie mich nun entließ oder wenn sie auch nur sagte: »Ihr habt recht! Ich habe Euer Gelübde. Vergeßt all das, wonach Ihr geforscht habt, und widmet Euch nur noch den Jungen«, dann würde ich plötzlich etwas verlieren, was für mich bereits von Bedeutung war. Ich zuckte zusammen bei dem Gedanken, wie sie auf meine Worte reagieren würde. Aber sie preßte nur ihren von feinen Fältchen umgebenen Mund fest zusammen, schaute einen Augenblick an mir vorbei zu den kleinen bläulichen Fensterscheiben, durch die der zum Frühling erwachende morgendliche Park zu sehen war, und fragte:

»Was gedenkt Ihr nun zu tun?«

Gedehnt fragte ich zurück: »Mmm – meinen die Gnädige nicht, ich könnte mit Herrn Richmann einige Partien Schach spielen ...?«

»Ach, Schach spielt Ihr auch ...?«

»Nicht besonders gut, aber ...«

»Na, geht und spielt. Ich hoffe, der alte Narr wird Euch nicht für meinen allzu treuen Diener halten.«

Ich entgegnete: »Das hoffe ich auch«, machte eine Verbeugung – zum Abschied, aber zugleich, um ein Schmunzeln zu verbergen, das die Zweideutigkeit der beiden letzten Sätze hervorgerufen hatte. Was mir wohl nicht ganz gelang.

An diesem Abend ging ich nicht zu Richmann Schach spielen. Ich weiß nicht recht, warum. Vielleicht wirklich, um mein Tun gewissermaßen für unabhängig halten zu können. Eine Kaffeestunde an Richmanns Schachtisch, ringsum würzige Düfte aus dem Hinterzimmer, auf dem Tisch Tassen und Gläser mit Pfefferminzlikör und mir gegenüber dieser alte Mann mit dem seltsamen Schädel und der schrulligen Gemütsart, teils Windbeutel, teils Schwadroneur, aber ein Mensch, der viel gesehen hatte, von interessanten Begebenheiten mit spielerischen Andeutungen erzählen konnte – das wäre natürlich spannender gewesen, als bei Papa Simson und seiner Frau im Leder-, Zwiebel- und Kaffeesatzgeruch zu sitzen, zumal ich ein fremder und abgewiesener Freier war und mich fühlen mußte, als säße ich in einer fremden Hose da. Doch genau dort befand ich mich an diesem Abend.

Das heißt, ich nutzte zunächst die Gelegenheit und bestellte mir in der Werkstatt von Papa Simson neues Schuhzeug für den Frühling. Ich hatte ja bei ihm für meine Schreibarbeit vom vergangenen Sommer noch Kredit. So wurde ich wie ein alter Bekannter zu einer Tasse Kaffee eingeladen, wie ich es vorausgesehen hatte. Denn ich wollte mir im Licht meiner neuen Erkenntnis den Schuster und seine Frau etwas näher ansehen.

Der Alte, in seinem einfachen Baumwollhemd, wirkte mit seinem ungeschlachten Wesen, den geraden Brauen, dem kahlen Kopf und dem lebhaften Blick aus den kleinen Augen wie gewöhnlich. Auch seine Frau war ganz dieselbe in ihrem billigen braunen Kattunkleid und mit ihren aschfarbenen, graumelierten Zöpfen, die sie unter einer blauen Haube zusammengeflochten trug. Einst war sie bestimmt eine hübsche junge Frau gewesen, jetzt aber machte sie einen erschöpften und besorgten Eindruck. Neues Wissen über alte Bekannte bringt stets eine neue Beurteilung mit sich – das Außergewöhnliche zu akzeptieren oder zurückzuweisen. Und ich weiß nicht, in welche Richtung mich mein Versuch geführt hätte, diese Frau mit dem Grafen Sievers in Verbindung zu bringen. Möglicherweise hätte Mutter Helene zu ihrem Bruder, dem Reichsgrafen und Hofmarschall so gut gepaßt, daß ich verblüfft in die Hände geklatscht und mich gewundert hätte, wieso ich nicht selber darauf gekommen war... (Ihre vornehme, ungezwungene Haltung, bei Schustersfrauen durchaus nicht üblich, ihre schier gemeißelten, stets vollendeten winzigen Sätze! Das hätte ich doch längst bemerken müssen! Oder die Art, wie sie den Ringfinger über dem Tassenhenkel emporhielt...) Vielleicht hätte ich im Gegenteil ausgerufen – in mich hinein, versteht sich: Zum Kuckuck! Das soll ein durch sein elendes Leben verbittertes Vorstadtweib sein?! Nie im Leben!

Ich ließ mir nicht die Zeit, das Für und Wider abzuwägen, sondern begann damit, was für mich ganz selbstverständlich war, denn es interessierte mich mehr als alles andere – ich begann mit Fragen nach Maades Leben und nach ihrem Ergehen.

»Was sollte ihr fehlen?! Gar nichts!« sagte der Schuster über seine Kaffeetasse und seinen Vogelbeerschnaps hinweg. Irgendwie schien mir, er sagte es nachdrücklicher als nötig. »Das Mädchen in den Armen des unternehmungslustigsten Mannes von ganz Wesenberg! Der Mann scheffelt das Geld nur so mit beiden Händen. Ein Balg unterwegs. Was könnte sie sich noch wünschen! Sie kann von Glück sagen.«

Ich sagte und fühlte deutlich, daß es pure Unverfrorenheit war – wenn nicht vom Standpunkt der Wahrheit aus gesehen, so doch von dem der Höflichkeit:

»Aber mir scheint, das Glück der Tochter behagt Frau Helene nicht besonders?« Dazu hatte ich keinen anderen Anlaß als die Worte der Schustersfrau, ein Freier deutscher Herkunft wäre ihr lieber als Rosenmark (auch wenn es sich nur um einen Handwerker handeln würde) – nur diese flüchtigen Worte. Und natürlich auch ihre bittere Miene in diesem Augenblick. Und ich hätte nicht gedacht, daß Frau Helene vor mir, einem Wildfremden, in ihren Augen einem Rosenmark Nahestehenden, so auf meine Worte reagieren würde. Denn wie auch meine Bekanntschaft und die Vertrauensbeziehung zu ihrem Mann oder Schwiegersohn sein mochten, für sie war ich ein fast fremder Mensch. Falls sie, als Schwester des Drahtziehers der Wesenberger Angelegenheiten, von ihrem Mann und ihrem Schwiegersohn über meine Rolle bei den Papieren, mit denen ich im vergangenen Sommer zu tun gehabt hatte, nicht unterrichtet war... Jedenfalls sagte sie plötzlich, allerdings ohne jegliche Feindseligkeit ihrem Schwiegersohn gegenüber, aber immerhin mit unbarmherziger Offenheit:

»Meine Tochter hätte einen besseren Mann verdient. Das habe ich vor niemandem verheimlicht und werde es auch Herrn Berend nicht verheimlichen.«

»Nananana«, brummelte der Schuhmacher, »was ist denn deine Tochter für ein Wunderding! Sie ist ja auch meine Tochter. Und für meine Tochter ist ein so wohlhabender und tüchtiger Mann gut genug.«

Die Schustersfrau machte sich nicht einmal die Mühe, ihm zu antworten, und ich sagte zu meiner eigenen Überraschung ganz zwang- und schamlos:

»Jawohl, auch ich bin der Meinung: Wohlhabende junge Leute deutscher Abstammung sind ja auch in Wesenberg zu finden.« Und ich fügte todernst, jedoch mit einem innerlichen Grinsen hinzu: »Zum Beispiel der junge Herr Knaack« (ich hatte gehört, daß er ein Schwiegersohn so recht nach dem Wunsch von Mutter Simson gewesen war), »aber es wundert mich, warum Ihr Maade nicht zur rechten Zeit nach, na sagen wir, nach Petersburg gebracht habt...? Ein so hübsches flinkes Mädchen, ein wahres Fräulein. Spricht auch gut Deutsch. In Petersburg hätte sie ganz bestimmt eine gute Partie gemacht.«

»Mumpitz!« sagte der Schuster, doch nicht sehr überzeugt, wie mir schien. »Wo hätten wir sie hinbringen sollen? Auf dem Jahrmarkt feilbieten, wie?«

»Pfui, du mit deiner bösen Zunge!« rief Frau Helene, aber ich sagte: »Donnerwetter!«, dachte nur kurz daran, ob ich es durfte und ob es vernünftig war, mit meiner ungenauen Kenntnis derart aufzutrumpfen, und fuhr nichtsdestoweniger fort: »Zu wem? Zum Onkel natürlich! Zu Graf Sievers. Seine Nichte hätte er doch aufgenommen, oder etwa nicht? Natürlich hätte er es getan! Wenn man bedenkt, wie großzügig er der Stadt in ihrem Kampf beisteht – aus Treue zu seiner Heimat, nicht wahr. Wäre es da möglich, daß er seine Nichte vergessen, sie des Hauses verweisen würde? Nie und nimmer, meine ich. Der Graf hätte Maade aufgenommen, sie nach der neuesten Mode gekleidet, ihr Zeit zur Anpassung und Gewöhnung gelassen. Hätte sie in die Gesellschaft seiner Töchter eingeführt. Sind ja alles Taufkinder der Zarin. Seine Gemahlin hätte ihr den letzten Schliff gegeben. Stellt Euch vor, was für Leute in seinem Haus verkehren! Und welch einer Zukunft hätte dieses nette Mädel entgegengesehen, na, wir wollen es rundheraus sagen – dieses bildhübsche Mädel –«

»Na hör mal, von was für einem Onkel, von was für einem Grafen redest du da?«

Ich bemerkte, daß der Schuster mich zum ersten Mal duzte. Anscheinend war seine mit Überraschung gemischte Entrüstung so gewaltig, daß er nicht nur den *Hofmeister* und Vertrauten der Gutsherrin, sondern selbst den deutschen Herrn zu ihrzen vergaß. Ich erwiderte:

»Was für ein Graf?! Maades leiblicher Onkel Graf Sievers, Frau Helenes Bruder.«

»Blödes Zeug«, brummte der Schuster, während er auf den Tisch starrte, und ich erkannte an seiner unsicheren, belegten Stimme, daß er log.

Und ebenda bemerkte Frau Helene:

»Aadam, hör auf. Du siehst ja, daß Herr Berend es eben weiß ...«

Dieses Zugeständnis, das ja zu erwarten gewesen war, ließ mich tief Atem holen: Also war es wahr. Aber ich schaute der Schustersfrau vertrauensvoll lächelnd in die Augen und wandte mich mit demselben Lächeln Papa Simson zu:

»Allerdings. Ich weiß es eben.«

Jawohl, jetzt wußte ich es eben. Bei Gott, ich gelobte mir dort an ihrem Tisch, daß ich nicht weiter in sie dringen würde. Mochten sie ihre Geheimnisse haben. Mit welchem Recht durfte ich in ihnen wühlen? Aber ich konnte es nicht mehr vermeiden, denn die Schustersfrau legte sogleich los:

»Wenn Ihr es ohnehin wißt, warum sollen wir es abstreiten. Der Erwähnte« (seltsamerweise mied sie seinen Namen) »ist wirklich mein Bruder. Ihm gelang es, aus Wesenberg zu fliehen. Das ist über dreißig Jahre her. Und der Herr hat ihm in Petersburg auf wunderbare Weise weitergeholfen. Und er hat die Stadt wirklich gegen Frau Tiesenhausen verteidigt. Wäre er nicht gewesen, das Gut hätte uns kurzerhand von hier weggefegt. Wir haben es auf seinen Wunsch hin verheimlicht, aber Aadam weiß es ebensogut wie ich. Und Rosenmark weiß es noch besser. Denn er ...«

»Hör mal, Mutter, was gibt es da viel zu reden. Wenn Herr Berend es weiß, so weiß er es eben, und weiter soll nicht ...«

»Aadam, warum sollen wir Herrn Berend etwas vormachen! Wenn er schon weiß, daß Karl mein Bruder ist«, und zu mir: »Seht, Karl leitet heimlich Rosenmarks Tun hier in Wesenberg. Ihr wißt es ja sowieso. Ihr habt doch für ihn gearbeitet. All die Mittel des Krügers kommen aus Karls Tasche.«

»Helene!« rief der Schuster. »Dein Mundwerk wird uns noch ins Unglück stürzen!«

»Ach, Unsinn«, meinte die Schustersfrau. »Ich sehe es doch Herrn Berends Augen an, daß er kein doppelzüngiger Herumtreiber ist, und ihr habt ihm ja früher vertraut als ich.« Und zu mir: »In Sachen der Stadt ist mein Bruder wirklich nicht knausrig gewesen. Aber ich kann nicht behaupten, daß er mich und meine Tochter sonderlich unterstützt oder auch nur an uns gedacht hat. Ich will ehrlich sein. Nur einige Fähnchen in all den Jahren. Und selten mal ein paar Zehner. Doch sei es, wie es mag. Aber eines kann ich den beiden nicht verzeihen, weder Aadam noch ihm. Daß er Aadam befohlen hat, Maade Rosenmark zur Frau zu geben. Und daß Aadam sich hat überreden lassen.«

14

»Nein, nein, leider noch immer nichts«, sagte ich der Gnädigen einige Tage später nach dem Frühstück. Ich versprach, Richmann aufzusuchen, sobald er einen freien Abend hatte. Der Apotheker hatte nämlich viel zu tun, weil die Menschen im Frühling öfters an Husten und Fieber litten und er allerhand destillieren und pulverisieren mußte, und doch war ich es, der diese Unterredung hinauszögerte. Schon allein, weil die Gnädige mich mehrmals dazu anspornen wollte. Die Straßen waren bereits unpassierbar, als ich mich endlich auf den Weg zur Apotheke machte. Ich erinnere mich deshalb so gut daran, weil ich in der Ritterstraße, an der Einmündung der Revaler Landstraße, der dünnen Eisschicht, die sich auf den Pfützen gebildet hatte, allzusehr vertraute und zweimal in den bodenlosen Straßenschmutz stürzte. Das Wasser plätscherte in meinen neuen Schuhen, und meine Strümpfe waren bis zu den Knien durchnäßt, als ich bei Richmann eintrat.

Der Apotheker ließ mich sofort Strümpfe wie Schuhe ausziehen und ans Kaminfeuer stellen, um sie zu trocknen. »Nein, nein, Höflichkeit ist schön und gut, aber die Gesundheit geht vor!« Er brachte mir einen Becher heißen Punsch und hieß mich seine rauhen Pantoffeln anziehen. Dann nahmen wir in seinem Schreibzimmer Platz, ich in diesem sonderbaren Aufzug, umringt von genau denselben Gegenständen und Düften, die ich wohl schon geschildert habe. Mit gelbem Stoff bezogene Mahagonistühle. Ein großer Schachtisch aus Eichenholz mit schweren gemeißelten Steinfiguren. Ein Schreibtisch und daneben, mitten im Zimmer, ein Käfig mit einem großen rosa Kakadu, von dem der Hausherr behauptete: »Der taktvollste Gesprächspartner, den ich je erlebt habe. Er hält den Kopf schief und lauscht aufmerksam. Und sagt stets nur ›Hrhbtrchtmnhrrr!‹*.«

Schlüter, der Mann mit dem weißen Gesicht und dem leisen Schritt, derselbe, der gut Flöte spielen konnte, brachte uns dampfenden Kaffee, ein grünes Fläschchen und Gläser. Er schenkte Benediktiner und Kaffee ein, wobei sich der Duft von beidem im Zimmer ausbreitete.

»Na, was gibt es denn Neues in der Stadt?« fragte der Apotheker, als er die Steine gelost, ich die schwarzen bekommen und Schlüter die Tür hinter sich geschlossen hatte.

* »Ihr habt recht, mein Herr!«

»Ach, ich möchte heute nicht über die städtischen Angelegenheiten plaudern«, erwiderte ich, der Himmel weiß, warum. Vielleicht wie ein Postkutscher, der die Bremse zieht, wenn er im Finstern einen fremden, gefährlichen Weg am Flußufer entlangfährt und plötzlich die Kutsche anhalten will, ohne zu wissen, daß ein paar Schritte weiter die Fluten das Ufer völlig weggeschwemmt haben. »Und ich möchte Euch bitten, beim Spiel lieber davon zu erzählen, was Ihr einmal angedeutet habt und woran ich seitdem denken muß – an die Geschichte von Eurem Bruder und dem Blitz ...«

»Ach so«, meinte der Apotheker und machte einen Zug mit dem mittleren Bauern. »Jawohl, davon kann ich erzählen. Aber zunächst muß ich Euch – da Ihr gewissermaßen daran teilhabt – von einem anderen Blitz berichten. Denn nun hat der Blitz in die Stadt Wesenberg eingeschlagen. Eigentlich steht es noch bevor. Ich habe vorgestern einen Brief aus Petersburg erhalten.«

»Was für einen Brief?«

»Nun, eine Beamtenseele in einem hohen Kollegium, die wir sozusagen mürbe gemacht haben – Ihr versteht. Will man in Petersburg etwas erreichen, muß man derartige Leute in petto haben. Ein solcher hat mir geschrieben. Der Brief Wesenbergs an die Zarin ist abgewiesen worden.«

»Wirklich? Aber inwiefern? Derartige Briefe werden ja gewöhnlich nur teils abgewiesen. So scheint es wenigstens.«

»Gewöhnlich, jawohl. Aber diesmal – absolut. In allen Punkten. Dieser Kerl hat mir die Kopie des Beschlusses geschickt. Lest doch selbst.«

Richmann reichte mir einen Stoß Blätter, die mit feiner Schrift vollgeschrieben waren. Anscheinend hielt er es für wichtiger, daß ich das Schreiben las, als unsere Schachpartie fortzusetzen. Und ich spürte auch selbst, daß mein Versuch, die städtischen Angelegenheiten zu meiden, vollkommen nichtig geworden war.

»Das wird lange dauern ...«

»Seid Ihr in Eile?«

»Natürlich nicht.«

»So lest in aller Ruhe. Ich gehe inzwischen ins Laboratorium und drehe einige Pillen gegen die Brustkrankheit.«

Richmann setzte sich die Perücke auf und ging in seine Arzneiwerkstatt, und ich vertiefte mich in das Schreiben.

Was ich da las, war der Standpunkt des Justizkollegiums von Liv-, Est- und Finnland zum Wesenberger Brief an die Zarin. Das Kollegium hatte, auf Befehl des Dirigierenden Senats, den Brief an die Zarin geprüft und legte nun seinen Standpunkt dar. Das endgültige Urteil sollten der Senat und formell natürlich die Zarin fällen. Praktisch war die Ansicht des Kollegiums ausschlaggebend. Nicht, daß der Dirigierende Senat diese Ansicht nicht hätte ändern können. Aber warum sollte er das tun?!

Zunächst wurden in diesem Dokument des Kollegiums die Beschwerden der Wesenberger über die Tiesenhausens sowie die wichtigsten Forderungen erwähnt: *Primo* – die Bestätigung der städtischen Privilegien. *Secundo* – die Rückgabe der einstigen Ländereien in den Grenzen, wie sie in den alten Büchern der Stadt eingehend beschrieben wurden und gemäß den Wackenbüchern von 1591 177 Tonnen Saatland für Kirche und Erziehungsanstalten umfaßten. *Tertio* – die Besteuerung der Familie Tiesenhausen für den *usus fructus* ihrer städtischen Ländereien in Höhe von 29 157 Rubel. *Quarto* – die Aufhebung des Verbots, Handel über den Hafen Tolsburg zu betreiben. *Quinto* – laut königlicher Resolution von 1634 und dem Erlaß von 1763 allen, die keine Stadtbürger waren, die Gründung von Gastwirtschaften zu verbieten. *Sexto* – wieder ein Postamt einzurichten. *Septimo* – wie einst einen Magistrat mit zwei Bürgermeistern, sechs Ratsherren und einem Notarius zu unterhalten. Und *octo* – Petschaft samt Wappen mit Stern und Krone wieder verwenden zu dürfen.

Im Anschluß wurde verkündet, das erwähnte Kollegium sei der Meinung, die Bitte der Stadt Wesenberg sei entschieden zurückzuweisen und das Erbschafts- wie das Besitzrecht von Wesenberg der Familie Tiesenhausen aufgrund der folgenden Tatsachen als rechtskräftig und bewiesen anzuerkennen.

Ich nippte am scharfen Benediktiner des Apothekers, lauschte dem Geräusch, das aus seinem Laboratorium drang, und dachte: Gewöhnlich reiht unser heiliger Amtsschimmel derartige Papiere Seite für Seite wie an einer Schnur auf und gibt den eigentlichen Beschluß – ja oder nein, meist selbstverständlich nein – erst auf der letzten Seite bekannt. Diesmal scheint das ehrwürdige Kollegium in ungewöhnlicher Eile gewesen zu sein, sein Nein sofort hinauszuposaunen und *post factum* nach Begründungen zu suchen ...

Ich murmelte leise vor mich hin: »O ihr Frechdachse ...«

»Hrhbtrchtmnhrrr!« krächzte der Kakadu hinter mir, worauf ich mein Likörglas fast auf den Boden fallen ließ.

Freilich *hatte ich recht*! Denn die Argumente des Hohen Justizkollegiums, auf denen die Ablehnung der Bittschrift beruhte, waren überwiegend diejenigen von Frechdachsen.

Im ganzen zerfielen die Argumente meiner Meinung nach in drei Gruppen. Zunächst einmal solche, die *nolens volens* unwiderrufbar waren (leider gab es deren recht viele, vor allem die letzten Lehnsbriefe von Brederode, aber offensichtlich gehörten auch die Bescheide der Restitutionskommission dazu, laut denen die Tiesenhausens vor vierzig Jahren ihren Wesenberger Besitz zurückerhalten hatten). Die zweite Gruppe bestand aus Argumenten, die je nach Standpunkt für die Tiesenhausens wie für die Stadt gedeutet werden konnten und die das Hohe Kollegium ausnahmslos im Sinne der Tiesenhausens interpretierte. Die Argumente der dritten Gruppe, und deren gab es im ausführlichen Schriftstück des Kollegiums am meisten, erwiesen sich schlechthin als falsch, und ihre Voreingenommenheit grenzte an Blödsinn.

Zum Beispiel stand dort zu lesen: *Primo* – es sei zwar längst bekannt, daß Wesenberg einst eine bedeutende Stadt gewesen sei, die von ihren Begründern, den Königen Dänemarks, *anno* 1252 und später von den Ordensmeistern umfangreiche Privilegien erhalten habe, die der Wesenberger Abgesandte

Richmann teils beglaubigt, teils unbeglaubigt der Bittschrift der Stadt beigefügt habe und die anno 1594 von König Sigismund von Polen konfirmiert worden seien. Und doch lehre uns die Geschichte, daß dasselbige Städtchen anno 1558 von den Russen erobert, verwüstet und zu einem Ruinenfeld gemacht, anno 1566 zurückgewonnen und in Schutt und Asche gelegt, danach aufs neue von den Russen erobert (also der Schutthaufen!) und anno 1581 von den Schweden zurückgewonnen und anno 1602 von den Polen und bald danach wieder von den Schweden erobert worden sei. Nach einem lang währenden blutigen Krieg zwischen Schweden, Polen und Rußland sei Wesenberg laut dem Friedensvertrag von Oliva anno 1660 und demjenigen von Kardis anno 1661 an Schweden angegliedert worden und habe dadurch seine Rechte, Privilegien und Freiheiten verloren!

Als ich darauf in der Bauernsprache »Kuradi kurat!«* rief, sekundierte mir Richmanns Kakadu mit einem gewaltigen »Kurat« mit siebenfachem R. Sein Repertoire war also umfangreicher, als mir sein Herr gesagt hatte, aber nicht weniger treffend.

Ja, ja! Und daselbst wurde zum Beispiel geschrieben: *Quarto* – daß die königliche Resolution vom Jahre 1634, die den Adligen verbot, in der Stadt Gastwirtschaften zu etablieren, nicht für die städtischen und Schloßeigentümer gelten dürfe, zumal aus den Akten ersichtlich sei, daß zum Schloß Wesenberg bereits anno 1643 ein Krug in der Stadt gehört habe. Ergo, die Tatsache, daß das Verbot umgangen wurde, beweise, daß es für diejenigen, die es taten, nicht galt! Und *quinto* – das Privileg der Königin Christine vom 16. März 1635 sei absolut nicht rechtskräftig, weil es niemals angewendet worden sei und die dort erwähnten Ländereien der Stadt nicht zurückgegeben worden seien ... Das war dieselbe Logik, diesmal aber noch dreister: Da die Tiesenhausens dieses Privileg stets ignoriert hatten, war es einfach nicht vorhan-

* »Teufel noch mal!« (estn.)

den! Was das Wackenbuch vom Jahr 1591 betreffe – das sei überhaupt nicht rechtskräftig, denn daraus sei nur ersichtlich, daß Wesenberg diese Ländereien, 177 Tonnen Saatboden und 7 Haken Kirchengrund, irgendwann einmal besessen habe, sie aber aus unbekannten Gründen, lange bevor das Buch verfaßt worden sei, nicht mehr besitze. *Et cetera, et cetera, et cetera.* *»Aus all dem wird deutlich, warum die Wesenberger mitsamt ihrer Bittschrift abgewiesen werden müssen, die Familie Tiesenhausen dagegen, da sie ihr Erbschaftsrecht auf die Stadt hinreichend bewiesen hat und alles, was ihr während der schwedischen Restitution weggenommen wurde, von der Kommission in den Jahren 1723 und 1728 wieder zurückerhalten hat, für ihr Hab und Gut allseitigen Schutz findet ...«*

Nach zwanzig Minuten kehrte Richmann zurück. »Nun, habt Ihr es gelesen?«

»Allerdings. Was gedenkt Ihr zu tun?«

»Tun?! Was könnten wir tun? Der Vorschlag des Justizkollegiums ist wahrscheinlich bereits im Senat gelandet. Dort wird er einige Wochen oder gar Monate irgendwo herumliegen. Wie lange, das bestimmt der Zufall. Dann referiert irgendein höherer Beamter den Inhalt auf einer Sitzung des dritten Departements des Senats, und die Versammlung stimmt gähnend dafür.«

»Herr Richmann ...« Ich unterbrach ihn, denn all der Protest, der aus diesen Papieren erwuchs, tobte in mir. »Herr Richmann, erklärt mir eines. Dort gibt es ja leider einige sehr schwer zu widerlegende Tatsachen. Aber es gibt auch haufenweise plumpe Lügen. Sagt, wo kommen die her?«

»Woher? Aus der Luft. Schlechterdings aus der Luft. Wir sind hier untereinander, also kann ich es sagen: vom Furzgestank instruierter Beamter. Nun ja. Und dann wird das im Namen der Zarin dem Generalgouverneur gesandt. Dieser läßt zwei Kopien davon machen und schickt die eine nach Wesenberg, die zweite an Frau Tiesenhausen.«

»Und dann?«

»Dann verkaufe ich meine Apotheke und ziehe so weit wie

möglich von Frau Tiesenhausen weg. Denn hier wird todsicher die Hölle los sein. Und wie Ihr wißt, hat Euer ergebener Diener«, der Alte schmunzelte und machte eine alberne Verbeugung, »die besondere Ehre, von Frau Tiesenhausen, wenn nur irgend möglich, kurzerhand in die Hölle befördert zu werden. Hat sie erst den Senatsbeschluß in Händen, wird sie nichts daran hindern können.«

»Und dieser Senatsbeschluß wird demjenigen des Justizkollegiums entsprechen?« fragte ich.

»Versteht sich. Niemand wird sich die Mühe machen, ihn ändern zu wollen. Warum sollten sie auch?« (Just dasselbe hatte ich mir beim Lesen des Beschlusses gesagt: Warum sollte der Senat einen anderen Standpunkt einnehmen?) Der Apotheker leerte sein Glas und fuhr fort:

»Die Tiesenhausens haben im Senat nicht weniger Schirmherren, als sie im Justizkollegium hatten. Habt Ihr nicht bemerkt: Der baltische Adel ist in den letzten Jahren noch einflußreicher geworden als zu Elisabeths Zeiten. Und mögen die Herrschaften sich sonst auch in den Haaren liegen, wenn es sich um Stadtbürger handelt, halten sie eisern zusammen. Also ...«

»Aber... der Generalgouverneur?« fragte ich. Richmann hatte mir selbst erzählt, Frau Tiesenhausen habe ihn kürzlich sehr geärgert.

»Ach, unser Herr Prinz von Holstein? Nun ja. Der ist kein Balte. Er wähnt sich meilenweit über unserem örtlichen Krimskrams. Er könnte einer lästigen Baronin allerdings schon auf die Finger klopfen. Auch wenn es sich um eine Frau Tiesenhausen handelt. Doch liegt der Beschluß des Senats erst in der Gouvernementsverwaltung, wird er keinen Finger mehr rühren. Also ...«

Ich weiß nicht, woran es lag, aber ich fühlte plötzlich, daß diese Angelegenheit eine ungeheure Bedeutung für mich hatte. Eine ganz irrsinnige Bedeutung. Vielleicht vermag ich es mir künftig zu erklären. Jedenfalls stellte sie für mich eine unerklärliche Herausforderung dar. Die ganze Situation mit ihrem

Hintergrund und allen Einzelheiten, die Spannung zwischen dem Bürgertum und dem Adel, der Kampf zwischen Wesenberg und Frau Tiesenhausen, meine eigene närrische, heikle Lage inmitten dieses Kampfes und der betroffenen Menschen sowie die Tatsache, daß ich hier in diesem Zimmer saß, barfuß, am Tisch des Apothekers, den man in die Luft hatte sprengen wollen – all das war eine unerklärliche persönliche Herausforderung für mich. Ich fragte:

»Könnte man den zu erwartenden Beschluß nicht ein wenig zurechtbiegen?«

Der Apotheker lachte in sich hinein. »Ihr erinnert Euch, was Archimedes gesagt hat: ›Gebt mir einen Punkt, und ich hebe die Welt aus den Angeln.‹ Habt Ihr uns einen Punkt anzubieten?«

Ich dachte fieberhaft: Ich habe Frau Tiesenhausen hoch und heilig gelobt, darüber, was sie mir erzählt hat, zu schweigen wie ein Grab. Bin ich an dieses Gelübde gebunden? Im Herzen halte ich doch nicht zu ihr, sondern zu den Städtern, den Handwerkern, ja mehr noch, ich halte zum Recht und zu den Allerelendesten der Siedlung. Bindet ein freiwillig gegebenes Gelübde den Menschen auf jeden Fall? Auch wenn er nicht weiß, was er gelobt? Und wenn auch die Jenaer Professoren nicht wissen, wo der freie Wille beginnt und wo er endet – falls derjenige, der ein Gelübde abgelegt hat, gewaltigen Unannehmlichkeiten ausgesetzt ist, wenn er sich weigern würde? Was würde mir mein seliger Vater raten, der mir seit meiner Kindheit beigebracht hat, daß das Worthalten …? Was würden mir seine dünnen Lippen im grauen Bart antworten, dort auf den Fichtenspänen, wo ich ihn zum letzten Mal gesehen habe …? Großer Gott … Ich wischte Vaters totes Antlitz aus meinem Gedächtnis: Was bedeutet ein närrisches formelles Gelübde, wenn ich doch seit dem Sommer, ach, seit jeher, schon durch meine Geburt, für Frau Tiesenhausen ein Verräter gewesen bin? Zumal ich von dem, dessen Namen ich nun wie ein Verräter nennen will, schon aus so vielen Mündern gehört habe, so daß mein Gelübde vor Gott bestehenbleibt …

»Nun, habt Ihr einen Punkt für uns gefunden?« wiederholte Richmann.

Ich sagte ruhig, jedoch die Situation genießend:

»Aber Graf Sievers?«

Der Apotheker schwieg ein Weilchen, und der Kakadu krächzte in die Stille, als rücke er alles zurecht und mache alles lächerlich:

»Hrhbtrchtmnhrrr!«

»Leider irrst du dich, mein Junge«, sagte Richmann nach einer Pause, und ich begriff erst jetzt, daß das nicht mir, sondern dem Kakadu galt. Er schaute mich an:

»Ihr scheint ziemlich im Bilde zu sein. Falls aber Eure Information von Frau Tiesenhausen stammt, muß ich sagen: Die Dame übertreibt wie immer. Graf Sievers hat seit langem ein Hühnchen mit ihr zu rupfen. Aber er ist nicht so stark an den hiesigen Dingen interessiert, um etwas zu unternehmen. Nun, ich kann es Euch ja sagen: Ich bin bei ihm, bei Sievers, in Petersburg gewesen. Nachdem ich unsere große Bittschrift eingereicht hatte. Ich habe ihn gebeten, im Justizkollegium nach dem Rechten zu sehen. Das heißt, genau das zu verhindern, was jetzt geschehen ist. Er hat mich angehört, aber gleich gesagt, er fahre zur Kur, wegen seiner Podagra. Ins Ausland. Dabei ist es geblieben. Ja, auch wenn er dageblieben wäre und gewollt hätte, wäre es umsonst gewesen. Und jetzt noch etwas zu erreichen, ist doppelt unmöglich.«

Was sollte ich darauf sagen?

»Wenn nicht, dann nicht.« Ich sagte ihm nicht, daß ich mir noch Gedanken darüber machen wollte, und fügte hinzu: »Jetzt sollten wir weiterspielen, und Ihr werdet mir von Eurem Bruder erzählen.«

Wir fingen an zu spielen, und der alte Mann erzählte:

»Von Georg? Ja, habt Ihr denn nichts von ihm gehört? Nur das, was ich damals ...? Nun ja, nicht umsonst gibt es den Spruch vom Propheten im eigenen Land... Was für ein Mensch er war? Anders als andere Leute. Er war ja noch im Mutterleib, kaum gezeugt, als unser Vater in Pernau der Pest erlag. Ich war sechs Jahre alt und durchaus kein dummer Junge. Aber mit sieben oder acht Jahren überholte er mich in mehreren Fächern. Im Kopfrechnen. Er konnte sich an allerlei Kleinigkeiten erinnern. Ich gewöhnte mich daran, daß man ihn für klüger hielt als mich. Und daß Mutter und ich, damit er studieren konnte, nun, nicht gerade hungern mußten, aber... Zuerst studierte er in Reval, danach in Halle, dann in Jena ...«

»Auch in Jena? Wann?«

»In den dreißiger Jahren. Mathematik. Und alle Naturwissenschaften. Von dort ging er nach Petersburg. Er wurde bei Graf Ostermann Hofmeister. Bei seinen zwei Bengeln. Der Graf war damals schon der einflußreichste Mann des Reiches. In seinem Haus schloß Georg natürlich nützliche Bekanntschaften und so weiter. Seht Ihr, auch der leuchtendste und strebsamste Geist braucht in diesem Lande – und womöglich überall – Beziehungen. Gott sei Dank verließ Georg dieses Haus noch zur rechten Zeit. Ein halbes Jahr bevor der Graf nach Sibirien verbannt wurde, erhielt Georg einen Platz an der Akademie. Zunächst als Student. Nach sechs oder sieben Jahren war er Mitglied der Akademie. Er baute und studierte allerlei Dinge: Dreschmaschinen, versteinerte Tiere, Bernstein, Wärme, Dampf, Steine, Pumpen – ganz wie ein richtiger Physiker. Dazu noch Elektrizität. Er soll sogar ein Gesetz entdeckt haben. Das Richmannsche Gesetz. Ich gebe zu, daß ich nicht weiß, um welches Gesetz es sich handelt. Aber Ihr versteht: Wenn alle Welt sich danach richtet, muß es von Bedeutung sein. Ein Amerikaner namens Franklin hatte etwas über den Blitz drucken lassen. Georg las in Petersburg davon und wollte der Sache auf den Grund gehen. Mit einer Besessenheit, wie es seine Art war. Für einen Philosophen wie mich ist das ein wenig kindisch, ein wenig lächerlich, nicht wahr. Aber für einen, der etwas entdecken will, dringend notwendig. Leider. Er machte sich an die Erforschung des Blitzes, zusammen mit einem Freund, der Lomonossow hieß. Er errichtete auf dem Dach eine Eisenstange mit einem Draht und befestigte diesen an einer Anlage. Der Zeiger an diesem Apparat reagierte auf die ziehenden Wolken, und man konnte feststellen, wieviel Elektrizität die Luft enthielt. Und so weiter. Es war das erste derartige Gerät der Welt. Richmanns Elektrometer. Einmal, während einer Versammlung der Akademie, sah er durchs Fenster, wie sich Gewitterwolken über der Newa zusammenballten. Er rannte nach Hause, um seinen Apparat zu beobachten, und fingerte gerade am Zeiger, als der Blitz in die Stange einschlug und Georg tötete. Na, trinken wir einen Schluck auf sein Andenken.«

Der Apotheker füllte unsere Gläser, und wir tranken. Ich fragte:

»Wußte er denn nicht, daß der Blitz tödlich sein kann?«

»Wieso nicht? Jeder Dummkopf weiß es. Aber der eine findet die Erlösung in der Tat, der andere im Wissen, der dritte in Gott weiß was ... Und überhaupt: Vielleicht philosophiere ich so aus Rache – weil der ältere Bruder von dem jüngeren in den Schatten gestellt wurde ...«

15

Ich konnte mich nicht entscheiden, ob das, was ich von Frau Tiesenhausen und meinem Leben bei ihr dachte, für sie oder mich von Bedeutung war oder nicht. Aus Unentschlossenheit entschied ich mich dafür, es doch auszuplaudern. Möglicherweise half mir dieser Entschluß, mich selbst einst besser zu verstehen.

Die Anredeformeln sind in unseren baltischen Provinzen ziemlich streng. Die Adligen sagen »Ihr« zueinander. Gewöhnlich duzen sich nur langjährige Bekannte und Freunde. Zu Pastoren und Literaten sagt ein Adliger: *Der Herr Pastor möge eintreten. Der Herr Literat möge zur Feder greifen.* Zu Dienstboten sagt man natürlich »du«. Zu Bauern ebenfalls. Aber einen *Hofmeister* redet man auf Gütern und in Adelshäusern mit »er« an.

Weiß er denn nicht, daß er den jungen Herren klarzumachen hat, daß man zu Hause nicht auf den Boden spuckt?

Er komme her und höre, was man ihm zu sagen hat!

Wenn er mit den Herrschaften an einer Tafel speist, hat er sich nicht als gleichrangig zu fühlen, sondern den Kindern Manieren beizubringen und den Herrschaften nicht auf die Nerven zu gehen. Und so weiter.

Das war so alltäglich, daß es mich kaum kränkte. Nur wenn ich es zu analysieren suchte, kam es mir seltsam vor. Als würde der Angeredete vom Menschen zum Gegenstand erniedrigt. Oder als stünde zwischen dem Redenden und dem Angeredeten ein Dritter, eine nicht vorhandene Zwischenperson, die dem ersteren ermöglichte, sich zwar aus seiner Höhe zum Angeredeten herabzulassen, sich dabei aber nicht zu erniedrigen.

Als ich sagte, dieser Brauch würde mich nicht kränken, war das doppelt wahr. Denn ich hatte auf dem Gut Wesenberg persönlich nichts damit zu tun. Frau Tiesenhausen ihrzte mich, und nach ihrem Vorbild taten es auch die anderen Herrschaften, das heißt ihr Sohn Jakob und dessen Gemahlin Wilhelmine aus dem rechten Flügel unseres Herrenhauses. Sie waren übrigens vor kurzem samt ihren Kindern weggezogen und hatten das der Familie gehörende Gut Tuddolinn bezogen. (In Klammern füge ich hinzu: Anscheinend konnte die Schwiegertochter die Nähe der Schwiegermutter nicht ertragen.) Und auch Magnus, der zweite Sohn der Gnädigen, der seine Mutter hin und wieder aus seinem Borkholm besuchen kam, hielt an diesem Brauch fest, so selten er auch Gelegenheit dazu hatte.

Rein formal gesehen war meine Position auf dem Gut durchaus passabel. Ganz zu schweigen davon, daß Frau Tiesenhausen mich als ihren Verbündeten ansah. Aber gerade ihr Vertrauen ging mir wider den Strich. Ich meine hier nicht die vielen Briefe, die ich auf ihren Befehl hin schreiben mußte. Beschwerden über unbekannte Verbrecher und Banditen, die unseren Verwalter Freundling im Herbst auf der finsteren

Landstraße verprügelt hatten, Beschwerden über Menschen, die ohne ihre Genehmigung von wer weiß woher nach Wesenberg ziehen wollten und ihr gegenüber grob gewesen waren. Und über das Vogteigericht, das ausschließlich aus unwürdigen Leuten bestand. (Dieses Gericht war auf Befehl des Generalgouverneurs – bestehend aus Kaufmann Jahn als Gerichtsvogt und zwei Beisitzern – dennoch im Herbst ins Leben gerufen worden.) Übrigens war das Verfassen dieses Briefes ein recht interessantes Spektakel. Wenn Frau Tiesenhausen mich zu sich beorderte, hatte sie stets die Hauptpunkte vorausbedacht. Sie ließ mich an ihrem kleinen Schreibtisch aus Rotholz unter den ziemlich unschönen Familienporträts Platz nehmen (der Diener Tehvan hatte mir gesagt, einige davon habe die Gnädige in ihrer Jugend selbst gemalt) und begann zu diktieren. Zunächst langsam, so daß ich ihr folgen konnte, und in einem bei Briefen üblichen Stil. Dann immer schneller und temperamentvoller, so daß ich die Wörter abkürzen mußte. Bald erhob sie sich und begann herumzugehen, die Arme in Brusthöhe, die Finger gespreizt, die Fingerspitzen aneinander. Ihr glattes graumeliertes Haar bauschte sich dabei ein wenig, und ihr blasses Gesicht mit den Pigmentflecken an den Schläfen rötete sich, als wäre sie auf seltsame Weise jünger geworden.

»*... Und noch muß ich der überaus wohlwollenden gnädigen Zarin in tiefster Entrüstung und Verwirrung mitteilen, daß mein unbestreitbares* dominium plenum *auf das Gut Wesenberg und alle seine Appartenenzen, das heißt auch auf den Flecken Wesenberg, von den erwähnten verantwortungslosen Personen wieder angezweifelt wird.*« »Mein unbestreitbares *dominium plenum*« war der Refrain, der ihre diversen Forderungen in den Briefen wie ein obligatorischer Glockenschlag ankündigte. Ich fragte mich von Zeit zu Zeit, ob die Gnädige die Schlacht um ihr *dominium plenum* durchweg ernst nahm. Manchmal hatte es den Anschein, als müßte sie über die Fülle ihrer Argumente selbst lächeln. Besonders, wenn sie mitten in einem Satz innehielt und bemerkte: »Nun, Ihr werdet das sowieso kürzen und in Ordnung bringen, nicht wahr?« Oder wenn sie abrupt am Schreibtisch haltmachte, die Hände mit den gespreizten Fingern auf den Tisch stützte, seufzte und fragte: »Sagt, warum zwingt die bewußte Person, die hinter all dem steckt – Ihr wißt schon –, eine arme Witwe, sich wegen ihrer Rechte mit allerlei Gesindel herumzuschlagen?!«

Ich habe schon gesagt, daß all diese Briefe mein Gewissen kaum belasteten. Insbesondere nachdem ich im vergangenen Winter die Apotheke – na, sagen wir, um Hustenpillen zu kaufen – aufgesucht und Richmann von den wichtigsten Briefen erzählt hatte. Denn soweit war ich doch ihr Verbündeter, und zu Rosenmark konnte ich unter einem derartigen Vorwand nicht gehen. Um diese Briefe handelte es sich nicht. Nur ein Brief machte mir Gewissensbisse, und zwar der, den ich auf Frau Tiesenhausens Befehl schreiben mußte, als Jakob schon weggezogen war, und der, wie mir scheint, den Tropfen darstellte, der das Faß zum Überlaufen brachte.

In diesem Jahr begann die Einquartierung des Kexholmer Regiments, die den Ort jeden Herbst heimsuchte, bereits im Frühling. Im Herrenhaus, wo nun schon gute fünfundzwanzig Zimmer leerstanden, wurde eine weit höhere Militärperson als der Regimentskommandeur, Generalmajor von Derfelden, ein Neffe der Frau Tiesenhausen, einquartiert. Ins Verwalterhaus und in die anderen Gebäude zogen der Oberst, einige Majore und Leutnants, der Regimentsgeistliche und der Zahlmeister, einige Unteroffiziere und Fuhrleute. Das Gros der Männer wurde in der Stadt untergebracht. So wimmelte es in den Häusern und Hütten von Soldaten, und die Ställe und Höfe waren voller Pferde und Wagen. Viele Bürger wurden von den Offizieren einfach auf die Straße gesetzt, was vom Hörensagen auch früher vorgekommen war. Aber jetzt fiel mir plötzlich auf, wer am meisten unter der Einquartierung zu leiden hatte. Die Beisitzer des Vogteigerichts, Linde und Bader, auf die Frau Tiesenhausen eine besondere Wut hatte, der Schmied Töpffer, ein berüchtigter Krakeeler, der Schuster Simson, ebenfalls ein Nörgler – immer nach dem gleichen Muster. Rosenmark war kaum betroffen, er hatte für das Militär ein ganzes Haus gemietet – bitte, nur hinein in die gute Stube! Auch Richmann mußte nicht gleich auf die Straße. Soviel ich verstand, wurden gebildete Leute, unter ihnen auch Apotheker, von der Einquartierung verschont. Bei Richmann wurde aber auf Befehl von Generalmajor von Derfelden eine Ausnahme gemacht, ihm wurden vier Leutnants mit ihren Burschen sowie einige Unteroffiziere aufgezwungen. So mußte der Apotheker mitsamt seinem Kakadu ins Laboratorium umziehen.

Diese und andere Ereignisse ließen Frau Tiesenhausen nach mir verlangen. Ich mußte dem Generalgouverneur (formell natürlich der Zarin höchstpersönlich) einen Brief schreiben, in dem die Gnädige mitteilte, ihr Gut strotze vor Offizieren und Unteroffizieren des Kexholmer Regiments. Ja, ja, auf ihrem Gut gebe es angeblich fünf Gebäude für das Militär (wie es gesetzlich vorgesehen war für Güter von über 50 Haken Land, von denen es in Wesenberg zur Not eins oder anderthalb gab), und alle diese fünf seien überfüllt. Aber weil der Winter lang gewesen und der Frühling kalt sei, gebe es kein Brennholz mehr. So müsse die Krone dem Gut das nötige Holz liefern. Zweitens wäre das Gut überlastet, während es in der Stadt genügend freien Wohnraum gäbe. Und Frau Tiesenhausen zählte, ohne die Tatsachen zu beachten, alle Häuser, deren Einwohner ihr gegen den Strich gingen oder, sagen wir, am meisten gegen den Strich gingen, der Reihe nach auf: Richmann (was aus der Luft gegriffen war), Rosenmark (was auch nicht völlig der Wahrheit entsprach, zumal Maade ja bald ihr Kind bekommen sollte), Jahn, Linde, Bader, Töpffer (derselbe, der auf die Straße gesetzt worden war), Simson und so weiter. Dabei spielte sie plötzlich die Beschützerin des ärmeren Volkes. Jawohl: Einem armen Handwerker habe man durch die Einquartierung bitteres Unrecht getan – ein Major habe gedroht, ihn aus dem Haus hinauszuwerfen. Dieser arme Mann sei der hochanständige Glaser Krudop. Und die Gnädige bat den Generalgouverneur (formell also die Zarin) um Hilfe, diesen hochanständigen Mann von der Einquartierungspflicht zu befreien. Warum sie diese Frage nicht einfach durch ihren lieben Neffen lösen wollte, blieb mir ein Rätsel (bis der Glaser auf Befehl des Generals wirklich in sein Haus zurückkehren konnte). Aber Richmann versicherte mir: Der hochanständige Mensch Krudop mit dem stumpfsinnigen Gesicht, ein halbtauber Mann, der an allen Menschen vorbeischaute (wenn es aber darauf ankam, oder eher, wenn es durchaus nicht nötig war, ein überaus scharfes Ohr hatte), war Frau Tiesenhausens Wesenberger Spitzel.

Das allein hätte für meinen Entschluß ausgereicht, und doch kam noch etwas hinzu. Eines Morgens, als ich mit der Geschichtsstunde beginnen wollte, fragte der dreizehnjährige Gustav:

»Herr Berend, habt Ihr Champagner getrunken?«

»Champagner? Nein ...«

»Aber wir haben es! Ich, und Bertram auch.«

»Nanu? Und wann denn? Und wieso?«

»Gestern. Beim Nachmittagskaffee. Großmutter trank selber welchen und bot ihn Onkel Derfelden an – und auch uns. Wir kriegten ein winziges halbes Gläschen.«

»Aus welchem Anlaß?«

»Ach, ich weiß nicht. Irgendein Petersburger Kollegium hat Großmutter Recht zugesprochen. Das Recht auf unser Dörflein. Aber Großmutter hat versprochen – spätestens im Herbst gibt sie uns ein ganzes Glas. Denn das endgültige Urteil soll erst im Herbst gefällt werden.«

»Ist gar nichts Besonderes«, meinte der zehnjährige Bertram wichtigtuerisch, »schmeckt genauso wie der Prechelsche Met. Nur schäumt er mehr.«

16

Richmann hatte gesagt: Der eine hält die Tat für seine Erlösung, der andere das Wissen, der dritte Gott weiß was. Ich kann nicht sagen, ob ich zu den ersten, den zweiten oder den dritten gehöre; ich glaube, wahrscheinlich zu den dritten, zu denen, die die verschiedensten Dinge für ihre Erlösung halten können. Und diesmal gehörte ich plötzlich zu den ersten: Mein Entschluß war reif. Herrgott, wenn Georg Richmann den Blitz aus Wißbegierde zu sich eingeladen hatte – ist es denn eine Heldentat, wenn ein Mann aus Gerechtigkeitssinn der Hoheit von einem Lakai Auge in Auge gegenübertritt, um das Unmögliche möglich zu machen?

Ich grübelte zwei Tage lang über meinem Plan.

Ich wußte, daß die Kopien der Wesenberger Dokumente und ihre Übersetzungen bei Rosenmark aufbewahrt wurden. Ich begab mich am übernächsten Tag in die Schenke, suchte ihn in der Kammer hinter der Theke auf und bat, in sie Einsicht nehmen zu dürfen. Nebenbei gesagt, ich setzte mich mit dem Rücken zum Bett, auf dem Maade und ich gelegen hatten. Aber das Bett stand gar nicht mehr da. Und auch die Papiere, die ich brauchte, waren nicht mehr da.

»Ach, die ...? Was wollt Ihr denn mit ihnen anfangen?«

»Einiges nachprüfen, was mit der Stadt geschehen ist. Sonst geraten sie in Vergessenheit.«

»Ja, ja. Aber ich bewahre sie zu Hause auf. Im Tresor. Für alle Fälle, Ihr versteht. Also, kommt morgen abend zu uns. Ihr seid schon lange nicht mehr zu Besuch gewesen.«

Er schien ein wenig verdrossen, ein wenig besorgt, ein wenig abgemagert zu sein. Aber freundlich war er wie beim letzten Mal. Und jetzt lud er *selbst* mich ein.

»Es ist besser, wir gehen in die Hinterkammer«, sagte er am nächsten Abend, als ich eintrat, »hierher kann jemand kommen und Fragen stellen, wenn Ihr Euch mit den Papieren zu schaffen macht.«

Während ich ihm in die Kammer folgte, sagte ich: »Grüßt Frau Magdalena von mir. Wie geht es ihr?«

»Recht gut, recht gut. Das Ereignis steht ja bald bevor«, erwiderte er, während ich an einem kleinen Tisch Platz nahm und er mir die Papiere vorlegte. Er erkundigte sich, wieviel Zeit ich für sie brauchen würde. Ich meinte, ein gutes Stündchen oder auch zwei, wenn er nichts dagegen habe. Er sagte:

»Es ist also besser, ich lasse Euch mit den Papieren allein, nicht wahr, und in ein oder zwei Stunden komme ich zurück, und wir trinken Tee.«

Johan legte eine neue Kerze neben den Leuchter und ging. Ich blieb allein in dem kleinen Zimmer mit den paar Hokkern, dem Tischchen und dem braungestrichenen Tresor. Ich holte meine vom Gut mitgebrachten sauberen Blätter hervor und begann, die städtischen Papiere, die ich für wesentlich hielt, zu kopieren. Dabei dachte ich: Ich bin unter einem Dach mit Maade ... Sie ist hier irgendwo in der Nähe. Wahrscheinlich gleich hinter der Wand mit den grauen Tapeten ... Und zum Tee wird sie natürlich wieder nicht erscheinen. Nach etwa zehn Minuten legte ich den Gänsekiel drei-, viermal während der Arbeit aus der Hand, drückte die Handflächen an den Tischrand, schloß die Augen und beschwor das Schicksal, all meine innere Kraft konzentrierend: Komm her! Komm her! Komm her! Dann schrieb ich weiter und schämte mich meiner lächerlichen Beschwörung. Plötzlich hörte ich das Geräusch der Türklinke – und Maade trat ein.

Sie trug ein bis zum Boden reichendes Hausgewand, und man sah ihr an, daß sie hochschwanger war. Ihr Gesicht war im Kerzenschein fast unkenntlich, blaß und durchsichtig. Zart und kindlich streng. Wie das bei den Frauen zu sein pflegt. Vielleicht lag es auch an der Beleuchtung, die ihre Miene so seltsam, ihre Lider wie Bogen und ihren Blick dunkel und doch strahlend erscheinen ließ ...

Ich erinnerte mich plötzlich an einen ehemaligen Seemann. Wir nannten ihn zu Hause den Onkel von Gotland (obgleich er nicht von dort stammte und weder ein Onkel noch ein anderer Verwandter von uns war). Als ich ein Schuljunge war, hatte er mir erzählt, daß er nach über dreißig Jahren seine Jugendliebe getroffen habe, die die Frau eines anderen geworden sei. Es war auf dem Friedhof von Fischermai gewesen, nach einem Gottesdienst im Menschengedränge. Der Onkel von Gotland hatte sie sofort erkannt. Sie sah zwar ganz anders aus, aber in diesem Augenblick war sie wie durch Zauberkraft ganz die alte. Da standen sie einander gegenüber und schauten sich an ... Und der Gotland-Onkel, der alles andere als auf den Mund gefallen war, brachte kein Wort über die Lippen ... Und mir war in meiner Schuljungenweisheit durch den Kopf geschossen: Schau dir diesen Narren an!

Nun saß ich dort am Tisch, machte Anstalten aufzustehen, stumm vom Durcheinander möglicher und unmöglicher Worte in mir, starrte den Schein der Kerze in Maades dunklen Augen an und ihren klar gezeichneten, ein wenig zuckenden Mund im bleichen Gesicht. Schließlich fragte ich:

»Maade, warum bist du gekommen?«

Das war so unsinnig, hatte ich sie doch aus tiefstem Herzen herbeigesehnt. Sie flüsterte:

»Weil ich Angst hatte, dich nie wiederzusehen. Aber jetzt treffen wir uns doch noch einmal.«

Wir standen einen langen Augenblick stumm da. Dann fragte ich – du lieber Gott, das hatte ich doch nicht fragen wollen, ich hatte sie mit dieser Frage nicht verletzen wollen, aber ich fragte trotzdem (und ich hoffe, meine Frage beruhte vor allem auf Neugier, fühlte aber, daß darin dennoch ein Quentchen Trotz steckte):

»Maade, sag mir, ist das sein oder mein Kind, das du unter dem Herzen trägst?«

Und sie entgegnete, flüsternd, mit starrer Miene, schnell, als hätte sie diese Frage erwartet:

»Ich weiß es nicht ...«

Sie öffnete die Tür hinter sich (den Griff hatte sie nicht losgelassen) und verschwand, ehe ich etwas sagen konnte.

Nein, nein, ich rannte ihr nicht nach und suchte nicht im

Haus nach ihr. Ich blieb an Ort und Stelle. Ich setzte mich wieder an den Tisch und fuhr nach einer Weile mit meiner Arbeit fort. Und ich kann behaupten: Ich tat es mit doppeltem Eifer, weiß aber nicht, ob dies wegen oder trotz ihrer Antwort geschah. Ich war gerade fertig geworden, als Johan zurückkam und mich zum Tee holte.

Wiederum war der Dieb Gast, ja fast Ehrengast am Tisch des Bestohlenen (oder der Bestohlene wurde vom Dieb als liebenswürdigem Hausherrn bewirtet)... Und was bleibt einem Dieb in einer derartigen Lage anderes übrig, als besonders hochmütig oder besonders höflich zu sein. Ich wählte die Höflichkeit und tat es gewissermaßen wegen Maades Worten, die mich und ihren Mann in unserer Unwissenheit auf die gleiche Stufe stellten. Johan und ich sprachen bei Tee und Kohlpastetchen von allerlei Dingen, nur nicht davon, was die Stadt die ganze Woche über in Atem gehalten hatte. Denn Johan rührte nicht an dieses Thema – den Brand, der im Krug der Frau Tiesenhausen ausgebrochen war. Den Bau dieser Schenke an der Ecke der Ritter- und Karristraße hielt die Stadt für eine weitere Schweinerei von seiten des Gutes. Nicht nur, weil man dachte – und ich dachte das gleiche –, daß dies in himmelschreiendem Widerspruch zu allen städtischen Privilegien seit Königin Christines Zeiten stand. Sondern mehr noch, weil Frau Tiesenhausen die Kneipe vor einigen Jahren auf einem Grundstück hatte errichten lassen, das, wie gemunkelt wurde, für eine Schule vorgesehen war, zumal aus Balken, die die Stadt für den Schulbau geliefert hatte. Nun hatte sie diese Kneipe für gutes Geld dem Kexholmer Regiment überlassen. Der Schankwirt war noch nicht eingetroffen, die Schenke wegen Inventur der Getränke und anderer Dinge noch einige Tage geschlossen gewesen. Zu diesem Zeitpunkt war eines Nachts auf dem Hängeboden ein Feuer ausgebrochen. Das Bretterdach hatte schon in Flammen gestanden, als es bemerkt wurde. Nach der neuen Polizeiordnung (deren Einführung Frau Tiesenhausen nach Kräften hintertrieben hatte) mußten bei einem

Feuer alle erwachsenen Männer der Stadt mit Eimern und Bootshaken zur Stelle eilen. Jetzt stellte sich heraus, daß das Stadtvolk, das bisher über das Fehlen einer Polizeiordnung gemurrt hatte, sich ihr gegenüber ebenso feindlich verhielt wie Frau Tiesenhausen. Außer den Anrainern hatte sich niemand bequemt, die Hosen anzuziehen. Selbst der alte Krudop war in den Qualmwolken dieser schaurigen Nacht nicht zu sehen gewesen. Und die Nachbarn hatten ohnehin nur ihre eigenen Wände und Traufen geschützt, die sich zu ihrem Glück und Frau Tiesenhausens Kummer in mehr oder weniger sicherer Entfernung befanden. Daß der Krug nicht völlig abgebrannt war, war nicht Freundling zu verdanken gewesen, der einige Obleute und Aufseher vom Gut geholt und auch selbst eifrig löschen geholfen hatte (und auch nicht den verschlafenen Soldaten des Kexholmer Regiments), sondern hauptsächlich dem Wolkenbruch, den ein böser oder guter Geist im kritischen Moment geschickt hatte. Die brennenden, vom Dach fallenden Bretter waren in den dampfenden Pfützen verloschen, und die Deckenfüllung hatte sich im strömenden Regen binnen weniger Minuten in Schlamm verwandelt. Jedenfalls war das Feuer in der Nacht ausgebrochen, als das Haus leergestanden hatte. Frau Tiesenhausen aber behauptete (mir hatte sie davon nichts gesagt), in der Hand von Peeter, einem Knecht Rosenmarks, wäre der Nachschlüssel zur Schenke gesehen worden.

Johan schwieg sich zu dieser heiklen Geschichte aus, und ich rührte auch nicht daran. Es gab noch etwas, wovon ich nicht reden wollte und das mich schon einige Tage beunruhigte: der Beschluß des Justizkollegiums und der Gedanke, ihn mit Sievers' Hilfe zu ändern. Ich muß bekennen, warum ich das Johan verschwieg: Ich befürchtete, das könnte ihn dazu bewegen, sich in dieser Sache selbst an Sievers zu wenden. Ach Gott, das wäre ja normal gewesen, da er in Wesenberg der Handlanger von Sievers war. Aber ich hatte mich rettungslos in den Gedanken verbohrt, ausgerechnet ich müßte die Stadt mit Sievers' Hilfe retten.

Doch es gelang mir nicht, dieses Thema zu umgehen. Johan fing selbst davon an:

»Die Versammlung, die wir nach Dreikönige abhalten wollten – Ihr erinnert Euch? –, die fand doch Ende Januar statt. Wir haben besprochen, wann wir mit der Supplik der Stadtgrauen Ernst machen wollen. Ich habe mir Mühe gegeben, ihnen auf die Sprünge zu helfen, aber Verschleppung ist ja hierzulande der Weisheit letzter Schluß. Also wurde beschlossen abzuwarten, bis die Stadt eine Antwort auf ihren Brief an die Zarin erhalten hat. Und jetzt haben wir diese Antwort so gut wie in der Hand. Ihr werdet davon gehört haben?«

»Mnja. Ein wenig … Und was gedenkt Ihr zu tun?«

Ich fragte aus Höflichkeit, Neugier und Angst, er würde mir antworten: »Jetzt gehe ich zu Graf Sievers, um die Stadt zu retten.« Aber er sagte nur leichthin:

»Ach, was ist da schon zu tun …«

»Ich glaube, Ihr habt einflußreiche Freunde?« fragte ich, mir selbst zum Trotz.

»Allerdings«, entgegnete er, dieser Schankwirt und Kaufmann und Ratgeber und Brauträuber und Hahnrei, dieser Hinterwäldler von Müllerssohn und, falls notwendig, Sproß schwedischer Eltern. »Allerdings. Aber einen, der sich in unser so hohes Spiel einläßt, so einen habe ich nicht.«

»Nun, vielleicht doch?« stichelte ich, mir und ihm zum Trotz.

»Nein, nein. Ich habe vorige Woche einen Versuch gemacht«, erklärte Rosenmark. Er hatte vor kurzem erzählt, er sei vergangene Woche in Geschäften in Narwa gewesen. »Dort hieß es, wegen des Lärms um den Brand, den Eure Gnädige hervorgerufen hat, brauchte ich mir keine grauen Haare wachsen zu lassen. Ihr habt ja wohl davon gehört?«

»Natürlich«, gab ich zu, »in einem solchen Nest erfährt man so etwas auf jeden Fall.«

»Nun ja«, meinte der Krüger – mir schien, mit einem heimlichen Schmunzeln –, »diese Sache wird geklärt. Eure Gnädige kann Krach machen, soviel sie Lust hat, es wird ihr nicht gelingen, mir den Brand in die Schuhe zu schieben!«

Diese Gewißheit gefiel Johan so sehr, daß er vergaß, das Thema weiterzuverfolgen. So mußte ich fragen:

»Aber die Angelegenheiten der Stadt?«

»Ja, in den Angelegenheiten der Stadt, des Entschlusses des Kollegiums – Ihr habt sicher davon gehört – ist absolut nichts zu erreichen.«

Ich dachte verächtlich, nicht ganz frei von Neid: Du bist der Protegé eines Mannes, auf dessen Fingerzeig du der Frau Tiesenhausen den roten Hahn aufs Dach setzen läßt. Aber jemanden, der auf deine Bitten hin etwas zur Rettung der Stadt unternimmt, den hast du nicht ...

»Wenn ich fragen darf: Wer war der hohe Herr, mit dem Ihr gesprochen habt?«

Ich weiß nicht, woher ich diese Aufdringlichkeit hatte. Johan musterte mich und erwiderte:

»Fragen darf man schon. Warum nicht. Aber wir wollen den Namen nicht nennen. Ihr versteht, hohe Herren lieben es nicht, wenn irgendwo in niederen Kreisen mit ihren Namen herumgefuchtelt wird.«

Also war dieses, wahrscheinlich hoffnungslose, Schlachtfeld für mich frei.

Ich bat Johan noch, die besten Wünsche für Maades Kindbett zu übermitteln, und machte mich auf den Weg. Eine Woche lang saß ich halbe Nächte in meiner Dachkammer und stellte eine Liste von Argumenten zusammen, die die Stadt gegen die des Justizkollegiums vorbringen konnte. Dann pochte ich eines Morgens an Frau Gertrudes Tür. Mein Entschluß hatte mich nicht nur aufgeregt, sondern auch besorgt gemacht. Denn die letzten zwei oder drei Wochen hatte sie kein Wort mehr über meine Aufträge gesprochen. Die Einquartierung und der Brand danach hatten sie allzusehr in Anspruch genommen. Und jetzt konnte es geschehen, daß sie meine Reise untersagte. Aber ich hatte sie mir rettungslos in den Kopf gesetzt. Eigentlich hätte ich mich fragen sollen:

Warum? Aber ich sagte:

»Ich glaube, gnädige Frau, *es ist an der Zeit, daß ich auf Euren Wunsch hin zu Graf Sievers fahre*.«

»Was, was, was, was?«

Sie saß an ihrem Mahagonisekretär mit Papilloten im graumelierten Haar – für einen *Hofmeister* mußte sie sich nicht um ihre Frisur kümmern – und hob den Blick von den tintenbefleckten Blättern:

»Zu wem?«

Ich weiß nicht, was es war: senile Denkfaulheit, Zerstreutheit oder Theater. Jedenfalls mußte ich meine Worte wiederholen, danach aber war sie ganz Ohr und voller Elan.

»Ach so, Ihr seid also auch überzeugt, daß er meine Schenke hat anzünden lassen?«

Ich antwortete: »Mmm. Jedenfalls müßte recherchiert werden.«

Sie rief: »Schön! Fahrt los. Ich weiß, er ist zur Zeit auf seinem sogenannten Sievershof. Laßt Euch von Freundling ein Pferd geben. Da« – sie nahm aus einer Schatulle vier Halbimperiale und reichte sie mir –, »nein, das wäre für eine Reise nach Petersburg. Für Sievershof braucht Ihr nicht so viel«, und nahm zwei davon zurück. Ich verbeugte mich und stand schon an der Tür, als sie rief:

»Wieso hofft Ihr, von ihm etwas zu erfahren? Er ist ein alter Fuchs, in allen Hofintrigen zu Hause. Wie gedenkt Ihr, ihm nahezukommen? Eigentlich ist es ein hoffnungsloses Unterfangen ...«

»Ich glaube, gnädige Frau, es gibt eine Möglichkeit. Jetzt, wo die Stadt weiß, daß das Petersburger Justizkollegium einen für Euch günstigen und für die Stadt ungünstigen Beschluß gefaßt hat.«

»Endlich!« rief Frau Tiesenhausen emphatisch aus.

»Und wo wir wissen, daß Richmann versucht hat, Herrn Sievers für die Stadtbürger zu gewinnen ...«

»Ich weiß! Ich weiß!« rief sie. »Bei diesem alten Narren, also Richmann, überrascht mich nichts!«

»Ich werde mich an Herrn Sievers als *Hofmeister* der jungen Herren Albedyll wenden – damit alles seine Richtigkeit hat –, als Mensch, der auch das Vertrauen der Stadtbürger genießt. Ich komme zu ihm als Abgesandter der Bürger, als Abgesandter vieler Bürger. Ich bitte ihn im Namen der Bürger, er möge sie im Senat in Schutz nehmen.« (Ich sah, wie reserviert mich Frau Tiesenhausen plötzlich ansah, und sprach hastig weiter.) »Freilich, Herr Sievers ist kein Senator. Er kann der Stadt nur helfen, indem er einige Herren des Dritten Departements überredet. Das möchte ich erreichen. Er ist immerhin ein Wesenberger. Ich darf doch wissen, daß er sozusagen der Sohn Eures einstigen Wesenberger Inspektors von Sievers ist. Das Gut Wesenberg und die Stadt Wesenberg sind so oder so das Land seiner Kindheit. Das Gut stellt zur Zeit, soweit ich es verstehe, aus irgendeinem Grund in seiner Erinnerung die Hölle seiner Jugend dar. Um so mehr muß ihm die Stadt als Paradies vorkommen. Wenn ich ihn überzeugend genug daran erinnere und ihn im Namen der Stadt bitte – im Namen derselben Stadt, nicht wahr, in deren Interesse er Euch seit dreißig Jahren plagt –, da wird er sich mir ein klein wenig öffnen. Und dabei auch etwas verraten!«

Frau Tiesenhausen musterte mich durch ihr Lorgnon. »Ihr seid ein phantastischer Kerl! Sollte er wirklich auf Eure Bitte im Senat gegen den Bescheid des Justizkollegiums intrigieren – was fangen wir dann an?«

»Keine Angst, gnädige Frau. Hat er es auf Herrn Richmanns Bitte nicht getan, kommt das bei mir gar nicht in Frage.«

»Ja, da habt Ihr wohl recht.« Sie überlegte ein wenig, aber ihr schien nichts Wesentliches mehr einzufallen. »Also – fahrt los. Wann werdet Ihr zurück sein? In vier, fünf Tagen?«

»Im Idealfall. Aber wenn er mich nicht gleich empfängt? Oder wenn er mich mehrmals zu sprechen wünscht? Dann wird es mindestens eine Woche dauern.«

»Gut. Wenn Ihr zurück seid, erstattet mir Bericht.«

Ich verbeugte mich und stand wieder an der Tür, als sie fragte:

»Aber für die Jungen und überhaupt – wir müssen eine Erklärung finden, wo Ihr Euch in den kommenden Tagen aufhaltet.«

Ich muß schon sagen, bei all ihrer Eigennützigkeit war ihre konspirative Vorsicht geradezu frappierend. Ich erwiderte:

»Ihr habt mich, na, zum Beispiel nach Narwa geschickt. Ihr habt in Erfahrung gebracht, dort sei ein geeigneter Französischlehrer für die jungen Herren zu finden.«

»Hahahaha! Was bleibt einer armen alten Frau übrig, als zu tun, was ihr befohlen wird ...«

Ich machte ihr meine dritte Verbeugung und zog mich zurück.

Den Jungen sagte ich, die Stunden würden in den nächsten Tagen ausfallen, weil ich auf der Suche nach einem Französischlehrer nach Narwa führe. Gustav, ein redseliger Lümmel, hieß mich, die Augen offenzuhalten und ihnen keinen strengen, lästigen Drachen aufzuhalsen (das heißt nicht jemanden nach Wesenberg zu holen, den die Großmutter begutachten und engagieren würde), denn sie, die Bengel, hätten von einem genug. Worauf der kindlichere, einfältigere Bertram ausrief: »Hör mal, Fräulein Frederici ist kein lästiger Drache, sondern eine nette Tante!« (Fräulein Frederici unterwies sie seit einem Monat im Klavierspiel.) Aber Gustav kniff unter den rötlichen Wimpern ein grünes Auge zu und meinte grinsend: »Mir reicht trotzdem der eine!« Ich machte gute Miene, seine unverschämte Anspielung auf die Großmutter nicht zu verstehen, und schloß die Tür des Unterrichtszimmers hinter mir.

Ich teilte Freundling den Befehl der Frau Tiesenhausen mit – der Stallbursche sollte den gesattelten Gaul in einer halben Stunde bereithalten. Ich steckte die notwendigen Schriftstücke in meine Brusttasche und überlegte, was geschehen würde, wenn die Gnädige mich am Hoftor aufhalten und durchsuchen ließe und die bei mir gefundenen Papiere durchsehen würde. Danach rief ich Tiio zu mir nach oben – sie sollte mir das saubere Hemd bringen, das ich ihr zum Bügeln gegeben hatte. Als sie es auf meinem Bett ausbreitete (Gottchen, dieses sommersprossige frische lustige Kind und ich, wir hatten in den letzten Monaten nicht nur die Hemden voreinander ausgezogen), zog ich mein Hemd aus, das frische an und fragte, um den Augenblick nicht allzu intim werden zu lassen:

»Nun, Tiiochen, was gibt's denn Neues?«

Und sie erwiderte, natürlich nicht absichtlich, sondern ganz ahnungslos:

»Nichts weiter als daß Rosenmarks junge Frau, die Schusters-Maade, heute nacht mit einem Jungen niedergekommen ist.«

Als ich eine halbe Stunde später über die Brücke der Ritterstraße an den letzten Häusern vorbeiritt und in die Narwaer Straße einbog, dachte ich: Vielleicht wäre ich angesichts meines halsbrecherischen Unternehmens dennoch ins Wanken geraten, als ich mich plötzlich allein auf der öden Landstraße wiederfand, und im Nordosten, über den Wäldern von Wayküll, eine bläuliche, bis zum Horizont reichende Gewitterwolke heraufzog. Vielleicht (aber das war unwahrscheinlich) wäre ich zurückgeschreckt bei der Vorstellung, übermorgen nachmittag mitten in einer wildfremden feindlichen Pracht zu stehen, unter dem hoffärtigen, gelangweilten, argwöhnischen Blick dieses unbekannten alten Mannes, des Kammerdieners und der Hoheit, und mit meinem gefährlichen und hoffnungslosen Vortrag zu beginnen. Vielleicht hätte ich doch kehrtgemacht, hätte mir nicht geschienen, ja wäre ich nicht überzeugt gewesen, daß die Nachricht, die Tiio mir im Augenblick meines Aufbruchs gebracht hatte, ein Wink des Schicksals gewesen war.

17

Am selben Nachmittag ritt ich auf dem von Freundling geliehenen Grauschimmel den sandigen, eingefahrenen Weg mit den vielen Pfützen entlang gen Nordost. Je weiter es ging, um so seltener wurden die Felder und um so dichter die Wälder. Nachdem ich vor einem Gewitter im Gestrüpp Schutz gesucht hatte, ging es weiter bis zum Paddastal. Ich ritt über eine kleine Steinbrücke, wo sich am Abhang eines Hügels nach der Überlieferung der Stadtwall befunden hatte. Dort am Wegrand stand der Krug des Gutes Paddas, und ich kehrte ein, tränkte das Pferd, hängte ihm den Hafersack um den Hals und stärkte mich auch. Da es immer heftiger regnete, blieb ich dort. Eigentlich nicht nur wegen des Regens, denn ich hatte schon öfter bei stärkerem Regen zum Ziel gefunden. Vielleicht bot mir das den Vorwand, mein halsbrecherisches Unterfangen um einige Stunden hinauszuzögern. So verbrachte ich die Nacht in der guten Stube der Schenke von Paddas in Gesellschaft eines Silberschmiedgesellen, der nach Petersburg unterwegs war. Sein Schnarchen störte meinen Schlaf, und so konnte ich mich vor seinem Erwachen auf den Weg machen und allein weiterreisen. Denn die aufgezwungene Unterhaltung mit einem Fremden wollte ich nach Möglichkeit meiden, um meine Aufgabe noch einmal zu überdenken und die Strecke, von der ich so manches gehört hatte, besser beobachten und in mein Gedächtnis einprägen zu können. Jedoch wollte es mir gar nicht gelingen, mich auf die Begegnung mit Sievers zu konzentrieren. Der Wind, der mir ins Gesicht blies, ließ mich keinen Gedanken fassen. Der Wechsel von dunklen Fichten- und Kiefernwäldern, Weiden und grünen Feldstücken rund um vereinzelte graue Dörfer, Sonnenschein und Schatten war zu flüchtig und bewegt, als daß ich meine Gedanken hätte sammeln können.

Etwa zehn Werst hinter der Kirche von Luggenhusen schlängelte sich der Weg so nahe am Rand des Steilhanges entlang, daß die im Morgenwind flimmernde blaugraue See links bis zum Horizont zu sehen war. Allein die Weite des Blickes ließ meine Sorgen, den Grafen Sievers und die Stadt Wesenberg winzig klein und fern erscheinen. Nachdem ich im Krug von Ontika gefrühstückt sowie einen Schoppen Bier getrunken hatte und weitergeritten war, fand ich mich plötzlich an einem Ort, von dem die Postkutscher in der Wesenberger Schenke geredet hatten.

Das Gestrüpp und die Baumkronen links am terrassenartigen Steilhang waren auf einmal verschwunden, und der Meereshorizont lag weit offen. Ich befand mich drei Schritt vom Rand des etwa zwanzig Faden tiefen Abgrundes entfernt. Die ellenhohen Steinpfähle dort boten keinerlei Schutz. Sie standen so weit auseinander, daß zwei Kutschen bequem nebeneinander in die Tiefe hätten fahren können. Auch das Pferd spürte die Gefahr. Als ich es zum Stehen brachte, um aus dem Sattel zu steigen, wich es schnaubend zurück. Obwohl sich die Höhenangst in meinen Hoden deutlich bemerkbar machte, konnte ich der Versuchung nicht widerstehen, an die Kante zu treten. Ich machte einen Schritt nach vorne und schaute hinab. Einen Sandstreifen gab es dort nicht, oder er war von oben nicht zu sehen. In der Tiefe gähnte das blaugraue schäumende Meer. Der Rand des Abgrunds schwebte hier so über der Leere, daß selbst der Weg, der fünf bis sechs Schritt davon entfernt war, bisweilen im Nichts zu verlaufen schien. Hundert Schritt weiter zog sich die Steilwand mitsamt dem Weg ins Binnenland zurück und schob sich dann wieder ans Meer. Dort unten schäumte die Brandung, und auf entwurzelten Baumstämmen lag am Strand ein Kalksteinklotz, ein Stück der Steilwand, groß wie eine kleine Kirche. Er war nicht Gott weiß wann hinabgestürzt, zur Zeit der Urtierchen, sondern erst vor kurzem, denn auf seinem grünlichen Nacken lagen einige Steinpfähle vom Wegrand, und die vom Erdrutsch mitgerissenen Bäume, zwar schon schwarz und entblättert, hatten junge Triebe.

Ich stand, mit meiner Höhenangst kämpfend, eine Weile

am Rand der Steilwand. Ich drückte die Augen zu, um das merkwürdig hohle Gefühl loszuwerden, fand aber, daß es besser war, mit offenen Augen in die Tiefe zu starren. Meine Knie waren ziemlich weich, als ich zum Pferd zurückging, in den Sattel stieg und meinen Weg fortsetzte. Es waren noch neun oder zehn Werst. Der Weg führte nach wie vor am Rand des Steilhanges entlang, rechts öde Ebene oder kleine steinige Felder oder der Wald, links bis zum Horizont das Meer und von Zeit zu Zeit die tiefe Leere. Nur selten wuchsen auf dem terrassenähnlichen Hang Bäume, deren Wipfel bis hinauf zum Weg reichten und ein trügerisches Gefühl der Geborgenheit hervorriefen.

Ich dachte im stillen darüber nach, warum wohl dieser Weg, die Poststraße nach Narwa und Petersburg, so nahe an den halsbrecherischen nördlichen Rand des Landes gebaut worden war?! Ich hatte gehört, daß Reisende sich fürchteten und die Postkutscher sich bekreuzigten, wenn sie sich von der Schenke von Ontika aus auf den Weg machten... Hätte es sich nur um meinen Weg zum Grafen Sievers gehandelt, ich hätte es in Kauf genommen. Ja, in diesem Fall hätte das äußere und innere Bild des Weges außerordentlich gut miteinander harmoniert. Tollkühnheit am Rand des Abgrundes wäre sicher verhängnisvoll, ebenso, wenn die Pferde scheuen würden. Und obwohl es nicht unbedingt einen Erdrutsch geben mußte, während ich auf Frau Tiesenhausens Pferd über die Felsspalten ritt, waren sie doch irgendwo im Entstehen. Also konnte man nicht wissen...

Endlich bog der Weg ins Binnenland in einen tiefen Wald, und ich mußte aus dem Sattel steigen, denn der Abstieg zum Heiligenfluß war nicht weniger steil, als ich es am Wesenberger Stammtisch gehört hatte.

Ich faßte das Pferd am Zaum und führte es über das Geröll hinab. Wir gingen nebeneinander über die bemooste Steinbrücke, unter der der Fluß rauschend zum Meer hastete, schäumend vor Eile und dunkel vom Kiefernwald an den Ufern. Erst als ich wieder aufs Pferd gestiegen war und das

Tal hinter mir hatte, begriff ich, daß die Wesenberger Stammtischgeschichten von den hiesigen Räubern – natürlich nicht zur Zeit unserer aufgeklärten Zarin Katharina, sondern sehr viel früher – mein Denken so närrisch belastet hatten, daß ich trotz der Ungewißheit meines Vorhabens zu pfeifen begann.

Kurz, ich verbrachte die Nacht im Raustfer-Krug und ritt am nächsten Morgen noch ein gutes Stück am Steilhang entlang. Der Weg war nicht mehr so gefährlich, er führte mich gen Südosten, danach gen Süden, und zu Mittag erreichte ich das Pastorat Waiwara, das eher ein Bauernhäuschen darstellte, band das Pferd an, marschierte hinein und rief:

»Tag, Gabriel!«

Ja, sowenig vorbereitet, wie ich es war, hatte ich nicht beabsichtigt, vor Herrn Sievers zu erscheinen. Zwar kannte ich die Argumente der Stadt, doch mußte ich auch einiges über ihn selbst erfahren. Dabei konnte mir Gabriel sicher helfen. Gabriel Kempe, mein Kommilitone und Freund aus Jenaer Tagen, eigentlich ein Bursche aus dem finnischen Häme, ein fideler, gescheiter Geselle, der manchmal sogar spöttisch sein konnte. Das Schicksal hatte ihn vor drei Jahren als Pastor nach Waiwara verschlagen.

»Berend?! Servus! So eine Überraschung! Wie kommst du in dieses gottverlassene Nest? Was treibst du hier?«

Wir nahmen in seinem niedrigen Arbeitszimmer Platz, an einem Tisch, auf dem der kleine flinke Hausherr seine Papiere mit dem Ellenbogen beiseite schob. Seine hübsche Gattin, die freundliche, flachsblonde Frau Clara (sie war die Tochter eines Gutsinspektors aus der Gegend von Jewe, und Gabriel hatte sie vor einem Jahr gefreit), stellte Bierhumpen auf den Tisch und entfernte sich, um in der Küche nach dem Rechten zu sehen. Ich schaute mich im Zimmer um.

Ein niedriger weißgetünchter Raum mit Balkenwänden. Ein sauber geschrubbter Fußboden. Am Fenster ein mit grünem Tuch ausgelegter Schreibtisch. Eine schmale Etagère mit geistlicher Literatur in schwarzem Einband. An der Wand das Porträt eines Glaubensbruders in einem Rahmen, der vom

Fliegendreck befreit war. Und eine Geige. Jawohl, Gabriel hatte in seinen freien Stunden bis zum Überdruß gefiedelt. Nicht nur Choräle, nicht nur Chaconnes und Walzer, sondern auch die Schütz' und Bachs und Händels und wie sie alle heißen.

»Hahaha, du wunderst dich, in welch einer Kate ich lebe?«

»Es gibt natürlich bessere und schäbigere Pastorate«, sagte ich ausweichend. Denn sein Pastoratshaus mit dem Strohdach und dem windschiefen Dach gehörte zwar zu den ärmeren, aber nicht den allerschäbigsten.

»Natürlich, natürlich«, sagte Gabriel lachend und hob sein sonnenverbranntes Gesicht mit dem schwarzen Spitzbart, »und wenn man sorgfältig sucht, findet man auch in Estland noch eine schäbigere Kirche als die meine hier in Waiwara.«

»Versteht sich. Mindestens jede fünfte ist schäbiger«, antwortete ich und schaute durch das kleine Fenster und die dornigen Blätter einer Aloe hinaus. Der flache rasenbedeckte Hügel am Weg sah aus wie die Tonsur eines im Erdboden versunkenen Mönches mitten im Gestrüpp, an dessen Rand die windschiefen Kreuze des Friedhofs standen. Auf dem Hügelkamm thronte zwar nicht die armseligste, aber immerhin recht ausgediente Holzkirche mit ihrem flachen Turm.

»Also«, sagte Gabriel, »nach dem Mittagessen wollen wir die Kirche aufsuchen. Dann siehst du sie auch von innen. Sie ist nicht die schlimmste. Dort gibt es ein Altarbild von Zirulli: Christus im Garten von Gethsemane. Kennst du den Namen Zirulli? Nein? Soll ein berühmter Künstler sein. Herr Sievers – das ist der Graf von Waiwara – hat ihn im vergangenen Jahr hierhergeschickt und ihm für das Bild fünfhundert Rubel bezahlt. Aber ich bin hier der Geprellte ...«

»Wieso?«

»Ach, weißt du, hoffen kann man vielleicht nur auf Gott, vielleicht auch auf sich selbst, aber nie auf hohe Herren. Derselbe Herr Sievers hatte versprochen, hier in Wierland eine kolossale Kirche zu bauen! Die Pläne waren angeblich schon fertig, der Grundstein fast an Ort und Stelle. Als ich dann ordiniert wurde, stellte sich heraus: Alles Quatsch! Statt dessen baut er sich ein neues Herrenhaus und legt einen großartigen Park an. Für das Geld, das er dort hineinsteckt, hätte man drei Kirchen bauen können. Aber Schwamm drüber. Sprechen wir lieber von dir. Ich habe dich gefragt, was du treibst. Aber du hast nicht geantwortet. Diesen Trick hast du schon in Jena beherrscht.«

Ich schärfte ihm ein, daß ich ihm alles *sub rosa* erzählen würde. Ich legte ihm mein Anliegen dar und endete mit den Worten:

»Dich, Gabriel, bitte ich nur um eins. Was hältst du von diesem Sievers? Was hat er gern? Was haßt er? Welche sind seine starken und welche seine schwachen Seiten? Erzähl mir alles, was mir nützen könnte.«

Seine Miene verriet, daß er mir ausführlich antworten wollte. Doch machte er kaum den Mund auf, als Frau Clara uns zu Tisch bat. Wir aßen in einem viel geräumigeren, aber ebenso niedrigen Zimmer an einem ovalen Tisch Sauerampfersuppe und Räucherfleisch mit gebratenem Haferbrei. Als Nachtisch gab es saure Milch, die jeder nach Wunsch mit Zucker trinken konnte. Bei Tisch führten wir eine gewöhnliche, nichtssagende Unterhaltung. Ich fragte, ob Gabriel noch musiziere wie einst, und seine Frau antwortete prompt, o ja, und er spiele nicht nur Geige, sondern auch Cembalo, das in einem anderen Zimmer stehe.

Ich machte der Dame des Hauses meine Komplimente über das schmackhafte Essen und das nette Zimmer, und anschließend begaben wir uns in die Kirche. Die kleine, ungestrichene Kirche war von Licht und Schatten weiß und grau und roch nach von der Sonne erwärmtem, altem Holz. Gabriel schloß die Tür hinter uns ab. Wir nahmen nebeneinander auf der schmalen Bank rechts neben dem Altar Platz, und ich betrachtete das Altargemälde des mir unbekannten Zirulli. Mir kam der auf spitzen Felsen kniende Christus ziemlich steif vor. Seine Jünger schliefen dortselbst zwischen Sträuchern, Beine und Arme gespreizt, als wären sie in einer Schlacht gefallen.

Mich dünkte, daß dieser Ort nicht gerade geeignet war, meine Fragen zu beantworten. Gabriel jedoch schien die Angelegenheit nicht von der amtlich-feierlichen, sondern von der amtlich-alltäglichen Seite zu betrachten. Er erzählte voller Eifer, aber mit gedämpfter Stimme:

»Mm. Ich wußte es – das ist ja allgemein bekannt –, daß Herr Sievers ein hoher Herr mit recht niederer Herkunft sein muß. Aber dessenungeachtet ein Adliger. Daß er der Sohn eines Wesenberger Leibeigenen ist, ist mir neu. Aber ehrlich gesagt wird dir das kaum nützen. Denn es ist mir nie aufgefallen, daß er das Bauernvolk oder die freien Handwerker je gefördert hätte. Denn es geht den Bauern auf den Gütern des Herrn Sievers, also auf Waiwara, Lagena, Satzo, Schwarzenbeck und wie seine Domänen in Wierland noch heißen – alles Geschenke unserer letzten Zarin –, soviel ich weiß, weder besser noch schlechter als den Leuten anderswo. Das gilt auch für die Handwerker, soweit es sie hier gibt. So daß dieser Herr Sievers ...« Gabriel verstummte plötzlich und fuhr dann fort: »Aber das weiß der Kuckuck ...«

»Nanu?« fragte ich. »Ist dir etwas eingefallen?«

»Nun ja, vielleicht, da ich nun dies von dir gehört habe ...«

»Was willst du damit sagen?«

»Sieh mal, derselbe Zirulli, der im letzten Jahr den Christus gemalt hat, der ist ja kein Stümper, sondern ein richtiger Künstler, nicht wahr?«

»Zweifellos.« (Das konnte ich getrost sagen, soviel verstand ich von solchen Dingen.)

»Derselbe Zirulli«, fuhr Gabriel fort, »war ein komischer Kauz. Als das Bild fertig war und er das Geld von Sievers erhalten hatte, holte er aus Narwa eine gewaltige Korbflasche mit herbem Rotwein, der wir den Hals brachen. Weißt du, er war so einer, na, mit rotem Seeräuberschal, schwarzem, breitrandigem Hut und einem Reisekorb mit italienischen Büchern. Aber sein Haar und seine Augen waren hell, und sein Gesicht – wie ein wotischer Böttcher auf dem Narwaer Markt. Ganz genau. Und Deutsch radebrechte er fürchterlich. So fragte ich beim Wein: ›Sagt, Meister, was ist das für ein Name – Zirulli? Wer seid Ihr eigentlich? Wäret Ihr nicht so blond, würde ich meinen, es ist ein Zigeunername.‹ Er lachte schallend und sagte: ›Jetzt, wo ich die Römische Akademie hinter mir habe, verrate ich manchmal, der Welt zum Trotz, meine Abstammung. Als ich mich über Petersburg bis Rom durchgeschlagen hatte und Laufbursche bei einem Maler war, fragten die italienischen Kumpel, was ich früher gemacht hätte. Aber ich wußte es ihnen nicht zu sagen. Ich sagte: habemeajaja.* Sie lachten so laut, daß die Straße dröhnte: Was das wohl für ein Beruf sei – ajajajaja?! Ich sagte: zum Deibel, tsirulnik, und dann fiel mir ein, wie es auf italienisch heißt, und ich sagte: barbiere. Da grinsten sie los! Barbiere Zirulli! Barbiere Zirulli! Und dabei blieb es. Als ich dann wirklich malen konnte, vergaß man den Barbiere. Seitdem heiße ich Zirulli. Beppo Zirulli. Denn vorher war ich der Peep. Der Saariku Peep aus der Wieck vom Gut des Herrn Mandern. Seinen vor siebzehn Jahren ausgestellten Freibrief habe ich noch heute im Reisekorb. Für alle Fälle.‹«

Gabriel setzte seine Erzählung fort: »Als ich ihn fragte, wie die Welt auf die Preisgabe seiner Herkunft reagiert habe, entgegnete er: ›Ach, Herr Pastor, auf verschiedene Art und Weise.‹ Er brachte allerlei Beispiele. Manchmal hatte er davon sogar Nutzen. ›Jawohl, Herr Sievers hat mir zum Beispiel für Euer Altarbild, als er davon erfuhr, fünfhundert Rubel bezahlt. Gefordert hatte ich dreihundert.‹«

Ich sagte: »Na, das ist ja hochinteressant.«

»Besondere Hoffnungen solltest du darauf nicht setzen«, meinte Gabriel. »Herr Sievers, ehemaliger Dreckskerl und Lakai und so weiter, ist jetzt vor allem ein Herr. Ein Herr mit seinen Launen. Der Adel unseres Kirchspiels munkelt so manches, was auch mir zu Ohren gekommen ist. Man kann wohl sagen: Sich als Herr zu fühlen ist kein Wunder, wenn man jahrelang im Bett der Zarin den Zaren gespielt hat. Und

* Habemeajaja – Barbier (estn.), Tsirulnik – Barbier (russ.).

Schrullen sind noch weniger ein Wunder, wenn man von dort in den Ruhestand versetzt worden ist. Aber du hast gefragt, was er gern hat. Genau kann ich es nicht sagen. Die Macht natürlich. Auch den Luxus. Aber nicht nur das. Zum Beispiel hat ihm Elisabeth das Gut Waiwara geschenkt. Vor gut dreißig Jahren. Es heißt, er sei hergefahren, sei herumspaziert, habe aber keinen einzigen Tag auf dem ansehnlichen Gut verbracht. Ja, ja. Man sagt, er habe eine ganze Woche im Gasthaus von Waiwara gelebt, mit seinem englischen Architekten, aber sein Gut habe er nicht aufgesucht. Und er habe sich sofort darangemacht, anderswo auf dem geschenkten Grundbesitz ein neues Gut zu errichten. An einer merkwürdigen Stelle, auf dem Waewaru-Berg. Damit beschäftigt er sich bis heute. Dort gibt es ein neues Herrenhaus, Gebäude für die Dienstboten, Ställe, Remisen. Du wirst es selbst sehen. Und einen gewaltigen Park legt er an, ein Gelände von einem ganzen Haken. Das geschieht im Winter, die Bäume werden mit dem gefrorenen Erdreich gepflanzt. Also, er hat es gern, Geld nach seinen Launen zu vergeuden. Was noch? Da du vom Nutzen der niederen Herkunft gesprochen hast – es macht ihm Spaß, die Sievers' zu manipulieren. Verstehst du, er fördert den einen und demütigt den anderen. Von allen Sievers' ist er zweifellos der einflußreichste. Unerwarteterweise auch jetzt noch, wo wir eine neue Zarin haben. Gleich nach der Thronbesteigung Katharinas wurde er Oberhofmarschall und *Général en chef*. Und wie er mit den Sievers' sein Spiel treibt, also mit den eigentlichen Sievers', ist um so lehrreicher, je weniger er selbst ein Sievers ist. Wie er das tut? Nun, seinen Vater, das heißt, seinen offiziellen Vater, hat er aus Petersburg weggejagt, der ist Gutsverwalter irgendwo in Livland. Dasselbe ist mit seinem sogenannten Bruder, Joachim Johann, geschehen. Aber dessen Sohn Jakob hat er aufgelesen, ihn nach Petersburg geholt, zur Schule gehen lassen und einen einflußreichen Mann aus ihm gemacht, Botschafter, Gouverneur und sonstwas. Und paß auf: Im vergangenen Jahr hat er seine Tochter Elisabeth mit Jakob verheiratet. Nach den Papieren ist Jakob der Vetter seiner Frau, nicht wahr! In Kirchenkreisen hat man zwar die Nase gerümpft. So eine Ehe sei zwar erlaubt, aber immerhin: Stand denn kein anderer Mann für seine Tochter in Aussicht? Einer, den Elisabeth hätte heiraten können, ohne daß es nach – wir wollen es rundheraus sagen – Blutschande gerochen hätte? Im Synod habe ich davon gehört, Herr Karl habe gesagt: ›Solche Probleme gibt es weder für mich noch für Elisabeth.‹ Und es stellt sich heraus, es gibt wirklich keine, da er ein Dorfjunge aus Wesenberg ist. Du hast gefragt, was er haßt. Ich weiß es nicht. Er hat in meiner Anwesenheit mehrmals gesagt, er liebe keine Menschen, die sich höher schätzen, als sie wert sind ... Aber das ist nicht allzu originell. Weiter habe ich ihn sagen hören, er schätze nicht die Servilität – aber das behaupten die meisten Herrschaften, verbieten jedoch das Katzbuckeln nicht ... Ach ja, seine schwachen und starken Seiten! Ich sehe ihn ja nicht oft. Seine Stärke muß darin bestehen, daß er zwei Thronbesteigungen überlebt hat, während ein großer Teil der Favoriten Elisabeths hinweggefegt wurde. Das mag Zufall sein – oder seine Schlauheit, zu den wenigen Ehemaligen zu gehören, durch deren Beförderung Katharina ihre Toleranz *et cetera* zur Schau stellen konnte. Anscheinend hat er seine Finger von allzu heiklen Dingen fernzuhalten und zu lächeln gewußt. Ja, ja. Herr Sievers muß bei Hof den Ruf eines gütigen Onkels gehabt haben. Aber bei Hof ist Güte eher als Einfalt zu verstehen. Ein Schlaukopf, der dort den Einfältigen zu mimen weiß, muß schon außerordentlich durchtrieben sein. Und seine Schwächen? Hahaha. Wenigstens eine hat er. Davon hat er mir selbst erzählt. Und ich glaube, sie beruht auf seiner Ignoranz. Eine umfassende Bildung hat er anscheinend nicht genossen. Kann er ja auch nicht haben, wenn du recht hast mit seiner Herkunft. Also die Schwäche – ich bat ihn vor Jahren um ein Grundstück für die Küsterschule. Er sträubte sich, und ich verlor schon fast die Hoffnung, etwas zu erreichen. Und dann zitierte ich, um das Gespräch zu beenden, ihm Moral zu predigen und auch aus purer Frechheit, ein paar Verse, ungefähr so:

Ein Mann, der reich und mächtig ist
und glaubt an Gott, ist, wie ihr wißt,
dabei erst dann ein wirklich Christ,
wenn er aus was sein eigen ist
auch armen Kindern Gaben mißt –

Und stell dir vor, er stand unvermittelt auf. Ich tat es auch, denn ich dachte, jetzt schmeißt er mich raus – aber er drückte mich zurück in den Sessel und fragte: ›Habt Ihr das selbst zusammengebastelt?!‹ Ich weiß bis heute nicht, ob ich es aus einem Kalender hatte oder ob die Worte sich von selbst aneinanderreihten, wie es jedem zuweilen passieren kann. Du erinnerst dich doch, in Jena sprachen wir manchmal den halben Abend in Reimen ... Aber als Herr Sievers mich sichtlich interessiert fragte, ahnte ich, daß ich ja sagen mußte. Und ich antwortete: ›Mit Gottes Hilfe, ja, Herr Graf.‹ Er lachte los und sagte: ›Wer so reimen kann, daß die Worte einen Sinn haben, der kann auf dem Wasser gehen! So einen Menschen darf man nicht leer ausgehen lassen. Nehmt Euer Grundstück und baut die Küsterschule fertig!‹«

»Was weißt du von seiner Frau?« fragte ich.

»Von Frau Benedikte? Fast nichts. Sie macht einen netten, freundlichen Eindruck. Ein geborenes Fräulein Kruse. Ja, wahrscheinlich nicht einmal von Kruse. Die Tochter eines kaiserlichen Hofgärtners. Sie soll, während Elisabeth mit ihrem Mann buhlte, am Meer auf einem Gut in der Nähe von Petersburg gelebt und sich um die Kinder gekümmert haben. Von ihnen sollen sechs oder sieben noch am Leben sein. Mehrere sind schon in der Wiege gestorben. Aber in den letzten Jahren war die Gnädige auch in Waiwara zu sehen. Zur Zeit ist sie allerdings nicht hier.«

»Weitere Hinweise kannst du mir nicht geben?«

»Mir fällt nichts mehr ein.«

»Einen Dienst mußt du mir noch erweisen.«

»Ja? Wenn es in meiner Macht liegt. Was soll ich tun?«

»Zum Grafen gehen. Am besten gleich jetzt. Und ihn zu einer Audienz für morgen überreden.«

Gabriel schloß die Kirchentür hinter uns ab, und wir schlenderten zurück zum Pastorat. Dann ließ er mich mit Frau Clara und seinen wenigen Büchern allein und begab sich zum Gut. Gegen sieben kam er zurück. Ja, der Graf sei dagewesen, und er habe erreicht, worum ich ihn gebeten hatte.

»Er erwartet dich morgen früh um sieben.«

»Um sieben? Weshalb zu so einer Zeit?«

Gabriel schmunzelte. Ich wußte seit Jena, daß er ein taktvoller Mensch war, dabei aber einen scharfen Blick hatte. Er sagte:

»Jeder hat seine Marotten, die wiederum ihre Ursache haben. Ich glaube, in solch einem Fall ist es zwecklos zu fragen, warum. Wir wollen uns damit zufriedengeben, daß er das ist, was ich gesagt habe – ein Herr mit seinen Launen.«

»Aber das ist doch seltsam – frühmorgens um sieben?«

»Aber du selbst«, sagte Gabriel, am Apfelwein nippend, den uns Frau Clara serviert hatte, »ich schau dich an – du kümmert dich mit seltsamem Eifer um die Dinge der Stadt Wesenberg. Als wärest du ihr Anwalt. Als würdest du dafür königlich bezahlt. Und nicht nur das, sondern als wärest du ein Urbürger von Wesenberg, kämpftest für deinen Leumund und die Rechte deiner Kinder. Soviel ich weiß, trifft weder das erste noch das zweite, noch das dritte zu. Also frage ich lieber nicht, warum du dich damit abgibst. Du würdest ohnehin erwidern – aus menschlicher Gerechtigkeit. Aber was hat das schon zu sagen?«

18

Es hatte gerade sechs Uhr geschlagen, als ich mich nach Sievershof auf den Weg machte.

Das Gestrüpp an den Feldern des Pastorats ragte aus dem milchigen Morgennebel in grauen Streifen heraus. Der schwarze Fichtenwald schnitt das Nebelfeld entzwei, aber im Norden weitete sich der Nebel über den Feldern von Sievershof wieder wie ein weißer See. Im Vordergrund reckten sich die Berge von Waiwara empor. Oder wie Gabriel in der örtlichen Mundart gesagt hatte – »die Waewaru-Berge«: eine aus drei nebeneinanderstehenden Erhebungen, aus drei blauen Waldhügeln bestehende Insel mitten in einem grünlichen See.

Je näher ich in diesem Nebelmilchsee, der mir bis an die Brust reichte, an die Berge heranritt, desto deutlicher waren die Bauten am östlichen Berg zu erkennen. Der Weg führte zwischen dem mittleren und westlichen Hügel ins Tal und näherte sich dem an beiden Abhängen wachsenden Wald, so daß eine von Gabriels Behauptungen Bestätigung fand: Das saftig-dunkle Gestrüpp auf den drei Bergen war wirklich kein natürlicher Wald, sondern ein gepflanzter Park – Fichten, Linden, Birken, Ahorne, Schwarzerlen, immer fünf oder sechs Bäume abwechselnd in größeren Gruppen. Alsbald führte der Weg um die mittlere Bergkuppel herum gen Osten, erhob sich aus dem Nebel und wandte sich zwischen den zehn Faden hohen Fichten und Linden zum östlichen Berg. Etwa zehn Faden höher, auf halber Höhe des südlichen Abhanges, umrahmte der dunkelgrüne Park den weißsandigen Platz vor dem Herrenhaus. Dort, wo der Weg auf den Platz mündete, erhob sich, einem Siegestor ähnlich, ein Bau aus gehobelten Latten mit einem anderthalb Fuß breiten Band aus blauer Seide mit goldener Aufschrift. Die Stoffenden flatterten im Morgenwind, der plötzlich aufgekommen war: ---at Zorndorf! Vivat Kunersdorf! Vivat F----r!

Zorndorf und Kunersdorf waren mir natürlich bekannte

Begriffe. Zorndorf hieß eine Schlacht, die mit einem überwältigenden Sieg der Russen geendet hatte, und bei Kunersdorf hielten sich die Preußen wie die Russen für siegreich. Aber an eine mit F beginnende Schlacht im großen Krieg zwischen Österreich, Rußland und Preußen konnte ich mich nicht erinnern. Und die Kampfeslust des Siegestores ließ mich trotz meiner ernsten Miene innerlich schmunzeln. Denn meines Wissens war Herr Sievers überhaupt kein ernst zu nehmender Soldat. Bei Zorndorf und Kunersdorf war er allerdings dabeigewesen. Aber nach Richmanns ironischem Räuspern zu urteilen, nicht um Heere zu führen oder Heldentaten zu vollbringen, sondern damit die treue Zarin Gelegenheit hatte, ihren im Stich gelassenen Liebhaber zum Generalleutnant zu befördern. Doch ich hatte keine Muße, darüber die Schultern zu zucken. Zumal all das zu alltäglich war, um einen denkenden Menschen zum Schulterzucken zu verleiten.

Auf der anderen Seite des Platzes stand das Herrenhaus – ein brauner Holzbau, der von den vielen Fenstern blau schimmerte, mit Terrassen und Türmchen –, das eigentlich bescheidener war, als ich es mir vorgestellt hatte.

Ich ritt zur Freitreppe und stieg aus dem Sattel. Ehe ich nach Menschen Ausschau halten konnte, eilten zwei Männer die Treppe herab. Ein geschniegelter Stallbursche faßte mein Pferd am Zaum und führte es weg. Ein würdevoller kaiserlicher Lakai mit grauem Backenbart in grüner Livree fragte:

»Herr Berend Falck?«

Ich nickte.

»Der Graf erwartet den Herrn«, er holte eine Uhr an dicker Kette aus der Tasche, »ja, in sieben Minuten. Bitte schön.«

Er ging nicht zur Haustreppe, sondern wandte sich vom Vorplatz nach rechts, schaute nach mir, ob ich ihm folgte, und ging in den Park. Ich folgte dem Diener auf den sandbestreuten Pfad, vorbei an einigen grüngestrichenen Ruhebänken und einem mit Steinchen verkleideten Bassin, in das aus einem kupfernen Froschmaul Wasser rann. Es ging merklich bergan, bis zu einer breiten Kalksteintreppe. Wir schritten zwischen den schattigen Eichen, hellen Linden und dunklen Fichten die steile Treppe empor zum Gipfel des Parkberges. Auf dem kahlen Hügelkamm stand ein kleiner Pavillon mit vielleicht drei oder vier Zimmern auf etwa mannshohen Steinsäulen, umgeben mit einer Galerie von einem Faden Breite. Auf der Galerie angekommen, gab mir der Lakai ein Zeichen, ich solle warten. Er betrat den Pavillon, und ich ließ den Blick über die Gegend streifen.

Ich stand über den Wipfeln der Parkbäume. Südlich, jenseits der Waldesinsel und der Wirtschaftsgebäude am unteren Waldrand, machte der sandige Weg, auf dem ich hergeritten war, eine Schleife um alle drei Hügel, weiter in der Ferne glitzerte der Nebelsee der Felder, und dahinter standen die schwarzen, zum Horizont hin gräulichen Wälder von Uhekonno und Schwarzenbeck. Im Westen grünten zwischen den Wäldern die Feldstücke der Dörfer an der Revaler Straße, im Osten – das mußten doch die Türme von Narwa sein, die in den Wolkenschwaden zu erahnen waren! Den Ausblick nach Norden verdeckte der Pavillon, aber es war klar, daß er aufs Meer ging. Dann kam der Kammerdiener mit der Uhr in der Hand zurück und sagte:

»Der Herr Graf erwartet Euch.«

Ich konnte gerade noch denken: Großartige Manieren zu so früher Stunde ... Ich versuchte mir gar nicht vorzustellen, wie mich Herr Sievers empfangen würde. Es gab zu viele Möglichkeiten: im Schreibzimmer, hier, in diesem Storchennest auf Hahnenfüßen, am Tisch sitzend oder im Sessel – oder wegen der frühen Stunde (und der Podagra) auf dem Kanapee liegend, den Fuß mit den geschwollenen Zehen auf einen Hocker gelegt – wer mochte das wissen!

Der Diener mit dem Backenbart öffnete die Tür und schloß sie hinter mir wieder.

Ich stand in einem kleinen weißgetünchten Raum. Im ersten Moment begriff ich nicht, was das für ein Raum war. Ein hochgewachsener dürrer, aber stämmiger Mann, ganz in

Weiß gekleidet und mit einer weißen Mütze, machte sich an einem Tisch zu schaffen. Auf dem Tisch stand eine kubusförmige bräunliche Kiste mit einer Kurbel. Der Mann drehte die Kurbel und blickte mich unter seiner weißen Mütze und den grauen Brauen herausfordernd und abschätzend an. Ich verbeugte mich und sah dabei, daß sein weißes Gewand bis zu den Waden reichte. Ich begriff, daß er eine Mütze und eine Schürze trug, wie Köche sie haben, und daß der Raum, in dem wir uns befanden, eine kleine Küche mit einem Herd war, daß ich hier möglicherweise zum Narren gehalten wurde und daß die Kiste (nicht nach dem Geräusch der Kurbel, sondern nach dem von dort kommenden Duft) eine Kaffeemühle war.

Ich weiß nicht, war es nur meinen Erfahrungen aus der Burschenzeit mit dem ziemlich derben Gehänsel zu verdanken oder meiner Spiellust – wenn einem nichts Gescheiteres einfällt, einfach den Dummen zu spielen –, jedenfalls überwand ich meine Verdutztheit. Ich sagte:

»Herr Graf, mein Freund und Kommilitone aus Jena, Pastor Kempe ...«

»Ja, ja«, sagte Graf Sievers, »jetzt trinken wir erst mal Kaffee.«

Er war fertig mit dem Mahlen. Er zog die Lade aus der Mühle, schüttete das Kaffeepulver in eine rote Kupferkanne und goß aus einer blauweißen Kanne, die sicher aus Sèvresporzellan war, kochendes Wasser auf. Dann entnahm er einer Dose mit einem silbernen Löffel ein weißes Pulver, nahm eine Prise mit der Zunge, rümpfte die Nase, ließ die Zunge im Mund verschwinden und streute das Pulver (das mußte Salz sein!) in den dampfenden Kaffee im Kupferkessel. Sein schmales, glattrasiertes rötliches Gesicht wies auf völlige Konzentration hin. Plötzlich ließ er seinen Greisenblick aus seinen blauen Augen über mich schweifen:

»Was schaut Ihr so? Habt Ihr nicht gehört, daß ich als Kaffeeschenk am Hof der Großfürstin Elisabeth begonnen habe? Später, als ich bereits zum Kammerlakai aufgestiegen und beim Servieren von Kaffee anwesend war und jemand auf mein früheres Amt anspielen wollte – wißt Ihr, was ich dann tat? Nein? Ich goß ihm heimlich Rizinusöl in den Kaffee! Damit er sich die Hosen vollmachte, ehe er den Abort erreichen konnte. Viele taten es. Im Palais der Großfürstin am Alten Marsfeld waren die Aborte sehr weit. Aber später habe ich mich gefragt: Warum sollte Graf Sievers auf die Dienste eines kaiserlichen *Kaffeeschenks* verzichten, wenn es möglich war, ja, auf ganz natürliche Weise möglich war, die Dienste eines solchen Herrn in Anspruch zu nehmen?! Seht Ihr einen Grund dafür? Nein? Ich auch nicht.«

Er stellte die Kaffeekanne, zwei vergoldete Untertassen, die dazugehörigen Tassen, die Löffel und die Zuckerdose auf ein chinesisches, drachenverziertes Tablett, hob es mit theatralisch gespreizten Fingern hoch und wies mir den Weg aus der Küche. Ich betrat einen kleinen Saal oder großen Salon. Es war ein niedriger, aber heller Raum mit weißgestrichenen Holzwänden und einer Vorderwand aus lauter Glas. Von dort bot sich eine verblüffende Aussicht. Es mutete mich an, als flöge ich über den Wipfeln des Parks. Unter dem Steilhang reichte ein zwei Werst langer Wald- und Feldstreifen bis zum Meer. Der weiße Sand hob sich deutlich vom grünen Boden und dem blaugrauen Meer ab und zog einen großen Bogen gen Nordosten nach Ingeri Kolkapää. Aber das blaugraue Meer und der ebenfalls blaugraue Himmel flossen weit unten, in der Ferne, ineinander, so daß den ungewohnten Betrachter ein unangenehmes Gefühl in den Eingeweiden übermannte.

Der Graf schritt auf dem grünen Perserteppich zum Tischchen, stellte das Tablett ab, ließ mich auf dem Sofa Platz nehmen, faßte das Glöcklein, das auf dem Tisch stand, und läutete. Der Kammerdiener erschien sofort, auf dem Arm eine leichte, cremefarbene Hausjacke. Der Graf reichte ihm seine Kochmütze und Schürze und ließ sich in die Jacke helfen. Es war offensichtlich eine alltägliche wortlose Zeremonie. Der Diener entfernte sich, und der Graf schenkte den Kaffee in die Tassen. Dann setzte er sich an den Tisch in einen niedrigen Sessel (übrigens bemerkte ich keine Zeichen von Podagra an ihm), ergriff seine Tasse und fragte, indem er auf den Kaffee blies:

»Also – wer schickt Euch, die Stadt Wesenberg oder meine Freundin, Frau Tiesenhausen?«

Ich muß zugeben, daß ich in meinen Gedankenspielen diese Frage vorausgesehen hatte. Und ich hatte mir überlegt, was ich antworten sollte, war aber zu keinem Entschluß gekommen. Es war wirklich nur ein Spiel gewesen. Nun ja, ich hatte Gabriel eingetrichtert, bevor er zum Grafen gegangen war, um für mich eine Audienz zu erreichen: »Erzähl ihm von unserer alten Bekanntschaft und sag so nebenbei, daß ich jetzt *Hofmeister* in Wesenberg bei den Enkeln von Frau Tiesenhausen bin. Ich weiß, der Graf und sie haben von alters her ein Hühnchen miteinander zu rupfen. Aber ich möchte auch nicht, daß der Graf nicht weiß oder erst später erfährt, wes Brot ich esse. Also so nebenbei. Und dann erzähl ihm von dem schrecklichen Unrecht, das der Stadt Wesenberg angetan wird.«

Jetzt aber war mir die Frage gestellt worden: Frau Tiesenhausen oder die Stadt? Die Frage hing in der Luft über dem grünen Teppich unter dem kleinen Kronleuchter und verdeckte die großartige Aussicht auf die See, und ich war gezwungen zu antworten … Ich konnte doch nicht vor diesem fremden gefährlichen Greis in den Abgrund des Vertrauens springen, meine Karten auf den Tisch legen und ihm sagen, was ich über ihn wußte. Also, was blieb mir übrig? Es hinauszuzögern. Zeit zu gewinnen. Seiner Frage auszuweichen, aber einen möglichst sachlichen Eindruck zu hinterlassen. Ich sagte:

»Um präzise zu sein – weder die eine noch die andere.«

»So? Und um weniger präzise zu sein, *sowohl die eine als auch die andere*?«

Oh, oh! Der alte Mann verfügte über eine frappierende Auffassungsgabe.

»Frau Tiesenhausen hat mich zu Euch schicken wollen. Jawohl. Aber sie hat es wieder vergessen. Wegen der Einquartierung und des Brandes. Und die Stadt – die ist offenbar noch nicht auf diese Idee gekommen. So bin ich auf eigene Initiative gekommen.«

»Und warum hat Frau Tiesenhausen Euch anfangs schicken wollen?«

»Sie verdächtigte Euch, daß Ihr die Wesenberger Straßenbengel veranlaßt habt, der Gnädigen Kröten ins Zimmer zu legen. Ich sollte in Erfahrung bringen, ob das stimmt.«

»Mmm. Und tatsächlich?«

»Tatsächlich komme ich, um von Euch Hilfe für Wesenberg zu erbitten. Pastor Kempe hat Euch schon davon erzählt. Der Standpunkt des Justizkollegiums, über den der Senat diskutieren wird ...«

Er stellte seine Tasse auf den Tisch und blickte mich an.

»Warum nehmt Ihr an, daß dies mich interessieren könnte?«

Donnerwetter, ich konnte ihm doch nicht antworten: Erstens, weil das die reine Schikane der Frau Tiesenhausen gegenüber wäre. Zweitens, weil du ein Karritzer, ein Wesenberger Bursche bist. Ich konnte nur erwidern:

»Weil der Beschluß des Justizkollegiums, Herr Graf, moralisch und juristisch falsch ist. Und darum seid Ihr, wie mir Herr Richmann in Wesenberg versichert hat, die einzige Hoffnung der Stadt. Zweitens weiß das Volk stets etwas vom Leben so bedeutender Männer wie Ihr. Selbst wenn Plinius nichts darüber geschrieben hat. (Der letzte Satz sollte dazu dienen, die allzu große Lobhudelei ein wenig zu lindern.) Und weil die alten Wesenberger sich an Euren ehrwürdigen Vater und an Euren älteren Bruder, Herrn Joachim, erinnern, und an die Schwierigkeiten, die er mit dem alten Herrn Tiesenhausen hatte. Und sie erinnern sich auch an Euch, Herr Graf, und daran, daß Ihr als Jüngling mit den Wesenberger Jungfern getanzt habt... Und auch diese erinnern sich an Euch. Heute sind sie allerdings schon ehrwürdige Matronen.«

»Wen meint Ihr?«

»Frau Helene, die Frau des Schustermeisters Simson – ich

bin ein Kunde ihres Mannes –, sagte neulich: ›Oh, ich erinnere mich, alle Wesenberger Mädchen waren ganz verrückt nach dem jungen Herrn Karl ...‹ Und sie sagte mit bebender Stimme: ›Wenn uns jetzt noch jemand helfen kann, dann nur Graf Karl.‹«

»Paßt auf, junger Plinius – Plinius der Jüngste, hahaha –, ist das alles, was man in Wesenberg über mich redet?«

»Jawohl.« Das war so knapp, so bestimmt gesagt, daß es für hellhörige Ohren auch das Gegenteil bedeuten konnte. Darum fügte ich hinzu:

»Aber Frau Tiesenhausen gibt ihren Enkeln schon Champagner zu trinken, ja, ja, weil sie nun endlich das eklige, aufmüpfige Wesenberg, dank dem Beschluß des Justizkollegiums, so gut wie in der Hand hat!«

»Mm. Eine so große Freude könnte der Gesundheit der Dame schaden. Aber da ist nichts zu machen. Seht Ihr, es wäre jetzt höchste Zeit. Aber ich habe nicht die Absicht, in den nächsten Tagen nach Petersburg zu fahren. Ich müßte dazu meinen Anwalt herrufen ...«

»Wozu?«

»Nun, wir müßten doch auch über juristische Argumente verfügen.«

»Die haben wir.« Ich holte die Denkschrift aus der Tasche, das Ergebnis meiner sieben oder acht Nächte. »Bitte. Ich glaube nicht, daß die Petersburger Anwälte eine überzeugendere fertigbrächten. Nicht etwa, weil sie schlechte Juristen sind, sondern weil ich mit der Angelegenheit vertrauter bin.«

Der Graf nahm die Blätter, schaute hinein, blätterte in ihnen und las sogar darin.

»Ihr meint also, man könnte mit Hilfe dieses Schriftstückes die Senatsherren bearbeiten?«

»Ja, das meine ich.«

Er blätterte nach wie vor im Manuskript und sagte langsam:

»Ihr seid ein recht selbstbewußter Patron ... Und Ihr steckt, wie Ihr sagt, wohl recht tief drin ... Wie heißt das Mädchen?« Bei dieser Frage schaute er mir direkt in die Augen.

»Ich verstehe nicht...« In Wirklichkeit verstand ich sehr wohl, was er meinte, aber ich brauchte Zeit zur Antwort.

Er schien meiner Verständnislosigkeit zu glauben.

»Na, das ist ja eine Arbeit, für die die Petersburger Anwälte, solche, die etwas wert sind, gut hundertfünfzig Rubel einheimsen. Das ist ungefähr ihr Jahresgehalt. Eine Vereinbarung, Stadtsyndikus zu werden, wenn Ihr dem Magistrat auf die Beine geholfen habt, habt Ihr ja wohl nicht? Oder doch?«

»Nein.«

»Na also. Hat man eine solche Arbeit ohne Vergütung oder Hoffnung auf Vergütung getan, muß jemand dahinterstecken. Wer? Meist eine Frau. Manchmal auch Gott. In seinen zahlreichen Bedeutungen. Aber einem Gottesmann seht Ihr nicht gerade ähnlich. Deshalb habe ich gefragt: Wie heißt das Mädchen?«

Während er sprach, beendete ich meine tollen blitzartigen Gedanken: Kann Aufrichtigkeit in diesem Augenblick für mein Unternehmen gefährlich sein? Wenn ich aufrichtig bin, ohne etwas von seinen Verbindungen mit diesen Menschen zu wissen, zu ahnen...? Wird er mich Rosenmark, seinem Agenten, verraten? Kaum. Weil er seinen Schwager nicht in Gefahr bringen will. Und zweitens schätzt er Rosenmark als Werkzeug, kaum mehr, da er Dichten für eine Kunst hält... Aber ist meine Aufrichtigkeit bei ihm gestattet, wo ich seine Verbindungen kenne...? Warum soll sie verboten sein, wenn ihr Einfluß entscheidend sein kann? Gott allein weiß, wie sich meine Erwägungen verwickelten, und ich antwortete:

»Der Herr Graf hat einen welterfahrenen Blick. Aber es ist leider kein Mädchen, sondern eine junge Frau.«

Er schaute mich triumphierend an. Und ich fuhr fort, obwohl ich spürte, daß ich hätte schweigen können:

»Es ist die junge Frau eines dortigen Kaufmanns.«

Ich sagte »Kaufmann«, denn »Krüger« wäre im gegenwärtigen Augenblick allzu durchsichtig gewesen. Vielleicht wollte ich mir eine Hintertür offenlassen, doch daselbst schoß es mir durch den Kopf: Dieser alte Mann, dieser falsche Graf mit der goldenen Kaffeetasse hat Rosenmark durch Maade an sich gebunden. Wenn er im Bilde ist, versucht er vielleicht künftig, mich auf demselben Weg an sich zu binden. Sobald mir dies klar wurde, ließ ich die Hintertür hinter mir zufallen. Ich sagte:

»Die Tochter desselben Schustermeisters Simson, von dessen Frau ich Euch erzählt habe ...«

Der Graf ließ seinen Blick auf mir ruhen. Seine ruhige, ein wenig abwesende Miene verriet keinerlei Überraschung, dem Verehrer seiner Nichte gegenüberzusitzen. Die dreißig Jahre währende höfische Dressur übte doch eine kolossale Wirkung aus, sich von nichts überraschen zu lassen. Ich sagte leise, aber jetzt schon mit Absicht, aus Gemeinheit, gegen diese Dressur und alles, was damit zu tun hatte, trotzend:

»Sie kommt aus bescheidenen Verhältnissen. Aber sie hat etwas Besonderes an sich.« (Ach, wie wahr! Und doch brachte ich es kaum über die Lippen! Das kam wohl daher, daß ich zugleich denken mußte: Du falscher Graf mit der goldenen Tasse, du hast dir in deiner Eitelkeit sicher die Ursache deines Erfolges zu erklären versucht. Du hast sie in diesen gottgegebenen, angeborenen Eigenschaften gefunden, die ja in gewissem Maße zur ganzen Familie gehören.) Ich sagte:

»Das hat sie wohl von der Mutter. Eine unerwartete wesenseigene Vornehmheit. Ihr, Herr Graf, versteht natürlich, daß Magdalena für mich gleichsam ein Symbol für die Stadt darstellt. Mag sie auch einem anderen gehören, möchte ich dennoch nicht, daß sie dem Spott und den Schikanen der Frau Tiesenhausen ausgesetzt ist, sondern alle Menschenrechte genießt – und wie sie, so auch die Stadt. Zumal das folgende für beide gilt (nun ganz spitzbübisch):

Wenn es die heilige Natur
beschlossen hat in ihrer Güte,
blüht schöner noch als auf der Flur
in Sand und Grieß und manchmal nur
auf kahlem Fels die liebste Blüte ...«

Nein, meine Verse ließen den Grafen nicht aufspringen. Offen gesagt war ich ein bißchen enttäuscht. Nichtsdestoweniger schürzte er ein wenig verwundert die Lippen, wie mir schien, und schaute mich lange nachdenklich an:

»Sind diese Verse Eure eigene Improvisation?«

»Ja, Herr Graf. Manchmal habe ich einen lichten Moment.«

»Mm. Laßt Eure Supplik oder Replik, oder wie man das nennt, bei mir. Kempe wird Euch eine Unterkunft nicht verwehren. Spaziert herum. Seht Euch die hiesige Natur an. Besucht meinen Park. Der Höllenlochberg – der dort rechts – dürfte mit seiner Schlucht für jeden interessant sein. Und kommt Freitag früh hierher. Um sieben Uhr. Ich werde inzwischen über Euer Wesenberger Problem nachdenken.«

Als ich die Steintreppe des Pavillonhügels hinabstieg und den Parkweg erreichte, stand der Stalljunge bereits mit meinem Grauschimmel da.

19

Die drei Tage unter dem Dach Gabriels und seiner Gemahlin waren, zumal bei bestem Wetter, an sich eine angenehme Erholung. Aber sie riefen auch Unruhe hervor durch das Nichtstun und das Schwanken zwischen Hoffnungslosigkeit und Hoffnung. Trotz allem – umsonst würde mich Sievers doch nicht hier warten lassen. Oder handelte es sich lediglich um seine wichtigtuerische Eitelkeit?

Am selben Nachmittag schleppte ich Gabriel mit zu einem Spaziergang, und wir gingen, wie der Graf empfohlen hatte, auch auf den Höllenlochberg. Dieser war nicht niedriger als der Parkberg, sondern eher weitläufiger, aber mit einer ähnlichen Pflanzendecke aus alten Bäumen, die teils neu gepflanzt worden waren. Auf dem Bergkamm befand sich das Höllenloch mitten im schwarzen Fichtenhain: ein Loch mit einem Durchmesser von zehn Faden und der gleichen Tiefe. Ihm entströmte Kühle, rundherum wucherten Farnkraut und Bärlapp, und unten in der Tiefe plätscherte dunkel das Wasser. Wären hierzulande Vulkane denkbar, winzige Hügelchen auf flachem Land – wie sie bei den Türken am nördlichen Ufer des Schwarzen Meeres vorkommen –, könnten alle drei Waewaru-Berge Vulkane gewesen sein; mit dem Höllenloch als winzigem Krater.

Wir saßen am Abend zu dritt im Speisezimmer des Pastorats – Gabriel, Clara und ich –, schlürften hausgemachten Apfelwein und unterhielten uns in der Dämmerung.

»Ein Krater? Warum Krater?« fragte Gabriel. »Wo doch das Loch eine viel aristokratischere Herkunft hat.«

»Was für eine?«

»Das besagt ja schon sein Name. Das ist die Hintertür des Leibhaftigen. Die direkte Verbindung vom Diesseits zur Hölle und zurück. Jeder weiß es hier, du kannst jeden Bauern fragen. Wenn er überhaupt etwas sagt, so ist es dies. Im Konsistorium übrigens redet man mir ins Gewissen, ich müsse einen solchen Aberglauben bekämpfen. Mir dagegen scheint, ich müßte derartige abergläubische Überlieferungen sammeln und bewahren. Und darum tue ich weder das eine noch das andere. Eine typisch menschliche Situation. So kann die Überlieferung viel deftiger sein, als ich sie kenne. Ich weiß eigentlich nur eines: Vor etwa fünfundzwanzig oder dreißig Jahren, als Herr Sievers die hiesigen Ländereien von der Zarin gerade als Geschenk erhalten hatte, lebte in dieser Gegend ein Mann namens Paap. Sievers hatte einen höchst schlechten Mann als Gutsverwalter eingestellt. Vintmann, Tintmann, Kintmann oder so ähnlich hieß er. Nun, Verwalter sind in den Augen der Bauern immer unangenehme Leute. Dieser aber soll besonders gemein gewesen sein. Es heißt, er sei mit Paap in einen argen Zwist geraten. Es kam soweit, daß Paap nach Petersburg fuhr, um sich bei Herrn Sievers über den Verwalter zu beschweren. Was scheren einen Bauern die lumpigen zweihundert oder mehr Werst, wenn er eine Wut auf jemanden hat. Paap kam in Petersburg an und überlegte, wie er seinen Gutsherrn in der großen fremden Stadt finden sollte. Da sah er plötzlich eine schwarze Kutsche, von schwarzen Hengsten gezogen, ihm entgegenfahren, halten, und sein eigener Herr streckte den Kopf zum Fenster heraus und rief: ›Tag, Paap!‹ Paap wußte nichts anderes zu tun, als die Mütze abzunehmen und zu rufen: ›Grüß Gott, Herr Baron!‹ (Damals war Herr Sievers noch kein Graf.) Paap wollte ihm alles erklären, aber Herr Sievers war schon unterrichtet. ›Ich weiß, ich weiß, ich weiß! Du willst dich über Tintmann beschweren, weil er ein Schwein ist. Natürlich ist er es. Steig ein! Wir fahren nach Hause und werden Ordnung schaffen!‹ Er öffnete selbst die Kutschentür, half Paap beim Einsteigen, mahnte den Kutscher zur Eile und sprach zu Paap: ›Natürlich ist er ein Schwein. Aber daß er dich drangsaliert und dich schweinisch behandelt, ist nur eine kleine Schweinerei, denn er schikaniert dich zu meinem Nutzen. Verstehst du? Aber er ist ein noch größeres Schwein, da er auch gegen mich schweinisch ist. Er stiehlt alles, was er von dir für mich erpreßt! Und das schenke ich ihm nicht!‹

Und er ließ den Kutscher eifrig mit der Peitsche knallen, die Kutsche fuhr mit gewaltigem Geratter, so daß es kein Fahren mehr war, sondern das reine Fliegen. Da wurde es dunkel, und sie waren bei den Bergen. Paap rief: ›Herr Baron, jetzt sind wir am Gut vorbeigefahren! Hier ist ja schon der Höllenlochberg!‹ Herr Sievers ließ halten: ›Dummkopf! Hast du denn nicht gesehen, daß wir mit der schnelleren Kutsche gefahren sind! Die haben wir gebraucht, damit Tintmann uns nicht entwischt. Aber mit ihr fahren wir nicht zum Gut, sondern durch das hintere Tor. Na, hau du jetzt ab! Marsch, marsch!‹ Paap zitterten die Knie, als er sich entfernte, und er sah mit eigenen Augen, wie sein Herr mit feuersprühenden Kutschenrädern direkt ins Höllenloch raste. Am Morgen gab es gewaltige Aufregung auf dem Gut: Tintmann hatte sich in der Nacht vor dem ersten Hahnenschrei im Verwalterhaus erhängt. Glücklicherweise war Herr Sievers in der Nacht eingetroffen. Da Pastor Kniper – der Vorgänger meines Vorgängers – den Verwalter aus verständlichem Grund kirchlich nicht beerdigen konnte, tat es Herr Sievers selbst. In ungeweihter Erde, versteht sich.«

»Derartige Phantastereien rauben einem nur den Schlaf, nichts weiter. Schenk uns lieber noch Wein ein«, sagte Frau Clara.

Ich sagte: »Das ist eine höchst interessante Geschichte. Zunächst hat das wohl zu bedeuten, daß die Möglichkeit, Herrn Sievers in Petersburg aufzusuchen und sich über seinen Tintmann zu beschweren, für die Bauern vorhanden war. Und die moralische Ironie, die diese Geschichte vom kleinen und großen Schwein beinhaltet, ist ja – mit Verlaub – höllisch gut.« (»Mit Verlaub« fügte ich hinzu, weil Gabriel, welch ein großer Freidenker er als Student auch gewesen sein mochte, jetzt immerhin Pastor war, und für einen Pastor war das Höllische vielleicht nicht das Maß der Dinge.) Aber er sagte:

»Du beginnst auch gleich zu interpretieren ...« Er schenkte uns Wein nach und fuhr fort: »Ich sage es rundheraus: Diese Geschichte hat nichts weiter zu bedeuten, als daß Herr Sievers schlechthin der Teufel in Menschengestalt ist. Eine Inkarnation des Teufels. Alle Bauern sind dieser Meinung. Mir sagen sie es natürlich nicht. Ich habe nur nach eindringlicher Befragung einiger Kirchenvorsteher erfahren – ja, man habe einst wirklich über Derartiges getuschelt ... Aber hier habe ich einen Jungen, aufgeweckt, aber etwas überspannt, den Pajalaua Paavel. Der erzählt mir alles, was er denkt und was das Volk denkt. Und als ich meine Zweifel an der Behauptung laut werden ließ, Herr Sievers sei der leibhaftige Teufel, hatte er sogleich überzeugende Argumente zur Verteidigung seiner Theorie bei der Hand ...«

»Ach, die Reden des armen Schwachsinnigen«, warf Frau Clara begütigend ein, aber ich drang weiter in ihn:

»Nanu, was für Argumente sind das?«

»Schon allein, daß der Graf die Bauernsprache einwandfrei beherrscht. Paavel kniff ein Auge zu und fragte: ›Hat der Herr Pastor einen Gutsherrn je die Bauernsprache sprechen hören?‹ Natürlich nicht. Denn das können nur die Bauern selbst. Und der Teufel.«

Als ich mich am nächsten Tag am Mittagstisch nach Neuigkeiten erkundigte – nur so, denn was für Neuigkeiten konnten ein abgelegenes Pastorat erreichen –, sagte Gabriel:

»Der Küster hat mir heute morgen erzählt: Herr Sievers hatte gestern noch einen Gast, den Grafen Fermor.«

»Fermor?«

Das Rätsel des dritten Namens auf dem blauen Band am Siegestor war gelöst. Ich hatte den Namen natürlich schon gehört. Damals, als er vor einigen Jahren in Verbindung mit der Eroberung und dem Verlust von Memel und Königsberg in aller Munde war. Es hieß, daß einige Leute seinen Träger für einen gewaltigen Feldherrn hielten, andere wiederum warfen ihm Zaudern und Unentschlossenheit vor. Es gab Revaler deutsche Kaufleute, die erklärten (daran konnte ich mich deutlich erinnern), daß Rußland nur darum die Oberhand über die Preußen gewonnen hätte, weil der Engländer Fermor zum Oberbefehlshaber des russischen Heeres ernannt worden sei.

Ich fragte: »Sag mal, wo hat man diesen Herrn aufgegabelt? Und was hat er hier in Waiwara zu suchen?«

»Ich habe wie du seinen Namen auch nur während des letzten Krieges gehört. Aber Genaueres weiß ich nicht«, meinte Gabriel und zuckte mit der Schulter.

Es stellte sich jedoch heraus, daß Frau Clara, die sich nur für häusliche Dinge zu interessieren schien, in einigen Fragen sehr gut das »Lexikon der eleganten Welt« ersetzen konnte. Ja, sogar den Ergänzungsband, an dessen Vorhandensein man zweifelte, den aber viele Menschen selbst für den dreifachen Preis gerne als Ergänzung des ersten abonniert hätten.

»Wieso weißt du nichts! Herr Fermor ist der Sohn eines englischen Landvermessers, der der leibliche Sohn eines Lords war. Zar Peter hat ihn nach Rußland geholt, wie viele andere auch. Und der Sohn erhielt für seine mehrfachen Siege im letzten Krieg Ländereien und Güter hier in Estland. Er heiratete das Fräulein von Stackelberg, das er mit Frau von Pahlen betrügt. Und jetzt ist er auch noch Senator.«

»Eine ausführliche Information«, sagte Gabriel lächelnd. »Hast du noch weitere Fragen?«

Ich erwiderte: »Noch eine, auf die selbst Frau Clara nicht zu antworten weiß.«

»Und welche?«

»Ob es sich jetzt, wo Herr Sievers diesen Gast im Hause hat, überhaupt schickt, morgen früh zu ihm zu gehen?«

Das Ehepaar meinte, ich solle es trotzdem versuchen. Doch am Abend, als wir in der Wohnstube dem Violinspiel des Hausherrn zuhörten, kam ein Eilbote vom Gut geritten: Der Herr Graf lasse Herrn Falck sagen, er möge nicht früh um sieben Uhr erscheinen, sondern vormittags um elf.

Wir saßen in der Dämmerung beim Apfelwein und erörterten die Frage, was eine solche Änderung zu bedeuten hätte, kamen aber zu keinem Schluß. Doch die drei gewaltigen Becher Wein wirkten so gut, daß ich in dieser Nacht ruhig schlief.

20

Punkt elf Uhr führte mich der grüne Kammerdiener zum Storchennestsalon von vorgestern.

Einen Augenblick hatte ich den Eindruck, Herr Sievers, der auf dem kleinen Sofa am Kaffeetisch saß, hätte sich inzwischen geteilt und verdoppelt. Ungefähr wie die Bakterien, die einige Jenaer Medizinstudenten durch ihre linsenförmigen Rohre beobachtet und auch mir einen Blick in ein derartiges Instrument ermöglicht hatten. Ja, Herr Sievers hatte sich vervielfältigt und saß auf dem Sofa in zwei Exemplaren, in einer Sofaecke das eine und in der anderen Ecke das andere. Aber sogleich erwies sich, daß das Gaukelspiel nicht stimmte. Wie sehr sie einander auf den ersten Blick auch ähnelten, war es durchaus möglich, die beiden Herren voneinander zu unterscheiden. Nicht allein, weil der alte Herr Sievers wieder seine cremefarbene Rohseidenjacke zu gleichfarbiger Hose und weißen Socken trug, der neue aber einen Anzug aus feinem, grauem Tuch mit einem eleganten weißen Jabot. Der alte war dürrer, der neue gepflegter, der alte verwitterter, der neue geröteter. Der alte war ein reservierter Schlaukopf, der neue eher ein Hasardeur. Obwohl in der Szene, in die ich hineingeschlittert war, der alte sozusagen die aggressive Partei darstellte.

»Voilà, Williamowitsch, das ist der junge Mann, der der Zeuge unserer Wette sein wird. Berend«, Herr Sievers wandte sich jetzt zu mir, »Graf Fermor und ich haben eine Wette abgeschlossen. Es geht darum, wessen Pferd siegen wird, sein Buck oder mein Lucifer. Ihr versteht, entweder sein Schimmel oder mein Rappe. Beide Pferde machen mit ihren Reitern eine Runde auf meinem Reitweg über die Berge. Beginn und Ende sind unten am Siegestor. Kommt, ich zeige es Euch.«

Wir begaben uns auf die Galerie, die den Pavillon umgab. Ich kam aus dem Staunen nicht heraus – wieso sollte ein wildfremder Bursche niederen Standes den Schiedsrichter für diese Herren spielen? Nun standen wir draußen in der Höhe der Baumwipfel und hielten Ausschau. Der Reitpfad verlief in einer weiten Runde um den gesamten Dreiberge-Park und mußte folglich gut drei Werst lang sein. Die Strecke vom Pfad zum Siegestor betrug etwa fünfhundert Schritt. Diese Strecke mußten die Wettkämpfer, soviel ich verstanden hatte, zweimal zurücklegen.

»Eine Runde im Uhrzeigersinn«, sagte Graf Fermor, als wir um den Pavillon gegangen waren. Wir begaben uns zurück in den Salon. Ich fragte:

»Mit Verlaub, worum haben die Herren Grafen gewettet?« (Ich überlegte: Wenn ich ihnen als Zeuge tauge, muß ich ja wohl auch erfahren, worum es bei der Wette eigentlich geht.) Herr Sievers entgegnete:

»Das ist – wie hast du es genannt, Williamowitsch? – ein

gentleman's agreement, nicht wahr? Siegt Buck, also Graf Fermor, erfülle ich seinen Wunsch. Siegt Lucifer, also ich, erfülle ich den Wunsch von Graf Fermor, aber er erfüllt auch den meinen. Stimmt das?«

»Genau«, bestätigte Graf Fermor und wischte sich mit einem großen blauen Schnupftuch den Schweiß von der Stirm.

»Soviel ich verstehe, sind diese vereinbarten Wünsche der Herren Grafen nicht für die Öffentlichkeit bestimmt?« Ich weiß selbst nicht, warum ich diese halb verneinende Frage aussprach. Wahrscheinlich in der Hoffnung, ihnen weitere Erklärungen zu entlocken.

»Im allgemeinen nicht. Aber wir weihen unseren jungen Freund in die Wette ein.« Herr Sievers hob die linke Hand und kam damit dem Protest von Graf Fermor zuvor. Obwohl ich in dieser Sekunde nicht klug daraus wurde, woher die seltsame Wirkung seiner Geste rührte, wurde es mir im nächsten Augenblick klar. Denn Herr Sievers fuhr fort:

»Graf Fermor möchte bei mir eine termin- und zinslose Anleihe von zwanzigtausend Rubeln aufnehmen –« (Ich bemerkte, daß die Erwähnung einer solchen Summe Graf Fermor seine üppigen Lippen fast knabenhaft schürzen ließ.) Herr Sievers sprach weiter: »Ich meinerseits wünsche, daß Graf Fermor als Vorsitzender des Dritten Departements des Dirigierenden Senats des Reiches« (und mit einem koketten Grinsen in meine Richtung: »Ihr seht, Herr Falck, mit wem wir es zu tun haben«) die Frage der Bittschrift der Stadt Wesenberg an die Zarin mit gerechtem Eifer, das heißt, zugunsten der Stadt, lösen möge.«

Ich muß zugeben, daß diese unerwartete, verspielte Unbekümmertheit, mit der Sievers die Angelegenheit in Angriff nahm, die die Stadt jahre- und mich wochen- und monatelang in Atem gehalten hatte, mich so verblüffte, daß ich verstummte, obwohl mir die Worte schon auf den Lippen lagen: »Aber meine Herren, bemerkt Ihr denn nicht, daß Eure Wette zumindest in einem Punkt gelinde gesagt seltsam ist?!

Herr Fermor erhält doch die Zwanzigtausend termin- und zinslos, ganz unabhängig davon, ob sein Schimmel siegt oder besiegt wird?!« Jawohl, ich unterdrückte diesen Ausruf, obwohl ich schon dazu angesetzt hatte. Dermaßen verwirrend und ungewöhnlich schien mir die Art, wie er das Weltgeschehen manipulierte … Klar war natürlich, daß Fermor ihn um eine Anleihe angegangen hatte. Anscheinend war es gleich passiert, nachdem ich das Gut verlassen und die Wesenberger Supplik noch frisch und aufreizend in seinem Bewußtsein gehaftet hatte. Wahrscheinlich ging es um eine Anleihe – eine termin- und zinslose –, die durch mir unbekannte Umstände ohnehin nicht zurückerstattet werden mußte. Vielleicht hatte Fermor als der einstige Vorgesetzte von Sievers nach dem Usus gewisser Kreise ein Recht darauf. Insbesondere wenn die Plumage des Generalleutnants Sievers tatsächlich aus dem Hintern eines unfaßbaren Vogels stammte, wie Richmann angedeutet hatte. Vielleicht wollte Herr Sievers, der zur Zeit wohl über mehr Macht verfügte als Fermor (er war während des Siebenjährigen Krieges von allerhöchster Seite wegen Passivität gerügt worden), vielleicht wollte Sievers ihn durch die Anleihe der Zwanzigtausend für irgend etwas strafen (zum Beispiel für den zweifelhaften Wert seiner Generalsplumage) und schob ihm die Wesenberger Supplik zu … Aber warum stellte er keine Bedingungen, was ganz normal gewesen wäre: Ich gebe dir das Geld, du aber setzt im Senat die Sache durch? Wer konnte das wissen! Vielleicht war das für einen schrulligen Herrn, wie ihn Gabriel nicht ohne Grund charakterisiert hatte, nicht interessant genug, zu schlicht, zu reizlos.

Herr Sievers schickte seinen grünen Kammerdiener in die Stallungen und hieß Graf Fermors und seinen eigenen Reiter zum Pavillon heraufkommen. Die Männer waren nach wenigen Minuten da – Fermors dürrer Pferdeknecht mit einer Schirmmütze, Sievers' Stallbursche mit der wohlrasierten sommersprossigen Physiognomie, dem ich meinen Gaul an der Treppe schon zweimal anvertraut hatte.

Graf Sievers sagte: »Ihr und ich müssen unseren Reitern unter vier Augen Anweisungen geben. Einverstanden?«

»Versteht sich«, erwiderte Graf Fermor, während er sich den Schweiß vom Gesicht wischte. Ich konnte nicht verstehen, warum er sich so aufregte, wo er doch seine Anleihe ganz unabhängig vom Ausgang der Wette erhalten sollte.

»Wir wollen mit den Burschen auf der Galerie sprechen, nicht wahr? Ihr rechts, ich links. Einverstanden?« fragte Sievers, und zu mir gewandt: »Berend, seid Ihr auch einverstanden?«

»Ja, ja, warum nicht«, murmelte Fermor, und ich nickte nur auf diese kuriose Frage.

Beide Herren verließen mit ihren Reitern den Salon. Ich blieb allein dort und sah durch das rechte Seitenfenster Graf Fermor seinem Reiter schwungvoll erklären, wie er reiten sollte. Wäre ich ans Fenster getreten, hätte ich wahrscheinlich auch seine Worte verstanden. Zur gleichen Zeit sah ich im großen Wandspiegel durchs linke Fenster Graf Sievers und seinen Stalljungen auf der Galerie stehen, und Sievers sagte ihm nur zwei Worte, die er mit einer knappen Handbewegung begleitete: »Tu es!« schien er zu sagen.

Die Grafen kamen mit ihren Reitern zurück. Fermor sagte:

»Mein Reiter muß das Recht haben, Euren Pfad vom Anfang bis zum Ende abzureiten. Um die Strecke kennenzulernen!«

»Natürlich hat er das Recht«, versicherte Sievers und wandte sich wieder auf seine kuriose Art todernst an mich:

»Berend, Ihr haltet das auch für normal, nicht wahr?«

»Allerdings.«

»Gut so. Graf Fermor, schickt Euren Reiter – wie heißt er?«

»Piiter.« Er sprach es aus wie »Piitö«.

»Engländer?«

»Nein. Peeter. Aber ich bin es so gewohnt.«

»Sehr richtig. Euer Piitö soll losreiten. Mein Mart hat das nicht nötig. Berend, wenn Ihr damit einverstanden seid, macht Mart Piitö und sein Pferd mit der Strecke bekannt. Wir werden hier auf sie warten. Sie brauchen dazu etwa zwanzig Minuten. Danach müssen sie sich vierzig Minuten erholen. Um ganz frisch zu sein. Jetzt ist es zwölf Minuten vor zwölf. Zum Hingehen und Satteln noch zehn Minuten. Um ein Uhr findet unten am Siegestor – wie habt Ihr doch gesagt, Graf Fermor, was findet dort statt?«

»Der Start«, krächzte Graf Fermor ungeduldig.

»Richtig, der *Start*. Ihr seht, ich versuche mich nach Kräften zu bilden.«

Mir schien, seine letzten Worte enthielten genüßliche Ironie.

Er sagte: »Und zu demselben Start – damit die Sache in neutralen Händen liegt – gibt Herr Berend mit einem Pistolenschuß das Zeichen.«

Daraufhin fragte er in verblüffend korrektem Estnisch: »Poisid, kas on küsimusi?«* Keine. Er winkte Peeter und Mart zu, sie sollten gehen. »Und jetzt, meine Herren, serviere ich Euch ein Täßchen Kaffee. Wie es in diesem Hause üblich ist.«

Er klingelte mit dem Glöckchen. Der grüne Kammerdiener erschien sofort. Er trug eine frisch gestärkte Schürze auf dem Arm und hatte die Kochmütze in der Hand.

»Oh«, sagte Graf Fermor, »Ihr erweist uns die Ehre, höchstselbst ...«

Anscheinend war ihm Graf Sievers' Marotte bekannt.

»Ja, das ist eine Ehrenbezeigung«, gab Sievers kokett zu. »Aber das ist auch Feinschmeckerei. Denn der Kaffee muß tadellos sein. So. Und der tadellose Kaffee ist gleich fertig.«

Der Diener half ihm beim Umkleiden. »Fühlt Euch inzwischen wie zu Hause.«

Als Sievers und der Diener sich entfernt hatten, holte Fermor eine altmodische holländische Pfeife aus der Tasche und stopfte sie mit duftendem Tabak aus Batavia. Nachdem er sie angezündet und den ersten Zug getan hatte, fragte er:

* »Jungs, habt ihr Fragen?«

»Was für einen Posten bekleidet Ihr bei Herrn Sievers?«

Ich hatte keine Ahnung, ob Herr Sievers die Absicht hatte, mich seinem Wettpartner als Vorkämpfer Wesenbergs vorzustellen oder nicht. Es war nicht ausgeschlossen, daß ich seinen Plan vereiteln würde, wenn ich es selbst täte. Ich sagte behutsam:

»Ich bin Gast des Herrn Grafen –«

Ich dachte bei mir: Diese Rangstufe trägt gewissermaßen zu meiner Würde bei, die auch Herr Sievers Fermor gegenüber seltsamerweise zu wahren sucht... Vielleicht dachte ich noch: Wenn ich ein Gast bin, kann Fermor mich nicht für einen Bediensteten des Herrn von Sievers halten. Stünde ich in seinen Diensten, könnte Fermor verlangen, daß ich aus dem Spiel gelassen würde, so daß ich keine Chance hätte, der Wesenberger Sache zu dienen. Ich sagte:

»Ich bin, mit Verlaub, ein Freund von Herrn Sievers' nahestehenden Menschen.«

Das konnte er auffassen, wie er wollte. Sollte er weiterfragen, würde ich nach Möglichkeit lavieren. Aber Graf Fermor setzte sein Fragen nicht fort, sondern schmauchte seine Pfeife.

Glücklicherweise kehrte Graf Sievers gleich mit der dampfenden Kaffeekanne und drei vergoldeten Tassen zurück. Er zog sich mit Hilfe des Kammerdieners um und füllte höchstpersönlich die drei Tassen. An ihrer Kaffeekonversation brauchte ich zu meiner Erleichterung nicht teilzunehmen, sondern hörte ihnen ungestört zu: Wie liebenswürdig sich Graf Fermor Herrn Sievers gegenüber und wie tapfer er sich in Zorndorf den Preußen gegenüber verhalten hatte und welch außerordentlichen Mut Graf Sievers bei Kunersdorf den Preußen gegenüber und welche Liebenswürdigkeit er Graf Fermor gegenüber gezeigt hatte.

Zehn Minuten vor eins erhoben sich die Grafen vom Kaffeetisch. Herr Sievers drückte mir eine Pistole in die Hand, und wir begaben uns wieder auf den Platz vor dem Herrenhaus.

Die Pferde mit den Reitern standen schon am Siegestor. Die Grafen traten zu den Tieren. Beide tätschelten den Hals oder den Kopf ihres Pferdes und sagten etwas zum Reiter. Graf Fermor: »Na, sei so schnell wie der Satan! Aber paß auf, daß er nicht schon vor der letzten Steigung abgehetzt ist! Und sieh zu, daß er beim Abstieg nicht stolpert. Und daß er nicht scheut, wenn du am anderen Tier vorüberreitest. Anfangs kannst du ruhig zurückbleiben – aber nicht mehr als zehn Schritt, merk es dir!« Graf Sievers dagegen schnipste nur mit dem Finger am Hals Lucifers und sagte: »Los!« Seltsamerweise gerade umgekehrt, als ich es von ihnen erwartet hätte.

Ich hielt die Pistole in die Luft und schaute die Herren an. Der Kammerdiener hielt die Taschenuhr in der Hand.

»Meine Herrschaften, es ist –« Er schwieg zehn Herzschläge lang und rief: »Eins!«

Ich drückte auf den Abzug, die Pferde rannten los, wirbelten den Kies hoch und galoppierten den Berg hinab.

Herr Fermor griff nach Herrn Sievers' Schulter und wollte ihn mit sich den Berg hinabzerren.

»Wohin nun?«

»Hier sieht man ja nichts! Wir wollen hinauf auf die Galerie!«

Ich sah es Graf Fermors rotem, schweißtriefendem Gesicht an, wie sehr er den Sieg seines Buck, seines Bukephalos herbeisehnte. Und wie sehr er wünschte, das Urteil des Senats über die Wesenberger Supplik nicht beeinflussen zu müssen. Und es blieb mir ein Rätsel, warum er dies so sehr vermeiden wollte. Ebenfalls wurde ich nicht klug daraus, was Graf Sievers eigentlich wünschte oder anstrebte. Wenn ich den absonderlichen Ton seiner Antwort nicht als deutliche Siegeserwartung auslege.

»Nein, nein! Wir warten hier. Wenn wir nach oben gehen, kommen wir nicht schnell genug zurück. Geht nach oben, wenn Ihr wollt. Ich möchte den Endspurt sehen! Ganz aus der Nähe!«

»Ich auch, ich auch!« rief Graf Fermor. »Hier kann ja eine Fußlänge entscheiden.«

»Natürlich«, bekräftigte Sievers – mir schien, mit boshaftem Genuß.

Wir standen am Rand des Platzes. Ich versuchte hinter den Herren, im Gewirr der Sonnenstrahlen und Baumschatten nach der Uhr zu sehen und dem Hufschlag zu lauschen, aber zwei Minuten nach dem Start war natürlich nichts mehr zu hören. Die Vorstellung, daß ein Fuß oder noch weniger zwischen Sieger und Besiegtem den Ausschlag geben könnte und daß ich als Zeuge bei dieser gräflichen Wette den Zeiger an der Waage machen mußte, war für mich schon erschreckend genug. Mein Herz krampfte sich zusammen, als ich dachte: Möglicherweise habe ich nicht über das Wettstreiten zu entscheiden, sondern über das Schicksal von Wesenberg ...

Zum Glück kam nach sieben Minuten alles wieder ins Lot, und die Herren hatten mir keine Fragen zu stellen. Ich kann mich nicht mehr erinnern, was Graf Sievers in diesen sieben Minuten Herrn Fermor sagte (was übrigens zeigt, daß mich der Ausgang des Wettreitens sehr beunruhigte). Jedenfalls handelte es sich um eine recht dumme Geschichte von einer Hofdame (deren Name nicht genannt wurde) und einem Pagen. Die Hofdame trug ein goldenes Medaillon mit dem Miniaturporträt des Pagen. Später betrog sie ihn mit dem Botschafter von Preußen, und der Page stibitzte ihr das Medaillon und steckte in die goldene Kapsel zu seinem winzigen Bild eine riesengroße tote Küchenschabe. Ob er das Medaillon der Dame wieder heimlich um den Hals hängte oder dem Botschafter zuschickte, habe ich nie erfahren, denn vom Berghang und der Kurve ertönte Hufgeklapper. Herr Sievers verstummte, und seine Miene schien starr zu werden vor innerer Spannung. Herr Fermor war wohl schwerhöriger, denn er rief »Sie kommen! Sie kommen!« erst, als wir die Pferde schon zwischen den Parkbäumen sahen. Der schwarze Gaul, also Lucifer, also Graf Sievers, war dem weißen, dem Buck, also Graf Fermor, eine halbe Körperlänge voraus. Es sah aus, als jage der weiße seinen eigenen unfaßbaren oder doch faßbaren Schatten. Graf Fermor spuckte, brüllte und schlug sich auf die weiße Kniehose, wobei er sich ein wenig bückte:

»Bucky! Bucky! He, du Scheißkerl! Schnell! Darling! Dawai! Dawai!«

Graf Sievers stand starr und stumm direkt über dem Siegestor. Aber er stand irgendwie seltsam krumm da, seine rechte Schulter war plötzlich viel niedriger als die linke. Ich wollte mir die Pferde anschauen, schaute jedoch ihn an, um zu begreifen, was mit ihm los war. Und ich begriff: Er stützte sich auf seinen Spazierstock und hatte in den wenigen Sekunden, in denen sich das Getrappel näherte, den Stock in den kiesigen Boden gebohrt. Einen Augenblick dachte ich: Ist das wirklich nur wegen des Wettreitens mit Graf Fermor? Oder nur wegen des Kitzels, über Frau Tiesenhausen zu triumphieren? Oder doch wegen der Hoffnung, Wesenberg zu befreien?

Die Pferde hatten das Siegestor erreicht. Sie kamen direkt auf uns zu, und sekundenlang war nicht festzustellen, ob das weiße das schwarze noch einholen würde. Dann sausten sie unter unseren Augen durch das Siegestor. Lucifer hatte seinen Vorsprung gehalten. Herr Fermor war mit einer halben Pferdelänge geschlagen. Somit war das Schicksal Wesenbergs, soweit ich es beurteilen konnte, entschieden – falls Herr Fermor wirklich ein Ehrenmann war.

Graf Fermor brummelte vor sich hin und griff zu seiner Pfeife. Graf Sievers war die lächelnde Zufriedenheit in Person.

»Meine Herren, nach diesem schönen Spektakel«, er drückte beiden Reitern, die von den Pferden gesprungen waren, etwas in die Hand – einen Goldimperial, wenn ich nicht irre – und schickte sie mit ihren Gäulen fort. »Nach diesem Spektakel schlage ich den Herren vor, zu Mittag zu speisen.« Und in seiner üblichen koketten Art an mich gewandt: »Herr Berend wird uns, hoffe ich, die Ehre erweisen, mit uns zu essen. Und Ihr, Williamowitsch, Ihr werdet es nicht übelnehmen, wenn wir nicht hier unten essen.« Er zeigte mit der Hand zum Herrenhaus. »Nicht wahr, Ihr werdet nicht glauben, es wäre aus mangelhafter Achtung meinem ehrwürdigen alten Freund gegenüber! Hier unten steht Euch ohnehin der ganze rechte Flügel zur Verfügung. Aber zu Mittag wird dort oben, in meinem Kuckucksnest gegessen. Da fühle ich mich so richtig wohl.«

Als wir wieder zum Pavillon schlenderten, wollte ich Herrn Sievers die Pistole zurückgeben.

»O nein!« protestierte der Graf. »Behaltet sie zum Andenken an den heutigen Tag. Ich glaube, er dürfte für Euch von einiger Bedeutung sein ...?«

»Aber, Herr Graf ...«

»Kein Aber, junger Mann!« Und er begann davon zu erzählen, wie er einst mit seinem Freund Uschakow, dem Chef der Geheimen Kanzlei, in Podolien Wildschweine gejagt hatte.

Nach zwanzig Minuten bat uns der grüne Kammerdiener zu Tisch. In den Salon mit Blick aufs Meer. Ich muß sagen, der Tisch sah recht bescheiden aus. Die Silberteller und die Pokale für die Blumenkohlsuppe, das gebratene Rindfleisch und den Rotwein waren zwar schwer, aber unerwartet grob gearbeitet. Der grüne Kammerdiener hatte die Suppe kaum in die Teller geschöpft und sich entfernt, als Graf Fermor, die Suppe schlürfend, fragte:

»Herr Karl, da Ihr diesen jungen Mann«, er wies mit dem Kinn auf mich, »in die, hm, Einzelheiten unserer Wette eingeweiht habt, frage ich: Werden wir das, was ich im Senat zu tun habe, in Anwesenheit dieses jungen Mannes erörtern oder später?«

»Ah, was Ihr zu tun habt?« fragte Herr Sievers zurück, als hätte er es inzwischen vergessen. »Ja, ja, unbedingt in seiner Anwesenheit! Dieser junge Mann ist der Abgesandte des Wesenberger Magistrats.« (Ich hielt den Mund und bestritt es nicht.) »Er hat ihn zu mir geschickt. Was dasselbe ist, als wäre er direkt zu Euch gesandt, nicht wahr?«

»Was ist dieses Wesenberg für ein Ort?« erkundigte sich Fermor durch sein Blumenkohlpüree. »Mir scheint, ich habe den Namen gehört, aber mir fällt nichts dazu ein.«

»Herr Falck wird Euch alles erklären«, erwiderte der Hausherr.

Ich erklärte es ihm, so gut ich konnte. Graf Fermor hörte mir schnaufend und schlürfend zu. Er stellte keine einzige Frage. Als ich verstummte, sagte er jovial, sogar ein wenig tölpelhaft (ich weiß nicht, ob das die englische Art war, aber die Art Fermors war es sicherlich):

»Na ja. Die Tiesenhausens sind natürlich ein heikler Fall. Durch ihre Beziehungen. Und durch ihr Zusammengehörigkeitsgefühl. Und durch ihre Zähigkeit. Aber ich habe es versprochen. Hm. Ich werde den Sekretären des Senats auf die Sprünge helfen und das Ding schon schaukeln.«

Also, es war beschlossen!

Ich hatte ein seltsam schwindliges Gefühl, das mir unangenehm dünkte, bis mir ein Licht aufging, daß es Freude war. Freude am Triumph, Freude am Schenken, Freude am Erfolg. Ich fand keine Muße, über die Details meiner Freude zu grübeln, doch meine Zunge spürte neben der Süße des Triumphes auch einen Tropfen Galle, einen Tropfen Scham. Ich empfand Beschämung über den Sieg wegen einer zufälligen halben Pferdelänge ... Vielleicht sogar über die Bezwingung der alten egozentrischen Frau, die sich mit pathologischem Eifer für ihre eigenen Angelegenheiten und diejenigen ihrer Sippe ins Zeug legte. Doch die Freude, die ich empfand – wegen der Stadt und mir selbst, wegen Maade, die jetzt eine unbestrittene Stadtbürgerin werden würde, und nicht dank ihrem dicken Johan, sondern dank meiner Initiative –, war in diesem Augenblick allzu überwältigend, als daß ich mir wegen der Scham Gedanken machte. Und dennoch steckte ich bis zu den Knöcheln, bis zu den Knien, bis zu den Lenden im Schamgefühl, in der Ironie meiner Situation. Ich sagte:

»Was die Aufgabe der Sekretäre anbelangt, so hat die Stadt diese bereits erledigt. Wenn Graf Sievers so freundlich wäre –

Ihr habt ja den Entwurf der Stadt für die Resolution. Graf Fermor könnte einen Blick hineinwerfen, und ich könnte die notwendigen Erklärungen geben.«

»O ja«, meinte Graf Sievers leichthin. »Ich werde das Schriftstück nach dem Essen suchen.«

Wir saßen noch eine gute Dreiviertelstunde am Tisch, und die Herren sprachen über Gott und die Welt. Mir stellte Graf Sievers einige nichtige Fragen, so ganz nebenbei, anscheinend, damit ich mich nicht als überflüssiges Möbelstück fühlte. Dann hob Graf Sievers die Tafel auf. Ich dankte und wollte gehen. Ich fühlte, daß ich den Herren lästig wurde, aber der Augenblick war allzu günstig – ich erinnerte sie nochmals an die Papiere, also an das Wesenberger Senatsprojekt.

»Richtig, richtig«, sagte Herr Sievers und holte mit einem gleichgültigen Lächeln meine Papiere aus irgendeiner Schublade hervor. »Williamowitsch, mir scheint, dieser Text – Herr Falck hat ihn verfaßt – kann Euch als Grundlage dienen.«

Graf Fermor nahm die Blätter in die Hand – nicht aus Interesse, sondern aus Höflichkeit Sievers gegenüber – und legte sie ans Tischende. Er schenkte ihnen keinen einzigen Blick. Er sagte zwar freundlich, aber gelangweilt:

»Wenn wir uns entschieden haben, einen Entschluß zu fassen, ist es ganz egal, was dort geschrieben steht.«

Und ich fragte automatisch, bevor seine Worte, die das Gefühl hervorriefen, an einem Abgrund zu stehen, mein Bewußtsein erreichten (ein Gefühl des tiefen Unterschiedes zwischen Entscheiden, Denken und Welterkenntnis):

»Die Senatsbeschlüsse werden doch im Namen der Zarin getroffen. Liest sie denn nicht, welche Argumente vorgebracht werden?«

Graf Fermor betätigte eifrig einen silbernen Zahnstocher.

»Lieber junger Mann, in unserem Imperium gibt es zehntausend, vielleicht zwanzigtausend Krähwinkel wie Wesenberg. Dazu Städte, Klöster, Vereine, Gouvernements, Provinzen. Alle wenden sich hin und wieder mit ähnlichen Suppliken an die Zarin. Außer diesen noch Tausende und Abertausende

Privatleute. Bedenkt doch, ob es der Zarin physisch möglich ist ...«

Ich muß gestehen, daß ich beschämt verstummte, denn ich begriff, etwas Unmögliches für möglich gehalten zu haben.

Herr Sievers rettete die Lage. Wenn ich das so nennen darf. Er faßte nach der Glocke, läutete und reichte mein Manuskript dem eintretenden grünen Kammerdiener.

»Gib dies Graf Fermors Kammerdiener.«

Ich stand mitten im Salon, bereit zu gehen, und wurde nicht mehr aufgehalten. Ich faßte mich, meines unglaublichen Sieges und meiner unbestreitbaren Erniedrigung bewußt, und sagte:

»Herr Graf Sievers, Herr Graf Fermor! Gestattet mir, Euch im Namen der Stadt Wesenberg dafür zu danken, daß Ihr geruht habt, Wesenberg eine Zukunft zu schenken!«

»Dankt Fermor!« sagte Sievers.

»Warum mir?« brummte Fermor und lachte plötzlich laut los. »Eigentlich müßtet Ihr Lucifer danken.«

Als ich auf dem Rückweg die Felder von Sievershof hinter mir hatte und den schützenden Fichtenwald erreichte, wiederholte ich Wort für Wort alles, was ich den Grafen gesagt hatte. Ich hatte gesagt: *Herr Graf Sievers* – aber was für ein Graf war dieser ehemalige leibeigene Lakai? Ich hatte gesagt: *Herr Graf Fermor* – auch der war ja kein Graf, dieser Tolpatsch von Landvermesser und internationale Hochstapler, jawohl, war er denn ein Graf, ein Aristokrat? Ich hatte gesagt: *Ich danke Euch im Namen der Stadt Wesenberg* – aber wo war meine Vollmacht, dies im Namen der Stadt zu tun? Ich hatte keine. Und meinte ich es überhaupt ernst mit dem Dank, wo ich doch eigentlich Lucifer hätte danken müssen? Und war damit wirklich der Stadt Wesenberg eine Zukunft geschenkt worden ...? Gott sei Dank, das war jetzt – dank Lucifer – wahrscheinlich sicher ...

III

21

Ich kann mich erinnern, daß mein ohnehin doppelzüngiges Triumphgefühl seltsam zusammenschrumpfte, wie auch die Strecke, die ich nach Wesenberg zurückzulegen hatte, kürzer wurde. Doppelzüngig ist ja nur eine Floskel. Vierzüngig wäre ein viel passenderes Wort. Denn in meinem Triumphgefühl war ich hin und her gerissen. Das Gefühl bestand aus Überspanntheit und Gekränktheit, weil meinen und Wesenbergs Kampf nicht die Gerechtigkeit, ja nicht einmal die Logik, sondern ein Zufall in Pferdegestalt gewonnen hatte. Und zudem machte mein Triumphgefühl der Zweifel brüchig, ob ich wirklich auf das Versprechen Graf Fermors bauen durfte, das er beim Schlürfen der Blumenkohlsuppe gegeben hatte.

Als die Turmspitze der Kirche von Wesenberg bereits hinter dem Wald zu sehen war, als die am Stadtrand liegenden Häuschen mit ihren Staketenzäunen mich umfingen, völlig unverändert, grau, niedrig, verschlafen wie in der vergangenen Woche, kam mir mein Abenteuer der letzten Tage beinahe unwirklich vor. Und ich bemerkte schon damals: Lucifer, der jedesmal, sobald ich an ihn dachte, meinem Selbstbewußtsein einen Hufschlag verpaßte, konnte ich mit Leichtigkeit von mir weisen. Das fiel mir um so leichter, als ich es sowieso niemandem zu erzählen gedachte. Außer Richmann, versteht sich. Aber auch ihm wollte ich nicht ausführlich Bericht erstatten. Ich wollte ihm nur einen allgemeinen Überblick geben, von Graf Fermors zufälliger Anwesenheit in Waiwara erzählen und von seinem Versprechen, das Sievers wohlwollend unterstützt hatte. Doch über die Wette der Grafen und über Lucifers idiotische Rolle als Zünglein an der Waage wollte ich natürlich schweigen. Als ich die Stadt erreichte, bildete dies nur noch einen kaum störenden Hintergrund. Aber meine

Zweifel an Fermors Versprechen wuchsen von Tag zu Tag. Der Gedanke, daß ich den hundertdreißigjährigen Kampf von Wesenberg zum siegreichen Ende geführt hatte – dies schoß mir immer wieder durch den Kopf –, kam mir erschreckend absurd vor.

Und bei all meiner inneren Zerrissenheit quälte mich, was ja selbstverständlich war, immer wieder die Frage, die mein Herz zum Stocken brachte: Was sollte ich Frau Tiesenhausen von meiner Begegnung mit Graf Sievers erzählen? O Gott, auf den hundert Schritt von den ersten Gemüsegärten bis zur Ritterstraße wurde mir klar: Vielleicht hatte ich mir bis jetzt einreden können, Frau Tiesenhausen nicht wirklich verraten zu haben … (In Wirklichkeit hatte ich es getan, schon längst, schon von Anfang an. Das war unvermeidlich gewesen. Mit jedem Schritt, der nicht Verrat an mir selbst gewesen war.) Ich hatte mir jedenfalls weismachen können, daß alles nur der abwartenden Vorbereitung gedient hatte. Jetzt hatte ich diese dumme arrogante alte Frau und durch sie die wahren Herren des Landes endgültig und unbestreitbar verraten … An wen? Eigentlich nur an die Herrschaften aus ihren eigenen Kreisen … Aber das hatte keine Bedeutung. Ich hatte einen unwiderruflichen Schritt getan. Ich war am Steilhang zwischen Sackhof und Ontika geritten, ich weiß nicht, ob es auf dem Hin- oder Rückweg gewesen war, zwischen den Pfosten hindurch. Bis zum Rand und über den Rand des Hanges. Ich war über den Abgrund geritten. Das hatte mich erschreckt. Aber es verlieh mir auch – wenigstens am Beginn der Ritterstraße – ein winziges Krümchen Stolz und Mut. Doch dasselbe Krümchen enthielt zugleich die Ahnung, daß es mir die Wendigkeit nahm, ja schon genommen hatte, die Rolle des treuen Dieners meiner Herrin weiterzuspielen.

Ganz unverhofft führten die Ereignisse dazu, daß ich Frau Tiesenhausen nicht Rede und Antwort zu stehen brauchte. Als ich die Ritterstraße entlang in dic Stadt hineinritt und an der Ecke der Karristraße einen Blick nach links warf, um zu sehen, ob die Arbeiter der Gnädigen oder die Soldaten des

Kexholmer Regiments das vom Brand beschädigte Dach des Kruges schon repariert hatten, brachte ich den Gaul zum Stehen. Über der zwanzig Ellen langen Schenke wirbelte der Nachmittagswind Asche in alle Himmelsrichtungen.

Das übernächste Haus gehörte dem Schmied namens Krüger. Er machte sich gerade an einem Holzstapel zu schaffen. Ich gab dem Pferd die Sporen und machte an seiner Pforte halt.

»Hei, Gevatter! Was ist das für eine Gaukelei?! Was habt ihr mit der Kneipe angestellt?«

»Sieh an, Herr Berend! Ihr wißt es noch nicht?«

»Nein. Ich komme gerade aus Narwa.«

»Ja, seht nur, beim ersten Mal löschte der Regen den Brand. Das ist Euch doch bekannt?!«

»Allerdings.«

»Es war dem Haus nicht beschieden stehenzubleiben. Dienstag nacht stand es wieder in Flammen.«

»Wieso denn?«

»Wer mag das wissen. Es gab ein Gewitter. Manche Leute sagen, der Blitz habe eingeschlagen. Aber Frau Tiesenhausen behauptet, die Städter hätten es in Brand gesteckt.«

»Wo hat sie denn das verkündet?«

»Freundling erzählte davon. Sie soll gestern Hals über Kopf nach Reval geeilt sein. Um sich beim Generalgouverneur zu beschweren.«

Ich konnte also in aller Ruhe aufs Gut reiten, ohne der Dame in die Quere zu kommen.

Kaum war ich angekommen, erzählte mir Tiio alles, was sie gehört hatte. Wie der Brand entstanden war, davon wußte sie auch nichts. Es hatte in jener Nacht wirklich ein Gewitter gegeben. Der Donner hatte sie aus dem Schlaf geschreckt. Aber sehr laut waren die Donnerschläge nicht gewesen. Und das Gewitter hatte sich schon längst verzogen, als die Kirchenglocke zu schlagen begonnen und der Feuerschein die östlichen Mansardenfenster des Herrenhauses beleuchtet hatte. Tiio hatte sich ein warmes Kleidungsstück übergeworfen und war mit einigen jüngeren und eitleren Gutsmägden hingerannt. Auch diesmal waren nur einige Dutzend Städter dagewesen, unter ihnen Leute vom Vogteigericht. Soldaten waren nur wenige eingetroffen, und auch die hatten sich sehr verspätet. Bei Tiios Ankunft hatte der Krug lichterloh gebrannt. Und das bißchen Wasser, das die Städter – wie Tiio sagte – nur zum Schein mit Eimern aus dem Soolikas geschöpft hatten, hatte nichts geholfen. In der vom Feuerschein erhellten Finsternis hatte Tiio bemerkt, daß auch die Gnädige erschienen war. Sie hatte einige Minuten zugesehen, wie ein Haufen Balken auf dem Boden glühte, stumm, mit versteinertem Gesicht, und war wieder gegangen. Aber am Morgen, als sie Frau Tiesenhausen Kaffee und Käsegebäck ins Schlafzimmer gebracht hatte, hatte diese, hochrot vor Wut, berichtet:

»Kannst du dir vorstellen, was diese Räuber gemacht haben! Krudop, diese treue Seele, war eben hier und hat es mir erzählt. Er ist einer der ersten gewesen, die zur Brandstätte gelaufen kamen, was ich durchaus glaube. Er wollte die Fenster einschlagen, um in das brennende Haus zu kommen. Drin gab es ja viel Geld und teures Zeug, das er für mich retten wollte. Doch der Knecht des Vogtrichters Jahn hat ihn am Kragen gefaßt und grinsend gesagt: ›Aha, der Glaser will die Fenster kaputtmachen?! Ist das Glaserarbeit? Oder möchtest du den Gutskrug plündern? Bist wohl verrückt geworden?!‹ Und er hat die treue Seele in ein Nesselgestrüpp gestoßen. Als Krudop sich aufgerappelt hat, um wieder zu den Fenstern zu eilen, hat ihm ein anderer Räuber, Krudop wußte nicht, wer, einen Schlag mit dem Bootshakenstiel versetzt, und da ist er dann liegengeblieben. Er hatte eine dicke blaue Beule am Kopf, als er mir dies erzählte.«

Dann hatte die Gnädige Tiio befohlen, wie jeden Morgen das Fenster zum Park zu öffnen, doch an diesem Morgen hatte sie plötzlich gerufen: »Halt! Ich öffne das Fenster selbst. Aber du läufst in den Park, stellst dich in die Nähe des Fensters und paßt auf, daß keiner dieser Räuber zum Fenster kommt. Denn einer könnte ja kommen und mir Kreuzottern hereinwerfen.«

Tiio redete weiter: »So komisch habe ich die Gnädige noch nie reden hören.« Und sie erzählte noch, daß auch Rosenmark in jener Nacht dort gewesen sei, mit Eimer und Bootshaken, was sie einem so hohen Herrn nicht zugetraut hätte – die anderen wichtigen Bürger hätten keine gehabt, obschon nach der neuen Polizeiordnung solches Werkzeug zu einem Brand mitgenommen werden mußte. Rosenmark habe sogar mit Tiio gesprochen. Was er gesagt habe? Daß diese Feuersbrunst besser nicht hätte stattfinden sollen. Wenn aus keinem anderen Grund, so wegen seiner Frau. Magdalena liege noch im Kindbett und sei schwach und verängstigt. Sie habe beim Alarmgeläut zitternd und schweißbedeckt dagelegen, und er habe ihr mehrere Glas Zuckerwasser geben müssen. Und er habe gesagt, wenn es ihr bis zum Morgen nicht besser gehe, müsse er Doktor Götze holen lassen, denn der jungen Mutter könne vor Schreck die Milch wegbleiben.

Ich fragte (ziemlich erschrocken, was Tiio aber nicht bemerkte), ob denn Frau Rosenmark eine schwere Geburt gehabt habe. Tiio erwiderte, davon habe sie nichts gehört. Denn die Ello des Kochs Jakob, deren Schwester bei Rosenmark Hebamme gewesen war, hätte ihr ganz bestimmt davon erzählt. Aber sie habe kein Wort über die Geburt verloren. Und vom Jungen habe sie noch gestern oder vorgestern gesagt, es sei ein hübsches gesundes Kerlchen, das brülle wie ein Stier. Ich fragte so nebenbei, ob der Junge auch schon einen Namen habe, und erfuhr, daß Borge gestern bei Rosenmark gewesen war und das Würmchen auf den Namen Karl getauft hatte. Ich überlegte ironisch, ob das wohl zu Ehren des Großonkels Karl geschehen sei? Dann blieb ich plötzlich an meinem Mansardenfenster stehen (es befand sich recht hoch, denn meine Kammer lag im zweiten Stock) und betrachtete durch die kleinen grünlichen Glasscheiben das baufällige Schloß mit den Zacken dort oben und die sieben Straßen, die sich entlang des Hügels unten und am Soolikas schlängelten, die

Kirche und die Häuschen und den grauen Himmel im Osten. Zwischen den grauen Häuschen stand an einer Straßenecke das frisch gestrichene grüne Haus, unter dessen Dach, im hinteren Gartenzimmer, jetzt wohl die genesene Magdalena zu finden war. Und ihr Kindchen, das vor einer Woche zur Welt gekommen war. Ihr Antlitz hatte sich bestimmt unvorstellbar gewandelt. Ich spürte im Nacken Tiios fragenden Blick (»Worüber mag er wohl grübeln?«) und dachte:

Vielleicht ist dieser Knabe, der nach seinem Großonkel Karl getauft worden ist, dieses Kerlchen, dieser brüllende Stier dort im grünen Haus mein Sohn ...?

So stand ich da, bis Tiio hinter mich trat und ihre vom Waschen weichen, nach Frau Tiesenhausens Revaler Seife duftenden Arme um meinen Hals schlang. Sie drehte mich zu sich um – und es war schon nach acht Uhr, als ich bei Richmann erschien.

In meiner kurzen Abwesenheit hatte sich in der Stadt noch etwas zugetragen. Ganz unerwartet, wie solche Dinge zu geschehen pflegen, war das Kexholmer Regiment abgezogen, dem Hörensagen nach an die Südwestgrenze der Provinz oder gar nach Livland. Sowohl das Gut als auch die Stadt, das Apothekerhaus inbegriffen, waren von den Offizieren, den Soldaten und dem ganzen Troß erlöst, und der Apotheker mit seinem Kakadu konnte mich wieder im Wohnzimmer empfangen, das in aller Eile in Ordnung gebracht worden war. Richmann holte die bewußten Likörgläser hervor und machte sich daran, die Schachfiguren aufzustellen.

»Ich habe gehört, Ihr seid inzwischen nach Narwa geschickt worden?«

Plötzlich stand ich vor der Frage, was ich darauf antworten sollte. Sollte ich gestehen, daß ich gar nicht dort gewesen war? Was bedeutet hätte zuzugeben, daß ich als Abgesandter der Gnädigen in Waiwara gewesen war. Wie ich es bei Graf Sievers beinahe zugegeben hatte ... Doch warum hätte ich es jetzt Richmann sagen sollen? Ich ignorierte einfach seine Frage. So hoffte ich, der Möglichkeit aus dem Wege zu gehen, er könnte mich für unaufrichtig, für einen Wendehals und Ränkeschmied halten, wenn ich seine Frage nicht beantwortete. (Hier schoß mir durch den Kopf: Lieber Gott, kann man in einer solchen Situation, bei derartigen hierzulande herrschenden Bestrebungen überhaupt von Aufrichtigkeit oder Ränkeschmieden sprechen, ja auch nur daran denken?!) Ich entgegnete:

»Und Ihr habt hier inzwischen Frau Tiesenhausens Kneipe niedergebrannt. Wie ich höre, mit all dem Zeug, das das Regiment gekauft hatte.«

»Jawohl«, sagte Richmann, »und Frau Tiesenhausen beschuldigt natürlich Rosenmark.«

»Schon wieder ihn?«

»Nun ja. So war es doch auch beim ersten Brand. Jemand soll Rosenmarks Peeter mit einem Nachschlüssel der Kneipe gesehen haben. Ihr erinnert Euch?«

»Ja, ich erinnere mich. Aber ich weiß nicht, wer es Frau Tiesenhausens Meinung nach gewesen sein soll.«

»Die treue Seele Krudop natürlich«, entgegnete der Apotheker. »Und daß Rosenmark mit seinem Krug ein Rivale ist, soll die Glaubwürdigkeit der Beschuldigung untermauern. Angeblich wollte er die Konkurrenz loswerden und das Regiment in seine Schenke locken.«

»Das Regiment hat doch die Stadt in derselben Woche verlassen«, warf ich ein.

»Nun, die Gnädige behauptet steif und fest, daß Rosenmark davon nichts gewußt habe. Und in dieser Nacht war das Regiment noch in Wesenberg.«

»Und – haltet Ihr es für möglich, daß die Verdächtigungen der Dame begründet sein könnten?«

»Wieso?« fragte Richmann verblüfft.

»Nun, daß Rosenmark wirklich ...«

»Na, hört mal«, rief der Apotheker entrüstet aus. »Ausgeschlossen! Über Herrn Rosenmark kann man so und so denken. Aber er hat Grips im Kopf. Im äußersten Fall kann er ein paar hundert Rubel in eine zweifelhafte Supplik investieren.

Und auch das nur in der Hoffnung, daß es sich lohnt. Wird der Supplik entsprochen, wird er um so sicherer Ratsherr, nicht wahr. Aber wegen der Zechen des Regiments – wie groß können die schon sein! Einige hundert Rubel – dafür wird man nicht Brandstifter! Nein! Das wäre für Rosenmark eine allzu dunkle Affäre.«

»Also ist das ein Phantasiegebilde der Frau Tiesenhausen?«

»Zweifellos. Eure Gnädige verfügt ja überhaupt über eine – gelinde gesagt – lebhafte Phantasie. Habt Ihr das nicht bemerkt?«

»Nun ja. Um dies zu behaupten, müßte man Vergleichsmaterial in Gestalt ähnlicher alter Damen haben. Ihr habt es wahrscheinlich. Ich nicht. Aber ich wollte Euch erzählen, daß ich auf Befehl der Gnädigen in Narwa gewesen bin, um für unsere jungen Herren einen Französischlehrer ausfindig zu machen. Dort sollte einer zu finden sein. Ein Monsieur Dufois oder Dubois.« (Anscheinend hatte ich im Vergleich zu Frau Tiesenhausen eine besonders träge Phantasie – ich nannte Herrn Richmann keinen erfundenen Namen, sondern denjenigen des Marquis, der die Offenherzigkeit der Dame mißbrauchte und alles, was sie ihm anvertraut hatte, in einem bald erscheinenden Buch zu veröffentlichen drohte und sich somit als Schwein entpuppte.)

»Habt Ihr einen gefunden?« fragte Richmann.

»Nein. Aber ich habe einen Haken geschlagen bei meiner Wanderung.«

Er musterte mich aufmerksam, und ich hatte das Gefühl, daß er den Haken erahnte.

»Jawohl«, sprach ich weiter, »wißt Ihr, ich dachte – doppelt hält besser. Ihr seid ja in Sachen der städtischen Supplik bei Graf Sievers in Petersburg gewesen. Ich habe einen Abstecher zu ihm nach Waiwara gemacht.«

»Jahaa?« Der Apotheker hob die graumelierten Augenbrauen so hoch, daß seine turmähnliche gelbe Stirn bis zum Scheitel Furchen bekam. »Und er hat Euch empfangen?«

Vermutlich erzählte ich dem Apotheker das alles (soweit ich ihm überhaupt etwas erzählte) aus purer Eitelkeit. Mein Streich und das zu erhoffende Ergebnis waren so kolossal, daß ich es nicht für mich behalten konnte. Andererseits wollte ich erfahren, was ein gescheiter Mensch davon hielt. Ich erzählte ihm meine Geschichte in den Grenzen, die ich mir gesetzt hatte. Daß ich auf dem Rückweg aus Narwa einige Tage bei meinem Jenaer Kommilitonen Pastor Kempe verbracht hätte. Dort hätte ich erfahren, daß der Graf sich gerade auf Sievershof aufhielt, und dann wäre ich auf eine Idee gekommen, ja, die Idee wäre mir erst dort gekommen! Hätte ich sie früher gehabt, schon in Wesenberg, hätte es sich in gewisser Weise um Geheimniskrämerei hinter dem Rücken von Richmann und der Stadt gehandelt. Kempe habe meine Idee sofort gutgeheißen und meinen Besuch beim Grafen vorbereitet. Und ich hätte mich am Abend hingesetzt und die Argumente der Stadt zu Papier gebracht.

»Ihr versteht, die Tatsachen waren mir ja bis in alle Einzelheiten bekannt. Aus Rosenmarks Urkunden und so weiter. Und sie in Worte zu fassen war für einen Menschen mit einiger juristischer Vorbereitung nicht komplizierter, als für Euch, nun, ein neues Opodeldokrezept zusammenzustellen. Ob man zwei Teile Thymianöl und vier Teile Rosmarinöl oder umgekehrt nehmen soll und so weiter. Und dann ging ich los und brachte dieses Rezept dem Grafen Sievers.«

Richmann goß sein Glas voll und trank den grünen Likör bis zur Neige.

»Und Sievers?«

»Er las das Schriftstück in meiner Anwesenheit aufmerksam durch und hieß mich am nächsten Tag wiederkommen. Und da saß der Graf Fermor bei ihm. Er war schon über alles im Bilde und sagte, er sei der Präses des Dritten Departements des Senats. Also derjenige, der im Namen der Zarin den Beschluß fassen müsse. Ob der Standpunkt des Justizkollegiums in Kraft bleiben oder zurückgewiesen werden solle. Kurz – die Tiesenhausens oder die Stadt.«

»Na, und dieser Fermor?«

»Er ließ mich die Sache bis ins letzte darlegen. Und als wir dann am Mittagstisch Platz nahmen, sagte er...«

(Es ist mir jetzt peinlich, dies einzugestehen, aber so war es: Ich deutete an – aus billiger Eitelkeit natürlich –, daß ich mit Senatoren und Grafen gespeist hatte. Meine ganze Erzählung war von Eitelkeit, Eigenliebe, Wichtigtuerei und Angst geprägt, mich zum Narren zu machen, ich verschwieg gewisse Dinge, rückte andere zurecht und hob dritte hervor. Wie es bei einer Unterhaltung unter Menschen wohl gang und gäbe ist...)

»Jawohl. Und als wir am Tisch Platz nahmen, sagte er, also Fermor, er lasse den Senat die Angelegenheit zu Wesenbergs Gunsten entscheiden. Gerecht und völlig zu Wesenbergs Gunsten. Es erübrigt sich wohl, Herr Richmann, Euch zu bitten, all das vorläufig für Euch zu behalten...«

»Das versteht sich doch von selbst«, rief der Apotheker und warf die Schachfiguren als Zeichen der Kapitulation über den Haufen (als hätte das irgendeine Bedeutung!). »Und den Mund halten werde ich schon darum, weil – seht, ich zweifle natürlich nicht daran, daß Euer Bericht Wort für Wort stimmt. Aber – glaubt Ihr selbst daran?«

»Ob ich daran glaube?«

»Nun, daß Fermor sein Versprechen hält?«

»Mnja... Natürlich zweifle ich, in gewissem Maße...«

»Ach, in gewissem Maße?« Richmanns Stimme hatte plötzlich einen fast verächtlichen Klang. »Es würde mich interessieren, wie groß dieses gewisse Maß für Euch ist?« Freilich, Richmann hatte sein Glas während meiner Erzählung drei- oder viermal gefüllt und auch gleich geleert, und mir schien mit einem Mal, er sei betrunken. »Ja, ja – dieses Euer gewisses Maß ist sehr wichtig! Genau dieses Maß, das von Eurem Zweifel übrigbleibt. Seid Ihr, mein junger Freund, naiv! Glaubt Ihr wirklich in gewissem Maße – egal, in einem wie winzigen gewissen Maß –, daß solche Herren es ernst nehmen? Daß ein unbekannter Jüngling, egal wie aufgeweckt er sein mag, aber ein namenloser Bursche niederer Herkunft, ganz zufällig, im Vorbeigehen in ihr Schloß, in ihr Reihernest eindringt – weil er die Empfehlung einer Kirchenmaus von Pastor, guten Willen, ein rosiges Gesicht hat und erbauliche Reden führt –, daß er eintritt und die Maschinerie der Macht durch bloße Worte rückwärts laufen läßt? Lieber junger Freund! Macht einem alten Mann nicht den Kummer, so kindisch zu sein! Wenn nicht einmal Graf Sievers' Wut auf Frau Tiesenhausen – wir wissen ja nicht, was diese Wut hervorgerufen hat, aber es handelt sich um einen hartnäckigen alten Zwist – Euren Sievers auf die Sprünge geholfen hat, und Ihr glaubt... Nein, nein, nein!«

Ich fühlte, wie sein seltsam wütender Eifer mir meine spärlichen Glaubensfetzen wegriß, ich stand mit meinen Zweifeln wie nackt da und gab mir alle Mühe, mich mit den Fetzen wieder zuzudecken. Ich versuchte, das Gesicht zu wahren:

»Schon gut, schon gut, Herr Richmann. Aber erklärt bitte, warum die Herren es mir versprochen haben? Graf Sievers hat Graf Fermor gut zugeredet, und der hat es mir und Sievers versprochen! Wozu dann ein derartiges Spiel?«

»Aha!« rief der Apotheker, »jetzt habt Ihr das richtige Wort benutzt! Sie haben mit Euch ihr Spiel getrieben, und damit basta. Versteht Ihr? Euer überraschender Besuch, Euer durchaus nicht alltägliches Anliegen, Euer sonderbarer Eifer in dieser Sache – all das hat für einen Augenblick das Interesse der Herren hervorgerufen. Hahaha: Sie tun, als erhörten sie den Burschen, sie sind die Aufmerksamkeit und Liebenswürdigkeit selbst und beobachten dabei schmunzelnd, was für ein Gesicht er dazu macht. Sie waren doch die Höflichkeit und Aufmerksamkeit selbst Euch gegenüber? Nicht wahr?«

Ich mußte natürlich zugeben, daß die Herren höflich gewesen waren. Das Desinteresse für meine Papiere konnte ich nicht erwähnen. Und ich verschwieg ihm auch, daß sie über alle Maßen liebenswürdig gewesen waren.

»Da seht Ihr«, rief Richmann leidenschaftlich, »aber deshalb braucht Ihr nicht zu erblassen. Da«, er schenkte mir aus einer Flasche, die auf dem Regal stand, etwas Scharfes ein, wahrscheinlich war es Vogelbeerschnaps. Ich leerte das große Glas in einem Zug, und der Apotheker fuhr fort: »Denn Ihr seid ja nicht der einzige, mit dem gespielt wird. Die Macht treibt mit uns allen ihr Spiel, aber nicht immer auf eine so durchsichtige Weise. Die Höflichkeit der Macht, ihr Streben nach Gesetzlichkeit, ihre Moral – all das ist bloße Spielerei. Ihr seid siebenundzwanzig Jahre alt. Habt Ihr das noch nicht durchschaut? Die Macht will weder höflich noch gesetzlich, noch moralisch sein. Die Macht will an der Macht sein. Und an der Macht bleiben. Selbstherrscher, Senat, Departements, Minister, Kollegien, Komitees – alles ist nur dafür vorhanden. All ihre Geschäftigkeit oder ihr Stillstand, wie es gerade opportun ist, alles dient nur dazu. Und macht die Macht manchmal Miene, etwas anderes anzustreben, ist das entweder Betrug oder Scherz. Eins von beiden.«

Ich machte einen letzten Versuch und rief: »Herr Richmann, so hört doch – ich bringe ein Beispiel aus Eurem Metier: Die Zarin hat im vergangenen Jahr eine neue Pharmakopöe herausgegeben. Ihr habt es mir selbst erzählt. Ist ein solcher Akt etwa ein Scherz?«

»Wieso?« lenkte der Apotheker ein. »Das ist bei weitem kein Scherz.«

»Also Betrug?« fragte ich triumphierend.

»Betrug!« rief der Apotheker noch triumphierender.

»Wieso?«

»Denn Ihr seid schon betrogen! Ihr glaubt schon, daß es ein Akt der Humanität war. Aber ich habe Euch doch gesagt: So etwas ist vorläufig nur für Militärhospitäler da. Das erstens. Und wenn es einst für Privatapotheken freigegeben wird, bleibt alles beim alten. Das Ziel ist doch nicht die bessere medizinische Behandlung des Volkes. Das ist bloß das erste Glied der Kette. Die Kette selbst sieht so aus: ein medizinisch besser behandeltes Volk, gesunde Rekruten, eine stärkere Armee, eine besser gesicherte Macht. Also ist die neue

Pharmakopöe nach unserer Einteilung Betrug. Möchtet Ihr mir weitere Beispiele bringen?«

Ich fühlte, daß ich mich provozieren ließ, und machte dennoch weiter:

»Aber die Ukase der Zarin zur Förderung der Volksbildung?«

»Lauter Betrug!« rief Richmann. »Glaubt Ihr, daß die Macht die Volksbildung *an und für sich* braucht?! Sie braucht gebildete und damit bessere Befehlsvollstrecker. Jeglicher Bildung, die etwas anderes repräsentiert – Zweifel, Kritizismus, Reformideen –, macht sie sofort den Garaus. Ihr werdet bemerkt haben: Die Zarin korrespondiert mit Voltaire. Wieviel weiß man in Rußland von Voltaire? Frau Tiesenhausen liest Rousseau – das habt Ihr mir erzählt –, was nützt das uns? Es bringt uns nichts als Schaden. Denn nun schwebt über uns eine Harpyie, die Rousseau gelesen hat. Und wir denken: Kein Rousseau kann uns vor ihrer Gewalt schützen. Also gehören die Ukase zu der Kategorie ›Betrug‹. Und das dritte Beispiel ist, was die Herren Machthaber mit Euch in Waiwara veranstaltet haben. Das war kein Betrug mehr, das war schlechtweg ein feiner nackter Scherz. Etwas anderes kann es nicht gewesen sein.«

Der Hausherr verstummte, und – bei Gott – der Kakadu schien zu bemerken, daß just in diesem Moment seine Replik fällig war oder daß sie wenigstens nach dem eingetretenen Schweigen den wirksamsten Effekt erhaschen würde. Er sträubte sein Gefieder und krächzte:

»Hrhbtrrrchtmnhrrr –«

Ich fühlte, wie mir der Vogelbeerschnaps zu Kopf stieg, und mir war kalt und heiß zugleich. Heiß vor Scham und kalt vor Enttäuschung. Meine Ohren und Wangen glühten. Mein Kopf war fieberheiß, und meine Finger waren eiskalt. Oder hatte ich mich auf dem Ritt in den durchnäßten Kleidern verkühlt und Fieber bekommen? Ich sagte:

»Herr Richmann, Ihr seid ein hervorragender Zerstörer von Illusionen. Wäre das gewisse Maß meiner Naivität groß genug gewesen, müßte ich mich jetzt nach Euren Erläuterungen aufhängen. Hahaha! Aber glücklicherweise ist alles nicht so schlimm. Tatsächlich habe ich den Herren nicht allzusehr getraut. Ich wollte mich nur mit Eurer Hilfe auf die Probe stellen.«

Das war nur teilweise richtig. Und ich dachte: Ein wahrer Segen, daß ich nicht mit der Wette und Lucifers Sieg aufgetrumpft habe. Dann hätte er getrost ausrufen können: »Hat Euch, törichter Jüngling, denn nicht einmal die Wette angedeutet, daß sie mit Euch spielen?«

Ich dankte dem alten Herrn für den lehrreichen Abend und erhob mich. Wir standen bereits im Flur, und ich hielt meinen abgetragenen Hut in der Hand. Ich fragte:

»Erklärt mir bitte, Herr Richmann – Ihr habt doch jahrelang für die Rechte der Stadt gekämpft. Ihr habt auf einem Pulverfaß gesessen, im übertragenen und nur durch Zufall nicht direkten Sinne. Wofür? Wenn wir nichts weiter sind als Spielzeuge der Macht? Und alles ist reiner Betrug, Scherz, Illusion?«

Er hob die Kerze, mit der er mir zum Ausgang leuchtete, zu unseren Gesichtern empor und schaute mich trotzig lächelnd an:

»Nicht des Glaubens willen. Der eitlen Narretei willen. In der Hoffnung, ich könnte vielleicht doch ein paar Körnchen von der Stelle rücken. Gute Nacht.«

Ich stand schon auf der Straße, auf dem Treppenabsatz. Ich rief:

»Also doch im Glauben an irgend etwas!« Ich wandte mich zu ihm, um triumphierend in sein lächelndes Gesicht zu schauen, aber hinter mir war im nächtlichen Dämmerlicht nur die Tür aus Fichtenholz zu sehen.

22

Eine Woche später erreichte mich ein Brief von Frau Tiesenhausen aus Reval. Er wurde mir separat ausgehändigt und hatte nichts gemein mit den Briefen, die einige den Haushalt betreffende Weisungen umfaßten und die Verwalter Freundling zur gleichen Zeit erhielt. Frau Tiesenhausen teilte Herrn Berend Falck mit, sie werde in Sachen ihres Gerichtsverfahrens einige Zeit in Reval bleiben. Herr Berend möge strenge Zucht halten und aufpassen, daß Fräulein Frederici in den Klavierstunden die Zügel nicht lockerließ, was die faulen Jungen sicher zu erreichen suchten. (Übrigens nannte sie ihre Enkel gegen den Brauch auf vielen Gütern in Anwesenheit der Dienstboten stets nur Jungen. Ich habe nie gehört, daß sie sie junge Herren genannt hätte.) Der Brief enthielt natürlich keinerlei Hinweise auf Graf Sievers oder meine Waiwara-Mission. Sie schrieb: »Ich habe gehört, es sei Ihnen nicht gelungen, in Narwa einen Französischlehrer für die Jungen ausfindig zu machen. Also werde ich mich in Reval nach einem umsehen.« Ich wurde nicht klug daraus, ob das auf der Vergeßlichkeit der alten Dame beruhte oder ob sie alles durcheinanderbrachte und sich vorstellte, sie hätte mich nicht zu Graf Sievers nach Waiwara geschickt, um ihm auf den Zahn zu fühlen, sondern nach Narwa, um einen Lehrer für die Jungen zu suchen. Oder es handelte sich einfach um ein konspiratives Spiel: Sie fixierte schriftlich meine Fahrt nach Narwa – wozu und für wen, das mochte der Herrgott wissen. Jedenfalls war ich nun für einige Wochen die Sorge los, Rechenschaft über die Fahrt nach Waiwara zu geben. Dennoch fehlte es mir nicht an Sorgen. Vielleicht sollte ich das, wovon ich sprechen will, anders nennen als Sorge.

Tiio erzählte mir nebenbei, bei Rosenmark mache man schon Besuche bei der Wöchnerin. Drei Tage später begab ich mich in Prechels Bäckerei und bestellte einen Käsekuchen mit Rosinen. Als ich ihn abholen ging, zog ich mir meine bessere Jacke an und machte mich auf den Weg zu den Rosenmarks.

Vielleicht hätte sich eine solidere Natur nicht dazu entschlossen. Vielleicht hätte dieselbe solidere Natur, ein Mann von Charakter und Prinzipien, an meiner Stelle das ganze Wesenberg links liegenlassen. Sollten sie sich alle zum Teufel scheren, die halbverrückte Frau Tiesenhausen mit ihren Kröten und Kreuzottern und Lakaien und Grafen, und die Grafen mit ihren Pferden und Höllenkutschen dazu! Zum Teufel mit dem ganzen Krähwinkel, seinem Elend, seinem Jammern, seinen Nörglern, Krakeelern, Klugschwätzern und Brandstiftern ... Und was gingen mich dieses Weib und ihr Krüger an! Sollte sie doch bei ihrem Schankwirt, bei ihrem Kaufmann, bei ihrem gewählten Schicksal bleiben! Sie sollte sich bloß nicht einbilden, ein solider Mann hätte noch etwas mit ihr zu tun haben wollen! Und auch mit dem Jungen, dessen Mutter nicht wußte, wessen Sohn es war ...

Aber leider hatte ich längst bemerkt, daß ich kein Mann mit Prinzipien war. Ich wußte es, obwohl ich es später nur selten klar formuliert habe. Es passierte mir oft, vielleicht immer, daß ich heute einen, morgen einen anderen und übermorgen einen dritten Entschluß faßte. Oder ich faßte überhaupt keinen und ließ den Geschehnissen ihren Lauf ...

Ich schritt mit dem Kuchen, den Tiio in ein weißes Tuch mit alberner Schleife eingeschlagen hatte, und einer Flasche Wein für den Hausherrn, die ich von meinem Konto in seinem Krug abgebucht hatte, zum bewußten grünen Haus und prallte vor der Tür mit zwei Matronen zusammen. Sie kamen so unerwartet aus der Koiderwanerstraße auf die Langstraße und strebten zur Tür, daß ich sie nur durch Flucht hätte meiden können. Aber warum sollte ich vor ihnen ausreißen? Ich grüßte höflich die spindeldürre bessere Hälfte des Gerichtsvogts Jahn und Maades Mutter, die Schustersfrau.

»Der junge Herr Karl bekommt Besuch«, sagte ich und lächelte dabei, »und die frischgebackene Großmutter will die glückliche Tochter sehen?!«

»Aber Ihr, Herr Falck, aus welchem Anlaß ...?« fragte Frau Jahn über die Schulter hinweg.

»Aus dem gleichen Anlaß«, antwortete ich ziemlich gefaßt. »Ich komme dem Hausherrn mit einer Flasche und der Wöchnerin mit einem Kuchen gratulieren. Den Kleinen würde ich auch gern mal sehen, wenn die Mutter es gestattet.«

Als ich den Frauen in den dunklen Flur folgte, schoß es mir durch den Kopf: Ganz unbeabsichtigt habe ich meinen Satz so formuliert, daß ich den Vater des Neugeborenen nicht genannt habe ... Und weiter dachte ich: Leider nicht aus Ehrlichkeit ... Ich kam jedoch nicht mehr dazu zu überlegen, aus welchem Grund ich es getan hatte ...

Im Zimmer mit dem langen Läufer und dem großen Eßtisch von Senneborn kam uns Maade entgegen. Frau Jahn umfaßte sie mit dem rechten Arm, in der linken Hand hielt sie eine Schüssel mit dem Wöchnerinnenpudding. Sie stellte die Schüssel auf den Tisch und umschloß Maade mit beiden Armen.

Mama Helene kam bestimmt schon zum x-ten Mal in dieses Haus. Sie nickte der Tochter von der Schwelle aus auf bäuerliche Art kurz zu, obwohl sie ein schwarz-grau gestreiftes städtisches Kleid und eine Haube aus lila Seidenband trug. Dann eilte sie auf das Wimmern des Säuglings hin ins Hinterzimmer und zog Frau Jahn am Puffärmel mit sich. Da standen wir plötzlich, Maade und ich, einander gegenüber. Mir schien, als wollte Maades Mutter uns ein Tête-à-tête ermöglichen. Aber wir nutzten die Gelegenheit nicht aus. Ich konnte nur feststellen, daß sie noch schöner geworden war, freud- und kummervoll, graziös, durchsichtig und erleichtert ... Ich stellte Kuchen und Weinflasche auf den Tisch zur Schüssel der Frau Jahn und dachte: Diese Schüssel wurde hingestellt, um die Arme für eine Umarmung frei zu haben, aber ich ... Maades Blick streifte mich und blieb am Läufer haften. Dann wandte sie sich zur Tür und sagte im Gehen:

»Kommt auch Ihr ...«

Ich folgte ihr und konnte mich nicht entscheiden, ob ihre neue Schönheit – wohl natürlich bei einer jungen Mutter, die ihre Bürde losgeworden war – liebenswert, bewunderungswürdig und anziehend war oder unbegreiflich und fremd sein mußte …

Das Kind lag auf dem Tisch in einem Korb aus Weidenruten. Ich spähte durch das streng glattgekämmte Haar der beiden Frauen. (»O du Würmchen! O du süßer Kleiner! Schaut doch, Frau Simson, was für einen ausgeprägten Mund er hat!« – »Ja, das Breimäulchen hat er wahrlich am rechten Fleck.«) Das Kind sah aus wie alle Neugeborenen, ein winziges rötliches Etwas, ein steif gewickeltes Bündel. Ich verspürte aber keine zaudernde schmerzliche Verbundenheit mit ihm, wie ich es vielleicht erwartet hatte. Allerdings auch keine Feindseligkeit. So schien es mir jedenfalls. Maade sagte:

»Johan ist leider nicht zu Hause …« (Warum sagte sie *leider*?! Sie hätte doch *glücklicherweise* sagen können.) »Ich bitte die Gäste zu einer Tasse Kaffee. Die Großmutter auch. Einen Augenblick …«

Dann saßen wir zu viert im Nebenzimmer am selben Tisch, an dem ich mit ihrem Mann gesessen hatte, als sie ferngeblieben war. Jetzt war sie da. Warum eigentlich? War sie damals nur wegen ihrer Schwangerschaft nicht gekommen? War sie jetzt da, weil sie befürchtete, Mutter Helene hätte ihr sonst heikle Fragen stellen können?

Wir tranken Kaffee und kosteten vom Mitgebrachten. Die Frauen priesen die Kuchen von Prechel im allgemeinen und meinen im besonderen. Ich und Mutter Helene lobten den Vanillegeschmack des Puddings von Frau Jahn, und diese fuhr fort, neue Artigkeiten über das Neugeborene zu sagen. So hatte ich einen Moment Zeit, Maade zu betrachten und zu überlegen: Was wäre ideal im gegebenen Moment? O Gott, Maade könnte aufstehen, zu mir treten (und ich wüßte nicht, ob ich sitzen bleiben oder aufstehen sollte, denn ich wüßte ja nicht, was sie sagen oder tun würde), sie könnte mit der Hand über mein Haar streichen und sagen: »Liebe Mutter, liebe Frau Jahn, ich liebe Berend Falck, diesen jungen Mann, und ich kann nicht länger in diesem fremden Haus des Krügers Rosenmark bleiben, zumal ich … Ich gestehe Euch – dir,

Mutter, und da sie zufälligerweise hier ist, auch der Gemahlin des Vogts, auch ihr, damit sie es gleich ihrem Mann weitererzählen und das Gericht ein Verfahren einleiten kann, wenn es ein Fall für das Gericht sein sollte, aber mir scheint es eher ein Fall für den Pastor oder für den Herrgott selber zu sein. Ich bin lange in Unwissenheit gewesen, aber jetzt habe ich eifrig im Kalender nachgesehen und mir alles ins Gedächtnis gerufen und das Antlitz meines Kleinen bei Tages- und bei Kerzenlicht betrachtet, aber ihr beide seid ja Mütter und wißt sowieso, daß eine Mutter das Gesicht ihres Kindes deutlicher sieht als sonst jemand, und darum kann ich mit Sicherheit behaupten: Dieser mein Sohn, mein kleiner Liebling, ist nicht der Sohn des Krügers Rosenmark, sondern er ist der Sohn Berends, meines einzig Geliebten ...«

O ja, das wäre für mich ein Ohrenschmaus gewesen! Aber in diesem Augenblick sehnte ich es doch nicht herbei: Wenn ich mir vorstelle – Mutter Helenes bestürzte Miene, Frau Jahns vor Empörung noch knochiger scheinendes Gesicht, Johans fürchterliche Grimasse, alle übrigen Gesichter der Stadt – wenn ich mir das vorstelle – es wäre ein ungeheurer Skandal. Und ich weiß wirklich nicht, ob ich bereit wäre ... Nein, nein. Nicht jetzt. Dafür bin ich gar nicht vorbereitet. Jetzt könnte Maade es sagen, jetzt, da wir aufstehen, Mutter Helene ins Hinterzimmer zum Kind eilt und sie, Maade, in den Flur, um Frau Jahn und mich hinauszubegleiten, Frau Jahn schon auf der Straße ist, aber ich hinter dem Türpfosten stehe und Maade einen halben Schritt von mir entfernt, und dann keinen halben mehr, denn ich schließe sie in die Arme. Jetzt könnte sie das flüstern, was ich mir am Tisch vorgestellt habe, unter vier Augen, damit ich wüßte: So stehen die Dinge, und ich überlegen könnte, was zu tun wäre ...

Doch wir saßen noch am Tisch, als der Hausherr heimkam.

Guten Tag, guten Tag, meine liebe Frau Jahn (überaus ehrerbietig, anscheinend ist der Gerichtsvogt für Johan eine nützliche Person). Lieber Herr Berend, lange nicht gesehen (zumindest vollkommen tolerant). Oh, wir hätten ja so schöne Sachen auf dem Tisch. Aber warum stehe die Weinflasche ungeöffnet da? Nein, nein, nein, Magdalena könne ja mal etwas vergessen – in ihrer jungen Mutterschaft. Aber wenn seine, Johans, Schwiegermutter da sei, brauche er sich wegen der Gäste nicht zu sorgen. Er selbst? Er komme aus Rodewa. Habe Kalkstein erworben. Jawohl. Habe den Hügel, der dem Karlsgut gehöre, direkt an der Grenze von Frau Tiesenhausen, dennoch gekauft. Das heißt, ein anderer habe ihn gekauft, so daß Frau Tiesenhausen nicht Wind davon bekommen habe, und er habe den Hügel von diesem gekauft. Und jetzt werde er dort eine Mühle bauen. Der Platz sei erstklassig. Eine Mühle, wie sie sein müsse. Aus Kalkstein. Unten fünf Faden dick. Mit vier Decken. Die fange jeden Wind. Im Herbst werde er anfangen. Noch bevor er die Genehmigung habe. Denn die kriege er, der Frau Tiesenhausen zum Trotz, ohnehin.

Er entkorkte die Flasche und stellte Gläser auf den Tisch.

»Nun, ich danke Euch. Also, wie Ihr es wünscht, auf das Wohl unseres ersten Spätzchens.«

Wir tranken, die Schustersfrau, Rosenmark und ich bis zur Neige, Frau Jahn ein Drittel. Maade benetzte nur die Lippen.

»Was treibt Ihr denn jetzt, Herr Falck?« erkundigte sich der Hausherr. »Kommandiert Ihr die jungen Herren weiter herum? Paukt ihnen Latein ein, damit sie uns besser den Prozeß machen können, wie? Und Rechnen, damit sie die Stadt besser schröpfen lernen? Nein, nein! Nichts für ungut, ist ja bloß ein Scherz. Trinken wir noch ein Gläschen Eures Glückwunschweines. Aber so ist es doch, nicht wahr? Und es kann sein, daß es möglicherweise sogar weise getan ist, was? Wenn der Senat diesen Justiz- oder Dingsda-Beschluß bestätigt – Ihr seid ja im Bilde –, dann stecken wir alle unsere Mützen unter die Jacke und gehen der Gnädigen die Hand küssen, nicht wahr?«

»Gott allein weiß, was dann aus uns wird«, seufzte die Schustersfrau.

Frau Jahn ließ ihre verrostete Spieldosenstimme ertönen:

»Mein Gustav wird mit dem Beistand des Gerichts jegliche Gewalttaten vermeiden. Das könnt Ihr mir glauben.«

Maade sprach kaum, ausgenommen ein paar Worte mit der Mutter über Haushalt und Windeln. Ich betrachtete sie über den Tisch hinweg und fand sie ruhig, ja allzu ruhig, und fühlte, daß ich weder sie noch mich selbst verstehen konnte. Ich durfte sie ja im Beisein ihres Mannes nicht auffällig anstarren, obwohl ich es immer und immer wieder tun wollte. Daß ich sie flüchtig betrachten konnte und daß ich sie einen Augenblick dort sitzen sah und dann nicht mehr, tat mir fast weh. Ich machte dem selbst ein Ende, stand auf und verabschiedete mich. Und ich beschwor das Schicksal, es möge sie aufstehen und mich hinausbegleiten lassen. Aber es war der Hausherr, der mir die Haustür aufschloß und mir jovial die Hand schüttelte.

Ich wollte nicht zurück zum Gut, obwohl Tiio mich liebevoll empfangen hätte. Ich dachte: Mädchen, du bist doch nicht dumm. Ich weiß, daß du es ahnst, aber nicht allzu ernst nimmst, daß du mir verzeihst und dich, wenn nötig, mit dem Schreiber Scheibe schadlos hältst... Und ich will auch nicht zum Gut, um mit dem Diener Tehvan Tarock zu spielen oder Fräulein Frederici Komplimente zu machen. Und ich will auch nicht zurück zur Gesellschaft von Bodmer und Lessing oben in meiner Dachkammer unter der Decke mit den großen Flecken... Ich spazierte die Langstraße entlang bis zur Kirche, den Abhang des Hügels hinab, an den Häusern vorbei und gelangte in den Eichenhain.

Ich setzte mich auf einen alten Baumstumpf, lehnte mich an einen jungen Baum, der aus dem Baumstumpf sproß, und hörte das Läuten der Kuhglocken in den Bergen beim Schloß und das Bellen der Hunde auf der Weide nahe der estnischen Kapelle. Das alles hörte ich, lauschte ihm aber nicht. Ich schloß die Augen und stellte mir Maades blasses, frisches, durchsichtiges und undurchdringliches Antlitz vor. Plötzlich ertappte ich mich bei dem Gedanken:

Was wird geschehen, wenn Frau Tiesenhausen Beweise erhält, daß Graf Sievers in die Angelegenheiten der Stadt Wesenberg verwickelt und Rosenmark sein Handlanger in Wesenberg ist? Vermag Frau Tiesenhausen ihn in den Staub zu treten? Und könnte ich es ihr zutragen – wenn ich sicher wäre, daß ich mit Maade einen Sohn habe?

Ich ertappte mich bei diesem Gedanken und fühlte, wie mir vor Scham und Schreck der Schweiß aus den Poren trat. Wie konnte ich nur einen derartigen Gedanken haben ...

23

Seit Sommeranfang war in Wesenberg eigentlich gar nichts los. Frau Tiesenhausen kehrte Mitte September aus Reval zurück. Ihr gerichtliches Verfahren gegen die Brandstifter – ich weiß nicht, ob und wieweit sie darin Rosenmark beim Namen genannt hatte – war irgendwie im Sande verlaufen. Einzelheiten erzählte sie mir nicht. Und auch über meine Fahrt nach Waiwara verlangte sie keinen ausführlichen Bericht mehr. Aber sie erinnerte sich sehr wohl daran. Sie brachte es sogar zur Sprache, aber recht flüchtig:

»Ihr habt dort wohl nichts Besonderes wahrgenommen?«

Und ich antwortete ebenso knapp: »Gnädige Frau haben leider recht. Es ist mir nicht gelungen.«

Nur eines wollte sie wissen:

»Sagt, hat der – Ihr versteht, wen ich meine – ist er sehr gebrechlich? Wegen seiner Podagra? Kann er sich bewegen? Auf Krücken? Oder wird er getragen?«

Ich erklärte ihr, Graf Sievers sei zumindest während meiner Anwesenheit sehr geschäftig gewesen und habe überhaupt den Eindruck eines rüstigen beweglichen Mannes hinterlassen. Daraufhin zuckte Frau Tiesenhausen nervös die Schultern, ungefähr als wäre meine Antwort überflüssig, nicht recht am Platze und ginge sie gar nichts an, und schickte mich weg. Aber bald, schon Anfang Oktober, als einige Handwerker, die sich ohne Genehmigung des Gutes in der Stadt niedergelassen hatten, im Rausch krakeelt, mit Flinten geknallt und die Fensterscheiben des treuen Krudop eingeschlagen hatten, beorderte mich die Gnädige aus der Geographiestunde zu sich. Sie diktierte mir, vor Wut bebend, einen Beschwerdebrief, der Form nach an die Zarin, an die solche Briefe gerichtet zu werden pflegten, die aber von allerlei Angestellten der Gouvernementsverwaltung bearbeitet wurden, selten, aber in diesem Fall bestimmt vom Gouverneur persönlich.

Der Brief war zornig. Es gab Fakten. Die Scheiben des Krudop waren kaputt und blieben es mehrere Wochen lang, obwohl der Glaser seine eigenen Fenster doch an einem Tag hätte reparieren können. Auch die Kugelspuren an der Hausmauer waren zu sehen. Und der Soolika-Sander – »mein überaus anständiger Arbeitsmann«, wie die Gnädige schreiben ließ –, einer der elendsten Speichellecker und Ränkeschmiede des Gutes, hatte ganz zufällig während des Radaus vor Krudops Haus gestanden und ein Stück Blei in den Hintern bekommen. Und die Frau eines Leutnants aus dem Kexholmer Regiment war kürzlich vor der Zeit niedergekommen – ob es während der Schießerei geschehen war, wie Frau Tiesenhausen behauptete, oder ein paar Tage früher, das sei nur für Anwälte von Bedeutung. Der wichtigste Teil des Briefes enthielt folgendes: »Aus diesem Anlaß bitte ich die Allergnädigste Frau Zarin nicht nur, die drei obengenannten Schurken zu inhaftieren und zu bestrafen, sondern auch unverzüglich eine Heeresabteilung in unsere sogenannte Stadt, in dieses Dorf, in diese Räuberhöhle zu schicken, damit die Ordnung und Sicherheit meines unbestrittenen *dominium plenum* aufrechterhalten werde. Unterzeichnet: *Unserer Allergnädigsten Kaiserlichen Majestät alleruntertänigste Magd Baronne und Landrätin* sowieso.«

Wegen dieses Briefes suchte ich Rosenmark auf. Ich hätte ja auch zu Richmann gehen können. Auch durch ihn hätten die helleren Köpfe der Stadt auf diskrete Weise davon erfahren, und man hätte etwas dagegen unternehmen können. Ich meine die Kaufleute Tallquist, Knaack und Rosenmark sowie die Herren des Vogteigerichts. Aber bei Richmann hätte ich nur Schlüter und den Kakadu angetroffen. Bei Rosenmark hoffte ich, Maade zu sehen und möglicherweise ein paar Worte mit ihr zu wechseln. Wenn nicht aus einem anderen Grund, so wenigstens um meine Gefühle zu prüfen.

An diesem grauen schlammigen Oktoberabend, als der Sturm die letzten blutroten Ahornblätter von den Parkbäumen riß, betrat ich das grüne Haus. Und ich erblickte dort wahrhaftig Maade – an der Tür des großen Speisezimmers huschte sie im Kerzenlicht vorbei.

»Guten Tag, Maade ...«

»Guten Tag. Johan ist in seinem Arbeitszimmer.«

»Maade, wie geht es dir?«

»Das siehst du ja. Und du weißt es. Geh jetzt. Ich muß den Jungen stillen.«

Sie schloß die Tür.

Johan hörte sich meine Nachricht über den Brief der Frau Tiesenhausen an und brummte:

»Reicht ihr denn das Kexholmer Regiment nicht mehr?«

Ich sagte: »Das Kexholmer Regiment kommt und geht. Es hat mit der Stadt nichts zu tun. Sie brauchen nur ein Dach über dem Kopf. Die Gnädige braucht die Heeresabteilung, um ihre Macht zu sichern. Nicht Kanonen, wie sie die Kexholmer haben, sondern Gewehre und Knüppel. Vor allem Knüppel. Und es ist nicht ausgeschlossen, daß sie sie kriegt.«

»Meint Ihr wirklich ...?«

Ich nickte eifrig, weil ich den Verdacht hegte, der Aufruhr der unbekannten geflüchteten Kerle könnte irgendwie mit dem Krüger verbunden sein – verbunden durch ein paar Rubel und einige Schoppen Bier? O ja, mein Gedanke bekam Flügel, und ich setzte Johan heftig zu, weil Maade ihm und nicht mir gehörte.

»Seht, Frau Tiesenhausen schreibt an einer Stelle – ich weiß nicht, ob es Gewohnheit oder Torheit ist –, sie schreibt von

Rüpeln. Wegen Rüpeln würde der Gouverneur keinen Finger krümmen. Aber wenn es in Reval gelesen wird, so tun dies erfahrene Männer. Die bemerken sofort, was hier in Wesenberg los ist – hier werden Häuser der Bürger, die den Gutsherren ergeben sind, verwüstet und geplündert. Hier ist die Niederkunft der Offiziersfrauen gefährdet. Und auf wen wird geschossen? Auf die allerloyalsten Menschen. Offiziell ist das Rüpelhaftigkeit. Das ist stets die einfachste Formel. Aber das steht in Berichten. In Wirklichkeit ist es Aufruhr gegen die Staatsgewalt. Vielleicht unbedeutend, aber unanfechtbar. Und mir scheint, Herr Rosenmark, in dieser Situation erhält auch der kürzliche Brand des Gutskruges eine viel ernstere Bedeutung. Meint Ihr nicht? Zumal man sich in Reval gerade jetzt damit beschäftigt. Denn nun kann man leicht behaupten: In Wesenberg steckt man schon dem Adel und der Krone gehörende Häuser in Brand. Es würde mich also nicht wundern, wenn wir nächste Woche hier Ruhestifter auf dem Halse haben.«

Ich verließ Johan, der mit ziemlich düsterer Miene sitzen blieb. Erst auf der Straße fiel mir ein: In der vertrackten Situation, in der ich mich befand, in der wir uns alle befanden, war natürlich zu befürchten, daß die schlechte Laune, die ich in ihm hervorgerufen hatte, an Maade nicht spurlos vorübergehen konnte. Mir kam ein närrischer Gedanke: Muß ich jetzt, um die Laune des Herrn Rosenmark zu bessern, öfter sein Haus aufsuchen ...?

Ruhestifter wurden uns nicht auf den Hals geschickt. Aber ein Schleier der Stille schien wirklich auf der Stadt zu lasten. Besonders als es gleich nach der schneelosen Weihnacht zu schneien begann und alles zufror, die Straßen und die Häuser und der Rauch der Schornsteine und, wie mir schien, sogar die ziemlich losen Mäuler der Städter.

Just in dieser frostigen Zeit geschah das große Wunder.

Eines Nachmittags, als der Frost in Mark und Bein drang, schickte Richmann Schlüter zu mir. Wahrscheinlich war ich der erste Wesenberger, der es von Richmann erfuhr. Dieselbe kleine bestochene Seele in der Petersburger Maschinerie hatte ihm ein versiegeltes Paket geschickt. Der alte Herr empfing mich mit glühendem Gesicht, was auf die Überraschung und den bereits gekosteten Likör zurückzuführen war. Er hatte sich sogar die Perücke übergestülpt, was er sonst nie zu Hause tat. Und seine Hänselei, die mir im ersten Augenblick zuteil wurde, war eigentlich nichts anderes als seine eigene Bestürzung. Und ein peinliches Gefühl wegen seines Zweifels im Sommer.

»Na, setzt Euch erst einmal. Denn sonst könnte es geschehen, daß Euer Hinterteil den Boden berührt. Aber es stellt sich heraus, daß Euer Gesäß das wertvollste von allen Wesenberger Hintern ist. Ihr – *Servator patriae* – hohohohoho! Oder wenigstens – wie soll ich sagen – *Liberator oppidi* oder so ähnlich.«

Er zerrte mich zu seinem Schreibtisch und drückte mich auf den Stuhl.

»Na, sitzt Ihr gut? So! Wir haben den Beschluß des Dirigierenden Senats!«

Seit etwa einer Minute hatte ich es schon geahnt. Ebenso ahnte ich, daß es sich um einen unverhofft günstigen Beschluß handeln mußte. Aber selbstverständlich fragte ich:

»Und wie sieht er aus?«

»Ideal!« rief der Apotheker. »Alle Ansprüche der Tiesenhausens zurückgewiesen! Alles zugunsten von Wesenberg. Gezeichnet: Graf Fermor und Graf Tschernyschew!«

Er entfaltete ein Papierbündel mit Siegel und legte die Blätter vor mich hin:

»Lest selbst!«

Und ich las einen mit akkurater Kopistenhandschrift umgeschriebenen Text, den ich Wort für Wort selbst verfaßt hatte. Wort für Wort derselbe, den Sievers gleichgültig seinem Diener zur Weitergabe an den Diener Fermors gereicht hatte. Ich las und spürte im heißen unglaublichen Gefühl des Triumphes von Zeit zu Zeit kalte Schreckensblitze – wenn die Fakten plötzlich belanglos und die Folgerungen an den Haaren herbeigezogen erschienen.

»Und darum sind die Begründungen des Kollegiums zur Zurückweisung der Wesenberger Bittschrift nicht nur mangelhaft, sondern der Senat hält es für notwendig zu vermerken« (fürchterlich, wie ein naseweiser Bengel, und sollte er tausendmal recht haben, sich zum Dirigierenden Senat aufgeschwungen hatte), daß Städte, die über Privilegien und selbständige Rechtsprechung verfügen – *primo* –, dieser nicht verlustig gehen können oder ihre Freiheit verlieren, wenn sie erobert und verwüstet werden (davon war ich auch jetzt noch überzeugt!). Die Rücknahme der Privilegien ist eine Prozedur, die nicht auf irgend jemandes bloßem Wunsch beruht, sondern nur auf schlagenden Beweisen. Wenn man behaupten will, daß eine Stadt durch Eroberung wirklich ihrer Privilegien und Freiheiten verlustig gegangen ist, so daß sie sie nicht mehr anwenden darf, muß dies rechtskräftig bewiesen werden (zweifellos!), was aber das Justizkollegium hinsichtlich Wesenberg nicht hat tun können (was an sich schon fraglich ist). Wie es ja auch in niemandes Macht steht, solche Beweise vorzulegen (daß ich dessen so sicher gewesen war, kam mir jetzt ein bißchen verwegen vor). Und wenn die Privilegien von Wesenberg durch Eroberung nicht rückgängig gemacht worden sind, was unanfechtbar feststeht, so sind sie es auch – *secundo* – nicht durch die Donation an den holländischen Botschafter Brederode (das ist auf Grund des Lehnsbriefes von 1631 einer der fraglichsten Punkte dieser Angelegenheit, dem ich, soweit ich konnte, auszuweichen suchte). Auch die Behauptung, daß nach Brederodes Erscheinen in Wesenberg einige Bürger auf ihre früheren Bürgerrechte verzichtet und sich Brederode untertan gemacht hätten, verleiht den Brederodes keinerlei Recht auf die Stadt oder deren Güter (das stimmt nun wirklich!). Denn so lautet das Gesetz (welches Gesetz, fragt sich, außer dem des Gewissens und der Ratio?), daß kein einzelnes Mitglied der Gemeinde den Rechten, Freiheiten und Gütern entsagen kann, denn das kann nur die Gemeinde selbst, und wenn diese in den Kriegswirren zerstreut war und wenn die Bürger sich wieder in der Stadt zusammenfanden, anstatt sich Brederode untertan zu machen, und sogleich für ihre Rechte zu kämpfen begannen... (Ja, ja, aber wo sind meine Beweise dafür? Denn meine Argumente sind höchstwahrscheinlich richtig und dennoch bloße Interpretation... Doch Gott sei Dank fordert niemand Beweise von mir, und im Notfall würde ich deren sicher genügend finden, wenn man mir die Zeit ließe und Zutritt zu den Archiven gewährte. Aber ich sage, Gott sei Dank, das brauche ich nicht. Denn jetzt könnte man nur noch vom Senat Beweise fordern, und das tut niemand. Überhaupt – was für Angst vor Beweisen muß ich jetzt noch empfinden, wenn alles, was nun vom Senat verkündet wird, von mir lediglich im Namen der Wahrheit und des Rechts verfaßt worden ist – auch das, was vielleicht leichtfertig oder gar falsch ist –, nur im Namen der Wahrheit und des Rechts?! Oder warum denke ich plötzlich, daß etwas in meinen, das heißt in den Erwägungen des Senats leichtfertig oder falsch ist? Wo doch geschrieben steht:) Auch falls es unanfechtbar klar wäre, daß König Gustav Adolf anno 1631 wirklich Schloß und Stadt Wesenberg den Brederodes doniert hat, ist im Schenkbrief, der als Hauptdokument in Sachen der städtischen Donation angesehen wird, nicht gesagt, daß die Privilegien der Stadt dadurch ihre Gültigkeit einbüßen und die Bürger Untertanen der Brederodes werden (das ist keine reine Interpretation mehr, sondern ein Faktum! Was da weiter kommt, wollen wir lieber nicht erörtern), denn es gibt kein einziges Beispiel dafür, daß die Könige von Schweden, sei es zur Zeit der Eroberung Estlands und Livlands oder später, den Städten ihre Privilegien genommen haben, wohl aber gibt es Beispiele dafür, daß diese auf Ansuchen der Städte gern konfirmiert und beglaubigt worden sind (eine Frechheit ohnegleichen ist es, daß mein Text hier, zugleich derjenige des Senats, die Reduktion der Tiesenhausens für fast rechtmäßig erklärt, ja mehr noch, daß die Restitutionskommission 1728 bei der Rückgabe Wesenbergs an die Tiesenhausens falsch gehandelt hat). *Septimo* – Die Restitution geschah einseitig und nur nach Aussagen der Tiesenhausens, während aus der Stadtgemeinde niemand anwesend war, der ihre Privilegien und Rechte bewiesen und verteidigt hätte. Obwohl der Commissarius Fisci, Pauli, die verletzten Rechte der Stadt vertrat, half die Verteidigung kaum, weil Pauli damals selbst nicht genug Informationen über die Privilegien der Stadt besaß, denn diese wurden erst viel später gefunden ... (und so weiter bis zur Mitteilung, daß man es durchaus nicht den Stadtbürgern zur Last legen kann, wenn niemand die Interessen der Stadt vertritt. Und schließlich noch:) Was – *octo* – die Beschwerde über die Gewalt anbelangt, die die Tiesenhausens der Stadt Wesenberg und seinen Einwohnern angetan haben, was vom Justizkollegium als unbewiesen abgetan worden ist, so ist aus den Akten deutlich ersichtlich, daß Gewaltanwendung stattgefunden hat und die Beschwerden der Wesenberger durchaus begründet sind, woraus wiederum ersichtlich ist, daß sie, die Tiesenhausens, sich nicht um die Verfügungen des Gouvernements geschert haben, da sie diese nicht regulär erfüllten, und auch die Kanzlei der Gouvernementsverwaltung hat nicht dafür gesorgt, daß ihre eigenen Vorschriften erfüllt wurden (also klopfen wir mit Hilfe des Senats auf die Finger des Prinzen Holstein ... Seltsam, sich das vorzustellen! Und so weiter und so fort). Aber da man – *tridecimo* – der Stadt sogar untersagen will, ihr altes Petschaft zu verwenden, was neben der Hauptfrage so geringe Bedeutung hat, daß es kaum der Mühe wert ist, darüber zu sprechen, muß dennoch daran erinnert werden, daß das Justizkollegium selbst zugibt, daß Wesenberg im 13., 14. und 15. Jahrhundert eine ansehnliche Stadt gewesen ist; aber aus der Geschichte wissen wir, daß um das Jahr 1200, als Petschaften und Wappen erst in Gebrauch kamen, weder Flecken noch Städte darauf verzichteten, und so muß man das Absprechen des Petschaftsrechts der Stadt doch für äußerst seltsam halten. (Und so weiter gut fünfzehn dichtbeschriebene Seiten, so daß mir trotz des Begeisterungsrausches immer wieder angst und bange wurde und ich mir immer wieder versichern mußte: Jetzt weg mit der Angst! Jetzt soll jeder lesen, der uns einschüchtern möchte:) Weshalb die oben mehrfach genannte Stadt Wesenberg völlig vom Joch der Tiesenhausens befreit werden muß, die der Stadt jahrelang so großes Unrecht angetan, ihre Ländereien benutzt und sich dadurch bereichert haben. Die Stadt muß, wie diejenigen anderer eroberter Provinzen, frei und unabhängig werden, so daß sie nur den Gouverneuren, die von Ihrer Kaiserlichen Majestät eingesetzt worden sind, und den gewöhnlichen Gerichten untergeordnet ist. Was die Verwaltungs-, Rechts- und Polizeiordnung der freien Stadt betrifft, müssen ihre Privilegien laut der dortigen Grundordnung bestätigt werden, ohne die Anrainerstädte zu benachteiligen, wozu das Justizkollegium Liv- und Estlands dem Senat seine Vorschläge zu unterbreiten hat. Was die städtischen Felder und Böden anbelangt, muß der estländische Generalgouverneur dafür sorgen, daß vereidigte Landvermesser die Grenzen vermessen und den Boden der Stadtgemeinde übergeben. Um von den Tiesenhausens Schadensersatz zu erhalten, muß die Stadt an zuständiger Stelle eine Beschwerde einreichen.

30. Januar 1766 Gezeichnet

Graf Wilhelm von Fermor
Graf Peter Tschernyschew«

Ich muß zugeben, daß es mir schwerfiel, mir meine Zufriedenheit nicht anmerken zu lassen. Obwohl ich fragen wollte: »Na, was sagt Ihr jetzt zu meiner Naivität im Sommer?«, sagte ich schlicht:

»Und was wird mit diesem Beschluß jetzt geschehen?«

»Eine Abschrift bleibt in meiner Schublade«, sagte Richmann. »Aber genau derselbe Text mit den Originalunterschriften wird dem Generalgouverneur zugeschickt. Der schickt die Kopien hierher, die eine ans Vogteigericht und die andere an Frau Tiesenhausen. Und dann kommt die Sache ins Rollen, wie es sich gehört ...«

»In welcher Richtung?«

»Na, zunächst werden vermutlich einige energische Männer an die Spitze unseres Vogteigerichts kommen. Und dann reißt sich die Stadt aus den Klauen der Frau Tiesenhausen. So oder so. Jedenfalls werden Eure jungen Herren keinen Champagner – Ihr erinnert Euch, Ihr habt mir davon erzählt – mit ihrer Großmutter trinken. Aber wir werden jetzt einer Flasche den Hals brechen ...«

Er öffnete die Tür zum Laboratorium und rief Schlüter zu:

»Adam! Bring uns jetzt die Flasche, die dort auf Eis liegt.«

Ich hatte die Frage nach seiner Skepsis vom letzten Sommer hinuntergeschluckt. Aber eine kleine Stichelei hatte er doch verdient. Ich fragte:

»Nun, ich weiß nicht, welche Grafen den Beschluß des Justizkollegiums unterzeichnet haben, aber sicher waren es welche. Wenn jetzt neue Grafen – Fermor und Tschernyschew – den alten Beschluß im Handumdrehen geändert haben, kann man dann sicher sein, daß noch neuere nicht dasselbe tun?«

Der Apotheker warf mir einen Blick aus dem Augenwinkel zu und grinste fast wie ein Schuljunge. Er sagte, wobei er die Sektflasche in der Hand hielt:

»Jetzt zahlt Ihr's mir heim. Hehehehe. Keine Sorge. In Petersburg wird zwar geredet, der Senat habe viel von seiner einstigen Autorität eingebüßt. Aber er hat noch genügend davon. Die Beschlüsse des Senats werden bei uns nicht geändert. Na, darauf trinken wir einen kräftigen Schluck!«

Er ließ den Pfropfen mit einem lauten Knall an die niedrige Decke fliegen und füllte drei hohe Pokale mit dem perlenden Getränk:

»Adam ist über unsere Angelegenheit im Bilde und trinkt mit uns. Also – *vivat* die freie Stadt Wesenberg!«

Wir tranken feierlich im Stehen, und der stille flachsblonde Schlüter tat es uns nach. Als er sein Glas todernst geleert hatte, stellte er es auf den Tisch und sagte halb flüsternd, mit vor Aufregung schweißnassem Gesicht:

»Wenn Herr Richmann als Prinzipal gestatten – ich weiß, was für ein bedeutender Tag das für ihn ist –, gratuliere ich Euch ...«

Meister und Geselle drückten einander die Hand, und Schlüter zog sich ins Laboratorium zurück. Und ich sagte, getrieben von Schlüters Einweihung in unser Unternehmen:

»Herr Richmann, ich glaube durchaus, daß dies für Euch ein noch wichtigerer Tag ist als für mich. Aber auch für mich, Ihr versteht das sicher. Und ich glaube, Ihr habt nichts dagegen, wenn ich auch Rosenmark vom Senatsbeschluß berichte.«

Richmann erwiderte: »Wir werden es ja nicht an jeder Straßenecke ausposaunen. Aber ein Geheimnis machen wir auch nicht daraus. Und Rosenmark wird es ja ohnehin bald hören.«

Ich gebe zu: Ich ging von der Apotheke direkt zu Rosenmark. Es waren ja kaum hundert Schritte.

Das Dienstmädchen öffnete mir und sagte, der Hausherr sei nicht zu Hause. Vielleicht war dies genau das, was ich erwartet hatte. Denn jetzt war ich plötzlich unter vier Augen mit Maade in ihrem Eßzimmer mit dem langen Läufer und dem großen Aronstab im Licht der flackernden Kerze, mit der sie mir entgegenkam. Wir begrüßten einander fast erschrocken, und Maade zündete hastig die zwei Kerzen auf dem Speisetisch an.

»Johan ist nicht da.«

Aber sie schien vorauszusetzen, daß ich nicht fortging. Warum hätte sie sonst die Kerzen angezündet?

»Maade ...«

»So setz dich doch ...«

Ich nahm auf dem kleinen Korbsofa von Senneborn neben dem Eßtisch Platz. Ehrlich gesagt: Ich hatte die Wahl zwischen dem Sofa und dem Stuhl am Sofatisch, und ich wählte das Sofa in der Hoffnung, sie könnte sich neben mich setzen. Aber sie tat es nicht. Sie zog die Vorhänge vor die Fenster, obwohl sie zum Hof gingen. Dieselben gelben gestickten Sonnenblumen, die auch in ihrem Elternhaus hingen. Aber auf einem viel teureren Stoff als dort. Das allein hatte etwas Trauriges an sich. Sie trat zum Stuhl und blieb dahinter stehen, blaß, fragend und aufgeregt ... Und so vertraut, daß jegliche Entfremdung zurückzuweichen schien. Aber irgendwo in den finsteren Ecken des fremden Zimmers war sie doch vorhanden. Also fragte ich vertraulich-besorgt, obwohl meine Frage ein Krümchen befremdlichen Trotz enthielt:

»Maade, bist du glücklich?«

Sie schwieg.

Aber, du lieber Gott, das reichte mir nicht! Denn ihr Schweigen konnte alles bedeuten. Es konnte bedeuten: Berend, du hörst doch, daß ich schweige! Von was für einem Glück kann die Rede sein! Verstehst du denn nicht, daß ich nur mit dir, nur mit dir glücklich sein kann. Aber es konnte auch bedeuten: Natürlich bin ich glücklich! Die Tochter eines armen Schusters, der die Hoffnung, das Weib eines Ratsherrn zu werden, in den Schoß gefallen ist. Und du verstehst, daß die unzulässige Beziehung, auf die ich mich mit dir eingelassen habe, nichts weiter ist als ein Fünkchen, ein kurzes Leuchten neben dem heimischen Herdfeuer. Und Johan ist ein Mann, der viele unbekannte Tugenden besitzt. Also bin ich selbstverständlich glücklich. Nur kann ich es dir nicht lauthals verkünden, verstehst du das denn nicht ...

Ihr Schweigen konnte dies und jenes bedeuten. Also fragte ich:

»Sag mir, liebst du ihn?«

Sie schaute mich einen Moment an. Wieder konnte ich im flackernden Kerzenschein nicht erkennen, ob es ein zärtlicher oder vorwurfsvoller, ein überraschter oder tadelnder Blick war. Sie sagte laut und deutlich:

»Ich bin seine Frau.«

Sie schwieg ein Weilchen, während ich dachte: Herrgott, auch das kann ja oder nein bedeuten. Bevor ich etwas über die Lippen brachte, fuhr sie wie verwandelt und sehr sachlich fort:

»Also kannst du mir erzählen, was du ihm sagen wolltest. Worum handelt es sich?«

Stimmt, ich war ja wirklich gekommen, um Johan etwas mitzuteilen. Was blieb mir übrig? Aufzuspringen? Maade in die Arme zu schließen? Zu rufen: »Nein, nein, nein! Das einzige, was ich dir zu sagen habe, ist, daß ich dich liebe!« Worauf sie antworten würde: »Lieber Berend, jede Frau begreift, wenn ein Mann sie liebt. Wenn er sie wirklich liebt. Folglich weiß ich es. Beinahe. Aber das hilft uns nicht. Warum redest du denn davon? Sag mir lieber, was du Johan erzählen wolltest...« Ich sprang nicht auf. Ich nahm sie nicht in die Arme. Ich sagte ihr nicht, was ich ihr hatte sagen (oder doch nicht hatte sagen) wollen. Ich sagte, wie sie gewünscht hatte:

»Maade, ich habe gute Nachrichten. Unwahrscheinlich gute.« Das klang so hohl, so fehl am Platze. Ich sagte: »Maade, der Dirigierende Senat des Imperiums...« O Gott, was hatten das Imperium und der Senat mit mir und dieser Frau zu dirigieren! »Der Senat hat den Forderungen der Stadt entsprochen! Verstehst du? Die Tiesenhausens sind abgewiesen! Wesenberg wird alles erhalten, was es hundertdreißig Jahre lang gefordert hat. Alles! Erzähl es auch Vater und Mutter.«

»Woher weißt du das?« fragte Maade leise, aber eindringlicher, als ich es von ihr erwartet hätte. Ich dachte: Sieh einer an, wie sehr sie doch die städtischen Angelegenheiten berühren!

»Ich weiß es von Richmann. Er hat schon ein Papier darüber auf dem Tisch liegen.«

»Und was wird nun hier laut diesem Papier geschehen?« fragte sie.

»Nun, ein neues Leben beginnt«, sagte ich. »Alles kann man sich jetzt noch nicht vorstellen.« Und ich fügte hinzu, mit dieser verborgenen Toleranz, die ich von Zeit zu Zeit – ich, der Versager und Zurückgestoßene – in meinen Worten spürte:

»Dein Johan wird jedenfalls ein noch einflußreicherer Mann, als er schon ist.«

Maade schien es zu überhören. Oder wollte ich mich damit trösten, daß ihre Frage meinen Satz völlig verneinte?

»Wieso ist denn dieses Wunder geschehen?«

Hätte sie mich nicht direkt gefragt, hätte ich mich mit meinen Verdiensten nicht so vor ihr gebrüstet. Ganz sicher nicht. So aber war die Versuchung allzu groß. Ich sagte:

»Maade, ich werde dich nie jemandem ausliefern. Weder deinem Mann noch sonst jemandem. Niemandem und niemals. Liefere du mich auch nicht aus. Ich sage dir: Ich war im Sommer wegen der Stadt bei diesem deinem Onkel, bei Graf Sievers, in Waiwara, um ihm alles zu erklären und ihn um Hilfe zu bitten. Und er hat sich bequemt, Einfluß zu üben. Das ist das ganze Wunder.«

»Du warst bei ihm?!«

Ihr Flüstern verriet unverhohlene Bewunderung – oder, wer weiß, vielleicht war es lediglich Staunen. Jedenfalls wurde sie sogleich wieder sachlich:

»Geh jetzt. Johan kann kommen, und ich möchte nicht, daß –«

Ich erfuhr nicht, was Maade nicht wollte. Ich glaube nicht, daß es die Begegnung zwischen Johan und mir war. Warum sollte sie das vermeiden wollen? Folglich war es etwas anderes. Zum Beispiel die Notwendigkeit, ihm meine Nachricht mitzuteilen, aber nur zur Hälfte, ohne meine Rolle dabei zu erwähnen.

Ich erinnere mich, ihre Hände einen Augenblick in den meinen gehalten zu haben, ihre sauberen, glatten, weichen, ratlosen, kühlen Hände, und ich sah ihre im Kerzenlicht dunklen Augen mich anschauen und den Blick niederschlagen. Ich machte keinen Versuch, sie zu umarmen oder zu küssen. Denn ich konnte nicht entscheiden, was sie für mich war – ein liebes Mädchen oder eine fremde Frau. Nein, nein, ich schmiegte mich nicht an sie, nicht hier in diesem fremden Zimmer, als wollte ich unbedingt der Heimkunft ihres Mannes trotzen.

Auf dem Rückweg zum Gut musterte ich die frosterstarrten Häuser mitten in den vor Kälte schimmernden bläulichen Schneewehen. Also dieselbe sogenannte Stadt hatte nun gesiegt! Und mein sogenanntes Ich, das quer über die vereiste, holprige Lang- und Ritterstraße schritt und von der Frau kam, von der ich nicht wußte, ob sie die vertrauteste Seele auf der Welt für mich war oder ein wildfremdes Weib – ich hatte dieser vereisten Puppenstadt den Sieg in den Schoß gelegt. Und jetzt war ich unterwegs zum Haus mit dem hohen Giebel, das dort im Mondschein prangte. Und dessen Besitzerin mich im Namen ihres *dominium plenum* wahrscheinlich vergiftet hätte, hätte sie gewußt, was ich zusammengebraut hatte. All das machte mir das Gehen auf dem unebenen, gefrorenen Pfad schwer, und das Gefühl der Unwirklichkeit übermannte mich, so daß weder das eiskalte Mondlicht noch der eiskalte Schatten, die ich abwechselnd einatmete, meinen Kopf klarwerden ließen. Und plötzlich fiel mir ein: Zum Kuckuck, ich hatte vergessen, Maade zu bitten, einen Blick auf ihren Sohn werfen zu dürfen. Das hätte ich doch tun müssen – ihretwegen. Und meinetwegen. Weil er möglicherweise mein Sohn war...

24

Ich weiß nicht, woher die Unruhe stammte, aus Richmanns oder aus Rosenmarks Haus – denn aus einem mußte sie kommen – oder gar vom Gut, so ungünstig die Information für dasselbe sein mochte; sie konnte sich schnell herumgesprochen haben, und in einer Woche war es vorbei mit der Wesenberger Winterstille, und es war in aller Munde, daß der Senat Wesenberg sein Recht zugesprochen hatte!

Eine derartige Erleichterung war für die Stadt schwer zu verdauen – nach einhundertdreißig Jahren trügerischer Hoffnung –, und Verdauungsstörungen waren nicht zu vermeiden. Krudops Fenster, oder wenigstens eines davon, wurden wieder einmal eingeschlagen. Danach blieben die Läden seiner drei Fenster, die zur Straße gingen, Tag und Nacht geschlossen. Nachts wurde auf den vereisten Treppen der Höllenstraße und zwischen der Knaackschen Schenke und dem Eichenhain mit Flinten geknallt. Gott weiß, wer es war. Und die Räuber hatten, wie Frau Tiesenhausen behauptete, in der Abenddämmerung den Verwalter Freundling mitten auf der Ritterstraße gejagt. Zum Glück hatte der Verwalter, nachdem er wieder einmal verhauen worden war, eine Pistole mit sich geführt. Erst als er beim Hoftor von Deeters und Brachmann die Pistole hervorgeholt hatte, hatten die Schurken die Flucht ergriffen. Drei Tage später ließ Frau Tiesenhausen ihr Gutspersonal nacheinander bei sich aufmarschieren. Niemand wußte, was sie ihren Angestellten sagte. Denn sie unterschieden sich sehr voneinander, wie es ja überall der Fall war. Buchhalter Kühn, ein Mann mit birkenrindenfarbigem Gesicht und schwarzen Brauen, war durch und durch ein deutscher Herr. Der Speicherwächter Püüli-Jakob mit seiner roten Physiognomie und den kupferfarbenen Bartstoppeln kam aus dem Dorf Papiaru, um das sich Gut und Stadt stritten. Und so weiter. Also wem sie was sagte, weiß ich nicht, aber eine Pistole drückte sie jedem der Männer in die Hand. Doch was sie mir aus diesem Anlaß sagte, daran erinnere ich mich genau:

»Berend, Ihr habt es natürlich schon gehört. In unserem Läusenest geht das Gerücht, der Senat des Imperiums sei verrückt geworden und habe die Supplik dieser Dreckskerle aus dem vorvergangenen Jahr anerkannt. Das können selbstverständlich nur Idioten glauben, also ist das ein Fressen für unsere Dreckskerle. Was sie danach angestellt haben, ist Euch ja bekannt – Zerstörung, Unordnung, Aufruhr.«

Frau Tiesenhausen saß wie gewöhnlich an ihrem Mahagonisekretär und hatte überhaupt kein wütendes oder rotfleckiges Gesicht, wie es bei viel geringerer Aufregung bei ihr oft der Fall war. Diesmal war sie, ich möchte sagen, geradezu triumphierend ruhig. Das schwarze Samtband um ihren Hals (das sollte wohl die Runzeln verbergen) hob wie ein Rahmen den unteren Teil ihres Gesichts hervor, und fast hätte man meinen können, sie lächele.

»Meine Leute müssen sich gegen die Schurken verteidigen können. Da!«

Sie nahm aus ihrem Sekretär eine Pistole und reichte sie mir über den Tisch.

Ich muß zugeben, daß dieser Vertrauensbeweis mir überaus peinlich war. Es war ja wirklich absurd, daß *ich* mich gegen Menschen verteidigen sollte, deren Aufmüpfigkeit doch von mir... Ich murmelte:

»Vielen Dank, gnädige Frau, aber ich habe bereits eine Feuerwaffe –«

»Ihr habt eine Waffe in meinem Hause, und ich weiß nichts davon? Holt sie her und zeigt sie mir!«

Hahahaha! Daß sie mir nicht traute, half mir über das unangenehme Gefühl hinweg. Ich verließ ihr Schreibzimmer und stieg, drei Stufen auf einmal nehmend, die untere Stein- und die obere Holztreppe zu meiner Kammer empor und wieder hinunter, in der Hand die wunderschöne Pistole von Graf Sievers mit der Silberinkrustation und dem Griff aus schwarzem Holz. Erst als ich sie der Gnädigen reichte, kam mir zu Bewußtsein, wem sie gehört und wofür ich sie erhalten hatte.

»Ein so schönes, kostbares Stück?! Woher stammt sie? Und hier die Silberplatte – was steht darauf?«

Als ich die Treppe hinuntergerannt war, war mir die Platte eingefallen. Ich antwortete:

»Die Initialen K. S. und eine neunzackige gräfliche Krone. Die Pistole gehörte einem Jenaer Kommilitonen. Dem jungen Grafen Kaspar Stadion. Ein Jurist aus Böhmen. Wir haben uns duelliert. Und versöhnt und die Pistolen getauscht. Ich hatte eine gewöhnliche Kuchenreiter.«

»Hm. Aber habt Ihr auch was zum Laden?«

»Ja, gnädige Frau. Ich habe einen Apparat für Patronen, Pulver, Kugeln und Feuerstein.«

Sie reichte mir wieder die Pistole.

»Paßt also auf, daß sie geladen ist und daß Ihr sie bei Euch habt.«

Am Freitag morgen verteilte sie an ihre Angestellten Feuerwaffen. Und am Vormittag ließ sie Pastor Borge zu sich holen. Ich hatte mit den Jungen gerade Trigonometriestunde im Schulzimmer und sah durch das vereiste Fenster den Pastor in einem kleinen Schlitten mit einer schwarzen Decke zum Eingang fahren. Daß er nicht auf eigene Faust gekommen, sondern es ihm befohlen worden war, hatte mir Tiio beim Frühstück gesagt. Ich sah ihn auch wegfahren, als Fräulein Frederici die Klavierstunde mit Gustav bereits beendet hatte. Folglich hatte die Unterredung Frau Tiesenhausens mit dem Pastor recht lange gedauert, und mir schien, daß die Wangen in Herrn Borges blassem Gesicht leicht gerötet waren, als er durch das Portal zur Treppe ging und wegfuhr, ungefähr so, wie das bei Bertram der Fall war, wenn ich ihn tadelte, weil er die Hexameter des Ovid noch immer nicht auswendig konnte. Aber was Frau Tiesenhausen dem Pastor hatte klarmachen wollen (denn wahrscheinlich meinte sie, daß es ihm noch immer nicht klar sei, wenigstens angesichts der herrschenden Lage), das hörte ich aus seiner Sonntagspredigt deutlich heraus.

Borge, diese alte Elster, schnatterte seine Sonntagspredigt anhand zweier Bibelstellen herunter. Es handelte sich um den 21. und 19. Vers aus dem 29. Kapitel der Sprichwörter des Salomo: *Wenn ein Knecht von Jugend auf zärtlich gehalten wird, so will er danach ein Junker sein.* Dieser Vers paßte sehr wohl zu Frau Tiesenhausens Ambitionen. Und von diesem ging Borge, hast du nicht gesehen, zum Hochmut und zur Selbstvergessenheit der Wesenberger über. Nun, ein wahrer Fluch war sein Schnattern natürlich nicht. Aber widerwärtiges Peitschengefuchtel enthielt seine schrille Stimme zur Genüge:

Alle, großenteils Deutsche und insgesamt die Städter, die plötzlich von der Aufmüpfigkeit der Bauern angesteckt zu sein schienen, sollten Ohren und Herzen für die himmlischen und irdischen Dinge weit öffnen und erkennen: Der Herrgott habe sie gehegt und gepflegt und in Frieden und Gedeihen gehalten mehr als vierzig Jahre lang. Und ihre gottgegebenen Herren und Obrigkeiten ebenfalls. Sie sollten an die Erzählungen ihrer Väter und Mütter denken, in welchem Elend sie hier einst gelebt hätten. Und sie sollten daran denken, wie gut es ihnen jetzt im Vergleich zu diesen Zeiten gehe. Aber zum Dank seien sie von Jahr zu Jahr aufmüpfiger und hoffärtiger geworden. Und jetzt hätten sie es schon so weit gebracht, daß es einen schmerze. Sie würden sich weder um das Wort Gottes noch um die Befehle ihrer Herren scheren. Sie würden ihren Sinn mit dem Gerede gemeiner Seelen nähren und sich wie Blinde verhalten, die glauben, wenn der Herr seine Knechte barmherzig und zärtlich halte, würden die Leibeigenen selbst zu Herren, so daß für sie weder Gebote noch Ordnung gelten würden. Und sie würden lauter Unfug treiben und randalieren, alles verwüsten und mit Feuerwaffen knallen und völlig vergessen, daß vor Gott und den Menschen Gehorsam und Frieden das einzig Selige und Vernünftige sei. Gehorsam und Frieden. Und sie hätten auch vergessen, was der weise Salomo in demselben 19. Vers gesagt habe: Ein Knecht läßt sich mit Worten nicht züchtigen: Denn ob er's gleich versteht, zu eigen wird er es sich nicht machen. Das ist so zu verstehen: Da eine Züchtigung mit dem Wort nicht ausreichen würde, würden die Knechte selbst ihren Herrgott und die Obrigkeiten zwingen, andere Züchtigungen anzuwenden, damit die blinden Knechte zur Vernunft kommen und dabei bleiben.

An diesem bitterkalten Sonntagmorgen waren nicht viele Menschen in der Kirche, und mir kam es nicht so vor, als hätten Borges Worte Einfluß auf die Gemeindeglieder ausgeübt, die ihre Hände in die Pelztaschen und Muffs steckten und aus deren Mündern Dampfwolken emporstiegen. Die Gemeinde schien sie ebenso gleichgültig zu überhören wie meine Zöglinge, mit dem Unterschied, daß letztere für Unruhe sorgten, einander unter der Bank schubsten, damit die eiskalten Zehen warm wurden.

Und dennoch ereignete sich am nächsten Sonntag etwas. Wenn es sich überhaupt um ein Ereignis und nicht um einen banalen Skandal handelte.

Der Frost hielt an, aber am Morgen kam Wind auf, und die bärtigen Männer und die alten Weiber, die sich in aller Frühe zum Kirchgang rüsteten, meinten, wenn dieser Westwind anhalte, könne es am Dienstag Tauwetter geben.

Um Dreiviertel zehn begannen die Glocken zu läuten. Die Kirchgänger traten aus den Häusern der sieben Straßen und kämpften sich durch die vereisten Schneewehen und den Wind zur Kirche. Die Dämmerung lichtete sich, und die Himmelskuppel wurde heller.

Später hieß es, Schustermeister Schubert sei der erste gewesen. Als er mit seinem Ehegespons Marie den Kirchplatz erreichte, den Hintern in den Wind kehrte, sich streckte und zufällig zum Turm blickte, kniff er die Augen zu, die vom scharfen Wind tränten, drückte den Arm seines Weibes und brummte:

»Marie, schau doch, was flattert dort so?«

Die korpulente, ein wenig fischäugige und kurzsichtige Frau blickte hoch und sah gar nichts. Aber ihre Nachbarn, die Prechels aus der Langstraße, der Bäckermeister mit Frau und Tochter, bemerkten ihre Blicke und schauten ebenfalls zum Turm. Und die wieseläugige Agnes rief: »Aber, Mama ...«, den Muff an den vorlauten Mund gepreßt, und verstummte plötzlich.

Nun schaute schon etwa ein Dutzend Augenpaare in die Höhe. Und bald doppelt so viele. Menschen von den Gütern und aus den Dörfern der Umgegend waren früh gekommen, hatten ihre Pferde angebunden und in der Kirche Schutz vor dem Wind gesucht, während sie auf den Gottesdienst warteten. Irgendein Geräusch holte sie aus der Kirche heraus. Bald schauten schon an die hundert Menschen nach oben und dann schon zweihundert. Die Kirchenglocken läuteten weiter, denn

Küster Gööck hatte vergessen, dem Glöckner ein Zeichen zu geben. Gööck war über den Platz ins Küsterhaus gerannt und kam mit einem kupfernen Fernrohr, das seinem verstorbenem Schwiegervater, einem alten Jäger, gehört hatte, zurück. Als der Küster zur entrüsteten oder grinsenden Menge kam, war auch Pastor Borge aus der Sakristei gekommen, stand mit Pelzmütze und Talar vor der Kirche (eine Schafsfellweste trug er wegen der Kälte sowieso unter dem Talar) und griff nach dem Fernrohr.

Der Pastor starrte eine Weile durch das Fernrohr in die Höhe. Aber die meisten Gaffer sahen auch ohne Fernrohr, daß der blecherne Wetterhahn über der Glockengalerie wirklich etwas im Schnabel hatte.

Es schien ein Kleidungsstück zu sein. Es war nicht zu erkennen, ob es weiß, grau oder rosa war. Denn der Wind zerrte an ihm. Bald war es gefaltet, bald sah es aus wie ein Sack, auf dem Streifen zu erahnen waren. Jedenfalls schien Borge gesehen oder wenigstens vermutet zu haben, worum es sich handelte. Er klappte das Fernrohr zusammen, als drücke er einen Ketzer in den Erdboden, und schickte dem Glöckner Kunde. Das Geläute hörte jäh auf, und der empörte Borge hob den Arm. Das Gesumme der Menge, das aus Vermutungen, Entsetzen und Kichern bestand, verstummte plötzlich, und der Pastor rief in den Wind hinein:

»In einer entweihten Kirche dienen wir dem Herrn nicht! Der Gottesdienst findet statt, nachdem dieser Fetzen vom Turm geholt ist!«

Borge schaute den Glöckner befehlerisch an. Dieser vierzigjährige starke, aber brustkranke Mann war, nachdem er die Glocken zum Stillstand gebracht hatte, gekommen, um zu sehen, was los war. Er jammerte nun, er sei vom langen Läuten schweißnaß und huste ohnehin fürchterlich, und wenn er nun bei diesem schrecklichen Wind hinaufklettern müsse, liege er morgen im Krankenbett und stehe vielleicht überhaupt nicht mehr auf, und wer würde dann für sein Weib und seine drei kleinen Kinder sorgen?! Der Glöckner fiel also aus. Den

Küster Gööck hielt der Pastor auch nicht für geeignet. Den Kirchenknecht Peeter schaute er zwar an, wandte aber den Blick gleich ab, denn Peeter mit seinem weißen Ziegenbart war für so etwas denn doch zu alt. Der Pastor rief:

»Gibt es in unserer Gemeinde keine Männer, die den Frevel vom Gotteshaus holen?«

Die älteren Männer schauten den Pastor an, und ihre Mienen besagten: Uns geht das nichts mehr an. Die Jüngeren schnauften und schauten zur Seite. Niemand meldete sich. Plötzlich entstand auf der rechten Seite der Menschenmenge Bewegung. Jemand schob die Herumstehenden beiseite, und ein junger Mann, ein Wildfremder in blauer Öljacke, trat vor.

»Ich bin von Narwa nach Reval unterwegs. Schiffsmasten sind mein Zuhause. Aber ich sage: Ohne Lohn kann der es herunterholen, der es hinaufgebracht hat. Wenn es ihm Spaß macht. Mir macht es keinen Spaß. Seht, wie es stürmt. Also will ich bezahlt werden.«

»Wieviel verlangt Ihr?« fragte der Pastor.

»Wieviel willst du denn?« fragte jemand aus der Menge.

»Ich hole es runter«, sagte der Jüngling, »und der Pastor gibt mir hierselbst einen halben Imperial. Die Gemeinde kann das Geld später zusammenlegen.«

»Das ist ein haarsträubender Preis!« wütete Borge.

Aus der Menge ertönte: »Na, dann fällt eben der Gottesdienst aus!« – »Na, los! Los! Hol es runter!« – »Wer würde sonst bei diesem Sturm hinaufklettern!« – »Ist ja auch Seemannsarbeit!« Und jemand rief: »Hauptsache, wir sehen, was es ist!«

Borge ziemte es nicht zu widersprechen, denn er hatte für das Gotteshaus einzustehen. Und die Gemeinde widersetzte sich nicht, weil niemand auf der Stelle etwas zahlen mußte. Also einigte man sich, und der zufällige Kirchgänger machte sich ans Werk.

Aber wer gehofft hatte, für einen halben Imperial Gott weiß was für Tricks und Kletterpartien zu erleben, wurde bitter enttäuscht. Der Fremdling ließ sich eine kräftige Schnur, einen tüchtigen Stein und eine sechs oder sieben Ellen lange Stange holen. Diese Dinge fand man im Handumdrehen in den Nachbarhäusern, weil diejenigen, die das Risiko auf sich hätten nehmen sollen, doppelt so eifrig halfen. Auf der Kirchentreppe schlug der Jüngling mit dem Stein einen großen Schmiedenagel in die Stange und kletterte mit Stein und Schnur auf den Turm. Bald kam er auf der Glockengalerie in Sicht. Einen Moment lang war seine blaue Hose auf der Leiter der Galerie zu sehen. Der Wind schien ihm die Jacke vom Leibe reißen zu wollen. Dann verschwand er wieder im Turm. Nach einem Weilchen stieß er die obere östliche Helmluke auf und streckte Kopf und Arme heraus. Er ließ den Stein an der Leine die Mauer hinab, und der Glöckner band die Stange an die Leine. Der Jüngling zerrte sie hoch und bekam sie trotz des heftigen Windes zu fassen. Und da bekamen die Gaffer ihren Nervenkitzel. Der Fremde reckte sich bis zum Hintern aus der Luke hinaus, aber das half ihm wenig. Er streckte sein rechtes Bein über den Lukenrand und saß rittlings darauf. So angelte er eine geraume Weile mit der Leine in der Luft, bis er den Fetzen, der im Schnabel des Wetterhahnes flatterte, mit der Stange zu fassen kriegte. Anscheinend blieb der Fetzen haften, weil er sich irgendwo verfangen hatte. Der Jüngling fingerte ihn los und ließ die Stange am Turm und an der Mauer hinabgleiten. Die Trophäe nahm er an sich. Dann sah man ihn die Turmleiter hinabklettern, und nach wenigen Minuten trat er aus der Kirche ins Freie. Sein mageres rötliches Schelmengesicht war todernst, nur seine hellen Augen schienen vor Anstrengung oder sonst etwas aus dem Kopf treten zu wollen. Er hatte die Arme gehoben (später sagten die Leute: als hätte der Teufelskerl die Städter gesegnet), und in seiner Hand flatterte vor aller Augen das, was er dem Hahnenschnabel entrissen hatte. So konnte die halbe Stadt – nun hatte sich wirklich die halbe Stadt zusammengefunden –, jawohl, die halbe Stadt und ein Teil des Kirchspiels mit eigenen Augen sehen, was es war, zumal der Wind es frech und schamlos aufblähte: Es war ein cremefarbener halbseidener spitzenbesetzter Damenschlüpfer, auf den mit Teer drei Buchstaben gepinselt waren, auf beiden Backen ein großer, zwischen ihnen ein kleiner Buchstabe, und hinter jedem korrekt ein Punkt:

G. v. T.

Ein Lästermaul rief aus: »Gertrude von Tiesenhausens Schlüpfer!« Der Wind vor der Kirche war erfüllt vom Stimmengewirr. Herr Borge rief, und mit ihm riefen Krudop und einige andere:

»So ein Frevel!« – »So eine Schweinerey!«

Aber die würdigen Kaufleute prusteten so heftig, die Handwerker kicherten so hörbar, die Gesellen und die Grauen lachten so dreckig und das Hui und Pfui der Weiber war so laut, daß die empörten Stimmen gar nicht zu hören waren. Und dann geschah das Närrischste. Der Pastor streckte die Hand aus, um dem jungen Mann die unmögliche Trophäe zu entreißen, und plötzlich löste sich die Unterhose aus den Händen der beiden (oder der Seemann ließ sie frecherweise los, wie der Pastor später behauptete). Jedenfalls flog sie über die ersten Menschenreihen hinweg und landete irgendwo hinten in der Menge. Viele Hände faßten nach ihr. Der Pastor stürzte mitten in die Menge und rief: »Gebt her! Gebt her!« Jemand antwortete: »Ja, ja!« – »So warte doch!« – »Geduld!« – »Wir wollen sie doch wenigstens berühren!« – »Deibel nochmal, wie weich die ist!« – »Schau, zum Kuckuck, wo ist sie denn jetzt!« – »Hier war sie, aber wo ist sie denn geblieben?« – »Da war sie ja noch gerade!«

Und sie war wirklich nicht mehr da! Die spitzenbesetzte Unterhose der Frau Tiesenhausen war im stürmischen Gelächter verschwunden, auf das die Wesenberger einhundertdreißig Jahre lang gewartet hatten.

Borge begriff, daß da nichts mehr zu retten war. Er zog sich aus der Menge zurück, und sofort trat der Seemann in der blauen Jacke auf ihn zu.

»Ich möchte jetzt mein Geld haben.«

Der bleiche Herr Borge rief: »Für diese Schweinerei zahle ich keinen roten Heller!«

»Wieso?« fragte der Seemann, und das Gelächter verklang allmählich, weil die Leute den Wortwechsel des Pastors mit dem Fremdling hören wollten. »Ich bin nicht dafür verantwortlich, was bei euch auf dem Kirchturm gehißt wird! Wenn jemand dafür verantwortlich ist, so ist es der Pastor. Ich habe mein Leben aufs Spiel gesetzt. Alle haben es gesehen. Und ich habe den Frevel herabgeholt. Und Ihr habt mit mir vor aller Augen eine Abmachung getroffen. Also – bitte schön.«

»Keinen einzigen Pfennig!« kreischte der Pastor. Sein Nacken war rot angelaufen, und all sein ohnmächtiger Zorn, der eigentlich gegen die grinsende Volksmenge gerichtet war, ergoß sich ohne jegliche Logik über den völlig schuldlosen frechen Fremden.

»Ach, du willst Geld? Das würde dir so passen! Für jeden Komödiantenstreich Geld! Anstatt zum Seelenhirten zu gehen und Buße zu tun! Woher weiß ich, wer du überhaupt bist? Na? Woher du kommst und was du treibst? Woher weiß ich, ob nicht du es warst, der diese – na, hm – auf den Turm gebracht hat? Na? Um die Kirche lächerlich zu machen. Na? Und an der Kirche zu verdienen?«

Leider kann ich vom ganzen Geschehen dieses Sonntagmorgens nur erzählen, was ich gehört habe. Leider war ich nicht selbst dabei. Die Jungen hatten sich am Sonntag davor in der Kirche erkältet, und ihre Nasen tropften. Sie konnten kaum atmen, und ihre Großmutter hatte befohlen, sie sollten sich an diesem stürmischen Morgen zu Hause aufhalten. Aus dem, was ich vom Hörensagen erfahren hatte, wählte ich die Nachrichten aus, die sich schon am selben Tag auf dem Gut und in der Stadt verbreitet hatten. Denn später erzählte man sich die phantastischsten Dinge. Wie man von allen Wunschträumen erzählt, die wie magnetisiertes Eisen alle Eisenstückchen anziehen. Von allem, was darüber geredet wurde, schien mir das folgende am meisten einzuleuchten.

Der Pastor und der Fremdling hatten einander vor dem Volk gegenübergestanden. Der Pastor in höchster Empörung, der Fremdling krampfhaft schweigend, als ob er darauf warten würde, seine Argumente eines nach dem anderen ausspielen zu können. In diesem Augenblick hatte sich der Krüger und Kaufmann Rosenmark von seiner bald errötenden, bald erblassenden Frau Magdalena entfernt und war zu den Streithähnen getreten. Er hatte beide, den Pastor und den Fremdling, untergefaßt und gesagt: Zum Pastor: »Natürlich habt Ihr recht, Herr Borge. Woher sollt Ihr wissen, wer dieser Turmbesteiger ist?« Und zum Fremdling: »Aber selbstverständlich mußt du, mein Freund, den versprochenen Lohn für dein Wagnis erhalten. Wieso denn nicht?«

Und Rosenmark, manchmal einer der freigebigsten Männer, hatte dem Fremden aus seiner eigenen Tasche ein Halbimperialstück in die Hand gedrückt.

25

Wenn ich beschlossen habe zu erzählen, was im Herbst 1768 geschah, dann offenbar deshalb, weil sich bis dahin gar nichts ereignet hatte. Wahrhaftig, mehr als anderthalb Jahre waren seit dem wunderlichen Beschluß des Senats vergangen, doch eine Kopie traf weder im Vogteigericht noch auf dem Gut Wesenberg ein. Das Fieber der Erwartung, das die Stadt in den ersten Wochen nach dieser Nachricht gepackt hatte, war nach einiger Zeit zu geduldigem Ausharren abgeflaut, wie es den Gemütern des Landes entsprach. (»Wo, zum Teufel, bleibt der Beschluß, wenn sie ihn doch endlich ausgebrütet haben! Irgendwann wird er den Weg hierher schon finden.«) Und ich hatte von Richmann gehört, daß hier und da gemeckert worden war. (»Es wird sicher Quatsch gewesen sein. Wenn der Beschluß vorhanden wäre, könnte sich die Sache ja nicht so in die Länge ziehen.«) Daraufhin hatte Richmann einige Nörgler zu sich geholt, sie geloben lassen, daß sie ihr Maul hielten, und ihnen die wichtigsten Stellen des Textes vorgelesen. Sie hatten ihn selbst lesen, anfassen und streicheln dürfen. Der deutliche Text des Beschlusses hatte die Nörgler verstummen und zugeben lassen: Na, wenn die Dinge so liegen, dann ... Aber derartige Stimmungsmache konnte nicht endlos wirken. Besonders, da man hierzulande an rein gar nichts zu glauben pflegte, was den Deutschen vielleicht weniger wesenseigen war als dem Landvolk und den Stadtgrauen. So wucherte im Herbst die von Richmann geschaffene Hoffnung wieder wie Unkraut, und im nächsten Jahr war sie schon richtiges Gestrüpp, in dem nur noch einzelne Brennesseln der Selbstironie zu finden waren. (»Na, durch das Warten lehrt man das Volk von Wesenberg die Kunst der Seligwerdung so gründlich, daß wir, wenn wir ins Gras beißen, wahre Engel sind ...«)

Aber was konnte die Stadt unternehmen? Ich wußte, daß zumindest Richmann, Rosenmark, Jahn und Knaack diese Frage erörtert hatten. Und etwas hatten sie ja auch zu tun versucht. Richmann hatte schon im Frühling seinem bestochenen Männlein in Petersburg einen Brief geschickt und im Herbst eine Antwort erhalten. Alles sei in bester Ordnung. Alles geschehe zur rechten Zeit. Aber man solle sich gedulden, denn Ihre Majestät habe doch so viele Papiere zu unterschreiben ...

Sie warteten, genauer gesagt, wir warteten geduldig bis zum nächsten Frühling. Denn ich wartete verständlicherweise ebenfalls. Es dürfte einleuchten, daß ich in mancher Hinsicht ungeduldiger wartete als sie. Dabei bemerkte ich (im nachhinein war es mir sogar peinlich, mich daran zu erinnern): Neben der Hoffnung, daß der Senatsbeschluß nun endlich veröffentlicht werde und damit die Wende im Leben und Schicksal der Stadt, die eigentlich mein Verdienst war, eintrete, neben dieser Erwartung erahnte ich eine ganz andere Lösung der Frage, das heißt es würde sich schließlich herausstellen, wie nichtig unser Glaube an die Gerechtigkeit war und daß sich mein Zweifel, von dem ich Richmann aus Trotz erzählt hatte, als wahr erweisen würde: Der von den Grafen Fermor und Tschernyschew unterzeichnete, für die Stadt günstige Beschluß wird von anderen, noch einflußreicheren Machthabern widerrufen, und ich rette mich durch die Hintertür meiner vorgetäuschten Skepsis vor dem bedrückendem Warten ... »Herr Richmann, Ihr erinnert Euch doch, ich habe Euch damals im Februar gesagt, vielleicht kommen irgendwelche neuen Grafen und erklären den Beschluß von Fermor wieder für ungültig, wie es ja jetzt geschehen ist ...«

Vorläufig wartete ich wie alle anderen, nicht mehr so hoffnungsvoll, aber hoffnungsvoll genug, um im Winter einen Vorwand für ein paar Besuche in Rosenmarks Haus zu finden.

Tatsächlich machte ich diese Besuche wegen meiner süßen, quälenden Gefühle Maade gegenüber, und die Unterhaltungen mit Johan über die städtische Supplik und ob er etwas davon gehört habe, bildeten nur den äußeren Anlaß für diese kleinen Vorführungen.

Diese Vorführungen waren nicht allzu schwer, aber doch recht kompliziert, peinigend, verführerisch. Ich machte mich zum Beispiel am Samstagnachmittag mit einem Dutzend Prechelscher Brötchen zum Kaffee auf den Weg. Johan und ich drückten einander freundschaftlich an der Schwelle des Eßzimmers die Hand. Ich spürte ein Weilchen seine starke, etwas schwitzende Pranke in meiner Hand und konnte die seine nicht von mir stoßen. Ich drückte flüchtig Maades kühle Finger und reichte ihr das Mitgebrachte – mit einem knappen eindringlichen Blick, dem sie standhielt, gleich darauf aber auf die Brötchen oder den Boden schaute. Ich gab mir Mühe, meine Verlegenheit nicht zu zeigen, gesellig zu sein und sicher aufzutreten. Wir nahmen Platz und tauschten Höflichkeitsfloskeln aus. Ich sagte:

»Ihr, Johan, seid schon wieder ein Stückchen solider geworden. Und Frau Magdalena steht diese neue Brosche ausgezeichnet. Wo habt Ihr die her? Ach, direkt aus Petersburg! Nun ja, Ihr könnt Euch das leisten. Und wie gedeiht der junge Mann? Ach, er läuft und spricht schon?! Kein Wunder, er wird ja bald zweieinhalb Jahre alt.«

Daraufhin holte Johan (er, nicht Maade) den Thronfolger aus der Küche oder der hinteren Kammer, hob den kleinen kulleräugigen Buben in die Luft und drückte das Gesichtchen an sein kräftiges Kinn, so daß der Junge zu heulen begann und Johan ihn unter Maades tadelndem Blick ein wenig erschrocken auf den Fußboden stellte. Mich überkam plötzlich die seltsame Versuchung, die Welt auf die Probe zu stellen, und ich setzte sie ohne weiteres in die Tat um: Ich hob das federleichte Kerlchen hoch, lächelte ihm zu und drückte sein weiches Gesicht vorsichtig an das meine, so daß meine Wimpern seine Brauen kitzelten, und er hielt still, bis ich ihn wieder auf den Boden stellte. Still hielt er natürlich nur, weil ich mich am Morgen anscheinend sorgfältiger rasiert hatte als Johan.

Dann lud mich der Hausherr ein, vor dem Abendbrot in die Badstube zu gehen, um einander den Nacken mit dem Badequast zu bearbeiten, wie er sagte, und als wir auf der Schwitzbank saßen, erzählte er mir das, was ich als Vorwand für meinen Besuch hatte erfahren wollen. Ja, er habe sich Mühe gegeben, die Veröffentlichung des Senatsbeschlusses zu beschleunigen. Dazu habe er seine allerhöchsten Beziehungen zu Hilfe genommen. Er fügte hinzu, sehr bescheiden angesichts seiner selbstbewußten Art: »Soweit ich über solche verfüge.« Aber über diese Beziehungen habe er nicht mehr erfahren können, als daß große Dinge nur langsam zur Vollendung gelangen.

Nach der Badstube aß ich mit ihnen zu Abend. Wie immer am langen Senneborn-Tisch. Am Kopfende saß Johan, zu seiner Rechten Maade und links, ihr gegenüber, ich. Er erzählte von seinem Kampf um die Genehmigung des Baus der Mühle. Ich hörte ihm zu und schaute dabei durch den Dampf der Teeschale und das Flackern der drei Kerzen in Maades dunkle Augen.

Ich verließ Rosenmarks Haus ebenso klug, wie ich gekommen war.

Und ebenso klug waren wir alle auch, nachdem Richmann

im Frühling 68 nach Petersburg gefahren war und im August zurückkehrte. Er hatte sich zunächst an seinen bestochenen Angestellten gewandt. Der hatte die Hände über dem Kopf zusammengeschlagen und im Flüsterton gesagt, obwohl die Unterhaltung bei ihm zu Hause stattgefunden hatte: »Lieber Gott, *boshe moi*, sind dort in den eroberten Provinzen alle Städte so ungeduldig wie Euer – wie heißt es gleich – Wesenberg?«

Graf Sievers hatte sich im Ausland aufgehalten. Graf Fermor war, wie ich herausfand, inzwischen zum Generalgouverneur von Weißrußland ernannt worden und residierte nun in Minsk. Den Grafen Tschernyschew – der Wunderbeschluß des Senats trug ja auch seine Unterschrift – hatte Richmann nicht aufzusuchen gewagt, ich weiß nicht, warum. Der Obersekretär des Dritten Departements, Dehn, dessen Unterschrift hinter denjenigen der beiden Grafen stand, war inzwischen pensioniert worden. Er war ein Balte, zu dem sich Richmann über Bekannte Zugang zu verschaffen gehofft und der ihn tatsächlich in seinem Haus auf der Wassili-Insel freundlich empfangen hatte. Aber vom Beschluß des Senats und Wesenberg hatte er nichts mehr gewußt. Und überhaupt schienen ihn nur noch seine Aquariumsfische zu interessieren. Richmann hatte sie sogleich bewundern müssen. Aber als er höflich in ihn gedrungen war und gefragt hatte (zwei alte Herren über den drei Ellen langen, nach Algen duftenden Wasserspiegel gebeugt), ob Herr Dehn nicht etwas über den Wesenberger Beschluß herausbringen könne, zum Beispiel durch seine früheren Beziehungen, hatte dieser sein langes Kinn vorgestreckt und so heftig den Kopf geschüttelt, daß der Puder aus seiner Perücke ins Aquarium gerieselt war (wie das Mehl des Vergessens, hatte Richmann gedacht) und ein Dutzend lila-grüner Jungfische zur Oberfläche geschwommen war, um den Puder zu erhaschen ... Wir waren in dieser Angelegenheit also ebenso klug wie zuvor, und in dieser Sache war wirklich nichts mehr anzufangen.

Ob Frau Tiesenhausen gegen den Beschluß etwas unternahm, konnte ich nicht herausbekommen. Mich beauftragte sie jedenfalls nicht, ihre Beschwerdebriefe zu schreiben. Aber kaum auszudenken, daß es solche nicht gab ... Möglicherweise ließ sie diese, da sie besonders wichtig waren, in Reval oder gar in Petersburg von ihren Anwälten verfassen. Im Frühling 66 war sie ein paarmal nach Reval gefahren und hatte sich im Herbst 67 einige Wochen in Petersburg aufgehalten. Aber einen Monat nach Richmanns vergeblicher Reise nach Petersburg, Anfang Oktober 68, verkündete sie plötzlich:

»Berend, Ihr müßt Euch zu einer Reise rüsten. Morgen fahrt Ihr mit mir nach Petersburg. Ich habe dort einiges zu erledigen. Und ich brauche einen schreibkundigen Menschen.«

Sie sagte mir kein Wort über meine Aufgaben, und ich traute mich nicht, danach zu fragen. Denn es sah so aus, als ob die Dinge, die sie erledigen wollte, mit dem Senatsbeschluß zu tun hätten. Und mich benötigte sie jetzt für die letzten Schritte, die sie dagegen unternehmen wollte.

Am Morgen gab sie mir eine umfangreiche Dokumentenmappe aus Segeltuch und befahl, ich solle dafür mit meinem Leben bürgen. Die Gnädige und Tiio nahmen in der großen Reisekutsche Platz. Dem alten Diener Tehvan befahl sie, Ölzeug über das Wams zu ziehen und auf den Hintersitz zu klettern. Ich mußte neben dem Kutscher sitzen, wo es natürlich kein Regendach gab. Aber die Seitenlaterne bot zumindest etwas Schutz vor dem Wind.

Auf Befehl der Frau Tiesenhausen fuhren wir gemächlich. An den halsbrecherischen Stellen in der Nähe des Meeres ließ sie zwischen Ontika und Tockenhof sowie im Heiligenflußtal den Kutscher und den Diener absitzen und die Pferde, die vor Nervosität zitterten, am Zaum an der nahen Schlucht vorbeiführen. Diese Nähe schien durch die entlaubten Bäume vor dem Hintergrund der bleigrauen See merkwürdig nackt und gefährlich zu sein. Wie gesagt, wir mußten langsam fahren, aber dadurch waren wir am ersten Tag elf Stunden unterwegs und kamen trotz des schlammigen Fahrweges und der Regenschauer spätabends in Narwa an. Die zweite Nacht verbrachten wir in der Poststation von Klopino oder Wanzendorf (nicht umsonst wurde dieser Ort so genannt), und am dritten Abend erreichten wir im dämmrigen Schneeregen die Hauptstadt des Imperiums.

Wer dort gewesen ist, kennt sicher die Stadt viel besser als ich, und denen, die nicht dort gewesen sind, vermag ich keinesfalls alles vor Augen zu führen.

Der wäßrige Schneeregen bedeckte die Dächer der Vorstadthäuser mit weißen Flecken und ließ die ungestrichenen Wände schwarz erscheinen. Aber dann verhallte das Plätschern unter den Kutschenrädern, ein behagliches Geklapper der Pferdehufe setzte ein, und ich begriff: Wir hatten das hochgepriesene Holzpflaster der Stadtmitte erreicht. Rechts und links glänzte der nasse kalte polierte Granit um so heller, je mehr Kerzen in den Häusern und Öllaternen an den Straßenecken angezündet wurden.

Der alte pockennarbige Kutscher Tiit, neben dem ich saß, hatte vor dreißig Jahren, nach dem großen Brand von Petersburg, als wieder einmal zwangsweise Bauleute aus Wesenberg geholt worden waren, Erdarbeiten leisten müssen. Er hatte hier einige Jahre gehaust, Russisch radebrechen gelernt und später, schon als Kutscher, die Gnädige mehrmals hierhergefahren. Die Straße, in die wir im Finstern einbogen, hieß, wie er sagte, Palsaaja Idaljanskaja, und das Haus, in dessen Hof er fuhr, gehörte dem jungen Herrn Johann Tiesenhausen, der sich in dieser Stadt Iwan Andrejewitsch nannte und vor einigen Jahren zum *Oberhofmeister* befördert worden war.

Ein stiller, kaum hörbarer Kammerdiener schien Weisungen für unsere Ankunft erhalten zu haben, aber der Herr Graf selbst war in Simnyi. Das Haus, in dessen Gäste- und Dienstbotenzimmern wir untergebracht wurden – ich meinem Rang nach in einem sozusagen mittelmäßigen Raum –, war kleiner als das Herrenhaus in Wesenberg. Ja, sogar viel kleiner, aber bei weitem luxuriöser. Dort gab es statt unserer unebenen Kalksteinböden, des nackten Putzes und der unansehnlichen Tapeten Seidentapisserien, Spiegel und polierten

Marmor, zumindest in den Repräsentationsräumen. Na ja. Und am nächsten Morgen empfing uns Herr Graf Iwan Andrejewitsch von Tiesenhausen. Als der Kammerdiener uns abholen kam, befahl mir die Gnädige, die Aktenmappe zu holen und mit ihr zu kommen.

Herr Johann war ein höchstens vierzigjähriger geschäftiger Mann mit weißer Allongeperücke, rosigem Gesicht und flakkerndem grauem Blick. Sein Lächeln schien jedoch bei der Begegnung mit meiner Herrin echt und lebhaft zu sein.

»Guten Tag, liebes Tantchen. Hoffentlich habt Ihr gut geschlafen. Ja, ja, ja. Also jetzt seid Ihr zu unserer großen Freude hier...«

Frau Tiesenhausen erwiderte steif, aber zugleich lustig:

»Hier bin ich, lieber Neffe, zur Freude oder zum Kummer, das weiß ich nicht. Und ich fahre nicht fort, ehe du mir die Sache in Ordnung gebracht hast. Das ist mein Hofmeister und Sekretär Berend Falck. Meine Papiere hat er.«

Sie wandte sich an mich: »Gebt sie Herrn Johann.«

Ich wollte es tun, doch Herr Johann hob seine Hand mit der Spitzenmanschette und wies meine Mappe aus grobem Segeltuch zurück.

»Liebe Tante, wir brauchen keine Papiere. Wenigstens nicht jetzt. Papiere braucht vielleicht der Senat. Unsere gnädige Zarin wird ja nicht in Papieren wühlen. Wir brauchen jetzt auch nichts zu schreiben. Wir müssen mit der Zarin sprechen. Und zunächst müssen wir miteinander sprechen. Ihr und ich. Hm. Dazu braucht Ihr auch keinen Sekretär.« Er blickte zu ihr und danach zu mir.

Frau Tiesenhausen sagte: »Berend, gebt mir die Mappe und wartet im Vorzimmer.«

Ich konnte also nichts anderes tun, als ihr die Mappe zu reichen, mich zu verbeugen und zu gehen. Ich schloß die Tür hinter mir und wartete.

Als ich eine Viertelstunde in diesem kleinen luxuriösen Warteraum gesessen und die Rosen der Tapisserie an allen vier Wänden von oben nach unten und von links nach rechts gezählt, sie miteinander multipliziert, von ihrer Zahl die fehlenden an den Türen, Fenstern und Kachelöfen subtrahiert und die Summe 1486 errechnet hatte, bemerkte ich auf dem Tisch am Kamin ein Exemplar der St. Petersburger »Vedomosti« aus der vergangenen Woche. Es war sicher nicht wider den guten Ton, daß ich die Zeitung in die Hand nahm und in ihr blätterte. Und dann kann ich wohl sagen: Was dort die Seiten umblätterte und über die Spalten entlangglitt, war zwar mein Finger, aber was ihn leitete, mußte Gottes eigener Finger sein! Denn plötzlich las ich, wahrscheinlich in der Spalte »Gesellschaftsnachrichten«: »Herr *Général en chef* und *Oberhofmarschall* Graf Karl von Sievers kehrte in der vergangenen Woche von einer Kur aus dem Ausland in die Hauptstadt zurück und gab bei bester Gesundheit am Dienstag in seinem prachtvollen Haus an der Zarizyner Au einen Empfang.«

Also ...

Frau Tiesenhausen weilte eine ganze oder anderthalb Stunden in Iwan Andrejewitschs Arbeitszimmer. Bis dahin stand mein Entschluß fest. Ich würde mir am Samstag die notwendigen Unterlagen holen und am Abend die Gnädige bitten, am Sonntag morgen in die Kirche gehen zu dürfen. Ich hatte die lutherische Annenkirche im Auge, die am Ufer der Newa stand und sich nach Tiits Auskunft nicht weit von der Zarizyner Au befand. Und da ich sowieso aller Aufgaben ledig war, würde ich von ihr bestimmt die Erlaubnis erhalten. Übrigens, in Herrn Johanns Vorraum hatte ich einen Augenblick die wahnsinnige Idee erwogen: Wenn Frau Tiesenhausen mir wieder ihre Papiere in Gewahrsam gibt – soll ich sie vielleicht unter mein Wams stecken und Sievers überlassen?! Und Zuflucht in Sievers' Haus erbitten, denn etwas anderes wird mir in diesem Fall nicht übrigbleiben? Aber diesen Gedanken ließ ich sogleich wieder fallen. Denn ich wußte: Der Frau Tiesenhausen Kröten ins Zimmer schmuggeln oder den roten Hahn aufs Dach setzen lassen (falls Sievers das wirklich je getan oder inspiriert hat) ist etwas ganz anderes, als das Risiko zu übernehmen, alle Wesenberger Papiere zu verstecken, zu verbrennen oder ihr Hehler zu werden... Doch das Schicksal kam mir entgegen und traf die Entscheidung an meiner Statt. Als Frau Tiesenhausen aus Graf Johanns Zimmer kam, gab sie mir die Segeltuchmappe nicht mehr. Ich glaube, das hatte ihr Graf Johann empfohlen, was mich einerseits ein wenig kränkte, andererseits die Sache einfacher machte.

Also eilte ich am Sonntag morgen um halb zehn ohne Mappe aus dem Haus. Für diese unübersichtliche gigantische Stadt war die Strecke sicher kurz. Aber auf den Straßen, die breit, leer, windig und fremd waren, zwischen Bauplätzen, Gemüsegärten und Palästen, war es doch ein langer Weg. Als ich zum Fluß kam, wollte mich der Wind fast umstoßen. Und der Fluß, groß wie ein bleifarbener See unter einem ebenso bleiernen Himmel, machte auf mich einen bedrückend wuchtigen Eindruck. Und der rote Granit der zum Fluß hinabführenden Treppen und der Balustraden sah aus wie halbgefrorenes, halbgetautes zerstückeltes Fleisch eines riesigen Tieres.

Einen Augenblick verweilte ich in der Menschenmenge der Annenkirche und lauschte dem Orgelspiel. Das verlieh mir das Gefühl, es bewahre mich vor jeglichem Verdacht, wenn ich wenigstens wußte, wie die Kirche von innen aussah.

Ich erkundigte mich bei einigen Leuten und fand das Haus von Graf Sievers leicht. Fortuna meinte es wirklich gut mit mir. Der grüne Kammerdiener aus Waiwara empfing mich, erkannte mich und war anscheinend deshalb bereit, meinen Zettel seinem Herrn zu bringen.

Ich schaute mich in der Halle um und überlegte, ob der Mosaikfußboden und die Tapisserien in Braun und Gelb bei Herrn Johann prunkvoller waren als diejenigen in Grün und Grau bei Herrn Sievers, kam aber zu keinem Entschluß. Der Diener kam zurück und führte mich nach oben.

»Na, mein junger Freund, Ihr kommt bei weitem zu spät zum Kaffee. Ihr kommt, um Euch zu beschweren, daß Fermors Beschluß noch immer nicht von der Zarin unterschrieben worden ist.«

Er reichte mir aus seinem Sessel mit einer kühlen Bewegung eine erstaunlich heiße Hand. Ich sagte:

»Nein, Herr Graf. Ich komme im Namen der Stadt Wesenberg, um zu fragen – natürlich auf eigene Faust –, was die Stadt unternehmen könnte, damit der Beschluß endlich unterschrieben wird.«

Der alte Herr schmunzelte trocken, aber nachsichtig, wie mir schien.

»Nehmt Platz!«

Ich setzte mich in den Sessel ihm gegenüber.

»Unter welchem Vorwand seid Ihr nach Petersburg gefahren?«

Ich antwortete, die Gnädige habe mich als ihren Sekretär mitgenommen. Und daß wir bei Graf Iwan Andrejewitsch abgestiegen seien, der, wie sie gesagt habe, die Angelegenheit in Ordnung bringen solle. Was hieße, daß er den Beschluß des Senats über den Haufen werfen müsse. Und daß er, soweit ich unterrichtet sei, über diese Angelegenheit mit der Zarin sprechen wolle.

Der Alte hörte mir zerstreut zu und sagte, während er durchs Fenster in das Schneegestöber schaute:

»Dieser Krähwinkel ist – ob Ihr es wißt oder nicht – meine Stadt. So oder so –« (Ich dachte: Wie interessant! Er will sich selbst weismachen, daß sein Zwist mit Frau Tiesenhausen eigentlich Treue der Stadt gegenüber ist ...) Er fuhr fort: »Ihr dort seid naiv. Ja, ja. Wir wollen kindische Illusionen beiseite lassen. Ihr meint, ich wäre hier zu allem fähig. Sagt Eurem – diesem Apotheker und den anderen – und versucht auch selbst zu verstehen: Im Glücksfall vermag ich einiges. Aber nicht alles. Wesenberg stellt sich offenbar nicht vor, was die Tiesenhausens bedeuten. Es handelt sich ja nicht nur um Eure Frau Gertrude, die schon allein, hm, von ziemlicher Bedeutung ist. Die Tiesenhausens und ihre Sippe, das ist ja eine Blutsbrüderschaft. Drei Senatoren, zwei Grafen, ein *Ober-*

hofmeister, einige kaiserliche Kanzleivorsteher, neun Generäle, fünf davon im Dienst, vier im Ruhestand, zwei Admiräle. Wenn man nur die Spitzen im Auge hat. Und wie groß ihre Zwistigkeiten auch sein mögen, in Sachen, die ihre persönliche Macht betreffen, halten sie unerhört fest zusammen.«

»Ich denke, die Sievers' ...«, begann ich von ungefähr, ich weiß selbst nicht, ob ich ihm schmeicheln oder mir selbst Mut für unsere Sache zusprechen wollte.

»Die Sievers sind bei weitem nicht so einflußreich«, sagte der Alte unerwartet nachsichtig (und ich dachte: Interessant. Im Munde eines wirklichen Sievers wäre ein so selbstkritischer Ton kaum möglich, aber im Munde eines falschen Sievers' – bitte schön!). Der Alte fuhr fort: »Und meine Position bei den Sievers'«, er verstummte, als hätte er schwankenden Boden betreten. »Nun ja. Das gehört nicht hierher. So. Praktisch stehen die Dinge so: Die Zarin hat den Senatsbeschluß nicht unterzeichnet. Leider. Das haben die Tiesenhausens erreicht. Sie wollen die Zarin soweit bringen, daß sie dem Senat befiehlt, einen entgegengesetzten Beschluß zu fassen und zu unterzeichnen. Wenn dieser in Kraft tritt, kann Frau Gertrude tun und lassen, was ihr beliebt. Bis jetzt haben die Tiesenhausens das noch nicht erreicht. Denn uns ist es gelungen, wie sagen doch die Schachspieler, einen Gegenzug zu finden. Und ich sage Euch und damit auch der Stadt Wesenberg: Das Höchste, was wir vorläufig erreichen können, ist, na, wie nennen es die Juristen? Was ist das für ein *kwo*?«

»Herr Graf meinen wohl – den *status quo* zu erhalten?«

»Genau! Den *taatus kwo*!« Der Alte kicherte, streckte sich in seinem Sessel und klopfte mir auf die Schultern: »Seht Ihr, der Mensch lernt, solange er lebt. Wenn er sich von Zeit zu Zeit mit jungen gelehrten Freunden trifft, nicht wahr!« Und dann, ohne jeglichen Übergang und ganz unerwartet: »Übrigens, wie geht es Eurer gelehrten Kaufmannsfrau?«

Ich wußte nichts anderes zu tun, als zu murmeln: »Ich hoffe, einigermaßen gut.«

Der Alte schenkte mir einen Schelmenblick, schob den Schoß seines samtenen *Justaucorps* beiseite, suchte mit den Fingern in der Tasche seiner Weste mit silbernen Knöpfen herum – und steckte mir vier Goldimperiale zu.

»Da, nehmt. Gebt sie der jungen Frau, so daß der Mann es nicht sieht. Sagt ihr – von einem unbekannten Onkel.«

Und ganz zum Schluß:

»Apropos, sollte Euch der Boden unter den Füßen zu heiß werden – ich meine, in der Nähe der Frau Gertrude, weil Ihr ihr nicht treu genug seid, oder in der Nähe jener Kaufmannsfrau, weil Ihr ihr zu treu seid –, dann, nun, wo könntet Ihr sonst Unterschlupf finden – sucht mich auf!«

Ich brummte ein paar Dankesworte und machte eine Verbeugung. Und wir fuhren eine Woche später von der Hauptstadt nach Hause. Da Frau Tiesenhausen mißmutiger und überheblicher war als üblich, nahm ich an, daß es Graf Johann während der Woche unseres Petersburger Aufenthaltes nicht gelungen war, die Angelegenheit in Ordnung zu bringen.

26

Meiner eigenen Meinung nach bin ich ein recht tüchtiger Hauslehrer. Wenigstens im Vergleich zu denen, die damals auf den Gütern Estlands diesen Posten bekleideten. Frau Gertrude hatte das anerkannt. Natürlich nicht mir gegenüber. Obwohl auch einige direkt an mich adressierten Worte darauf hinwiesen. Aber was sie dritten Personen gesagt hatte, kam mir über vierte zu Ohren. Also wußte ich, daß sie mit meinen Hofmeisterleistungen zufrieden war. Auch die selteneren Aufgaben als Sekretär hatte ich zu ihrer Zufriedenheit erledigt. Aber bei der größten Nebenaufgabe, die sie mir gegeben hatte – die Rolle des Grafen Sievers hinsichtlich der Widerspenstigkeit der Stadt Wesenberg auszuforschen –, da war ich festgefahren. Wenigstens ihrer Ansicht nach. Dasselbe passierte mir mit der zweiten Aufgabe, die sie mir neben der Hofmeisterarbeit gab. Ich war in eine Untiefe geraten. Oder richtiger – mein Schifflein schaukelte über der Tiefe. Und mein Tau fürs Trawl reichte nicht bis zum Meeresboden.

Nach dem Frühstück auf der zum Park gelegenen Terrasse – es war an einem Julimorgen anno 69 – rief sie mich nach langer Zeit wieder in ihr Schreibzimmer.

»Berend, ich habe die dummen Briefe satt. Lest sie, fahrt nach Dorpat und vergewissert Euch, was das für ein Quatsch ist.«

Sie zeigte mir drei kurze Briefe, die ich stehenden Fußes durchsah. Daraufhin bat ich sie um Erlaubnis, ihr Fragen stellen zu dürfen. Was ich aus diesen Briefen und ihren Antworten erfuhr, war folgendes:

Im Kreis Dorpat auf dem Gut Sarmus war vor einigen Monaten ein Mann namens Peep festgenommen und dem Dorpater Amt übergeben worden. Er hatte behauptet, er sei eigentlich eine Seele vom Gut Wesenberg, stamme aus dem Dorf Törma und habe im vergangenen Jahr bei der Roggenaussaat den Mustmetsa Hans, Aufseher des Gutes Wesenberg, getötet.

Frau Gertrude wußte weder etwas von einem Peep noch von einem Mustmetsa Hans, noch einem Aufseher, und noch weniger von einem Totschlag. Davon hatte wirklich niemand in Wesenberg gehört. Der Wesenberger Aufseher Tagavälja Priit, eine sehnige, sonnenverbrannte Hopfenstange mit schriller Stimme und schweißnassem Bart, war drei Jahre in Amt und Würden und zur Zufriedenheit der Frau Tiesenhausen und zum Ärger des Bauernvolkes bei bester Gesundheit. Vor ihm war niemand namens Mustmetsa Hans auf dem Gut Aufseher gewesen, wohl aber ein anderer, der auf den Feldern von Wesenberg mit seinem Aufseherstock gefuchtelt hatte. Aber jetzt verlangte man von Frau Gertrude die Kosten für den Unterhalt des Häftlings Peep und seine Übergabe an das Estländische Gericht. Ich sollte nun als ihr Vertreter nach Dorpat fahren und beweisen, daß weder sie noch das Gut Wesenberg etwas mit diesem Peep und mit dem Mord zu tun hatten. Also sollte man den Täter und die zuständigen Behörden egal wo suchen, aber doch nicht in Wesenberg. Mit anderen Worten – ich hatte den Befehl, nach Dorpat zu fahren. Der Irrtum in dieser Sache war so klar, daß ich nicht das leiseste Interesse für diesen Fall aufbringen konnte. Die Häscher, Verhörer und Schreiber hatten alle Namen, Menschen und Orte durcheinandergebracht, das war alles.

Ich war schon unterwegs, saß im Sattel eines Reitpferdes aus den Stallungen des Gutes. Ich war schon einen ganzen Tag und noch einen halben bei schrecklicher Hitze und lästigem Staub geritten, über die alte Straße der Schwedenzeit und die Petersburger-Dorpater Landstraße, als mir plötzlich durch den Kopf schoß: Dasselbe Sarmus, wo der geheimnisvolle Peep festgenommen und nach Dorpat befördert worden war, befand sich ja nur einige Werst ostwärts. Möglicherweise würde ich von der Angelegenheit ein besseres Bild erhalten, wenn ich mich auf Sarmus umschaute und mit den Menschen redete.

Ich ritt nicht zum unverhofft prunkvollen Herrenhaus. Ich suchte das kleine niedrige Verwalterhaus im Park zwischen grünen Teichen und gewaltigen steinernen Ställen auf und wartete im Arbeitszimmer auf den Hausherrn. Dieser konnte sich trotz seines Amtes klar ausdrücken.

Jawohl. Peep sei hier Stallbursche gewesen. Etwa ein Jahr lang. Ein ruhiger friedlicher Mann. Von einer Mordtat habe er selbst plötzlich zu sprechen begonnen. Sehr ausführlich. So sei nichts anderes übriggeblieben, als ihn festzunehmen. Daß er aus Wesenberg stamme, daran sei nicht zu zweifeln.

Ich erkundigte mich, auf welche Art er denn hier Arbeit erhalten hatte – da ein Gut, das einen Läufling in Dienst nahm, laut dem Patent des Generalgouverneurs von Livland von anno 65 einen halben Rubel pro Tag Strafe bezahlen mußte? Also ein Jahr Arbeit – das war soviel, wie ein nettes Vorstadthaus kostete?

Der Verwalter erwiderte ruhig:

»Nun, wenn Ihr in der Patentwirtschaft so bewandert seid, solltet Ihr wissen, daß man es mit ihr nicht besonders ernst meint. Das zum ersten. Und zweitens: In Peeps Angelegenheit brauchen wir keine Angst zu haben ...« Er streckte die Hand aus und holte aus einem schwarzen Wandschrank ein Papier hervor, das er mir vorlegte. »Seht, das habe ich an mich genommen, als er abgeführt wurde. Damit ich gegen jegliche Ansprüche gefeit bin.«

Es handelte sich um den Freibrief, der dem Bauern Sooserva Peep aus dem Dorf Törma des Wesenberger Gutes ausgestellt war. Da stand geschrieben, daß er von jeglicher Abhängigkeit vom Gut befreit war. Ausgestellt vom Erbherrn des Gutes Wesenberg am 21. Februar 1749. Gezeichnet von Jakob Johann von Tiesenhausen unter dem hellroten Stierpetschaft der Tiesenhausens.

Vor viereinhalb Jahren, als ich aus Deutschland zurückgekommen war – zu Land, in der Postkutsche, zu Fuß, im Wagentroß –, hatte ich mich einige Tage in Dorpat aufgehalten. Es war Vorfrühling gewesen, überall hatte noch Schnee gelegen, also sah ich das sommerliche Dorpat jetzt zum ersten Mal. Im Vergleich zu Wesenberg war Dorpat natürlich eine imposante Stadt. Aber neben Reval oder den deutschen Städten, vielleicht nicht gerade Jena, sondern verglichen mit Berlin und Leipzig, ein ziemlich jämmerlicher Ort. Die Spuren der Zerstörung vor sechzig Jahren und des wütenden Brandes vor sechs Jahren fielen im sommerlichen Grün zwar weniger ins Auge, als ich sie in meiner schwarzweißen Erinnerung hatte. Aber zwischen den alten Steinsockeln und einigen neuen oder instand gesetzten Steinbauten sprießte das Unkraut, und die erhaltenen Stücke der verwitterten Stadtmauer fletschten durch die jungen Bäume ihre brüchigen, faulen Zähne.

Ich ritt durch die nördliche Vorstadt, die lange Holzbrücke entlang über den Fluß mit den breiten Barken und kam direkt zum Platz mit seinem neuen und recht schäbigen Rathaus. Das alte Rathaus im Hintergrund lag noch völlig in

Trümmern, das neue stand auf der ebenerdigen steinernen Waage und den angebauten Buden. Ich legte dem Justizbürgermeister die Vollmacht der Frau Tiesenhausen vor, erhielt von ihm das erforderliche Papier für das Gefängnis und war zehn Minuten später dort.

Das städtische Gefängnis war in den Turm des verfallenen Russischen Tores eingebaut. Ein Vorgesetzter in einer schäbigen Uniformjacke, ein Sergeant, buchstabierte, was auf meinem Zettel geschrieben stand. Ich wartete eine Viertelstunde in einer kleinen, unwahrscheinlich dreckigen gewölbten Zelle, wo es nichts gab als zwei derbe Hocker und ein winziges vergittertes Fenster, das direkt zur rötlichen Mauer hinausging. Dann holte ein Wachsoldat Peep herein. Ich hatte den Wunsch geäußert, mit dem Häftling unter vier Augen sprechen zu dürfen. Der Soldat blieb zögernd an der Schwelle stehen und sagte:

»Der Herr möge nicht erschrecken. Es kann sein, daß er umfällt und Krämpfe kriegt.« Damit ließ er uns allein.

Ich hieß Peep sich setzen, und er nahm auf einem Hocker Platz, einen Faden von mir entfernt. Ein hochgewachsener magerer Mann von ungefähr fünfzig Jahren, in zerrissenen Lumpen und bleigrau im Gesicht, aschgraues, wahrscheinlich verlaustes Haar bis an die Schultern, den stieren Blick auf den Boden gerichtet.

»Du bist der Sooserva Peep aus dem Dorf Törma?«

Er schaute mich einen Augenblick an, wahrscheinlich überrascht von meiner einwandfreien Bauernsprache. Er nickte.

»Warum bist du hier?«

Einen Augenblick lang war er stumm.

»Der Herr weiß es. Wegen Mordes.«

»Du hast diesen – wie hieß er gleich? – Mustmetsa Hans getötet?«

Peep nickte.

»Wo war das?«

»Auf dem Feld von Wesenberg.«

»Wie hast du es getan?«

»Mit einem Stein.«

»Und er hat sich nicht gewehrt?«

»Er hat seinen Stock fallen lassen. Als er ihn aufheben wollte, habe ich mit dem Stein zugeschlagen.«

»Das muß ein großer Stein gewesen sein?«

»Gute zwei Pud.«

»Wo hattest du den Stein her?«

»Die liegen ja am Feldrain.«

Alles klang höchst logisch, aber es mußte eine Lüge sein!

»Weshalb hast du ihn eigentlich ...?«

»Weshalb? Er war doch Aufseher...«

»Ein Aufseher hat folglich den Tod verdient?«

Ich dachte, jetzt hätte ich ihn in die Enge getrieben, aber er schaute nach wie vor auf den Boden und nickte.

»Wann geschah es?«

»Zuletzt im vergangenen Jahr, zur Roggensaat.«

»Wieso zuletzt?«

»Ich habe doch nicht zum ersten Mal ...«

»Waaas?«

»Jawohl. Ich habe schon mehrmals ...«

»Schon mehrmals Aufseher getötet?«

»Mhm.«

Dieser Mann war verrückt. Seltsam, daß ich nicht gleich darauf gekommen war. Er sah ja auch vollkommen verrückt aus.

»Wo hast du deine Mordtaten vollbracht?«

»In Wesenberg.«

»Wie oft? Hast du gezählt, wie viele Male?«

»Ich habe sie gezählt, aber ich kann mich nicht erinnern.«

»War es jedesmal derselbe Mustmetsa Hans?«

»Ist ja egal ...«

Ich rief die Wache und befahl, den Häftling abzuführen. Ich sagte dem Sergeanten, ich würde in den nächsten Tagen in derselben Angelegenheit wiederkommen, und machte mich auf den Weg nach Wesenberg. Und ich muß sagen: Was ich insgeheim erhofft hatte, war gewissermaßen in Erfüllung gegangen. Ich erreichte am übernächsten Nachmittag mein Ziel und konnte meiner Herrin von meiner Reise Bericht erstatten. Das heißt, ich konnte erzählen, daß der in Dorpat inhaftierte Peep vor zwanzig Jahren wahrhaftig eine Seele des Gutes Wesenberg gewesen, jetzt aber geistesgestört war. Und es stellte sich heraus, daß auch der Gnädigen inzwischen etwas eingefallen war. Und durchaus nicht mit Hilfe ihrer Gutsangestellten (denn die wechselte sie so häufig, daß die jetzigen erst seit ein oder zwei Jahren bei uns waren), sondern sie grub die Erinnerung aus ihrem verkalkten Gehirn aus.

»Jawohl, mir schwant etwas. Als Jakob und ich vor zwanzig Jahren von einer Heilwasserkur aus Deutschland zurückkehrten, erzählte man sich wirklich – aber damals war ja Jakob noch am Leben und hielt mich von allem Unangenehmen fern. Jetzt hätte ich natürlich bei einer derartigen Geschichte alle Einzelheiten erforscht. Aber diese Angewohnheit habe ich seit meiner leidigen Witwenschaft. Damals hörte ich nur, ein Aufseher sei bei uns erschlagen und einige Bauern seien festgenommen worden. Das machte Jakob Sorgen, weil der Herbst nahte und die Feldarbeit getan werden mußte. Soweit ich mich erinnere, wurde alles im Revaler Schloßgericht geklärt. Die Schuldigen wurden zu Zwangsarbeit verurteilt, die anderen ließ man laufen, und sie kehrten zurück. Und wenn dieser Peep, wie Ihr sagt, in Dorpat einen Freibrief von Johann hat, so brauche ich mich um ihn nicht zu kümmern.«

Aber mich kümmerte es seltsamerweise um so mehr. Die ernsthafte Paukerei mit Gustav und Bertram hörte im Sommer auf. Ich mußte ihnen nur ein paar Stunden täglich aus der griechischen und römischen Geschichte erzählen, und wir unternahmen gemeinsame Spaziergänge, um Pflanzen zu sammeln. So hatte ich genügend Zeit für mich selbst.

Am nächsten Tag holte ich mir vom Meister der Brennerei ein Fläschchen und nahm Tiio mit. Am Nachmittag schlenderten wir ins Dorf Vaariku, wo Tiios Eltern wohnten. Wir kehrten für einen Augenblick bei ihnen ein, und ich ließ mir den Weg nach Sooserva zeigen. Tiio blieb zu Hause, um ihrer Mutter den Sonntagsrock vorzuführen, den ihr die Herrin geschenkt hatte, und ich schritt einige Werst in Richtung Väljataguse und fand Sooserva nach ihrer Beschreibung im Handumdrehen.

Ich hatte vor kurzem in Frau Tiesenhausens Bücherregal eine alte Chronik von Gruber gefunden, die vor dreißig Jahren herausgegeben worden war und von heiligen und irdischen Dingen in Livland erzählte. Es stellte sich heraus, daß das hiesige Wierland vor fünfhundertfünfzig Jahren eine *terra fertilis et pulcherrima et camporum planitie spaciosa* gewesen war. Und daß unser Törma schon damals eine *villa magna*, wohl das reichste Dorf dieser Gegend gewesen war, denn gerade dieses hatten die ersten Ritter als den Ort erwählt, an dem sie ihre Beute zusammentrugen. Und weitläufig war dieses Dorf noch heute. Aber vom Wohlstand war es ebenso weit entfernt wie das ganze Land. Und Sooserva, das mir zwischen Wald und Wiesen und Feldstücken entgegenkam, war genau wie Tausende von Haushalten der Leibeigenen im ganzen Land: verstreute Feldfetzen dort, wohin Wald und Gestrüpp und Unterholz sie gedrängt hatten. Das Korn auf den Feldstücken, der gereifte Roggen, verglichen mit den Gutsfeldern, siech und verkümmert. Die Staketenzäune an den Feldstücken. Die knurrenden hungrigen Köter hatten auch auf dem eigenen Hof Ketten mit Stacheln um den Hals, um sie vor Wölfen zu schützen. Am Rand des von Hufen zertrampelten Hofes ein winziger Speicher, zwischen Badstube und Sommerküche das Wohnhaus, angesichts der äußersten Armut, die sich dort verbarg, phantastisch groß, als stamme es aus einem kindischen unerfüllbaren Traum. Dem Äußeren nach schwarze windschiefe Balkenwände bis auf die Erde, die Traufe des bemoosten graugrünen Strohdaches fast bis zum Rasen, das Dach selbst unwahrscheinlich lang mit einem höckrigen Giebel. Das Ganze mutete an wie nicht von Menschenhand errichtet, sondern wie ein aus Wald, Erde, Gestrüpp und Halmen geborener Märchenpilz, eine Schöpfung der Natur.

Die Leute von Sooserva schufteten zu dieser Stunde – es waren die letzten Tage der Heumahd – natürlich noch auf dem Gut. Aber die alten Leutchen, die Mutter der Bäuerin und der Bruder des verstorbenen Altbauern, waren zu Hause. Ich wußte es von Tiio: Zum Teil war es ihr zu verdanken, zum Teil einigen städtischen Verwandten der Dorfleute, daß ich im Lauf der Jahre den Ruf eines zur Gutsherrschaft gehörenden Mannes erworben hatte, der Dorfleute nicht gleich anraunzte, sondern mit dem man sogar ein vernünftiges Wort reden konnte. Und beim Sooserva-Alten auf der Bank unter der Traufe leistete mir das Fläschchen den Dienst, auf den ich gehofft hatte: Es bohrte ein Loch in das Gedächtnis des Greises.

»Warum sollte ich mich nicht an unseren Peep erinnern! Wenn es auch schrecklich lange her ist ...«

Der sehnige alte Mann mit dem unglaublich zerfurchten Gesicht hielt mein Fläschchen in der Hand, leckte sich nach einem tüchtigen Schluck die Lippen und blinzelte in die untergehende Sonne.

»Jetzt ist er schon Gott weiß wie lange weg aus unserer Gegend.«

»Was ist damals mit ihm auf dem Gut geschehen?«

»Er wurde wegen Totschlags des Aufsehers festgenommen. Anfangs wurden sechs oder sieben Mann geschnappt. Der alte Baron war mit seiner Frau in Deutschland. Der Borkholmer Herr Magnus – also ihr Sohn – fuhr nach Wesenberg und stellte die Häftlinge zur Rede. Sie wurden auch geprügelt. Einige ließ man laufen, und vier wurden nach Reval geschickt, Peep unter ihnen. Sie kriegten Schläge und wurden verhört. Und dann kam die Sache vor Gericht. Der Jäätmaa Mihkel und der Mäe Annus und ein Fronarbeiter vom Gut Allik – ich kann mich an seinen Namen nicht mehr erinnern – wurden zu Zwangsarbeit verurteilt, zum Bau des Revaler Hafens. Dort sollen sie nach einigen Jahren gestorben sein. Aber Peep kam vom Gericht zurück nach Hause.«

»Er wurde also nicht für schuldig befunden?«

»Jawohl. Und dann gab der Herr Jakob ihm einen Freibrief.«

»Wozu?«

»Nun, in Reval wurde Peep nicht gerade verwöhnt. Ich habe mit eigenen Augen gesehen, wie blutig sein Rücken war. Am rechten Schulterblatt schaute rohes Fleisch hervor.«

Der Alte nahm noch einen Schluck, und sein Gesicht zog sich zu einem winzigen Furchenbündel zusammen. Er blies in die Luft, und es war, als blase er auf Peeps blutige Striemen, und fuhr fort:

»Sein Rücken heilte allmählich. Aber er war nicht mehr richtig im Kopf, und Herr Jakob schien ihn zu fürchten. Zum Arbeiten taugte er auch nicht mehr. Darum bekam er diesen Freibrief.«

»Wie wurde der Aufseher erschlagen?«

»Ich habe es ja nicht gesehen«, sagte der Alte. »Aber beinahe wäre ich dabeigewesen. Ich war ja mit den Leuten mehrere Tage mit meinem Getreidemaß auf dem Roggenfeld, aber an jenem Morgen ... Das Maß wog mit dem Saatgut nicht mehr als anderthalb Pud, aber ich habe nie Mumm in den Knochen gehabt, und gerade an jenem Morgen – Peep und ich sollten aufs Gut gehen – hatte ich einen solchen Hexenschuß, daß ich nicht einmal aufstehen konnte, ohne mich von der Schlafstatt auf den Boden zu rollen. Und ich blieb zu Hause. Es geschah am Feldrand hinter dem Eichenhain. Wie? Na, sie hatten dort beim Feldsteinhaufen allzu lange Pause gemacht, und Ants hatte sie ertappt. Er hatte sie angebrüllt und mit dem Stock nach ihnen gestochen. Und dann – wie es manchmal losgeht – waren sie aufgesprungen und hatten sich gewehrt. Sie hatten ihm den Stock entrissen und damit losgehauen.«

Also war Peep doch der Mörder des Mustmetsa Hans. Einer seiner Mörder. Die anderen hatten ihn beim Verhör nicht genannt. Das passiert wohl bei Bauersleuten selten, aber es kommt vor. Und er selbst leugnete es. Er ließ sich die Haut vom Leibe prügeln, bekannte sich jedoch nicht schuldig. So lange, bis sie ihn laufen ließen. Aber die Last des Verbrechens nahm ihm den Verstand. Warum nicht. Sensible Menschen kann so etwas schon irrsinnig machen.

»Sie warfen ihm einen Stein an den Kopf?«

»Nein«, sagte der Alte. »Sie hatten doch gerade Brot geschnitten und hielten die Messer in der Hand. Sie stachen ihn mit den Messern tot.«

»Und Peep war einer von ihnen?«

»Das kann ich nicht genau sagen. Aber wenn er dabeigewesen wäre, wer hätte ihn dann laufenlassen? Er hatte doch nichts mit den Roggensäern zu tun. Er schleppte ihnen nur das Saatgut aufs Feld, alle hundert Schritt in Reih und Glied einen Sack von zwei Scheffeln ...«

Am nächsten Morgen sagte ich Frau Gertrude, ich müsse wohl in dieser Angelegenheit noch einmal nach Dorpat fahren.

»Warum?« rief sie aus. »Ob er verrückt ist oder nicht – wenn Jakob ihn freigelassen hat, soll er seine Freiheit schlucken. Ich habe mit ihm nichts zu schaffen.«

Diese Antwort hatte ich vorausgesehen.

»Aber wenn er der Mörder dieses erschlagenen Aufsehers ist? Einer seiner Mörder, der bis heute, nach zwanzig Jahren, mit heiler Haut davongekommen ist?«

»Woher nehmt Ihr so etwas?«

»Ich war im Dorf Törma und habe mit den Leuten gesprochen.«

»Und Ihr habt erfahren, daß er ...?«

»Jedenfalls sind mir Zweifel gekommen. Meiner Meinung nach müßte man Peep selbst fragen. Jetzt, wo er verrückt ist, ist er vielleicht nicht mehr so gewandt wie seinerzeit, als er für unschuldig erklärt wurde.«

Frau Tiesenhausen schaute mit einem Richterblick von ihren Papieren auf.

»Wenn Ihr wirklich meint, daß der Mörder meines Aufsehers ohne Strafe davongekommen ist – fahrt! Ich werde Fräulein Frederici sagen, sie soll inzwischen die Jungen mehr Klavier üben lassen.«

Drei Tage später war ich wieder in Dorpat, und der Justizbürgermeister gestattete mir, noch einmal mit dem Häftling zu sprechen. Natürlich in der Hoffnung, ihn loszuwerden und ihn zu Frau Tiesenhausen abzuschieben. Ich befand mich wieder in der bewußten dreckigen Zelle. Peep wurde geholt und nahm einen Faden von mir entfernt auf dem Hocker Platz.

»Erinnerst du dich an mich?«

Er hob den Blick nicht vom Boden, aber er nickte.

»Du hast mir erzählt, wie du ihn getötet hast. Wie du vom Steinhaufen den zwei Pud wiegenden Stein genommen und ihm damit auf den Kopf gehauen hast. Kannst du dich erinnern?«

Peep nickte. Ich sagte:

»Paß jetzt gut auf. Ich werde dich daran erinnern, was sich dort am Feldrain im Sommer achtundvierzig wirklich zugetragen hat.«

Er hob den Kopf. Seine merkwürdig hellen, fast weißen Augen im grauen, beinahe bläulichen, zerfurchten Gesicht schauten mich einen Moment, wie mir schien, erschrocken an und senkten sich dann wieder zu Boden. Ich sagte:

»Es war zur Roggensaat. Dort am Feldrain. Du erinnerst dich? Der Jäätmaa-Mihkel, der Mäe-Annus und noch ein dritter, ein Knecht von Allik, waren die Säleute. Du hast ihnen Saatsäcke auf das Feld geschleppt. Säcke von zwei Scheffeln. Alle hundert Schritt in Reih und Glied ein Sack. Und als du zum ersten Mal aus dem Gestrüpp mit deiner Fuhre hinausgebogen bist, hast du das Geschimpfe des Mustmetsa Hans gehört. Und ganz aus der Nähe hast du's gesehen: Die drei haben beim Steinhaufen gesessen, und Hans hat sie angeschrien und mit seinem Stock gefuchtelt. Aber du bist damals ein mutiger strammer Mann gewesen. Und dieser Hans ist dir durch seine Aufseherroheit schon längst an die Nieren gegangen. Wie allen, deren Rücken mit seinem Stock Bekanntschaft gemacht hatten. Oder deren Mädchen er nachgestellt hatte. Du hast den Gaul zum Stehen gebracht und bist zu den Männern gegangen, ohne zu wissen, warum. Wahrscheinlich wolltest du rufen: Hör mal, Hans, warum schreist du die Männer so an?! Bricht dir ein Zacken aus der Krone, wenn sie ein wenig trödeln? Oder Ähnliches. Und dann – dich hatten sie wohl gar nicht bemerkt – hast du gesehen: Die drei sind nicht dienstbereit aufgesprungen. Sie haben zunächst ihre Brotkanten in die Säcke gesteckt, und Hans hat mit seinem Stock auf sie losgeprügelt.«

Seltsam, als ich ihm dies erzählte, stellte ich mir alles so deutlich vor – das Schimpfen des Aufsehers, das Pfeifen des Stockes auf dem Rücken der drei Männer, die sich unter den Hieben duckten –, als wäre ich selbst dort und als hätte sich das nicht vor zwanzig Jahren zugetragen, sondern gestern. Ich sah es so deutlich, daß ich eigentlich gar nichts sah, obwohl ich sah, wie Peep mir lauschte. Sein knöchriges Kinn war auf die Brust gesunken, sein seltsam leerer schwarzer Mund stand offen, und er drückte die Finger seiner rechten Hand in den Schlund, als wolle er etwas in sich hineinpressen. Ich sprach weiter:

»Und dann ist es dir plötzlich schwarz vor den Augen geworden. Du hast dir einen zwei Pud schweren Stein gegriffen und ihn so stark gepreßt, daß dir die Hände brannten. Du hast ihn in die Luft gehoben. Im selben Augenblick sind die Männer aufgesprungen. Der Stock ist Hans aus der Hand gefallen. Die drei Männer sind auf ihn losgegangen. Blitzschnell ist ein Handgemenge entstanden. Da hast du Messer in ihrer Hand gesehen, und sie sind blutig gewesen. Der Aufseher ist röchelnd auf den Rasen gesunken. Und du hast den Stein zu Boden geworfen. Oder hast du ihn zurück auf den Haufen gelegt?«

Peep flüsterte:

»Ich habe ihn – wahrscheinlich – zurück – auf den Haufen ...«

»Und als man dich auf dem Gut und später in Reval geprügelt hat, damit du deine Schuld eingestehst, hast du dich nicht schuldig bekennen können. Die anderen haben es getan. Denn sie sind die Mörder gewesen. Aber du hast es nicht getan. Die anderen haben dich wahrscheinlich gar nicht bemerkt. Und soviel du auch geprügelt worden bist, du hast immer ein und dasselbe gesagt, und so haben sie dich nicht kleingekriegt. Und sie haben dich laufenlassen. Erinnere dich: Schon dort im Keller auf dem Domberg, als du nachts im Finstern mit blutendem Rücken auf dem Boden gelegen hast, bist du plötzlich aus dem Schlummer aufgeschreckt. Vielleicht hattest du den Stein nicht auf den Haufen gelegt? Vielleicht hattest du ihn doch Hans an den Kopf geschleudert, während die anderen mit dem Messer auf ihn losgegangen waren? Oder schon einen Augenblick vorher? *Denn du hattest ihn ja töten wollen ...!* Vielleicht hatten ihn die anderen mit dem Messer erst niedergestreckt, nachdem ihn dein Stein getroffen hatte ...? Und diese Augenblicke des Zweifels ... Peep, du hörst mir doch zu? Und als man dich freigelassen hat und die anderen in Fesseln zur Zwangsarbeit geschleppt worden sind, haben sich deine Zweifel immer häufiger wiederholt ... Je mehr die Einzelheiten in deinem Gedächtnis verblaßt sind, um so möglicher ist für dich gewesen, daß du schuldig bist. Die Augenblicke des Zweifels haben sich zur Gewißheit zusammengeballt und sind ineinander gewachsen. Sie haben sich in dir zu einem gewaltigen Knäuel der Schuld versteinert. Und dann hast du dir vorgestellt und geglaubt, du hättest es mehrmals getan, du hättest es immer wieder getan. Peep – sag, war es so?«

»Nein, nein, nein«, sagte Peep unerwartet leidenschaftlich. »Sie sind ja alle tot. Der Jäätmaa-Mihkel und die beiden anderen. Und so muß ich – wenn nicht schon längst, wenn nicht von Anfang an ... Ja, begreift der Herr denn nicht?«

»Peep, du hast ihn nicht getötet! Deine Selbstbeschuldigung ist die Folge deiner Sinnesverwirrung. Wenn du mir helfen wolltest, würde ich es den Machthabern erklären ...«

Er rief aus: »Aber ich *wollte* doch!«

Später schien mir, daß ich nicht richtig begriffen hatte, was er meinte. Ob er hatte *erklären* oder *töten* wollen. Vielleicht rief er auch gar nicht: »Aber ich *wollte* doch!«, sondern: »Aber ich tötete doch!«* Aber was hatte das zu sagen, wenn ich doch wußte, daß er nicht gemordet hatte.

Ich sagte: »Peep, so oder so, er war Aufseher und Schuft. Er ist deine aufopfernde Lüge nicht wert!«

Peep schaute mich mit gebrochenen Augen an, röchelte und stürzte zu Boden – er hatte einen Anfall von Fallsucht. Ich hatte so etwas noch nie aus nächster Nähe gesehen. Sein verzerrtes Gesicht und seine Krämpfe zu sehen war fürchterlich. Für mich doppelt so schlimm, weil ich den Anfall hervorgerufen hatte. Ich versuchte, ihn von der Mauer wegzudrücken, damit er nicht mit dem Kopf an sie schlug. Ich hatte gehört, daß man einem Fallsüchtigen bei einem Anfall einen Gegenstand zwischen die Zähne stecken sollte, aber das Zimmer war bis auf die zwei Hocker leer. Da fühlte meine Hand unter seinem Hemd einen Gegenstand. Es war ein Holzlöffel, den er im Hosenbund trug. Ich steckte den Löffelstiel zwischen seine Zähne und eilte in die Gefängniskanzlei, um Hilfe zu holen.

Der Leiter, ein Unteroffizier, knöpfte seinen Kragen am unrasierten Kinn zu und kam mit mir. Ohne Begeisterung, aber dennoch. Er warf einen Blick auf den Kranken, zog mich fort von der Schwelle und schloß die Tür ab.

»Aber – lieber Gott – was wird jetzt mit ihm?«

»Das vergeht.«

»Der Anfall vergeht. Schön und gut. Aber überhaupt – morgen? In Zukunft?«

»Hört zu, ich behalte ihn hier, solange ich den Befehl habe. Das Weitere geht mich nichts an.«

* Wortspiel aus dem Estnischen: »aga ma ju *tahtsin*« – »aga ma ju *tapsin*«.

27

Welches sind die Kennzeichen und Maßstäbe der Geschehnisse, die das Schicksal der Menschen bestimmen? Außer den Vermutungen der Menschen, die angeblich auf historischen Erfahrungen beruhen, gibt es derartige Maßstäbe ohnehin nicht. Doch was wir von dem zukünftigen Einfluß der Ereignisse erwarten, ist nach einer anderen Erfahrung häufig grundfalsch, allzu falsch, um, wenn man ernsthaft an die Sache herangeht, überhaupt an etwas glauben zu dürfen, was in der Zukunft geschehen könnte. Denn zu oft entpuppen sich Ereignisse, die wir kaum wahrnehmen, im nachhinein als Weg- oder Wasserscheide des Daseins unserer Nächsten oder von uns selbst. Ereignisse dagegen, die das Dasein wenn nicht der Staaten, so doch der Provinzen und Städte umzugestalten scheinen, verändern die Welt nicht mehr als das Rascheln einer vorbeifliegenden Elster.

Es war der Vorfrühling des Jahres 71. Wenigstens schien sich in der Welt doch so manches zugetragen zu haben und weiterhin zuzutragen. Rußland führte das dritte Jahr Krieg mit der Türkei. Aber das fand irgendwo weit weg im Südosten statt, und die spärlichen Nachrichten, die uns von dort erreichten – selbstverständlich Siegesnachrichten, wie immer –, fanden hierzulande keine besondere Aufmerksamkeit. Denn aus den eroberten baltischen Provinzen hatte man für diesen Krieg keine Soldaten geworben. Die Klavierlehrerin der Jungen – jetzt sagte Frau Tiesenhausen manchmal auch schon »junge Herren« –, Fräulein Frederici, hatte erzählt, in Deutschland sei Gellert vor kurzem gestorben. Und als ich das letzte Mal bei Richmann Schach gespielt hatte, hatte er erzählt (solche Meldungen schienen ihm durch das Schicksal seines jüngeren Bruders ins Auge zu fallen), daß im vergangenen Jahr am Turm der Jakobskirche in Hamburg der erste Blitzableiter Europas angebracht worden sein soll. Aber davon, ob, wie und wann der Blitz in Wesenberg einschlagen würde oder ob dies verhütet werden könne, wußten weder der Apotheker noch sonst ein gewöhnlicher Sterblicher.

Die hellsten Köpfe unter den Stadtgrauen, Rosenmark, Rohleder und andere, kurz dieselben, mit denen ich einst die bewußte Versammlung abgehalten hatte, hatten vor Weihnachten erneut in Rosenmarks Krug über die Supplik der Grauen gesprochen, und wieder einmal wurde beschlossen, die Angelegenheit zu vertagen. Bis endlich in Sachen der Stadt ein Beschluß vorliegen würde. Und ich hatte dort den Gedanken von Sievers verfochten (natürlich ohne seinen Namen zu nennen, denn ich konnte meinen Kontakt zu ihm nicht an die große Glocke hängen), den Gedanken nämlich, daß das Fehlen eines endgültigen Beschlusses der Zarin eigentlich das Beste war, was die Stadt erreichen konnte. Und ich erinnere mich: Wie richtig der Gedanke auch gewesen sein mochte (und anscheinend war er es), mir war es ein wenig peinlich, ihn so anonym darzubieten, als wäre er der meine, auch schämte ich mich meines flügellahmen Pragmatismus.

Aber da hatten wir, wie gesagt, den Vorfrühling 71: Ich war an einem Samstagmorgen unterwegs zum Kramladen in der Ritterstraße, um für meine Zöglinge ein paar Ries Schreibpapier zu kaufen (Eiszapfen hingen an den niedrigen Dachrinnen, ich schaute mich um, ob niemand mein kindisches Tun bemerkte, brach vom Dach des Schmiedemeisters Krüger einen ellenlangen Zapfen ab und wollte gerade ein Stück davon abbeißen), als Gevatter Rosenmark aus der Ladentür kam und mir in den Weg trat.

»Sieh an, Gevatter Falck! Na, wo habt Ihr denn so lange gesteckt? Hab Euch schon eine Ewigkeit nicht gesehen.«

Ich stand da mit dem Zapfen in der Hand und dachte: Gott sei Dank, daß das kein Rapier ist. Sonst wäre ich in Versuchung gewesen, ihm den Degen zwischen die Pelzschöße zu stoßen, in den Bauch oder die Brust oder was er da hatte. Denn ich hatte ihn einmal an seiner Theke sagen hören: »Schwächlinge und Schlappschwänze! – Was bei einem richtigen Mann oberhalb des Gürtels ist, das ist seine Brust!« Also stand ich dort, den Eissäbel in der Hand, versuchte ein Lächeln zu verbergen und redete über das schlechte Wetter und die viele Arbeit. Und Johan sagte freundlich:

»Hört mal, heute ist Samstag. Kommt am Abend zu uns. Bestimmt! Magdalena würde sich freuen. Wir beide gehen in die Badstube. Nachher essen wir Abendbrot. Nehmt frische Wäsche mit und kommt. Um sieben herum.«

Ich ging hin. Und etwas Besonderes, etwas überaus Besonderes geschah an diesem Samstagabend wirklich nicht. Wenigstens schien es mir so. Natürlich erwachten alle meine Gefühle, als Magdalena in einem festlichen halbseidenen dunkelgrünen Kleid mit Puffärmeln zu Johan und mir ins Speisezimmer trat und ich nach vielen Monaten in ihren braunen Augen das Flackern der Kerzenlichter sah und ihre warme kräftige Hand einen Augenblick in der meinen fühlte. Aber mich befremdete ein wenig – wie immer – ihr vertrautes, sicheres Gebaren. Und das mäßigte meine Erregung. Zugleich tat der Schatten der Sorge in ihrem Blick dem gekränkten Teil meines Herzens – der liebe Gott möge es mir vergeben – sogar wohl. Aber ich war alt genug und, wie es heißt, mit allen Wassern gewaschen, um mir nichts ansehen zu lassen. Und einen allzu scharfen Blick hatte ihr Krüger und Kaufherr denn doch nicht. Jedenfalls hielt ich meine Worte und mein Benehmen im Zaum. Auch dann, als das kleine nette Bübchen ins Zimmer schlüpfte, betrachtete ich es zwar aufmerksam, gab mich aber mit ihm nur soviel ab, wie es sich für einen fremden Onkel geziemte. Der Junge hatte die feinen Glieder, die hellen Haare und die großen braunen Augen der Mutter. Johan hieß ihn mir einen Kratzfuß machen, und das Kerlchen brachte es zu Johans Zufriedenheit fertig. Er sagte mit väterlichem Stolz:

»Und nun hau ab. Hol deine Hemdchen und Strümpfe. Vater nimmt dich heute mit in die Männerbadstube. Du bist groß genug dazu.«

Als Kaalu gegangen war, stand Johan auf und sprach zu Magdalena und mir:

»Ich gehe eine Flasche Wein holen. Wir wollen vor der Badstube einen Schluck trinken. Ich habe heute einen kleinen Sieg zu feiern.«

Er verließ das Zimmer. Ich wollte Magdalena fragen, was das für ein Sieg sei, aber sie sagte in hastigem Flüstern:

»Berend, Johan hat vor zwei Wochen in meiner Schublade die vier Imperiale gefunden, die du mir von Sievers gebracht hast. Ich habe ihm nichts vorzulügen gewußt. Ich habe erzählt, wer sie geschickt und wer sie gebracht hat.«

Ich konnte nur murmeln: »Denjenigen, der sie brachte, hättest du nicht ...« Da kam Johan mit einer Flasche Rheinwein zurück und holte Gläser aus dem Buffet.

»Magdalena, du willst keinen Wein?«

Sie schüttelte den Kopf, Johan stellte das dritte Glas zurück und füllte die beiden übrigen. Jetzt trank man in diesem Haus schon edle Weine! Ich fragte:

»Was ist das für ein Sieg, den Ihr feiern wollt?«

»Es handelt sich darum, daß ich dieses verdammte Grundstück in der Karristraße endlich gekriegt habe! Zwei Jahre hat mir Frau Tiesenhausen Widerstand geleistet! Aber General Sievers, Joachim Sievers meine ich – er wird bald unser neuer Zivilgouverneur –, ist der Dame auf die Zehen getreten. Ihr könnt Euch denken, auf wessen Wunsch hin, nicht wahr? Denn wie ich höre, wißt Ihr, wer der Onkel meiner Magdalena ist.« Er schaute mich wohlwollend, neugierig und forschend an. »Also sitzen wir beide auf ein und demselben Zweig. So hat es keinen Sinn, daß einer sich mit der Säge an den Sitz des anderen macht – im Interesse der Frau Tiesenhausen.«

»Das ist klar!«

»Na, trinken wir jetzt auf meine Grundstücke!«

Wir leerten unsere Gläser, und ich beobachtete Magdalena dabei. Sie schien über unser Tun ratlos und neugierig zu lächeln und froh zu sein, mir ihre Mitteilung gemacht zu haben. Auch Johans zufriedene Miene schien zu sagen: »Na, jetzt weißt du, Bursche, daß ich weiß, daß du weißt.« Johan stellte sein leeres Glas auf den Tisch.

»Kaalu! Wo bist du? Komm jetzt!«

Ich griff nach meiner Pelerine, und Johan warf sich seinen Pelz auf die Schulter. Maade half den Jungen in seinen winzigen Umhang.

»Wasch ihm auch den Kopf, Johan. Die Kernseife liegt auf der Schwitzbank.«

Dann saßen wir zu dritt auf der Bank.

Der Junge war noch keine sechs Jahre alt, doch nach seinem Wuchs und seiner Aufgewecktheit hätte man ihn für einen Siebenjährigen halten können. Obwohl er, so nackt und naß, noch zierlicher aussah als gewöhnlich. Ich befürchtete, Johan könnte mich über Sievers befragen, aber er tat es nicht. Vielleicht aus der Erwägung heraus, daß ich ihm dann ähnliche Fragen stellen könnte. Er erzählte von seinem Plan, auf dem Grundstück in der Karristraße einen großen Speicher zu errichten. Einen solchen, in dem das aufgekaufte Getreide lagern konnte, um es erst dann an den Mann zu bringen, wenn die Preise des laufenden Jahres in die Höhe geklettert waren. Beim Erzählen seifte er den Kopf des Jungen ein, spülte sein Haar und brachte ihm bei, wie er die Augen zukneifen sollte, und überhaupt schien es ihm Spaß zu machen, sich mit ihm abzugeben. Warum auch nicht?! Denn der Junge war ein nettes liebes Kerlchen. Er hatte zwischen Kreuz und Rücken – oder war es schon das Hinterteil? – einen rosigweißen Fleck von der Größe eines Erlenblattes, der in der Hitze der Badstube sichtbar wurde. Ich hatte gehört, daß solche Male manchmal erblich sein konnten, aber als Johan mir seinen breiten, rötlich behaarten Rücken zukehrte, sah ich, daß er keines hatte. Mir lag schon auf der Zunge zu sagen, daß man solche Flecken Muttermale nannte und ich nicht wüßte, ob die Mutter ebenfalls ein solches hätte. Ich hatte ja leider Gottes nie Gelegenheit gehabt, das zu erfahren, aber Johan hatte seine Frau sicherlich von allen Seiten bewundert ... Ich enthielt mich der Frage, denn plötzlich empfand ich sie als unmöglich, nicht weil Johan für so etwas allzu zart besaitet gewesen wäre, sondern weil sich mein Gewissen ihm und seiner Frau gegenüber rührte ...

Nach der Badstube aßen wir zu dritt am Ende ihres langen Eßtisches, wie wir es in den letzten Jahren zwar selten, aber doch hin und wieder getan hatten. Gegen zehn Uhr begleitete mich Johan freundschaftlich bis zur Straße. Der Mond schien auf die Dächer und Traufen mit den Eiszapfen, wir verabschiedeten uns, und Johan schloß die Tür des grünen Hauses hinter mir zu.

28

Den Frühling und den ganzen Sommer lang sollte ich mit den Jungen, besonders mit Gustav, fleißig arbeiten, denn Frau Tiesenhausen hatte beschlossen, er müsse im Herbst reif sein für die Leipziger Universität. Er sollte Kameralia studieren, wie es ebenfalls die Gnädige beschlossen hatte. Und ich schleppte den widerspenstigen, aber durchaus nicht unfähigen Burschen bis Ende Juni in unserem nach Kreide riechenden Schulzimmer und unter der gestreiften Markise auf der Terrasse durch allerhand Bücher, begonnen mit dem alten Seckendorf bis zu Büschings neuestem Magazin der Historie und Geographie. Beim Pauken wurde mir klar, daß der Junge im Herbst wirklich auf die Universität gehen konnte und nicht zu den Dümmsten gehören würde. Nur durfte er, dem Pantoffel der Großmutter entkommen, nicht im Sumpf der studentischen Lustbarkeiten versinken, sondern müßte am Rande stehenbleiben, in den Vorlesungen die Ohren spitzen und auch ohne Pauker nicht zu faul sein, in den Büchern zu blättern. Wozu sich von den Söhnen aus Adelsfamilien nach meiner Erfahrung nur ein Viertel bequemte.

Anfang Juli war Gustav jedenfalls angesichts der Hitze zu faul dazu und erbettelte sich von der Großmutter zwei Wochen Ferien. Aber mir gönnte die Herrin keinerlei Erholung:

»Berend, Ihr müßt mir morgen früh bei einigen Briefen helfen. Diese unsere sogenannten Bürger sind wieder dabei, mir ein Süppchen zu kochen. Klar, mit wessen Hilfe und auf wessen Initiative.«

Eine geraume Zeit lang hatte mir Frau Tiesenhausen keine derartigen Aufgaben mehr gegeben. Das war für mich gewissermaßen sogar eine Enttäuschung gewesen, aber mehr noch eine Sorge. Denn von Zeit zu Zeit hatte ich mich gefragt, ob mich die Dame vielleicht durchschaut habe und zu verdächtigen begann. Andererseits war es mir angenehm, ihre Briefe nicht mehr schreiben zu müssen. Das wurde mir erst jetzt richtig klar, als ich wieder an ihrem Mahagonisekretär stand und bemerkte, daß sie nervöser und kampflustiger schien als früher. Und als sie mir über den Tisch hinweg ihr Konzept reichte und mir streng ins Gesicht schaute, sah das Weiße ihrer Augen ein wenig gelblich aus.

»Macht daraus einen vernünftigen Brief!«

Ich las ihn im Stehen, um ihr gleich Fragen stellen zu können, falls ich welche hatte.

Dieser zornige Text mit den vielen Ausstreichungen war wieder eine persönlich an die Zarin gerichtete Beschwerde. Diesmal über den Wesenberger Silberschmied Linde, der nach der Pensionierung des Vogteirichters Jahn zum neuen Vogteirichter ernannt worden war. Derselbe Linde, ein hagerer Sonderling mit grauem Gesicht und aschfarbenem Ziegenbart, war ein durch und durch ehrlicher Mann. Er gravierte auf die Pokale und Löffelstiele der Wesenberger deren Initialen, stets mit der Lupe und stets mit alttestamentarischer Emsigkeit. Aber mit derselben lästigen Pedanterie forderte er die Rechte des Vogteigerichts. Darum haßte ihn Frau Tiesenhausen. Und darum nannte sie ihn in ihrem tintenbespritzten Briefentwurf »nicht nur einen Silberfälscher, der schon längst entlarvt worden ist, sondern auch einen Helfershelfer der Räuber und Schurken, der wissentlich gestohlene Gegenstände aufkauft, das gestohlene Silber mit Kupfer und Zinn und mit wer weiß was mischt und als reines Silber weiterverkauft. Was doppelt und dreifach niederträchtig ist, weil die silbernen Gegenstände, die er kauft und verpfuscht, häufig

Sachen sind, die von meinen bettelarmen Bauern gestohlen wurden, welche ja zum Schutz vor Dieben keine Vorhängeschlösser und Riegel besitzen.«

Ich dachte: Ein phantastisches Weib, denn sie bemerkt, zu ihren Gunsten selbstverständlich, aber dennoch, den moralischen Unterschied zwischen dem Diebstahl an den Armen und dem an den Reichen. Und weiter dachte ich, daß ich nicht wußte, wie ich aus diesem Konzept einen vernünftigen Brief machen konnte, wenn alles, was sie über Linde behauptete, bewußte Verleumdung war.

Plötzlich erhob sich Frau Tiesenhausen. Ich schaute sie befremdet an. Sie stützte sich auf den Tischrand. Ihr Mund verzog sich. Auf ihrer braunfleckigen Stirn standen Schweißtropfen.

»Berend, mir ist schlecht. Schickt Tiio zu mir. Und lauft zu Doktor Götze.«

Doktor Götze war zum Glück zu Hause und kam sofort mit mir. Frau Tiesenhausen war inzwischen ins Bett gebracht worden. Der Doktor ging in ihr Schlafzimmer, ich natürlich nicht, ich wartete im Schreibzimmer. Nach zehn Minuten kam er zurück und wollte den Diener mit einem Zettel in die Apotheke schicken, aber Tiio kam nach ihm und sagte, ich solle zur Gnädigen gehen.

Frau Tiesenhausen lag tief in die Kissen gebettet und stöhnte. Nicht qualvoll, sondern wütend. Sie sagte:

»Berend, bringt Ihr das Rezept in die Apotheke! Und wenn dieser Richmann die Medizin braut, sagt, ich würde verlangen, daß Ihr dabeisteht. Dann traut er sich nicht, mir Gift in die Medizin zu mischen.«

Richmann sagte: »Den Opiumextrakt gebe ich Euch gleich. Den soll man ihr mit einem Suppenlöffel mit ein wenig Honig einflößen. Vorläufig diese Pillen. Die dreht Schlüter in einer halben Stunde und bringt sie aufs Gut. Aber die Mixtur wird erst morgen früh fertig.«

»Was meint Ihr, was ihr fehlt?«

Der alte Herr warf einen Blick auf das Rezept: »*Chelidonii, croci, cardamomi, zingiberi, violae.* Götze meint, sie habe Gallensteine.«

»Und hilft das?«

»Nun, so Gott hilft, hilft auch die Medizin. Auf die Dauer sollte sie helfen.«

Aber Frau Tiesenhausen bot den Pillen und der Mixtur Götzes keine Gelegenheit dazu. Das Opium brachte ihr Erleichterung, und sie wollte es öfter schlucken, als vorgesehen war. Doch als sie ein paarmal Pillen und Mixtur eingenommen hatte und keine Besserung eintrat, schrieb sie natürlich diesen die Schmerzen zu. Und die Anfälle waren schlimm genug. Am vierten Tag ließ sie mich an ihr Bett holen.

»Berend, ich fahre weg.«

Ihr Gesicht und ihre Hände waren merklich gelb geworden. Sie hatte gerade einen Löffel Opium bekommen und schien ein wenig wirr zu sprechen:

»Ja, ja! Denn hier vergiften sie mich. Diese Medizin, die gleich fertig war – bei deren Zubereitung Ihr dabei wart –, die war einwandfrei. Die hilft mir. Aber was dieser alte Kerl zusammengebraut hat, das ist Gift. Sie wollen mich umbringen. Ihr wißt, wessen Befehl sie ausführen. Er aber will meinen Tod nicht. Das weiß ich. Er will mich nur schikanieren und erniedrigen. Aber seine Handlanger entfalten übertriebenen Eifer. Wie es bei solchen Kreaturen eben der Fall ist. Sie haben jahrelang auf eine Gelegenheit gewartet. Und jetzt glauben sie, diese Gelegenheit wäre da. Aber ich übertrumpfe sie! Ich fahre nach Reval. Ja, ja. Geht und schickt Freundling zu mir. Ich werde Anordnungen treffen. Tiio, Tehvan, Götze. Ruft Götze her. Er soll mitkommen. Er wird mich begleiten. Ich werde ihn bezahlen. Und er soll eine Flasche mit der einwandfreien Medizin mitnehmen. Ihr bleibt mit den Jungen hier, bis ich gesund bin und zum Leidwesen all dieser Schufte zurückkomme. Zurück in mein *dominium plenum* –«

Doktor Götze kam und ließ die Opiumdosis erhöhen, doch Frau Gertrude hatte ihren Entschluß gefaßt. Anscheinend ließen die Gallenschmerzen einige Tage lang wirklich nach. Oder es war Autosuggestion, zu der sie fähig zu sein schien. Am dritten Tag fuhr sie mit der Kutsche, die am besten gefedert war, in Tiios und Tehvans Begleitung weg. Und Doktor Götze fuhr mit ihr, offenbar für schweres Geld. Nach einer Woche kam der Doktor zurück und erzählte, sie sei in Reval im Haus ihrer Tochter Barbara und deren Mann, im Haus des Harkschen Budberg, und der Familie und den Revaler Ärzten anvertraut.

Ich blieb, wie befohlen, an Ort und Stelle und unterrichtete bis Ende August Gustav und auch Bertram nach Kräften. Über Frau Tiesenhausen hörten wir von Zeit zu Zeit, sie sei immer noch krank. Dann fuhr Gustav nach Reval, um mit Hilfe der Großmutter oder der Budbergs nach Leipzig weiterreisen zu können. Bertram, ein fauler selbstsüchtiger fünfzehnjähriger Bengel, sah voraus, daß ich nach der Abreise des älteren Bruders sehr viel Zeit für ihn haben würde, und verkündete, er werde mit Gustav nach Reval fahren, denn er müsse doch seine teure kranke Großmutter besuchen! Eigentlich hätte ich mit ihnen fahren sollen, aber von der kranken Dame neue Anordnungen zu erhalten, anstatt mich davon zu erholen, reizte mich keineswegs. Und als Freundling zur selben Zeit nach Reval beordert wurde, um der Herrin über das Geschehen auf dem Gut Bericht zu erstatten, schickte ich die beiden Jungen mit ihm auf den Weg. Mit einem an die Herrin adressierten Brief, in dem ich untertänigst mitteilte, daß ich ihrem Befehl Folge leisten, an Ort und Stelle verbleiben und ihre Rückkehr abwarten würde.

Während des ereignislosen Herbstes gewöhnte ich mich soweit an mein unabhängiges Leben, daß der Gedanke an die Wiederkehr der Herrin und Bertrams mir wahren Kummer bereitete. Unvermeidlich würde das eine gewaltige Kürzung der angenehmen Stunden mit sich bringen, die ich in diesem Herbst in meiner grauen Dachkammer mit Wielands »Agathon« verbringen konnte. Mein Kummer steigerte sich um so mehr, weil mir zu Ohren kam, daß Bertrams Mutter mit dessen Stiefvater auf sein Gut in Livland gezogen war und den

Jungen vor Weihnachten aus Reval dorthin gebracht hatte, wo er bleiben sollte. Folglich hatte ich in Wesenberg nichts mehr zu tun. Und zu Dreikönige kam ein Brief von der Herrin. Er war von fremder Hand geschrieben, aber die Unterschrift, allerdings mit zitternder Hand, war die ihre. Als ich den Brief zu lesen begann, war ich überzeugt, daß sie mir befahl, mir von Freundling mein Gehalt auszahlen zu lassen, und mir den Dienst aufsagte. Aber nichts dergleichen! Wider jegliches Erwarten dankte sie mir für meinen treuen Dienst, empfahl mir, »mich von den Getränken gewisser Giftmischer fernzuhalten«, und teilte mir mit, daß sie spätestens in einem Monat nach Hause komme und – Gott bewahre! – mit meiner Hilfe in ihrem *dominium plenum* Ordnung schaffen werde.

Aber sie kam nicht. Der Januar war schon vorbei. Die Februarfröste bedeckten das Fenster meiner Kammer völlig mit Eisblumen. Dann taute ein Eckchen wieder auf und machte das Fenster durchsichtig.

Am Morgen des 1. März erschien Freundling mit der Nachricht, Frau Gertrude sei am 26. Februar in Reval gestorben.

Natürlich feierte die kindische Stadt Wesenberg ihren Tod. Selbst Vogteirichter Linde, beinahe ein Abstinenzler, der von ihren Beschuldigungen nichts wußte, trank einen so gewaltigen Freudenschluck, daß seine blasse Nase am Abend geradezu schillerte. Richmann brach mit mir und Schlüter den Hals einer Champagnerflasche. Die geheimen Ratsleute, Rosenmark und die anderen, gingen mehrere Tage lang beieinander ein und aus, um, wie Rosenmark sagte, das Bier des Matthäustages zu kosten, denn an diesem Tag sollten die Bären aus dem Winterschlaf erwachen. Die Handwerksmeister feierten das Ereignis ebenfalls, aber zu Hause und solide. Doch die Gesellen und anderes loses Volk sowie die Bauern aus der Vorstadt füllten die Schenken für mehrere Tage. Nur der Kaldaaluse-Jaak trug seine unabänderliche bittere Miene zur Schau, als ich an der Kapelle vorbeischlenderte und in seine im Schnee versunkene Hütte einkehrte.

»Hast du zur Feier des Tages nichts getrunken?«

»Wozu? Wir werden eine neue, noch schlimmere bekommen.«

»Eine schlimmere kann man sich kaum vorstellen!«

»Sollte es auch eine zugänglichere sein, es hat keinen Sinn, sich die Lippen zu benetzen.«

Ich muß zugeben, daß er recht hatte. Und ich kam gar nicht dazu, es zu prüfen.

Die Stadt hatte ihren Rausch noch nicht ausgeschlafen, als der ältere Sohn der Frau Gertrude, Jakob von Tiesenhausen, aus Tuddolinn eintraf. Er kam in einer Kutsche auf Schlittenkufen angefahren. Dieser hochgewachsene Herr mit den rosigen Wangen, dem kleinen rötlichen Oberlippenbart und dem bitteren Säuglingsmund ließ sogleich die ganze Dienerschaft antreten und gab ihr bekannt, von nun an sei er der eigentliche Erbherr von Wesenberg. Und das erste, was er in seiner Machtvollkommenheit tat: Er zahlte mir mein Gehalt aus, allerdings auch für die letzten Monate, in denen ich nichts mehr zu tun gehabt hatte, und enthob mich meines Amtes. Und er befahl mir (was ich auch ohne Befehl getan hätte), mein Zimmer zu räumen.

Wer Gelegenheit gehabt hat, an einem Fluß zu stehen und die vorbeifahrenden Schiffe zu beobachten (wie ich an der deutschen Elbe, der lettischen Düna und unserem Embach), wird bemerkt haben, wie langsam sich uns der Bug nähert, wie gemessen der Bord und wie hastig und unfaßbar das Heck an uns vorüberfährt.

Ich verließ das Gut, dankbar, daß der Tod der Gnädigen mich davor bewahrt hatte, ihr beim Ordnungschaffen ihres *dominium* zu helfen. Und doch war ich leider Gottes nicht ganz frei von dem Gefühl eines abgeschriebenen, abgetanen Menschen. Ich verließ das Gut, fast ohne jemandem Lebewohl zu sagen. Denn der alte Tehvan, trotz all seiner Lakaienschrullen ein netter Mann, war immer noch in Reval. Und auch Tiio war dort, dieses warmherzige leichtsinnige Kind, von dem ich mich gern zärtlich verabschiedet hätte. Und sie kehrte, wie sich später herausstellte, nicht mehr nach Wesenberg zurück. Eine Leibeigene wie sie konnte ja noch weniger ihr Schicksal bestimmen als ein freier Vogel wie ich. Frau Budberg erwarb sie von ihrem Bruder Magnus für dreißig Rubel und nahm sie als Kammerjungfer mit nach Hark.

So spazierte ich, ein freier weißer Rabe, in die Stadt und stellte Kleiderkorb und Bücherbündel zunächst in Rosenmarks Schenke ab. Ich ließ mir Gerstenwurst mit Kohl auftragen, nahm ein Blatt Papier und schrieb Pastor Kempe einen Brief. Er sollte herausfinden, ob im Kirchspiel Waiwara ein passender Hofmeisterposten oder sonst etwas frei war.

Ich war gerade mit der halben Wurst fertig und hatte den Brief beendet, als Johan eintrat. Nein, schon seit Jahren stand er nicht mehr selbst hinter der Theke. Aber ein- oder zweimal die Woche kam er vorbei, teils aus Anhänglichkeit zum Ort, an dem er begonnen hatte, teils aus Gewohnheit, Peeter auf die Finger zu sehen.

»Sieh da – Gevatter Berend? Und mit dem ganzen Hab und Gut? Wohin des Weges?«

Er fragte nicht einmal danach, warum ich mit meinem Hab und Gut hier war. Denn sicher hatte sich das Geschehen auf dem Gut schon in der Stadt herumgesprochen. Ich sagte:

»Werd mich mal umschauen.«

»Habt Ihr ein Obdach? Nein? Hört mal, hier nebenan, in meinem Haus in der Gerberstraße«, er nannte sie nie die Höllenstraße, wie die Wesenberger sie nannten, »wo ich Zimmer vermiete, Ihr wißt ja, ist gerade eine Kammer frei. Kein Gutssaal, versteht sich. Aber dort auf dem Dachboden des Herrenhauses wird es auch nicht luxuriös gewesen sein. Und Geld wie Heu habt Ihr auch nicht. Und es ist nicht weit, Euer Zeug dorthin zu schaffen.«

Warum sollte ich nicht? Wohin hätte ich mich sonst wenden können? Diese Mieterbeziehung mit Maades Mann entbehrte nicht einer gewissen Pikanterie. Und ob hinter dem Vorschlag Johans nur das Geld steckte, das ich ihm jeden Monat bezahlen mußte, diese Frage stellte ich mir vorläufig nicht.

Also zog ich im Nachbarhaus ein, in eine kleine Kammer mit schmierigen, verputzten Balkenwänden, die nur mit einem Hocker, einem alten Tisch und einer Pritsche möbliert war. Durch das bald zufrierende, bald auftauende Fenster sah man die Dienstmädchen die Höllenstraße entlang auf dem vereisten Abhang und den Treppen der Langstraße mit Traghölzern zum Soolikas hinabgehen und mit gefüllten Eimern hochkommen. Man sah auch diejenigen, die nicht einmal im Winter die vereiste Treppe und den glatten Steg scheuten und den direkten Weg über die Lang- und die Karristraße wählten.

Ich hauste eine Woche in diesem Zimmer und bekämpfte die Langeweile durch Lesen, so daß mein Verbrauch an Kerzen viel teurer zu werden drohte als meine Miete. Natürlich hatte ich auf den umliegenden Gütern nach etwaiger Arbeit gesucht, aber nichts Passendes gefunden. Dann erhielt ich einen Brief von Gabriel Kempe. Einen, dessen Anfang ich fast erahnt hatte, nicht aber den Schluß: Nein, einen Posten als Hofmeister oder ähnliches gab es im ganzen Kirchspiel für mich nicht. Aber Graf Sievers hatte geruht, mit Gattin und Kindern zu Weihnachten nach Waiwara zu fahren. Aus diesem Anlaß war Gabriel am ersten Feiertag für einen Gottesdienst im Kreise der Familie auf das Gut beordert worden, wobei anschließend beim Mittagstisch eine freundliche Unterhaltung stattgefunden hatte. Und das Wichtigste: Der Graf hatte verkündet, im nächsten Jahr werde mit dem Bau der neuen Kirche von Waiwara begonnen. Und daß dieser mit Gottes Hilfe in zwei Jahren fertig werden müsse. Und zum Schluß schrieb Gabriel: »Unter anderem kam der Graf auch auf Dich zu sprechen. Er sagte, Du habest auf ihn den Eindruck eines überaus gescheiten jungen Mannes gemacht, und fügte hinzu, soweit er wisse, befändest Du Dich bei seiner *Freundin*, Frau Tiesenhausen, in Wesenberg auf ziemlich wackeligem Boden. Und ich solle Dir, wenn nötig, sagen, daß er sich an Dich erinnere. Also habe ich es Dir mitgeteilt.«

Woran sich ein hoher Herr vor drei Monaten erinnert

hatte, konnte er am dritten Tag wieder vergessen haben. So war es im allgemeinen, wenn es sich nicht um eine Angelegenheit zwischen hohen Herren handelte. Doch hatte mir Herr Sievers vor vier Jahren nicht genau dasselbe gesagt ...?

Ich muß gestehen – mehrere Tage sträubte ich mich, Gabriels Brief als Fingerzeig des Schicksals auszulegen. Aber dann war es soweit, daß ich einen Entschluß faßte!

Ich bürstete sorgfältig meinen abgetragenen Sonntagsrock und wichste meine Schuhe (das dritte Paar, das ich beim alten Simson bestellt hatte), bis sie glänzten. Dann eilte ich zu Prechel gegenüber der Kirche. Die Bäckerei war schon geschlossen, aber ich kam durch die Hintertür hinein und erhielt von der Bäckerin ein Dutzend frische Wecken. Mit ihnen kämpfte ich mich durch den Schneesturm zu Maade und Johan, um meine Miete zu bezahlen und mich von ihnen zu verabschieden. Denn – bewahre Gott! – auf dieses Mädchen, das Kaufmannsgattin geworden war, hungernd zu warten, war ein hoffnungsloser Traum. Sonst band mich nichts an Wesenberg. Ich konzentrierte mich auf die Begegnung und überlegte, ob ich auf dem Rückweg bei Richmann vorbeischauen und ihm zum Abschied die Hand drücken sollte. Bei unserer alten Bekanntschaft wäre das selbstverständlich gewesen.

»Ach so, direkt in die Hauptstadt?« sagte Johan, ohne besonders überrascht zu sein, als er meine Mietskopeken in die Tasche gesteckt und wir am Teetisch Platz genommen hatten. Maade saß neben ihm jenseits der Kerzen, schaute mich einen Augenblick erschrocken an und blickte dann zu Boden.

»Und bei wem gedenkt Ihr Anker zu werfen?« fragte Johan und schlürfte geräuschvoll seinen Tee.

Warum hätte ich es leugnen sollen? Im Gegenteil, die Gelegenheit, ihn durch meine Vertraulichkeit zu hänseln, war allzu verführerisch. Johan war ja nur ein geheimer Handlanger von Sievers in diesem abgelegenen Nest, ich aber sollte mich in die Hauptstadt begeben und im Haus des Grafen arbeiten ... (Ich wußte zwar noch nicht, welche Art von Arbeit es war und ob ich sie wirklich in seinem eigenen Hause tun würde – aber das würde ich Johan nicht sagen!) Und Maade – ihr wollte ich den Namen ihres Onkels als Fädchen reichen (wenn sie sich bemühen würde, es in die Finger zu nehmen, ein winziges Fädchen, das mich über ihren Onkel doch ein wenig mit ihr verbinden dürfte). Ich sagte:

»Graf Sievers bietet mir eine Arbeit bei sich an.«

»So!« rief Johan mit unverhohlener Bewunderung. »Schau einer an.«

Er kaute an seinem Brötchen und sagte plötzlich – sehr schnell, was besagte, daß der langsame mehlgesichtige Kaufmann auch ein Mann der schnellen und unerwarteten Entschlüsse sein konnte, denn ich glaubte nicht, daß er schon vorher daran gedacht hatte:

»Sagt, warum solltet Ihr auf den Wink dieses Grafen zu ihm hinrennen? Ich schlage Euch vor: Wir werden hier in Wesenberg eine Schule bauen, wie Ihr wißt. Nein, nein, jetzt geht es wirklich los. Aber bis das endlich unter Dach und Fach ist, vergehen noch gut zwei Jahre. Das wäre richtige Arbeit für Euch, oder nicht? Und bis dahin – nun, wenn Ihr für Frau Tiesenhausen und ihre Buben gut genug wart – bleibt weiter in meinem Haus und unterrichtet meinen Jungen für drei Rubel im Monat!« Er wandte sich an seine Frau: »Magdalena, das wäre doch nicht zu verachten? Ein *Hofmeister* des Gutes?«

Maade schwieg eine Weile, dann sagte sie unsicher:

»Wird Herr Berend sich bequemen? Wenn er bei Graf Sievers arbeiten könnte?«

Ich überlegte schnell: Herrgott, dieser Krüger, dieser Abtrittreiniger mit der Apollonase kann doch nicht so schlau sein, mich damit in eine teuflische Falle zu locken? Das kann doch nicht sein! Was wäre sein Ziel? Bedeutet das, daß er Maade und mich nie verdächtigt hat? Warum hätte er es tun sollen? Und dennoch – ich jeden Tag in seinem Haus? Tag für Tag in Maades Nähe? Und ich als Lehrer des Jungen, der vielleicht …? Mir stockte das Herz, und mein Körper war eine einzige heiße Welle. Ich mußte diesen Vorschlag in aller Ruhe überdenken. Und ich wußte nicht, ob Maade damit einverstanden war oder nicht. Ich sagte:

»Herr Johan, ich muß Euren Vorschlag abwägen. Jetzt, wo ich mich Herrn Sievers praktisch schon versprochen habe. Ich werde Euch meinen Entschluß morgen mitteilen.«

So verabschiedete ich mich nicht endgültig von ihnen. Und ich ging auch nicht zu Richmann, um ihm Lebewohl zu sagen, obwohl es noch nicht sieben Uhr war. Ich schritt durchs Schneegestöber nach Hause – nach Hause? –, in die von Johan gemietete Kammer in der Höllenstraße, wo ich eigentlich kein Recht mehr hatte, die Nacht zu verbringen, denn ich hatte Johan die Miete für zwei Wochen, also genau bis zu diesem Abend, bezahlt. Die Hoftür war hier nie verschlossen. Ich tastete mich durch den dunklen Gang bis zu meiner Tür, steckte den Schlüssel ins Schlüsselloch und trat ein.

Ich trat ans verschneite Fenster, drückte die Stirn an die Scheibe und bemühte mich nachzudenken. Gott, welch ein Vorschlag! Steckte dahinter wirklich nichts anderes als Johans Prahlerei? (Immerhin ein Guts*hofmeister* ...) Und möglicherweise auch Neid – weil ich einem einflußreichen Herrn, wenn auch nur räumlich, viel näher stehen würde als er? Ich versuchte zu denken, aber statt dessen schwebten mir Bilder vor Augen, ich sah und hörte solche von Johans und Maades Haus, was dort geschehen war und noch geschehen sollte, wenn ich Kaalus Lehrer sein würde ... Mahlzeiten am Tisch von Senneborn, wenn wir uns in die Korbstühle setzten und von dort erhoben, das Knistern der Stühle, Johans Bariton bei seinem Kommen und Gehen, Kaalu, der jauchzend auf dem grünen Läufer herumtrampelte, und Maade, eine völlig stumme, völlig lautlose Maade, im Hauskleid, mit offenem Haar, an der Tür der Schlafkammer, wie ich sie nie gesehen hatte, über die Schulter durch ihr Haar zurückblickend, abwehrend, lockend ...

Ich wußte nicht, wie lange ich dort so gestanden hatte, als ich das Dämmerlicht der Höllenstraße unter meinem Fenster bemerkte. Und dann erblickte ich jemanden, der an meinem

Fenster vorbeiging und das Haus betrat. Ich wußte sofort, daß sie es war.

Ich zog schnell den Vorhang vor das Fenster, zündete eine Kerze an und riß die Zimmertür auf.

Maade kam herein. Sie wollte die Tür hinter sich zumachen, ich tat dasselbe, und so berührte meine Hand die ihre auf dem Türgriff.

»Maade ...«

Nein, das war keine Flucht in einem zufällig vom Nagel gerissenen Kleidungsstück zum geliebten Mann. Ihr Gesicht verriet Spannung. Sie trug eine kostbare Pelzmütze und einen Mantel mit Pelzkragen, auf dessen Haaren die Flocken sogleich zu Tropfen wurden.

»Was ist geschehen? Wieso kommst du ...?«

»Vater ist krank. Ich sagte, ich würde zu ihm gehen und bei ihm wachen. Aber ich wollte dich bitten ...«

»Was?«

»Berend, komm nicht ... zu uns ... als Kaalus Lehrer ...«

Ich konnte ja nicht anders, ich *mußte* fragen: Warum? Denn ihre Bitte konnte bedeuten: Liebster, ich liebe dich! Verstehst du denn nicht: Mein Leben neben ihm wäre in deiner Nähe unerträglich! Aber ich muß mein Leben leben, dort, wo der Herr es mir bestimmt hat. Darum bitte ich dich – komm nicht! Oder es konnte bedeuten: Komm nicht! Denn ich fühle, du würdest dir vorstellen, daß der Augenblick der Vertrautheit, den wir erlebt haben, Gott weiß was bedeutet. Ich weiß, so denken alle Männer. Du würdest kindische, aussichtslose Hoffnungen hegen. Darum – komm nicht! Ich fragte:

»Warum?«

Ich zog sie auf den Rand der Pritsche. Ich blies die Kerze aus. Ich sagte:

»Antworte mir im Finstern.«

Sie flüsterte:

»Frag mich nicht!«

Und ich fragte nicht. Ich weiß nicht, was mich mehr zurückhielt, meine oder unser beider Angst – vor der Wahrheit der Antwort. Oder meine Leidenschaft. Oder ihre Leidenschaft. Meine Lippen fanden ihre Wange, ihre Augen, ihre Lippen, meine bebenden Finger ihre einzigartig duftende Geschmeidigkeit – und ich spürte ihren Widerstand ... Dann flüsterte sie durch meinen Kuß:

»Tust du, worum ich dich bitte? Du kommst nicht? Versprichst du es?«

»Lieber Gott, Maade, wenn du wirklich darum bittest – ich gelobe dir, ich komme nicht.«

Sie schmiegte sich an mich und flüsterte, durch unsere Küsse entflammt und ohne Scham:

»Dann komm jetzt – jetzt – jetzt!«, und ihre überraschende stürmische Welle der Bereitschaft überwältigte alle meine Sinne.

Um neun Uhr abends ging sie. Ihr Tonfall verriet unvermeidliche, erniedrigende Besorgnis: »Ich muß bei Vater sein, ehe Johan mich holen kommt«, und nach einem kurzen Abschied auf der Schwelle sagte sie: »Du darfst mich natürlich nicht begleiten.«

Um neun Uhr am nächsten Morgen schrieb ich Johan eine Nachricht, ich hätte mich entschlossen, zu Graf Sievers zu gehen, gab die Nachricht dem Wirtshausjungen und befahl ihm, sie dem Hausherrn um zehn Uhr nach Hause zu bringen. In der Schenke fand ich einen Fuhrmann, der sich bereit erklärte, mich nach Pödrus mitzunehmen. Um zwölf sollte der Petersburger Postschlitten Pödrus verlassen.

29

Von meinen fast drei Jahren in Petersburg gehören zu dieser Geschichte, der Geschichte von Wesenberg, eigentlich nur die letzten Tage. Trotzdem muß ich kurz von der Zeit davor berichten. Nicht allein, weil es für meine provinziellen Augen eine überaus lehrreiche Zeit war, sondern auch wegen der

Verbindung zwischen früher und später, deren ich allerdings erst nach vielen Jahren gewahr wurde.

Graf Sievers war nicht im geringsten überrascht über mein Erscheinen, obwohl er sagte, als ich vor ihm stand:

»Ich habe nicht erwartet, daß Ihr mich noch nach dem Tod meiner Freundin aufsuchen würdet. Ich habe nicht gedacht, daß Euch nach ihrem Tod der Boden unter den Füßen heiß werden könnte.«

Aber ein Obdach und Arbeit gewährte er mir gleich dort in seinem Haus an der Zarizyner Au. Es war ein Dachzimmer, eine Mansarde, wie es hier hieß, vielleicht ein wenig größer und ein bißchen weniger verblichen als mein Wesenberger Unterschlupf, aber trotzdem ein solches, das einem durchschnittlichen Dienstbotenzimmer entsprach. Aus irgendeinem Grunde dachte ich, er hätte mir ein besseres Zimmer zuweisen lassen, hätte er sich dasjenige angeschaut, das ich von seinem Hausmeister erhielt. Was meine Arbeit betraf, nun, es war keine Sinekure, aber er zahlte mir immerhin fünf Rubel pro Monat plus Kost am Tisch der Hausangestellten – und notwendig war die Arbeit für ihn kaum. Er ließ mich seine Bibliothek ordnen. Das heißt, ich mußte irgendeine selbsterfundene Ordnung in die Bücherberge bringen, die in zwei großen Zimmern im Erdgeschoß herumlagen und die er nicht ohne Eitelkeit seine Bibliothek nannte. Und die sollte nicht – er verschwieg es durchaus nicht – seinem eigenen Bedarf dienen (»Nein, nein, nein, ich setze meinen Fuß nur gelegentlich dorthin. Ihr versteht, ich bin noch nicht so alt und nicht mehr so jung«), sondern seinem Sohn Karl, einem vierzehnjährigen Schlingel, zum jetzigen und künftigen Gebrauch.

Bald hatte ich einen Überblick über die ganze Familie des Grafen. Zunächst war da seine Gemahlin Frau Benedikte. Sie war eine einst wohl ganz nette, jetzt recht verblühte Frau nahe fünfzig, die ihr Alter durch eine dicke Puderschicht und eine weiße Perücke verbergen wollte, die aber dessenungeachtet manchmal noch unerwartete Energieausbrüche hatte. Die

Tochter eines Holsteiner Hofgärtners, wie ich wahrscheinlich schon früher bemerkt habe. Der Graf hatte sie als Kammerjunker gefreit; man munkelte, es sei damals geschehen, als die Großfürstin den schmucken Junker gegen neue, ebenso hübsche Liebhaber ausgetauscht hatte. (Im Laufe von drei Jahren hört man in den Herrenhäusern und in nahe liegenden Wirtshäusern einer derartigen Großstadt Dinge über die Herrschaften, die man lieber nicht hören möchte.) Und man erzählte, die junge Ehefrau habe es bei Hofe weitergebracht als ihr Mann. Anstatt seine Position ins Wanken zu bringen, was man von einer jungen Ehefrau wohl hätte erwarten können, hatte sie sie durch harmlose Listen gefestigt. Zum Beispiel hatte sie Elisabeth zum Geburtstag einen Seidenstoff gekauft und geschenkt, die ihn ersehnt, aber für zu teuer gehalten hatte. Und auf deren Ruf: »Und ich habe ihn für viel zu teuer gehalten!« hatte Frau Benedikte mit einem Hofknicks erwidert: »Majestät, für meine Zarin ist mir nichts zu teuer…«

Bevor die Söhne und Töchter des Grafenpaares an die Reihe kommen, muß ich vom sogenannten Neffen des Grafen Karl erzählen, der zugleich sein Pflege- und Schwiegersohn war: von Herrn Jakob Johann Sievers. Er war ein stämmiger vierzigjähriger Herr mit kurzgeschnittener weißer Perücke, wie man sie damals trug. Er hatte stechende Augen, ein ironisches Wesen und war stets in Eile, wenn er aus Nowgorod kam, wo er Gouverneur war, und bei uns auftauchte. Herr Jakob soll wirklich vom alten Grafen irgendwo in einem livländischen Nest als kleiner Junger aufgelesen, in die Hauptstadt gebracht, auf die eigenen Füße gestellt und zum Studium ins Ausland geschickt worden sein. Jakob hatte in seiner jugendlich-geistigen Euphorie acht Marmorbüsten Shakespeares von London nach Petersburg geschickt (die der Pflegevater den Petersburger Literaten zustellen sollte), und drei davon standen bis heute in unserer Bibliothek. Ich befreite sie eigenhändig vom zwanzigjährigen Staub und lud Herrn Jakob ein, einen Blick auf sie zu werfen. Er aber sagte schmunzelnd, er habe jetzt keine Zeit, er sei mit wichtigeren

Dingen beschäftigt. Und wahrlich sollte er bei unserer gnädigen Zarin Katharina in wachsender Gunst stehen. Wollte ich meine Beobachtungen aus drei Jahren in einem Satz zusammenfassen, müßte ich sagen: Das Verhältnis zwischen Pflege- und Schwiegervater und Pflege- und Schwiegersohn war wohlwollend, ironisch und ehrfurchtsvoll. Der Ältere machte sich über die Bildung des Jüngeren lustig und fürchtete sich vor ihr, war aber dennoch stolz auf seine eigene Schöpfung, der Jüngere bespöttelte die relative Ungeschliffenheit des Älteren, hatte Angst vor dessen losem Mundwerk und lag stets auf der Lauer, weil dieser sehr gute Beziehungen hatte und den Ruf eines Intriganten besaß. Herrn Karls Überlegenheit zeigte von Zeit zu Zeit hilflos-herzliche Momente, die ich bei Herrn Jakob nicht wahrnahm. Doch seiner Frau schien er gegen jede Hofsitte vollkommen treu zu sein.

Herrn Jakobs Gemahlin, Frau Elisabeth Sievers, geborene Sievers, Graf Karls ältere Tochter, das Patenkind der Zarin Elisabeth, hielt sich bei uns nur in Begleitung ihres Mannes auf, das heißt sehr selten. Sie war eine ziemlich farblose, vielleicht deshalb auffällig geschminkte, etwa dreißigjährige Frau, die sich, wenigstens in Anwesenheit von Vater und Mutter, nervös und aufdringlich um das Wohlbefinden ihres Jakob sorgte, der es aber anscheinend durchaus nicht nötig hatte.

Fräulein Benedikte, die jüngere Tochter von Graf Karl und Frau Benedikte, ein Mädchen von etwa fünfundzwanzig Jahren, lebte in unserem Haus. Äußerlich erinnerte sie ein wenig an ihren Vater: Sie war hochgewachsen, rosig, aber hager und hatte strenge graue Augen. Die Jovialität des Vaters, die öfters trügerische Eulenspiegelei war, von Zeit zu Zeit aber verdammt echt wirkte, fehlte der Tochter vollkommen. Sie ärgerte die Zofen durch ihre griesgrämige Pedanterie. Einen Bücherwurm wie mich ignorierte sie mit Gottes Hilfe völlig.

Die Söhne des gräflichen Paares, Johan und Peter, waren selten im Haus. Sie waren angehende Leutnants mit Flaum auf der Oberlippe in irgendeinem Regiment. Hochmütige Heuchler, die den Eltern aufmerksame Söhne vorgaukelten, soweit sie nicht zu faul dazu waren. Es machte den Eindruck, als ob die Mutter sich Mühe gäbe, sie gern zu haben, der Vater sich jedoch nicht besonders darum scheren würde.

Zuletzt noch der vierzehnjährige Karl, den ich schon erwähnt habe. Das war ein träger, dicker, sommersprossiger Junge, den der Vater mit einem Franzosen, einem Engländer, einem Mathematiker, einer Klavierlehrerin, einem Fechtmeister und einem Lateinlehrer umgeben hatte und aus dem er offenbar einen Mann wie Jakob oder einen seinen Idealen noch mehr entsprechenden Menschen seines eigenen Fleisches und Blutes formen wollte. Vorerst ließ sich der Junge an der Kandare halten. Aber nach dem zu urteilen, wie gleichgültig er sich Büchern gegenüber verhielt, die ich für ihn auswählte und in Reih und Glied aufstellte, verlor ich mein Vertrauen zu ihm. Und wahrscheinlich ging es seinem Vater ebenso. Obwohl der Alte mir hin und wieder einen Anerkennung heischenden Satz zuwarf: »Was meint Ihr, Berend – Fechten ist natürlich seine Sache nicht. Und Geometrie vermutlich auch nicht. Aber sein Français hört sich ganz gut an, nicht wahr?«, wobei er selbst sein Français mit königlicher Nonchalance und dem Akzent eines Holzhackers parlierte.

Und schließlich lebte im Haus noch Lidinka, die jüngste Tochter des gräflichen Paares. Sie war, als ich ins Haus kam, elf Jahre alt. Ein kleines Mädchen, zart wie ein Vögelchen. Aber auf dieses Kind wurde keine Rücksicht genommen. Denn sie hatte vor Jahren die Pocken gehabt und war erblindet. Die Narben traten auch jetzt noch unterhalb der weißen Binde, die sie über den Augen trug, hervor. Und obwohl sie die einzige Seele im Haus war, die nicht lesen konnte, war sie die einzige, die vom ersten Tag an zu mir in die Bibliothek kam. Im Haus kannte sie sich gut aus, nur mußte sie vorsichtig laufen und die Arme vorstrecken. Und sie verfügte über mehr Zeit als die anderen. Denn obwohl sie eine *Hofmeisterin* hatte, kümmerte sich niemand um ihren Unterricht, und wegen ihrer Jugend hatte sie keinerlei gesellschaftliche Verpflichtungen.

Die Fragen, die sie mir stellte, wenn sie lautlos in der Bibliothek erschien, waren kindlich, zugleich aber unerwartet und häufig merkwürdig. Ich kann mich an unsere erste Unterhaltung erinnern:

»Ihr seid der neue Bibliothekar?«

»Ja, Fräulein.«

»Ich bin kein Fräulein. Ich bin Lidinka.«

»Ich werde es mir merken.«

»Warum gibt es hier heute noch mehr Staub als gewöhnlich?«

»Weil ich die Bücher abstaube.«

»Ach, Ihr steht dort rechts am Fenster?«

»Jawohl.«

»Wie heißt Ihr?«

»Berend Falck.«

»Falck? Oh, mir könnt Ihr die Augen nicht auspicken! Hahaha. Seid Ihr ein redlicher Mensch?«

»Redlich? Ich hoffe schon. Das werdet Ihr bald selbst beurteilen können.«

»Versteht sich. Könntet Ihr mir manchmal etwas vorlesen?«

»Gern.«

Fast jeden Tag bat sie mich, ihr vorzulesen, einen Absatz aus einem Kinderbuch, eine Fabel von Äsop oder Gellert, das Märchen vom Gestiefelten Kater. Oder etwas nach meiner Wahl. Zum Beispiel einen Absatz aus Shakespeares »Sturm« in Wielands Übersetzung. Niemals stellte sie Fragen zum Gelesenen. Wenn ich ihr etwas erklären wollte, winkte sie ab:

»Nicht nötig. Ich will es mir selbst vorstellen.«

Manchmal erzählte sie mir etwas. Auch ihre Erzählungen waren erstaunlich. Zuweilen enthielten sie überraschend intime familiäre Einzelheiten. Anscheinend wurde sie behandelt, wie man es mit Blinden zu tun pflegt, an die man sich gewöhnt hat: Wir wissen, daß sie uns nicht sehen, und neigen dazu zu vergessen, daß sie uns hören. Dadurch war Lidinka von Dingen unterrichtet, die ihrem Alter durchaus nicht entsprachen.

»Unser Johan heiratet. Ein Fräulein Liphardt. Aus Livland. Vater wird jetzt Johans Kartenspielschulden nicht mehr bezahlen.« Oder: »Habt Ihr bemerkt, wie Peter riecht? Nein? Wenn er kommt, stinkt er immer nach Schweiß und Pferden und Schnaps. Wenn er geht, duftet er wie eine Badebalsamflasche. Gestern hat Vater ihn hinausgeschmissen. Darauf ging er zu Mutter und sagte, Vater sei ein widerlicher Hampelmann und Tölpel ... Mutter gab ihm eine Ohrfeige und weinte. Ich habe nicht geweint. Um einen Säufer soll man nicht weinen.«

Manchmal gab Lidinka Sätze von sich, die somnambul klangen. Ich hatte die Mutter sie »unsere kleine Sibylle« nennen hören. Sicher war es nicht das erste Mal. Lidinka hatte nachgeforscht, was das Wort bedeutet. Und vielleicht kultivierte sie bewußt ihre Sibyllenhaftigkeit.

Im Frühling 1773 schickte die Zarin Graf Karl nach Estland. Und wenn mir das jetzt einfällt, dann nicht wegen der Worte, mit denen Lidinka uns auf den Weg schickte, auch nicht, weil der Graf mich auf die Reise mitnahm, sondern weil ich zeigen wollte, wie sehr sich diejenigen irrten, die versicherten, daß Zarin Katharina Graf Karl zwar zum *Oberhofmarschall* befördert, aber sechs Jahre lang, bis zu seiner Pensionierung und auch danach, von allen wichtigen Dingen ferngehalten hatte. Weil sie dem Günstling Elisabeths nicht über den Weg traute. Mit Politik, wie ich mich in Petersburg vergewissern konnte, hatte sich der Graf nie abgegeben. Diskrete Aufgaben jedoch, die man nur einem guten Menschenkenner anvertrauen konnte, gab ihm die Zarin noch immer. So auch diesmal. Der Graf sollte nach Reval fahren und dort die Landgräfin von Hessen-Darmstadt und ihre drei Töchter empfangen, die Damen in die Hauptstadt begleiten und für sie unterwegs auf seinem Gut Lagena in der Nähe von Narwa einen dreitägigen feierlichen Aufenthalt veranstalten. Außerdem sollte er auf der Reise die Gräfinnen scharf beobachten und der Zarin Bericht erstatten, welches der drei Mädchen am geeignetsten schien, die Gattin des Thronfolgers, also die künftige Zarin Rußlands zu werden.

Aber nicht dieser Reise und der Mädchen wollte ich mich erinnern, sondern nur der Worte, die Lidinka mir sagte, als sie am Tag meiner Abfahrt die Bibliothek betrat. Ihre Hand fand meinen schon brüchigen, geflochtenen Reisekorb auf dem Tischrand. Sie stand da, dieses dreizehnjährige, noch so zarte Kind mit dem blassen Gesicht, das zugleich abwesend war und zu lauschen schien. Sie berührte meinen Korb mit ihren feinen, nervösen Fingern.

»Was habt Ihr hier für ein Vogelnest, Herr Falck?«

»Das ist mein Reisekorb, Lidinka. Ich rüste mich zur Abfahrt. Ungefähr für zwei Wochen. Mit Eurem Vater.«

»Geht, geht ...«, und dann, fast sibyllinisch: *»Das Hühnchen wird für den Truthahn ausgewählt. Damit sie uns die Fälckchen ausbrüten ...«*

Im Spätherbst wurde die Verlobung zwischen Wilhelmine von Hessen-Darmstadt und dem Thronfolger gefeiert. Die Zarin hatte auf Sievers' Empfehlung die Braut gewählt. Die Festivitäten dauerten eine geraume Weile, und das Gerücht ging um, daß sich der Bräutigam wieder einmal als Kapaun erwiesen hätte.

Vom gräflichen Haus aus betrachtet, schienen rauschende Feste Sinn und Inhalt der Petersburger Gesellschaft zu sein. Für mich waren sie verständlicherweise nur ein unruhiges Getue, ein Ankommen und Abfahren von Schlitten und Karossen, was ich durch mein Mansardenfenster sah, fernes Gesumme der Stimmen der Paradegäste auf den Treppen, die ich mied, um nicht im Wege zu sein. Ferner die brummigen Anweisungen des Hausmeisters am Mittagstisch zwischen zwei Mundvoll, die stummen Diener, die demütigen Schreiber, die gelangweilten Kutscher. Und das seltene, puderwolkige Vorbeihuschen von Frau oder Fräulein Benedikte im graugrünen Vestibül mit den polierten Steinsäulen. Oder das kaum bemerkbare Kopfnicken des Herrn Karl über seinem Seidenjabot bei meinem Verbeugungsgruß. Oder das Trampeln der Lackstiefel des jungen Herrn Peter, der nach Cognac roch (jetzt erkannte ich unfehlbar diesen Geruch).

Dieses permanente Fest, das sich im Palast der Zarin wie in Hunderten von herrschaftlichen Häusern abspielte – ich hatte es von Anfang an geahnt –, war tatsächlich ein Fest zur Zeit der Pest. Auch im direktesten Sinne des Wortes. Als ich in Petersburg eintraf, dröhnte die Stadt noch vom Dankgeläut der Glocken. Die schreckliche Pest, die im Jahre 71 halb Rußland verheert und besonders die alte Hauptstadt des Landes heimgesucht hatte, hatte endlich an der Schwelle der neuen Metropole haltgemacht. Aber dann – der Rummel anläßlich der Verlobung des Thronfolgers war noch nicht überstanden –, an einem Oktobermorgen des Jahres 73 kam Lidinka aufgeregt in die Bibliothek und verkündete:

»Darauf habe ich seit der großen Pest gewartet!«

»Worauf?«

»Wenn die Menschen so zu Hunderttausenden sterben, *muß* jemand von den Toten auferstehen. Nicht wahr? So muß es doch sein?«

»Was redet Ihr, Fräulein Lidinka?! Wer ist von den Toten auferstanden?«

»Zar Peter der Dritte!«

30

Davon, was sich in den fernen südöstlichen Gouvernements des Imperiums zusammenbraute, kam mir anfangs kaum etwas zu Ohren. Sogar darüber, welchen Widerhall die Ereignisse um mich herum im Hause Sievers fanden, konnte ich nur rätseln.

Ich konnte mir natürlich vorstellen, wie groß der Schreck der Zarin war und wie sie die Männer beschwor, die ja etwas von der Sache gewußt haben mußten. Oder wie sehr sie sie beschwören wollte, sich aber nicht getraute – die Gebrüder Orlow und andere mehr: »Meine Adler, meine allertreuesten Seelen – seid ihr ganz sicher? Ihr wart doch ganz sicher – damals in Ropscha vor elf Jahren ...? Alexei – bist du überzeugt? Du hast mir doch geschworen, daß du ihn eigenhändig erdrosselt hast? Wie kann er denn jetzt ...? Vielleicht hat dieser Narr euch überredet? Und ist entkommen? Oder ihr seid Memmen gewesen und habt ihm selbst zur Flucht verholfen? Ich habe euch all die Jahre gehegt und gepflegt – wofür?!« So ging es, bis unsere gnädige Zarin endlich Frieden fand. Denn es stellte sich heraus, daß der Teufel, der dort im Süden den Aufruhr schürte, doch nicht Peter der Dritte war, sondern bloß ein entlaufener Kosake des niedersten militärischen Ranges.

Aber trotz dieser befreienden Gewißheit legte sich der Aufruhr nicht, sondern wuchs von Woche zu Woche. Und schließlich erreichten uns die verrücktesten Nachrichten. General Karr war vom Räuber geschlagen worden, hatte sich zurückgezogen und war nach Moskau gefahren, wo er seines Amtes enthoben worden war. Doch der Räuber hatte Orenburg eingekesselt. Und angeblich hatte er den Bauern die Freiheit und den Gutsbesitzern den Tod verkündet. Der Adel der südöstlichen Gouvernements sei nach Moskau geflüchtet, die Kalmücken und Baschkiren seien zu den Aufrührern übergelaufen. Die Fabriken im Ural hätten sich ergeben, und die besten Kanonen des Imperiums seien in der Hand des Räubers ...

Ich muß sagen: Seltsamerweise nahm mich Graf Sievers just durch die Beobachtung der aufrührerischen Ereignisse wieder in seinem eigenen Haus wahr. Zwei Jahre lang hatte er mich kaum bemerkt. Jetzt ließ er mich plötzlich in sein Arbeitszimmer rufen.

Auf seinem Schreibtisch lag eine halbfertige Karte Rußlands, zwei Faden im Quadrat. Der Graf erklärte:

»Ich habe natürlich allerlei Karten des Imperiums. Aber sie sind für meine Augen zu klein. Das kommt vom Alter. Und alle meine Brillen und Vergrößerungsgläser taugen zwar fürs Lesen, aber nicht für die Landkarte. Wenn ich nicht nur ein Stückchen sehen muß, sondern das Ganze. Wie jetzt.«

Ich dachte: Nanu, der Graf hat Wünsche, als wären wir ein Generalstab. Aber warum auch nicht, denn in der Armee oder im Ruhestand, in Wirklichkeit oder im Spiel – er ist immerhin ein *Général en chef* ...

Er fuhr fort:

»Ich brauche eine übersichtliche Karte mit großen leserlichen Ortsnamen. Unser Geometer hat damit angefangen. Dieser Iwanytsch, der Karl unterrichtet hat, aber er liegt mit einem Magenleiden zu Bett. Ich habe ihn entlassen. Damit er keine Ansteckung ins Haus bringt. Seid Ihr fähig, nach meinen kleinen Karten diese große zu Papier zu bringen?«

Ich zeichnete sie auf dem Fußboden der Bibliothek mit verschiedenfarbiger Tinte in zwei Nächten und einem Tag fertig. Der Graf ließ sie in seinem Arbeitszimmer an die Wand hängen, betrachtete sie aus drei Schritt Entfernung und fragte:

»Na, könnt Ihr mir erklären, was wir hier sehen!«

Ich erklärte, daß der blaue Fleck links oben der Finnische Meerbusen sei und das schwarze Tüpfelchen an dessen Ende Petersburg und dasjenige rechts oben Tobolsk. Und daß die drei schwarzen Flecken am unteren Rand das Schwarze Meer, das Kaspische Meer und den Aralsee darstellen würden. Ich zeigte ihm Moskau, die Wolga, den Ural, den Jaik und Orenburg.

»Was für eine Kritzelei ist das da oben, links von Petersburg?«

Offen gestanden war ich etwas erstaunt. Der Geometer, der diese Karte angefangen hatte, hatte deren westlichen Rand in nächster Nähe von Petersburg eingezeichnet, so daß Reval keinen Platz mehr gefunden hatte. Aber Wesenberg hatte ich mit einiger Mühe am Rande der Karte unterbringen können: ein schwarzer Kreis jenseits von Narwa, der eigentlich schon über den Rand reichte. Ich weiß selbst nicht, ob ich es in der Hoffnung getan hatte, daß der Graf es nicht bemerken würde oder daß er es bemerken sollte. Ich sagte leichthin:

»Ach, das – das ist Wesenberg ... Ich dachte ...«

»Was?«

»Da es die Stadt Eurer Jugend ist ...«

Er rieb sich mit der linken Hand das Kinn, und ich konnte nicht sehen, ob er die Lippen schürzte oder lächelte. Er sagte:

»Na schön. Wenn der Aufruhr hier rechts unten vorbei ist – ich hoffe, das wird bald sein –, dann schauen wir uns dort links oben ein wenig um. Aber jetzt müssen wir das Aufruhrgebiet irgendwie kennzeichnen.«

Das hatte ich erwartet. Ich hatte in einem Kurzwarengeschäft ein paar Päckchen englische Stecknadeln mit gläsernen Köpfen gekauft, an diesen gelbe und schwarze Papierfähnchen befestigt, die einen für die Zarin und die anderen für den Räuber, und hatte sie in einer leeren Zigarrenschachtel mitgebracht.

»Sehr gut«, meinte der Graf und brach plötzlich in Lachen aus. »Eigentlich sollen die Regimenter des Räubers gelbe Fahnen haben. Aber wir tun so, als wüßten wir es nicht!«

Er ließ mich die Standorte der Regierungstruppen und der Aufständischen, die ersten mit gelben und die zweiten mit schwarzen Fähnchen abstecken. Er hatte seine Informationen darüber, die natürlich zehn oder zwölf Tage alt waren, auf einen Zettel geschrieben und las sie mit Hilfe eines Vergrößerungsglases vor. Ich mußte in den Südural und in das halbe Gouvernement Orenburg eine Menge schwarzer Fähnchen stecken, aber ein gelbes Fähnchen in die Stadt Orenburg, mitten in den Kreis der schwarzen Fähnchen: die gelbe Flagge des eingekesselten Gouverneurs Reinsdorf. Und in dessen Nähe diejenige des Generalleutnants Decolongue und in etwa fünfhundert Werst nördlich noch etliche gelbe Fähnchen.

Das war nun für mehrere Monate meine tägliche Aufgabe. Der Graf fuhr am Morgen ins Palais oder ins Militärkollegium und kam am Vormittag mit den neuesten Nachrichten zurück. Die Zarin hatte schließlich ein offizielles Manifest über die Existenz des Räubers und seines Aufstandes drucken lassen. Also durfte man jetzt darüber sprechen, ohne der Verbreitung staatsfeindlicher Gerüchte beschuldigt zu werden. Und ich steckte immer mehr schwarze Fähnchen um die wenigen gelben, immer weiter und weiter, bald von Kamyschin bis Ufa und Tscheljabinsk. Und ich nahm staunend wahr, daß der Graf, der bei mir schon seit Waiwara und mehr noch in den letzten zwei Jahren den Eindruck eines Mannes hinterlassen hatte, der kaum etwas ernst nahm und alles spielerisch an sich vorbeigleiten ließ, für die drohende Ausbreitung der schwarzen Fähnchen unverhofft gespanntes Interesse zeigte. Ein so gespanntes, daß ihn die Beschäftigung damit von Zeit zu Zeit stark zu ermüden schien. Er ließ sich natürlich nicht herab, den Gang der Dinge mit mir zu erörtern. Aber einige seiner Äußerungen hörte ich zufällig doch. Zu Weihnachten kam Herr Jakob aus Nowgorod zu uns. Ich fügte auf Befehl des Grafen einige schwarze Fähnchen in Baschkirien hinzu und dokumentierte den Fall von Samara. Die Herren betrachteten die Karte und schmauchten ihre langen Pfeifen. Auch Graf Karl hatte neuerdings zu rauchen begonnen. Herr Jakob sagte:

»Jetzt ist der *Général en chef* Bibikow bereits in Kasan und schafft dort Ordnung.«

»Wir wollen es hoffen«, meinte der Graf, doch mir schien, daß seine Hoffnung sehr schwach war.

»Ich muß schon sagen, ich begreife nicht, wie so etwas überhaupt möglich gewesen ist!« rief Jakob, der meine Anwesenheit anscheinend vergessen hatte. »Das ist ja unerhört! Der Adel wird ermordet! Die Güter werden ausgeraubt! Ich bin zehn Jahre Gouverneur gewesen. Ich habe geglaubt, daß die Bauern mich lieben, aber jetzt stellt sich heraus, daß sie in ihrer Seele Mörder und Räuber sind – daß der Bauer von Geburt an ein Mörder und Räuber ist!« Er streckte sich plötzlich und sagte fast verlegen: »Also, Herr Graf, ich bitte um Entschuldigung, wenn ich ...«

Graf Karl zwinkerte mit seinen entzündeten Augen und lachte.

»Jakob, du bist das Opfer einer zweifachen Illusion. Erstens lieben sie dich nicht, wenn sie vor dir katzbuckeln. Zweitens, dort unten«, er zeigte auf das südöstliche Viertel der Karte, »dort widersetzen sie sich im Glauben, daß sie etwas zurückholen, was ihnen vor hundert oder zweihundert Jahren genommen worden ist. Und ohne Blut geht das bei ihnen nicht. Ich aber wundere mich darüber, daß Pugatschow seine Zeit damit vergeudet, Orenburg zu belagern, anstatt Kasan einzunehmen und auf Moskau zu marschieren.«

»Gott sei Dank, daß er das nicht getan hat!« rief Herr Jakob aus.

Graf Karl schwieg einen Augenblick und sagte dann unerwartet leise:

»Gott sei Dank, natürlich –«

Herr Jakob fuhr zurück nach Nowgorod. Der Frühling nahte. Je heller die Tage wurden, desto schlimmer wurde Graf Karls Augenentzündung, und er verzichtete darauf, jeden Morgen ins Palais zu fahren. Ein Bote holte ihm die neuesten, aber dennoch verspäteten Nachrichten über den Aufruhr, und ich las sie ihm vor. Ich kann mich an einen kalten Nachmittag im April erinnern. Sappeure sprengten mit Schießpulver das Eis, das sich bei der Haseninsel auf der Newa angehäuft hatte, so daß die Fensterscheiben des Arbeitszimmers klirrten, und ich dachte: Es ist, als reiche der Kanonendonner des Räubers bereits bis zu uns ...

»Also lest, was hier geschrieben ist.«

Der Graf reichte mir die Blätter, und ich setzte mich und las ihm vor: »Der *Général en chef* Bibikow ist schwer erkrankt. Zuvor hat er Generalmajor Larionow wegen mangelnder Kompetenz entlassen und Oberstleutnant Iwan Iwanowitsch Michelson zu seinem Nachfolger ernannt ...«

»Wen?« rief der Graf aus und riß seine rotgeränderten Augen vor Überraschung auf.

»Oberstleutnant Iwan Iwanowitsch Michelson«, wiederholte ich.

»Hoppla«, stieß der Graf verblüfft aus. »Und weiter?«

»Weiter steht hier geschrieben: Oberstleutnant Michelson hat sich mit seinem Korps sofort in Marsch gesetzt, um die Stadt Ufa zu befreien. Daraufhin hat der Räuber die Belagerung von Orenburg beendet, die sechs Monate gedauert hatte. Oberstleutnant Michelson hat Ufa am 4. April befreit und bei Tschesnokowka einen glorreichen Sieg über die Truppen des Räubers errungen.«

Der Graf war aufgestanden und spazierte vor der Karte auf und ab. Dabei blinzelte er mit seinen geröteten Augen, und sein Mund verzog sich bittersüß. Ich wollte schon fragen, was ihn so überrascht hatte, sagte jedoch aus Rücksicht nichts. Er machte halt und fragte mich:

»Wißt Ihr, wer dieser – Michelson – ist?«

Ich schüttelte den Kopf und wartete auf seine Antwort. Aber er fuhr fort, schweigend auf und ab zu gehen. Nach einem Weilchen sagte er nur:

»Nun, wir wollen abwarten.«

Natürlich warteten wir ab. Wir erfuhren, daß *Général en chef* Bibikow am 9. April gestorben war, gerade in dem Moment, als seine Energie Früchte zu tragen begonnen hatte. Und daß Fürst Schtscherbakow sein Nachfolger geworden war (»Ein sogenannter Nachkomme von Rjurik, stumpfsinnig bis dorthinaus«, sagte der Graf). Daß man den Aufstand in Petersburg schon fast für niedergeschlagen hielt, doch die Nachrichten darüber widersprachen einander sehr.

Dem kalten Frühling folgte ein heißer Sommer. Die Gesundheit des Grafen verschlechterte sich jäh. Der Hofmedikus Doktor Kruse, der Bruder der Frau Gräfin, besuchte ihn mehrmals und empfahl, im Sommer die Landluft auf Waiwara oder Lagena oder seinem schönen Gut Seltzo bei Peterhof zu atmen. Der Graf schickte Frau und Kinder nach Seltzo, blieb aber selbst in der Stadt.

»Nein, nein, in einer derartigen Zeit kann ich doch Petersburg nicht verlassen!«

Er saß im Sessel vor der Karte und lauschte meinen täglichen Berichten. Als ich vorlas, daß Oberstleutnant Michelson im Südural eingefallen war und die Baschkiren zerschmettert hatte, schlug sich der Graf mit unerwartetem Schwung auf die abgemagerten Schenkel.

»Ein Teufelskerl, nicht wahr?«

Am 23. Juli las ich die Nachrichten aus dem Palais: Kasan war in die Hand des Räubers gefallen. Generalgouverneur Brandt und Potjomkin, der Vorsitzende der Kommission für die Untersuchung des Aufstandes, hatten sich mit dem Rest des Heeres in den Kreml gerettet. Den hatte der Räuber nicht erobern können, aber die Stadt war verwüstet und in Brand gesteckt worden.

»Mnja«, sagte der Graf behäbig und schaute zum Fenster hinaus auf den Exerzierplatz, wo ein Kürassierregiment vor dem Marmorpalast, der Graf Orlow geschenkt worden war, in Staubwolken aufmarschierte. »Wenn das kein Räuberstück wäre, könnte man sagen, es fehle ihm nicht an Größe ...«

Ich las weiter: Am 12. Juli hatte das Korps von Oberstleutnant Michelson Kasan erreicht. Der Räuber hatte die brennende Stadt verlassen. Sieben Werst von Kasan entfernt, beim Dorf Zarizyn, hatte Oberstleutnant Michelson das feindliche Heer vernichtend geschlagen.

Der Graf schwieg eine ganze Weile.

»Seht Ihr, was das für ein seltsamer Zufall ist, nicht wahr?« fragte er dann.

»Was meint Ihr?«

»Nun, zum Beispiel – wir sitzen hier auf der Zarizyner Au, und er zerschmettert den Räuber beim Dorf Zarizyn!«

Es war bereits Ende August. Frau Benedikte kam einmal, um in Petersburg nach dem Rechten zu sehen. Sie überredete den Grafen, aufs Land zu kommen, und er fuhr auch wirklich hin, kam aber nach einer Woche zurück, den rechten Arm in der Schlinge. Er, der verdrehte Alte, war trotz seiner schlechten Augen auf Wolfsjagd gegangen und von einer vorzeitig explodierenden Flintenladung verwundet worden. Nun wurde er immer unruhiger, und von Zeit zu Zeit quälten ihn starke Schmerzen im verletzten Arm. Im August wurde bekannt, daß der Räuber das rechte Ufer der Wolga erreicht und Saratow, Saransk und Pensa erobert hatte. Den Kampf gegen ihn sollten Graf Panin und Generalleutnant Suworow leiten.

Aber noch ehe sie dort eintrafen, erreichte uns die entscheidende Meldung: Am 14. August hatte Oberst Michelson – ja, jetzt war er schon Oberst – die aufständischen Truppen hundert Werst südöstlich von Zarizyn endgültig geschlagen. Und die Zarin hatte geruht, Michelson vor dem ganzen Hofstaat den *Heros Rußlands* zu nennen.

Auf diese Meldung hin erhob sich der Graf aus seinem Lehnsessel. Auch ich stand auf, weil ich meinte, er hätte mir ein Zeichen gegeben, ich könne gehen. Sein blasses Gesicht und sein Hals verfärbten sich. Er musterte die Karte an der Wand, schaute mich aus seinen entzündeten, auffällig hellen Augen an und sagte seltsam deutlich:

»Also – doch er! Habt Ihr bemerkt, schon das dritte Mal Zarizyn ... Das ist ja lächerlich ... Aber warum eigentlich? Es ist eigentlich natürlich! Geht ...«

Als ich das Zimmer mit einer Verbeugung verließ, blieb er, sich auf die Rückenlehne des Sessels stützend, vor der Karte stehen, den Arm in der Schlinge, die letzten schwarzen Fähnchen, die jetzt hätten entfernt werden sollen, in Höhe der Kniekehle.

Eine Stunde später kam der Diener des Grafen mit erschrockener Miene in die Bibliothek. Er kam auf Befehl des grünen Kammerdieners: Der Graf hatte vor einer Dreiviertelstunde einen Schlaganfall erlitten und war in sein Bett getragen worden. Doktor Kruse war schon da und wollte mich sprechen. Mir war aufgefallen, daß man – ob es stimmte oder nicht – im Haus und vielleicht auch in der Familie offenbar annahm, zwischen mir und dem Grafen herrsche eine Vertrauensbeziehung.

Der Hofmedikus, wie gesagt, der Bruder der Gräfin, ansonsten ein recht zugänglicher Mann, in Berufsdingen jedoch ein undurchschaubarer Äskulap, erwartete mich im Arbeitszimmer des Grafen. Er sagte:

»Ich habe nach der Gräfin schicken lassen, aber morgen, wenn sie ankommt, bin ich vielleicht nicht zu erreichen. Der Thronfolger hat heftigen Schnupfen, und vielleicht muß ich ... Wenn es notwendig ist, erklärt Ihr der Gräfin – der Graf hat einen Schlaganfall mit Lähmung der rechten Körperseite. Er ist noch nicht völlig bei Bewußtsein. Ich hoffe, das wird sich bald geben. Inwieweit die Lähmung sich entwickelt oder nachläßt, ist unmöglich zu sagen. Der Graf muß absolute Ruhe haben. Seine Wunde will nicht heilen. Also sieht es ziemlich schlecht aus. Ich werde ihm aus dem Palais erfahrene Pfleger schicken, auch Medikamente, und werde versuchen, morgen um die Mittagszeit zu kommen.«

Die Gräfin und Lidinka trafen am nächsten Abend ein. Fräulein Benedikte kam eine Woche später. Zur selben Zeit kam auch der junge Herr Karl, den der Vater einige Monate vorher wegen Trunksucht in die Armee abgeschoben hatte. Bald kam auch die junge Frau Liphardt aus Livland. Dann kamen auch die jungen Herren Johan und Peter. Und danach aus Nowgorod Frau Elisabeth mit ihrem Jakob. Dem Grafen schien es ein wenig besser zu gehen. Als ich aber auf Anordnung Herrn Jakobs in den kleinen Teesalon trat, um ihm aus der Bibliothek das gedruckte Exemplar der Estländischen Landrolle zu bringen, saß der Familienrat beisammen (nur Lidinka fehlte). Und sie sprachen unter Vorsitz von Herrn Jakob so unverhohlen, daß ich sogleich begriff: Es handelte sich darum, wie die Güter ihres Vaters, insgesamt dreizehn an der Zahl, in Estland, Liv- und Ingermanland, unter den Familienmitgliedern verteilt werden sollten, wenn ...

Aber dieses Wenn ließ auf sich warten. Lidinka brachte mir jeden Tag Nachricht über den gesundheitlichen Zustand ihres Vaters. Sein Gedächtnis wies seltsame Lücken auf. Trotz dieser Lücken würde er sich jedoch zwischendurch an die amüsantesten Einzelheiten erinnern. Seine Wunde war angeblich noch immer nicht geheilt. Seine ganze rechte Körperhälfte sollte kühl und steif sein. Sprechen würde er gut können, aber nur sehr leise.

Es dauerte lange, bis er sein Bewußtsein gänzlich wiedererlangte und in die Welt zurückkehrte, aber zu Weihnachten war er soweit geheilt, daß er sich sogar an mich erinnerte.

Eines Morgens nach Weihnachten ließ er mich an sein Bett rufen, und ich sah ihn zum ersten Mal nach vielen Monaten. Natürlich lag dort, in Kissen gebettet, ein ganz anderer Mensch. Ein neuer alter Mann, dessen Wesen mir bekannt vorkam, und doch einer, dem ich nie zuvor begegnet war. Er war im Vergleich zu früher viel kleiner, hatte ein rotes Gesicht, eine geschwollene Wange und einen schiefen Mund. Dadurch schien er über fast alles, was man in seinem Beisein sprach, zu grinsen, am meisten allerdings über seine eigenen Bemerkungen. Zugleich schien sein Blick durch die schweren Lider um alles in dieser Welt zu trauern ...

Er sagte sehr leise, beinahe säuselnd, aber dennoch erstaunlich deutlich:

»Hört – wie heißt Ihr? Ich habe gehört, in Moskau soll man über den Räuber zu Gericht sitzen? Stimmt das?«

»Allerdings, Herr Graf. Morgen oder übermorgen ist das Urteil zu erwarten.«

Und dann noch gedämpfter, ansonsten aber, als wären inzwischen keine vier Monate vergangen, sondern als fahre er in einer unterbrochenen Unterhaltung fort:

»Und was macht unser – Heros von Rußland?«

»Ich weiß es nicht, Herr Graf.«

»Ach, Ihr wißt es nicht? Ihr wißt ja auch nicht, wer er ist. Nein? Niemand weiß es. Nur ganz wenige. Ich werde es Euch sagen. Denn es ist recht lehrreich, über solche Dinge Bescheid zu wissen. Er ist einer aus unseren Landen. Er kam aus dem Kreis Jerwen, war ein Lakai der Rosens vom Gut Weinjerwen.«

Selbstverständlich war ich überrascht, denn das war etwas ganz Unerhörtes. Aber zugleich versuchte ich ein Schmunzeln zu unterdrücken und dachte: Ach, darum hat ihn dieser Mensch, dieser Michelson seit langem gefesselt. Der Graf faßte mich mit seiner beweglichen Linken kräftig am Handgelenk, zerrte mich auf seinen Bettrand und flüsterte durch sein zwanghaftes Grinsen, als hätte er meine Gedanken erraten:

»Ich sehe – junger Mann –, das verwundert Euch nicht. Warum? Weil Ihr über mich dasselbe erfahren habt? Stimmt es? Diese alte Schachtel, meine Freundin Frau Gertrude, hat es Euch in Wesenberg gewiß erzählt? Gesteht es ein – daß ich dort ihr Lakai gewesen bin?«

Ich war nicht versucht, mein Wissen siegreich zu verkünden, doch es zu verheimlichen hatte ich auch keine Ursache. So murmelte ich:

»Etwas Ähnliches hat die Gnädige tatsächlich ...«

»Na, seht Ihr! Ich weiß es ja ...« Und dann plötzlich: »Hört, Hermann, hat sie Euch auch vom Buch erzählt, das ihre Quasselei über mich enthalten soll? Und das vor einigen Jahren in Paris in Druck gegeben worden ist? Hat sie davon gesprochen?«

»Ja, Herr Graf. Sie war sehr besorgt, daß Ihr es erfahren habt.«

Der Graf kicherte in sich hinein und sagte leise: »Wißt Ihr, Herbert, wir werden noch miteinander reden. In einem geeigneten Augenblick. Wenn all die lachenden Erben nicht da sind. Geht jetzt. Ich bin müde.«

Am selben Abend, als die ganze Sippschaft Silvestervorfeiern beging, die wegen der Krankheit des Hausherrn in diesem Jahr nicht bei uns veranstaltet werden konnten, ließ er mich wieder zu sich hinunterholen.

Der grüne Kammerdiener öffnete mir, auf Zehenspitzen gehend, die Tür zum Krankenzimmer. Vor das Bett war ein kleiner Schreibtisch mit dazugehörigem Stuhl gerückt worden. Auf dem Tisch lagen und standen Leuchter, Tintenfaß, Gänsekiel, Papier und Streusand bereit.

Der Graf richtete sich aus seinen Kissen auf und stützte sich auf den linken Ellenbogen. Sein Gesicht war gerötet, und seine Augen glänzten im Kerzenlicht. Doktor Kruse hatte gesagt, man solle ihm täglich ein paar Gläschen Madeira zur Stärkung geben. Er schien aber die Portion von mehreren Tagen genossen zu haben. Oder verursachte seine eiternde Wunde Fieber? Er erklärte mit Feuereifer:

»Gerhard, mein lieber Schwiegersohn und die anderen Quacksalber blasen mir jeden Tag ins gleiche Horn, ich würde bald genesen und sie alle überleben. Leeres Gerede! Ich fühle, daß mir wenig Zeit bleibt. Und ich habe mich entschlossen. Warum soll man im Ausland sensationelle Geschichten über mich schreiben? Wenn wir dies hier weitaus besser und würziger erledigen können? Zur Freude meiner teuren Erben und zum Andenken an Frau Gertrude?«

»Ja wie denn, Herr Graf?«

»Ihr werdet aufschreiben, was ich Euch erzähle! Den wahren Lebenslauf des *Oberhofmarschalls* Graf Sievers.«

Ich sagte (denn die Aufgabe schien mir nicht nur schwer, sondern auch gewagt): »Herr Graf, ich glaube, wenn Ihr auch – mmm – Eure Herkunft zu Papier bringen möchtet« (ich sagte nicht: Wenn Ihr auch Euer Verhältnis mit Zarin Elisabeth und weiß der Kuckuck mit wem noch aufschreiben wollt), »würdet Ihr damit nicht dem jungen Herrn Karl und Fräulein Lidinka« (denn ich hatte beobachtet, daß er sich aus den anderen nichts machte) »– würdet Ihr ihnen dann nicht schaden?«

Der Graf sagte, wobei sein Mund noch schiefer wurde:

»Aus Karl wird ein Trunkenbold. Wie auch aus den älteren Jungen Trunkenbolde geworden sind. Habt Ihr es noch nicht bemerkt? Ich habe ihn zum Heeresdienst geschickt. Denn im Zivildienst würde er noch tiefer im Sumpf versinken. Spuckt er auf meine Wünsche, so spucke ich zurück. Aber Lidinka – wißt Ihr, Lidinka ist all dem überlegen. Oder – wie soll ich es ausdrücken – es geht an ihr vorbei. Es ist ihr einerlei. Oder – sie gibt der Wahrheit der Lüge gegenüber den Vorrang. Also setzt Euch an den Tisch, und wir wollen beginnen. Wir haben Eile. Benutzt Abkürzungen und allerlei Zeichen. Sonst schafft Ihr es nicht. Später, in der Nacht, wenn Ihr Euch frisch an alles erinnert, schreibt Ihr alles ins reine. Versteht Ihr, Gebhard? Wir wollen an vier Abenden fertig werden. Heute, morgen. Und die ersten beiden Neujahrsabende. Dann sind hier alle weg. Ihr versteht, ich möchte wenigstens auf dem Totenbett frei sein ...«

Und er begann zu erzählen. Dinge, die ich im allgemeinen schon kannte. Chaotisch, aber mit beredten Präzisierungen.

»Die Behauptung, ich sei irgendwo in Finnland, in Pittis oder sonstwo geboren, ist Quatsch. Das heißt, vielleicht wurde dem alten Joachim dort wirklich ein Sohn geboren, der meinen Namen trug. Dieses Gerücht wurde auf Elisabeths Befehl verbreitet. Und die Sievers' behaupten es steif und fest bis heute. Und jetzt tut es natürlich alle Welt. Auch ich selbst. Bis heute abend. Tatsächlich war ich Kammerjunker und etwas mehr als dreißig Jahre alt, als ich das erste und letzte Mal in Finnland war, um das Gut meines Adoptivvaters anzusehen. Aber geboren wurde ich in Karritz. Ich weiß nicht, auf welchem Bauernhof, wahrscheinlich in einer Badstube. Denn mein leiblicher Vater war vor meiner Geburt im schwedischen Krieg verschollen. Meine Mutter holte die Pest, ich war damals fünf Jahre alt. Oder es war meine Stiefmutter. Ich weiß es nicht. Von ihr habe ich nur ein Lied im Gedächtnis.«

»Was für eins?«

»An den Text kann ich mich nicht erinnern. Ich weiß nur, es war ein Lied, na, so eins ... ja, und dann war ich mit meiner Schwester, mit Leeno, bei Verwandten, abwechselnd bei mehreren. Ich glaube, es war in Karritz. Bis es mir gelang, mich in diesen Krähwinkel einzuschleichen – wie hieß er doch gleich?«

»Wesenberg.«

»Ja, Wesenberg. Ein Bub in Pasteln, der von Schuhen träumte. Dieser Wunsch trieb mich zu Schuhmacher Simson. Und ich überredete ihn, er solle Leeno zur Magd nehmen. Dort blieb sie, bis der Schusterssohn sie freite. Aber mich las Frau Tiesenhausen beim Schuster auf. Wenn der Meister zu ihr aufs Gut mußte, um Maß zu nehmen, nahm er mich mit. Und bald war ich ihr Lakai. Also verdankt der *Oberhofmarschall* Sievers alles« – er beschrieb mit der Hand in der Luft einen Kreis, was wahrscheinlich eine Reverenz bedeuten sollte –, »ja alles der gnädigen Frau von Tiesenhausen, auch die Erkenntnis aller menschlichen Chancen! Ich war zwei

Jahre lang Lakai gewesen, als ihr Mann nach Polen oder sonstwohin reiste. Zwei Wochen später lag ich mit ihr im Bett. Ich stieg nicht selbst dorthin. Aber auf einen unverkennbaren Wink hin legte ich mich zu ihr. Natürlich war das für mich betörend. Sie war vielleicht keine Venus. Doch sie war eine hübsche, sinnliche, etwa fünfunddreißigjährige Frau, die den Luxus ihres gesellschaftlichen Ranges genoß. Ja, es war provinzieller Luxus, aber für mich war es das große Wunder. Und ich genoß dieses Wunder ein halbes Jahr. Bis sie eines Morgens sagte: ›Karl, jetzt kommt Herr Jakob zurück. Ich fahre ihm nach Reval entgegen. Ich fahre schon heute, und Herr Bistram fährt morgen weiter nach Riga.‹ Dieser Herr Bistram war Frau Tiesenhausens Vetter aus Kurland. Er war unterwegs von Petersburg nach Hause und hatte einige Tage bei uns verbracht. Und dann sagte die Gnädige noch zu mir: ›Karl, schwöre mir, daß du unser Verhältnis geheimhältst, wenn ich mit Herrn Jakob zurückkomme.‹ Ich erwiderte: ›Ich schwöre es dir bei meiner Seligkeit.‹ Sie gab mir einen Kuß und fuhr weg. Am Abend rief mich der Verwalter zu sich, hieß mich meine Klamotten packen und am Morgen mit Herrn Bistram wegfahren. Die Gnädige hatte mich für zwanzig Rubel an Herrn Bistram verkauft! Heinrich – versteht Ihr? Der Lakai war verkauft! Der *Oberhofmarschall* und Reichsgraf war verkauft – für zwanzig Rubel! Dieselbe Frau, die mir Spiele beigebracht hatte, die sie in meinen Armen vor Wollust zum Stöhnen brachten! – Dieselbe Frau ... Heinrich, ich habe meine rechte Faust blutig gebissen – damals hatte ich gute Zähne –, aber ich konnte denken. Ich hatte die deutsche Sprache gelernt. Ich konnte schreiben. Ich wußte, wo sich ihr Siegelring befand. In derselben Nacht, mit demselben Ring, dessen Abdruck mein Verkaufsbrief trug, fälschte ich einen Freibrief für mich. In derselben Nacht verließ ich Wesenberg. Nach einer Woche schälte ich Rüben in Petersburg, in der Dienstbotenküche der Großfürstin. Und ich sage, Dietrich, ich sage vorgreifend: Wenn der Kammerjunker und Hofmarschall und so weiter später diesen Euren Krähwinkel, diese

Eure Stadt gegen Frau Gertrude aufhetzte, handelte es sich wahrlich nicht um Unterstützung der Stadtbürger im Kampf gegen den Adel, sondern lediglich um die Rache eines bis ins Mark gedemütigten Burschen. Erst nach vielen Jahren dichtete sich der Mann, der Greis, die Aureole des Kämpfers an. Also sage ich Euch: Heldenhaft war mein Tun ebensowenig, wie es die Schlachten des russischen Heros waren. Denn er, der Bauernjunge, gewann seine Schlachten auf der falschen Seite. Und ich habe überhaupt nie eine Schlacht gewonnen.«

Daraufhin sank er wieder in die Kissen und sagte: »Es ist Mitternacht. Genug für heute. Morgen machen wir weiter. Und dann sage ich Euch, was Ihr damit anfangen sollt. Nach mir. Gute Nacht, Berend.«

Am Morgen war er tot. Als der Kammerdiener wie gewöhnlich um fünf Uhr nachsehen wollte, ob er ruhig schlief, schlief er schon endgültig. Übrigens hieß es nachher in Rede und Schrift, soweit über ihn überhaupt geschrieben wurde, er sei genau am Tage der Hinrichtung des Räubers gestorben, ja gar zur gleichen Zeit. Eine interessante und unbeantwortete Frage – wer sich dieses Symbol wo und warum ausgedacht hatte. Nein, ein solches Zusammentreffen wäre doch ein bißchen stark gewesen, und darum ist diese Behauptung falsch. Der Graf starb am 10. Januar 1775 nach dem *neuen*, der Räuber wurde am 10. Januar nach dem *alten* Kalender hingerichtet.

Dei Bestattung des Grafen fand in der Petersburger Petrikirche statt. Fast der ganze deutsch-baltische Hofstaat war erschienen. Der Eichensarg wurde in einen bronzenen gehoben und in den Keller der Kirche hinabgelassen. Dort sollte er einen oder anderthalb Monate bleiben, bis die Gruft in der Kirche von Waiwara (wo der Graf zu Grabe getragen werden sollte) fertig sein würde.

Am Tag nach der Zeremonie in der Petrikirche erschien die Gräfin in der Bibliothek. Soweit ich mich erinnere, war es das einzige Mal, daß sie diesen Raum betrat.

»Berend, Ihr habt für den Grafen vor seinem Tod Notizen

über sein Leben machen müssen. Gebt sie mir. Ihr habt ja sicher bemerkt, daß er in seinen letzten Stunden geistesgestört war.«

Mein Gehirn arbeitete fieberhaft. Wir standen vor dem kleinen Kamin, in dem ich am Abend Papier verbrannt hatte. Ich sagte:

»Gnädige Frau Gräfin – natürlich habe ich es bemerkt. Und gerade darum kann ich Euch diese Notizen nicht geben. Denn ich habe sie verbrannt – weil sie zu absurd waren. Gestern abend. Seht Ihr – dort ist die Asche.«

Die Gräfin musterte mich ein Weilchen und verließ die Bibliothek, ohne ein Wort zu sagen.

Ich blieb noch sechs Wochen im Hause. Mir war mitgeteilt worden, man brauche mich nicht mehr, aber ich dürfe noch den Leichnam des Grafen nach Waiwara begleiten. Ich war überzeugt, Gabriel Kempe würde mich einige Wochen beherbergen. Derweil wollte ich Umschau halten, was weiter werden sollte. Am letzten Morgen kam Lidinka in die Bibliothek:

»So geht Ihr jetzt, und ich werde nicht erfahren ...«

»Was?«

»Ob Ihr ein redlicher Mensch seid oder nicht ...«

»Fräulein Lidinka, es ist schwer, redlich zu sein – in einem solchen Haus.«

»Warum?«

»Euer Vater hat mir vor seinem Tod von seinem Leben erzählt. Den Anfang seines Lebenslaufs. Damit ich alles aufschreibe. Ich habe es getan. Das ist unter vier Augen geschehen. Aber wir sind belauscht und unser Gespräch Eurer Mutter zugetragen worden.«

»Das war natürlich der Kammerdiener. Ihm wurde es befohlen«, sagte Lidinka.

»Eure Mutter will diese Papiere haben. Sie sagte, Euer Vater sei in den letzten Stunden nicht ganz bei Verstand gewesen. Aber er war klar im Kopf wie eh und je.«

»Und Ihr – habt Ihr sie Mutter gegeben?«

»Nein. Ich habe gesagt, ich hätte sie verbrannt. Da –«

Ich nahm meine Notizen, die ich zwischen die Seiten von Shakespeares »Sturm« gesteckt hatte, und drückte sie in Lidinkas zarte zerbrechliche heiße Hand. Ich sagte:

»Ihr seht natürlich nicht, ob es dieselben sind – ob ich Euch nicht Gott weiß was für Fetzen gegeben habe. Aber Ihr werdet einst einen redlichen Menschen finden, der sie Euch vorliest.«

»Vielleicht«, sagte Lidinka. »Und Ihr erinnert Euch an alles, was hier geschrieben steht. Ich werde hören, was Ihr damit anfangt, und danach erfahren, ob Ihr ein redlicher Mensch seid oder nicht.«

Wir standen einen Augenblick stumm da. Dann sagte Lidinka:

»Und jetzt küßt mich! Dann bin auch ich geküßt worden.«

Sie streckte den linken Arm vor und berührte mich mit der Spitze ihres Mittelfingers, um festzustellen, wie weit ich von ihr entfernt war. Dann tat sie einen Schritt und hob ihr Gesicht zu mir. Und ich küßte sie. Diese Gräfin. Diese Enkelin eines im schwedischen Krieg verschollenen namenlosen Bauern und einer von der Pest geholten Bauersfrau. Gott im Himmel, ich tat es in einem Anflug von Zärtlichkeit, Schrecken, Versteinerung, mit geschlossenen Augen, um die Narben unter ihrer Augenbinde nicht zu sehen. Ich griff nach meinem Reisekorb, rannte auf die Straße und sprang in den letzten Schlitten des Trauerzuges. Und der winterliche Schneesturm verschluckte das Petersburg, das mich umgab.

IV

31

Auch der Bestattung von Graf Sievers wohnte ich bei, obwohl die Gräfin mich entlassen und bezahlt hatte und ich eigentlich schon ein Fremder war. Noch fremder als früher.

Wir hatten den Sarg von Petersburg nach Narwa geschickt, wo er auf eine Lafette des dortigen Regiments verladen wurde, denn der Graf war immerhin ein *Général en chef* gewesen, und die Pferde des Regiments zogen ihn durch das Schneegestöber bis nach Waiwara. Der alte Lucifer mit den ergrauten Nüsterhaaren, das Lieblingspferd des Grafen, wie sich herausstellte, schritt mit hängendem Kopf bis zum Gut und der Kirche durch den Schneewirbel hinter dem Sarg einher.

Von einer Kirche konnte noch nicht die Rede sein. Es gab vorerst nur Mauern ohne Dach, leere Fensteröffnungen und merkwürdige riesige runde Pfeiler beiderseits der Tür. Die Lafette mit dem Sarg machte bei den frierenden, in Pelze, Muffe und Pelzkragen gehüllten Trauergästen zwischen den Säulen halt. Hinter den herrschaftlichen Begleitern stand der stumme graue Haufen des Bauernvolkes. Die halbfertige Kirche mitten im Schneegestöber sah eher wie eine Ruine aus, wie eine Theaterdekoration, um die herum nur das Gestöber wirklich war.

Die Zeremonie war überaus knapp. Und zu meiner großen Enttäuschung hielt den Gottesdienst nicht Gabriel, sondern ein fremder Geistlicher namens Dietrich, der neue Seelsorger von Waiwara. Der Sarg wurde in eine irgendwo zwischen Mauern und Schneewehen befindliche Krypta getragen, und der Wind wehte Dietrichs schrille Stimme und den Gesang der Trauergäste in die Dämmerung. Am Abend hörte ich einen Stallburschen sagen, der beim Leichenschmaus ein

Gläschen über den Durst getrunken hatte, er wisse nicht, wie es um die anderen Trauergäste stehe, aber Lucifer habe echte Tränen vergossen ... Und ich überlegte: Vielleicht gab es unter denen, die den Grafen zu Grabe getragen hatten, wirklich keinen einzigen, der geweint hatte, obwohl die Gräfin, die jungen Herren und die älteren Töchter angereist waren. Denn wer hätte weinen sollen, da Lidinka, das blinde Kind, bei dem Frost und Sturm nicht mitgenommen worden war?

Ich verbrachte die Nacht bei dem erwähnten Stallburschen. Für zwanzig Kopeken fuhr er mich am nächsten Tag fünfzig Werst nach Westen, nach Lüggenhusen, wo Gabriel Kempe jetzt schon das dritte Jahr Pastor sein sollte.

Und ich muß sagen, obwohl das Pastorat von Lüggenhusen um die Hälfte größer war als dasjenige von Waiwara und mir völlig fremd (es hört sich lächerlich an, als wäre mir Waiwara Gott weiß wie vertraut), waren Gabriel und Frau Clara ganz die alten und der Schneefall am Morgen hinter dem Fenster des Speisezimmers so weich, daß meine Sinne sich zu beruhigen schienen, wie bei einer Heimkehr.

Frau Clara zwitscherte: »Schön, Herr Berend, daß Ihr ein paar Wochen bei uns bleiben wollt! Ihr habt ja so viel erlebt! Man denke nur – drei Jahre in der Hauptstadt und in einem so aufregenden Haus! Ich weiß gar nicht, was ich alles fragen möchte ...«

Gabriel schlürfte seinen Kaffee und sagte:

»Clara spricht vom Fragen. Ich bin vor einer Woche aus Reval gekommen. Von einer Versammlung des Synods. Dort habe ich den Borge aus Wesenberg getroffen. Berend, warum regen sie sich dort über dich auf?«

»Über mich? Was ist das für eine Geschichte?«

»Borge hat dich erwähnt. So ganz nebenbei. Als ich ihn fragte, was denn los sei, wollte er nicht mit der Sprache herausrücken. Soviel habe ich verstanden, daß irgendein Wesenberger Kaufherr sich von seiner Frau scheiden lassen will. Weil seine Frau angeblich mit dir Ehebruch begangen hat!«

»Was für ein Kaufherr?« (Lieber Gott, als könnte es dort

wer weiß wie viele geben. Und als könnte ich es nicht erraten ...)

»Keine Ahnung. Ich kenne sie ja sowieso nicht.«

»Ich bin ja schon drei Jahre weg aus Wesenberg –« (Welch lahme Selbstverteidigung!)

»Das werden also frühere Histörchen sein«, meinte Gabriel schmunzelnd. »Vielleicht bist du deshalb nach Petersburg ausgerissen?«

Mir war es nicht vergönnt, meine Heimkehr unter diesem fremden freundlichen Dach länger als einen halben Morgen zu genießen. Zur Mittagszeit verließ ich Lüggenhusen und traf in der Abenddämmerung in Wesenberg ein.

Ich ließ den Fuhrmann, der mich von Pödrus zur Stadt gefahren hatte, bei der Apotheke halten. Wohin hätte ich mich sonst wenden können? Sollte ich etwa in das Absteigequartier Johans in der Höllenstraße gehen? Oder in seinen Krug? Oder gar zu ihm nach Hause? Die übrigen drei Gasthäuser waren mir zuwider, langweilig, fremd. In Richmanns Haus konnte ich mich sicher menschenwürdig fühlen. Und hoffentlich über alles sprechen.

Der stark ergraute und ein wenig dicker gewordene Schlüter empfing mich in der Apotheke und sagte erwartungsgemäß leise und unerwartet kühl:

»Natürlich erkenne ich Euch ... Ach, Herr Richmann? Gottchen, wißt Ihr es denn nicht? Herr Richmann ist schon das zweite oder dritte Jahr fort aus Wesenberg. In Hapsal. Ich habe seine Apotheke gekauft. Er hatte ja Krieg mit der verstorbenen Frau von Tiesenhausen geführt. Das wißt Ihr doch. Auch mit ihrem Sohn, Herrn Jakob, hatte er nicht das beste Verhältnis, Hochmütigkeit, weiter nichts.«

»Von wessen Hochmütigkeit sprecht Ihr?«

»Von der des Herrn Richmann natürlich. Ihr erinnert Euch doch, wie er sich hier in Sachen der Stadt ... Und was ist daraus geworden ...? Er hat mir seine Apotheke verkauft, lange bevor die Stadt den letzten Todesstoß erhielt ...«

»Was für einen Todesstoß?«

»Habt Ihr denn nichts davon gehört? Hat man in Petersburg nicht darüber geredet? Wesenberg hat sein Urteil weg. Ha! Die Stadt ist aller ihrer Rechte verlustig gegangen. Alle Forderungen sind zurückgewiesen. Wir alle sind jetzt vollkommen Herrn Tiesenhausens Macht und Gnade ausgeliefert. Nicht einmal das Vogteigericht tagt mehr in der Stadt, sondern im Haus des Gutsinspektors. Mir macht das natürlich nichts aus. Ich habe mein Lebtag nur Pillen gedreht und drehe sie weiter. Und dazwischen blase ich Flöte. Aber mit Politik gebe ich mich nicht ab. Ich lüfte vor Herrn Tiesenhausen den Hut, und ich lüfte ihn auch vor den Kaufherren. Aber vor Herrn Tiesenhausen ziehe ich ihn früher als vor den Kaufherren. Denn so ist es gewesen, und so wird es bleiben!«

»War das der Beschluß des Senats?«

»Senat hin, Senat her! Von allerhöchster Seite unterzeichnet! Vom Generalgouverneur!«

»Wann war das?«

»Anfang Oktober hat man uns den Beschluß vorgelesen. Wenn ich mich recht erinnere, ist er am 6. September unterzeichnet worden. Übrigens, Herr Falck, wenn Ihr gehofft habt, hier im Apothekerhaus Quartier zu finden – leider darf man in unserer Stadt niemandem, der auf dem Gut nicht gemeldet ist, Obdach gewähren. Also ...«

Ich verließ die Apotheke und schlenderte die Langstraße entlang weiter.

Aus einigen Fenstern beiderseits der Straße leuchtete es wie aus Wolfsaugen. Als sollte es in der Stadt, die den Todesstoß erhalten hatte, möglichst dunkel sein. Also am 6. September hatte die Zarin das Todesurteil für die Stadt unterschrieben. Die Tiesenhausens hatten den Anstoß gegeben, sobald der Schlaganfall des Grafen Sievers in Petersburg bekanntgeworden war. Und jetzt lebte hier in der arg getroffenen Stadt, in dieser Finsternis Maade ... In unbekannter Gefahr, Bedrängung und Bedrohung ... Wo mochte sie sein? Immer noch in Johans Haus? Oder nicht, da er die Scheidung verlangt hatte? Bei Vater und Mutter? Ich stand ein Weilchen an der Ecke der

Wasserstraße, bereit, im Finstern den Uferhang hinunterzulaufen und über den Soolikas zu eilen … Aber lieber Gott, ich konnte ja nicht hingehen, da ich keine Ahnung vom Verlauf der Dinge hatte und da ich die Ursache der Scheidung sein sollte. Und es war auch schon elf Uhr nachts …

Ich lenkte meine Schritte zur Knaackschen Schenke. Hier gab es kein Problem mit meiner Beherbergung. Nein, nein, erklärte mir der Schankwirt, das Verbot gelte nur für Privathäuser, nicht für Logiergäste in Gasthäusern. So übernachtete ich in einem öden, dreckigen, verwanzten Zimmer, der sogenannten guten Stube. Und in dieser unruhigen Nacht fand ich die Antwort auf die Frage, womit ich anfangen müsse.

Als es dämmerte, klopfte ich an die Tür des Pastorats und fragte nach Pastor Borge. Er hatte davon geredet, er mußte jetzt Rede und Antwort stehen!

Die alte Elster ließ zwar auf sich warten, aber zum Reden war sie bereit. Er zündete mit einem Span die Kerzen in seiner Tintenfaßgarnitur an und sagte:

»Gut, Herr Falck, daß Ihr gekommen seid. Sonst wäre ich in große Schwierigkeiten geraten, wenn alles hinter Eurem Rücken hätte geregelt werden müssen.«

Wenn ich mich in der Hoffnung gewiegt hatte, die heikle Situation würde ihn zwingen, sich mit Andeutungen zu begnügen, so hatte ich mich sehr geirrt. Er legte mir die Sachlage mit aufreizend professioneller Nonchalance und fast arroganter Ungezwungenheit dar.

»Vor ungefähr drei Wochen kam Kaufherr Rosenmark – Ihr kennt ihn gut – zu mir. Seine Geschäfte und sonstigen Unternehmungen würden großartig gedeihen, sein Familienleben aber sei unglücklich. Nach langen quälenden Zweifeln sei er zu der Überzeugung gekommen, daß er nicht der Vater seines Sohnes Karl ist. Der wirkliche Vater seiet Ihr. Seine Frau Magdalena habe ihm schon zu Beginn ihrer Ehe mit Euch die Treue gebrochen. Und er, der betrogene Ehemann, habe aus Unwissenheit den Bastard seiner Frau bis dahin in Liebe erzogen. Doch nun habe er Gewißheit und gedenke nicht, sein Unglück und seine Schande weiter zu tragen. Das könne nach dem menschlichen und göttlichen Gesetz niemand von ihm verlangen. Und Ihr wißt«, fuhr Borge fort, »obwohl die Kirche die Ehescheidung nicht für gottgefällig hält, ist sie doch bereit, Herrn Rosenmark das Recht der Scheidung einzuräumen, falls ...«

Ich fühlte plötzlich, daß ich durch mein langes Schweigen meine Schuld so gut wie eingestanden hatte. Hätte ich mich entschlossen, mich zu verteidigen, hätte ich gleich zu Anfang rufen müssen: »Ich? Herr Borge, wo denkt Ihr hin?!« Aber ich konnte das nicht tun, wenn Maade es möglicherweise längst zugegeben hatte. Dann hätte ja mein Leugnen ihre Preisgabe bedeutet ... Und ich fühlte: Ich konnte auch nicht fragen, wie Frau Magdalena Rosenmark auf die Beschuldigungen ihres Mannes reagiert hatte, denn diese Frage wäre der Beweis von Maades Schuld, von unser beider Schuld. Und ich sah plötzlich ein, daß derselbe Borge, den ich immer noch als stadtbekannten Narren mit dem Schlüpfer der Frau Tiesenhausen dastehen sehe, mich seltsamerweise an die schäbige Wand seiner öden Kanzlei gedrückt hatte. So fragte ich ziemlich kleinlaut:

»Was hat denn nun Herrn Rosenmark zur Gewißheit geführt, wie er behauptet?«

»Herr Rosenmark sagt, es sei ein Muttermal. Ihn habe eine dunkle Erinnerung dazu geführt, daß genau so ein Muttermal, wie sein Junge – also Frau Rosenmarks Junge – hat, auch Ihr an der gleichen Stelle habt. Er selbst aber habe keins. Derartige Male seien großteils erblich.«

Also – ein Muttermal. Stimmt, der Junge hatte eins. Daran konnte ich mich erinnern. Aber ich? Lieber Gott, ich hatte doch keins. An derselben Stelle? Ich hatte es niemals gesehen. Auch nie etwas davon gehört. Niemand hatte mir etwas gesagt. Also hatte ich keins? Oder doch? Da man behauptete, ich hätte eins – mir kam eine Erinnerung wie aus weiter Ferne und aus quälenden Träumen (was sind das für seltsame fremde Worte!), daß meine Mutter in meiner Kindheit von einem Mal gesprochen hatte, von einem Fingerabdruck des Jesuskindleins zwischen Kreuz und Hinterbacken.

Borge sagte:

»Also, wenn Ihr nicht gesteht und Frau Magdalena nicht gesteht ...«

Folglich hatte Maade nicht gestanden! Das stand nun fest. Es machte mir Kummer. Aber es wirkte auch wie eine Befreiung. Und verlieh mir Courage. Ich fragte:

»Herr Borge, es scheint, Ihr habt *sub fide pastorali* Herrn Rosenmark in den Hintern geschaut? Und nun wollt Ihr es auch mit mir tun?«

Er lächelte auf eine eklige Art, väterlich, überheblich, nachsichtig:

»Ich möchte hoffen, daß sich dies erübrigt und Ihr Euch schuldig bekennt. Ihr und die Dame. In diesem Fall würde ich die Angelegenheit schonend behandeln. Ich werde doch die Frau eines Kaufherrn nicht an den Schandpfahl bringen, wie man es mit bäuerlichen Ehebrecherinnen zu tun pflegt. Aber ich muß Euch und Frau Rosenmark in der Kirche in aller Öffentlichkeit rügen. Bevor ich die Sache dem Konsistorium übergebe. Nun, ich verspreche Euch – wenn Ihr gesteht, mache ich es nicht an drei Sonntagen, sondern nur an einem einzigen Sonntag.«

Das klang fast, als müßte ich ihm Dankbarkeit zeigen! Ich fragte:

»Wie weit ist Rosenmark mit den Beschuldigungen gegen seine Frau gegangen?«

Borge erwiderte: »Das weiß ich nicht. Jedenfalls hat sie in der vergangenen Woche den Mann mit ihrem Sohn verlassen.«

»Wo ist sie jetzt?«

»Wo? Bei ihrer Mutter. Im Haus des Schusters Simson.«

»Wie haben Vater und Mutter sie aufgenommen?«

Ich stellte diese Frage mehr an mich selbst als an Borge, aber er antwortete:

»Ihr Vater? Wißt Ihr denn nicht, daß der Schuster Simson schon drei Jahre tot ist? Und die Mutter – na, ich frage mich, kann die Unzucht der Tochter einer Mutter Freude bereiten?«

Ich erhob mich. »Gut, Herr Pastor. Ich bin bei Knaack zu finden, sollte es notwendig sein. Ich verlasse Wesenberg nicht, ohne Euch zu benachrichtigen. Reicht das? Auf Wiedersehen.«

Ich eilte durch den verschneiten Kirchhof und den Pfad der Wasserträger entlang bis zum Soolikas. Ich hätte in einer Minute an der Tür Frau Simsons und Maades stehen können. Doch bei den Wasserlöchern mitten auf dem Eis des Flusses machte ich plötzlich halt. Ich betrachtete das gelblich blinkende Fenster des Schusterhauses. – Nein! Ehe ich vor Maade trete, muß ich wissen, ob ich dieses Mal habe! Das Muttermal, von dem Johan Borge erzählt hat. Und das Johan in der Badstube hat sehen können. Denn wenn ich es nicht habe, na, dann hat sich durch Borges Worte nichts geändert. Dann ist alles ebenso verworren wie unser ganzes Gespräch. Aber wenn ich es habe, wenn ich es wirklich habe, dann bin ich sehr wahrscheinlich, o Gott, dann bin ich doch ganz sicher der Vater des Jungen, und ich darf – ich kann – ich muß die Folgen tragen ...

Ich machte mitten auf dem Fluß kehrt. Gott sei Dank war es noch dämmrig, und glücklicherweise gab es auch keine Wasserträgerinnen, die es bemerkt hätten. Ich eilte zurück in den Knaackschen Krug. Die gute Stube war immer noch leer. Ich schloß den Türhaken und nahm meinen Rasierspiegel aus dem Reisekorb, eine Scherbe so groß wie ein Handteller. Das Fenster war so vereist, daß ich es nicht zu verhängen brauchte. Ich zündete die Kerze an, ließ die Hose bis zu den Lenden herunter und krempelte das Hemd hoch.

Hatte ich es oder hatte ich es nicht? Johan konnte es sich ausgedacht haben, weil er Maade loswerden wollte und hoffte, ich würde in der namenlosen Volksmenge der Hauptstadt verschwinden.

Gottchen, ich gebe zu, hätte der Leibhaftige mir zugeschaut, hätte er Grund genug zum Grinsen gehabt ... Ich verdrehte mir die Augen, und mir schien, daß das Mal wirklich da war, im Netzwerk meiner Körperhaare steckte es ... Aber das Kerzenlicht war zu schwach und flackerte dauernd. Und das, was ich suchte, konnte kaum zu sehen sein und sich nur in der Hitze einer Badstube zeigen. Zumal ich mir die Augen verdrehen mußte, um es überhaupt erblicken zu können, und die Spiegelscherbe so unverschämt klein und blind war. Es gab Momente, in denen ich den rosa Fingerabdruck zu sehen meinte. Ich hielt den Atem an und bemühte mich, ihn mit den Augen festzuhalten. Als er mir wieder entglitt, atmete ich verächtlich schnaufend auf, und ich weiß nicht, was ich empfand, als ich ihn wieder zu sehen meinte – Schrecken oder Freude ...

32

Es war schon zehn vorbei, als ich an die Tür der Simsons klopfte. Eine Männerstimme rief: »Herein.« Ich trat in den Windfang. Die Tür zur Werkstatt links stand offen, und aus ihr schien Licht. Einen Augenblick meinte ich, daß etwas nicht in Ordnung war – ob ich in die Zeit vor zehn Jahren zurückgekehrt war oder ob Borge gelogen hatte, daß der Schuhmacher tot war, oder ob dieses Haus einen neuen Herrn hatte. Ein kahlköpfiger brünetter Mann mit dunklem Schnurrbart und einem Lederschurz ließ seine Arbeit liegen und trat zu mir.

»Tär Ärr vünssen?«

Auf ein derartiges Deutsch antwortete ich natürlich in der Bauernsprache:

»Ich möchte Frau Rosenmark sprechen. Wer seid Ihr?«

»Ich bin der neue Schustermeister. Ich bin ihr Bruder.«

»Ah, Herr Anton! Natürlich! Als ich zuletzt in diesem Haus ein und aus ging, wart Ihr irgendwo bei Riga und machtet Eure Gesellenzeit.«

»Dort war ich. Und Ihr seid Herr Falck?«

In diesem Augenblick trat Mutter Simson aus dem Wohnzimmer auf die Schwelle und erkannte mich sofort. Schneller, als ich sie erkannte. Denn sie war grau geworden, sorgenvoll und zusammengeschrumpft. Ich hätte sie nie erkannt, wenn sie nicht auf ihrer eigenen Schwelle gestanden hätte. Sie sagte dumpf, und ihr Gruß enthielt durchaus keine Begeisterung:

»Ach, Ihr seid es ... Maade ist mit dem Jungen in der Badstube beim Waschen ...«

»Ich rufe sie her«, sagte Anton diensteifrig.

Er ging seine Schwester holen, und ich stand Maades Mutter gegenüber. Die alte grauhaarige krumme Frau schaute mich forschend an und sagte in einem Ton, der mich durch seine hilflose Offenheit zusammenzucken ließ:

»Ich weiß nicht, was ich Euch sagen soll ... Gott sei Dank, daß Ihr gekommen seid, oder: Schert Euch zum ... Tretet ein ...«

Die Schusterswitwe ging voran, und ich folgte ihr in die Kammer. Sie zog die verblichenen, sonnenblumenbestickten Gardinen zurück und ließ das kühle graue Morgenlicht in das winzige Zimmer herein. Wir nahmen am Tisch Platz. Ich sagte:

»Ich bin drei Jahre in Petersburg gewesen. Im Hause Eures Bruders. Ich komme fast direkt von seiner Beerdigung. Gestern bin ich hier angekommen und habe gehört, daß Meister Simson inzwischen gestorben ist.«

»Vor drei Jahren«, sagte die Witwe.

»Aber was ist mit Maade geschehen?« fragte ich.

»Ihr werdet es gehört haben. Das pfeifen ja die Spatzen von den Dächern.«

»Schlüter hat mir nichts erzählt.«

»Er erzählt nichts, was den Zuhörern nicht genehm ist.«

»Und der Schankwirt bei Knaack hat auch nicht ...«

»Natürlich, für ihn seid Ihr ja ein Herr, also hält er den Mund.«

»Was ist denn mit Maade? Ich habe gehört, sie habe Johans Haus verlassen.«

»Das habt Ihr also gehört?«

»Aber warum? Wieso?«

Frau Helene blickte zu Boden. »Sie wird es Euch selbst erzählen. Wenn sie es überhaupt tun will.«

Anton, also Simson junior, kam zurück und blieb zögernd an der Schwelle stehen.

»Maade sagt, Ihr sollt in die Badstube gehen ... wenn Ihr mit ihr sprechen wollt.«

Ich tat es sofort, denn die Anwesenheit der Schusterswitwe bedrückte mich, und Maade wollte mich ohnehin lieber unter vier Augen sprechen.

Dreißig Schritte im knisternden Schnee. Es war, als kämpfte ich mich durch die drei Jahre seit unserer letzten Begegnung. Durch drei Jahre und drei Begegnungen, die mir geholfen hatten, in der Hauptstadt die leichten Mädchen zu meiden. Nicht immer, vergebe mir Gott, aber mehrmals, mehrmals ... Und dann stand ich dort, in der Badstube, jenseits des langen Waschtroges und der Dampfwolke, die emporstieg, und versuchte Maades abwesendes Antlitz in mich aufzunehmen.

»Maade, grüß dich! Maade, so sprich doch! Was willst du tun? Willst du dich verteidigen und deine Ehe aufrechterhalten, oder willst du gestehen, daß wir ...«

Ich sah plötzlich neben ihr das helle Gesicht des kleinen Kaalu und seine dunklen Augen über dem Rand des Waschtroges und verstummte.

Maades Blick ruhte auf ihren schönen, bis zu den Ellenbogen entblößten Armen. Ihre Hände waren rot von der Lauge, und sie fingerte an den ins Holz geschnitzten Kleeblättern am Schlegel. Sie sagte leise, aber heftig:

»Gar nichts will ich. Gar nichts werde ich verteidigen. Ich habe Johan alles gesagt, wie es ist. Daß er es sein kann, aber auch du ... Kaalu, lauf zur Großmutter! Onkel Berend und ich haben miteinander zu reden.«

Der Junge schaute mich vorwurfsvoll an und verließ stumm die Badstube. Ich dachte: Warum ist er nicht in der

Schule? Er war ja schon ein großer Bengel, und neben der Kirche hatte ich eine stattliche Schule gesehen, dieselbe, in der ich hätte Lehrer sein können. Aber zu diesem Gedanken gesellte sich ein anderer: Lieber Gott, dann ist ja alles klar. Und so sagte ich: »Maade, lieber Gott, dann ist ja alles klar! Wenn du es Johan eingestanden hast, wirst du es auch Borge gestehen! Das ist Grund genug für eine Scheidung. Und mag Borge, die alte Elster, uns vor der ganzen Gemeinde rügen wollen, soviel er will – meinst du, daß du nicht geschieden wirst, wenn du weg bist aus Wesenberg? Johan besteht jetzt auf der Scheidung, das weiß ich. Und Johan wird Borge so viel zahlen, daß ihm egal ist, ob er uns rügt oder segnet.«

»Berend, du kommst nach Jahren wieder in mein Leben, und dir ist alles klar. Aber wenn ich nicht mehr kann ...?«

Sie stand jenseits des Waschkübels und schaute hilflos auf den Schlegel.

Ich trat zu ihr. »Wenn du nicht mehr kannst – was denn?« Ich faßte ihre heißen nassen Hände. »Komm, wir wollen uns setzen. Erzähl mir ...«

Wir saßen nebeneinander auf dem Wäscheklotz, und Maade begann, während ihre Augen auf den Schoß blickten:

»Du warst spurlos verschwunden ... Bald schien es mir, es wäre gut so, bald, du hättest rücksichtslos gehandelt. Ich weiß nicht ... Aber du hast all die Jahre nichts gefragt ... Als wir damals auseinandergingen und ich ans Sterbebett meines Vaters eilte und mich über ihn beugte ... Er war noch völlig bei Verstand. Weißt du, was er fragte, ganz leise, fast flüsternd, aber streng: ›Mädchen, wonach riechst du ...?‹ Ich sagte, ich wisse es nicht, vielleicht nach dem Schneegestöber. Du erinnerst dich, damals schneite und stürmte es fürchterlich. Doch er schaute mir in die Augen und sagte: ›Nein, nein – du riechst nach Hurerei. Versprich mir, daß du nicht wegrennst von Johan ...‹ Aber ich war aufgeregt und stur und fürchtete, dich zu verlieren ... Ich roch nach Schneegestöber und Hurerei ... Ich versprach nichts. Ich war gekränkt. Ich stand auf und verließ ihn. Ich ging in die leere Werkstube und setzte mich auf seinen alten Lehnstuhl. Er hatte während seiner Krankheit dort Stiefel genäht. Ich erinnere mich, ich war so tief gekränkt, daß ich mich widerwillig in seinen Stuhl setzte und steif war wie ein Stock. Und ich wußte wohl, daß Mutter mehrere Nächte bei ihm gewacht hatte und jetzt schlief. Aber ich schloß absichtlich die Tür hinter mir. Um nicht zu hören, wenn er rief. Nach einigen Stunden, in der Nacht, bereute ich es, ich bekam Angst und ging zu ihm. Und dann war er tot – und dann habe ich gelobt – ihm und mir selbst ... Denn ich begriff, daß der Herr mich für unsere Sünde durch Vaters Tod gestraft hatte, und ich begriff – gerade an dem Tage, als dies wieder mit uns geschehen war –, daß meine Strafe dauern mußte, lange dauern, und das mußte bedeuten, daß ich bei Johan bleiben mußte. Und dann gelobte ich Vater und mir, daß ich Johan nicht verlassen würde ...«

Ich rief: »Maade, das ist ja Unsinn! Was heißt hier verlassen, da er es ist, der die Scheidung will! Und du bist ja schon fortgelaufen! Du bist ja nicht mehr bei ihm. Du bist hier ...«

»Das ist wegen Kaalu. Johan war schlecht zu ihm. Ich will ihn bei der Großmutter lassen.«

»Und du selbst?!«

»Berend, verstehst du denn nicht, daß es der einzige Weg ist, zu ihm zurückzukehren und Buße zu tun ...?!«

»Gott, Maade! Das ist doch kindisch! Buße zu tun – weshalb eigentlich? Glaubst du, er will sich deshalb von dir scheiden lassen, weil du – weil wir –? Nein! Den Verdacht hat er schon längst. Schon allein weil ... Wenn er kein Idiot ist, hat er es schon längst gespürt, daß wir einander lieben. Maade, du weißt doch: Ich liebe dich, habe dich all die Jahre geliebt.« (Oh, ich weiß nicht, wie sehr diese Worte der Aufschrei meiner Seele waren, wie sehr ein Fanfarenstoß der Pflichterfüllung oder gar das Krähen eines jungen Hahns.) »Aber scheiden lassen will er sich von dir, und ich kann dir sagen, warum. Weil er dich nie geliebt hat ...«

»Ich ihn auch nicht«, flüsterte Maade. »Welches Recht hätte ich gehabt zu verlangen ...«

»Ich rede nicht davon! Scheiden lassen will er sich nur, weil ... Maade, Johan war in Wesenberg all die Jahre der Handlanger deines Onkels, des Grafen Sievers. Er hat dich geheiratet, leider mit Billigung deines Vaters, weil du eine Verwandte von Sievers warst, zwar eine zur linken Hand, aber dennoch ... Denn von Sievers kamen all seine heimlichen Gelder, sein heimlicher Einfluß. Verstehst du? Jetzt ist Schluß damit. Sievers ist tot. Die Quelle ist versiegt. Und der Kaufherr Rosenmark will woandershin segeln. Ich weiß nicht, wohin. Aber weg von hier. Dich braucht er jetzt nicht mehr. Darum will er die Scheidung.«

Maade blickte eine ganze Weile in den Waschkübel, danach zum Fenster, durch das das Morgenlicht hereinschien, und dann zu mir.

»Ist das wahr?«

»Ja, das ist wahr. Und wenn du ganz sichergehen willst – komm morgen früh um zehn ins Pastorat. Zu Borge. Er will sowieso mit uns allen reden. Er wird auch Johan dazurufen. Wir haben keine Geheimnisse. Und was Johan zu sagen hat, wirst du dann aus seinem eigenen Munde hören.«

Ich erhob mich. Ich drückte meinen Mund auf ihren nassen Handrücken – um nicht sagen zu müssen, was ich sagen wollte: Maade, Liebste! Dann sind wir die Pein los. Sollen sie uns hier in Wesenberg, in dieser getöteten Stadt, die wir nicht zu retten vermochten, hinterrücks rügen, soviel sie wollen – irgendwo auf der Welt muß es doch einen Ort geben, wo ungebundene Vögel wie wir Zuflucht finden. Ich drückte ihre Hand an meinen Mund und sagte nichts. Ich fühlte, wenn ich meine Hoffnung aussprach, würde ich sie beschwören ...

»Bis morgen früh bei Borge!«

Ich schaute von der Schwelle über die Schulter zurück. Sie stand jenseits des Waschbottichs und der Dampfwolke, die großen Augen voller Fragen, Zweifel, Hoffnung. Ich eilte quer über den Hof ins Schusterhaus. Anscheinend war die Mutter in der Küche und Anton in der Werkstatt. Ich fand Kaalu in der Kammer allein vor. Er stand am Tisch und maß mit dem Daumen die Länge eines alten Deckchens. Als ich eintrat, hob er jäh den Kopf und musterte mich. Ich holte die Uhr mit der Silberkapsel, die ich vom Vater geerbt hatte, aus der Tasche und löste ihre dünne Kette vom Westenknopf und dem Knopfloch.

»Kaalu, nimm diese Uhr. Schau, der Schlüssel ist hier an der Kette. Am Morgen, wenn es hell wird, zieh sie auf. Aber paß auf, daß du die Feder nicht kaputtmachst, und morgen früh, wenn du sie aufgezogen hast, geh zur Mutter und sag ihr: ›Mutter, dir steht ein Gang bevor. Wenn du ihn getan hast, bleiben wir beisammen. Tust du ihn nicht, sind wir verloren.‹ Das war's. Wenn du es morgen früh deiner Mutter gesagt hast, gehört die Uhr dir.«

Ich scheute mich, ihn zu streicheln. Ich hatte ihn ja ganz gemein mit der Uhr bestochen. Ich faßte seinen weichen Schopf, zog an ihm und sagte:

»Auf Wiedersehen.«

Ich schritt denselben Weg über den Soolikas zurück ins Pastorat und fand Borge in der Kanzlei über seiner Metrik sitzend. Ich sagte:

»Herr Borge, Ihr habt gesagt, Ihr möchtet es – nun, möglichst schonend tun. Das ist menschlich von Euch Frau Rosenmark gegenüber. Und Ihr wollt es ja auch schnell überstanden haben. Denn das wünscht Rosenmark, nicht wahr? Also, Frau Rosenmark kommt morgen früh um zehn Uhr zu Euch. Und ich komme auch. Laßt Rosenmark ebenfalls kommen. Wir werden unsere Aussagen voreinander machen. Und vor Euch. So kommt Ihr am besten zu Rande. Und am Sonntag macht Ihr in der Kirche, was Euer Amt erfordert.«

»Na schön«, sagte Borge und schürzte die Lippen, »ich lasse Rosenmark am Abend durch den Glöckner unterrichten.«

33

Der Fingerabdruck des Jesuskindes, den ich am Morgen an meinem Körper gesucht hatte, war für die morgige so peinliche Vorstellung voraussichtlich gar nicht mehr notwendig. Aber als ich am hellen Vormittag aus dem Pastorat zu Knaack durch den Schnee zurückstapfte, kam mir doch der Gedanke, bei hellichtem Tag das problematische Muttermal aufs neue zu suchen. Obwohl ich dafür statt einer Spiegelscherbe wohl zwei gebraucht hätte. Denn wenn ab morgen früh alles anders werden sollte, hatte dieses Mal plötzlich für mich eine Bedeutung, nicht mehr für Rosenmark!

Herrgott – alles sollte anders werden?! Dermaßen anders, wie ich es mir nicht mehr geträumt hatte! Der bloße Gedanke war unfaßbar…

– Sobald die Szene beim Pastor vorbei ist, gehe ich in Knaacks Stall und miete mir Pferde und einen Schlitten. Maade holt ihre Siebensachen, die noch in zwei Koffern bei ihrer Mutter stehen, und nimmt den Jungen mit. Wenn ich denke, sie nimmt unseren Sohn mit, stockt mir das Herz. Und am Abend, wenn es schon dunkel ist, fahre ich vor die Tür des Schusterhauses und hole beide ab. Von dort fahren wir zu Borge und machen vor seiner Tür einen Moment halt. Ich trete ein und sage der alten Elster: Jetzt fahren wir fort, Frau Rosenmark, ich und unser Sohn (wieder stockt mein Herz). Um Eure Rüge am Sonntag nicht hören zu müssen. Und damit Ihr bei Euren Ausdrücken nicht zurückhaltend sein müßt. Wir fahren nach Petersburg. (Wir denken nicht daran, aber eine Notlüge sollte uns in diesem Fall gestattet sein!) Und wenn Ihr und das Konsistorium die Scheidung der Frau Rosenmark erreicht habt, schickt ihr einen Brief mit Petschaft und Unterschrift. Die Adresse wird Euch brieflich mitgeteilt. Und jetzt wartet nicht nur Rosenmark darauf, daß dies schnell geschieht. Das erwarten auch wir, Frau Rosenmark und ich. Und damit Ihr es wißt, Rosenmark wartet darauf zwei oder drei Monate, wir aber elf Jahre. Dann lege ich einen goldenen Imperial für die Waisen der Gemeinde auf den Tisch und eile hinaus. Und dann fahren wir nach Pödrus, und der Kutscher bleibt bis zum Morgen dort. Eine halbe Stunde, bevor der Postschlitten nach Petersburg abfährt, lassen wir ihn gehen. Aber wir besteigen den Schlitten nicht, wir warten noch ein wenig und fahren mit demjenigen, der nach Reval geht.

Und dann sind wir in Reval ... Ich kann mich nicht einmal mehr daran erinnern, wie die Stadt meiner Kindheit und frühesten Jugend aussieht. Aber ich fühle, daß ich endlich frei bin. Sogar so frei, daß mir ein wenig unbehaglich wird. Und ich weiß, daß ich mich sehr bald wieder an alles, was die Stadt betrifft, erinnern werde. Nein, wahrscheinlich würde ich Maade und Kaalu auch dann nicht zu meiner Mutter führen, wenn sie noch am Leben wäre. Denn das zu verstehen, was mit uns geschehen ist, würde von ihr allzu große Toleranz erfordern. Oder allzu große Selbstaufopferung. Nun steigen Maade und Kaalu im Hotel »Stadt Hamburg« ab. Das ist ein hochanständiges Etablissement und um die Hälfte billiger als das Hotel »Zum goldenen Löwen«. Unser Geld haben wir sorgfältig gezählt, und Gott selbst mag wissen, wann wir auf neues hoffen dürfen. Und dann muß ich ein Häuschen hinter der Strandpforte finden ...

Natürlich finde ich so ein Haus, irgendwo in Fischermai oder beim Kriegshafen oder dort, wo der Herrienpefluß in den Meerbusen mündet. Natürlich finde ich so ein Haus, wie mies ich mich auch bei derart entscheidenden Entschlüssen fühlen mag. Nur kann man leider mitten im Winter nicht erkennen, ob die Sträucher ums Haus herum Flieder oder etwas anderes sind. –

Ich kehrte in den Krug ein, ging durch die helle, wie immer zu dieser Stunde nach Bier, aber nun auch nach Scheuerlappen riechende Schenke. Ich nahm mir schon auf der Schwelle der guten Stube die Pelerine von den Schultern, um schnell nach der Spiegelscherbe zu greifen und über den Fingerabdruck des Jesuskindes Gewißheit zu bekommen. Plötzlich bemerkte ich, daß ich nicht mehr allein in diesem Zimmer war. Von der anderen Pritsche neben der meinen, genau dort, wohin ich mich begeben wollte, um die Hose herunterzulassen, richtete sich ein neuer Insasse auf.

»Guten Tag und tere-tere!* Ah, Ihr seid also der bewußte Herr Falck, wenn ich nicht irre ...«

Er war ein jüngerer Mann mit einem runden Wuschelkopf und einem vom Schlaf geröteten Gesicht. Etwas in seinem Antlitz kam mir komisch vor, und dann ging mir ein Licht auf, warum: Seine grauen, traurigen, schlauen, erfahrenen, unverschämten Augen standen seltsam weit auseinander. Als könnte er nicht nur Dinge sehen, die sich vor ihm befanden, sondern auch solche – seemännisch ausgedrückt –, die *travers* lagen. Und ich ahnte wohl seit dem ersten Augenblick, daß er einer von der Sorte war, denen wir alle schon begegnet sind, die wir absolut nicht mögen, die uns aber in einem kritischen Moment, während wir überlegen, ob wir sie dulden oder ablehnen, irgendwie erträglich vorkommen. Und die uns bald einen großen – oder groß vorkommenden – Dienst erweisen. So daß wir beinahe bereit sind, uns selbst einzureden, wir würden sie mögen ...

»Derselbe Herr Falck, dessen amouröse Abenteuer das ganze Kirchspiel, um nicht zu sagen das ganze Gouvernement in Atem halten?«

Der Mann war aller Wahrscheinlichkeit nach eine Beamtenseele auf einem Gut in der Umgebung von Wesenberg. Ich entgegnete ziemlich unwirsch:

»Redet keinen Blödsinn. Und wer seid Ihr überhaupt? Ich habe nicht die Ehre, Euch zu kennen.«

»Hahaha, wie solltet Ihr auch?« Er grinste unbekümmert. »Ihr kommt aus einem gräflichen Haus der Hauptstadt. Ich bin bloß Provinzler. Sirkel. Schreiber des Gutes Arknal. Ehemaliger Schreiber, um kristallen ehrlich zu sein. Natürlich

* Tere – estn. Begrüßung

habt Ihr nichts von mir gehört. Aber in Gemeinde und Stadt bin ich eine halsgerichtlich bekannte Figur. Nur haben sie meinen Hals nicht zu fassen bekommen. Hahahaha. Und in der Kirche hat man mich nicht gerügt. Dazu ist meine Geschichte ja auch nicht pikant genug. Keine Spur von einem Weiberrock. Es handelt sich um Schnapsdiebstahl. Dem Schmied brachte jemand einen Schlüssel: ›Mach noch einen solchen. Wir brauchen ihn.‹ Er machte einen. Mußte er wissen, wozu? Später stellte sich heraus: Es war der Schlüssel zum Weinkeller. Die Hälfte der Fässer war nur halbvoll. Da gab es natürlich Krach. Und den Schlüssel fand man in meinem Schrank. Ich soll ihn den Dieben gegeben haben. Um einen Nachschlüssel zu machen. Ich sagte: ›Nichts da! Wo sind die Beweise? Jeder geschickte Kerl kann ihn für einen Moment aus meinem Schrank holen.‹ Na, ich bin Stadtbürger, und mit dieser zweifelhaften Beschuldigung konnte man mir nicht den Prozeß machen. Herr Hastfer brüllte mich nach Leibeskräften an und setzte mich an die Luft. Was konnte er mir auch sonst antun! Aber seine Bauern, acht Mann hoch, der Schmied unter ihnen, die verkaufte er in seiner Wut. Wartet mal ...« Der kristallen ehrliche Sirkel streckte die Zungenspitze aus dem rechten Mundwinkel. »Hört mal, das könnte Euch sogar ein bißchen interessieren.«

»Was?« Mir schien sein Gesicht nicht nur vom Schlaf gerötet zu sein, sondern auch, weil er beschwipst war.

»Na, der Verkauf der Bauern ...«

»Warum sollte mich das interessieren?«

»Aber die kaufte doch vom Gutsherrn von Arknal dieser – wie soll ich sagen –, soweit ich verstanden habe, Euer Kollege in Sachen seiner Ehefrau. Ihr kapiert nicht? Gottchen, Herr Rosenmark! Zum Weiterverkaufen, Ihr versteht. Und Ihr solltet Euch dafür interessieren, weil der hochverehrte Herr Rosenmark in dieses Geschäft verwickelt ist. Denn derartige Geschäfte werden im allgemeinen für etwas anrüchig gehalten. Bei manchen Geschäften ist das merkwürdigerweise so. Je einträglicher, desto dreckiger. Hahahaha! Aber jetzt halte ich mein Maul. Wozu soll ich plappern, nicht wahr? Ja, wenn es Euch interessieren würde. Denn ich bin ein Freund ehrlicher Menschen, versteht sich. Herrn Rosenmarks derartige Geschäfte – diese acht Bauern aus Arknal waren ja nicht die einzigen –, über die bin ich glücklicherweise im Bilde. Aber wenn Ihr mehr von ihnen hören wollt, dann, hoffe ich, wißt Ihr die Offenheit eines Menschen zu schätzen, so sage ich geradeheraus: Holt mir von dort eine Pulle Faulbeerschnaps. Hab ja keine Geheimnisse vor einem ehrlichen Menschen!«

Verdammt! Ich hatte irgendwo gelesen, auf den Westindischen Inseln und in den amerikanischen Kolonien des englischen Königs, wo die dunkelhäutigen Sklaven die Grundlage allen Reichtums und aller Existenz darstellten, gestattete der weiße Plantagenbesitzer seinen Kindern nicht, mit den Kindern der weißen Sklavenhändler zu spielen, während dies zwischen den Kindern der Plantagenbesitzer und denjenigen der Sklaven gang und gäbe war. Natürlich, hier in Estland und Livland war der Sklavenhandel ein alltäglich Ding. Aber das taten die Gutsherren untereinander und manchmal auch die städtischen Kaufherren, die die Sklaven als Lagerknechte und Fuhrleute benutzten et cetera. Doch immerhin nur für den eigenen Gebrauch. Von Sklavenhandel als Geschäft hatte ich hierzulande noch nie etwas gehört. Bislang zumindest … Hatte denn nun plötzlich derselbe Rosenmark …? Ich glaube, ich dachte: Kann die Kenntnis von einer Gemeinheit eo ipso gemein sein? Wenn meine einzige Waffe gegen Rosenmark (außer Maades Liebe natürlich) darin besteht, daß ich etwas weiß, darf ich dann nicht wünschen, mehr zu erfahren? Damit wir uns geborgener fühlen dürfen, Maade und ich und – unser Sohn?!

Verdammt noch mal, ich holte Sirkel den Faulbeerschnaps.

Sirkel öffnete postwendend die Flasche. Gott sei Dank machte er sich nicht die Mühe, mir einen Schluck anzubieten. Er trank mit Genuß direkt aus der Flasche und legte gleich los:

»Dieser Euer teurer Verwandter, oder wie ich ihn nennen

soll, beschäftigt sich mit Sklavenhandel. Ich glaube, schon mehrere Jahre lang. Unser Herr Hastfer aus Arknal ist ja nicht viel hitziger als die anderen Herrschaften. Das wißt Ihr ja. Auf jedem Gut gibt es Nichtsnutze. Oder Langfinger, die geschnappt werden. Oder Aufmüpfige, die den Herrschaften auf die Nerven gehen. Und die man allesamt loswerden will. Aber gehe einer sie dem benachbarten Gutsbesitzer verkaufen! Denn der sagt sonst beim nächsten Mal beim Tarock: ›Mein lieber von Soundso! Was für Gelichter habt Ihr mir auf den Hals geschickt?! Habt Ihr denn kein Gewissen?!‹ Aber zur gleichen Zeit sind die Dörfer in den Gouvernements hinter Moskau durch die Unruhen leer. Die Bauern sind entweder totgeschlagen, zur Zwangsarbeit geschickt oder geflüchtet, und die Herrschaften haben ihre liebe Not – es fehlt an Arbeitskräften. Und zu Herrn Rosenmarks Ehre muß ich sagen: Er hat eine Nase wie ein Jagdhund! Ihm war gleich alles klar. Es leuchtete ihm ein – die einen wollen die Menschen loswerden, die anderen suchen nach ihnen. Und wer den einen wie den anderen hilft, den läßt unser Herrgott schweres Geld verdienen. Herr Rosenmark hat einige Männer ausfindig gemacht, die ihm dabei halfen. Nun, ich weiß auch nicht genau, wie das bei ihm funktioniert. Natürlich, ich kann es herausbringen. Wenn Ihr Euch dafür interessiert. Und Geld habt. Jedenfalls holt er sich von Zeit zu Zeit die gekauften Bauern – er hat sich ja, Ihr erinnert Euch, am nordwestlichen Stadtrand einen Kornspeicher gebaut. Doch dann kamen die dürren Jahre. Und jetzt verwendet er ihn – wie soll ich das nennen – als Sklavenhof. Von dort befördern seine Leute sie nach Narwa. In Iwangorod, das ist schon Ingermanland, werden sie von einem Moskauer Mittelsmann abgeholt. Und Rosenmarks Geschäft blüht. Fünf bis fünfzehn Rubel pro Kopf Reingewinn. Denn er, dieser Schlauberger, verkauft sie gewöhnlich nicht als einfache Bauern, die sie meist sind. Nein! Er bezeichnet die Hälfte von ihnen als Handwerker, Gärtner oder Köche. Und sie widersetzen sich nicht. Denn sie können weder Deutsch noch Russisch. Er kauft ihnen für einen Rubel Klamotten. Das bringt ihm dreifachen Gewinn. Obwohl ein Viertel oder Drittel der Männer unterwegs nach Narwa meist abhaut. Sie verschwinden in den Wäldern von Allentacken. Und dennoch lohnt es sich.«

»Was tun sie denn dort im Wald?«

»Keine Ahnung. Sie sind vogelfrei«, sagte Sirkel gähnend. »Ich weiß es nicht. Bin nie dort gewesen. Sie hausen in Erdhütten. Fangen Fische. Pflücken mit Bären um die Wette Moosbeeren. Ich sage – sie sind frei wie die Vögel ...«

Nach einer Weile schaute ich zu ihm, aber mein eifriger Informant hatte sich auf dem Strohsack ausgestreckt und schlief. Die halbvolle Flasche stand auf dem Fußboden vor dem Bett. Ich drückte den Pfropfen auf die Flasche, damit Sirkel, wenn er Wasser lassen ging, den Sorgenbrecher nicht umwarf. Dann ließ ich mir zum Mittagessen Fleisch und Brot bringen, um im Schankraum nicht auf diverse Fragen antworten oder auf etwaige Ach- und Oh-Rufe reagieren zu müssen. Bald wurde es dämmrig, und Unruhe trieb mich hinaus.

Ich schlenderte den Fußpfad hinter dem Krug entlang, ging quer über ein Feld bis zur deutschen Kapelle und weiter bis zur Karristraße. Der Frost hatte nachgelassen. Die Schneewehen dampften im Wind. Die Dämmerung senkte sich auf die leere Straße und auf die Höfe. Ich hatte mir die Kapuze über den Kopf gezogen, gegen den Wind und eventuelle Gaffer, aber ich begegnete niemandem. Nur das Gebell einiger träger Hunde war als Echo meiner Schritte zu hören. Auch am beleuchteten Fenster des Simsonschen Hauses ging ich vorbei. Mir schien, daß ich etwas verpfuschen würde, wenn ich jetzt dort einträte. Ich ging bis zum Ende der Karristraße und schlug den Weg zur Rodavere-Schenke ein. Schlittenspuren führten gen Nordosten. Einige hundert Schritt weiter am Wegrand stand ein plumper Balkenbau mit schneebedecktem Strohdach. Rosenmarks Speicher, Rosenmarks Sklavenhof, wie Sirkel gesagt hatte.

Ich weiß nicht, was ich hier zu suchen hatte. Wahrscheinlich gar nichts. Jedenfalls fand ich nichts. Ich watete bis zu den

Knien im Schnee um den Bau herum. Ein verrostetes Schloß hing an der Tür, zwei winzige unbeleuchtete Fenster unter der Dachrinne und überall fährtenloser Schnee. Vielleicht war Sirkels Gerede vom Sklavenhof und vom ganzen Sklavenhandel bloß boshafte Erfindung des trinkfreudigen Hanswurstes?

34

Am nächsten Morgen war ich kaum über die Schwelle des Pastorats getreten und hatte den Schnee von meinen Schuhen geklopft, als ein Dienstmädchen erschien, wer weiß, ob auf Befehl oder aus Neugier.

»Ja, ja, tretet ein. Frau Rosenmark ist schon da.«

Da war sie. Sie saß vor Borges Schreibtisch, den Rücken zur Tür gewandt, schaute aber hastig über die Schulter zu mir. Sie war blaß, nickte mir mit zusammengepreßten Lippen zu und blickte wieder in ihren Schoß. Ich nickte Borge zu, trat zu Maade, faßte ihre Rechte und küßte ihre vom Waschen weichen Finger. Ich genoß die Situation und ärgerte sicher die alte Elster damit.

»Nehmt hier Platz.« Borge wies mir den Stuhl am anderen Ende des Tisches zu und schaute mich vorwurfsvoll an.

»Magdalena« (seltsamerweise nannte er sie nicht mehr Frau Rosenmark) »und ich sind uns jetzt im klaren. Sie gibt ihren Fehltritt zu und bereut ihn. Und sie ist bereit, sich am nächsten Sonntag vor unserer Gemeinde die christliche Rüge anzuhören. Aber Ihr, Berend Falck, ich werde nicht zu ermessen versuchen, wer von Euch beiden mehr gegen die christliche Sittsamkeit gesündigt hat, doch ich sage – gewöhnlich trägt der Mann die größere Schuld. Denn wenn auch die Frau vielfach versucht, dasselbe zu tun wie Potifars Weib, sollte der Mann sich den frommen Josef zum Vorbild nehmen. Ihr, Berend Falck, habt das jedenfalls nicht getan. Und jetzt seid Ihr, anstatt Buße zu tun und vor Scham zu vergehen ...«

Es war mir nicht gegeben zu hören, was ich statt dessen war. Und auch Borge hätte nicht hören können, was ich zu seiner Meinung gesagt hätte. Denn die Tür wurde geöffnet, und Johan stolzierte im schneenassen Pelz mit siegreich-gekränktem Lächeln herein.

»Ach, da sind die beiden Schamlosen schon! Wieder zu zweit ...« Er trat zum Pastor und reichte ihm die Hand. »Nun, sind sie gekommen, um vom Pastor getraut zu werden?«

Borge überhörte seine unangebrachte Ironie. Er sagte nicht: Lieber Herr Rosenmark, Ihr könnt Euch trösten, so etwas kann nie und nimmer geschehen. Denn das Kirchengesetz Karls des Elften aus dem Jahre 1686, das in diesem Lande immer noch gültig ist, lautet im siebenten Paragraphen des fünfzehnten Kapitels: Wer Ehebruch verübt hat, darf weder zu Lebzeiten der unschuldigen Seite noch danach die Ehe miteinander schließen. Er erinnerte uns nicht an dieses Gesetz. Er bedeutete Johan, er solle auf dem hölzernen Sofa an der Wand Platz nehmen, und sagte, recht gewichtig für sein elsternhaftes Wesen:

»Ich habe Euch herrufen lassen, damit wir in Anwesenheit aller Beteiligten über den Tatbestand Klarheit erhalten. Damit ich den Scheidungsantrag von Herrn Rosenmark gegen seine Ehefrau Magdalena mit Fug und Recht dem Estländischen Konsistorium vorlegen kann. Herr Rosenmark, es mag nicht angenehm sein, über diese Dinge zu reden. Aber wir kommen sonst nicht voran. Erklärt noch einmal, warum Ihr beschlossen habt, Eure Ehe scheiden zu lassen.«

»Natürlich ist es nicht angenehm, über dreckige Dinge zu reden«, bestätigte Johan, wobei er seine Lippen mit der Zunge benetzte, und fuhr zügig fort:

»Ich fordere die Scheidung, weil ich zur traurigen Gewißheit gekommen bin: Ich habe zehn Jahre lang an der Schürze meiner Frau gehangen, nun ja, auch an meinen Geschäften. Und so habe ich nicht bemerkt, daß sie mich längst betrogen hat. Mit diesem Kerl. Mit diesem Berend Falck.

Meine Frau hat mich seit den ersten Tagen unserer Ehe mit ihm betrogen!«

Maades Haupt war so tief herabgesunken, daß die Hermelinmütze ihre Augen und Nase vollkommen vor mir verbarg. Ich sah nur ein Endchen ihrer Lippen. Ich blieb stumm und wartete. Rosenmark sprach weiter:

»Erst allmählich ging mir ein Licht auf. Wißt Ihr, eine Menge kleiner Dinge, die ein ehrlicher Mann, ein Mann, der weder sein eigenes Weib noch andere Leute betrügt, nicht zu beobachten weiß. Blicke, halbe Wörter, plötzliches Verstummen, Erröten... Und auf einmal paßte das alles zusammen, und ich hatte Gewißheit. Damals, als mir das Muttermal von Berend Falck und das ihres Bastards auffiel...«

Ich hatte für diese Szene, die nun ins Rollen gekommen war, keinen bestimmten Plan. Vielleicht nur die Absicht, höflich zu beginnen, ihn allmählich zu reizen und zu Grobheiten zu verleiten. Ich sagte:

»Herr Rosenmark, Ihr sagt, Eure Frau habe Euch seit den ersten Tagen Eurer Ehe betrogen. Das ist schon an und für sich falsch...«

»Was?!« rief der Krüger. »Habt Ihr die Stirn, das zu leugnen?«

Maade wisperte kaum hörbar:

»Berend, warum...? Ich habe schon alles gestanden.«

Ich sagte: »Und dennoch ist es falsch. Herr Rosenmark, wir leugnen nichts. Wir haben Euch betrogen. Jawohl. Aber nicht, seit Eure Ehe geschlossen wurde. Und obwohl dieser Umstand nicht wichtig ist...«

Borge sagte hastig: »Herr Falck, vorher oder nachher, das ist ja wirklich nicht mehr von Bedeutung.«

Maade sagte tonlos und schaute dabei niemanden an:

»Und auch später, auch später! An jenem Abend, als mein Vater in der Nacht starb. Ich habe auch das gestanden.«

Rosenmark rief zu mir herüber: »Wollt Ihr das jetzt leugnen?«

Ich erwiderte: »Nein, Herr Rosenmark. Durchaus nicht. Aber Ihr habt von einem Muttermal gesprochen, das Euch Gewißheit verschafft hätte.«

Rosenmark rief gekränkt:

»Natürlich! Der Junge hat es, ich nicht! Ich habe es dem Pastor gezeigt. Aber Ihr habt es auch! Zeigt es dem Pastor!«

Ich entgegnete: »Vielleicht habe ich es wirklich. Aber was für eine Bedeutung hat das für Euch? Jetzt, wo wir beide gestanden haben?«

»Warum sprecht Ihr denn überhaupt davon?« rief Rosenmark.

»Nicht, um zu widersprechen«, entgegnete ich, »ich will Euch nur daran erinnern, Herr Rosenmark: Ihr hattet wirklich mehrmals Gelegenheit, dieses Mal auf meinem Körper wahrzunehmen. Bei unseren gemeinsamen Badstubenbesuchen in Eurem Haus und auch zu dritt mit dem kleinen Karl.«

»Natürlich!« rief Rosenmark und wandte sich an Borge: »Ich hegte doch in meiner Einfalt keinen Verdacht. Ich hielt diesen Betrüger für meinen Freund. Ich empfing ihn unter meinem Dach. Ich bewirtete ihn. Und ich ließ die beiden, o Deibel, ich ließ sie am Tisch mit den Blicken huren. Herr Borge, verzeiht meine derben Worte, aber Ihr müßt verstehen, was mein Herz empfindet.«

Er preßte den Mund zu einem schmalen Streifen, starrte in die Leere und dann auf Borge. Er war ein weitaus besserer Schauspieler, als ich angenommen hatte. Und dieses Theater bereitete ihm Genuß. Denn jetzt war es ja nicht mehr notwendig. Ich sagte:

»Sehen konntet Ihr das Mal auf meinem Leib zum ersten Mal anno fünfundsechzig und das letzte Mal anno einundsiebzig. Nicht wahr?«

»Na und?« Er glotzte mich an.

»Wozu präzisiert Ihr das jetzt so eifrig?« fragte Borge gelangweilt. »Ihr habt gestanden, und für die Scheidung von Herrn Rosenmark hat es keinerlei Bedeutung mehr...«

Ich fuhr fort: »Also gibt Herr Rosenmark zu, daß er schon neun oder zehn Jahre von meinem Muttermal wußte, jedenfalls spätestens seit wir mit dem kleinen Karl in der Badstube waren, von unser beider Muttermal. Das sind fünf Jahre. Aber die Scheidung verlangt er seit fünf Wochen.« Ich wandte mich an Rosenmark: »Erklärt doch, warum?«

»Denn erst jetzt bin ich auf die Bedeutung des Males gekommen.«

Zu Borge gewandt, redete ich weiter: »Wir wissen alle, daß Herr Rosenmark der reichste und einflußreichste Mann in Wesenberg ist. Eine Schenke, fünf Häuser, acht Grundstücke, Gärten, eine Mühle, mehrere Speicher, Getreidegeschäfte von Reval bis Narwa. Und noch vielerlei Geschäfte, wer weiß, bis wohin diese reichen. Und Bargeld wie Heu. Wir haben in Wesenberg schon lange geahnt, woher das alles stammte. Aber wir wußten es nicht. Jetzt weiß man es. Ich war drei Jahre lang in Petersburg in Graf Sievers' Haus und genoß sein Vertrauen. Ich habe Beweise. Rosenmark war fünfzehn Jahre sein Spitzel. Im Kampf des Grafen gegen die Tiesenhausens. Vom Grafen kamen die Protektion, das Geld und die Macht. Aber was Herr Borge als Pastor natürlich weiß, ist – Magdalena ist die Nichte des Grafen. Zwar nicht offiziell, aber dennoch. Magdalena stellte die familiäre Verbindung Rosenmarks zum Grafen dar. Rosenmark verdächtigte seine Frau schon lange. Seit fünf Jahren glaubt er, daß der kleine Karl mein Sohn sei. Doch wegen des Geldes und der Protektion nahm er das in Kauf. Geld und Protektion waren für ihn wichtiger als seine Familie. Vor sechs Wochen starb Graf Sievers. Und eine Woche später kam er zu Euch und machte Krach. Denn Magdalena brauchte er nicht mehr. Magdalenas Onkel, die Milchkuh, gab es nicht mehr.«

Rosenmark war aufgestanden. Sein fleischiges, meist blasses Gesicht war gerötet. Seine Stirn war bis zum kupferfarbenen Kraushaar schweißbedeckt und die Unterlippe seines kleinen Mundes vor Verachtung geschürzt:

»Ihr glaubt nun, Ihr hättet Rosenmark die Wahrheit ins

Gesicht gespien und Rosenmark sei nun ein angespiener Kerl. Ha! Genauso ist alles gewesen! Ich habe Euch von Anfang an durchschaut, Euch aber doch die Hure weggenommen. Denn das war unter gewissen Umständen tragbar. Immerhin ein wahrer Genuß, diesem Schlucker seine Hure abspenstig zu machen. Und das Mädchen war ja auch ein knuspriges Stück. Das könnt Ihr doch nicht leugnen! Wenn man dadurch mit Grafen verschwägert ist. Und das Geld rollt nur so. Wenn es aber nicht mehr rollt, denke ich nicht daran, mein Lebtag den fremden Bastard hinter mir herzuschleppen, ihm mein Vermögen zu überlassen. Also, Borge, tut Eure Pflicht und macht Schluß mit diesem Theater!«

Borge sagte heiser: »Herr Rosenmark, das hier ist immer noch die Kirchenkanzlei, und ich bin nicht irgendein Borge, sondern Euer Seelenhirte, Herr Rosenmark, und ich bitte Euch – khmm –« Es war klar, daß er, Borge, genau wußte, was das Ende des Sieverschen Geldes und der Sieverschen Protektion bedeutete, und daß er wohl verstand, was das Vorhandensein des Rosenmarkschen Vermögens und seiner Position bedeutete, und dadurch überhaupt nicht begriff, wie er auf Rosenmarks Grobheiten reagieren sollte. Dann bemerkte ich, daß Maade sich aufgerichtet hatte. Sie war beinahe weiß im Gesicht, doch ihr Blick traf uns alle, und ihr Mund schien zu lächeln. Sie sagte leise, aber deutlich:

»Johan, ich war bis jetzt fest davon überzeugt, daß Gott mich für meine Sünde durch das Leben mit dir bestrafte. Darum habe ich alles ertragen. Auch die Schmach, die letzten Jahre die Frau eines Sklavenhändlers gewesen zu sein.« (Gott, also hatte sie es gewußt!) »Aber nach dem, was du in Anwesenheit des Pastors gesagt hast, fühle ich, daß mir alle Last von den Schultern genommen ist.« Sie wandte sich an Borge: »Wenn Ihr mich am Sonntag an den Pranger stellt, werde ich nicht schweigen. Nein! Ich werde vor der ganzen Gemeinde verkünden, daß ich froh bin, den Stand der Frau eines Sklavenhändlers loszuwerden.«

Bewunderung verschlug mir den Atem, und ich dachte:

Was für eine Frau sie doch ist – und daß mein Herz es vor langer Zeit erkannt, aber mein Verstand es nicht geahnt hatte. Borge rief:

»Magdalena, das wäre ja unerhörte Hoffart, anstatt zu büßen ...«

Und Rosenmark brüllte, jawohl, man kann es nicht anders nennen, er brüllte wie am Spieß:

»Mit diesem jämmerlichen Geschwätz willst du deine Hurenstreiche vertuschen! Siehst du nicht, wie durchschaubar das ist! Alle Welt – Herrscher, Fürsten, Grafen, Pfaffen, Klöster – verkauft und kauft Bauern! Und lebt von deren Arbeit! Herrscher, Fürsten, Grafen – alle sind hochwohlgeboren! Alle sind edel! Die Pfaffen und allerhand *hegumenoi* sind heilig und fromm! Jesus Christus, all die hohen Herren stinken vor Sauberkeit! Aber wenn ich mal die Hand nach den Bauern ausstrecke – ich habe keinen Schweiß aus ihnen gepreßt wie all die sauberen Herren, du weißt es – ich habe nur das Geld aufgelesen, das die sauberen Herren mir gegeben haben, aber meine Hände sind jetzt plötzlich dreckig, so daß du, schamloses Weib ...«

Maade war aufgestanden und ging aus der Kanzlei, ohne ein Wort zu sagen. Als sie die Schwelle erreicht hatte, war auch ich aufgestanden und folgte ihr. Ich hörte Borge uns zurückrufen und Rosenmark triumphieren:

»Lauf nur deiner Hure nach, du geiler Hund! Getraut werdet ihr niemals, dafür sind die Gesetze da!«

35

Am selben Abend verließen wir Wesenberg. Wie beschlossen, machten wir fünf Minuten vor dem Pastorat halt, und ich sagte Borge, was ich ihm zu sagen hatte. Denn ich hatte ihm versprochen, Wesenberg nicht zu verlassen, ohne ihn zu benachrichtigen. Der Pastor riet mir, nicht unüberlegt zu handeln, aber ich hörte ihm kaum zu. Und die falsche Fährte, die nach Petersburg führte, merkte er sich bestimmt.

Und diese zum Tode verurteilte Stadt, die nicht Stadt genannt werden durfte, die es nicht gab, aber in all ihrem Elend doch vorhanden war, zu ihrem Glück oder Unglück, ließen wir hinter uns in den dunklen, am Tag schmelzenden Schneewehen zurück.

Unsere Habseligkeiten waren unter dem Sitz verstaut und an den Kufen befestigt. Wir saßen im kleinen Schlitten dicht aneinandergedrängt. Beiderseits der Pelzschöße des Fuhrmanns blies uns der Wind ins Gesicht. Kaalu saß zwischen uns. Ich strich ihm leicht über die Wange (ich wollte mich nicht bei ihm einschmeicheln) und schlang den rechten Arm hinter seinem Rücken um Maades Schultern. Mit der rechten Hand tastete ich in der Tasche der Pelerine nach der Pistole, die mir Graf Sievers geschenkt hatte, um mich zu vergewissern, daß wir eine Feuerwaffe hatten, falls wir uns gegen hungrige Wölfe verteidigen mußten. Und ich fühlte mein Herz plötzlich vor Angst und Tollkühnheit fast bersten.

Am übernächsten Tag waren wir in Reval.

Maade und Kaalu stiegen im Gasthaus »Stadt Hamburg« ab. Wir waren ja nicht so arm, daß wir uns das nicht hätten leisten können. In Petersburg hatte ich monatlich zwei Rubel auf die hohe Kante gelegt. In drei Jahren waren siebzig Rubel zusammengekommen. Und Maade besaß noch die vierzig Rubel, die Graf Sievers ihr über mich aus Petersburg geschickt und Johan sich nicht getraut hatte, ihr wegzunehmen. Um ein Vorstadthäuschen zu erstehen, dazu reichte unser Geld bei den Revaler Preisen nicht. Diese Absicht mußten wir sofort fallenlassen. Doch am Hungertuch brauchten wir vorerst nicht zu nagen. Aber Maades und Kaalus Logis im zweiten Stock, ein kleines Zimmer mit rosa Tapete, grauem Läufer, einem schmalen Bett, einem grünen Sofa für den Jungen und einem marmornen Waschtisch unter einem ovalen Spiegel, dem Kirchhof und der Nikolaikirche gegenüber, kostete immerhin fünfzig Kopeken pro Tag. Sobald ich mich beim Wagnermeister Klaar, einem alten Freund meines Vaters, am Rande der Tatarensiedlung für einige Tage einquartiert hatte, begann ich die Vorstädte, vor allem die am Meer liegenden, nach einer Unterkunft abzugrasen. Es mußte am Meer sein, ich weiß selbst nicht, warum. Im nachhinein denke ich: Wahrscheinlich hatte ich in Jena und Wesenberg und sogar in Petersburg (das zu groß war, um die Nähe des Meeres zu empfinden) das Meer vermißt und wollte dies jetzt wettmachen. Und vielleicht suchte ich, ohne es selbst zu ahnen, für unser neues Leben eine Umgebung, die unserer neuen Freiheit soweit wie möglich entsprach. Jedenfalls fand ich nach einer Woche die geeignete Wohnung – zweihundert Schritt westlich vom Fischhafen bei der großen Strandpforte direkt am Meer. Das winzige Häuschen mit drei Zimmern gehörte der sechzigjährigen Kapitänswitwe Kreet Sandbank. Der Hausherr war vor kurzem verstorben. Maade und Kaalu konnten sofort die Kammer in Richtung auf Fischermai beziehen und ich diejenige in Richtung auf die Stadt. Die Hausfrau wollte im mittleren, dem größten Zimmer bleiben. Die gemeinsame Kochstelle befand sich in einem flurähnlichen Raum.

Als ich Maade und Kaalu im »Stadt Hamburg« abholen wollte, um sie zum Fischstrand zu bringen, saß Maade am Tisch eines kleinen Cafés, ihr gegenüber ein Herr mit grauer Perücke und bekannt anmutendem starkem Nacken. Als ich zu ihnen trat, wandte er sich zu mir, und wir beide waren gleichermaßen überrascht: Es war Richmann.

Unsere Situation hatte er als neugieriger Mensch und, das kann ich wohl behaupten, langjähriger väterlicher Bekannter durch Maade schon herausbekommen. Er sagte mit einem wohlwollenden Schmunzeln:

»Nun, daß es bei Euch eine derartige Wendung nehmen würde, das blieb einem aufmerksamen Auge schon in Wesenberg nicht verborgen. Dazu Frau Magdalenas Blässe und Eure Flucht nach Petersburg.«

Wie es ihm selbst ging? Er hatte sich in Hapsal ein Haus gekauft und lebte im Ruhestand. Nein, nein, dort gab es keine Schlachten um städtische Rechte. Wenigstens nicht für ihn.

»Wißt Ihr, es stellt sich heraus, daß ich noch vor wenigen Jahren ein recht junger Mann gewesen bin – hahahaha. Weil ich bei den Bestrebungen um Wesenberg mitgemacht und sogar Hoffnung gehegt habe.«

Jetzt hatte er ein paar Wochen in Reval verbracht, Bekannte besucht und sich Schauspieltruppen angesehen, die in der St. Kanutigilde und in anderen Sälen Vorstellungen gaben. Diesmal sogar eine französische Truppe. Und dann fragte er:

»Aber Ihr beide ... Was gedenkt Ihr anzufangen? Heiraten läßt man Euch ja nicht, soviel ich weiß.«

Ich sagte: »Natürlich nicht. Vorläufig wenigstens. Aber das ist nur für Eure Ohren: Wir ziehen gerade in eine neue Wohnung. Und wir haben beschlossen, das Spiel zu spielen, daß Maade mein Dienstmädchen ist. Ich habe dagegen protestiert, doch Maade ist der Meinung, daß es keine bessere Lösung gibt. Meinen Protest findet sie lächerlich.«

Maade erklärte: »Das ist er auch. Es wäre für mich nicht standesgemäß, die Rolle einer Magd zu spielen. Standesgemäß! Es tut mir nur leid um Kaalu, weil er dich nicht Vater nennen kann.«

Richmann musterte uns – wohlwollend, listig, besorgt.

»Und Ihr, Berend, wollt in dieser Stadt Euer täglich Brot verdienen?«

»Allerdings. Vielleicht in einer Schule. Hier gibt es ja ganze sieben.«

Richmann sagte: »Na, wir sind mit unserem Wesenberg im Sumpf steckengeblieben. Im Sumpf des Amtsschimmels, im Sumpf des Machtkampfes. Ihr wißt es ja. Die Tiesenhausens haben die Stadt verschlungen. Ihr wart natürlich nicht schuld daran. Ich auch nicht. Wir haben mehr getan, als von uns zu erwarten war. Wenn Ihr hier in Reval Schwierigkeiten haben solltet, Ihr und Frau Magdalena, man kann nie wissen ...« Er schwieg einen Augenblick und spielte mit dem Salzfaß aus Porzellan. Anscheinend waren seine geübten Apothekerhände in den paar Jahren plump geworden, denn plötzlich fiel das strahlendblaue Fäßchen aus seiner Hand und kippte um. Ein weißer Salzstrahl floß auf das Tischtuch. Aber der alte Mann bemerkte es nicht, sondern schaute uns an, wobei seine Augen an diejenigen von Fischen erinnerten.

»Ich will ja nicht sagen, daß Ihr, wenn Ihr Schwierigkeiten in Reval habt, alle drei nach Hapsal kommen und auf meine Kosten leben sollt. Das sage ich nicht. So wohlhabend bin ich nicht. Aber ich sage: Wenn Ihr in Not seid, kommt. Eine Zuflucht kann ich Euch anbieten. Wir haben alle Platz. Stellt Euch vor – ein altes Haus auf dem Holm. Fünf Kammern und eine Veranda. Und die Hauptsache: ein einziger Fußpfad auf der engen Landzunge! Ringsumher Wasser. Eine Mauer ums Haus gibt es nicht. Doch im Sommer – Schilfwände fast bis zur Dachtraufe. Und im Frühling ein gewaltiger Jahrmarkt der Vögel – Möwen, Sägetaucher, Schwäne, Eiderenten – lauter Gegluckse und Geschnatter, draußen wie drinnen. Denn Friedrich – Ihr erinnert Euch, mein Kakadu – ahmt all die Stimmen nach.«

Wir dankten ihm, drückten seine Hand, holten Kaalu aus dem Zimmer mit der rosa Tapete, wo er, wie meist, über einem Buch hockte, und fuhren mit unserem Hab und Gut im Schlitten durch die Stadt. Es war ein sehr enger Schlitten. Kaalu saß auf meinen Knien, und ich erinnere mich, daß ich über seine Schultern und seinen Pelzkragen hinweg den Leuten auf der Straße herausfordernd in die Augen schaute: Hier fahren ein Mann mit seiner Frau, eine Frau mit ihrem Mann und beide mit ihrem Sohn nach Hause.

Im Nu waren wir am Strand von Fischermai. Oder eigentlich auf dem Dünenkamm, den man bis heute Reeperbahn nennt, nach der einstigen Seilerei. Das Haus der Sandbanks stand direkt darunter, das windschiefe Pfannendach auf halber Höhe der Düne, der Hausrücken fast in der Sandwehe. Vor der Tür plätscherte im Sommer das Wasser auf dem Kies, jetzt aber war es von der Steintreppe bis zum Horizont eine einzige weiße Starre.

Wir trugen unsere Sachen in die kleinen Kammern mit den grauen Wänden, die die Hausfrau reingeschrubbt hatte. Auch hübsche blaue baumwollene Gardinen hingen vor den Fenstern. Maade und Kaalu erhielten das etwas größere, südöstliche Zimmer. Die leutselige grauhaarige, rotwangige Kapitänswitwe wollte uns Tee kochen und das Abendessen zubereiten, aber ich lehnte ab. Ich ließ Maade für uns drei etwas zubereiten. Denn allzu enge Beziehungen zu fremden Menschen, die Hausfrau inbegriffen, wollten wir vermeiden. Wir brauchten sie nicht und konnten sie uns auch nicht leisten. Wenigstens so lange nicht, bis Maade und Johan vom Konsistorium geschieden wären und solange sie offiziell immer noch die Frau eines anderen war. Als Maade die Teekanne von der Feuerstelle nahm, in mein Zimmer brachte und Brot aufschnitt, ließ ich sie Kaalu aus der anderen Kammer zum Essen rufen und rückte drei Hocker an den Tisch. Maade ging zur Tür, wandte sich an der Schwelle um und fragte leise:

»Aber – wie sieht das aus – mit deiner Dienstmagd und ihrem Sohn ...?«

»Das dürfte mir doch gestattet sein«, sagte ich beinahe brüsk. Sie lächelte und ging den Jungen holen, und ich überlegte erschrocken: Lieber Gott, jeden Schritt, den wir in unserer neuen Freiheit tun dürfen oder nicht tun dürfen, müssen wir sorgfältig erwägen!

Wir waren bei dieser ersten gemeinsamen Mahlzeit, soweit ich mich erinnern kann, ziemlich schweigsam. Kaalu war die Situation fremd, und uns beide behinderte seine Anwesenheit, weil wir an die für uns wichtigsten Dinge nicht rühren durften. Wir waren die neue Freiheit und das Hantieren der Witwe Sandbank bei nur angelehnter Tür nicht gewohnt. Plötzlich fragte Kaalu:

»Onkel, was sind das für große Dinger, die ich draußen gesehen habe – ein wenig weiter zum Hafen hin?«

Und ich erklärte es ihm, eifriger, als ich beabsichtigt hatte, wobei dieser Eifer ein peinliches Gefühl in mir hervorrief, das ich mit demselben Eifer bekämpfte. Ich sagte, das seien an

Land gezogene Fischerkähne. Aber im Frühling, also recht bald, wenn der Eisgang beginne, würden ihnen Segel gesetzt, und sie würden aufs Meer fahren und Hechte, Dorsche und Schollen an Land holen, vor allem natürlich auch Strömlinge und Killo. Das bringe auch Möwenschwärme und Fischgeruch sowie Fischhändler und Hausfrauen und Dienstmägde an den Strand. Und daß außer den Booten, die hier in den Schneewehen lagen, jeden Morgen Kähne von den Inseln kämen, von Nargen und Wulf, von Gräsö und Karlos. Und wenn wir gute Jungen seien, mit den Fischern Bekanntschaft oder gar Freundschaft schlössen – daß wir dann vielleicht gar zum Fischfang mitgenommen würden. Und im Sommer würden wir uns Angeln verschaffen, sie über den Bootsrand ins Meer lassen und die turmreiche Silhouette Revals vom Meer aus bewundern ...

Kaalu hörte mir interessiert zu. Als Maade am Herd unser Geschirr in einem hölzernen Topf zu spülen begann, warf ich mir die Pelerine über die Schultern und ging hinaus.

Ich blieb auf dem verschneiten Pfad fünfzig Schritt gen Südwesten stehen, bei den letzten Häusern am Strand, und blickte zurück. Dort standen sieben oder acht niedrige Hütten vor dem Schneewall und der schwarzen Wolkenwand, die die Mondsichel zu verschlucken schien. In einem dieser Häuschen sollte nun auf seltsame, unglaubliche Art und Weise ihr Leben, mein Leben, unser Leben verlaufen ... Ich ging nach Norden bis zur merkwürdigen Pforte mit dem Glockenturm, den ein Ratsherr im vergangenen Jahr am Eingang des Friedhofs von Fischermai hatte bauen lassen und der nun halbfertig dastand. Ich betrat den verschneiten Friedhof.

Irgendwo rechts mußte unter all den anderen auch das Kreuz aus Kalkstein stehen, das den Grabhügel meines Vaters bezeichnete, und jetzt schon das dritte Jahr daneben ein zweites, das meiner Mutter. Als ich die Kreuze, durch den Schnee watend, erreicht hatte und die meiner Eltern zu erkennen hoffte, verdeckte ein gewaltiges Wolkengebilde den Mond, und Finsternis ließ sich auf den Gräbern nieder. Ich stapfte bis zu den Knien, bis zu den Lenden im Schnee, befingerte die aus dem Schnee ragenden Kreuze und bemühte mich, mit den Fingern die Namen zu ertasten. Aber es war das Werk einfacher Steinmetzen, und die Buchstaben hatten keine deutlichen Konturen. Plötzlich dünkte mir, daß hier alles unfaßbar und wie verwünscht war und daß es eine Unmenge, ja phantastisch viele Kreuze gab ... Ich weiß nicht, was es war, Kapitulation eines Ungeduldigen oder Überlegenheit eines Verständigen, Unkundigkeit oder Weisheit, daß ich mit dem Handrücken den Schweiß von meiner Stirn wischte und dachte: Hier liegen sie neben all den anderen. Hat das eine Bedeutung, daß ich sie gerade jetzt mit der Hand berühren möchte? Wenn ich sie morgen oder übermorgen bei hellichtem Tage oder im Frühling, wenn der Schnee schmilzt, bestimmt finde ...

Als ich nach Hause kam (Herrgott – endlich nach Hause!), war das Haus dunkel.

Ich tastete mich in mein Zimmer, hängte die Pelerine an den Nagel, zog Jacke, Schuhe und Strümpfe aus, legte mich hin und lauschte. Der ruhige Atem der Frau Sandbank war nicht so deutlich zu hören, als wenn sie in meinem Zimmer geschlafen hätte. Unsere Zimmer waren durch eine Balkenwand getrennt, aber durch die Ritzen war ihr Atmen doch zu hören. Nach einer Weile stand ich auf und trat in den Flur. Ich schritt über den eiskalten, abgewetzten Fußboden und berührte Maades Tür. Sie ging auf, und ich trat ins Zimmer.

Ich hörte Kaalu auf seinem Lager in der bläulichen Finsternis atmen und Maade den Atem anhalten. Ich trat an ihr Bett, streckte die Hand aus, berührte ihr offenes Haar, ihr Gesicht. Ich fühlte ihre Wangen glühen. Ich faßte sie an der Hand, und sie folgte mir stumm. Wir betraten mein Zimmer. Ich schloß die Tür hinter uns, nahm sie in die Arme und flüsterte:

»Endlich!«

Und sie antwortete mir. Ohne Worte. Mit dem Antlitz. Den Lippen. Dem Körper. Mit einer Bereitschaft, die in mir abwechselnd Leidenschaft, Befremdung und wieder Leidenschaft entfachte ... Bis sie ihr glühendes Gesicht an meinen Hals preßte und flüsterte:

»Berend, was wird aus uns?«

Und ich flüsterte zurück, denn nur so konnten wir an dieser Wand voller Ritzen sprechen:

»Frag nicht, was aus uns wird. Frag, was wir sind!«

»Und was sind wir denn?«

»Zwei glückliche Menschen.«

Als der Morgen dämmerte, sprachen wir flüsternd über unsere Pläne. Merkwürdig beschwingt formte sich ein Gedanke in meinem Kopf. Und am selben Morgen eilte ich, ihn in die Tat umzusetzen.

Ich war natürlich Frau Tiesenhausen gegenüber ein Verräter gewesen. Doch nur von ihrem Standpunkt aus. Ja, wenn ich etwas erreichen wollte, durfte mir dieser Standpunkt nicht zur Fessel werden. Zumal die Dame gestorben war (was moralisch gesehen vielleicht unbedeutend, aber praktisch gesehen überaus entscheidend war). Sie hatte nie mein sogenanntes Verrätertum geahnt. Oder, wer weiß, vielleicht hatte sie es geahnt und es mir, Gott allein weiß, warum, verziehen. Oder ihre Ahnung nicht überprüft. Jedenfalls hatte ich ihr redlich gedient. Aber ich stand nach ihrem Tod ohne jeglichen Beweis meines tadellosen Dienstes da. Eine Rekommandation hätte mir jetzt sehr weitergeholfen. Hierzulande sicher viel mehr als die dürftigen Zeilen der Frau Sievers, die ich in Petersburg erhalten hatte: Ich hätte drei Jahre die Bibliothek ihres Mannes geordnet und, »soviel ich weiß«, nie einen Tadel verdient.

Aber vielleicht hatte Frau Tiesenhausen während der langen Monate ihrer Krankheit im Haus ihrer Tochter, Frau Budberg, etwas Anerkennendes über mich zu äußern geruht. Etwas, an das Frau Budberg sich erinnerte und schriftlich bestätigen konnte. Denn wenn nicht früher, so einen oder anderthalb Monate vor ihrem Tod hatte Frau Tiesenhausen davon geschrieben oder erzählt oder phantasiert – ich weiß nicht, wie ernst es gemeint war oder welches Ziel sie dabei anstrebte –, in ihrem *dominium* Ordnung zu schaffen, und mich zu ihrem Helfer erkoren ... Nach dem Frühstück schärfte ich Kaalu ein, er solle fleißig über den Gallischen Kriegen sitzen (wir hatten mit ihnen schon im Hotel angefangen), umarmte Maade im Flur, was Frau Sandbank hoffentlich nicht bemerkte, und begab mich voller Hoffnung auf Erfolg zum Haus der Budbergs in der Breitstraße.

Und wenn der Glaube an Erfolg (oder die Notwendigkeit nach ihm) je einem Erfolgsuchenden geholfen hat, so muß mein Unternehmen ein Glücksfall par excellence gewesen sein.

Frau Barbara, ein hübscher fünfunddreißigjähriger Rotkopf mit hochmütiger Miene, anscheinend ihrer Mutter in deren Jugend sehr ähnlich, hielt sich nicht nur glücklicherweise in Reval und zu Hause auf, sondern empfing mich sogar sehr liebenswürdig. Sie ließ mich in ihren kleinen Salon führen, obwohl ein kahlköpfiger alter Herr mit rotem Gesicht schon bei ihr war.

»Ah, Herr Falck? Der ehemalige *Hofmeister* meiner Mutter? Ich weiß, ich weiß. Mutter hat kurz vor ihrem seligen Ende in den höchsten Tönen von Euch gesprochen. Ja, ja, in den höchsten Tönen. Dabei war sie ein Mensch, der sehr mit Lob geizte. Das wißt Ihr sicher. Nehmt Platz und sagt, was Euch zu mir führt.« Sie wandte sich zum alten Herrn, der in einem Buch blätterte. »Herr Wigand findet inzwischen das Zitat, das wir suchen.« Sie schaute mich freundlich, jedoch mit dem fordernden Blick ihrer Mutter an. Und ich erzählte, daß ich mich in Reval um einen Posten als Schulmeister bemühte und von Frau Budberg ein Attest erbäte, daß ich über sieben Jahre bei ihrer Mutter *Hofmeister* gewesen sei und ihr pflichtgetreu gedient hätte.

»Ein Attest, um einen Posten als Lehrer zu erhalten? Ja, warum nicht? Aber ich glaube, Ihr braucht so etwas gar nicht.« Mein erster Gedanke war natürlich, daß sie Winkelzüge machen und meine Bitte abschlagen würde. Doch sie sagte: »Herr Wigand ist Obergeistlicher der Domkirche, und das bedeutet, auch Kurator unserer Domwaisenschule. Und gerade jetzt – seht, wie gut der liebe Gott das eingerichtet hat –, gerade jetzt hat er mir geklagt, das sei noch vor ungefähr zwölf Jahren eine sehr gute Schule gewesen. Aus ihr habe man die besten Schüler direkt von der Schulbank zum Studium auf die Universität geschickt. Jetzt herrsche in ihr ein Schlendrian ohnegleichen. Also?« Sie schaute zum Oberpastor mit einem Blick, der eine Antwort diktierte.

»Na«, sagte der Pastor gedehnt, »wenn dieser Herr Latein und Geographie unterrichten könnte ...«

Ich sagte: »Das waren meine Hauptfächer bei den Enkeln von Frau Tiesenhausen.«

Und Frau Budberg fügte triumphierend hinzu: »Gustav macht in Leipzig große Fortschritte. Für ihn stehen schon die Magisterprüfungen in Aussicht.«

»Ja, wenn Ihr solche Empfehlungen habt«, murmelte der Oberpastor mit einem sauren Lächeln, »werde ich mit Meyer sprechen. Er ist der Leiter unserer Domwaisenschule. Damit er die Vakanz liquidiert.«

Anderthalb Monate unterrichtete ich nun an der Schule. Und Kaalu war anderthalb Monate einer der fleißigsten Schüler der zweiten Schulklasse. Er hatte in Wesenberg ein Jahr die Schule besucht und hätte ruhig in die dritte Klasse gehen können, aber ich wollte keine Ursache für Geschwätz geben.

Die Schule war ein riesiger Holzbau auf hohem Sockel mit Erkern und vielen Nebengebäuden. Dazu gehörten die Wohnung des Rektors, das Mägdehaus und ein winziges Kinderhospital hinter dem Domberg am Weg zu den Lehmgruben zwischen dem Färberteich und dem Roten Krug. In der Schule gab es drei Klassenzimmer, ein Eßzimmer und die Küche, im Dachgeschoß die Schlafzimmer der Knaben. Von den siebzig oder achtzig Schülern waren drei Viertel elternlos. Sie trugen graue Jacken und Kleider, die aus geschenktem Zeug und Gaben geschneidert waren, und lebten im Schulhaus. Da es an besseren Schulen mangelte, aber teils auch dank des Glaubens, daß noch etwas vom ehemaligen Ruhm unserer Lehranstalt erhalten geblieben war, schickten Kaufmanns- und Beamtenfamilien ihre Kinder zu uns, natürlich gegen angemessene Bezahlung. Es gab etwa zwanzig Sprößlinge aus solchen Familien, die im Vergleich zu den stillen Stadtwaisen eine viel geschniegeltere, selbstbewußtere und geräuschvollere Gesellschaft darstellten.

Schulleiter Meyer war ein fünfzigjähriger untersetzter Mann mit einer aschfarbenen Perücke und schwarzen Brauen. Seine wackelige Drahtbrille hockte schief auf seiner lilafarbenen Nase, das rechte Glas niedriger, das linke höher. Er hatte ein zorniges Gesicht und eine rauhe Stimme, doch ansonsten hielt man ihn für einen liebenswürdigen Menschen. Er brachte den älteren Kindern Religion, Deutsch, Arithmetik und Singen bei. Bei den jüngeren Schülern war Schulmeister Johannson, eine Bohnenstange in meinem Alter mit leiser Stimme, für Bibelkunde in estnischer Sprache, Schreiben, Lesen und Rechnen zuständig. Die Kinder hatten Angst vor ihm, weil er sich ihnen lautlos von hinten zu nähern wußte und sie schmerzhaft mit seinem Daumen in die Rippen stieß. Aber mir gegenüber gebrauchte Meyer seine rauhe Stimme nicht, und Johannson stach mich nicht in die Rippen. Meiner Meinung nach waren beide Männer durchaus erträglich. Übrigens hatte ich bemerkt, daß ich, wenn ich beschlossen hatte, mit jemandem auf gutem Fuß zu stehen, ihn mir mit Leichtigkeit erträglich vorzustellen vermochte. Weiß der Himmel, möglicherweise mit größerer Leichtigkeit als notwendig. Natürlich mußte ich mich in meiner neuen Stellung mehr oder weniger gut fühlen können. Und warum sollte mir das nicht gelingen, zumal es hieß, daß einige einflußreiche Männer, unter ihnen der Oberpastor Wigand persönlich, die Absicht hätten, aus der Waisenschule ein Lehrerseminar zu machen, und unsere beiden Kammern am Fischerstrand nach Sauberkeit, frischem Kaffee, auf dem Herd geröstetem Brot und Maades Liebe dufteten. Und Kaalu sich täglich spielend leicht die Konjugation und Deklination der deutschen und lateinischen Sprache aneignete, den Onkel nach tausend Dingen fragte und ihm interessiert zuhörte, die großen aufmerksamen braunen Augen dabei im kleinen Gesichtchen wie ein Abbild derjenigen seiner Mutter.

Jeden Morgen um halb sieben machten Kaalu und ich uns auf den Schulweg. Auf der Reeperbahn angekommen, drehten wir uns mit dem Rücken zur Großen Strandpforte und der zackigen Stadtmauer und schauten hinab. Direkt vor unseren Füßen lag das alte Steindach des Sandbankschen Hauses wie eine helle Bienenwabe. Dahinter erstreckte sich das Eis des Meerbusens bis zum Horizont, buntgefleckt von den Wunen. Ringsumher der Duft des Tauwetters, die Stimmen der Fischer, die die Boote abdichteten, und der Geruch von heißem Teer. Noch ein Tag starker Ostwind, und das Meer war eisfrei ... Und dort unten war unser Zuhause. Allerdings unser geheimes Zuhause. Und die schöne schlanke Frau, die mit einer Schüssel auf den Hof kam, um Wäsche auf die Leine zu hängen, uns bemerkte und uns zuwinkte, das war meine Frau, allerdings meine geheime Frau. Und der Junge, dessen schmale Schultern ich umfaßte, das war mein geheimer Sohn, aber immerhin ...

Wir winkten Maade und gingen fröhlich weiter, bald begleitet von Äsop, bald von Heinrich von Lettland, bald von Kelch, bald vom alten Mann vom Obersee. Wir wateten durch den Schlamm der Wege am Wallgraben bis zur Rogerwieker Landzunge und noch weiter, zwischen Gemüsefeldern, die nach Tauwasser und Erde rochen, in die Lehmgrubenstraße, die in der letzten Zeit die Armenschulstraße genannt wurde. An der Schwelle der Schule nickten wir einander zu. Sachlich. Trocken. Zwei Männer untereinander. Manchmal sagte (oder dachte) ich: »Kaalu – halt Augen und Ohren offen! Wissen ist das einzige, woraus unsereinem Flügel wachsen können. Wenn man das Zeug dazu hat ...«, trat danach in das verklingende Gesumme meiner älteren Klasse und dachte: Ich selbst habe nicht allzuviel Zeug dazu gehabt.

Trotz dieses traurigen Gedankens begann ich hoffnungsvoll meine Stunde.

An einem ähnlichen Morgen holte mich der Pedell aus der Stunde und sagte, ich solle zum Rektor gehen.

Meyer winkte mir zu, ich solle in seinem winzigen Zimmer ihm gegenüber Platz nehmen, schaute durch das Fenster mit den kleinen quadratischen Scheiben hinaus und dann durch seine schiefe Brille auf mich.

»Hört zu, hier hat es Unruhe gegeben. Wir wollen es gleich klarstellen. Sagt, Ihr seid doch nicht etwa derjenige, dessentwegen das Konsistorium, das heißt Oberpastor Wigand, in der vergangenen Woche in Wesenberg einen Kaufmann von seiner Ehefrau *in absentia* geschieden hat ... khm?«

Ich begriff erst jetzt, daß ich schon vor zwei Minuten Böses geahnt hatte, schon als der Diener mich zum Rektor gerufen hatte. Ich hatte es geahnt und vorausgesehen, in welcher Angelegenheit ich gerufen wurde, was das nach sich zog und für mich bedeutete. Ich sagte:

»Ja, ich bin derjenige.«

»Mmmm. Tut mir leid«, murmelte Herr Meyer, »in diesem Fall – Ihr versteht ja selbst ...«

Ich saß vor meinem ein wenig schroffen, ein wenig hilflosen Vorgesetzten – eigentlich schon vor meinem ehemaligen Vorgesetzten –, und mir war, als wäre ich leicht beschwipst, leicht gelähmt von dem fatalen Unverstand der Welt. Mir war klar – wäre ich ein hochnäsiger Adliger (wie sonst soll ich einen solchen in meinem Jahrhundert nennen?), hätte ich aufstehen, lächeln und mit leicht verächtlichem Sporenklirren hinausspazieren müssen. Aber ich verfügte weder über Sporen noch über Adelsdünkel. Ich hatte nur meine Literatennaivität und meinen Bürgerstolz, und beides lähmte mich und fesselte mich an den Stuhl. So ließ ich mir erklären, was ich mir ja selbst denken konnte:

»Herr Falck, Ihr versteht: Unseren Waisenkindern ist das egal. Aber unsere Mamachen und auch einige Papachen kommen mit Anklagen gelaufen: Welchen Menschen vertraut Ihr unsere Sprößlinge an?! Gerichtlich belangten Ehebrechern! Skandalösen Subjekten! Die außerdem vor aller Welt ihren Lebenswandel ... Seht, in einem Gymnasium wäre es nicht so schlimm. Aber unsere Schule ist ja vielfach vom Konsistorium abhängig.« Er wandte den Blick zum Fenster und zwang sich, ihn wieder auf mich zu richten. »Und ich muß Euch sagen, vom Standpunkt der christlichen Erziehung aus kann ich es nicht gutheißen, daß in unserer Schule die Kinder von jemandem erzogen werden, über den das Konsistorium ein Ur...«

Bei diesen Worten erhob ich mich. Nicht aus Trotz, sondern aus Verlegenheit. Mir war es peinlich, ansehen zu müssen, wie ein trefflicher Mann seine schlichte Menschlichkeit danach zurechtzubiegen hatte, was sich als weisere und höhere Menschlichkeit ausgab. O Gott, das machten wir doch alle, aber anzusehen, wie aus einem Saulus ein Paulus wurde, und das an einem so durchsichtigen Individuum wie Meyer mit seiner aschgrauen Perücke und der Pechdrahtbrille, war nicht nur für mich, sondern auch für ihn erniedrigend. Ich sagte:

»Herr Kollege, lassen wir das. Ich scheide aus dem Dienst der Domwaisenschule aus. Meine wirtschaftliche Lage ist jedoch nicht so gut, daß ich die vier Rubel, die mir die Schule schuldet, ihr als Spende überlassen könnte.«

Ich stand an seinem Tisch, während er das Geld aus der Schublade nahm. Ich fühlte mich wie einer, der niedergeschlagen worden war, sich hochgerappelt hatte und nun besonders stramm stehen wollte. Und die Sonne, die mir durch das windschiefe Fenster ins Gesicht schien, zerschnitt den Raum in schillernd helle und stockdunkle Flecken, die flimmerten und zerflossen. Ich bekam mein Geld und sagte:

»Noch etwas. Ich habe einen Schüler in Eure Schule gebracht. Den kleinen Rosenmark. Meine Entlassung bedeutet doch nicht, daß auch er...«

»Lieber Gott, nein!« rief Meyer in dankbarem Gerechtigkeitseifer aus. »Was haben Kinder damit zu tun! Wo sogar unser ewig meckernder Johannson meint, daß Euer Junge« (er sagte »Euer Junge«, und dieses zufällige, nichtssagende Wort bereitete mir in meiner Erniedrigung Freude), »wenn sogar Johannson sagt, daß dieser Junge der hellste Kopf unter seinen Schülern ist!«

36

Kaalu blieb in der Schule, ich verließ sie.

Ich ging nach Hause und betrat Maades Kammer. Sie erhob sich jäh vom Hocker am Fenster, eine Frage in den Augen. Ich legte meinen Arm um sie und steckte meine Nase in ihr honigfarbenes Haar.

»Maade – in der vorigen Woche hat dich das Konsistorium von Johan geschieden. Du bist ihn los.«

Ihre Glieder wurden weich, und sie schmiegte sich an mich. Wir standen einen Moment schweigend da. Ich schaute durch ihr Haar zum vereisten Meer und sagte:

»Und ich bin die Schule los ...«

Ihr Oberkörper entzog sich mir, sie nahm mein Gesicht in die Hände und drehte es zu sich. Sie war schreckensblaß.

»Sie haben dich entlassen?«

»Jawohl.«

»Meinetwegen?«

»Was heißt deinetwegen. Meinetwegen!«

»Keine Ausflüchte, bitte! Unseretwegen?«

»Ja.«

Ich zog sie neben mich auf die Schlafstatt und erzählte, was geschehen war. Ich versuchte, ihre finstere Miene durch Küsse zu verscheuchen. Ich erklärte ihr, es sei höchste Torheit, das Geschehene für ihre Schuld zu halten. Und überhaupt sei es töricht, die Sache allzu tragisch zu nehmen.

»Liebling, das kommt ja jeden Tag vor: Ein Mensch verliert die Stellung, in der er nützlich sein könnte und die ihm sein täglich Brot gegeben hat. Weil alte Weiber in Rock oder Hose ihre Meinung dazu geäußert haben. Aber wir werden es überleben. In Reval gibt es sieben oder acht Schulen, dazu noch die kleinen Privatschulen. Nun, in der Domschule werde ich mir lieber nicht die Finger verbrennen. Dort hat ja derselbe Oberlehrer Wigand das Sagen. Aber zum Rektor des Gymnasiums werde ich gehen.«

Ich tat es. Ich mußte dreimal die Klosterstraße aufsuchen, bevor ich Rektor Dreyer antraf. Vom Posten eines Professors wagte ich natürlich nicht zu träumen. Aber als einfachen Lehrer hätten sie mich ruhig nehmen können. Natürlich sagte mir schon ein einziger Blick in das gelbliche Gesicht des Rektors, daß mein Anliegen hoffnungslos war. Denn außer den spärlichen Zeilen der Gräfin Sievers konnte ich mich auf nichts stützen. Ein zweites Mal konnte ich nicht zu Frau Budberg gehen. Und der Rektor reagierte darauf (zu meinem Leidwesen begriff ich es erst, als ich vor ihm stand), wie es zu erwarten war. Er kniff seine bläulichen Lippen über dem graumelierten Ziegenbart zusammen und schüttelte den Kopf:

»Non possumus.«

Ich wurde nicht klug daraus, ob es daran lag, daß sie wirklich keine Vakanz hatten oder daß ich ein armer Schlucker ohne jegliche Protektion und noch dazu eine ominöse Figur war. In ähnlichen Fällen sagt man einem ja nie die Wahrheit. Wenn man es nicht zufällig mit einer wohlwollenden Seele zu tun hat, wie zum Beispiel mit Küster Damm von der Heiligengeistkirche, dem einstigen Vorgesetzten meines Vaters. Am nächsten Tag suchte ich ihn in seiner Wohnung im Hof der Kirchenschule auf, im Hof meiner Kindheit, wo es recht schäbig aussah, und er sagte mir rundheraus:

»Lieber Junge, du hast inzwischen studiert und bei Grafen gelebt, aber ich erinnere mich daran, wie du auf meinen Knien gesessen hast, und darum duze ich dich. Lieber Junge, erstens hilft mir in der Schule in unseren mageren Zeiten nur ein Rechenmeister mit halbem Gehalt. Und zweitens, was eigentlich erstens sein sollte«, er drehte sein freundliches rosa Greisengesicht zur Seite, denn auch ihm fiel es schwer, die Wahrheit zu sagen, »denkst du, unsere kleine Schule hängt nicht vom Konsistorium ab? Und alle anderen Revaler Schulen ebenfalls? Folglich ist es in dieser Stadt zwecklos, einen Schulmeisterposten zu suchen. Denn deine Geschichte ist ja sowieso in aller Leute Munde.«

Sie schien wirklich in aller Leute Munde zu sein. Am selben Abend kam Frau Sandbank vom Kaffeekränzchen bei der Witwe des Leiters der Hafenwache, Noricke. Er war, wie wir von ihr gehört hatten, in jüngeren Jahren selbst Lehrer an der Domwaisenschule gewesen. Und wir, Maade und ich, konnten uns mit dem Gedanken trösten: Was die Witwe Noricke durch ihre Bekannten schon lange wußte, brauchte ja noch nicht an der großen Glocke der Olaikirche zu hängen. Doch wenn das überhaupt ein Trost war, so jedenfalls nur ein zeitweiliger.

Wir saßen immer noch am Eßtisch. Kaalu war schon fertig mit dem Essen und auf den Hof gelaufen. Wir sprachen besorgt davon, was wir tun sollten, als die Hausfrau eintrat. Sie klopfte an die angelehnte Tür, trat auf die Schwelle und danach ins Zimmer. Maade stand auf und machte sich an den Teetassen zu schaffen, denn sie spielte vor der Hausfrau eifrig ihre Dienstmädchenrolle. Aber die Damen hatten zum Kaffeeklatsch ein oder gar zwei Gläschen Kirschlikör genossen. Plötzlich ihrzte sie Maade – bisher hatte sie mein Dienstmädchen immer geduzt – und drückte sie an ihren üppigen Busen. Sie sagte mit Tränen in den Augen und Tropfen auf den Wangen:

»Liebe Frau Magdalena, liebes Kind, ich habe gerade von Frau Noricke erfahren – man denke, was Ihr habt durchmachen müssen! Und jetzt endlich die Scheidung und auch noch das Unglück mit Herrn Berend! Ich muß Euch Glück wünschen, ja, Euch beiden, und zugleich mein Mitgefühl ausdrücken. Ich weiß gar nicht, wie ich das tun soll.« Sie tat einen Schritt zurück und schaute uns aus nassen Augen freudig-verschmitzt an. »Meine Guten, einen Moment!«

Sie eilte aus dem Zimmer, fuchtelte dabei mit ihren kleinen

Händen, als wären sie Flügel, und kam gleich darauf mit einer halbvollen Schnapsflasche und drei Gläsern wieder.

»Ihr seid so liebe Menschen. Ihr nehmt es mir doch nicht übel. Ich habe hier einen Rest roten Schnaps. Meine Lieben!« Sie schenkte eigenhändig ein. »Ich habe von Anfang an geahnt, daß Ihr Liebende seid, denen jemand oder etwas im Wege steht. Ich habe mir gesagt: Was geht das dich an! Jeder soll leben, wie es ihm beliebt! Aber jetzt, wo ich gehört habe – die Gemahlin eines Wesenberger Ratsherrn mit einem Kind, das nicht das seine ist, vom Konsistorium geschieden, und jetzt der neue Herr von der Schule gejagt. Doch jetzt«, sie setzte sich an den Tisch und nötigte auch uns dazu, »jetzt, nehmt es mir nicht übel, will ich mit Euch anstoßen. Frau Magdalena, Ihr seid so blaß. Ich bin es ja nicht, aber ein frischer Teint tut besonders einer jungen Frau gut. Dieses Gläschen auf Herrn Berends Liebe und Glück!« Sie schenkte uns einen feuchten strahlenden Blick, schloß die blauen Augen und trank das Glas bis zur Neige. Wir folgten ihrem Beispiel, aus Höflichkeit, Rührung, Überraschung. »Und morgen«, sprach sie weiter, »wird umgezogen. Ist ja natürlich. Warum lebt Ihr in getrennten Zimmern? Ist es nicht genug, daß die Herren des Konsistoriums Eurem Glück im Wege stehen! Ich will das nicht tun! Herr Berend, gleich morgen zieht Ihr ins mittlere Zimmer, und ich komme hierher. Ihr helft mir, den Kleiderschrank wegzurücken. Hinter ihm ist die Tür zu Frau Magdalena. In ihrem Zimmer muß die Kommode zur Seite gerückt werden, und der Weg zueinander ist frei. So braucht Ihr nicht mehr durch die Küche zu schleichen und Euch wegen meiner Nachtruhe zu sorgen. Das wäre doch das wenigste! Nun, Herr Berend, schenkt uns noch ein Gläschen ein!«

Das wäre doch das wenigste …

Wir machten von dem liebenswürdigen Vorschlag keinen Gebrauch. Nicht, weil er aufdringlich war, ja, an Kuppelei grenzte, sondern aus einem ganz anderen Grund.

Frau Sandbank war am Morgen noch nicht aufgestanden, als ich das Haus verließ, um den ehemaligen Obergerichtssekretär, Herrn von Bahr, der einige Wochen mein Vorgesetzter gewesen war, aufzusuchen. Zur Zeit mußte er ein hochehrwürdiges Mitglied desselben Gerichts sein. Er war es gewesen, der mich einst zu Frau Tiesenhausen geschickt hatte, um ein Antwortschreiben auf die Beschwerde der Wesenberger Bürger zu verfassen. Da die zuständigen Schreiber bedauerlicherweise nicht verfügbar gewesen waren. Der eine war weggefahren, der andere krank gewesen, und der dritte hatte einen lasterhaften Lebenswandel geführt. Und ich erinnere mich genau daran, wie der junge Herr von Bahr gegrinst hatte, als ich ihm die Meinung der Frau Tiesenhausen mitgeteilt hatte.

»Derjenige, den sie wegen seines unsittlichen Lebenswandels nicht gebrauchen kann, heißt Keller. Ich habe ihn der Dame empfohlen, er ist der gescheiteste Anwalt von ganz Reval. Seine Unsittlichkeit besteht darin, daß er sich nicht geweigert hat, mit einigen Revaler Damen zu schlafen. Hahaha! Sie hat den gescheitesten Ratgeber abgelehnt! O falsche Frömmigkeit und Prüderie!«

Aber aus dem einstigen jungen Herrn von Bahr war nach zehn Jahren ein wirklicher Herr von Bahr geworden. Seine kritischen Pusteln hatten sich in einer rosigen Glätte verloren. Zunächst konnte ich ihn gar nicht erkennen. Und er erkannte mich erst, als ich meinen Namen nannte. Und auch dann nicht, weil ich vor zehn Jahren im Gericht beschäftigt gewesen war, sondern wegen meines frischen konsistorialen Rufes. Und er sagte sofort:

»Mein Lieber, im Gericht, jetzt – kommt nicht in Frage. Vielleicht in ein paar Jahren. Und auch dann kaum in Reval. Übrigens – stimmt es, daß Eure Wesenberger Kaufmannsgattin eine wunderschöne Frau ist?«

Ich erwiderte: »Ich danke Euch, Herr von Bahr, für Eure aufrichtige, einem Edelmann gebührende Antwort« und verließ das Zimmer.

Ich schritt, die Zähne fest zusammengebissen, durch die Stadt und die Große Strandpforte und stapfte im feuchten Seewind den schlammigen Weg hinab. Bei einem Boot, das abgedichtet wurde, ergriff ich eine Handvoll Werg, versuchte damit, an unserer Schwelle die Schuhe zu säubern, und trat ein. Maade kam und fragte, wie es mir ergangen sei. Sie setzte sich an den Tisch und lauschte, während ich am Fenster stand und erzählte, möglichst leichthin, möglichst gewitzt:

»Ich hatte ja keinerlei Hoffnung, ich ging den Gerichtsbonzen zum Trotz hin. Übrigens, die Herren auf dem Domberg haben gehört, du seist, wie Herr von Bahr zu sagen geruhte, eine wunderschöne Frau.«

Im selben Augenblick sah ich durch die blaue Gardine des Fensters Kaalu über die Düne kommen. Sein Oberkörper stemmte sich gegen den Seewind, den Kopf hatte er zwischen den Schultern. Als er schon ganz nah war und am Fenster vorbeihuschte, schien mir, daß er fror, daß er krank war, daß er Fieber hatte. Wir hörten ihn in die Küche treten und in sein Zimmer gehen. Dann ging er zurück in die Küche und klopfte an unsere Tür. Auf mein »Herein« trat er ein und blieb an der Schwelle stehen. Seine Augen waren nicht zu sehen, weil er starr auf den Fußboden schaute. Sein blasses Gesicht war rotfleckig und seine sperlingsgraue Jacke am Halsausschnitt zerrissen. Maade fragte erschrocken:

»Was hast du?«

Der Junge schwieg eine Weile. Dann sagte er tonlos:

»Ich bin aus der Schule fortgelaufen.«

»Bist du krank?«

Der Junge schüttelte stumm den Kopf.

»Warum bist du weggelaufen? Was ist los?«

Er hob den Kopf. Seine Lippe war blutig, sein Gesicht geschwollen. Er rief schrill:

»Mutter, bin ich der Sohn eines Sklavenhändlers?«

»Herrgott«, flüsterte Maade. »Warum fragst du so etwas?«

»Also bin ich es«, rief der Junge und rannte aus dem Zimmer. Wir hörten ihn seine Tür zuschlagen. Maade wollte ihm nacheilen. Ich faßte sie an der Hand:

»Warte. Laß ihn ruhig werden. Und dann – vielleicht könnte ich ...«

Zehn Minuten später ging ich zu ihm.

Er saß zusammengekauert auf seiner Schlafstatt, das Gesicht zur Wand, den schmalen grauen Rücken und den hellen Haarschopf mir zugewandt, und drückte seine Wange an den rauhen Hafersack.

»Möchtest du mir nicht erzählen, was in der Schule geschehen ist?«

Kaalu schwieg. Ich nahm seine Hand in die meine. Fürs erste leistete sie Widerstand, gab aber bald nach. In seiner geballten Faust hielt er eine Kette. Nach und nach öffnete ich seine Faust, und er ließ es geschehen. Er hatte eine Uhr in der Hand. Die Uhr meines Vaters, die ich ihm in Wesenberg geschenkt hatte.

»Was war denn mit deiner Uhr?«

Er war noch eine Weile stumm und begann dann zu sprechen, den Mund noch immer ins Kissen gepreßt:

»Sie haben mich überredet, ihnen die Uhr zu verkaufen...«

»Wer?«

»Große Jungen. Aus deiner Klasse. Ich kenne ihre Namen nicht.«

»Und dann?«

»Ich habe gesagt, daß ich sie nicht verkaufe.«

»Und weiter?«

»Sie haben gesagt, du seist aus der Schule davongejagt worden, und wir würden sowieso hungern müssen. Und ich solle sie ihnen aus freien Stücken verkaufen.«

»Weiter?«

»Sie haben mir die Uhr aus der Tasche gezerrt. Dabei ist die Kette zerrissen. Ich habe sie an mich gerissen und in den Mund gesteckt. Dann sind sie wütend geworden, haben mich ins Gesicht geschlagen und zu schimpfen begonnen.«

»Wie denn?«

»Ich sei der Sohn eines verfluchten Sklavenhändlers. Sag, ist mein Vater denn...«

Ich setzte mich zu ihm auf den Bettrand und sagte:

»Kaalu, jetzt paß mal auf. Johan Rosenmark ist ein Sklavenhändler. Jawohl. Und vielleicht ist das nicht sein größter Makel. Aber du bist nicht sein Sohn. Darum sind wir drei aus Wesenberg weggezogen. Mutter und du und ich. Denn du bist mein Sohn. Mein leiblicher Sohn.« (Gott weiß, ob ein Vater je seinen Sohn – und sich selbst – auf diese Art von seiner Vaterschaft überzeugt hat. Ich fuhr fieberhaft fort:) »Kaalu, wir beide haben ein Muttermal, das dies bezeugt. Wenn wir das nächste Mal in die Badstube gehen, nehmen wir einen Spiegel mit, und du wirst es sehen. Ich und du haben den gleichen rötlichen Fleck an ein und derselben Stelle. Das ist der Fingerabdruck des Jesuskindes. Wenn zwei ein solches Mal haben, sind sie Vater und Sohn. Und jetzt stehen die Dinge so, daß du hier nicht mehr zur Schule gehst. Das ist beschlossen. Wir fahren weg aus Reval, Mutter, du und ich. An einen anderen Ort, wo niemand etwas von uns weiß. Außer uns selbst. Heute abend packen wir unsere Sachen. Bist du damit einverstanden?«

Kaalu sprang auf die Beine. Plötzlich stand er mitten im Zimmer. Seine großen braunen Augen schauten mich verständnislos und doch voller Verstehen an. Er schien irgendwohin zu wollen. Vielleicht zu mir, aber die Ungewohntheit der neuen Situation hielt ihn zurück. Ich weiß es nicht. Ich fragte abermals:

»Einverstanden?«

»Einverstanden!« rief Kaalu. »Nimm das an dich ...« Er steckte die Uhr, die er in der Hand hielt, in die meine. Er war schon an der Schwelle. »Ich laufe zu Mutter und erzähle ihr, daß wir fahren. Und daß du mein Vater bist.«

37

Wir sind unterwegs. Wir sitzen in der Poststation Kanama. Der Rigaer Postkutscher brachte uns her und fuhr weiter. Wir warten auf die Pferde, die uns für gutes Geld achtzig Werst auf abgelegenen Wegen nach Hapsal befördern. Dorthin geht keine staatliche Post.

Wir sind am Ziel, und doch noch unterwegs.

Wir sitzen zu dritt in der Imbißstube für Reisende, an einem abgedeckten Tischende. Wir haben unsere Mittagsbrote und Fleischstücke verzehrt, die Reste in den Reisebeutel zurückgelegt und schauen durchs Fenster hinaus. Hinter den nassen Scheiben plätschert der Regen. Der Weg ist ein einziger Schlamm, die Felder von den Pfützen schwarz und das Gestrüpp am Wegrand trostlos entlaubt. Und der Himmel über all dem ist so tiefgrau, daß man kaum an den nahenden Frühling denken kann. Nur blinder Glaube kann damit fertig werden.

Postkutscher mit triefenden Regenmänteln und tropfenden Kapuzen und in Halbstiefeln gehen an der offenen Tür vorbei.

»Töihvel treitousent maal, wo zum Teufel ist der Schmied? Meine Räder sind kaputt.«

Anscheinend warten in der Kammer hinter der Küche andere Reisende, die es eiliger haben als wir. Denn wir haben keine Eile. Wir sind hier. Und fassen einander an den Händen, wenn wir uns ansehen. Nur für einen Augenblick unter dem Tisch. Obwohl uns niemand sehen kann.

Wohin sollen wir auch eilen? In Reval mußten wir noch einige Tage ausharren, ehe wir eines frühen Morgens losfahren konnten. So konnte ich Küster Damm von der Heiliggeistkirche eine Abschiedsvisite machen. Ich konnte es ruhig tun, denn ich brauchte ihn und niemanden sonst um irgend etwas zu bitten. Ich wollte dem alten Mann, auf dessen Schoß ich gesessen hatte, für seine freundlichen Worte danken. Und ich hinterließ bei ihm eine falsche Fährte. Ich sagte, wir würden nach Livland fahren. Ich sagte, daß ich eine Lehrerstelle in einer Schule in Wolmar erhielte. Nicht, um den freundlichen Greis zu täuschen, wohl aber diejenigen, die uns nachspionieren wollten – dieses Recht mußte uns doch zustehen. Und wie als Vergeltung für meine Lüge erzählte Damm: Sein Kollege aus Wesenberg (»Ich glaube, die Wesenberger Angelegenheiten dürften dich interessieren«) – sein Kollege Küster Gööck habe ihn vor einigen Tagen besucht, um die Heiligengeistschule kennenzulernen. Denn er habe sein Amt als Küster niedergelegt und sei nun Schuldirektor in Wesenberg. Ich dachte damals und denke noch heute: Er bekleidet denselben Posten, den Rosenmark mir einst angeboten hat. Und Gööck hatte erzählt, Wesenberg lebe gegenwärtig in der Atmosphäre neuer Hoffnung, was auch ich schon gehört hatte. Die Zarin beabsichtige, die Bezirke Estlands und Livlands in Kreise umzugestalten. Jeder Kreis solle seine eigene Kreisstadt erhalten. In Petersburg werde schon darüber diskutiert, ob die Kreisstadt von Wierland Wesenberg oder Narwa heißen werde. Es sei wahrscheinlicher, daß es das alte ehrwürdige Narwa, die uralte Stadt, werden würde, deren Vorhandensein niemand je bestritten habe. Aber die Wesenberger würden dennoch hoffen, es könne ihr Wesenberg werden, dessen Stadtrechte jetzt allerdings in Staub getreten seien... So dachte ich damals und so denke ich wieder hier am Tisch, Maades geschmeidige warme Hand in meiner rechten und Kaalus vogelflügelähnlich zarte in meiner linken Hand, und draußen plätschert der Regen. Sollte einst in den Kollegien und Departements – allein ihre Erwähnung ekelt mich an – wirklich der Fall Wesenberg neu durchgesehen werden, Gott weiß, vielleicht wird dann auch der Senatsbeschluß, das Erzeugnis meiner eitlen Bestrebungen, aus einem Papierstoß ausgegraben werden, den ein schwarzer Hengst vor Zeiten zum Sieg geführt und der dennoch keinerlei Nutzen gebracht hat – vielleicht ist es diesem Papier beschieden, das Rückgrat der Tiesenhausens zu brechen? Leere Träume! Diese beiden

Hände in den meinen sind jedenfalls vorhanden. Diese Frau, die vielleicht vor der Welt nie meine Frau sein wird. Und dieser Junge, der vielleicht nie mein Sohn sein wird. Und vermutlich auch die unbekannten Zimmer im unbekannten Haus auf dem unbekannten Holm, zu dem wir unterwegs sind. Und das – zu einer so frühen Jahreszeit – noch nicht einmal von einer wogenden Schilfwand umgeben ist.

»Hallo, wo sind unsere Hapsaler Reisenden? Dort also! Die Pferde stehen bereit. Und eine kleine Kutsche ebenfalls. Aber müssen wir wirklich bei diesem Hundewetter losfahren? Oder warten wir ab, bis der Himmel sich aufklärt?«

»Nein, nein, nein!« rufe ich und drücke Maades und Kaalus Hand. »Wir fahren!«

»Wir fahren«, sagt Maade ruhig, aber deutlich, und steht auf, die Hand in der meinen.

»Wir fahren!« ruft Kaalu und zerrt mich zur Tür. »Wir fahren durch Regen und Sturm! Wir fahren, Vater!«

Und ich sage: »Wir fahren.«

Denn eigentlich sind wir in Eile.

Sollten sich etwaige Leser – möglicherweise Nachkommen von Karl von Sievers – daran stoßen, daß dieser in unserem Roman als ein Mann niederer Herkunft dargestellt wird, will ich dazu sagen:

Das, was die Gutsherrin von Wesenberg einst dem Anonymus über Graf S. erzählte und was der Anonymus 1792 in London drucken ließ, kann Dichtung sein oder Wahrheit. Ist es Dichtung, so ist es diejenige der Gutsherrin von Wesenberg oder des Anonymus. (Übrigens vertreten einige Kreise die Ansicht, daß der Anonymus kein anderer gewesen sei als der bekannte Johann Benedict Scherer.) Entspricht aber die Behauptung des Anonymus der Wahrheit, nun, so ist es die historische Wahrheit, soweit derartige Wahrheiten zur Geschichte gehören. Und was von beiden, Dichtung oder Wahrheit, wahrscheinlicher ist, darüber lohnt es sich nicht zu diskutieren. Denn hier werden die Ereignisse von dem Standpunkt aus erwogen, wie sie hätten sein können (oder gar wie sie hätten sein *müssen*), falls die Darstellung des Anonymus der Wahrheit entspricht.

Jaan Kross im Carl Hanser Verlag

Das Leben des Balthassar Rüssow
Roman
Übersetzt von Helga Viira und Barbara Heitkam
1995. 1472 Seiten

»Durch dieses Jahrhundert zieht sich der Lebensweg des Balthassar Rüssow, und Jaan Kross zeigt uns dieses Kind armer Leute, das studieren, als Pastor der Heiligengeistkirche von Reval amtieren und die erste Chronik der Esten verfassen wird, von der Jugend bis zum Sterbetag. Ein Lehrstück über Macht und Widerstand, das dem historischen Roman eine unaufdringliche, doch unabweisbare Aktualität gibt.«

Die Zeit

»Mit welcher Virtuosität und Gewandheit Kross das Genre beherrscht und wie souverän er über den Stoff verfügt! Gerade dort, wo wir den Chronisten am Werk sehen, läßt Kross seine eigene Zeit wie im Zerrspiegel aufblitzen.«

Neue Zürcher Zeitung

»Es entsteht der Eindruck eines zeitlosen Raums, so als sei das Historische noch nicht zu Ende gespielt. Selbst das Wunderbare, das sich in dieser Geschichte zuträgt, ist verbürgt, und darin liegt der letzte Triumph des Autors: Daß sich auch dies zugetragen hat erscheint wie ein Zauber. Das hat Genie ...«

Frankfurter Allgemeine Zeitung

Der Verrückte des Zaren
Historischer Roman
Aus dem Estnischen von Helga Viira
1990. 416 Seiten

»Jaan Kross glaubt leidenschaftlich an unzerstörbare Worte. Mit schmerzender Genauigkeit, ohne jedes Moralisieren geht er den Möglichkeiten des Widerstandes gegen die Unterdrückung und Entwürdigung nach.« *Die Welt*

»Ein Dissidentenschicksal ... ein Stoff also von offenkundiger Aktualität und politischer Brisanz ... ein Stück farbiger, vorzüglich recherchierter Kultur- und Gesellschaftsgeschichte. Der Dichter ist der bessere Historiker.«
Frankfurter Allgemeine Zeitung

Professor Martens' Abreise
Roman
Aus dem Estnischen von Helga Viira
1992. 336 Seiten

»Auch dieser Roman des Esten Jaan Kross handelt von der prekären Kunst des Überlebens in ungünstigen Zeiten. Gelassen breitet der Autor eine Geschichte aus, die deutlich macht, wie alt viele Probleme sind, die wir gerne als Erfindungen unseres Zeitalters mißverstehen.« *Die Zeit*

»Die einzelnen Situationen runden sich zu fesselnden Episoden; der Roman wird zum lebensgeschichtlichen und historischen Kaleidoskop.« *Frankfurter Allgemeine Zeitung*

»Jaan Kross ist ein Erzähler von europäischem Rang. Ein eleganter, leichtfüßiger und gebildeter Romancier. ›Professor Martens' Abreise‹ – ein Meisterwerk aus Estland.«
Die Presse, Wien

Préparation méthodique aux tests psychotechniques

LAMARRE

CONCOURS PARAMÉDICAL

Préparation méthodique aux tests psychotechniques

Victor Sibler

Éditions Lamarre
1, avenue Édouard-Belin
92500 Rueil-Malmaison

Directeur de la collection : Pascal Le Masson

Couverture : Kolette graphiste
(Kolette@europost.org)

ISBN 2-85030-600-2

SOMMAIRE

Partie I Préparation aux tests psychotechniques

Partie II Situer son niveau : test n° 1

I

PARTIE

Préparation aux tests psycho-techniques

1

Présentation des épreuves psychotechniques

Actuellement, **les tests psychotechniques occupent une place centrale dans la sélection des étudiants en soins infirmiers**. En effet, avec l'épreuve de culture générale, ils constituent la seconde et, souvent, la plus difficile porte d'accès à l'épreuve d'admission, c'est-à-dire, l'entretien.

L'expérience montre que cette épreuve est celle qui inspire le plus de craintes, probablement en raison du mystère qu'elle recouvre. En effet, pour les candidats, elle représente l'inconnu. Il est difficile de s'y préparer parce qu'**elle évalue davantage une intelligence générale que des connaissances**.

Qu'appelle-t-on tests psychotechniques ?

C'est un ensemble d'épreuves de raisonnement verbal, numérique, spatial, d'observation, etc., qui servent de norme à laquelle on peut confronter un ou plusieurs individus. Cette norme est obtenue statistiquement, par des expérimentations sur des populations représentatives de celles que l'on souhaite tester.

Comment les élabore-t-on ?

En général, les IFSI s'adjoignent les services d'un centre psychotechnique qui est chargé d'élaborer, d'expérimenter et de corriger les tests.

Habituellement, pour les élaborer, on adopte la démarche suivante :

• on choisit, en référence, **un certain nombre de facteurs jugés significatifs des formes de l'intelligence dont l'infirmière* doit faire preuve dans l'exercice de son métier**. Ce choix, bien évidemment, se fait en concertation avec les cadres d'un ou de plusieurs IFSI ;

* Lire indifféremment infirmier/infirmière tout au long de l'ouvrage.

• à partir de là, on élabore des épreuves destinées à évaluer les capacités choisies. Ces épreuves sont alors testées sur une petite population représentative des candidats au concours ;
• puis, le test est expérimenté sur une population plus large afin d'obtenir une dispersion des résultats de celle-ci.

Exemple
Imaginons que, pour l'expérimentation, on choisisse une population de 100 personnes, composée de 10 fois 10 élèves provenant de 10 classes de terminale différentes de lycée (L, S, ES, STT, SMS, etc.). Dans chaque classe, on prend soin de sélectionner 10 élèves représentatifs du niveau de la classe et on soumet l'ensemble de la population à l'expérimentation. Lorsque celle-ci sera achevée, on obtiendra une dispersion des notes qui pourra se présenter de la façon suivante :

Notes	**1**	**2**	**3**	**4**	**5**	**6**	**7**	**8**	**9**	**10**	**11**	**12**	**13**	**14**	**15**	**16**	**17**	**18**	**19**	**20**
% de la population	0	0	1	5	6	9	10	11	13	10	10	6	5	3	3	2	2	2	1	1
										45 %										

Dans le cas présenté ci-dessus, on peut constater que 45 % de la population a une note supérieure ou égale à la moyenne. Par conséquent, avec le test ci-dessus, je pourrais sélectionner 45 % des candidats pour l'oral (à condition, bien évidemment, qu'ils aient une note suffisante à l'épreuve de culture générale).
Mais, pour les épreuves du concours d'entrée en IFSI, on procède de plus en plus de la façon suivante : on accorde une note de 20 points sur 20 au(x) candidat(s) qui obtien(nen)t la meilleure note. Puis on effectue le calcul :

$$\frac{20 \times \text{votre note}}{\text{note la plus élevée}} =$$

Cela signifie donc que l'on peut obtenir la note de 20 sur 20 sans avoir répondu à toutes les questions.

Quelles sont les épreuves qui constituent ces tests ?

En général, on trouve :
• **des épreuves verbales** : compréhension, connaissances orthographiques, raisonnement analogique, etc. ;
• **des épreuves numériques,** qui relèvent pour l'essentiel d'un niveau de fin de collège. Il s'agit le plus souvent de calcul mental et ou de problèmes nécessitant un raisonnement numérique ;

• **des épreuves d'observation ;**
• **des épreuves de raisonnement logique et ou de raisonnement spatial**.

Bien évidemment, chacune de ces épreuves doit être réalisée **dans un temps limité** et l'expérience montre que **le critère temps est essentiel dans la réussite**.
Un entraînement est donc nécessaire !

Quels sont les avantages et les inconvénients des tests psychotechniques ?

Avantages

Les tests psychotechniques ont de grandes qualités :
• ils éliminent la subjectivité du sélectionneur : ils peuvent être corrigés par lecture optique, donc pas de correcteurs !
• ce sont des instruments scientifiques, élaborés par des spécialistes en psychométrie qui ont précisément étalonné chacune des épreuves en les expérimentant sur des populations représentatives ;
• ils cherchent à appréhender une intelligence globale, ce qui est sans doute préférable à des épreuves de connaissances qui favoriseraient ceux qui ont un cursus scolaire récent ;
• ils introduisent davantage d'égalité entre les différents candidats : bacheliers littéraires, scientifiques, et titulaires de l'examen de niveau de la DRASS.

Inconvénients

Ils ont toutefois quelques inconvénients. C'est pour cette raison que cet ouvrage a été conçu. En effet, ces tests psychotechniques comportent, nous l'avons évoqué, des épreuves verbales, numériques, d'observation et de logique. Or, l'expérience montre que ceux qui ont quitté le lycée depuis longtemps ainsi que ceux qui n'ont pas fait de second cycle d'études secondaires (souvent les aides-soignants qui présentent le concours) sont désavantagés pour les épreuves numériques qui nécessitent des prérequis mathématiques souvent oubliés et une grande vivacité intellectuelle de la part des candidats. On note effectivement que, si la plupart des questions mathématiques relèvent d'un niveau 3e de collège, il n'est pas rare que certaines questions nécessitent des prérequis de second cycle. On songe en particulier aux probabilités. Par ailleurs, il faut considérer que l'épreuve numérique dans de nombreuses écoles occupe une place importante. Elle couvre parfois le tiers des exercices ! Cela donne une idée du risque que l'on prend si l'on n'a pas songé à faire les quelques révisions qui s'imposent !

2

Guide d'utilisation

Objectifs de l'ouvrage

Résultat de plusieurs années d'expérience auprès de plusieurs centaines de candidats au concours d'entrée en IFSI, cet ouvrage est conçu comme un cours particulier que nous avons rendu aussi vivant que possible.
Grâce à lui, vous pourrez :

- situer votre niveau avec le test n° 1 ;
- combler vos lacunes à l'aide d'exercices d'entraînement ;
- évaluer vos progrès avec le test n° 2 ;
- réviser des notions oubliées, particulièrement les quelques notions mathématiques de base sans lesquelles on court à l'échec ;
- améliorer votre vivacité d'esprit ;
- préparer le concours en un minimum de temps et avec un maximum d'efficacité : car nous savons bien que vous manquez de temps, particulièrement si vous êtes en terminale ou si vous travaillez.

Consignes à suivre

Pour préparer l'épreuve de tests psychotechniques avec un maximum d'efficacité, suivez attentivement les consignes ci-dessous.

Phase n° 1 : faire le test n° 1

p. 10

- Ouvrez votre livre **page 10** et lisez les consignes pour faire le test n° 1.

• Découpez la grille de réponses qui se trouve au début du test et qui vous sera nécessaire pour faire l'épreuve.
• Faites le test n° 1 en respectant rigoureusement pour chaque partie les consignes de temps indiquées par l'icône .

Phase n° 2 : évaluer ses résultats

• Comparez votre grille de réponses à la grille de corrigés qui se trouve à la fin du test.
• Calculez le nombre de réponses exactes et ramenez les résultats à une note sur 20 en faisant le calcul suivant :

$$\frac{20 \times (?)}{75} =$$

(?) étant le nombre de réponses exactes obtenues.

Phase n° 3 : repérer ses lacunes

Test pp. 41 à 52

• Consultez les corrigés détaillés du test et repérez les exercices non réussis.
• Pour chacun d'eux, reportez-vous aux exercices d'entraînement correspondants qui vous seront signalés par l'icône .

Elle vous indique le numéro des pages auxquelles vous référer, en marge de chaque épreuve du test n° 1 et de chaque corrigé. Vous pourrez donc vous repérer très facilement, que vous vous trouviez dans la partie test ou dans les corrigés.

Phase n° 4 : s'entraîner

• Faites les exercices d'entraînement que vous jugerez nécessaires, ceux qui correspondent aux tests que vous n'avez pas réussis par exemple.
• N'oubliez pas de faire consciencieusement l'épreuve de logique « Mastermind » que l'on trouve de plus en plus fréquemment dans les épreuves de concours.

Phase n° 5 : faire le test n° 2

• Faites le test n° 2 en respectant rigoureusement les critères de temps.

Phase n° 6 : évaluer ses progrès

• Comparez votre grille de réponses à la grille de corrigés.
• Calculez votre résultat.

Attention ! Le test n° 2 comporte 85 questions ; par conséquent, vous devrez faire le calcul suivant :

$$\frac{20 \times (?)}{85} =$$

Phase n° 7 : trouver des solutions si les résultats sont insuffisants

• Vous aurez certainement fait des progrès par rapport au test n° 1 ; cependant, si vos résultats restent incertains, c'est-à-dire inférieurs ou égaux à 10 sur 20, lisez les conseils pour remédier à vos faiblesses.

PARTIE II

Situer son niveau : test n° 1

3

Énoncés du test n° 1

Avant de commencer

Objectifs

Les trois grands objectifs de cet ouvrage sont de :
• vous situer par rapport à **une épreuve du niveau du concours d'entrée en IFSI** ;
• **déterminer vos points faibles** et choisir, compte tenu du temps dont vous disposez, une stratégie pour combler vos lacunes ;
• vous familiariser avec une épreuve encore inhabituelle, à laquelle le système scolaire ne prépare pas.

Conseils

• Munissez-vous d'un chronomètre ou d'une montre afin de limiter précisément le temps de chaque test.
• Déclenchez le chronomètre dès que vous aurez lu les consignes ; vous prendrez soin de respecter rigoureusement le temps imparti.
• Répondez sur la grille de réponses ci-jointe que vous prendrez soin de découper.
• À la fin de l'épreuve, calculez vos résultats après avoir consulté la grille de correction :

$$\frac{20 \times (?)}{75} =$$

(?) étant le nombre de réponses exactes obtenues.

Durée
1 h 30 mn

Épreuves verbales : 15 min
Épreuves numériques : 30 min
Épreuve d'attention et de classement : 15 min
Épreuve de logique : 30 min

Grille de réponses

Vous noircirez au crayon HB la case qui correspond à la réponse choisie.

ÉPREUVES VERBALES						
		A	B	C	D	E
Épreuve n° 1 : similitudes et relations	1	☐	☐	☐	☐	☐
	2	☐	☐	☐	☐	☐
	3	☐	☐	☐	☐	☐
	4	☐	☐	☐	☐	☐
	5	☐	☐	☐	☐	☐
Épreuves n°s 2 et 3 : vocabulaire	6	☐	☐	☐	☐	☐
	7	☐	☐	☐	☐	☐
	8	☐	☐	☐	☐	☐
	9	☐	☐	☐	☐	☐
	10	☐	☐	☐	☐	☐
	11	☐	☐	☐	☐	☐
Épreuve n° 4 : orthographe	12	☐	☐	☐	☐	☐
	13	☐	☐	☐	☐	☐
	14	☐	☐	☐	☐	☐
	15	☐	☐	☐	☐	☐
	16	☐	☐	☐	☐	☐
	17	☐	☐	☐	☐	☐
Épreuve n° 5 : raisonnement analogique	18	☐	☐	☐	☐	☐
	19	☐	☐	☐	☐	☐
	20	☐	☐	☐	☐	☐
	21	☐	☐	☐	☐	☐
	22	☐	☐	☐	☐	☐
	23	☐	☐	☐	☐	☐
	24	☐	☐	☐	☐	☐
	25	☐	☐	☐	☐	☐
ÉPREUVES NUMÉRIQUES						
Épreuve n° 6 : calcul mental	26	☐	☐	☐	☐	☐
	27	☐	☐	☐	☐	☐
	28	☐	☐	☐	☐	☐
	29	☐	☐	☐	☐	☐
	30	☐	☐	☐	☐	☐
	31	☐	☐	☐	☐	☐
	32	☐	☐	☐	☐	☐
	33	☐	☐	☐	☐	☐
	34	☐	☐	☐	☐	☐
	35	☐	☐	☐	☐	☐
	36	☐	☐	☐	☐	☐
	37	☐	☐	☐	☐	☐
	38	☐	☐	☐	☐	☐
	39	☐	☐	☐	☐	☐
	40	☐	☐	☐	☐	☐

Épreuve n° 7 : raisonnement numérique	41	☐	☐	☐	☐	☐
	42	☐	☐	☐	☐	☐
	43	☐	☐	☐	☐	☐
	44	☐	☐	☐	☐	☐
	45	☐	☐	☐	☐	☐
	46	☐	☐	☐	☐	☐
	47	☐	☐	☐	☐	☐
	48	☐	☐	☐	☐	☐
	49	☐	☐	☐	☐	☐
	50	☐	☐	☐	☐	☐
ÉPREUVE D'ATTENTION ET DE CLASSEMENT						
Épreuve n° 8	51	☐	☐	☐	☐	☐
	52	☐	☐	☐	☐	☐
	53	☐	☐	☐	☐	☐
	54	☐	☐	☐	☐	☐
	55	☐	☐	☐	☐	☐
	56	☐	☐	☐	☐	☐
	57	☐	☐	☐	☐	☐
	58	☐	☐	☐	☐	☐
	59	☐	☐	☐	☐	☐
	60	☐	☐	☐	☐	☐
ÉPREUVE DE LOGIQUE						
Épreuve n° 9 : suite de figures	61	☐	☐	☐	☐	☐
	62	☐	☐	☐	☐	☐
	63	☐	☐	☐	☐	☐
	64	☐	☐	☐	☐	☐
	65	☐	☐	☐	☐	☐
	66	☐	☐	☐	☐	☐
	67	☐	☐	☐	☐	☐
	68	☐	☐	☐	☐	☐
	69	☐	☐	☐	☐	☐
	70	☐	☐	☐	☐	☐
	71	☐	☐	☐	☐	☐
	72	☐	☐	☐	☐	☐
	73	☐	☐	☐	☐	☐
	74	☐	☐	☐	☐	☐
	75	☐	☐	☐	☐	☐

Épreuves verbales

Épreuve n° 1 : similitudes et relations

Durée
15 min maxi

pp. 54-55

En vous appuyant sur l'exemple ci-dessous, vous répondrez aux cinq épreuves suivantes.

Exemple : incroyant/croyant
Ces deux mots sont dans un rapport d'opposition (contraires).

Dans la série suivante, trouvez le mot qui se trouve dans le même rapport avec le mot de référence :

Aigu/ ?	strident	angle	droit	plat	grave
	A	B	C	D	E

• *Réponse*
E parce que *grave* est le contraire d'*aigu.*
Pour répondre, il faut entourer la lettre E et noircir cette lettre dans la grille de réponses.

Pour toutes les séries suivantes, vous devrez, comme dans l'exemple ci-dessus, trouver le rapport qui existe entre les deux mots de référence et respecter ce même rapport.

1 Orange/fruit

Table/ ?	chaise	armoire	meuble	fauteuil	multiplication
	A	B	C	D	E

2 Cercle/sphère

Rectangle/ ?	losange	cercle	hexagone	parallélépipède	triangle
	A	B	C	D	E

3 Médecine/thermomètre

Sociologie/ ?	échantillon	opinion	démographie	sondage	mesure
	A	B	C	D	E

4 Afrique/Zaïre

Amérique/ ?	La Havane	Calabre	Ohio	Philadelphie	Atlanta
	A	B	C	D	E

5 Phrase/proposition

Humanité/ ?	solidarité	France	Océanie	Chinois	continent
	A	B	C	D	E

Épreuve n° 2 : vocabulaire

Trouvez le synonyme des trois mots en gras ci-dessous et noircissez la lettre correspondante dans la grille de réponses.

6 Subodorer
- ☐ **A.** Ignorer
- ☐ **B.** Soupçonner
- ☐ **C.** Suer au soleil
- ☐ **D.** Réfléchir
- ☐ **E.** Déduire

7 Caduc
- ☐ **A.** Instable
- ☐ **B.** Ersatz
- ☐ **C.** Dépassé
- ☐ **D.** Fragile
- ☐ **E.** Exigu

8 Apologie
- ☐ **A.** Psychologie
- ☐ **B.** Pratique du polo
- ☐ **C.** Éloge
- ☐ **D.** Exophtalmie
- ☐ **E.** Exogamie

Épreuve n° 3 : vocabulaire

Trouvez l'antonyme (contraire) de chacun des trois mots en gras ci-dessous et noircissez la lettre correspondante dans la grille de réponses.

9 Ingambe
- ☐ **A.** Alerte
- ☐ **B.** Impotent
- ☐ **C.** Expert
- ☐ **D.** Valide
- ☐ **E.** Amputé

10 Ingénu
- ☒ **A.** Naïf
- ☐ **B.** Intelligent
- ☐ **C.** Averti
- ☐ **D.** Savant
- ☐ **E.** Malin

11 Diatribe
- ☐ **A.** Satire
- ☐ **B.** Éloge
- ☐ **C.** Diable
- ☐ **D.** Colère
- ☐ **E.** Critique

p. 55 ex. 3
p. 57 ex. 5

Épreuve n° 4 : orthographe

Dans chacune des listes de mots suivantes, un mot est mal orthographié. Noircissez dans la grille de réponses la lettre correspondant au mot mal orthographié.

12
- ☐ **A.** Feldspath
- ☐ **B.** Étouffoir
- ☐ **C.** Hauban
- ☐ **D.** Hétérozygote
- ☐ **E.** Houpe

13
- ☐ **A.** Des bric-à-brac
- ☐ **B.** Des abat-jour
- ☐ **C.** Des laisser-aller
- ☐ **D.** Des pots-au-feu
- ☐ **E.** Des lance-torpilles

14
- ☐ **A.** Hypoglycémie
- ☐ **B.** Infractus
- ☐ **C.** Bancaire
- ☐ **D.** Acolyte
- ☐ **E.** Robinetterie

15
- ☐ **A.** Des lance-pierres
- ☐ **B.** Des passe-partout
- ☐ **C.** Des milles-pattes
- ☐ **D.** Des passe-temps
- ☐ **E.** Des gagne-pain

16
- ☐ **A.** Abîme
- ☐ **B.** Assidûment
- ☐ **C.** Posthume
- ☐ **D.** Méhandre
- ☐ **E.** Pylône

17
- ☐ **A.** Des nouveau-nés
- ☐ **B.** Des pots-de-vin
- ☐ **C.** Des sourds-muets
- ☐ **D.** Des arrières-boutiques
- ☐ **E.** Des touche-à-tout

Épreuve n° 5 : raisonnement analogique

pp. 56-57
ex. 4

Ami est à *ennemi* ce que *noir* est à *blanc.*
Nous sommes ici face à un raisonnement analogique ; c'est-à-dire que l'on établit un lien logique entre deux groupes de deux termes qui sont dans un même rapport. Ici, le rapport est un rapport d'opposition. En effet, *ami* et *ennemi* sont deux contraires comme le sont *noir* et *blanc.*

Exemple : ... est à infirmière ce qu'auxiliaire de puériculture est à...
A. Agent de service hospitalier/médecin
B. Kinésithérapeute/puéricultrice
C. Aide-soignante/puéricultrice
D. Médecin/professeur
E. Malade/bébé

• *Réponse*
C parce que l'*aide-soignante* est la subalterne de l'infirmière au même titre que l'auxiliaire de puériculture est la subalterne de la *puéricultrice.*

Dans les épreuves suivantes, vous choisirez de la même façon le couple de mots qui correspond le mieux et vous noircirez la lettre correspondante dans la grille de réponses.

⓲ ... est à montre ce que température est à ...
A. Aiguille/hiver ☐
B. Soleil/chaleur ☐
C. Brasselet/mercure ☐
D. Horloge/thermomètre ☐
E. Temps/thermomètre ☐

⓳ ... est à ours ce que nid est à ...
A. Forêt/plumes ☐
B. Ourson/oisillon ☐
C. Miel/hirondelle ☐
D. Tanière/hirondelle ☐
E. Grotte/aigle ☐

⓴ ... est à chaussure ce que main est à ...
A. Lacet/bague ☐
B. Semelle/doigt ☐
C. Pied/gant ☐
D. Pied/paume ☐
E. Chausseur/manucure ☐

21 ... est à feuille ce que fruit est à...

A. Encre/fleur ☐
B. Arbre/semence ☐
C. Stylo/semence ☐
D. Branche/jus ☐
E. Fleur/semence ☐

22 ... est à plante ce qu'éducateur est à ...

A. Pot/enfant ☐
B. Jardinier/enfant ☐
C. Tuteur/croissance ☐
D. Terre/élévation ☐
E. Engrais/stimulation ☐

23 ... est à sanglier ce que ... est à jument

A. Porcelet/cheval ☐
B. Marcassin/poulain ☐
C. Laie/pouliche ☐
D. Truie/zèbre ☐
E. Forêt/enclos ☐

24 ... est à miauler ce que braire est à ...

A. Ronronner/ruer ☐
B. Chat/âne ☐
C. Félin/cervidé ☐
D. Chat/zèbre ☐
E. Canidé/cervidé ☐

25 ... est à vague ce que courageux est à ...

A. Net/téméraire ☐
B. Précis/lâche ☐
C. Clair/pleutre ☐
D. Imprécis/osé ☐
E. Mer/conquérant ☐

Épreuves numériques

Épreuve n° 6 : calcul mental

Durée 30 min

Pour cette épreuve, on vous demande de travailler mentalement. Si vous hésitez, choisissez la réponse qui vous semble être la meilleure et noircissez la lettre correspondante dans la grille de réponses.

26 $\frac{2 - \sqrt{16}}{4^4 - 6} =$

pp. 75 à 80

A. 12 **B.** $\frac{-1}{125}$ **C.** $\frac{4}{250}$ **D.** 650 **E.** $\frac{2}{500}$

27 Quel nombre peut-on mettre à la place de (?) : $5^{(?)} = \frac{625}{5}$

pp. 75 à 77

A. 12 **B.** 16 **C.** 3 **D.** 9 **E.** 6

28 1 – [(2 + 38) : (9 + 1)] =

pp. 73 et 74

A. 27 **B.** 13 **C.** – 3 **D.** 15 **E.** 12

29 Donnez le résultat approché de : 4 002 × 0,049 66 =

pp. 64 à 69

A. 500 **B.** 600 **C.** 200 **D.** 2 000 **E.** 20

30 Quel chiffre ou nombre peut-on mettre à la place de (?) :
78 = (?) + 5 × (?)

pp. 73 et 74

A. 9 **B.** 12 **C.** 13 **D.** 18 **E.** 29

31 $\frac{10^3 \times 10^7}{1\,000} =$

pp. 75 à 77

A. 1 000 000 **B.** 100 000 **C.** 10 000 000 **D.** 100 000 000 **E.** 10 000

32 21 h 40 min 30 s
+ 3 h 50 min 35 s
=

pp. 95 à 97

A. 24 h 31 min 65 s **B.** 25 h 90 min 65 s **C.** 1 j 1 h 31 min 5 s
D. 1 j 31 min 25 s **E.** 1 j 2 h

pp. 70 à 72

33 $\dfrac{18/54}{5/50} =$

A. 3,333 **B.** 10/7 **C.** 4/3 **D.** 25 **E.** 12/5

pp. 75 à 77

34 $\dfrac{4^{(4^2)}}{4^{(4^2)}} =$

A. 1 **B.** 16 **C.** 4^8 **D.** 6 536 **E.** 4^4

pp. 64 à 69
pp. 75 à 77

35 **Quel est le nombre que l'on peut mettre à la place de (?) ?**
$3^{(?)} \times 7^{(? + 1)} = 64\,827$

A. 2 **B.** 3 **C.** 4 **D.** 5 **E.** 6

pp. 64 à 69

36 $0{,}006\,25 \times 60\,000 =$

A. 3 750 **B.** 450 **C.** 375 **D.** 37 500 **E.** 425

pp. 64 à 69
pp. 75 à 77

37 $3^3 \times 5^4 \times 6 \times 20 =$

A. 30 000 000 **B.** 16 200 **C.** 1 620 000 **D.** 2 025 000 **E.** 150 000

pp. 78 à 80

38 $\sqrt{4^6} \times 4 =$

A. 500 **B.** 5 000 **C.** 64×4 **D.** 16 **E.** 64

pp. 64 à 69

39 **Donnez le résultat approché de :** $0{,}61 \times \dfrac{29}{27} =$

A. 6 **B.** 0,6 **C.** 0,5 **D.** 655 **E.** 65

pp. 64 à 69

40 **Donnez le résultat approché de :** $398 \times 0{,}402 \times 0{,}5 =$

A. 100 **B.** 40 **C.** 50 **D.** 80 **E.** 120

Épreuve n° 7 : raisonnement numérique

Pour l'épreuve suivante, il est parfois nécessaire de poser des calculs. Utilisez une feuille de brouillon, puis noircissez la case qui correspond à la bonne réponse dans la grille de réponses.

pp. 81 à 86

41 **De combien de manières différentes peut-on ranger en ligne 7 automobiles dans un garage ?**

A. 50 **B.** 100 **C.** 5 040 **D.** 100 000 **E.** 150 000

42 Je lance 4 dés numérotés de 1 à 6. Combien de chances ai-je d'obtenir quatre 5 au premier jet ?

A. $\frac{1}{648}$ **B.** $\frac{1}{600}$ **C.** $\frac{1}{216}$ **D.** $\frac{1}{6 \times 4}$ **E.** $\frac{1}{1\,296}$

pp. 81 à 86

43 Pour ouvrir la porte de son vestiaire, une infirmière doit faire une combinaison de 4 chiffres. Son vestiaire dispose de 4 roulettes numérotées de 0 à 9 avec lesquelles elle compose son code. Combien de chances y a-t-il pour qu'une autre personne qu'elle puisse ouvrir son vestiaire du premier coup ?

A. $\frac{1}{9 \times 4}$ **B.** $\frac{1}{10\,000}$ **C.** $\frac{1}{6\,561}$

D. $\frac{1}{0 \times 1 \times 2 \times 3 \times 4 \times 5 \times 6 \times 7 \times 8 \times 9 \times 10}$ **E.** $\frac{1}{10 \times 4}$

pp. 81 à 86

44 La surface cultivable de mon jardin comprend 2 rectangles égaux séparés par une allée parallèle à la longueur du jardin. Cette allée fait 1 m de large. Je donne à mon fils 90 F l'are de surface cultivable s'il bêche ce jardin. À la fin du travail, il reçoit 425,50 F.
Quelle est, en m^2, la surface cultivable ?

A. 500 m^2 **B.** 472,77 m^2 **C.** 650 m^2 **D.** 566,30 m^2 **E.** 355,05 m^2

pp. 87 à 89
pp. 90 à 94

45 Deux récipients contiennent ensemble 0,75 l de liquide. Si je retire 130 ml du 1er et 80 ml du 2e, ils contiennent tous les deux la même quantité de liquide.
Quelle est la contenance de chaque récipient avant le retrait du liquide ?

A. 45 cl et 30 cl **B.** 0,5 l et 0,25 l **C.** 4 dl et 3,5 dl
D. 450 ml et 30 ml **E.** 55 cl et 20 cl

pp. 105 à 109

46 La masse volumique du cuivre est de 8,9 g/cm^3. Celle de l'étain est de 7,3 g/cm^3.
Quel volume d'étain et de cuivre faut-il pour réaliser un objet de bronze formé d'un alliage de 50 kg d'étain et de 12,5 kg de cuivre ?

A. 6 849,31 cm^3 et 1 404,49 cm^3 **B.** 5 694,26 cm^3 et 1 404,49 cm^3
C. 6 849,31 cm^3 et 1 309 cm^3 **D.** 68 493,10 cm^3 et 14 044,90 cm^3
E. 56 942,60 cm^3 et 13 090 cm^3

pp. 87 à 89
pp. 98 à 101

47 Un cycliste roule sur un circuit de 300 m de longueur. En admettant qu'il roule à 45 km/h de façon constante, quel temps mettra-t-il pour faire 6 tours de piste ?

A. 1 min 50 s **B.** 2 min 30 s **C.** 1 min 45 s **D.** 2 min 24 s **E.** 1 min 20 s

pp. 95 à 97
pp. 102 à 104

48 En réalité, à la fin des 6 tours de piste, le cycliste ci-dessus a mis 2 min 42. Quelle a été la vitesse moyenne de ce cycliste ?

A. 38 km/h **B.** 40 km/h **C.** 42 km/h **D.** 46 km/h **E.** 48 km/h

pp. 95 à 97
pp. 102 à 104

pp. 105 à 109

㊾ Un service hospitalier est composé de 29 personnes. Il y a 6 types de personnel : 1 professeur, 3 chirurgiens, 1 surveillante, 3 fois plus d'aides-soignants que d'infirmiers, et 4 fois plus d'ASH que d'infirmiers.
Combien y a-t-il d'aides-soignants ?

A. 10 **B.** 12 **C.** 9 **D.** 8 **E.** 7

pp. 110 à 112

㊿ Je dispose d'un réfrigérateur de 200 W, d'un four de 3 000 W, d'un lave-vaisselle de 3 000 W, d'un chauffe-eau électrique de 200 W, d'un téléviseur de 300 W, d'un fer à repasser de 1 000 W, de 10 lampes de 60 W chacune, et de 5 lampes de 100 W.
Si tous les appareils fonctionnent simultanément, quelle sera l'intensité que mon compteur électrique supportera ?
(rappel : P = UI ; P = puissance en watts ; U = tension en volts ; I = intensité en ampères.)
Si la consommation en heures pleines est de 72 centimes le kWh et de 48 centimes en heures creuses (tarif de nuit), quelle sera la différence de prix à l'heure (heure pleine, heure creuse) si l'ensemble des appareils fonctionne simultanément ?

A. 40 A et 4,20 F **B.** 57,27 A et 4,20 F **C.** 40 A et 2,11 F
D. 57,27 A et 3,03 F **E.** 30 A et 5 F

Épreuve d'attention et de classement

Durée 15 min

pp. 115 à 117

Épreuve n° 8

Ci-contre, vous trouverez un ensemble de figures et vous répondrez aux questions posées. On attend de vous que vous comptiez de manière systématique en classant des informations.
Pour chaque réponse, vous noircirez la case correspondante dans la grille de réponses.

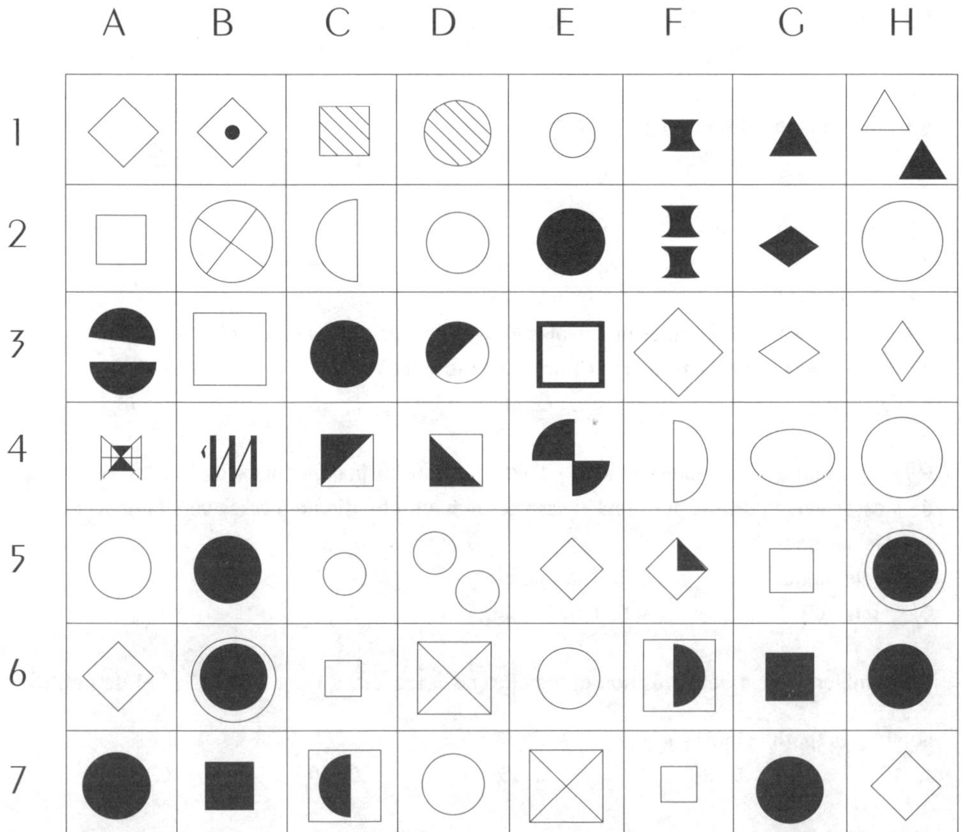
A B C D E F G H
1
2
3
4
5
6
7
8
9
10
11
12

51 Combien y a-t-il de demi-cercles non blancs ?

A. 1 **B.** 2 **C.** 3 **D.** 5 **E.** 8

52 Combien y a-t-il de triangles non noirs ?

A. 12 **B.** 13 **C.** 14 **D.** 17 **E.** 19

53 Combien y a-t-il de quadrilatères ?

A. 40 **B.** 46 **C.** 50 **D.** 55 **E.** 58

54 Combien y a-t-il de figures non ovales et non losanges ? (Les carrés identiques à celui de la case A1 ne doivent pas être considérés comme des losanges.)

A. 55 **B.** 65 **C.** 60 **D.** 75 **E.** 88

55 En partant du carré blanc en haut à l'extrême gauche, je me déplace de 3 cases vers le bas, puis de 6 cases vers la droite, puis de 3 cases vers le haut, et enfin de 6 cases vers la gauche. J'arrive sur un :

A. Cercle blanc **B.** Triangle blanc **C.** Losange

D. Cercle noir **E.** Carré blanc

56 Combien y a-t-il de carrés non grands (grand = 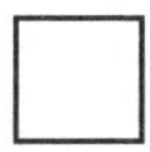, 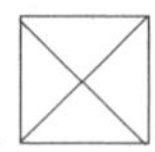 et ) et de petits cercles non blancs (petit = inférieur à ) ?

A. 10 **B.** 28 **C.** 35 **D.** 40 **E.** 50

57 Combien y a-t-il de figures non cercles et non carrées ?

A. 12 **B.** 15 **C.** 22 **D.** 36 **E.** 52

58 Je suis une figure qui se trouve à droite d'un carré non noir, à gauche d'un cercle non grand (grand = ), au-dessus d'un cercle, et en dessous d'un couple de figures non noires. Dans quelle case suis-je ?

A. E10 **B.** D8 **C.** C3 **D.** F7 **E.** D6

59 En partant de la case E6, combien de cases devrais-je parcourir pour atteindre la première figure noire se trouvant au-dessous d'un carré non grand non noir et à côté d'un cercle non blanc petit ? (Petit cercle = inférieur à 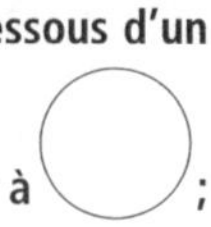 ; petit carré = inférieur à .)

A. 8 **B.** 7 **C.** 5 **D.** 4 **E.** 2

60 En partant de la case F6, combien de cases devrais-je parcourir pour atteindre la première figure non grande et non noire qui se trouve au-dessus d'une figure non noire et non grande et qui ne soit pas dans la case F7 ?

A. 12 **B.** 7 **C.** 15 **D.** 25 **E.** 30

Épreuve de logique

Épreuve n° 9 : suite de figures

Durée
30 min

pp. 118 à 125

Dans l'exemple ci-dessous, vous trouverez une ligne de 7 figures de référence. Sous chacune d'elles se trouve un chiffre. Puis, en dessous, vous trouverez 5 lignes de 5 figures. Dans certaines lignes, une ou plusieurs figures sont manquantes. À vous de trouver lesquelles, en vertu d'une loi qui régit l'association des figures.

Exemple

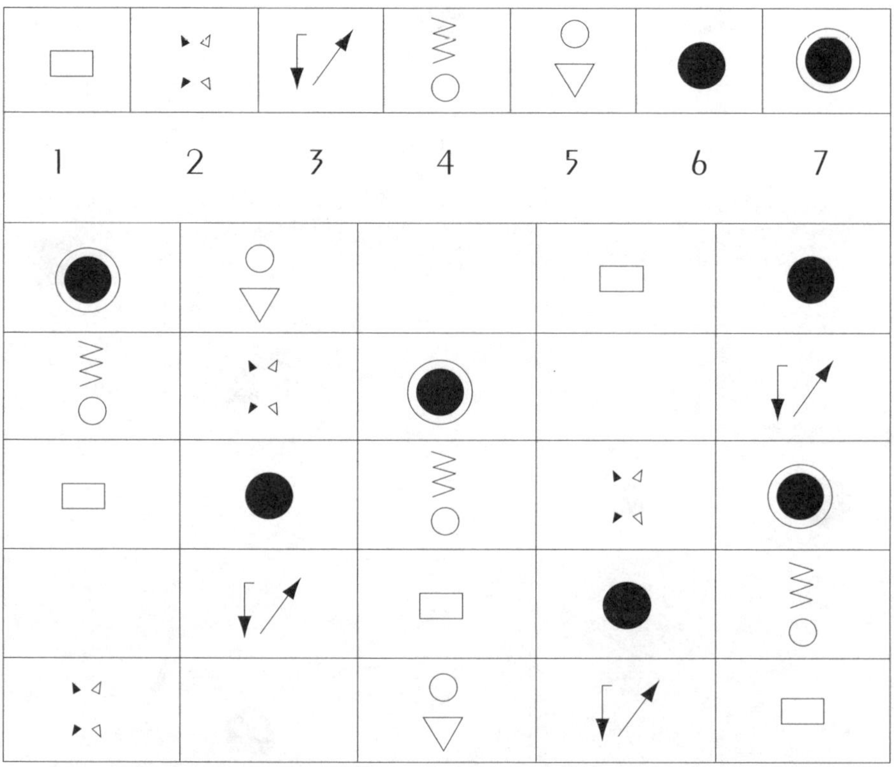

A. 6-7-4-2 **B.** 6-3-2-4 **C.** 3-5-5-7 **D.** 3-5-6-6 **E.** 6-5-5-2

• *Réponse*
Il manque les figures : 3-5-5-7. La bonne réponse est donc la réponse C.

La loi d'association est de type :

7 – 5 – 3 – 1 – 6 – 4 – 2 – 7 .....

+ 5 + 5 + 5 + 5 + 5 + 5 + 5 .....

Dans les exercices suivants, les lois régissant l'association des figures peuvent entrer en application horizontalement (comme ci-dessus), mais aussi verticalement, ou encore selon plusieurs lois qui se succèdent ou qui entrent en application conjointement.

Attention ! Les choix de réponses proposés dans l'ensemble des exercices vous donnent, comme dans l'exemple ci-dessus, l'ordre des figures en lecture horizontale.
La bonne réponse étant C, vous noircirez la case correspondante dans la grille de réponses.

61

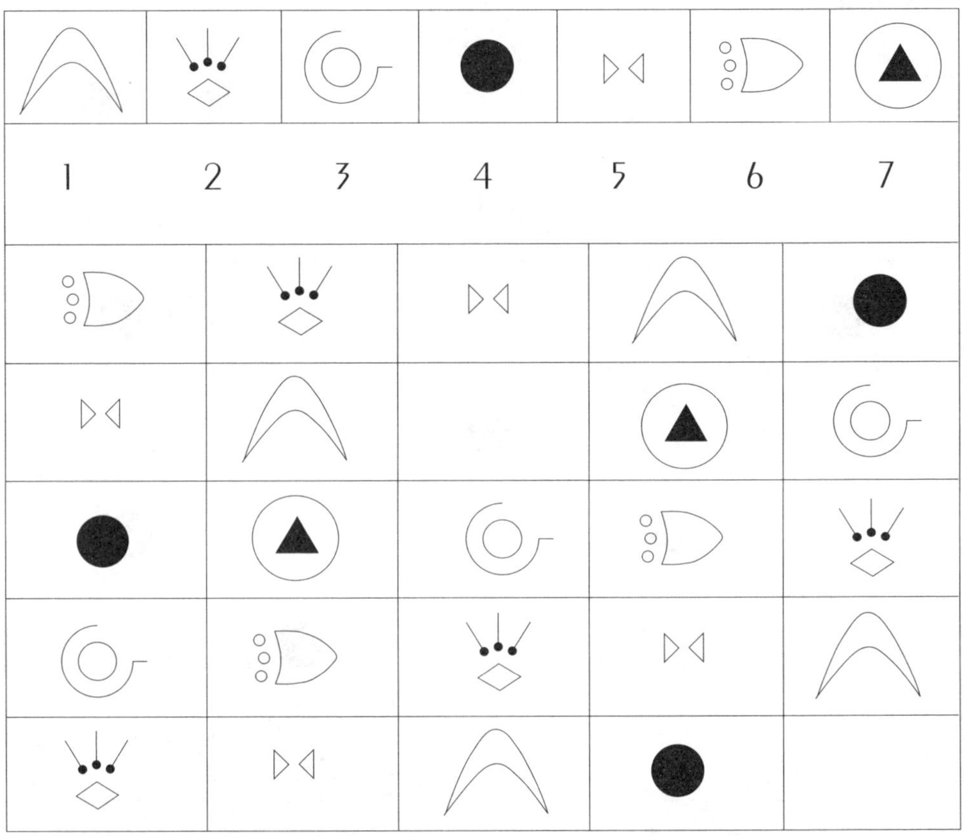

A. 4-5 **B.** 4-7 **C.** 4-6 **D.** 4-2 **E.** 4-1

62

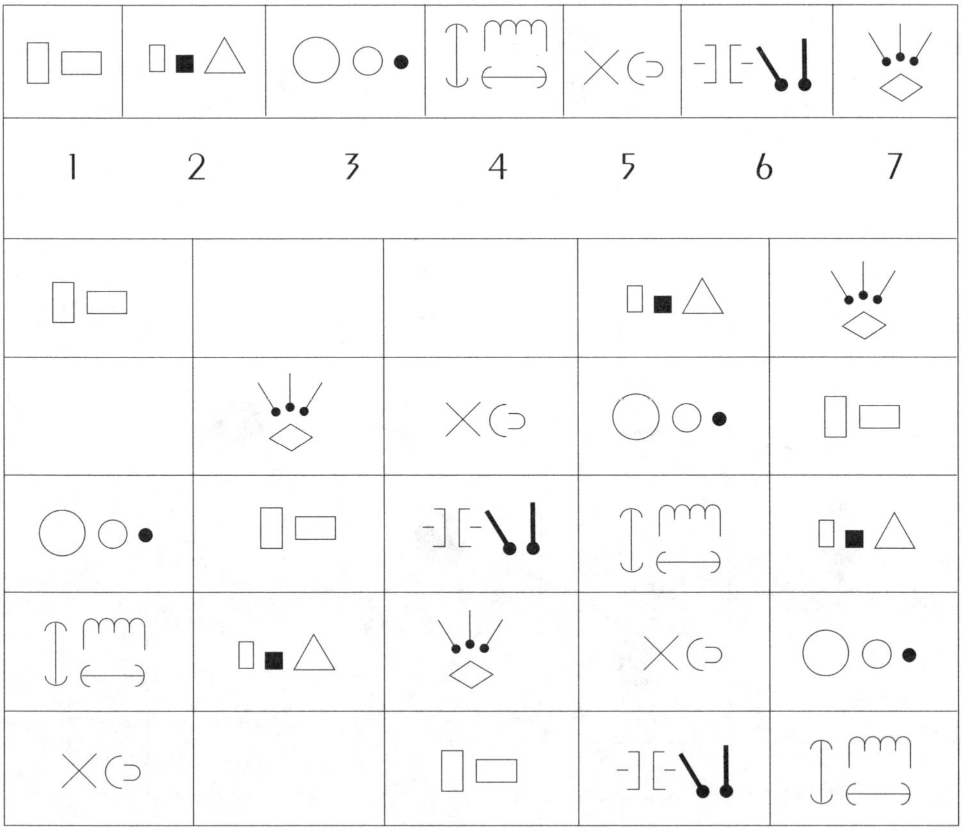

A. 5-3-1-3 **B.** 6-4-3-2 **C.** 6-4-2-2 **D.** 6-4-2-3 **E.** 6-4-2-4

63

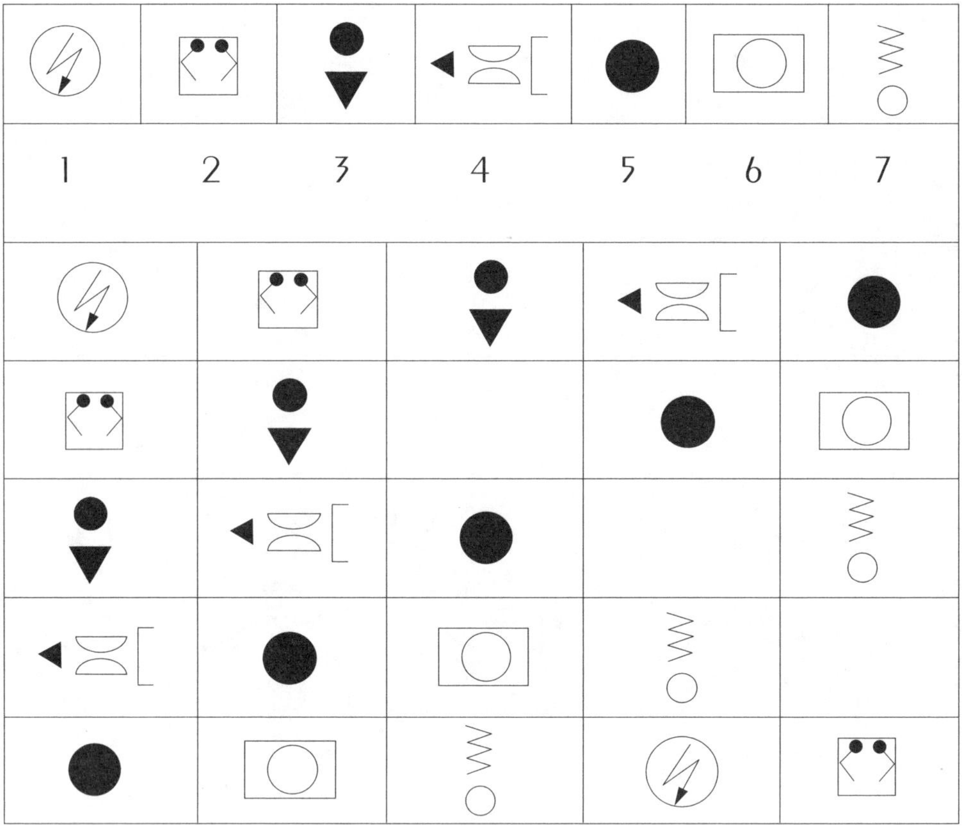

A. 1-3-5 **B.** 4-6-1 **C.** 4-6-2 **D.** 4-6-3 **E.** 4-6-3-4

64

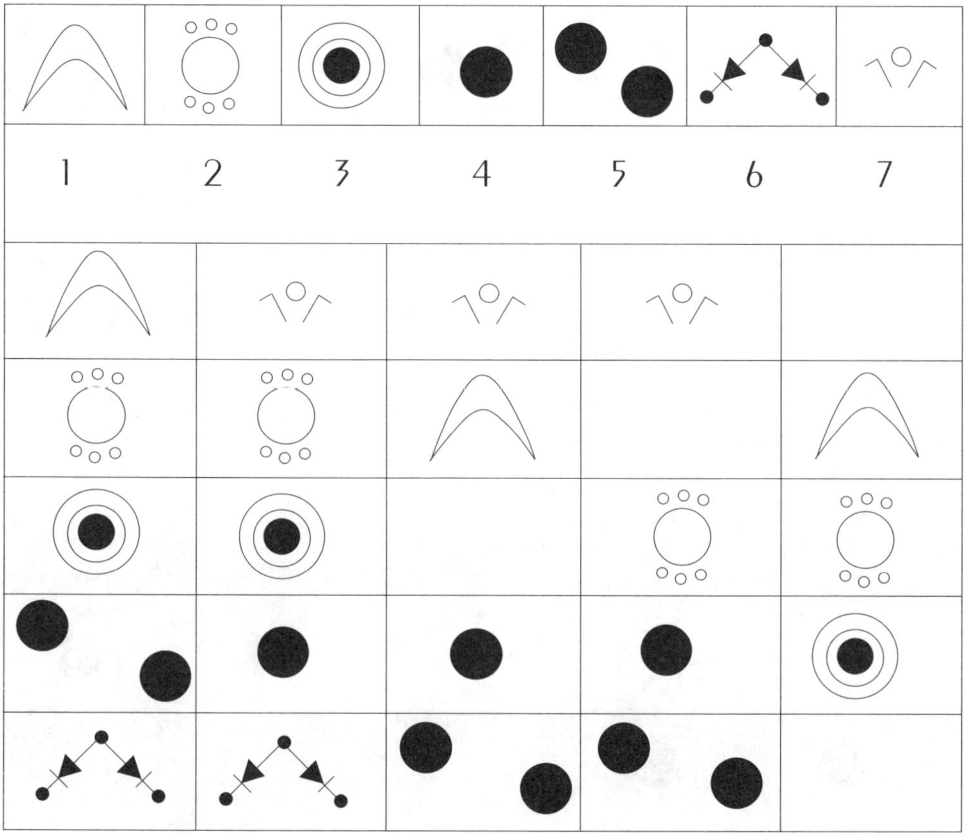

A. 7-1-3-5 **B.** 7-1-2-5 **C.** 6-1-3-5 **D.** 6-1-2-4 **E.** 7-1-3-4

65

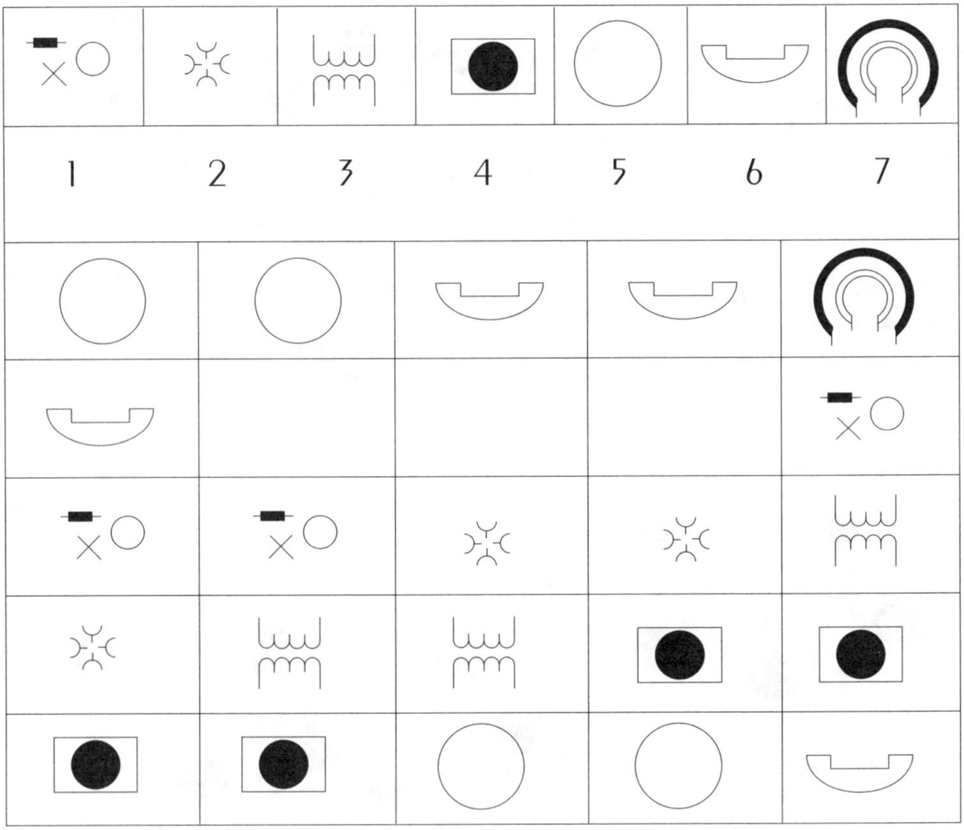

A. 6-3-1 **B.** 6-4-1 **C.** 7-7-1 **D.** 4-4-1 **E.** 2-2-1

66

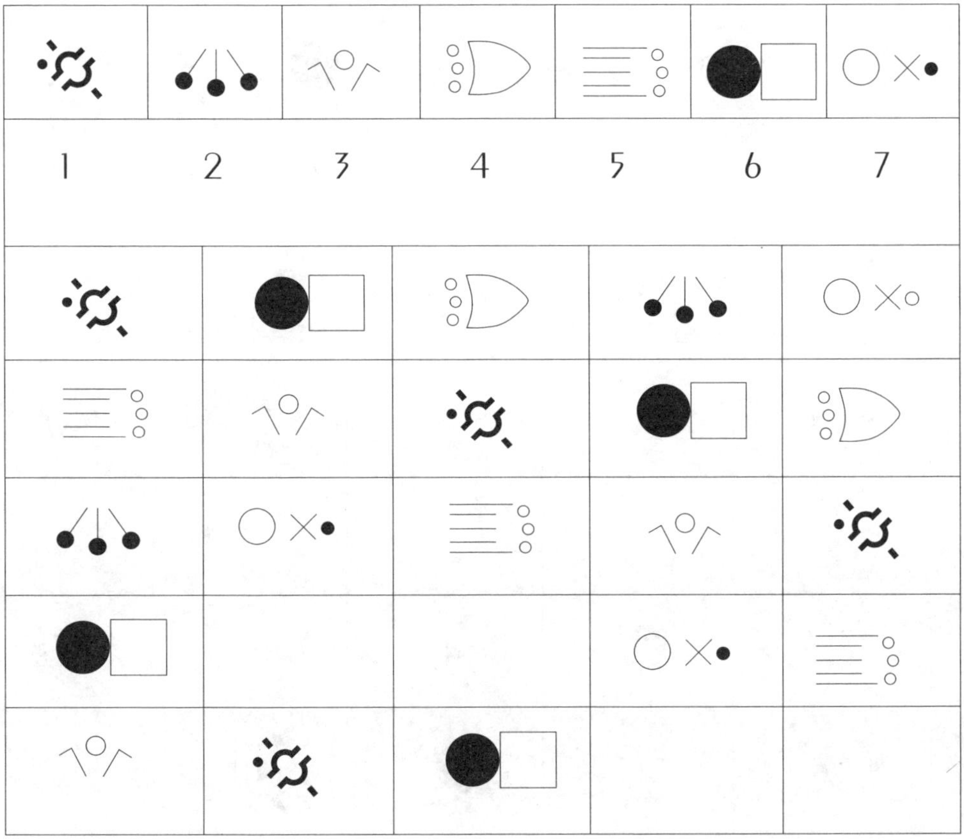

A. 2-4-2-4 **B.** 4-2-4-2 **C.** 1-3-1-3 **D.** 4-2-2-4 **E.** 4-4-4-4

67

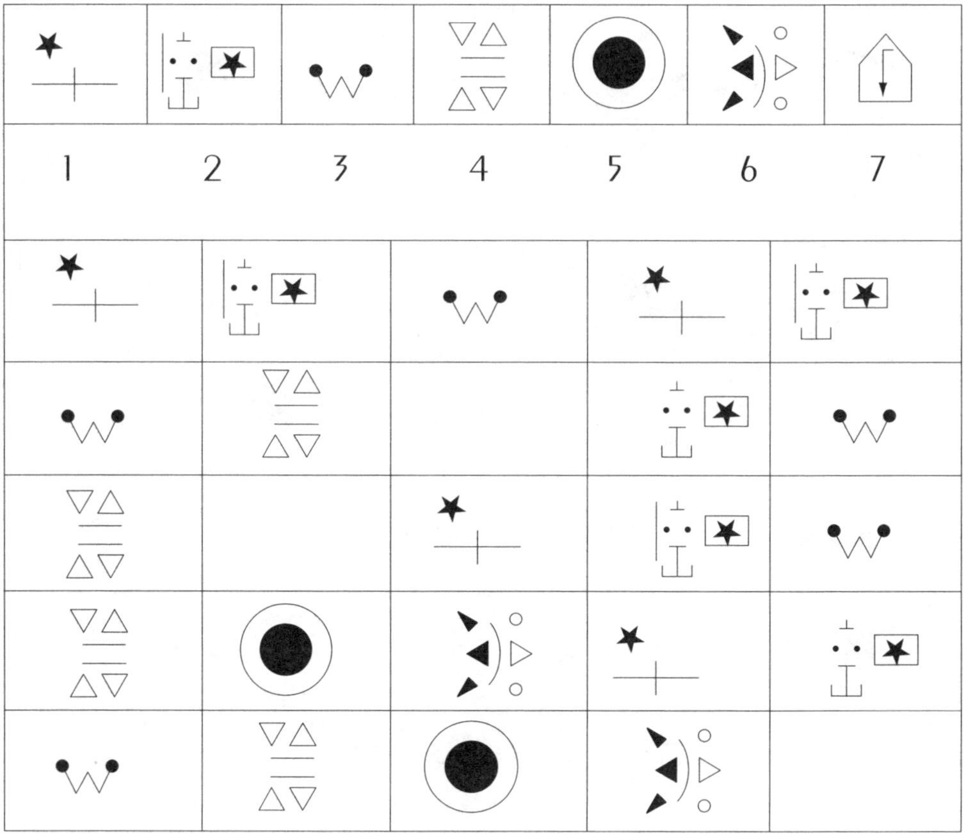

A. 5-5-1 **B.** 5-5-7 **C.** 1-5-1 **D.** 1-5-7 **E.** 5-1-7

68

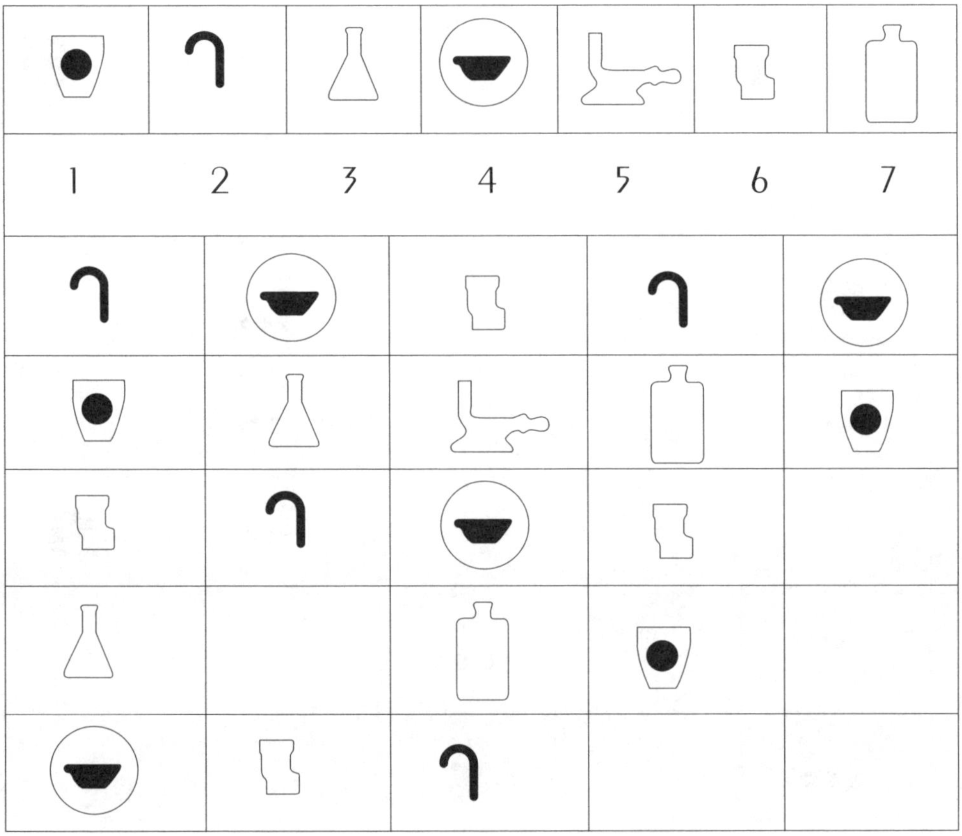

A. 6-1-5-4-5 **B.** 2-5-3-4-6 **C.** 6-1-3-4-5 **D.** 2-5-3-4-2 **E.** 3-2-1-5-6

69

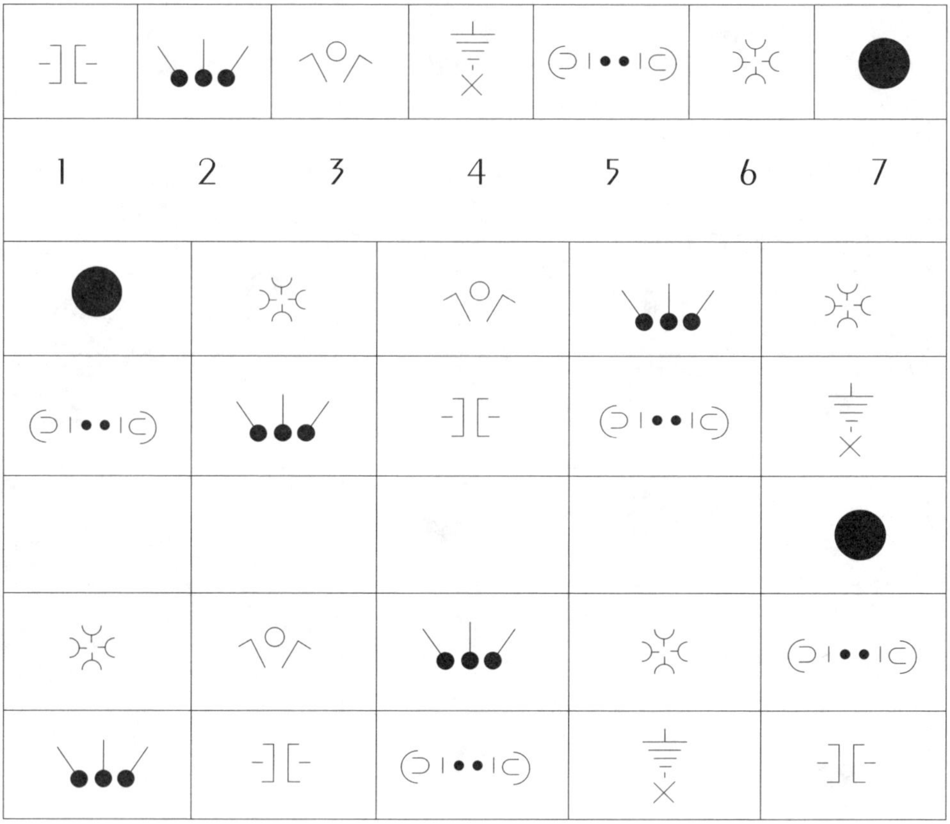

A. 5-7-6-3 **B.** 1-2-3-4 **C.** 1-7-4-3 **D.** 1-6-3-2 **E.** 1-7-3-4

70

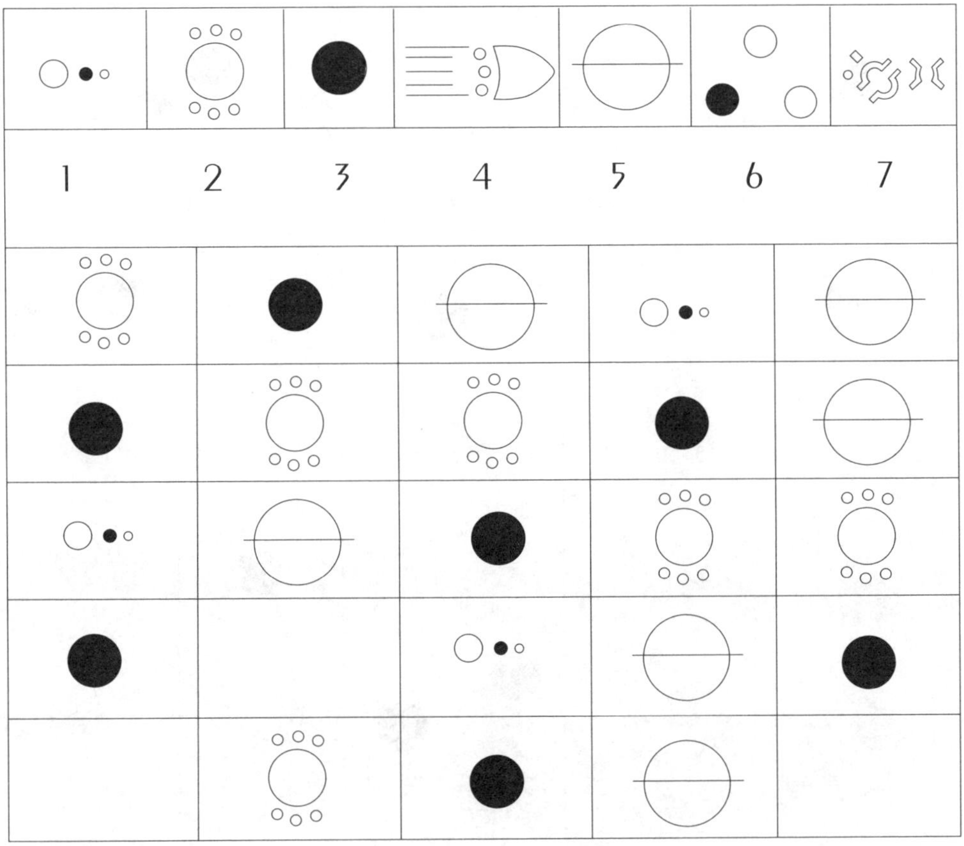

A. 6-1-6 **B.** 4-1-6 **C.** 6-3-2 **D.** 5-2-2 **E.** 5-2-1

71

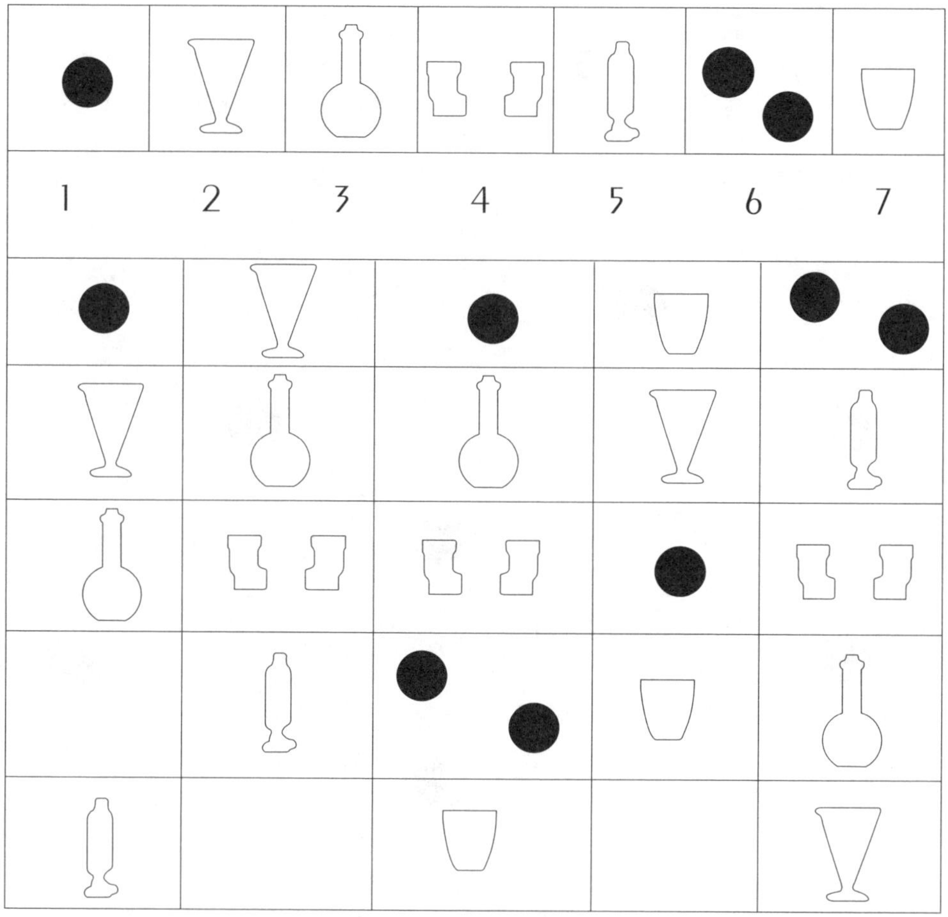

A. 4-6-5 **B.** 4-6-4 **C.** 4-6-3 **D.** 4-6-2 **E.** 4-6-1

72

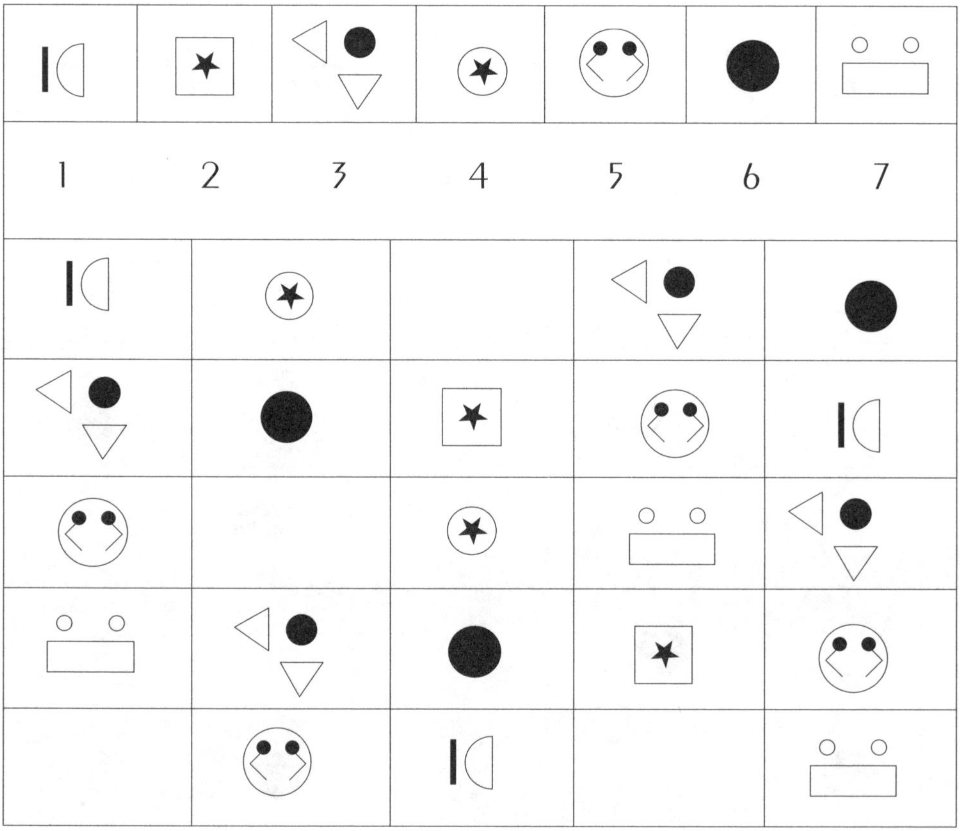

A. 7-1-2-4 **B.** 5-3-4-6 **C.** 6-6-6-6 **D.** 7-1-3-4 **E.** 5-1-2-4

73

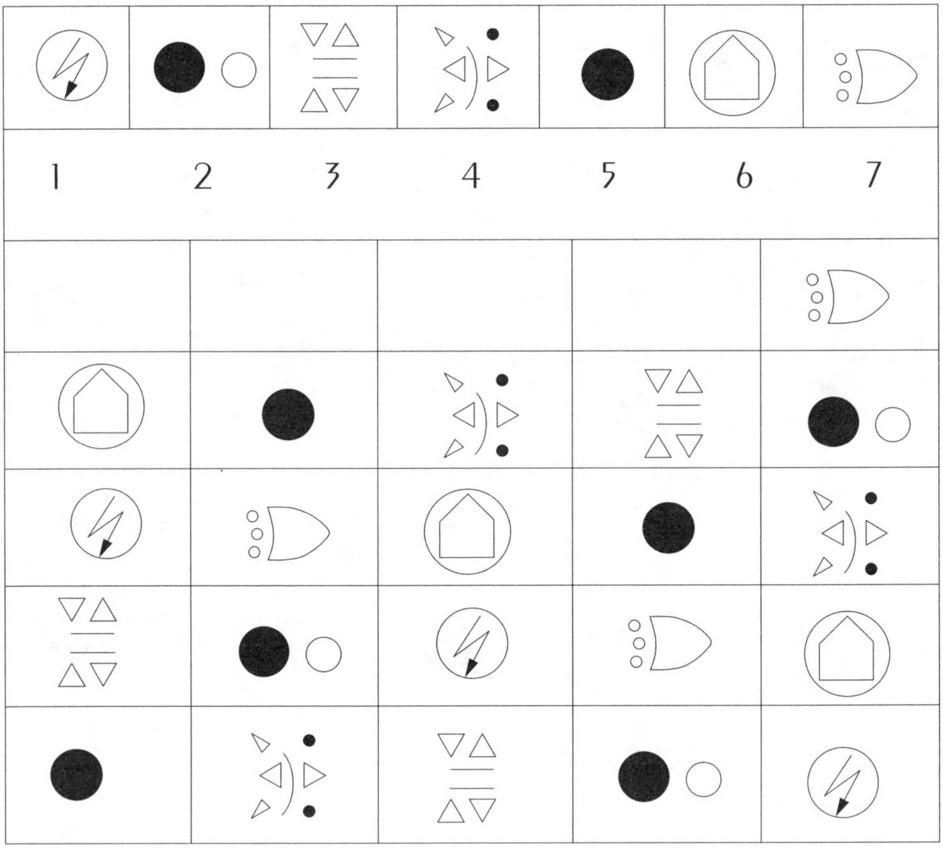

A. 1-2-3-4 **B.** 1-2-4-5 **C.** 4-3-2-1 **D.** 3-2-1-7 **E.** 5-4-3-2

74

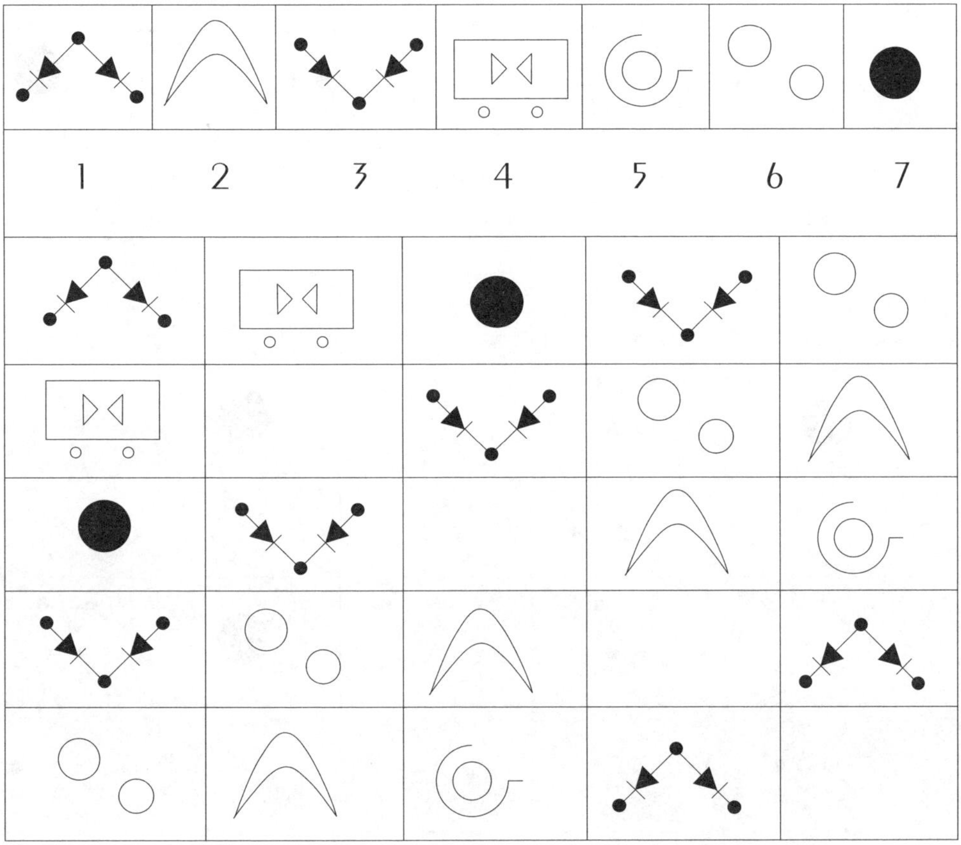

A. 7-6-5-4 **B.** 7-5-4-6 **C.** 7-4-5-4 **D.** 2-4-3-1 **E.** 7-7-7-7

75

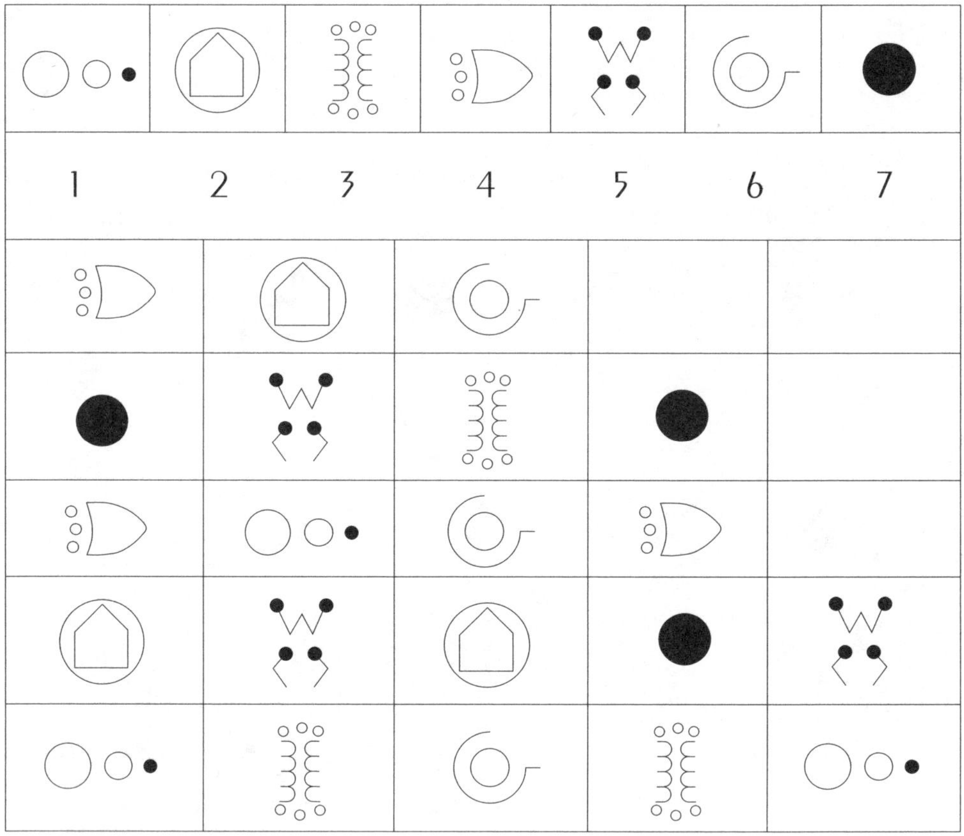

A. 4-7-4-2 **B.** 2-5-1-5 **C.** 6-3-6-2 **D.** 2-4-3-1 **E.** 1-3-4-2

4

Corrigés du test n° 1

Grille de réponses

ÉPREUVES VERBALES						
		A	B	C	D	E
Épreuve n° 1 : similitudes et relations	1	□	□	■	□	□
	2	□	□	□	■	□
	3	□	□	□	■	□
	4	□	□	■	□	□
	5	□	□	□	■	□
Épreuves n°s 2 et 3 : vocabulaire	6	□	■	□	□	□
	7	□	□	■	□	□
	8	□	□	■	□	□
	9	□	■	□	□	□
	10	□	□	■	□	□
	11	□	■	□	□	□
Épreuve n° 4 : orthographe	12	□	□	□	□	■
	13	□	□	□	■	□
	14	□	■	□	□	□
	15	□	□	■	□	□
	16	□	□	□	■	□
	17	□	□	□	■	□
Épreuve n° 5 : raisonnement analogique	18	□	□	□	□	■
	19	□	□	□	■	□
	20	□	□	■	□	□
	21	□	■	□	□	□
	22	□	■	□	□	□
	23	□	■	□	□	□
	24	□	■	□	□	□
	25	□	■	□	□	□

ÉPREUVES NUMÉRIQUES

Épreuve n° 6 : calcul mental

26	□	■	□	□	□
27	□	□	■	□	□
28	□	□	■	□	□
29	□	□	■	□	□
30	□	□	■	□	□
31	□	□	■	□	□
32	□	□	■	□	□
33	■	□	□	□	□
34	■	□	□	□	□
35	□	■	□	□	□
36	□	□	■	□	□
37	□	□	□	■	□
38	□	□	■	□	□
39	□	■	□	□	□
40	□	□	□	■	□

Épreuve n° 7 : raisonnement numérique

41	□	□	■	□	□
42	□	□	□	□	■
43	□	■	□	□	□
44	□	■	□	□	□
45	□	□	■	□	□
46	■	□	□	□	□
47	□	□	□	■	□
48	□	■	□	□	□
49	□	□	■	□	□
50	□	□	■	□	□

ÉPREUVE D'ATTENTION ET DE CLASSEMENT

Épreuve n° 8

51	□	□	□	□	■
52	□	□	■	□	□
53	■	□	□	□	□
54	□	□	□	□	■
55	□	□	□	□	■
56	□	■	□	□	□
57	□	□	□	■	□
58	□	□	□	□	■
59	□	□	□	□	■
60	□	■	□	□	□

ÉPREUVE DE LOGIQUE

Épreuve n° 9 : suite de figures

61	□	■	□	□	□
62	□	□	□	■	□
63	□	■	□	□	□
64	□	□	■	□	□
65	□	□	■	□	□
66	□	■	□	□	□
67	□	□	□	■	□
68	□	■	□	□	□

	69	□	□	■	□	□
	70	□	□	□	□	■
	71	□	□	□	□	■
	72	■	□	□	□	□
	73	□	□	■	□	□
	74	■	□	□	□	□
	75	□	□	□	■	□
Épreuve n° 9 : suite de figures	61	□	■	□	□	□
	62	□	□	□	■	□
	63	□	■	□	□	□
	64	□	□	■	□	□
	65	□	□	■	□	□
	66	□	■	□	□	□
	67	□	□	□	■	□
	68	□	■	□	□	□
	69	□	□	■	□	□
	70	□	□	□	□	■
	71	□	□	□	□	■
	72	■	□	□	□	□
	73	□	□	■	□	□
	74	■	□	□	□	□
	75	□	□	□	■	□

Épreuves verbales

Épreuve n° 1 : similitudes et relations

		A	B	C	D	E
épreuve n° 1 : similitudes et relations	1	□	□	■	□	□
	2	□	□	□	■	□
	3	□	□	□	■	□
	4	□	□	■	□	□
	5	□	□	□	■	□

Les questions 1 et 2 ne posent généralement aucune difficulté.

❸ Le raisonnement correct est le suivant : le thermomètre est un instrument de diagnostic utilisé dans la médecine. Le **sondage** est l'instrument de diagnostic utilisé dans la sociologie.

❹ Le Zaïre est un état d'Afrique et l'**Ohio** est un des états d'Amérique.

❺ Une proposition est une partie de phrase. Un **Chinois** est une partie de l'humanité.

Épreuves n°s 2 et 3 : vocabulaire

épreuves n°s 2 et 3 : vocabulaire	6	□	■	□	□	□
	7	□	□	■	□	□
	8	□	□	■	□	□
	9	□	■	□	□	□
	10	□	□	■	□	□
	11	□	■	□	□	□

p. 55 ex. 3
pp. 57 à 60
ex. 5

Épreuve n° 4 : orthographe

épreuve n° 4 : orthographe	12	□	□	□	□	■
	13	□	□	□	■	□
	14	□	■	□	□	□
	15	□	□	■	□	□
	16	□	□	□	■	□
	17	□	□	□	■	□

⓬ On écrit **houppe** et non houpe.
La houppe est une touffe de laine, de soie, de duvet, de cheveux, voire de plumes.

⓭ On écrit des **pot-au-feu** et non pots-au-feu. Ce mot composé fait partie des noms composés invariables.

⓮ On dit **infarctus** et non infractus.

⓯ On écrit **mille-pattes** et non milles-pattes. En effet, mille est toujours invariable.

⓰ On écrit **méandre** et non méhandre.

⓱ On écrit **arrière-boutiques** et non arrières-boutiques. En effet, arrière est toujours invariable dans les mots composés. Ex. : Des arrière-grands-pères.

pp. 56 et 57
ex. 4

Épreuve n° 5 : raisonnement analogique

épreuve n° 5 : raisonnement analogique	18	□	□	□	□	■
	19	□	□	□	■	□
	20	□	□	■	□	□
	21	□	■	□	□	□
	22	□	■	□	□	□
	23	□	■	□	□	□
	24	□	■	□	□	□
	25	□	■	□	□	□

⑱ **Temps** est à montre ce que température est à **thermomètre**.
La réponse **E** est la seule réponse acceptable. En effet, la montre mesure le temps et le thermomètre mesure la température.

⑲ **Tanière** est à ours ce que nid est à **hirondelle**.
Ici, on peut hésiter entre les réponses D et E. En effet, il est vrai que les ours ont des grottes qui leur servent de repaire. Cependant, la tanière est le terme général pour désigner le repaire des bêtes sauvages. La bonne réponse est donc bien la réponse **D**. La précision du vocabulaire est importante !

⑳ **Pied** est à chaussure ce que main est à **gant**.
Il n' y a pas d'hésitation possible ! La chaussure protège le pied comme le gant protège la main.

㉑ **Arbre** est à feuille ce que fruit est à **semence**.
En effet, l'arbre produit des feuilles et le fruit produit de la semence.

㉒ **Jardinier** est à plante ce qu'éducateur est à **enfant**.
Il y a une ambiguïté pour cet exercice.
On pouvait effectivement hésiter entre les réponses B et C. Mais si l'on considère la réponse C, on réalise que la relation analogique « Tuteur est à plante ce qu'éducateur est à croissance » n'existe pas. En effet, le tuteur sert à faire en sorte que la plante pousse droit. Ainsi, pour que le raisonnement analogique soit acceptable, il faudrait formuler la relation de la façon suivante : « Tuteur est à plante ce qu'éducateur est à enfant. » La réponse exacte est donc bien la réponse **B**.

㉓ **Marcassin** est à sanglier ce que poulain est à **jument**.
Le marcassin étant le petit du sanglier et le poulain le petit de la jument, la réponse ne peut être que **B**.

㉔ **Chat** est à miauler ce que braire est à **âne**.
En effet, les cervidés (comme le cerf) ne braient pas, ils brament. Et les canidés (comme le chien, le loup, etc.) ne miaulent pas. Ici, les erreurs peuvent être liées à des questions de vocabulaire comme cervidé ou canidé, qui sont des termes dont on ne connaît pas forcément le sens exact.

㉕ **Précis** est à vague ce que courageux est à **lâche**.
On constate que précis et vague sont deux contraires. De même, courageux et lâche sont aussi deux contraires. On aurait pu aussi choisir la réponse C : clair est à vague ce que courageux est à pleutre, mais, dans le contexte, le contraire de clair serait obscur.

Épreuves numériques

Épreuve n° 6 : calcul mental

épreuve n° 6 : calcul mental						
	26	□	■	□	□	□
	27	□	□	■	□	□
	28	□	□	■	□	□
	29	□	□	■	□	□
	30	□	□	■	□	□
	31	□	□	■	□	□
	32	□	□	■	□	□
	33	■	□	□	□	□
	34	■	□	□	□	□
	35	□	■	□	□	□
	36	□	□	■	□	□
	37	□	□	□	■	□
	38	□	□	■	□	□
	39	□	■	□	□	□
	40	□	□	□	■	□

pp. 75 à 80

㉖ $\frac{2-\sqrt{16}}{4^4-6} = \frac{2-4}{250} = \frac{-2}{250} = \mathbf{\frac{-1}{125}}$

pp. 75 à 77

㉗ On sait que $5^3 = 125$ et que 625 : 5 = 125, donc la bonne réponse est **3**.

pp. 73 à 74

㉘ 1 – [(2 + 38) : (9 + 1)] = 1 – (40 : 10) = 1 – 4 = **– 3**.

pp. 64 à 69

㉙ Le résultat approché de : 4 002 × 0,04 966 = **200**.
La meilleure façon de procéder nous paraît être la suivante :
multiplier 4 000 par 0,05 revient à diviser 4 000 par 2, puis par 10 en vertu des règles de calcul mental.

pp. 73 à 74

㉚ 78 = **13** + 5 × **13**, parce que la multiplication a priorité sur l'addition.

pp. 75 à 77

㉛ $\frac{10^3 \times 10^7}{1\,000}$ = **10 000 000**, parce que $10^3 \times 10^7 = 10^{10}$ = 10 000 000 000
et $\frac{10\,000\,000\,000}{1\,000}$ = 10 000 000.

❸❷ 21 h 40 min 30 s
+ 3 h 50 min 35 s
1 j 1 h 31 min 5 s

Il ne faut pas oublier, dès que l'on dépasse 60 s ou 60 min ou 24 h, de reporter les unités sur les minutes, les heures et les jours.

pp. 95 à 97

❸❸ $\frac{18/54}{5/50} = \frac{18}{54} \times \frac{50}{5} = \frac{900}{270} =$ **3,333.**
Par calcul mental, on procédera par approximation, c'est-à-dire :
$20 \times 50 = 1\,000 : 250 = 4$.
C'est donc la réponse **A** qui est la plus proche de l'approximation.

pp. 70 à 72

❸❹ Ici, il n'y a aucune ambiguïté. Numérateur et dénominateur étant identiques, la réponse ne peut être que **1**.

pp. 75 à 77

❸❺ Pour commencer l'exercice, il faut choisir une réponse au hasard et voir si le résultat trouvé est supérieur ou inférieur à celui qui est donné.
$3^3 \times 7^{(3+1)} = 64\,827$
Dans ce type d'exercice, on peut procéder de la façon suivante :
$3^3 = 27$, par conséquent environ 30. Par ailleurs, pour arriver à 65 000, il faut multiplier 30 par environ 2 000. Donc : $7^{(3+1)}$ doit être proche de 2 000.
Donc, pour parvenir à 2 000, on fait :
$7 \times 7 = 49$, soit environ $50 \times 7 = 350 \times 7 = 2\,450$.
Par conséquent, il s'agit de : $7^{(3+1)} = 7^4$
La réponse correcte est donc bien la réponse **B**.

pp. 64 à 69
pp. 75 à 77

❸❻ $0{,}00\,625 \times 60\,000 =$ **375.**
Pour multiplier un nombre par 0,005 on divise ce nombre par 2 et on divise par 100.
Par conséquent :
$60\,000 : 2 = 30\,000 : 100 = 300$. La réponse la plus proche de 300 étant 375, c'est donc bien la réponse **C**.

pp. 64 à 69

❸❼ $3^3 \times 5^4 \times 6 \times 20 = 27 \times 625 \times 6 \times 20 =$ **2 025 000.**
Par approximation, on peut procéder de la façon suivante :
$30 \times 600 \times 120 = 3 \times 6 \times 12 \times 10\,000 = 20 \times 10 \times 10\,000 = 2\,000\,000$.

pp. 64 à 69
pp. 75 à 77

❸❽ $\sqrt{4^6} \times 4 =$ **64 × 4.**
En effet, $\sqrt{4 \times 4 \times 4 \times 4 \times 4 \times 4} = 2 \times 2 \times 2 \times 2 \times 2 \times 2 = 64$.

pp. 78 à 80

❸❾ Le résultat approché de $0{,}61 \times \frac{29}{27} =$ **0,6**, parce que :
$29 : 27$ nous donne un résultat proche de 1 ; et $1 \times 0{,}6 = 0{,}6$.

pp. 64 à 69

❹⓿ Le résultat approché de $398 \times 0{,}402 \times 0{,}5 =$ **80.**
Comment procéder efficacement : $400 \times 0{,}20 = 400 \times 1/5 = 80$.

pp. 64 à 69

Épreuve n° 7 : raisonnement numérique

épreuve n° 7 : raisonnement numérique						
	41	□	□	■	□	□
	42	□	□	□	□	■
	43	□	■	□	□	□
	44	□	■	□	□	□
	45	□	□	■	□	□
	46	■	□	□	□	□
	47	□	□	□	■	□
	48	□	■	□	□	□
	49	□	□	■	□	□
	50	□	□	■	□	□

pp. 81 à 86

❹❶ Avec ce type de question, nous sommes plongés dans les probabilités. On vous demande le nombre d'arrangements de n objets parmi n objets.

La formule est : $A_n^n = n\,!$ C'est-à-dire n factorielle.
Ainsi, nous sommes dans le cas suivant :

$A_7^7 = 7\,! = 7 \times 6 \times 5 \times 4 \times 3 \times 2 \times 1 = 5\,040.$

pp. 81 à 86

❹❷ Si on lance un dé, on sait par expérience qu'on a 1 chance sur 6 d'obtenir un 5. Par conséquent, si j'ai 2 dés, j'aurai 1 chance sur 36 ($1/6 \times 1/6$). Donc avec 4 dés, j'aurai 1 chance sur **1 296** parce que $6 \times 6 \times 6 \times 6 = 1\,296$.

pp. 81 à 86

❹❸ Ici, on se trouve dans la même logique que dans l'exercice 42. En effet, nous avons 4 roulettes numérotées de 0 à 9, c'est-à-dire ayant 10 chiffres chacune.
Par conséquent, le raisonnement est le suivant :

$$\frac{1}{10} \times \frac{1}{10} \times \frac{1}{10} \times \frac{1}{10} = \frac{\mathbf{1}}{\mathbf{10\,000}}.$$

pp. 87 à 89
pp. 90 à 94

❹❹ Ici, la solution la plus simple est, soit d'utiliser le produit en croix, soit de poser une règle de trois :
Pour 90 F, il aura bêché 100 m^2 (1 are).

Pour 1 F, il aura bêché : $\frac{100}{90}$.

Pour 425,50 F, il aura bêché : $\frac{100 \times 425{,}50}{90} = \mathbf{472{,}77\ m^2}$.

45 On sait que 0,75 l = 75 cl = 7,5 dl.
On sait que 130 ml = 13 cl = 1,3 dl.

pp. 105 à 109

A + B = 7,5 dl.

Si on retire 0,8 dl et 1,3 dl, on retire des 2 tonneaux 2,1 dl. Par conséquent, dans les 2 tonneaux, on aura :

A + B = 7,5 dl – 2,1 dl.
A + B = 5,4 dl.

Divisons la contenance totale par 2, puis rajoutons à chaque contenance les quantités de liquide retirées de chaque tonneau :

$\frac{A + B}{2} = 2,7$ dl.

Ainsi, 2,7 dl + 1,3 dl = **4 dl** et 2,7 dl + 0,8 dl = **3,5 dl**.

46 Faisons un produit en croix ou une règle de trois :
7,3 g d'étain occupent un volume de 1 cm^3.

pp. 87 à 89
pp. 98 à 101

1 g d'étain occupe un volume de $\frac{1}{7,3}$.

50 kg (50 000 g) d'étain occupent un volume de :

$\frac{1 \text{ cm}^3 \times 50\,000}{7,3} = \mathbf{6\,849,31\ cm^3}$.

Même raisonnement pour le cuivre :

$\frac{1 \text{ cm}^3 \times 125\,000}{8,9} = \mathbf{1\,404,49\ cm^3.}$

47 Le cycliste roule à 45 km/h, c'est-à-dire qu'il fait 45 000 mètres en 60 min ;

pp. 95 à 97
pp. 102 à 104

pour faire 300 mètres, il faut : $\frac{60 \times 300}{45\,000} = 0,4$.

Pour faire 6 tours, il faut donc 0,4 × 6 = 2,4.

Mais **attention !** 2,4 est un résultat donné en décimal ; il ne s'agit donc pas de 2,4 min. Il faut convertir le résultat décimal en minutes et secondes. Ainsi, la question à se poser est la suivante : combien font 4 dixièmes de 60 min ?
Le résultat est 24 secondes. Donc, pour faire 6 tours, il lui faudra **2 min 24 s**.

48 S'il met 2 min 42, sa vitesse moyenne est donc moins élevée que 45 km/h.
Vérifions par calcul : dans l'exercice 47, il met 2 min 24, c'est-à-dire 144 s pour faire 1,8 km en roulant à 45 km/h.
Ici, il met 2 min 42, c'est-à-dire 162 s.

pp. 95 à 97
pp. 102 à 104

Ainsi, si $\frac{45 \times 144}{3\,600} = 1,8$ km, alors $\frac{1,8 \times 3\,600}{162} =$ **40 km/h**.

pp. 105 à 109

㊾ Si on enlève le professeur, les 3 chirurgiens et la surveillante, on obtient :
29 – 5 = 24
Pour 1 infirmier, on a 3 AS et 4 ASH,

donc : 24 = 8 × (*x* étant le nombre d'infirmiers),

$x = \frac{24}{8} = 3$ infirmiers.

Par conséquent, s'il y a 3 infirmiers, il y a **9** aides-soignants.

pp. 110 à 112

㊿ Calculons la consommation de l'ensemble des appareils :
200 + 3 000 + 3 000 + 200 + 300 + 1 000 + 600 + 500 = 8 800 W.
Sachant que P = UI, l'intensité que le compteur pourra supporter sera :

$I = \frac{P}{U} = \frac{8\,800\ W}{220\ V} = \mathbf{40\ A}$.

Différence de prix à l'heure :
8,8 kW × 0,72 F = 6,33 F.
8,8 kW × 0,48 F = 4,22 F.
Donc : 6,33 F – 4,22 F = 2,11 F.

Épreuve d'attention et de classement

pp. 115 à 117

Épreuve n° 8

épreuve n° 8

51	□	□	□	□	■
52	□	□	■	□	□
53	■	□	□	□	□
54	□	□	□	□	■
55	□	□	□	□	■
56	□	■	□	□	□
57	□	□	□	■	□
58	□	□	□	□	■
59	□	□	□	□	■
60	□	■	□	□	□

Si vous observez bien la grille de l'épreuve, vous constaterez que les figures A B C D E F G H × 1 2 3 4 5 6 se répètent en miroir. Ainsi, H6 se répète en A7, G6 se répète en B7, etc., ce qui signifie que, pour chaque question, il suffisait de compter les figures allant de A1 à H6 et de multiplier par 2.

Par ailleurs, il faut considérer que :

- non blanc signifie : noir et partiellement noir ;
- non noir signifie : blanc et partiellement blanc ;
- non grand signifie : plus petit que la référence ;
- non petit signifie : plus grand que la référence ;
- non cercle, non carré, non ovale, non losange signifient : toutes les autres figures.

51 La bonne réponse est $4 \times 2 =$ **8**.

52 La bonne réponse est $7 \times 2 =$ **14**.

53 Les quadrilatères sont toutes les figures à 4 côtés.
Il y en a $20 \times 2 =$ **40**.

54 Il suffit de trouver le nombre de figures ovales et le nombre de losanges et de soustraire au nombre total de figures. Il y en a **88**.

55 Un **carré blanc**.

56 Il s'agit de répertorier l'ensemble des carrés blancs et noirs qui sont de taille inférieure à la référence et l'ensemble des petits cercles noirs de taille inférieure à la référence donnée. Dans la zone A1 à H6, il y a 13 carrés et 1 petit cercle qui répondent aux critères, donc $14 \times 2 =$ **28**.

50 Pour cette question, il faut considérer que les demi-cercles ne sont pas à ranger dans la catégorie des cercles, que 2 demi-cercles ou 2 triangles ou 2 autres figures dans une case sont à considérer comme 2 figures. Ainsi on obtient 18×2 figures = **36**.

58 **D6.**

59 **2.**

60 7.

Pour ces trois questions, si on ne fait pas preuve de méthode, on risque de dépasser le temps imparti pour l'ensemble de l'épreuve ! Par conséquent, si vous avez éprouvé des difficultés, n'hésitez pas à récolter les nombreux jeux d'observation que l'on trouve dans les revues ou journaux, et à vous entraîner.

Épreuve de logique

pp. 118 à 125

Épreuve n° 9 : suite de figures

épreuve n° 9 : suite de figures

61	□	■	□	□	□
62	□	□	□	■	□
63	□	■	□	□	□
64	□	□	■	□	□
65	□	□	■	□	□
66	□	■	□	□	□
67	□	□	□	■	□
68	□	■	□	□	□
69	□	□	■	□	□
70	□	□	□	□	■
71	□	□	□	□	■
72	■	□	□	□	□
73	□	□	■	□	□
74	■	□	□	□	□
75	□	□	□	■	□

Avec cette épreuve de logique, nous sommes confrontés à des suites de figures. Une loi régit l'association des figures et il s'agit toujours de l'identifier afin de trouver les figures manquantes.

61 La réponse est **4-7** parce que la loi est la suivante :
6 + 3 + 3 + 3 + 3 + 1 + 3 + 3 + 3 + 3 + 1 + 3 + 3 + 3 etc. horizontalement.

62 La réponse est **6-4-2-3** parce que la loi est la suivante :
1 + 1 + 1 + 1 + 1 + 1 + 1 + 1 verticalement.

63 La réponse est **4-6-1** parce que la loi est la suivante :
1 + 1 + 1 + 1 + 1 horizontalement et 1 + 1 + 1 + 1 verticalement.

64 La réponse est **6-1-3-5** parce que la loi est la suivante :
1 + 1 + 1 + 2 + 1 + 1 + 1 + 2 + 1 + 1 + 1 + 2 verticalement.

65 La réponse est **7-7-1** parce que la loi est la suivante :
1 + 1 + 2 + 1 + 2 + 1 + 2 + 1 + 2 + 1 + 2 + 1 verticalement.

66 La réponse est **4-2-4-2** parce que la loi est la suivante :
1 + 5 + 5 + 5 + 5 horizontalement et 1 + 4 + 4 + 4 + 4 verticalement.

(67) La réponse est **1-5-7** parce que la loi est la suivante :
1 + 1 + 1 + 5 + 1 + 1 + 1 + 4 + 1 + 1 + 1 + 1 + 3 + 1 + 1 + 1 + 1 + 1 + 2 + 1 + 1 + 1 + 1 + 1 + 1 horizontalement.

(68) La réponse est **2-5-3-4-6** parce que, dans la 1re ligne horizontale, on remarque que les figures correspondent aux nombres pairs 2-4-6-2-4. Dans la 2e ligne horizontale, on remarque que les figures correspondent aux nombres impairs. Par conséquent, il s'agit de suivre la même logique : 3e ligne = chiffres pairs, 4e ligne = chiffres impairs et 5e ligne = chiffres pairs.

(69) La réponse est **1-7-4-3** parce que la loi est la suivante :
7 – 1 – 3 – 1 – 3, etc. horizontalement.

(70) La réponse est **5-2-1** parce que la loi est la suivante :
2 + 1 + 2 + 3 + 4 + 5 + 6 + 7 + 8 + 9, etc. horizontalement.

(71) La réponse est **4-6-1**. En effet, la loi fonctionne en « escargot », c'est-à-dire de la façon suivante :

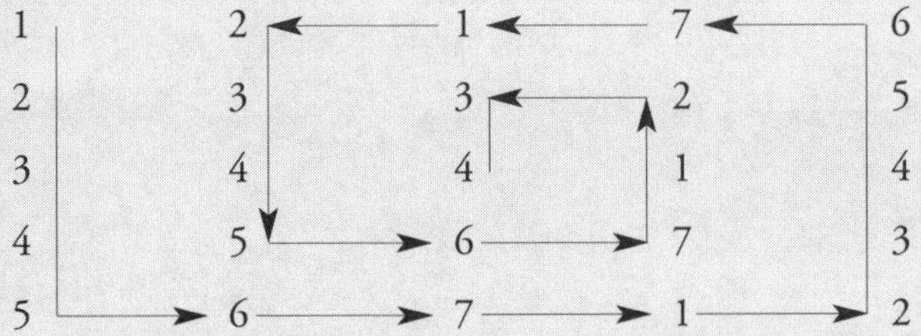

(72) La réponse est **7-1-2-4** parce que la suite est de type suivant :

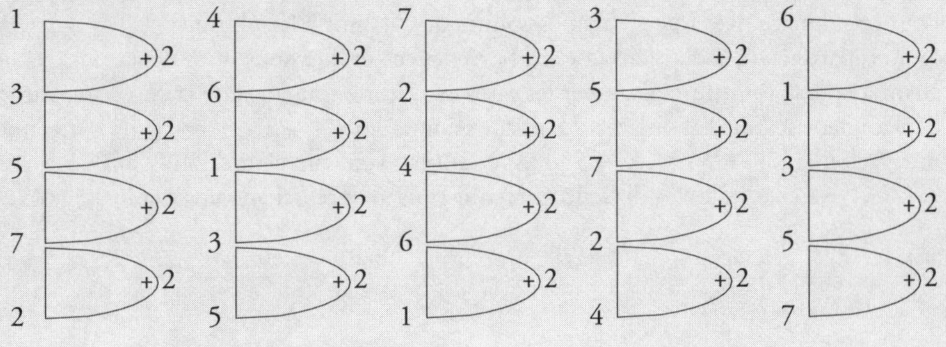

(73) La réponse est **4-3-2-1**. En effet, la suite consiste à se déplacer de gauche à droite en partant de la dernière case inférieure droite (case qui correspond au n° 1). Si on se déplace ainsi à chaque fois d'une case, on obtient :

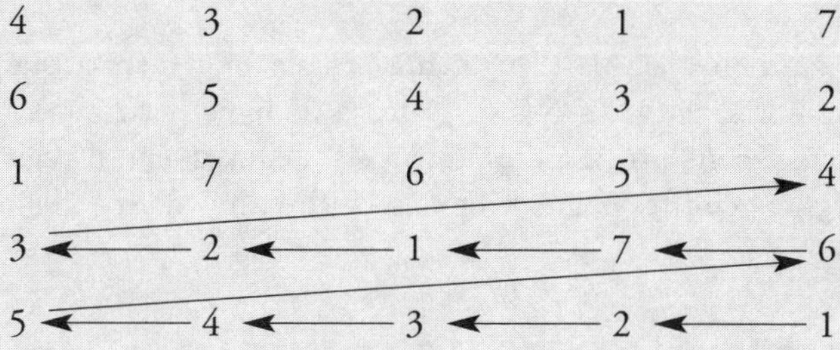

(74) La réponse est **7-6-5-4** parce que la règle d'association des figures fonctionne horizontalement et verticalement de la façon suivante :

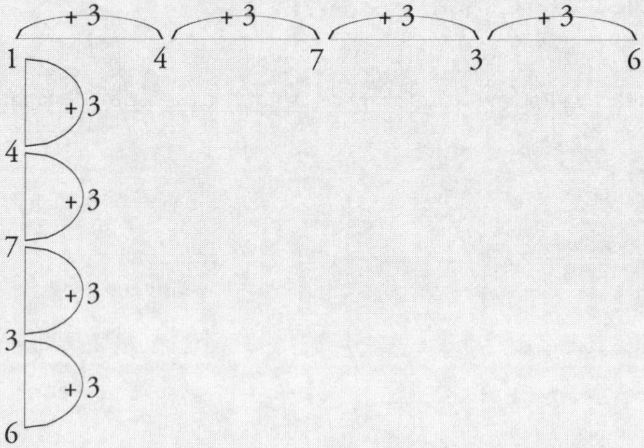

(75) La réponse est **2-4-3-1**.

Pour cet exercice, il y a plusieurs possibilités de parvenir à la solution.

Si nous partons de la dernière case, en bas à gauche et que nous nous déplaçons en cherchant à faire le tour du tableau par les cases extérieures, on constate la chose suivante : le déplacement se fait d'abord verticalement selon la loi + 1 + 2 + 3 + 4, puis horizontalement selon la loi – 2 – 3 – 4 – 5, puis à nouveau verticalement selon la loi – 1 – 2 – 3 – 4. Cet exercice était très difficile ! Bravo si vous avez réussi à trouver la loi !

III

PARTIE

Entraînement

5

Épreuves verbales

Exercices

Durée
30 s maxi

Exercice n° 1

Quel lien réunit chacun des couples de mots suivants ?

Exemple : baromètre - horloge

• *Réponse*
Ce sont des instruments de mesure.

❶ Livre - musée ....

❷ Chien - loup ....

❸ Fusée - bicyclette ....

❹ Chinois - Français ....

❺ Scorpion - Poissons ....

❻ Henri IV - J.F. Kennedy ....

❼ Sida - grippe ....

❽ Surpris - senteur ....

❾ Cuivre - magnésium ....

❿ Baleine - cheval ....

Exercice n° 2

Durée
2 min maxi

Parmi les listes de mots suivants, l'un d'eux est à exclure en vertu d'une raison qu'il faut découvrir.

Exemple : vache – chien – cheval – baleine – requin – lion

• *Réponse*
L'animal à exclure est le requin parce que c'est le seul qui n'est pas un mammifère.

11 Cupule – anémie – coulis – enrôler – cogner – blouse

12 Buriner – cacatoès – dactylo – éosine – friction – garage

13 Air – aire – ère – erre – ers – haire – hère – hêrre

14 Réunir – grouper – agglomérer – rassembler – lier – concentrer

15 Procéder – réaliser – opérer – travailler – faire – construire

Exercice n° 3

Durée
45 s maxi

Voici trois séries de couples d'homophones. Dans chaque série, un couple comporte une anomalie orthographique. À vous de le trouver.

16 A. Vanter - venter ☐
B. Allaite - halète ☐
C. Affluant - affluent ☐
D. Spore - sport ☐
E. Roder - rauder ☐

17 A. Dégoûter - dégoutter ☐
B. Résonner - raisonner ☐
C. Vacant - vaquant ☐
D. Vaint - vint ☐
E. Baîller - bâiller ☐

18 A. Aire - hère ☐
B. Horrifier - aurifier ☐
C. Lacer - lasser ☐
D. Exaucer - exhaucer ☐
E. Sceller - seller ☐

Durée
2 min maxi

Exercice n° 4

De même que dans le test n° 1, on vous demande ci-dessous de mettre en œuvre un raisonnement analogique.

⑲ Lundi est à dimanche ce que mai est à...

A. Juin ☐
B. Automne ☐
C. Mars ☐
D. Printemps ☐
E. Avril ☐

⑳ Parce que est à cause ce que manière est à...

A. Donc ☐
B. Par conséquent ☐
C. Comment ☐
D. Quand ☐
E. Pourquoi ☐

㉑ ... est à habile ce qu'accomplir est à...

A. Ingénieux - finir ☐
B. Débrouillard - construire ☐
C. Agile - ériger ☐
D. Capable - aboutir ☐
E. Adroit - réaliser ☐

㉒ ... est à faisable ce que terminer est à...

A. Réalisable - parachever ☐
B. Possible - commencer ☐
C. Irréalisable - conclure ☐
D. Praticable - commencer ☐
E. Élaborer - finir ☐

㉓ ... est à disséminer ce qu'entreprendre est à...

A. Réunir - effectuer ☐
B. Rassembler - terminer ☐
C. Grouper - parachever ☐

㉔ ... est à fleuve ce que chemin est à....

A. Eau - terre ☐
B. Bras - terre ☐
C. Ruisseau - itinéraire ☐
D. Affluent - route ☐
E. Rivière - rue ☐

25 ... est à planète ce que mer est à...

- **A.** Espace - vie ☐
- **B.** Astre - lac ☐
- **C.** Soleil - lune ☐
- **D.** Atmosphère - eau ☐
- **E.** Espace - poisson ☐

26 ... est à sociologue ce que test est à...

- **A.** Enquête - électricien ☐
- **B.** Sondage - démographe ☐
- **C.** Sondage - psychologue ☐
- **D.** Enquête - publicitaire ☐
- **E.** Questionnaire - journaliste ☐

Exercice n° 5

27 Quelle est la bonne orthographe ?

- **A.** Un chrysanthème ☐
- **B.** Un chrisanthème ☐
- **C.** Un chrisantème ☐
- **D.** Un chrysantème ☐
- **E.** Un crisanthème ☐
- **F.** Un chrisentème ☐

28 Quel est le pluriel de savoir-faire ?

- **A.** Savoirs-faires ☐
- **B.** Savoir-faire ☐
- **C.** Savoirs-faire ☐
- **D.** Savoir-faires ☐
- **E.** Savoires-faires ☐
- **F.** Savoirs-fairs ☐

29 Quel est le pluriel de pot-au-feu ?

- **A.** Pots-au-feu ☐
- **B.** Pots-aux-feux ☐
- **C.** Potes-au-feu ☐
- **D.** Pot-aux-feux ☐
- **E.** Pots-aux-feus ☐
- **F.** Pot-au-feu ☐

❸⓪ Parmi les mots féminins suivants, un intrus (mot masculin) s'est glissé. Quel est ce mot ?
A. Orbite ☐
B. Espèce ☐
C. Échappatoire ☐
D. Antre ☐
E. Omoplate ☐
F. Acoustique ☐

❸① L'une de ces phrases comporte une faute d'orthographe. Laquelle ?
A. Ces femmes sont toutes honteuses de leur acte et tout émues à l'idée de passer devant le juge. ☐
B. Quelle que soit la motivation de cet individu, j'ai toutefois quelques doutes quant à ses capacités. ☐
C. Cette personne a toujours de nombreux différends avec ses collègues, et les gens adhérant à l'association sont vite excédés par son comportement. ☐
D. Toutes ces femmes vaquant à leurs occupations ont été nommées sur des postes vacants. ☐
E. Quand cette douleur croît, je bouds de colère. ☐
F. Il paraît que l'orthographe est la science des ânes, mais moi j'aimerais bien faire partie de ces ânes-là. ☐

❸② Une de ces expressions est mal orthographiée. Laquelle ?
A. De tout temps ☐
B. En tous points ☐
C. Sans faute ☐
D. Entre autres ☐
E. Aux dépens de ☐
F. En détails ☐

❸③ Le verbe vaincre conjugué à la première personne du singulier de l'indicatif est :
A. Je vains ☐
B. Je vints ☐
C. Je vaincs ☐
D. Je vainc ☐
E. Je vaints ☐
F. Je vainds ☐

❸④ Le verbe absoudre à la première personne du présent de l'indicatif est :
A. J'absoule ☐
B. J'absouds ☐
C. J'absouts ☐
D. J'absous ☐
E. J'absoud ☐
F. J'absoue ☐

35 Quelle est la bonne orthographe ?

A. Elles se sont nuits ☐
B. Elles se sont nui ☐
C. Elles se sont nuies ☐
D. Elles se sont nuis ☐
E. Elles se sont nuit ☐
F. Elles se sont nuites ☐

36 Une seule de ces phrases est orthographiquement correcte. Laquelle ?

A. Tous les arrivants sont tout ébahis ☐
B. Tout les arrivants sont tout ébahis ☐
C. Tout les arrivants sont toute ébahis ☐
D. Tous les arrivants sont toutes ébahis ☐
E. Tout les arrivants sont tout ébahi ☐
F. Tous les arrivants sont tout ébahits ☐

37 L'instinct grégaire, c'est :

A. L'instinct de propriété ☐
B. L'instinct de conservation ☐
C. L'instinct de vivre en groupe ☐
D. L'instinct maternel ☐
E. L'instinct de vie ☐
F. L'instinct de mort ☐

38 L'épicurisme est une doctrine qui prône :

A. La recherche du plaisir ☐
B. Le rejet des plaisirs matériels ☐
C. L'indifférence à l'égard de toute chose ☐
D. La souveraineté de l'ensemble des citoyens ☐
E. L'activité de collectionner les épis de blé ☐
F. La haine raciale ☐

39 Une mégalopole est :

A. Une personne atteinte de mégalomanie ☐
B. Une grande concentration urbaine ☐
C. Une fusée gigantesque ☐
D. Une planète gigantesque ☐
E. Un grossissement anormal du foie ☐
F. Une zone où les végétaux sont atteints de gigantisme ☐

40 La salmonelle est :

A. La femelle du saumon ☐

B. Une habitante de la principauté de Salm ☐

C. Une bactérie ☐

D. Un champignon comestible ☐

E. Une femme particulièrement attachante ☐

F. Une voiture de course ☐

41 Qu'est-ce que l'ostracisme ?

A. Une maladie des os ☐

B. La lutte contre l'ostréiculture ☐

C. L'exclusion d'une personne par un groupe ☐

D. Une forme d'ostéopathie ☐

E. Une forme de xénophobie ☐

F. Un synonyme du mot avarice ☐

Corrigés

Exercice n° 1

❶ Livre et musée **sont des outils pour dispenser la culture.**

❷ Chien et loup **sont des canidés.**

❸ Fusée et bicyclette **sont des moyens de transport.**

❹ Chinois et Français **sont des humains.**

❺ Scorpion et Poissons **sont deux signes du zodiaque.**

❻ Henri IV et J.F. Kennedy **ont tous deux été assassinés.**

❼ Sida et grippe **sont des maladies transmises par un virus.**

❽ Surpris et senteur **ont le même nombre de lettres.**

❾ Cuivre et magnésium **sont des oligoéléments.**

❿ Baleine et cheval **sont des mammifères.**

Exercice n° 2

⓫ **Enrôler** est le mot à exclure parce que c'est le seul qui a 7 lettres alors que les autres n'en ont que 6.

⓬ **Friction** est à exclure, car c'est le seul mot qui n'a pas de voyelle en deuxième lettre.

⓭ **Hêrre** est à exclure car c'est le seul qui n'existe pas.

⓮ **Réunir** est à exclure parce que c'est le seul verbe qui n'est pas du premier groupe.

⓯ Il faut exclure le verbe **opérer** parce que c'est le seul qui commence par une voyelle.

Exercice n° 3

⓰ L'anomalie se trouve dans le couple **roder - rauder** (**E**). Le verbe « rauder » n'existe pas.

⓱ L'anomalie se trouve dans le couple **vaint - vint** (**D**). En effet, on doit écrire « il vainc » mais non « il vaint ».

⓲ L'anomalie se trouve dans le couple **exaucer - exhaucer** (**D**). En effet, on écrit « exhausser » et non « exhaucer ».

Exercice n° 4

⓳ Lundi est à dimanche ce que mai est à **avril** (**E**).

㉑ Parce que est à cause ce que manière est à **comment** (**C**).

㉑ **Adroit** est à habile ce qu'accomplir est à **réaliser** (**E**).
Ici, nous sommes dans un rapport de synonymie. Il s'agissait de respecter celle-ci des deux côtés.

㉒ **Réalisable** est à faisable ce que terminer est à **parachever** (**A**).
Nous sommes dans le même type d'analogie qu'au n° 2.

㉓ **Rassembler** est à disséminer ce qu'entreprendre est à **terminer** (**B**).
Ici, nous sommes dans le raisonnement inverse. Il s'agit de deux couples de contraires.

㉔ **Rivière** est à fleuve ce que chemin est à **rue** (**E**).
La logique est la suivante : la rivière se jette dans le fleuve. De même, le chemin aboutit sur la rue.

㉕ **Espace** est à planète ce que mer est à **poisson** (**E**).
L'espace est le contenant de la planète au même titre que la mer est le contenant du poisson.

㉖ **Sondage** est à sociologue ce que test est à **psychologue** (**C**).

Exercice n° 5

㉗ A. **Un chrysanthème.**

㉘ B. **Savoir-faire** (invariable).

㉙ F. **Pot-au-feu** (invariable).

㉚ D. **Antre**.

㉛ E. **Quand cette douleur croît, je bouds de colère**.
Le verbe bouillir est mal orthographié : je bous de colère.

㉜ F. **En détails**. En détail est invariable, il ne prends jamais de **s**.

㉝ C. **Je vaincs.**

㉞ D. **J'absous.**

㉟ B. **Elles se sont nui.**

㊱ A. **Tous les arrivants sont tout ébahis.**

㊲ C. **L'instinct de vivre en groupe.**

㊳ A. **La recherche du plaisir.**

㊴ B. **Une grande concentration urbaine.**

㊵ C. **Une bactérie.**

㊶ C. **L'exclusion d'une personne par un groupe.**

6

Épreuve de calcul mental

Calcul mental et règles de divisibilité

Rappels

Règles de calcul

Pour multiplier un nombre par 0,75, on prend le nombre initial et on lui enlève 1/4.
64 × 0,75 = 48 car 64 : 4 = 16 et 64 – 16 = 48

Pour multiplier un nombre par 1,25, on prend le nombre initial et on lui ajoute 1/4.
60 × 1,25 = 75 car 60 : 4 = 15 et 15 + 60 = 75

Pour multiplier un nombre par 5, on le divise par 2 et on multiplie par 10.
222 × 5 = 1 110 car 222 : 2 = 111 et 111 × 10 = 1 110

Pour multiplier par 50, on procède de même mais on multiplie par 100.
50 × 6,8 = 340 car 6,80 : 2 = 3,40 et 3,40 × 100 = 340

Pour diviser par 5, on divise par 10 et on multiplie par 2.
666 : 5 = 133,2 car 666 : 10 = 66,60 et 66,60 × 2 = 133,2

Pour diviser par 50, on divise par 100 et on multiplie par 2.

Pour multiplier un nombre par 0,05, on divise ce nombre par 2, puis on le divise par 10.
32 × 0,05 = 1,6 car 32 : 2 = 16 et 16 : 10 = 1,6

Pour diviser par 0,05, on multiplie par 2, puis par 10.
54,3 : 0,05 = 1 086 car 2 × 54,3 = 108,6 et 108,6 × 10 = 1 086

Pour multiplier ou diviser par 0,005, on procédera de la même façon, mais on divisera ou on mutipliera par 100.
65,6 : 0,005 = 13 120 car 2 × 65,6 = 131,2 et 131,2 × 100 = 13 120

Pour multiplier par 2,5, on divise par 4 et on multiplie par 10.
244 × 2,5 = 610 car 244 : 4 = 61 et 61 × 10 = 610

Pour multipler par 25, on divise par 4 et on multiplie par 100.
4,16 × 25 = 104 car 4,16 : 4 = 1,04 et 1,04 × 100 = 104

Pour diviser par 25, on multiplie par 4 et on divise par 100.
0,7 : 25 = 0,028 car 0,7 × 4 = 2,8 et 2,8 × 100 = 0,028

Pour multiplier par 3,1, par 4,1, etc., on multiplie par 3, par 4, etc. puis par 0,1 et on additionne les 2 résultats.
102 × 3,1 = 316,2 car (102 × 3) + (102 × 0,1) = 306 et 306 + 10,2 = 316,2

Pour multiplier par 1,9, par 2,9, etc., on multiplie le nombre par 2, par 3, etc. puis par 0,1 que l'on retranche.
74 × 1,9 = 140,6 car (74 × 2) – (74 × 0,1) = 148 et 148 – 7,4 = 140,6

Pour multiplier un nombre par 101, par 1 001, etc., on multiplie par 100, par 1 000, etc. et on additionne le résultat au nombre initial.
225 × 101 = 22 725 car 225 × 100 = 22 500 et 22 500 + 225 = 22 725

Pour multiplier par 9, par 99, par 999, etc., on multiplie par 10, par 100, par 1 000 et on enlève une fois le nombre initial.
0,55 × 99 = 54,45 car 0,55 × 100 = 55 et 55 – 0,55 = 54,45

Pour multiplier par 0,15, on multiplie par 1,5 et on divise par 10.
8,6 × 0,15 =1,29 car 8,6 × 1,5 = 12,9 et 12,9 : 10 = 1,29

Pour multiplier par 15, on multiplie par 1,5 puis par 10.
12,8 × 15 =192 car 12,8 × 1,5 = 19,2 et 19,2 × 10 = 192

Pour diviser par 15, on prend 1/3 du nombre initial que l'on multiplie par 2 et que l'on divise par 10.
21 : 15 = 1,4 car [(21 × 1/3) × 2] = 14 et 14 : 10 = 1,4

Pour multiplier par 0,20, on divise par 5, or on sait (voir plus haut) que pour diviser par 5 on divise par 10 et on multiplie par 2.
672 × 0,20 = 134,4 car 672 : 10 = 67,2 et 67,2 × 2 = 134,4

Pour multiplier par 0,020, on divise par 50, c'est-à-dire que l'on divise par 100 et que l'on multiplie par 2.

Pour multiplier par 12,5, on divise par 8 (parce que 12,5 est 1/8 de 100) et on multiplie par 100.
350 × 12,5 = 4 375 car 350 : 8 = 43,75 et 43,75 × 100 = 4 375

Pour multiplier un nombre par 120, on multiplie ce nombre par 10, puis on multiplie ce même nombre par 2 ; on additionne les 2 produits obtenus et on multiplie le résultat par 10.
120 × 17 = 2 040 car [(17 × 10) + (17 × 2)] × 10 = (170 + 34) × 10 = 204 × 10 = 2 040

Pour multiplier un nombre par 7,5, on multiplie par 0,75 (voir 1re règle p. 64), puis par 10.
88 × 7,5 = 660 car 88 : 4 = 22 et 88 – 22 = 66 et 66 × 10 = 660

Pour multiplier par 75, on multiplie par 0,75 puis par 100.
28 × 75 = 2 100, car 28 : 4 = 7 et 28 – 7 = 21 et 21 × 100 = 2 100

Pour diviser un nombre par 75, on cherche le 1/3 du nombre initial que l'on multiplie par 4, puis que l'on divise par 100.
27 : 75 = 0,36 car 1/3 de 27 = 9 et 9 × 4 = 36 et 36 : 100 = 0,36

Pour multiplier et diviser par 750, on procède de la même façon que ci-dessus et on multiplie ou on divise par 1 000.

Règles de divisibilité

Un nombre est divisible par 5 si le chiffre des unités est 0 ou 5.
Ex. : 255 et 1 290

Un nombre est divisible par 3 si la somme des chiffres est divisible par 3.
Ex. : 561 :
5 + 6 + 1 =12
et 12 est divisible par 3

Un nombre est divisible par 4 si le nombre formé par les 2 derniers chiffres est divisible par 4.
Ex. : 12 328

Un nombre est divisible par 6 s'il est divisible par 2 et 3.
Ex. : 756
756 : 2 = 378 et 756 : 3 = 252

Un nombre est divisible par 12 si le nombre est divisible par 3 et 4.

Un nombre est divisible par 15 si le nombre est divisible par 3 et 5.

Un nombre est divisible par 18 si le nombre est divisible par 2 et 9.

Un nombre est divisible par 8 s'il est divisible par 2, le résultat étant lui-même divisible par 2, le résultat obtenu étant lui aussi divisible par 2.
Ex. : 1 056 : 2 = 528 et 528 : 2 = 264 et 264 : 2 = 132

Un nombre est divisible par 9 si la somme des chiffres est divisible par 9.
Ex. : 828 est divisible par 9, car 8 + 2 + 8 = 18, or 18 est divisible par 9.

Un nombre est divisible par 10 si le chiffre correspondant aux unités est 0.
Ex. : 9 870

Un nombre est divisible par 20 si le nombre est terminé par : 00 – 20 – 40 – 60 – 80.

Un nombre est divisible par 24 s'il est divisible par 8.

Un nombre est divisible par 25 s'il se termine par : 00 – 25 – 50.

Un nombre est divisible par 11, si, en faisant la différence entre la somme des chiffres de rang pair et de rang impair, le nombre obtenu est divisible par 11.

rang impair	rang pair	rang impair	rang pair	
3	6	1	9	15 – 4 = 11

Un nombre est divisible par 50 s'il se termine par 00 ou 50.

Exercices

Exercice n° 1

Effectuez mentalement :

Durée 4 min

❶ A. $0{,}005 \times 85 =$ **B.** $93 : 0{,}005 =$ **C.** $88 \times 7{,}5 =$

❷ A. $102 \times 3{,}1 =$ **B.** $54 : 15 =$ **C.** $987 : 5 =$

❸ A. $99 \times 0{,}75 =$ **B.** $12{,}8 \times 15 =$ **C.** $39 : 15 =$

❹ A. $740 \times 0{,}20 =$ **B.** $442 \times 2{,}5 =$ **C.** $28 \times 120 =$

❺ A. $13\,500 : 750 =$ **B.** $4{,}16 \times 25 =$ **C.** $27 : 75 =$

Durée
2 min

Exercice n° 2

Donnez le résultat approché en entourant parmi les réponses proposées celle que vous aurez choisie.

❻ 3 001 × 0,048 9 =

A. 1 500 **B.** 15 000 **C.** 150 **D.** 300 **E.** 400

❼ 0,002 50 × 70 000 =

A. 175 **B.** 1 750 **C.** 2 600 **D.** 2 650 **E.** 2 900

❽ 0,000 50 × 98 000 =

A. 50 **B.** 55 **C.** 100 **D.** 20 **E.** 10

❾ 3 900 × 0,19 =

A. 600 **B.** 650 **C.** 700 **D.** 750 **E.** 900

❿ 1 024 × 0,72 =

A. 600 **B.** 650 **C.** 700 **D.** 800 **E.** 970

Durée
5 min

Exercice n° 3

Complétez le tableau suivant :

⓫

	est divisible par (nombre compris entre 2 et 25 inclus)
555	
636	
9 328	
732	
940	
756	
288	
1 920	
520	
3 619	

Corrigés

❶ **A.** 0,005 × 85 = **0,425** **B.** 93 : 0,005 = **18 600** **C.** 88 × 7,5 = **660**

❷ **A.** 102 × 3,1 = **316,2** **B.** 54 : 15 = **3,6** **C.** 987 : 5 = **197,4**

❸ **A.** 99 × 0,75 = **74,25** **B.** 12,8 × 15 = **192** **C.** 39 : 15 = **2,6**

❹ **A.** 740 × 0,20 = **148** **B.** 442 × 2,5 = **1 105** **C.** 28 × 120 = **3 360**

❺ **A.** 13 500 : 750 = **18** **B.** 4,16 × 25 = **104** **C.** 27 : 75 = **0,36**

❻ 3 001 × 0,048 9 ≅ **150**

❼ 0,002 50 × 70 000 = **175**

❽ 0,000 50 × 98 000 = **49**

❾ 3 900 × 0,19 ≅ **750**

❿ 1 024 × 0,72 ≅ **700**

⓫

	est divisible par (nombre compris entre 2 et 25 inclus)
555	3 – 5 – 15
636	2 – 3 – 4 – 6 – 12
9 328	2 – 4 – 8 – 11 – 16 – 22
732	2 – 3 – 4 – 6 – 12
940	2 – 4 – 5 – 10 – 20
756	2 – 3 – 4 – 6 – 7 – 9 – 12 – 14 – 18
288	2 – 3 – 4 – 6 – 8 – 9 – 12 – 16 – 18 – 24
1 920	3 – 4 – 5 – 6 – 8 – 10 – 12 – 15 – 16 – 20 – 24
520	2 – 3 – 4 – 6 – 8 – 11 – 12 – 16 – 22 – 24
3 619	7 – 11

Fractions

Rappels

Addition de fractions

Si le dénominateur est le même :

$$\frac{12}{36} + \frac{6}{36} = \frac{18}{36} = \frac{1}{2}$$

Si le dénominateur est différent, on met au même dénominateur :

$$\frac{12}{36} + \frac{6}{18} = \frac{12}{36} + \frac{12}{36} = \frac{24}{36} = \frac{2}{3}$$

Si les dénominateurs sont différents et si on ne peut pas immédiatement mettre au même dénominateur par calcul mental, on simplifie d'abord les fractions, puis on met au même dénominateur.

$$\text{Ainsi : } \frac{255}{289} + \frac{9}{4} = \text{en simplifiant } \frac{15}{17} + \frac{9}{4}$$

puis on met au même dénominateur :

$$\frac{15 \times 4}{68} + \frac{17 \times 9}{68} = \frac{60}{68} + \frac{153}{68} = \frac{213}{68}$$

Soustraction de fractions : *idem* que pour l'addition.

Multiplication de fractions

Pour multiplier des fractions, on multiplie les numérateurs entre eux et les dénominateurs entre eux :

$$\frac{1}{4} \times \frac{5}{6} = \frac{5}{24}$$

Lorsqu'on peut simplifier, on procède à la simplification avant d'effectuer l'opération :

$$\frac{6}{9} \times \frac{24}{36} = \frac{2}{3} \times \frac{2}{3} = \frac{4}{9}$$

Division de fractions

Pour diviser deux fractions, on multiplie par l'inverse :

$$\frac{\frac{7}{3}}{\frac{1}{5}} = \frac{7}{3} \times \frac{5}{1} = \frac{35}{3}$$

Exercices

Le plus rapidement possible

1 Simplifiez :

A. $\frac{68}{252} =$ **B.** $\frac{4\,980}{600} =$ **C.** $\frac{64}{256} =$

2 Réduisez au même dénominateur :

A. $\frac{10}{72}$ et $\frac{8}{42} =$ **B.** $\frac{58}{13}$ et $\frac{64}{26} =$

3 Additionnez et soustrayez :

A. $\frac{5}{6} + \frac{3}{4} =$ **B.** $\frac{7}{42} + \frac{15}{45} =$ **C.** $\frac{2}{9} + \frac{1}{18} + \frac{6}{45} =$

D. $\frac{17}{8} - \frac{5}{7} =$ **E.** $25 - \frac{7}{15} =$ **F.** $4 - \frac{5}{4}\left(\frac{3}{2} - \frac{1}{3}\right) =$

G. $\dfrac{1 - \frac{1}{4} + \dfrac{1}{1 + \frac{1}{4}}}{1 - \frac{1}{4} - \dfrac{1}{1 + \frac{1}{4}}} =$

4 Multipliez et divisez :

A. $45 \times \frac{15}{7} =$ **B.** $\frac{4}{15} : \frac{3}{20} =$ **C.** $\frac{25}{3} \times \frac{2}{10} \times \frac{9}{15} =$

D. $\frac{1}{3} \times \frac{4}{6} \times \frac{36}{8} =$ **E.** $\frac{8}{3} \times \frac{5}{8} \times \frac{3}{5} =$

F. $\frac{35}{63} : 5 =$ **G.** $\frac{3}{7} \times \left(5 - \frac{1}{3}\right) =$

Corrigés

1 A. $\frac{68}{252} = \mathbf{\frac{17}{63}}$ B. $\frac{4\,980}{600} = \mathbf{\frac{83}{10}}$ C. $\frac{64}{256} = \mathbf{\frac{1}{4}}$

2 A. $\frac{10}{72}$ et $\frac{8}{42} = \mathbf{\frac{70}{504}}$ et $\mathbf{\frac{96}{504}}$ B. $\frac{58}{13}$ et $\frac{64}{26} = \mathbf{\frac{58}{13}}$ et $\mathbf{\frac{32}{13}}$

3 A. $\frac{5}{6} + \frac{3}{4} = \mathbf{\frac{19}{12}}$ B. $\frac{7}{42} + \frac{15}{45} = \mathbf{\frac{1}{2}}$ C. $\frac{2}{9} + \frac{1}{18} + \frac{6}{45} = \mathbf{\frac{37}{90}}$

D. $\frac{17}{8} - \frac{5}{7} = \mathbf{\frac{79}{56}}$ E. $25 - \frac{7}{15} = \mathbf{\frac{368}{15}}$ F. $4 - \frac{5}{4}\left(\frac{3}{2} - \frac{1}{3}\right) = \mathbf{\frac{61}{24}}$

G. $$\frac{1 - \frac{1}{4} + \frac{1}{1 + \frac{1}{4}}}{1 - \frac{1}{4} - \frac{1}{1 + \frac{1}{4}}} = \frac{\frac{3}{4} + \frac{4}{5}}{\frac{3}{4} - \frac{4}{5}} = \frac{\frac{31}{20}}{-\frac{1}{20}} = \frac{31}{20} \times \left(-\frac{20}{1}\right) = \mathbf{-31}$$

4 A. $45 \times \frac{15}{7} = \mathbf{\frac{675}{7}}$ B. $\frac{4}{15} : \frac{3}{20} = \mathbf{\frac{16}{9}}$ C. $\frac{25}{3} \times \frac{2}{10} \times \frac{9}{15} = \mathbf{1}$

D. $\frac{1}{3} \times \frac{4}{6} \times \frac{36}{8} = \mathbf{1}$ E. $\frac{8}{3} \times \frac{5}{8} \times \frac{3}{5} = \mathbf{1}$

F. $\frac{35}{63} : 5 = \mathbf{\frac{1}{9}}$ G. $\frac{3}{7} \times \left(5 - \frac{1}{3}\right) = \mathbf{2}$

Parenthèses, signes et priorités des opérations

Rappels

$a + (b + c) = a + b + c$
$(a + b) + c = a + b + c$
$a + (b - c) = a + b - c$
$a - (b + c) = a - b - c$
$a - (b - c) = a - b + c$

$a - b \times c = a - (b \times c)$
$a + b \times c = a + (b \times c)$
$a : b - c = (a : b) - c$
$a - b : c = a - (b : c)$

$a \times b = ab$
$a \times (-b) = -ab$

$-a \times b = -ab$
$-a \times (-b) = ab$

Exercices

Le plus rapidement possible

1 Calculez :

A. $12 - (5 - 3) =$ 10
B. $26 - (11 + 6) =$
C. $18 + (5 - 2) =$
D. $12 - 2 \times 6 =$ 0
E. $4 + 3 \times 2 =$
F. $12 : 3 - 6 =$
G. $15 + 12 - 7 =$ 20

2 Complétez le tableau :

A	B	A × B
(– 6)	(+ 3)	
(– 12,5)	(– 5,4)	
(+ 9)	(– 7)	
(+7)	(+ 13)	

3 Calculez :

A. $(14 - 3) \times 5 - 4 \times 2 =$
B. $2 \times [\,3 + 5 \times (6 - 2) - 8 \times 2\,] =$
C. $(+6) + (-4) =$
D. $(-11) - (-7) =$
E. $[\,(+3) - (+3)\,] - [(+11) + (-7)\,] =$
F. $[\,(-5) + (-7)\,] + [\,(+3) - (-6)\,] =$
G. $[\,(4a - 64y) - (-8a + 12y)\,] - [\,(10a - 5y) - y)] =$
H. $(-4) \times (-35) \times (+6) - (+18) =$
I. $(-35) \times (-2) \times (+6) \times (-5) \times (-12) \times (-7) \times (+28) =$

Corrigés

1 **A.** 12 − (5 − 3) = **10** **B.** 26 − (11 + 6) = **9** **C.** 18 + (5 − 2) = **21**

D. 12 − 2 × 6 = **0** **E.** 4 + 3 × 2 = **10** **F.** 12 : 3 − 6 = **− 2**

G. 15 + 12 − 7 = **20**

2

A	B	A × B
(− 6)	(+ 3)	**− 18**
(− 12,5)	(− 5,4)	**67,5**
(+ 9)	(− 7)	**− 63**
(+7)	(+ 13)	**91**

3 **A.** (14 − 3) × 5 − 4 × 2 = **47**

B. 2 × [3 + 5 × (6 − 2) − 8 × 2] = **14**

C. (+ 6) + (− 4) = **2**

D. (− 11) − (− 7) = **− 4**

E. [(+ 3) − (+ 3)] − [(+ 11) + (− 7)] = **− 4**

F. [(− 5) + (− 7)] + [(+ 3) − (− 6)] = **− 3**

G. [(4 a − 64 y) − (− 8 a + 12 y)] − [(10 a − 5 y) − y)] = **2 a − 70 y**

H. (− 4) × (− 35) × (+ 6) − (+ 18) = **822**

I. (− 35) × (− 2) × (+ 6) × (− 5) × (− 12) × (− 7) × (+ 28) = **− 4 939 200**

Puissances

Rappels

$a^m = \underbrace{a \times a \times a \ldots\ldots\ldots\ldots a}_{m\ \text{fois}}$ — Ex. : $2^3 = 2 \times 2 \times 2 = 8$

$a^m \times b^m = (a \times b)^m$ — Ex. : $3^2 \times 2^2 = (3 \times 2)^2 = 6^2$

$a^m \times a^n = a^{m+n}$ — Ex. : $3^4 \times 3^3 = 3^7$

$(a^m)^n = a^{m \times n}$ — Ex. : $(3^3)^2 = 3^6$

$\frac{a^m}{a^n} = a^{m-n}$ — Ex. : $\frac{3^4}{3^2} = 3^2$

$a^{-n} = \frac{1}{a^n}$ — Ex. : $3^{-2} = \frac{1}{3^2}$

$\left(\frac{a}{b}\right)^m = \frac{a^m}{b^m}$ — Ex. : $\left(\frac{5}{7}\right)^3 = \frac{5^3}{7^3}$

$10^n = 100\ldots\ldots\ldots\ldots 0$ c'est-à-dire 1 et n zéros — Ex. : $10^6 = 1\,000\,000$

$10^{-n} = 0{,}00\ldots\ldots\ldots 01$ c'est-à-dire 0, et n-1 zéro — Ex. : $10^{-4} = 0{,}000\,1$

$(-2)^n = 2^n$ si n est pair et -2^n si n est impair — Ex. : $(-2)^3 = -2^3$ et $(-2)^4 = 2^4$

Exercices

Le plus rapidement possible

Effectuez mentalement :

❶ **A.** $4^3 =$ **B.** $3^7 : 3^4 =$

Réduisez les expressions :

❷ **A.** $3^6 \times 3^3 =$ **B.** $(4^6)^3 =$ **C.** $6^3 \times 5^3 =$

❸ **A.** $130\,000 = (1{,}3) \times 10^{(?)}$ **B.** $225\,000\,000 = 225 \times 10^{(?)}$

4 **A.** $(-2a)^3 \times (-3a)^2 =$ **B.** $\frac{(ab)^2}{a^2 b} =$

5 **A.** $0{,}001\,687 = 1{,}687 \times 10^{-(?)}$ **B.** $\frac{65}{10\,000} = 65 \times 10^{(?)}$

6 $\frac{10^6 \times 10^5}{10^4} =$

7 $\frac{3^{(3^3)}}{(3^3)^3} =$

8 **A.** $\frac{1}{10^{-3}} =$ **B.** $(-5)^2 =$

Effectuez mentalement :

9 **A.** $\left(\frac{3}{5}\right)^4 =$ **B.** $\left(\frac{3}{2}\right)^3 =$ **C.** $\left(-\frac{2}{7}\right)^3 : \left(-\frac{27}{8}\right) =$

Corrigés

1 **A.** $4^3 = \mathbf{64}$ **B.** $3^7 : 3^4 = 3^3 = \mathbf{27}$

2 **A.** $3^6 \times 3^3 = \mathbf{3^9}$ **B.** $(4^6)^3 = \mathbf{4^{18}}$ **C.** $6^3 \times 5^3 = (6 \times 5)^3 = \mathbf{30^3}$

3 **A.** $130\,000 = \mathbf{(1{,}3) \times 10^5}$ **B.** $225\,000\,000 = \mathbf{225 \times 10^6}$

4 **A.** $(-2\,a)^3 \times (-3\,a)^2 = \mathbf{-72\,a^5}$ **B.** $\dfrac{(ab)^2}{a^2 b} = \mathbf{b}$

5 **A.** $0{,}001\,687 = \mathbf{1{,}687 \times 10^{-3}}$ **B.** $\dfrac{65}{10\,000} = \mathbf{65 \times 10^{-4}}$

6 $\dfrac{10^6 \times 10^5}{10^4} = 10^6 \times 10^5 \times 10^{-4} = 10^{6+5-4} = \mathbf{10^7}$

7 $\dfrac{3^{(3^3)}}{(3^3)^3} = \dfrac{3^{27}}{3^9} = 3^{27-9} = \mathbf{3^{18}}$

8 **A.** $\dfrac{1}{10^{-3}} = \mathbf{10^3}$ **B.** $(-5)^2 = \mathbf{25}$

9 **A.** $\left(\dfrac{3}{5}\right)^4 = \mathbf{\dfrac{81}{625}}$ **B.** $\left(\dfrac{3}{2}\right)^3 = \mathbf{\dfrac{27}{8}}$

C. $\left(\dfrac{-2}{7}\right)^3 : \left(\dfrac{-27}{8}\right) = -\dfrac{-8}{343} \times \dfrac{8}{27} = \mathbf{\dfrac{64}{9\,261}}$

Racines carrées, cubiques,... $n^{ième}$

Rappels

$\sqrt{a + b + c} \neq \sqrt{a} + \sqrt{b} + \sqrt{c}$

$\sqrt{9 + 16 + 5} = \sqrt{50} = 7{,}071$
$\sqrt{9} + \sqrt{16} + \sqrt{25} = 3 + 4 + 5 = 12$
et 7,071 est différent de 12.

$\sqrt{a \times b} = \sqrt{a} \times \sqrt{b}$

$\sqrt{4 \times 5} = \sqrt{4} \times \sqrt{5}$

$\sqrt{\frac{a}{b}} = \frac{\sqrt{a}}{\sqrt{b}}$

$\sqrt{\frac{16}{9}} = \frac{\sqrt{16}}{\sqrt{9}} = \frac{4}{3}$

$\sqrt{a - b} \neq \sqrt{a} - \sqrt{b}$

en effet $\sqrt{16} - \sqrt{9} = 4 - 3 = 1$
et $\sqrt{16 - 9} = \sqrt{7}$

La racine carrée d'un nombre négatif n'existe pas. Ainsi :

$\sqrt{(16) \times (-9)} = \sqrt{-144}$ qui n'existe pas

En revanche :

$\sqrt{(-16) \times (-9)} = \sqrt{144} = 12$

$a\sqrt{a} = \sqrt{a \times a \times a}$

$2\sqrt{2} = \sqrt{2 \times 2 \times 2}$

$\sqrt{a} = a^{\frac{1}{2}}$

$\sqrt{9} = 9^{\frac{1}{2}}$

$\sqrt[3]{a} = b$ et $b^3 = a$

$\sqrt[3]{1\,000} = 10$ et $10^3 = 1\,000$

$\sqrt[4]{a} = a^{\frac{1}{4}}$

$\sqrt[4]{9} = 9^{\frac{1}{4}}$

Exercices

Le plus rapidement possible

Calculez mentalement :

1 **A.** $\sqrt{(-3)^2} =$ **B.** $\sqrt{\frac{64}{16}} =$

2 **A.** $\sqrt{8\,100} =$ **B.** $\sqrt{225} \times \sqrt{144} =$

3 **A.** $\sqrt{100} =$ **B.** $\sqrt{10\,000} =$ **C.** $\sqrt{360\,000} =$

4 **A.** $\sqrt{10^2} =$ **B.** $\sqrt{256} \times \sqrt{144} =$

Calculez :

5 **A.** $\sqrt{\frac{10^3 \times 10^6}{10^5}} =$ **B.** $\frac{\sqrt{75}}{\sqrt{3}} =$

6 **A.** $\sqrt{\frac{9}{4}} + \sqrt{\frac{-64}{-16}} =$ **B.** $\sqrt[6]{4^3} =$

7 **A.** $\sqrt[3]{27} =$ **B.** $\sqrt[3]{729} =$

8 **A.** $\sqrt{\frac{16}{49} \times \frac{1}{100}} =$ **B.** $\sqrt{0{,}003\,6}$

Corrigés

1 A. $\sqrt{(-3)^2} = \sqrt{9} = \mathbf{3}$ B. $\sqrt{\frac{64}{16}} = \frac{\sqrt{64}}{\sqrt{16}} = \frac{8}{4} = \mathbf{2}$

2 A. $\sqrt{8\,100} = \sqrt{81} \times \sqrt{100} = 9 \times 10 = \mathbf{90}$

B. $\sqrt{225} \times \sqrt{144} = 15 \times 12 = \mathbf{180}$

3 A. $\sqrt{100} = \mathbf{10}$ B. $\sqrt{10\,000} = \sqrt{10^4} = 10^2 = \mathbf{100}$

C. $\sqrt{360\,000} = \sqrt{36} \times \sqrt{10^4} = 6 \times 10^2 = \mathbf{600}$

4 A. $\sqrt{10^2} = \mathbf{10}$ B. $\sqrt{256} \times \sqrt{144} = 16 \times 12 = \mathbf{192}$

5 A. $\sqrt{\frac{10^3 \times 10^6}{10^5}} = \sqrt{\frac{10^9}{10^5}} = \sqrt{10^4} = 10^2 = \mathbf{100}$

B. $\frac{\sqrt{75}}{\sqrt{3}} = \sqrt{\frac{75}{3}} = \sqrt{25} = \mathbf{5}$

6 A. $\sqrt{\frac{9}{4}} + \sqrt{\frac{-64}{-16}} = 1{,}5 + 2 = \mathbf{3{,}5}$ B. $\sqrt[6]{4^3} = 4^{\frac{3}{6}} = 4^{\frac{1}{2}} = \sqrt{4} = \mathbf{2}$

7 A. $\sqrt[3]{27} = 27^{\frac{1}{3}} = \mathbf{3}$ B. $\sqrt[3]{729} = 729^{\frac{1}{3}} = \mathbf{9}$

8 A. $\sqrt{\frac{16}{49} \times \frac{1}{100}} = \sqrt{\frac{16}{49}} \times \sqrt{\frac{1}{100}} = \frac{\sqrt{16}}{\sqrt{49}} \times \frac{\sqrt{1}}{\sqrt{100}} = \frac{4}{7} \times \frac{1}{10} = \mathbf{\frac{2}{35}}$

B. $\sqrt{0{,}003\,6} = \sqrt{36 \times 10^{-4}} = \sqrt{36} \times \sqrt{10^{-4}} = 6 \times 10^{-2} = \mathbf{0{,}06}$

7

Épreuves de raisonnement numérique

Probabilités (dénombrements)

Rappels

Dans ce chapitre, nous n'étudierons pas toutes les distributions de probabilités. Toutefois, nous aborderons les formes de probabilités courantes auxquelles vous pourrez être confrontés dans les épreuves psychotechniques.

Comme M. Jourdain qui faisait de la prose sans le savoir, on fait des probabilités sans le savoir. En effet, le candidat au concours d'entrée en IFSI qui veut calculer ses chances de réussite, sachant qu'il y a, dans l'école où il se présente, 275 candidats et qu'on en prendra 80, doit faire un calcul de probabilité.

Par calcul mental, il trouvera qu'il a un peu moins d'une chance sur trois de réussir le concours.

Avec l'exemple ci-dessus, on remarque que l'on peut avoir une approche *a priori* des probabilités.

De même, il ne faut pas réfléchir longtemps pour trouver combien de chances on a d'obtenir un 5 en lançant un dé une seule fois. On a évidemment 1 chance sur 6.

L'abord le plus concret des **dénombrements** se fait à l'aide de manipulations d'objets. Exemple : constituer tous les groupes possibles d'objets de 4 couleurs différentes.

De façon plus formelle, mais toujours selon le même principe, au lieu de recourir aux manipulations, on utilise aussi les diagrammes arborescents.

Exemple : Dans un hôpital, les représentants du personnel sont constitués d'une équipe de 3 membres : 1 médecin, 1 infirmier, 1 aide-soignant. Sachant qu'il y a 2 représentants possibles parmi les médecins, 3 parmi les infirmiers et 4 parmi les aides-soignants, quelles sont toutes les équipes possibles de représentants du personnel que l'on pourrait constituer s'il fallait les renouveler ?

M1, M2, = médecins
I1, I2, I3 = infirmiers
A1, A2, A3, A4 = aides-soignants

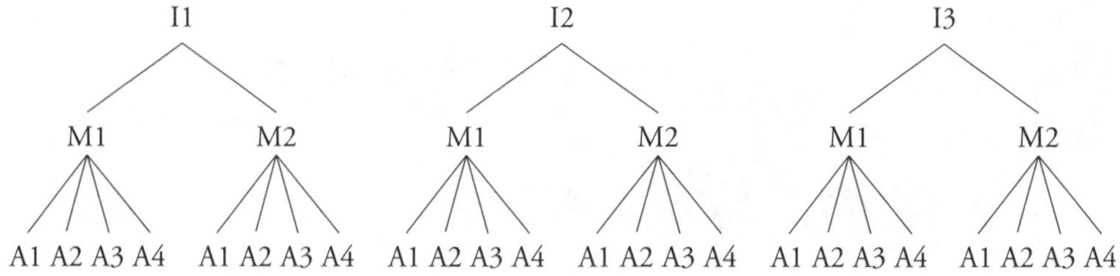

On a donc 24 groupes différents possibles.
Dans les dénombrements, on distingue généralement plusieurs types d'activités :
- les permutations ;
- les arrangements ;
- les combinaisons.

Les permutations

Soit un ensemble à n éléments. On appelle permutation dans un ensemble à n éléments le nombre de façons de ranger les n éléments entre eux, en tenant compte de l'ordre.

$P_n = n \times (n-1) \times (n-2) \times \ldots 2 \times 1$. $P_n = n!$ (qui se lit : factorielle n)

Quel nombre de façons différentes y a-t-il de ranger 3 chevaux : A, B, C ?
Le nombre est : $P3 = 3! = 3 \times 2 \times 1 = 6$

Les arrangements

Soit un ensemble à n éléments. On appelle arrangement dans cet ensemble à n éléments le nombre de façons de ranger dans l'ordre r éléments de cet ensemble.

$$A_n^r = \frac{n!}{(n-r)!}$$

où A_n^r est le nombre d'arrangements de r objets parmi n objets.

On peut aussi écrire l'expression ci-dessus sous forme factorielle de la façon suivante :

$$A_n^r = n(n-1)(n-2)\ldots\ldots\ldots\ldots(n-r+1)$$

Exemples :
- Quel nombre de tiercés dans l'ordre peut-on former avec 20 chevaux au départ ?

$$A_{20}^3 = \frac{20!}{(20-3)!} = \frac{20 \times 19 \times 18 \times 17 \times \ldots\ldots\ldots\ldots \times 3 \times 2 \times 1}{17 \times 16 \times 15 \times \ldots\ldots\ldots\ldots \times 3 \times 2 \times 1}$$

$= 20 \times 19 \times 18 = 6\,840$ tiercés.

• De combien de manières différentes peut-on ranger 12 voitures sur un parking qui n'a que 6 places ?

La formule est $A_n^r = \frac{n!}{(n-r)!}$

donc ici : $\frac{12!}{(12-6)!} = \frac{12 \times 11 \times 10 \times 9 \times 8 \times 7 \times 6 \times 5 \; .... \times 1}{6 \times 5 \times 4 \times 3 \times 2 \times 1} =$

$12 \times 11 \times 10 \times 9 \times 8 \times 7 = 665\,280$ manières différentes.

Remarque : $Pn = A_n^n = n!$

Ainsi, de combien de manières différentes peut-on enfiler sur un fil 8 perles différentes ?

$A_8^8 = 8! = 8 \times 7 \times 6 \times 5 \times 4 \times 3 \times 2 \times 1 = 40\,320$ manières différentes.

Les combinaisons

Lorque l'ordre n'intervient pas pour sélectionner les objets, on utilise les combinaisons. Soit un ensemble à n éléments, on appelle combinaison dans cet ensemble à n éléments le nombre de façons de constituer des groupements de r éléments dans cet ensemble. Dans ce cas, on écrit :

$$C_r^n = \frac{n!}{r!\,(n-r)!}$$

Exemple : combien peut-on constituer d'équipes de 7 ouvriers dans une entreprise qui en comporte 12 ?

$C_{12}^{7} = \frac{12!}{7!\,5!} = \frac{12 \times 11 \times 10 \times 9 \times 8}{5 \times 4 \times 3 \times 2 \times 1} = \frac{95\,040}{120} = 792$ équipes.

Exercices

Le plus rapidement possible

1 De combien de façons différentes peut-on ranger 3 personnes autour d'une table ?

2 Deux équipes sportives vont se rencontrer au cours de 3 matchs. Avec vos amis, vous faites des pronostics entre 3 possibilités :

A = le match est remporté par l'équipe X
B = le match est remporté par l'équipe Y
C = le match est nul

Quels sont tous les pronostics possibles ?

❸ Annette, Christine, Véronique sont toutes les trois enseignantes. Dans la classe de Christine, il y a 14 garçons et 7 filles. Dans celle d'Annette, il y a 24 garçons et 11 filles. Dans celle de Véronique, il y a 20 garçons et 8 filles.
En admettant que chaque enseignante interroge oralement au hasard un ou une élève, dans quelle classe y a-t-il le plus de chances pour que ce soit une fille qui soit interrogée ?

❹ Avant l'élection présidentielle de 1995, un institut de sondage effectue un sondage sur un échantillon représentatif de la population.

Il y a 4 questions posées : Q1 – Q2 – Q3 – Q4.

À chaque question on peut donner 3 types de réponses :
Oui - Non - Je ne sais pas (JNSP)

Le sondeur code les réponses de la façon suivante :
A = Oui, B = Non, C = JNSP.

Quels sont tous les codes possibles (de 4 lettres) qu'il pourra écrire ?

❺ On veut ranger une série de livres : 4 livres de géographie et 6 romans.

Combien de rangements différents peut-on concevoir si on considère qu'il faut ranger les livres par catégorie (géographie et romans) ?

❻ Aujourd'hui, de nombreuses entrées d'immeubles ont un clavier qui commande l'ouverture de la porte d'accès.
Ces claviers ont généralement 9 chiffres auxquels s'ajoutent 3 lettres, soit 12 touches.

Le code d'ouverture est toujours formé d'une lettre et de 3 chiffres distincts ou non.
a) Combien de codes peut-il y avoir commençant par la lettre A ?
b) Combien de codes différents pourrait-on avoir si on utilisait toutes les lettres et tous les chiffres ?

Le code d'ouverture est toujours formé d'une lettre et de 3 chiffres distincts.
c) Combien de codes commençant par A peut-il y avoir ?
d) Combien de codes différents pourrait-on avoir si on utilisait au moins un chiffre parmi 1, 2, 3 ?

❼ Au cours d'une réunion composée de 12 personnes, on prévoit de diviser le groupe en 2 sous-groupes de 7 à 5 personnes ?

Quelles sont toutes les manières de partager ces 12 personnes en 2 sous-groupes de 7 et 5 personnes ?

Corrigés

❶ 3 ! = 3 × 2 × 1 = **6 façons**.

❷ Il y a 9 × 3 = **27 pronostics**.
Parce qu'avec A, on peut faire :
AAA - AAB - AAC - ABA - ABC - ABB - ACA - ACB - ACC,
c'est-à-dire 9 pronostics possibles. On peut donc faire de même avec B et C.

❸ C'est dans la **classe de Christine**, parce qu'en comparant les fractions après les avoir mises au même dénominateur, on obtient le nombre de chances pour qu'une fille soit interrogée dans chaque classe.

$\frac{35}{105}$ pour la classe de Christine, $\frac{30}{105}$ pour la classe de Véronique et $\frac{33}{105}$ pour la classe d'Annette. C'est donc dans la classe de Christine qu'une fille a le plus de chances d'être interrogée.

❹ Ici, nous pouvons aussi recourir au diagramme arborescent :

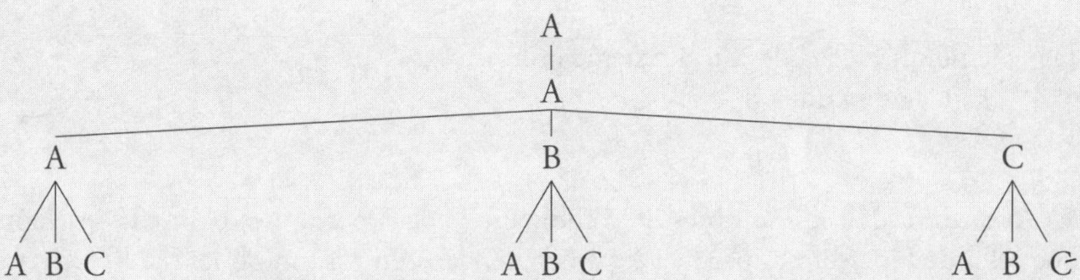

On a donc 9 codes différents commençant par AA.
Donc on aura 9 × 3 × 3 = **81 codages**.

❺ Les livres de géographie peuvent être rangés de 24 manières différentes, que l'on obtient en faisant :

$P_4^4 = 4\,!$

Les romans peuvent être rangés de 720 manières différentes, que l'on obtient en faisant :

$P_6^6 = 6\,!$

Donc (24 + 720) × 2 = **1 488 manières différentes**. (On multiplie par 2 parce qu'on peut commencer par les romans ou les livres de géographie.)

❻ a) Il y a autant de codes possibles que d'arrangements de 3 chiffres possibles. Or, il ya $9 \times 9 = 81$ possibilités de codes commençant par A 1, donc il y a $81 \times 9 =$ **729 codes commençant par A**.

b) En utilisant toutes les lettres et tous les chiffres, il suffit de multiplier 729 par 3 (le nombre de lettres) parce qu'il y a :
- 729 codes commençant par A ;
- 729 codes commençant par B ;
- 729 codes commençant par C ;

donc : **2 187 codes.**

c) Comme il n'y a pas de répétition de chiffres, on peut considérer l'arrangement :

$A_9^3 = \frac{9\,!}{(9-3)\,!} = 9 \times 8 \times 7 =$ **504 codes**.

d) Si on considère l'ensemble D = [1 ; 2 ; 3], l'ensemble des codes ci-dessus (c'est-à-dire 504) se subdivise en deux sous-groupes :
- celui des codes non composés des éléments de D ;
- celui des codes composés d'au moins un élément de D.

Les codes du premier sous-groupe sont constitués de la lettre A, suivie d'un nombre de 3 chiffres obtenu à partir d'un arrangement des éléments [4 ; 5 ; 6 ;7 ; 8 ; 9].

Or $A_6^3 = 120$.

Donc le nombre de codes du deuxième groupe est :
$504 - 120 =$ **384 codes**.

❼ **Attention** : Ici, les nombres de combinaisons de 7 personnes parmi 12 est le même que celui de 5 personnes parmi 12, parce que, dans un cas, on obtient :

$C_{12}^7 = \frac{12\,!}{7\,!\,5\,!}$, et dans l'autre cas, on aura : $C_{12}^5 = \frac{12\,!}{5\,!\,7\,!}$.

Ainsi : $\frac{12 \times 11 \times 10 \times 9 \times 8}{5 \times 4 \times 3 \times 2 \times 1} =$ **792.**

Proportionnalité : règle de trois et produit en croix

Rappels

Pour résoudre les problèmes de proportionnalité, on a généralement recours à la technique du produit en croix et à la méthode de la règle de trois.

Le produit en croix

1 kg d'oranges coûte 12 F, combien coûtent 200 g d'oranges ?

1 000 g d'oranges coûtent 12 F

200 g coûtent ?

On multiplie les 2 nombres qui se trouvent dans la diagonale et on divise par le troisième.

$$\frac{200 \times 12}{1\,000} = 2{,}40 \text{ F}$$

La règle de trois

Si 1 000 g d'oranges coûtent 12 F,

1 g d'orange coûte $\frac{12 \text{ F}}{1\,000}$

200 g d'oranges coûtent : $\frac{12 \text{ F} \times 200}{1\,000} = 2{,}40 \text{ F}$

Avec la règle de trois, le principe est de passer par l'unité (opération qui est éludée avec le produit en croix).

Que ce soit en utilisant le produit en croix ou la règle de trois, la seule difficulté est de bien poser les différents termes du raisonnement.
Ainsi, ce que l'on cherche est toujours noté à droite.

Dans l'exemple précédent, on cherche un coût, donc à l'extrême droite inférieure de la croix se trouve une place vide. À partir de cette place, on positionne l'ensemble des termes du problème sur la croix dans le sens des aiguilles d'une montre :

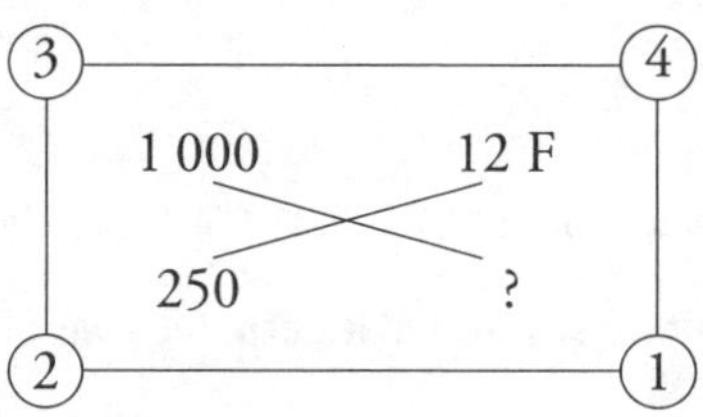

Le plus rapidement possible

Exercices

❶ Pour peindre 30 m^2 de surface, il me faut 2 kg de peinture.

Quelle surface vais-je peindre avec 6 kg de peinture ?

❷ Pour transporter 24 t de sable d'une sablière à l'usine, il faut 16 camions.

Combien faudra-t-il de camions pour transporter 18 t de sable ?

❸ Généralement, pour qu'une ration alimentaire journalière soit équilibrée, on considère que l'apport énergétique doit se distribuer de la façon suivante entre les différents nutriments :

- protides : 15 % ;
- glucides : 55 % ;
- lipides : 30 %.

On sait également que l'apport énergétique conseillé à un homme ayant une activité légère est de 2 700 kcal.

a) Quelle quantité d'énergie doit être apportée à cet homme par les différents nutriments (protides, glucides, lipides) ?
b) On sait qu'en moyenne la viande de bœuf contient 18 % de protides. Quelle masse de protides se trouve dans 475 g de viande de bœuf ?
c) Quelle masse de viande faut-il consommer pour absorber 35 g de protides ?

❹ Un tonneau est plein de vin. On tire les 7/9 du tonneau et il reste encore 50 l.

a) Quelle est la capacité en litres du tonneau ?
b) Sachant qu'une bouteille de vin est vendue 32 F TTC, quel est son prix de revient hors taxe (TVA de 18,6 %) ?

❺ Un produit est vendu sous différentes présentations :

- 1 paquet de 200 g à 15 F ;
- 1 paquet de 250 g à 19 F ;
- 2 paquets de 50 g pour 8 F ;
- 3 paquets de 100 g plus 1 paquet de 25 g pour 25 F.

Quelle est la formule la plus économique ?

❻ Une imprimante d'ordinateur coûte 1 253 F hors taxe. TTC, elle coûte : 1 670, 63 F

Quel est le taux de la TVA appliquée ?

❼ Vous achetez une voiture neuve pour 101 564,31 F TTC avec le taux de TVA de 20,6 %.

Quel aurait été le coût de la voiture si vous l'aviez achetée avant l'augmentation de la TVA, c'est-à-dire au taux de 18,6 % ?

Corrigés

❶ **90 m^2**.

❷ **12 camions**.

❸ a) • protides : 2 700 kcal × 15 % = **405 kcal** ;
• glucides : 2 700 kcal × 55 % = **1 485 kcal** ;
• lipides : 2 700 kcal × 30 % = **810 kcal.**

b) 475 g × 18 % = **85,5 g**.

c) Sachant qu'il y a :
• 18 g de protides dans 100 g de bœuf ;
• 1 g de protides dans $\frac{100}{18}$;
• 35 g de protides dans $\frac{100 \times 35}{18}$ = **194,44 g.**

❹ a) **225 l**.

b) **26,98 F**. Attention ! Ici, il faut considérer que 32 F = 118,6 %, c'est-à-dire 100 % du prix auxquels s'ajoutent 18,6 % de TVA ; par conséquent :
• 118,6 % correspondent à 32 F ;
• 1 % correspond à $\frac{32}{118{,}6}$;
• 100 %, c'est-à-dire le prix HT, correspond à $\frac{32 \times 100}{118{,}6}$ = 26,98 F.

❺ **1 paquet de 200 g à 15 F**.

❻ **33,33 %** car $\left(\frac{1\,670{,}63 - 1\,253}{1\,253}\right) \times 100$.

❼ **99 880 F** car $\frac{101\,564{,}31}{120{,}6} \times 118{,}6$.

Conversion d'unités : longueur, masse, aire et unités agraires

Rappels

Unités de longueur

km	hm	dam	m	dm	cm	mm
1 000 m	100 m	10 m	m	1/10 m	1/100 m	1/1 000 m
				0,1 m	0,01 m	0,001 m

Unités de masse

t	q	.	kg	hg	dag	g	dg	cg	mg
1 000 kg	100 kg	10 kg	1 000 g	100 g	10 g	g	1/10 g	1/100 g	1/1 000 g
							0,1 g	0,01 g	0,001 g

Unités d'aire et agraires

Unités d'aire :

km^2	hm^2	dam^2	m^2	dm^2	cm^2	mm^2
1 000 000 m	10 000 m	100 m	m	1/100 m	1/10 000 m	1/1 000 000 m
				0,01 m	0,000 1 m	0,000 001 m

Unités agraires :

ha	a	ca
hm^2	dam^2	m^2

Rappelons-nous !
Il y a une correspondance entre les unités d'aire et les unités agraires. En effet :

1 ha = 1 hm^2 = 100 a

1 a = 1 dam ^{2} = 100 ca

1 ca = 1 m ^{2}

1 a = 10 × 10 m ^{2} = 100 m ^{2} et 1 ha = 100 × 100 m ^{2} = 10 000 m ^{2}

Exercices

Le plus rapidement possible

Complétez les égalités suivantes en remplaçant les pointillés par le nombre ou l'unité qui convient.

❶ Unités de longueur :

- 12 dam = ... dm
- ...... dam = 1,2 m
- ...... km + 50 m = 15 050 m
- 0,75 m : 3 = ... cm
- 0,06 dam = ... dm
- ...... m + 12 m + 26 dm + 30 mm = 1,346 30 hm
- 1,355 5 dam + ... m + 1,24 dm + 29 mm = 15 072 mm
- 15,25 km + 1 335 dam + 52,5 hm + 220 m = ... m
- 16 253 512 mm = ... km
- 25 630 m + ... = 40 km
- 1 mm + 11 ...... = 0,12 dm
- 19 000 cm = ... dm
- ...... mm = 0,000 008 km
- 37,5 cm + ... m = 1 m
- 2,6 km = ... mm

❷ Unités de masse :

- 6 t + 3 ...... = 6 003 kg
- 296,15 q = ... kg
- 18 kg + 15 hg + 11 g = 19 511 ......
- 1 700 000 ...... + 5 000 ...... = 1 705 kg
- 9 hg + 8 dag + 5 g = 0,009 85 ......
- 1 509 874 g = ... t
- 9 649 ...... : 100 = 96,49 kg
- 120 t = 120 000 000 000 ......
- 180 000 000 000 mg = 180 000 ......

- ...... mg = 0,000 000 068 t
- 9 kg × 5 = ... dag
- 1,871 5 t : 19 = 98,5 ......
- 0,25 t = 2 500 000 ......
- 7 872 mg + ... mg = 0,8 dag
- 18 g = 0,000 018 ......

❸ Unités d'aire et agraires :

- ...... dam ^{2} = 85 m ^{2}
- 50 000 ca = ... ha
- 79,35 hm ^{2} + 65 dam ^{2} = 0,8 ......
- 0,9 cm ^{2} + 42 mm ^{2} = 132 ......
- 165,4 ha = 1 654 000 ......
- 4 989 443 ca = 4 989 443 ......
- 6,483 257...... = 6 483 257 ca
- 76 500 hm ^{2} + 458,9 km ^{2} + 1 646 ha + 0,9 ha + 654 dam ^{2} + 73 dam ^{2} + 2 715 m ^{2} + 0,98 ha = 1 240,454 215 ......
- 800 dam ^{2} = 0,08 ......
- 0,816 ha = 8 160 ......
- ...... ha = 1 000 000 m ^{2}

Corrigés

❶ Unités de longueur :

- 12 dam = **1 200** dm
- **0,12** dam = 1,2 m
- **15** km + 50 m = 15 050 m
- 0,75 m : 3 = **25** cm
- 0,06 dam = **6** dm
- **120** m + 12 m + 26 dm + 30 mm =1,346 30 hm
- 1,355 5 dam + **1,364** m + 1,24 dm + 29 mm = 15 072 mm
- 15,25 km + 1 335 dam + 52,5 hm + 220 m = **34 070** m
- 16 253 512 mm = **16,253 512** km
- 25 630 m + **14 370 m** = 40 km
- 1 mm + 11 **mm** = 0,12 dm
- 19 000 cm = **1 900** dm
- **8** mm = 0,000 008 km
- 37,5 cm + **0,625** m = 1 m
- 2,6 km = **2 600 000** mm

❷ Unités de masse :

- 6 t + 3 **kg** = 6 003 kg
- 296,15 q = **29 615** kg
- 18 kg + 15 hg + 11 g = 19 511 **g**
- 1 700 000 **g** + 5 000 **g** = 1 705 kg
- 9 hg + 8 dag + 5 g = 0,009 85 **q**
- 1 509 874 g = **1,509 874** t
- 9 649 **kg** : 100 = 96,49 kg
- 120 t = 120 000 000 000 **mg**
- 180 000 000 000 mg = 180 000 **kg**
- **68** mg = 0,000 000 068 t
- 9 kg × 5 = **4 500** dag
- 1,871 5 t : 19 = 98,5 **kg**
- 0,25 t = 2 500 000 **dg**
- 7 872 mg + **128** mg = 0,8 dag
- 18 g = 0,000 018 **t**

❸ Unités d'aire et agraires :

- **0,85** dam ^{2} = 85 m ^{2}
- 50 000 ca = **5** ha
- 79,35 hm ^{2} + 65 dam ^{2} = 0,8 **km ^{2}**
- 0,9 cm ^{2} + 42 mm ^{2} = 132 **mm ^{2}**
- 165,4 ha = 1 654 000 **ca**
- 4 989 443 ca = 4 989 443 **m ^{2}**
- 6,483 257 **km ^{2}** = 6 483 257 ca
- 76 500 hm ^{2} + 458,9 km ^{2} + 1 646 ha + 0,9 ha + 654 dam ^{2} + 73 dam ^{2} + 2 715 m ^{2} + 0,98 ha = 1 240,454 215 **km ^{2}**
- 800 dam ^{2} = 0,08 **km ^{2}**
- 0,816 ha = 8 160 **ca**
- **100** ha = 1 000 000 m ^{2}

Conversion d'unités : unités de volume, de capacité et de temps

Rappels

Volume et capacité

m^3			dm^3			cm^3			mm^3		
c	d	u	c	d	u	c	d	u	c	d	u
			hl	dal	l	dl	cl	ml			

Si on examine le tableau ci-dessus, on constate qu'il y a une correspondance entre les unités de volume et de capacité.

$1\ dm^3 = 1\ l$ $\quad$ $1\ cm^3 = 1\ ml$ $\quad$ $1\ m^3 = 10\ hl = 1\,000\ l$

Le temps

1 h = 60 min $\quad$ 1 min = 60 s $\quad$ 1 h = 3 600 s

L'unique difficulté que l'on rencontre dans les problèmes qui mettent en œuvre les mesures de temps consiste à convertir les unités de temps en décimaux, et inversement.
En effet, lorsqu'on utilise la calculatrice, on obtient des résultats donnés en décimaux et on est alors obligé de les convertir en heures ou minutes ou secondes.

Exemple : imaginons qu'une calculatrice nous donne le résultat suivant : 12,75 heures.
Nous devons donc convertir les 0,75 en minutes, ce qui correspond à 45 minutes.
De même, 0,25 correspond à un quart d'heure, c'est-à-dire à 15 minutes.

Les choses se compliquent lorsqu'il faut transformer 0,20, 0,30, 0,40... Dans ce cas, on peut recourir à la méthode suivante :

Exemple : convertissons 0,35 heure en minutes :
1 h = 60 min
Z h = 60 × Z
donc 0,35 h = 60 × 0,35 = 21 min.

Le plus rapidement possible

Exercices

Complétez les égalités suivantes en remplaçant les pointillés par le nombre ou l'unité qui convient.

1 Volume et capacité :

- 10 dm^3 = ... ml
- ...... cm^3 = 102 ml
- ...... dl = 4,5 dm^3
- 81 dl + 65 dm^3 + 25 ml + 12 cm^3 = ... l
- ...... hl = 96 500 000 cm^3
- $\frac{1}{4}$ hl + 3 l $\frac{1}{2}$ = ... l
- 1 672 l + 137,5 ...... + 12,89 hl = 4,336 m^3
- ...... cm^3 = 1 hl
- 18 m^3 + ... dm^3 + 5 cm^3 = 180 140,05 dl
- 72 985 dal + 26 ...... = 73 011 000 cl
- ...... m^3 = 20 000 l
- 1 695 hl = ... ml
- ...... ml = 0,000 12 hl
- 126 950 002 ...... = 126,950 002 m^3
- ...... cm^3 = 18 l

2 Unités de temps :

- 75 000 s = ... h ...... min
- 1 j 12 h 24 min 15 s = ... s
- 169 512 s = ... j ...... h ...... min ...... s
- 3 j 23 h 05 min = ... min
- 12 j 20 h 30 min = ... min
- 3,12 h = ... min 12 s
- 5,3 h = ... s
- 3 j 23 h 12 min 30 s = ... min 30 s
- 9,9 h 3,3 min 20 s = ... s
- 1 an (365 j) 1 mois (30 j) 1 semaine 3 j 22 h 54 min 12 s = ... s
- 788 400 s = ... h
- 54 000 s = ... h
- 86 403 s = ... 3 s
- 6,4 h = ... min
- 1 j 12,1 h 5 min = ... min
- 17 280 min = ... j
- ...... s = 30 h

Corrigés

❶ Volume et capacité :

- 10 dm^3 = **10 000** ml
- **102** cm^3 = 102 ml
- **45** dl = 4,5 dm^3
- 81 dl + 65 dm^3 + 25 ml + 12 cm^3 = **73,137** l
- **965** hl = 96 500 000 cm^3
- $\frac{1}{4}$ hl + 3 l $\frac{1}{2}$ = **28,5** l
- 1 672 l + 137,5 **dal** + 12,89 hl = 4,336 m^3
- **100 000** cm^3 = 1 hl
- 18 m^3 + **14** dm^3 + 5 cm^3 = 180 140,05 dl
- 72 985 dal + 26 **dal** = 73 011 000 cl
- **20** m^3 = 20 000 l
- 1 695 hl = **169 500 000** ml
- **12** ml = 0,000 12 hl
- 126 950 002 **ml** = 126,950 002 m^3
- **18 000** cm^3 = 18 l

❷ Unités de temps :

- 75 000 s = **20** h **50** min
- 1 j 12 h 24 min 15 s = **131 055** s
- 169 512 s = **1** j **23** h **05** min **12** s
- 3 j 23 h 05 min = **5 705** min
- 12 j 20 h 30 min = **18 510** min
- 3,12 h = **187** min 12 s
- 5,3 h = **19 080** s
- 3 j 23 h 12 min 30 s = **5 712** min 30 s
- 9,9 h 3,3 min 20 s = **35 858** s
- 1 an (365 j) 1 mois (30 j) 1 semaine 3 j 22 h 54 min 12 s = **35 074 452** s
- 788 400 s = **219** h
- 54 000 s = **15** h
- 86 403 s = **1 j** 3 s
- 6,4 h = **384** min
- 1 j 12,1 h 5 min = **2 171** min
- 17 280 min = **12** j
- **108 000** s = 30 h

Masse volumique

Rappel

« Qu'est-ce qui est plus lourd, un kilo de plumes ou un kilo de plomb ? » Quel enfant de moins de 9 ans ne s'est pas fait prendre par cette question ? Invariablement, il répond : « un kilo de plomb ».
Pourquoi ce phénomène ?
Le psychologue Piaget nous répond qu'il n'a pas encore acquis la conservation du volume, ce qui signifie, dans le cas présent, que l'enfant n'est pas encore capable de réaliser que deux volumes différents peuvent avoir la même masse.
Cet exemple nous fait toucher concrètement à la notion de masse volumique. Ainsi, un corps occupe un volume et a une masse donnée ; mais un autre corps peut occuper un volume plus important que celui-ci et avoir une masse inférieure.

La masse volumique correspond à la masse d'une unité de volume d'un corps.
Elle est exprimée généralement en kg/dm ^{3} ou en g/cm ^{3}.

$$\textbf{Volume} = \frac{\textbf{masse d'un corps}}{\textbf{masse volumique}}$$

$$\textbf{Masse volumique} = \frac{\textbf{masse}}{\textbf{volume}}$$

Quelques masses volumiques :

Huile = 0,9 kg/dm^3	Alcool = 0,8 kg/dm^3	Lait = 1,03 kg/dm^3
Acier = 7,8 g/cm^3	Cuivre = 8,9 g/cm^3	Étain = 7,3 g/cm^3

Exercices

Le plus rapidement possible

❶ Une dalle a les dimensions suivantes : 40 × 25 cm.
La masse volumique de la pierre artificielle constituant cette dalle est de 2,49 g/cm^3.
Quelle est l'épaisseur de la dalle, sachant qu'elle a une masse de 4,98 kg ?

❷ Une bouteille vide pèse 850 g. On y verse 75 cl de lait. Sachant que la masse volumique du lait est de 1,03 kg/dm^3, quelle est la masse de la bouteille ?

❸ 49,5 kg est la masse d'un récipent rempli d'un liquide dont on ne connaît pas la nature. Si on remplit ce même récipient d'huile, de densité 0,9, il aura pour masse 45,9 kg.
On sait toutefois que la masse volumique du liquide inconnu est de 0,98 kg/dm^3.
Quelle est la capacité du récipient ?
Quelle est la masse du récipient vide ?

❹ Sachant que la masse volumique de l'acier est de 7,8 g/cm^3, quel est le volume d'acier correspondant à une charpente métallique de 8 200 t ?

❺ La masse volumique du cuivre est de 8,9 g/cm^3.
La masse volumique de l'étain est de 7,3 g/cm^3.
Une cloche ayant une masse de 62,5 kg, quels volumes de cuivre et d'étain ont été nécessaires pour réaliser l'alliage de la cloche, sachant que celle-ci est composée de cuivre à raison de 80 % de sa masse ?
Quelle est la masse volumique de l'alliage ?

Corrigés

❶ Dans cet exercice, il nous faut diviser le volume par la surface et nous obtiendrons l'épaisseur de la dalle.
Donc, calculons la surface de la dalle, puis le volume, puis l'épaisseur de la dalle.

Surface de la dalle : 40×25 cm = 1 000 cm^2.
Volume de la dalle : 2,49 g occupent 1 cm^3.

4 980 g occupent : $\dfrac{4\,980 \text{ g} \times 1 \text{ cm}^3}{2{,}49 \text{ g}} = 2\,000 \text{ cm}^3$.

Épaisseur de la dalle : $\dfrac{2\,000 \text{ cm}^3}{1\,000 \text{ cm}^2} = \mathbf{2 \text{ cm}}$.

❷ Cet exercice ne comporte aucune difficulté. Il s'agit de faire un produit en croix ou une règle de trois :

100 cl ont pour masse 1,03 kg.

75 cl ont pour masse $\dfrac{75 \text{ cl} \times 1{,}03 \text{ kg}}{100 \text{ cl}} = 0{,}772\,5$ kg.

0,772 5 kg + 850 g (la masse de la bouteille vide) = **1,622 5 kg**.

❸ Si on remplace 1 l de liquide dont on ne connaît pas la nature par 1 l d'huile, la masse du récipient baissera de 0,08 kg parce que 0,98 kg/dm^3 – 0,90 kg/dm^3 = 0,08 kg/dm^3.
Pour calculer la capacité du récipient, on peut procéder de la façon suivante :

49,5 kg – 45,9 kg = 3,6 kg.
3,6 kg : 0,08 kg/dm^3 = 45 dm^3 = **45 l** (1 dm^3 = 1 l).

Calculons à présent la masse du liquide dont on ne connaît pas la nature :
0,98 kg/dm^3 × 45 l = 44,1 kg.

La masse du récipient lorsque celui-ci est vide est donc :
49,5 kg – 44,1 kg = **5,4 kg**.

Autre méthode en utilisant les équations (voir « Utilisation des équations du premier degré ») :
Soit x = capacité du récipient et y = masse du récipient vide.
Si on utilise la méthode par combinaison linéaire, on peut poser l'équation de la façon suivante :

$$\begin{array}{rl} 0{,}98\,x + y = & 49{,}5 \text{ kg} \\ \underline{-\,0{,}9\,x - y =} & \underline{-\,45{,}9 \text{ kg}} \\ 0{,}08\,x = & 3{,}6 \text{ kg} \end{array}$$

donc x = **45 l** (capacité du récipient)
y = 45,9 kg – 0,9 x = **5,4 kg** (masse du récipient vide)

❹ Cet exercice est de même facture que l'exercice n° 2. Il suffit de faire un produit en croix :

7,8 g occupent un volume de 1 cm^3,

donc 8 200 000 000 g occupent un volume de :

$$\frac{8\,200\,000\,000 \text{ g} \times 1 \text{ cm}^3}{7{,}8 \text{ g}} \cong \mathbf{1\,052\ m^3}.$$

❺ Il nous faut d'abord chercher la masse de cuivre et la masse d'étain qui entrent dans la composition de l'alliage.

$\frac{62{,}5 \text{ kg} \times 80}{100}$ = 50 kg, c'est-à-dire la masse de cuivre entrant dans la composition de de l'alliage.

Ainsi, il y a 12,5 kg d'étain puisque 62,5 kg – 50 kg = 12,5 kg.

Volume de cuivre nécessaire :

8,9 g occupent 1 cm^3 ;

50 000 g occupent : $\frac{1 \text{ cm}^3 \times 50\,000 \text{ g}}{8{,}9 \text{ g}}$ = **5 617,99 cm^3**.

Volume d'étain nécessaire :

7,3 g occupent un volume de 1 cm^3 ;

12 500 g occupent : $\frac{1 \text{ cm}^2 \times 12\,500 \text{ g}}{7{,}3}$ = **1 712,33 cm**^{3}.

Pour calculer la masse volumique de l'alliage, il nous faut avant tout calculer le volume de l'alliage :

5 617,99 cm^3 + 1 712,33 cm^3 = 7 330,31 cm^3.

Pour trouver la masse volumique de l'alliage, il nous suffit de diviser la masse totale de la cloche par le volume :

62 500 g : 7 330,31 cm^3 = **8,52 g/cm^3**.

Vitesse et vitesse moyenne

Rappel

On appelle vitesse d'un corps la distance que ce corps parcourt en une unité de temps. La vitesse s'exprime en indiquant les unités de longueur et de temps utilisées. Ex. : 60 km/h. Lorsqu'on connaît la vitesse d'un corps, on peut aussi calculer la distance qu'il parcourt en un temps donné, en utilisant la formule :

$$d = v \times t$$

où v est exprimé en km/h, t en h, et d en km.

Exemples :

- Un coureur du 100 mètres parcourt l'épreuve en 10 s 4/10. Quelle est sa vitesse en km/h ?

En 10 s 4/10, il parcourt 100 m.

En 3 600 s, il parcourt : $\frac{100 \text{ m} \times 3\,600}{10{,}4} = 34\,615 \text{ m}$

La vitesse du coureur est donc de 34,615 km/h.

- Un cycliste se déplace à une vitesse de 30 km/h. Quelle distance parcourra-t-il en 5 h 27 min ?

5 h 27 min = 327 min
En 60 min, il parcourt 30 km.
En 327 min, il parcourt : $\frac{327 \times 30}{60} = 163{,}5$ km.

Exercices

Le plus rapidement possible

❶ Un véhicule roule à 40 km/h durant 240 km, quelle est la durée du voyage ?

❷ Une voiture parcourt 124 km durant 1 h 40 min, quelle est sa vitesse moyenne ?

❸ Sachant que je roule pendant 1 h 30 à 140 km/h, quelle est la distance parcourue ?

❹ Sachant qu'un véhicule parcourt 712,5 km et qu'il roule à 95 km/h, quelle est la durée du trajet ?

❺ Un cyclomotoriste roule à 55 km/h. Il souhaite parcourir 280,5 km en respectant cette vitesse horaire. Après 2 h de route, il s'aperçoit qu'il a parcouru 102 km. Il se rend compte que sa vitesse moyenne est un peu inférieure à ce qu'il avait prévu.

Quelle devra être sa vitesse moyenne sur le reste du parcours s'il veut respecter les délais qu'implique la vitesse moyenne choisie initialement ?

❻ Une motocyclette A part de Paris à 10 heures et se déplace à la vitesse de 60 km/h.
Une motocyclette B part de Paris à 10 h 20 min dans la même direction que la motocyclette A, à la vitesse moyenne de 65 km/h.

À quelle heure la deuxième motocyclette rejoindra-t-elle la première et à quelle distance de Paris ?

❼ De deux villes distantes de 55 km, deux cyclistes partent simultanément à 13 heures en direction l'un de l'autre.
Le cycliste A se déplace à une vitesse de 24 km/h, et le cycliste B se déplace à la vitesse de 20 km/h.

À quelle heure les deux cyclistes se rencontreront-ils ?
Quelle distance aura parcourue chacun d'eux ?

Corrigés

❶ $t = \frac{240}{40} =$ **6 h.**

❷ 1 h 40 = 100 min

$v = \frac{124 \times 60}{100} =$ **74,4 km/h**.

❸ $d = \frac{140 \times 90}{60} =$ **210 km**.

❹ **7 h 30 min.**

❺ **57,580 km/h.**

❻ **14 h 20 min** et à **260 km** de Paris.

❼ **14 h 15 min**. Le cycliste A a parcouru **30 km** et le cycliste B a parcouru **25 km**.

Utilisation des équations du premier degré

Rappels

L'équation à une inconnue

L'équation à une inconnue est une égalité dans laquelle il y a un nombre dont on ne connaît pas la valeur, et qui est généralement représenté par la lettre x.
La résolution de l'équation consiste à orienter les calculs de manière à trouver la valeur de l'inconnue.
Ces équations peuvent être de complexité très différente suivant qu'il s'agit d'équations :
- sans parenthèses ni dénominateurs ;
- avec parenthèses ;
- avec dénominateurs.

Exemples

- Sans parenthèses ni dénominateurs :

$7x - 4 = 12 + 3x$

On met tous les x du même côté et, de ce fait, $3x$ change de signe. De même, 4 change de côté et change donc également de signe.

$7x - 3x = 12 + 4$

$4x = 16$

$x = \frac{16}{4}$, donc $x = 4$.

- Avec parenthèses sans dénominateurs :

$2{,}5(x - 3) - 3(x - 4) = 9 - (5x - 15{,}3)$

Faisons en sorte de faire disparaître les parenthèses :

$2{,}5x - 7{,}5 - (3x - 12) = 9 - 5x + 15{,}3$

$2{,}5x - 7{,}5 - 3x + 12 = 9 - 5x + 15{,}3$

$4{,}5 - 0{,}5x = 24{,}3 - 5x$.

Mettons les x d'un côté :

$5x - 0{,}5x = 24{,}3 - 4{,}5$, donc $4{,}5x = 19{,}8$

$x = \frac{19{,}8}{4{,}5} = \frac{198}{45} = \frac{22}{5} = 4{,}4$.

- Avec dénominateur :

$$\frac{x+1}{3} - \frac{x+2}{6} = \frac{2x-1}{2}$$

Mettons l'ensemble au même dénominateur :

$$\frac{2\,(x+1)}{6} - \frac{x+2}{6} = \frac{3\,(2\,x-1)}{6}$$

$2\,(x + 1) - (x + 2) = 3\,(2\,x - 1)$
$2\,x + 2 - x - 2 = 6\,x - 3$
$x = 6\,x - 3$
$3 = 6\,x - x$
$3 = 5\,x$
$- x = - \frac{3}{5}$ donc $x = \frac{3}{5}$.

L'équation à deux inconnues

L'équation à deux inconnues comporte deux nombres dont on ne connaît pas la valeur. Pour résoudre ce type d'équation, on utilise deux méthodes :
- par substitution ;
- par combinaison linéaire.

- Par substitution :

$$\begin{cases} x + y = 60 \\ 2\,x + 5\,y = 270 \end{cases}$$

Si nous prenons la 1re équation $x = (60 - y)$ et si nous remplaçons x par $(60 - y)$ dans la 2e équation :
$2\,(60 - y) + 5\,y = 270$
$120 - 2\,y + 5\,y = 270$
$120 + 3\,y = 270$
$3\,y = 270 - 120$
$3\,y = 150$
$y = \frac{150}{3} = 50$ d'où $x + 50 = 60$
$x = 60 - 50$, donc $x = 10$.

- Par combinaison linéaire :

$$\begin{cases} x + y = 60 \\ 2\,x + 5\,y = 270 \end{cases}$$

Multiplions les 2 membres de la 1re équation par – 2 pour éliminer l'inconnue x. Ainsi, on obtient :

$$\begin{array}{rrl} \{-2\,x & -2\,y = & -120 \\ \{\;\;2\,x & +5\,y = & 270 \\ \hline & 3\,y = & 150 \end{array}$$

$y = \frac{150}{3} = 50$ et $x = 60 - y = 60 - 50 = 10$.

Exercices

Le plus rapidement possible

❶ Un repas d'affaires revient à 400 F par personne. Cependant, 3 personnes sont invitées par les autres et ne paieront donc pas leur repas. Les autres devront débourser 475 F chacun.

Combien y avait-il de personnes au repas ?

❷ Deux citernes contiennent ensemble 12 hl d'eau. Si on consomme 160 l de la première citerne et 110 l de la deuxième, elles contiennent toutes les deux la même quantité d'eau.

Quelle quantité d'eau contient chaque citerne ?

❸ Sachant que la longueur d'un champ rectangulaire dépasse la largeur de 32 m et que le périmètre est de 268 m, quelles sont les dimensions du champ ?

❹ Un viticulteur vend 1/3 de son stock de vin, plus 300 bouteilles. Dans un second temps, il vend 2/5 de son stock de départ moins 160 bouteilles. Après ces deux ventes, il lui reste 260 bouteilles.

Quel était le stock initial ?

❺ Deux amis habitent à une distance de 7 km. Ils vont à la rencontre l'un de l'autre. Le premier marche à 6,6 km/h et le second à 7,2 km/h, mais celui-ci s'arrête 3 min pendant son trajet.

Au bout de combien de temps aura lieu la rencontre ?

❻ On veut partager 18 530 F entre 3 personnes, de manière que la part de la deuxième corresponde aux 4/7 de la première et que la part de la troisième dépasse de 50 F celle de la deuxième.

Quelle sera la somme de chacun à l'issue du partage ?

❼ Un nombre de 2 chiffres est composé de telle manière que le chiffre des dizaines soit 3 fois plus petit que celui des unités, et que si on inverse les 2 chiffres, ce nombre augmente de 54.

Quel est ce nombre ?

Corrigés

❶ Considérons x, le nombre de personnes payantes et $x + 3$, le nombre total de convives. La somme déboursée par chaque personne sera :
475 F $\times x$ ou 400 F $\times (x + 3)$.

Posons ainsi l'équation : $475\,x = 400\,(x + 3)$
$475\,x = 400\,x + 400 \times 3$
$475\,x - 400\,x = 400 \times 3$
$(475 - 400)\,x = 400 \times 3$

On obtient : $x = \dfrac{400 \times 3}{475 - 400} = 16$

Ainsi le nombre total de personnes est : 16 + 3 = **19**.

On peut aussi procéder de la façon suivante :

- coût des 3 repas pris en charge = 1 200 F ;
- supplément par personne payante = 75 F ;
- nombre de personnes payantes = 1 200 : 75 =16 ;
- nombre total de personnes = 16 + 3 = 19.

❷ 12 hl =1 200 l
On considère x, la quantité d'eau non consommée.

$x + 160 + 110 = 1\,200$
$x + 270 = 1\,200$
$x = 1\,200 - 270$
$x = 930$

La première citerne contient donc : (930 : 2) + 160 = **625 l**.
La deuxième citerne contient donc : (930 : 2) + 110 = **575 l**.

❸ Si x est la largeur du champ, la longueur est donc $x + 32$ et le périmètre $2\,(x + x + 32)$.

Ainsi on peut écrire : $2\,(2x + 32) = 268$.

Donc :
$2x + 32 = 134$
$2x = 134 - 32 = 102$
$x = 51$
La largeur du champ est donc de **51 m**.
La longueur correspond à 51 + 32 = **83 m**.

❹ 1re vente : $\dfrac{x}{3} + 300$

2e vente : $\dfrac{2}{5}\,x - 160$

d'ou $x = \frac{x}{3} + 300 + \frac{2x}{5} - 160 + 260$
$x =$ **1 500** bouteilles.

❺ La vitesse du premier est de $\frac{6\,600}{60} = 110$ m/min.

La vitesse du second est de $\frac{7\,200}{60} = 120$ m/min.
Considérons x le nombre de minutes cherchées et posons l'équation suivante :
$110\,x + 120\,(x - 3) = 7\,000$

Simplifions : $11\,x + 12 \times (x - 3) = 700$

Résolvons : $11\,x + 12\,x - 36 = 700$
$23\,x = 736$

$x = \frac{736}{23} =$ **32** minutes.

❻ Considérons $7\,x = 1^{re}$ part
$4\,x = 2^{e}$ part
$4\,x + 50 = 3^{e}$ part

La somme totale étant 18 530, on peut écrire :
$7\,x + 4\,x + 4\,x + 50 = 18\,530$.

Si nous résolvons, on obtient : $7\,x + 4\,x + 4\,x = 18\,530 - 50$
$15\,x = 18\,480$

$x = \frac{18\,480}{15} = 1\,232$ F.

La 1re personne a donc obtenu : $1\,232 \times 7 =$ **8 624 F**.
La 2e personne a donc obtenu : $1\,232 \times 4 =$ **4 928 F**.
La 3e personne a donc obtenu : $4\,928 + 50 =$ **4 978 F**.

❼ Cherchons à poser l'équation :
$x =$ le chiffre des dizaines
$3\,x =$ le chiffre des unités
Le nombre que l'on cherche est égal à x dizaines + $3\,x$ unités.
Si on inverse les 2 chiffres, on obtient :
$3\,x \times 10 + x$, et comme ce nombre augmente de 54, on peut écrire :
$(3\,x \times 10 + x) = (x \times 10 + 3\,x) + 54$.

Résolvons :
$30\,x + x = 10\,x + 3\,x + 54$
$31\,x = 13\,x + 54$
$31\,x - 13\,x = 54$
$18\,x = 54$
$x = 3$ et $3\,x = 9$
Le nombre est donc **39**.

Notions d'énergie et de puissance

Rappels

La mesure de l'électricité

La consommation d'électricité se mesure en Wh (wattheures) ou kWh (kilowattheures).

1 kWh = 1 000 Wh
1 Wh = 3 600 J
1 kWh = 3 600 000 J
1 W = 0,001 kW

Les grandeurs et unités courantes en matière d'électricité et d'énergie

Unités	Écritures	Symboles	Correspondances
watt kilowatt	W kW	P (puissance)	$P = UI$ $U = \frac{P}{I}$ $I = \frac{P}{U}$
volt	V	U (tension)	
ampère	A	I (intensité)	
ohm kilowatt	Ω kW	R (résistance)	$U = RI$ $R = \frac{U}{I}$ $I = \frac{U}{R}$
joule wattheure kilowattheure	J Wh kWh	E (énergie)	$E = Pt$ $P = \frac{E}{t}$ $t = \frac{E}{P}$

Lorsque l'énergie électrique est transformée en énergie thermique (ex. : plaque de cuisson), on appelle cela effet joule. L'énergie produite par effet joule (E) se calcule à l'aide de la formule suivante : $E = RI^2t$.

P s'exprime en watts ou kilowatts.
U s'exprime en volts.
I s'exprime en ampères.
R s'exprime en ohms.
E s'exprime en joules, watts, kwatts.

Exercices

Le plus rapidement possible

❶ P = 3 000 W U = 220 V
Quelle est l'intensité du courant électrique ?

❷ U = 220 V I = 32 A
Quelle est la puissance de l'appareil ?

❸ P = 7 600 W I = 20 A
Quelle est la tension de l'installation ?

❹ U = 220 V I = 13 A
Quelle est la résistance du circuit ?

❺ R = 11 Ω I = 20 A
Quelle est la tension du circuit ?

❻ U = 220 V R = 16 Ω
Quelle est l'intensité du courant ?

❼ Une plaque électrique d'une cuisinière fonctionne pendant 30 min. Sachant que l'intensité du courant passant dans le circuit est de 16 A et que la résistance est de 20 Ω, quelle est l'énergie produite ?

❽ Une pile électrique de 1,5 V alimente une petite radio d'une puissance de 5 W.
Quelle sera l'énergie consommée en 1 heure ?

❾ Une lampe de poche contient une ampoule de 2 W et de 4,5 V.
Quelle est la résistance du filament de l'ampoule ?

❿ Vous utilisez votre fer à repasser électrique durant 2 h 20 min. Au bout de 50 min d'utilisation, comme vous n'avez pas assez de lumière, vous allumez une lampe de 60 W. Au début du repassage, le compteur électrique marquait 252 kWh ; à la fin, il marque 253 kWh.

Quelle a été la consommation de :
- la lampe ?
- du fer à repasser ?

Quelle est la dépense que représente 1 h de repassage et d'utilisation de la lampe électrique de 60 W, sachant que le prix du kWh est de 66 centimes ?

Corrigés

❶ $I = \frac{P}{U}$ $\quad I = \frac{3\,000\ W}{220\ V} = \mathbf{13{,}63\ A}$

❷ $P = UI$ $\quad P = 220\ V \times 32\ A = \mathbf{7\,040\ W}$

❸ $U = \frac{P}{I}$ $\quad U = \frac{7\,600\ W}{20\ A} = \mathbf{380\ V}$

❹ $R = \frac{U}{I}$ $\quad R = \frac{220\ V}{13\ A} = \mathbf{16{,}92\ \Omega}$

❺ $U = RI$ $\quad U = 11 \times 20 = \mathbf{220\ V}$

❻ $I = \frac{U}{R}$ $\quad I = \frac{220}{16} = \mathbf{13{,}75\ A}$

❼ $E = RI^2 t$ $\quad E = 20 \times 16^2 \times 1\,800 = \mathbf{9\,216\,000\ J}$
(= 2,56 kWh)

❽ $E = P \times t$ $\quad E = 5\ W \times 3\,600\ s = \mathbf{18\,000\ J}$

❾ $R = \frac{U^2}{P} = \frac{4{,}5^2}{2} = \mathbf{10{,}125\ \Omega}$

❿ Le fer fonctionne pendant 140 min.
La lampe fonctionne pendant 1 h 30 min.
Ensemble, ils consomment : 253 kW – 252 kW = 1 000 W.
Consommation de la lampe : si la lampe consomme 60 W en 60 min, elle consomme **90 W** en 90 min.
Consommation du fer à repasser : 1 000 W – 90 W = 910 W.

Consommation du fer à repasser au bout de 1 h :

$\frac{910\ W \times 60\ min}{140\ min} = 390\ W.$

Consommation de la lampe : 60 Wh.

Dépense au bout de 1 h de consommation :
(0,390 kW + 0,060 kW) × 0,66 F/kW = 0,297 F ≅ **0,30 F**.

Calcul de débit

Rappel

Le débit moyen correspond à l'écoulement du volume d'un liquide pendant une durée de temps.

Le débit moyen s'obtient par le quotien : $\frac{V}{t}$.

On peut aussi utiliser la notion de débit dans d'autres domaines.
Ex. : une ligne de métro a un débit de 15 000 personnes/h.

Exercices

Le plus rapidement possible

1 Une citerne doit être remplie en 2 h 15 min.
Sa capacité est de 30 000 l.

Quel doit être le débit (par minute) de la canalisation pour que la citerne soit remplie en 2 h 15 min ?

2 Une ville consomme 3 542 625 m^3 d'eau en 1 an.
Les pompes qui assurent la distribution d'eau ont un débit total de 1 125 m^3/h.

Quelle est la durée moyenne de fonctionnement journalier des pompes pour débiter le volume d'eau correspondant à la consommation ci-dessus ?

3 Une piscine a les dimensions suivantes : 25 m × 7 m × 3,40 m.
La pompe à eau qui remplit cette piscine débite 50 m^3/h.
On considère que cette piscine est remplie lorsque l'eau atteint 40 cm du bord.

Quelle est la durée nécessaire pour le remplissage de la piscine ?

Corrigés

❶ 2 h 15 min = 135 min.

Il faut 135 min pour remplir une citerne de 30 000 l,

donc, en 1 min, le débit de la pompe doit être :

$\frac{30\,000 \text{ l}}{135 \text{ min}}$ = **222,22 l/min.**

❷ Combien de temps fonctionnent les pompes pour fournir 3 542 625 m^3 ?

$\frac{3\,542\,625 \text{ m}^3}{1\,125 \text{ m}^3/\text{h}} = 3\,149$ h.

Durée moyenne de fonctionnement journalier des pompes :
3 149 h : 365 jours = **8,62 h/j** = **517 min/j.**

❸ Hauteur d'eau :
3,40 m - 0,40 m = 3 m.

Volume d'eau :
25 m × 7 m × 3 m = 525 m^3.

Durée du remplissage :

$\frac{525 \text{ m}^3}{50 \text{ m}^3/\text{h}}$ = **10 h 30 min.**

8

Épreuve d'attention et de classement

L'esprit d'observation est une compétence particulière qui s'acquiert difficilement par un enseignement. En effet, l'esprit d'observation est avant tout une attitude psychologique qui dépend de nombreux facteurs : curiosité, ouverture à l'environnement, aptitude à ordonner et classer l'information, anxiété, etc.
Vous pouvez toutefois vous entraîner en récoltant les jeux d'observation que l'on trouve dans les revues et journaux.

Exercices

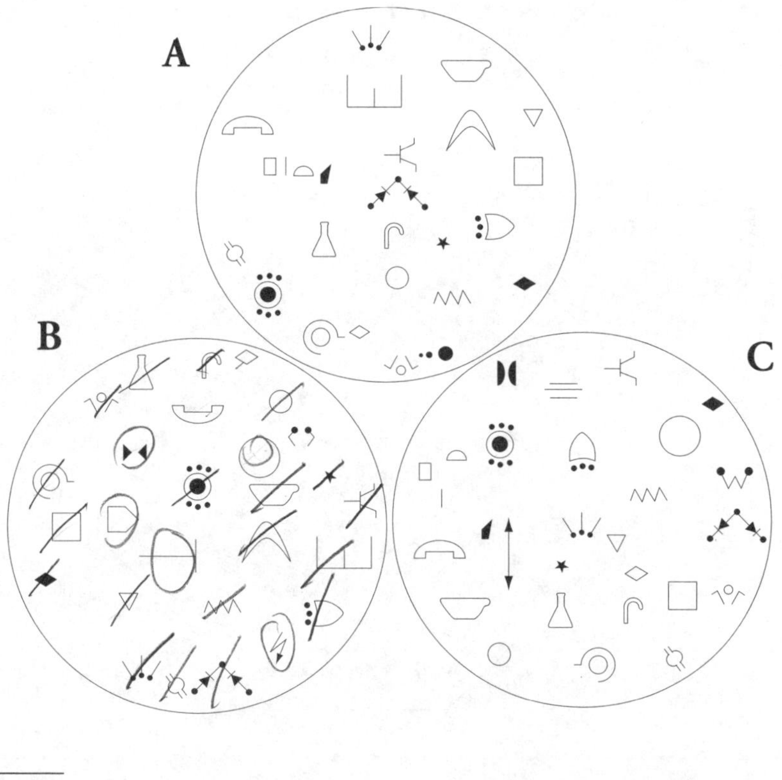

❶ **Combien y a-t-il de figures qui se trouvent dans le cercle B et qui ne sont pas dans le cercle A ?**

❷ **Combien y a-t-il de figures qui se trouvent dans le cercle C et qui ne sont pas dans le cercle B ?**

❸ **Combien y a-t-il de figures qui sont dans A et qui ne sont pas dans B et C ?**

❹ **Combien y a-t-il de figures qui sont uniquement en B et ne sont pas dans A et C ?**

❺ **La figure D contient un certain nombre de symboles. La figure E contient 10 symboles de moins que la figure D.**

Trouvez les 10 symboles supprimés en entourant dans la figure D les symboles manquants.

D

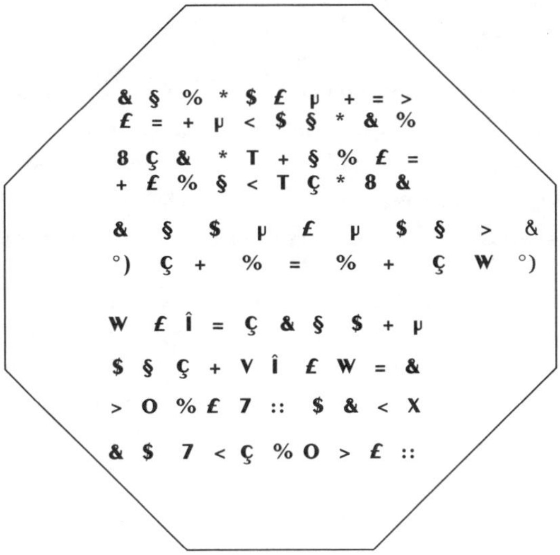

E

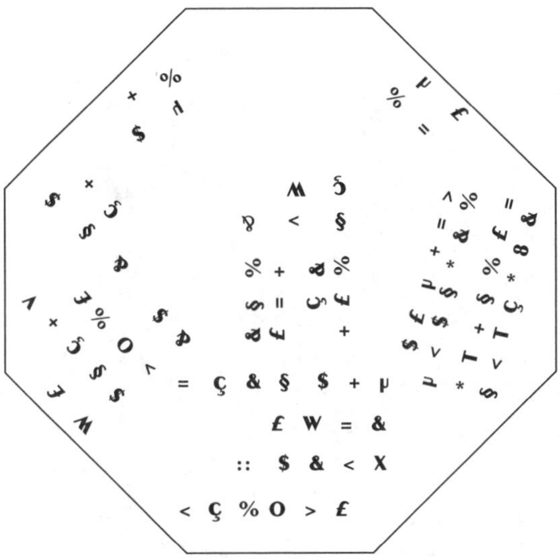

Corrigés

❶ 6 figures

❷ 3 figures

❸ 1 figure

❹ 4 figures

❺

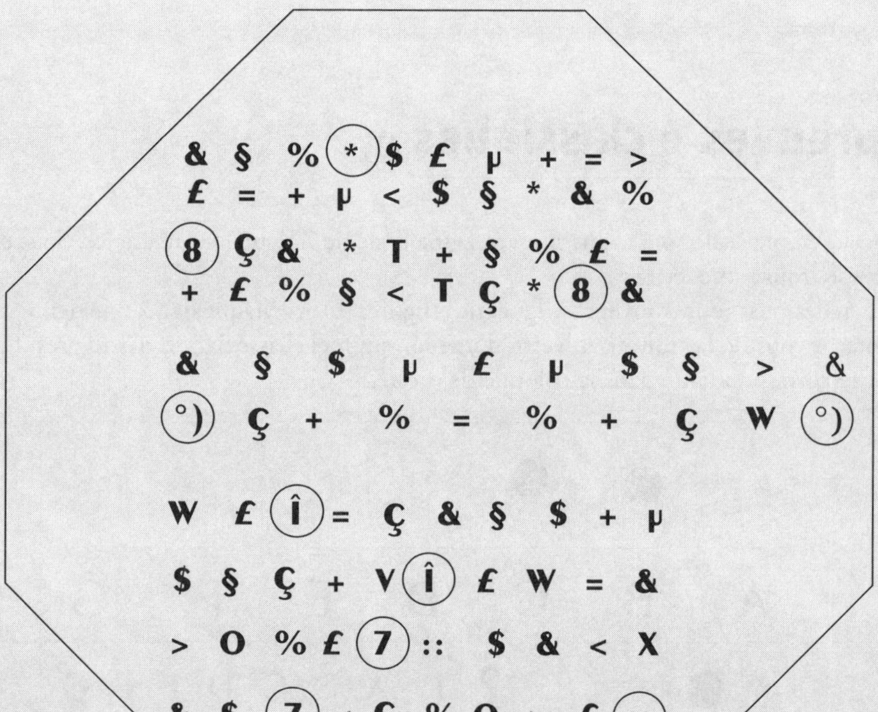

9

Épreuve de logique

Épreuves « classiques »

Dans l'exemple ci-dessous, vous trouverez une ligne de 7 figures de référence. Sous chacune d'elles se trouve une lettre.

Puis, en dessous, vous trouverez 5 lignes de 5 figures. Dans chaque ligne, une figure est manquante. À vous de la trouver en vertu d'une loi qui régit l'association des figures. Entourez la lettre correspondante dans la colonne de droite.

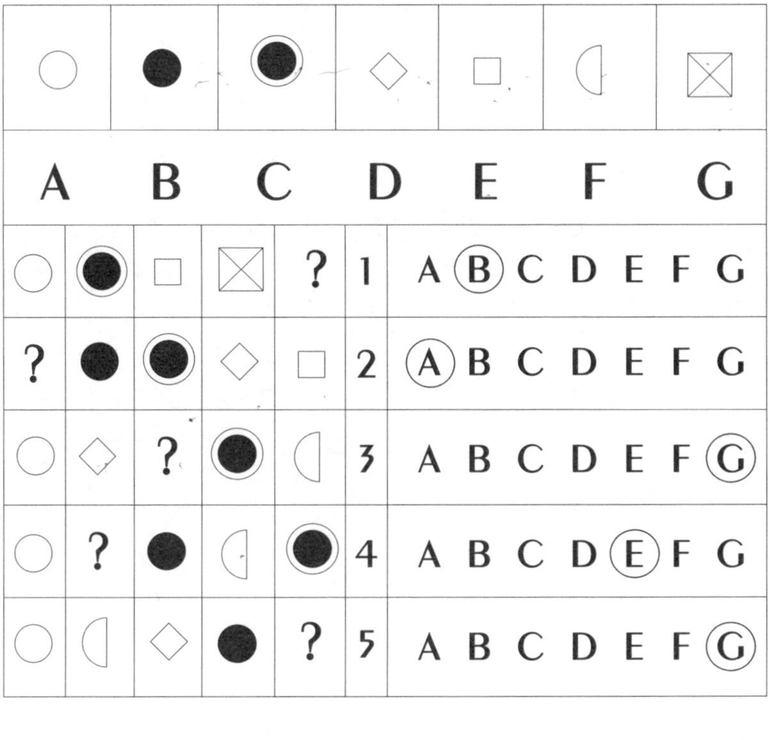

• *Réponse*

Ligne n° 1 : la figure manquante est un cercle noir parce que la loi d'association est de type 1 + 2 + 2 + 2 + 2 et on obtient : A - C - E - G - B. La figure correspondant à B est un rond noir.
Ligne n° 2 : la figure manquante est un cercle blanc parce que la loi d'association est de type 1 + 1 + 1 + 1 + 1 et on obtient : A - B - C - D - E. La figure correspondant à A est le cercle blanc.
Ligne n° 3 : la figure manquante est le carré dans lequel se trouve une croix parce que la loi d'association est de type 1 + 3 + 3 + 3 + 3 et on obtient : A - D - G - C - F. La figure correspondant à G est le carré muni d'une croix.
Ligne n° 4 : réponse = E.
Ligne n° 5 : réponse = G.

Attention ! Les lois qui régissent l'association des figures peuvent entrer en application horizontalement comme dans l'exemple ci-dessus, mais elles peuvent aussi entrer en application verticalement ou en diagonale.
L'association peut aussi se faire dans une même épreuve selon deux ou plusieurs lois différentes entrant en application conjointement (horizontalement, verticalement, en diagonale).

Exercices

Comme dans l'exemple de la page précédente, entraînez-vous en trouvant la figure manquante et en entourant la lettre correspondante.

❶

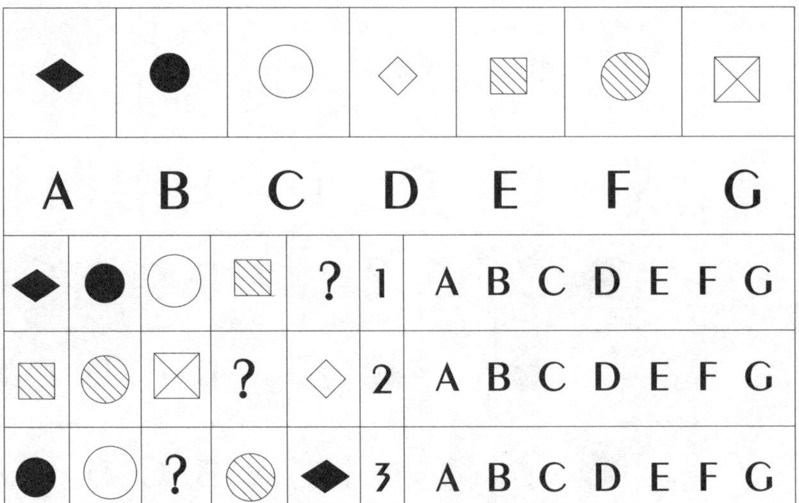

❷

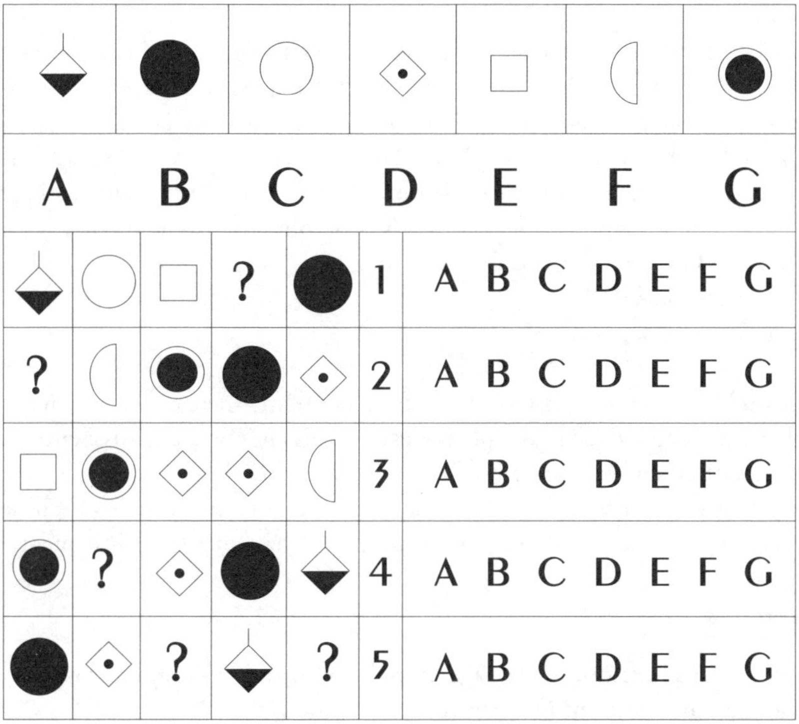
A B C D E F G
1 A B C D E F G
2 A B C D E F G
3 A B C D E F G
4 A B C D E F G
5 A B C D E F G

❸

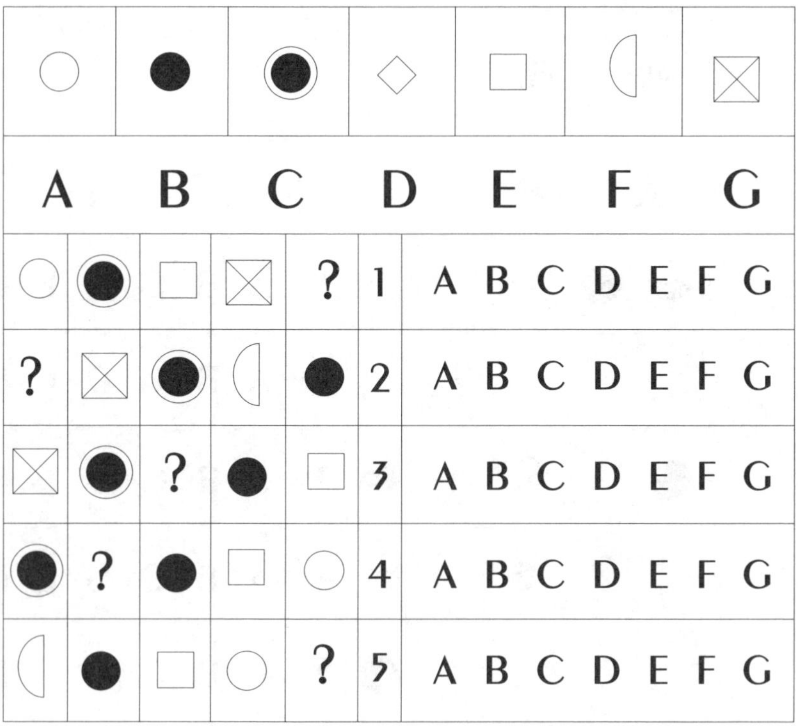
A B C D E F G
1 A B C D E F G
2 A B C D E F G
3 A B C D E F G
4 A B C D E F G
5 A B C D E F G

4

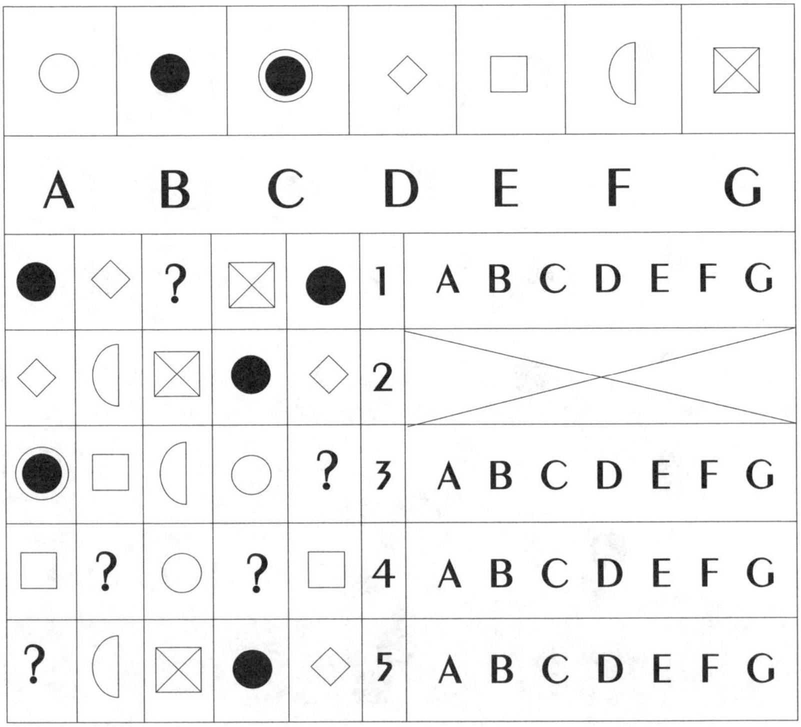
A B C D E F G
?
1 A B C D E F G
2
? 3 A B C D E F G
? ? 4 A B C D E F G
? 5 A B C D E F G

5

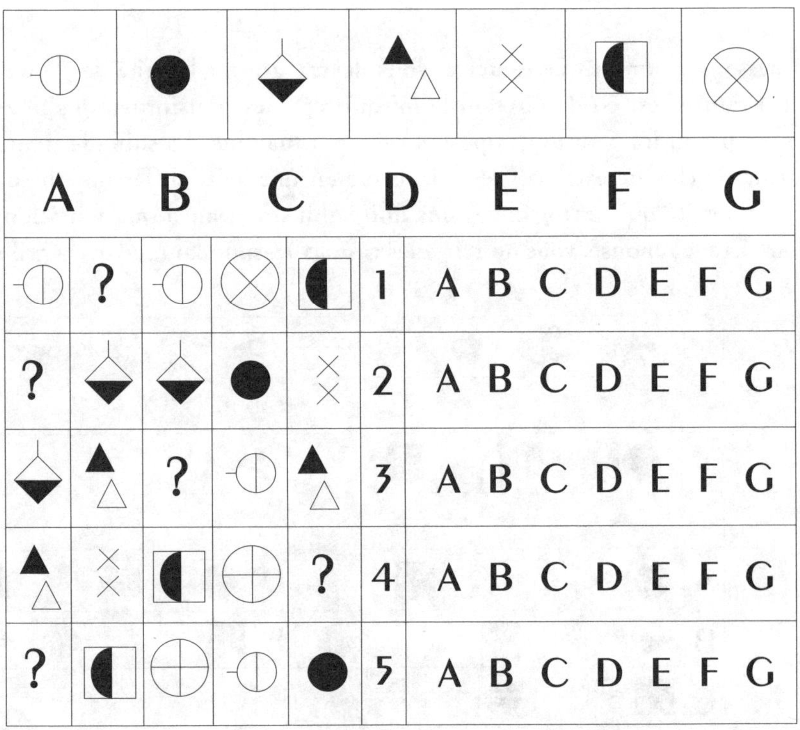
A B C D E F G
? 1 A B C D E F G
? 2 A B C D E F G
? 3 A B C D E F G
? 4 A B C D E F G
? 5 A B C D E F G

❻

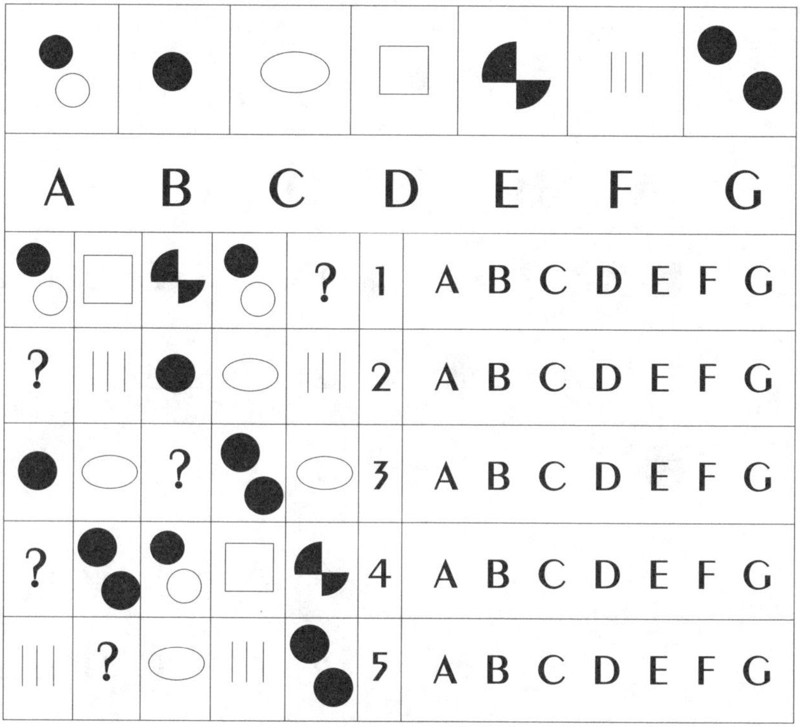

Ci-dessous, pour chaque exercice, vous devrez trouver la suite de 5 ou 10 figures qui fait défaut. C'est en découvrant la loi qui régit les transformations que vous pourrez choisir parmi les 5 suites proposées celle qui manque. La suite de figures (en haut, à gauche de chaque exercice) se transforme en une suite différente en suivant une loi. Ainsi, la suite qui se trouve dessous doit subir une transformation selon la même loi. Pour chaque réponse, vous noircirez les cases correspondantes dans la grille de réponses.

❼

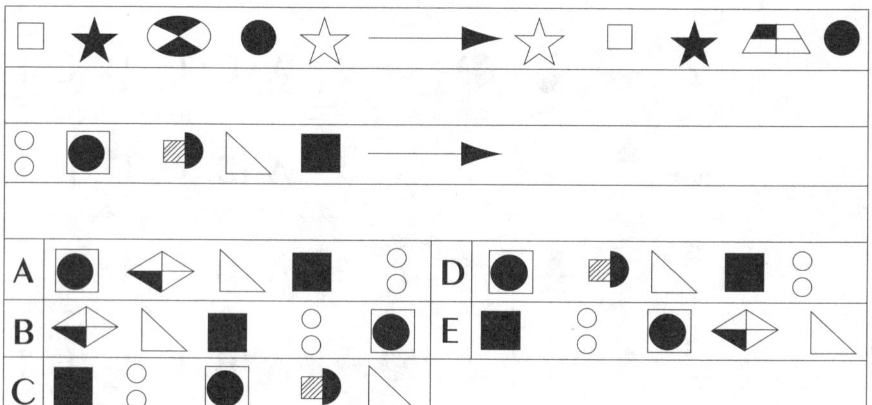

8

& § $ µ £ ⟶ µ $ § > &			
°) ç + % = ⟶			
A	% + ç W °)	D	% + ç W $
B	% + ç °) W	E	% + = °) ç
C	% + °) ç =		

9

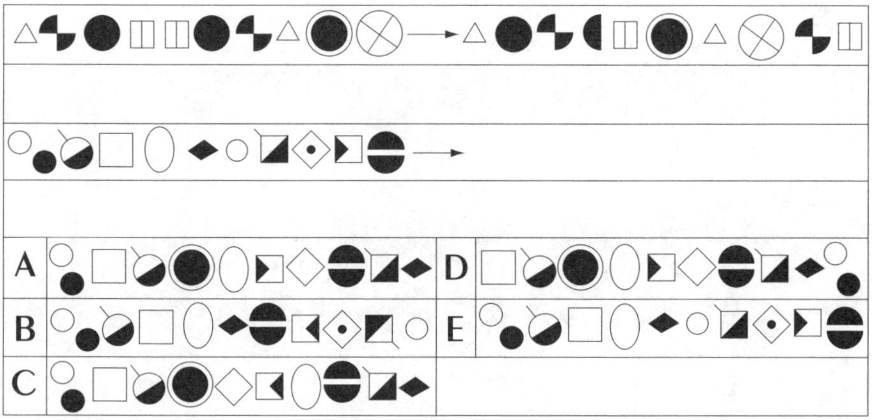

10

& § % * $ £ µ + = > ⟶ £ = + µ < $ § * & %			
8 ç & * T + § % £ = ⟶			
A	+ £ % § < * 8 & T ç	D	+ £ % § < & ç & $ =
B	+ £ = § % 8 ç & * T	E	+ £ % § < T ç * 8 &
C			

11

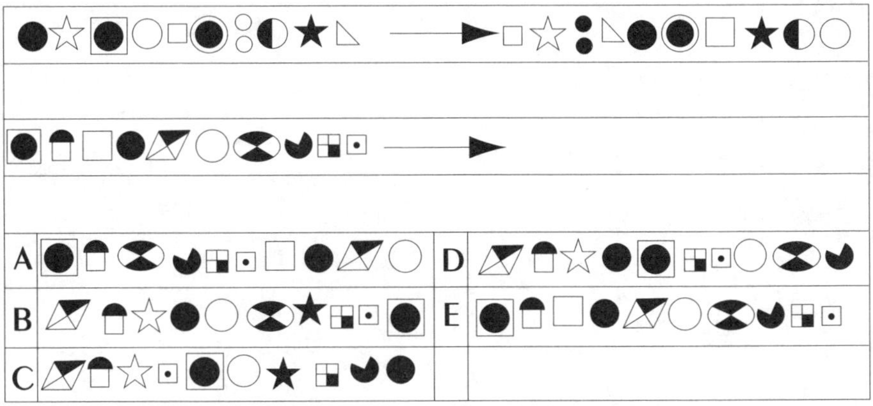

12

W £ î = ç & § $ + µ ⟶ $ § ç + V î £ W = &

> O % £ 7 :: $ & < X ⟶

A	$ & < X > O % £ 7 ::	D	& $ 7 < ç % O > :: £
B	& $ 7 < ç % O > £ ::	E	$ & 7 :: < X > O % £
C	& $ 7 < ç % :: O > £		

Corrigés

❶ 1G 2B 3D 4G 5C.
Parce que la loi est horizontalement : +1 +1 +2 +2 et verticalement : +4 +4 +4 +4.

❷ 1G 2C 3(-) 4B 5F et G.
Si on suit la diagonale qui part de la première case supérieure gauche et qui rejoint la dernière case inférieure droite, on constate que la loi est de type +5 +5 +5 +5.

Par ailleurs, de part et d'autre de cette diagonale, les figures se répètent en miroir. Ainsi, si on place la figure G dans la ligne 1, on constate effectivement que, de chaque côté de la diagonale, la figure G se répète deux fois. On procédera donc de la même manière pour les autres figures manquantes, qui ne sont que le reflet en miroir de la figure qui se trouve de l'autre côté de la diagonale.

❸ 1B 2D 3F 4F 5D.
Pour cet exercice, la loi fonctionne horizontalement : +2 +2 +2 +2, pour la première ligne, et +3 +3 +3 +3, pour les autres lignes.

❹ 1E 2 (-) 3C 4C 5D.
La loi fonctionne verticalement de la façon suivante : +2 -1 +2 -1.

❺ 1B 2B 3E 4C 5E.
En partant de la première case supérieure gauche et en se déplaçant verticalement, on constate que la loi est de type +1 +1 +1 +1. À partir de la dernière case inférieure gauche, on constate que la loi est la même si on se déplace horizontalement. Il en est de même si on part verticalement de la dernière case inférieure droite, etc. Le déplacement se fait donc « en escargot ».

❻ 1B 2E 3F 4D 5B.
La loi horizontalement est de type : +3 +1 +3 +1 +3 +1, etc.

❼ E.

❽ A.

❾ A.

❿ E.

⓫ C.

⓬ B.

Épreuves du type « Mastermind ® »

Voici ci-dessous un type d'épreuve que l'on trouve fréquemment dans les concours d'entrée en IFSI.
Nous vous conseillons donc de vous y préparer avec soin.
Faites l'épreuve dans le temps imparti, puis revenez sur les items qui vous ont posé des difficultés avant de consulter le corrigé.

Vous disposez de 3 séries d'éléments :

7 figures	♣		✻		◆	∇	Φ	Ψ	□	
7 lettres	**F**		**I**		**C**	**X**	**U**	**E**	**A**	
10 chiffres	**0**	**1**	**2**	**3**	**4**	**5**	**6**	**7**	**8**	**9**

Avec ces éléments vous devrez effectuer un raisonnement qui vous amènera à trouver des ensembles de 2, 3, 4 ou 5 figures, lettres, chiffres.
Les ensembles de lettres seront appelés : « mots ». Les ensembles de figures et de chiffres seront appelés : « couples », « triplets », « quadruplets », « quintuplets ».

Exemple :
Trouver 1 mot de 2 lettres sachant que :
- le mot CA a avec lui une lettre commune à la bonne place (aucune lettre commune à la mauvaise place) ;
- et le mot CX a avec lui une lettre commune à la mauvaise place (aucune lettre commune à la bonne place).

- *Réponses proposées*

CA
AX
XA La réponse est **XA**.
CX
FC

Pour certaines questions vous devrez choisir parmi les réponses proposées. Pour d'autres, vous devrez trouver vous-même les ensembles de lettres, chiffres, figures.

Exercices

Durée 25 min

1 Trouver un couple sachant que

[&] [&]
[I] [A] a une lettre commune à la bonne place
[U] [A] a une lettre commune à la mauvaise place

1) [U] [I]
2) [I] [U]
3) [I] [A]
4) [U] [A]
5) [A] [I]

2 Trouver un couple sachant que

[&] [&]
[3] [4] } ont chacun un chiffre commun
[4] [5] } à la bonne place

1) [3] [4]
2) [4] [3]
3) [4] [4]
4) [5] [3]
5) [3] [5]

3 Trouver un mot sachant que

[&] [&]
[A] [U] }
[I] [F] } ont chacun une lettre commune
[I] [A] } à la mauvaise place

1) [I] [A]
2) [A] [U]
3) [I] [U]
4) [U] [I]
5) [U] [A]

4 Trouver un couple sachant que

[&] [&]
[3] [2] ont un chiffre commun à la bonne place
[6] [2] ont un chiffre commun mal placé

[ ] [ ]

5 Trouver un mot sachant que

[&] [&] [&]
[F] [U] [X] }
[U] [X] [F] } ont chacun 2 lettres communes
[C] [I] [F] } à la mauvaise place
[A] [C] [F] }

[ ] [ ] [ ]

6 Trouver un triplet sachant que

[&] [&] [&]
[3] [2] [5] ont 1 chiffre commun à la bonne place
[5] [2] [7] ont 1 chiffre commun mal placé
[6] [5] [3] ont 2 chiffres communs mal placés

[ ] [ ] [ ]

7 Trouver un mot sachant que

[&] [&] [&] [&]
[U] [F] [A] [C] }
[X] [C] [U] [I] } ont chacun 2 lettres
[C] [F] [A] [U] } communes à la bonne place
[X] [U] [C] [I] }

[ ] [ ] [ ] [ ]

8 Trouver un triplet sachant que

& & &
♣ ✻ ◆ ont 2 figures communes à la bonne place
∇ ✻ Φ ont 1 figure commune à la mauvaise place
Ψ ♣ ∇ ont 1 figure commune à la mauvaise place

□ □ □

9 Trouver un quadruplet sachant que

& & & &
7 0 3 1 a 3 chiffres communs à la mauvaise place
1 7 6 3 a 2 chiffres communs à la mauvaise place
3 5 1 6 a 2 chiffres communs à la bonne place
3 5 6 7 a 3 chiffres communs à la bonne place

□ □ □ □

10 Trouver un mot sachant que

& & & &
X C U F
C X I A
X C F I
U A C X
F I X C
} ont chacun 2 lettres communes mal placées

1) C F U A
2) F A I U
3) F I X A
4) I F A U
5) A F I U

11 Trouver un quadruplet sachant que

& & & &
3 4 2 1
4 5 2 1
3 4 1 6
} ont 2 chiffres communs à la bonne place

□ □ □ □

12 Trouver un mot sachant que

& & & &
F A U X a 2 lettres communes mal placées
A F I C
I C F A
} ont chacun 4 lettres communes mal placées

□ □ □ □

13 Trouver un quintuplet sachant que

& & & & &
♣ ✻ ◆ ∇ □
Φ ✻ ◆ ∇ ♣
Φ ♣ ◆ ∇ □
} ont chacun 4 figures communes bien placées

□ □ □ □ □

14 Trouver un quadruplet sachant que

& & & &
♣ ✻ ◆ ∇
♣ ✻ ∇ Ψ
} ont 2 figures communes bien placées
♣ ✻ ◆ Φ a 2 figures communes bien placées et une commune mal placée

□ □ □ □

15 Trouver un quadruplet sachant que

& & & &
6 2 3 5 a 2 chiffres communs mal placés
5 4 6 3 a 2 chiffres communs bien placés
2 1 5 6 a 3 chiffres communs mal placés
5 4 3 2 a 3 chiffres communs bien placés

□ □ □ □

16 Trouver un mot sachant que

& & & &
A C E F a 2 lettres communes bien placées
E I U A a 2 lettres communes mal placées
I X A E a 3 lettres communes mal placées
A C U I a 3 lettres communes bien placées

□ □ □ □

17 Trouver un quadruplet sachant que

& & & &
♣ ✻ □ ∇ a 3 figures communes bien placées
□ ✻ ◆ ∇ a 2 figures communes bien placées
□ ✻ Ψ ∇ a 3 figures communes bien placées et 1 lettre commune mal placée

□ □ □ □

18 Trouver un quadruplet sachant que

& & & &
3 2 5 6 } ont chacun 2 chiffres communs bien placés
3 2 5 6 } et 2 chiffres communs mal placés
3 2 4 5 a 3 chiffres communs bien placés

□ □ □ □

19 Trouver un triplet sachant que

& & &
♣ ◆ Ψ a une figure bien placée
♣ Ψ □ a une figure bien placée
◆ ✻ Φ a 2 figures mal placées

□ □ □

20 Trouver un triplet sachant que

& & &
✻ Ψ □ }
Ψ □ ✻ } ont chacun 2 figures mal placées
Φ □ Ψ }

1) □ ✻ Φ
2) Ψ □ Φ
3) Φ ✻ □
4) ✻ □ Ψ
5) Ψ Φ □

21 Trouver un mot sachant que

& & & &
F A U X a 3 lettres communes mal placées
X F C U a 2 lettres communes mal placées
U I X C a 2 lettres communes bien placées
U I C F a 3 lettres communes bien placées

1) U A C F
2) U I C A
3) U X A F
4) U A X F
5) U I A F

22 Trouver un mot sachant que

&	&	&	&	&
U	F	A	I	C
F	A	I	C	U
A	I	C	U	F
I	C	U	F	A

ont chacun 5 lettres communes mal placées

☐ ☐ ☐ ☐ ☐

23 Trouver un quadruplet sachant que

&	&	&	&	
✻	Φ	Ψ	∇	a 2 figures communes mal placées
∇	✻	◆	Ψ	a 2 figures communes mal placées
Ψ	□	∇	◆	a 2 figures communes bien placées
Ψ	□	◆	✻	a 3 figures communes bien placées

☐ ☐ ☐ ☐

24 Trouver un quintuplet sachant que

&	&	&	&	&
X	E	U	F	A
F	X	E	C	U
A	I	X	E	C
U	C	A	X	E
E	F	I	U	X
I	F	A	X	E

ont chacun 3 lettres communes mal placées

☐ ☐ ☐ ☐ ☐

25 Trouver un quintuplet sachant que

&	&	&	&	&
□	∇	◆	♣	Ψ
Ψ	□	∇	Φ	◆
♣	Ψ	□	∇	Φ
Φ	♣	Ψ	□	∇
◆	Φ	♣	∇	□

ont chacun 4 pièces communes mal placées

1) ∇ Φ ♣ Ψ ◆
2) ∇ ◆ Φ Ψ ♣
3) ∇ ◆ ♣ Ψ Φ
4) ∇ Ψ ◆ Φ ♣
5) ∇ ♣ ◆ Φ Ψ

Vous noircirez au crayon la case qui correspond à la réponse choisie.

		1	2	3	4	5
Raisonnement logique	1	1	2	3	4	5
	2	1	2	3	4	5
	3	1	2	3	4	5
	4					
	5					
	6					
	7					
	8					
	9					
	10	1	2	3	4	5
	11					
	12					
	13					
	14					
	15					
	16					
	17					
	18					
	19					
	20	1	2	3	4	5
	21	1	2	3	4	5
	22					
	23					
	24					
	25	1	2	3	4	5

Corrigés

		1	2	3	4	5
Raisonnement logique	1		■			
	2					■
	3				■	
	4		**3**	**6**		
	5		**X**	**F**	C	
	6		**3**	7	**6**	
	7		**X**	**F**	**A**	**I**
	8		♣	Φ	◆	
	9		**3**	**5**	**0**	7
	10				■	
	1		**3**	**5**	**2**	**6**
	12		**C**	**I**	**A**	**F**
	13	Φ	*	◆	∇	□
	14		♣	*	Φ	□
	15		**5**	**4**	**1**	**2**
	16		**A**	**C**	**X**	**I**
	17	♣	*	Ψ	∇	
	18		**3**	**2**	**6**	**5**
	19		♣	Φ	*	
	20	■				
	21					■
	22	**C**	**U**	**F**	**A**	**I**
	23		Ψ	□	♣	*
	24	**C**	**U**	**F**	**A**	**I**
	25		■			

❶ I U

Dans les 2 propositions, il faut éliminer A, qui ne peut être à la fois à la bonne place, et à la mauvaise.

La première proposition nous indique donc que I est à la bonne place, et la seconde que U est à la mauvaise place, d'où la **solution 2 : I U**.

❷ 3 5

Ici, il faut éliminer le 4, qui ne peut être correctement placé à 2 endroits.
Dans la première proposition, le chiffre bien placé sera donc le 3, et dans la seconde, il s'agira du 5, d'où la **solution 5 : 3 5**.

❸ U I

La lettre qu'il faut éliminer est la lettre A, puisque là encore elle occupe les 2 places possibles et n'est cependant jamais bien placée.
Dans la première proposition, il nous reste alors la lettre U, qui devra donc se trouver en première position, puis la lettre I, qui devra donc occuper la seconde place puisqu'une seule lettre par proposition est mal placée. C'est donc la **solution 4 : U I**.

❹ 3 6

Nous pouvons éliminer le 2 puisque dans la première proposition il serait bien placé, et dans la seconde il serait mal placé. Comme le dit l'énoncé, le 3 est donc à la bonne place, et le 6 à la mauvaise, d'où la **solution : 3 6**.

❺ X F C

Ici, il faut attribuer une place à chacune des lettres, par élimination. Ainsi, la lettre F ne pourra être qu'en seconde position, U en troisième, X en première, C en troisième. On peut ainsi éliminer I et A, qui pourraient occuper 2 places. On peut noter ainsi :

F	U	X	C	I	A
2	3	1	3	1	2
				3	3

❻ 3 7 6

On peut éliminer le 2, qui ne peut être à la fois à la bonne et à la mauvaise place.

❼ X F A I

Sachant que dans chacune des propositions 2 lettres sont à la bonne place, il faut en premier lieu regarder s'il n'y a pas de lettre qui serait aux 4 places. C'est le cas ici avec les lettres C et U que l'on peut donc éliminer. La solution s'offre donc à nous : **XFAI**.

❽ ♣ Φ ◆

On peut éliminer ✻ qui ne peut être à la fois en bonne et en mauvaise position. On connaît ainsi les deux figures qui sont à la bonne place. En regardant la dernière ligne on peut aussi éliminer Ψ et ∇ puisque la dernière est déjà connue. En éliminant ∇ de la seconde ligne on découvre alors la dernière figure qu'il suffit de placer au milieu des 2 autres : ♣ Φ ◆.

❾ 3 5 0 7

Ici, il faut chercher dans les deux dernières propositions s'il y a 2 chiffres à la même place : le 3 et le 5. Dans la troisième ligne on peut donc éliminer le 1 et le 6, et l'on sait désormais que le troisième chiffre bien placé est le 7.
On peut maintenant retourner à la première ligne en sachant que le 7 et le 3 sont déjà retenus, que le 1 est éliminé. Le troisième chiffre mal placé est donc le 0. La solution est donc : **3 5 0 7**.

❿ I F A U

On peut éliminer la lettre X présente à chaque position et restant cependant mal placée. Il en est de même pour la lettre C. Nous connaissons à présent les lettres mal placées dans chaque ligne : U F A I.
La lettre F ne peut occuper que la seconde place puisqu'elle est mal placée aux autres endroits et la lettre I la première place. Le U pourrait quant à lui occuper la troisième et la quatrième place, le A, la première ou la troisième place. Dans ce cas, la lettre A ne peut occuper que la troisième place, puisque nous connaissons déjà avec certitude quelle sera la première lettre.
D'où la **solution 4 : I F A U.**

⓫ 3 5 2 6

Il faut chercher les chiffres bien placés. On peut d'ores et déjà éliminer le 1 et le 4 qui ne peuvent occuper deux places tout en étant bien placés. Il ne reste plus qu'à chercher les chiffres restants qui sont donc à la bonne place. Dans la première ligne nous aurons 3 et 2, dans la deuxième 5 et 1, dans la troisième 3 et 6. Donc on obtient : **3 5 2 6**.

⓬ C I A F

Dans les 2 dernières propositions, on nous donne les 4 lettres qui formeront la solution, mais en étant mal placées. On peut donc éliminer dans la première proposition, les 2 lettres ne figurant pas plus bas : U et X.
F ne peut être qu'à la quatrième place, et A en troisième position. I peut être en deuxième ou en quatrième position, C en première ou en troisième. Puisque nous connaissons déjà les troisième et quatrième places, nous trouvons la solution : **C I A F**.

⓭ Φ ✻ ◆ ∇ □

Il faut éliminer ♣ qui ne peut occuper plusieurs places et être bien placé.
La solution s'impose : **Φ ✻ ◆ ∇ □**.

⓮ ♣ ✻ Φ □

Les 2 premiers symboles de chaque ligne sont identiques, on peut donc supposer que les 2 symboles bien placés sont ceux-là. On peut éliminer les 2 symboles restants dans les 2 premières propositions, à savoir : ◆ ∇ Ψ. Nous connaissons maintenant la troisième lettre qui est mal placée : **Φ**.

Il nous faut rechercher dans la liste du début le symbole qui nous manque. La liste entière concernant les symboles est : ♣ ✻ ◆ ∇ Φ Ψ □. Le seul symbole n'ayant pas été utilisé dans cet exercice est donc □.
D'où la solution : ♣ ✻ Φ □

⓯ 5 4 1 2

Ici, il faut chercher dans la deuxième et la quatrième ligne des chiffres qui seraient à la même place. C'est le cas du 5 et du 4. On peut donc éliminer dans la seconde ligne le 6 et le 3. Dans la dernière ligne, après avoir éliminé le 3, nous savons désormais que le troisième chiffre bien placé est le 2.
Dans la troisième ligne, après avoir éliminé le 6, il reste les 3 chiffres mal placés : 2, 1, 5. Il ne reste plus qu'à placer le 1 dans la bonne position : **5 4 1 2**.

⓰ A C X I

Comme dans l'exercice précédent, on cherche entre la première et la quatrième ligne des lettres qui seraient à la même place : A et C. On élimine donc E et F. Dans la troisième proposition, il reste I X A. On en déduit donc que la troisième lettre bien placée dans la dernière proposition sera le I. Il ne reste plus maintenant qu'à placer le X. Ce qui donne bien : **A C X I**.

⓱ ♣ ✻ Ψ ∇

On peut éliminer □ qui ne peut être bien placé en deux endroits différents. Nous connaissons donc les trois symboles bien placés de la dernière proposition, à savoir : ✻ Ψ ∇. La première ligne nous indique le symbole occupant la première place, le ♣. D'où la réponse : ♣ ✻ Ψ ∇.

⓲ 3 2 6 5

On connaît dès la première ligne quels seront les quatre chiffres qui donneront la solution finale : 3 2 5 et 6. On peut donc éliminer le 4 se trouvant dans la dernière proposition. Nous découvrons alors les trois chiffres bien placés. Il ne reste plus qu'à ajouter le 6 : **3 2 6 5**.

⓳ ♣ Φ ✻

Cherchons dans les deux premières lignes une figure se trouvant à la même place : ♣. Nous pouvons éliminer alors Ψ ◆ et □ puisqu'il n'y a qu'une seule figure à retrouver dans les deux premières propositions. Il faut placer ♣ en première position, et inverser les deux figures restant dans la dernière ligne, et l'on trouve : ♣ Φ ✻.

⓴ □ ✻ Φ

On élimine Ψ qui n'est bien placé à aucun endroit. Ensuite, il faut trouver la bonne place aux autres symboles. ✻ ne peut occuper que la deuxième place, puisqu'il est mal placé aux deux autres places, □ ne peut occuper que la première place. Ainsi, il ne reste plus que la troisième place pour Φ. L a solution exacte est donc **1 :** □ ✻ Φ.

㉑ U I A F

On cherche dans les deux dernières lignes, les mêmes lettres bien placées : U et I.
Il faut éliminer C et X puisqu'il n'y a que deux lettres bien placées dans la troisième ligne. Nous découvrons ainsi la troisième lettre bien placée dans la dernière proposition : F. Dans la première ligne après avoir éliminé le X on découvre la lettre manquante : A qu'il ne reste plus qu'à placer, d'où la **solution 5 : U I A F**.

㉒ C U F A I

Ici, il faut attribuer la bonne place à chacune des lettres, puisqu'elles ne sont jamais bien placées. Le plus simple est de les placer ainsi :

U	F	A	I	C
2	3	4	5	1

La réponse est donc : **C U F A I**.

㉓ Ψ □ ♣ ✻

Comme dans l'exercice 21, on recherche dans les deux dernières lignes les même symboles qui seraient à la même place : Ψ et □. On peut désormais éliminer à partir de la troisième ligne : ∇ et ◆. Nous connaissons donc le troisième symbole bien placé : ✻.
Puisque dans la première proposition il n'y a que deux symboles mal placés que nous connaissons déjà, nous pouvons éliminer les autres à savoir : Φ et ∇.
Pour trouver le dernier symbole manquant, il faut se référer à la liste de départ, et chercher le symbole qui n'a pas été utilisé dans cet exercice : ♣. Après l'avoir placé, nous trouvons donc : Ψ □ ♣ ✻.

㉔ C U F A I

Dans cet exercice, on peut éliminer le X, qui occupe toutes les positions possibles, sans être jamais bien placé. Il en va de même pour la lettre E. Nous connaissons alors les trois lettres mal placées de chaque ligne. Il faut alors les placer. Procèdons alors comme dans l'exercice 22, en écrivant sous chaque lettre la ou les positions possibles :

U	F	A	C	I
2	3	2	1	4
	5	4	3	5

Puisque nous n'avons qu'une possibilité de première position, il s'agira donc du C.
La lettre U ne peut occuper que la deuxième place. Comme C est déjà utilisé à la première place, la troisième place sera occupée par F, et sera donc suivie par A. La lettre I sera donc la dernière, F occupant déjà la troisième position. Ainsi on a : **C U F A I**.

㉕ ∇ ◆ ♣ Ψ Φ

Comme dans l'exercice précédent, on élimine le symbole occupant toutes les positions sans jamais être à la bien placé : □.
Nous connaissons dès lors les 4 symboles mal placés de chaque ligne. Il faut maintenant trouver la place qu'ils peuvent occuper :

∇	◆	♣	Ψ	Φ
1	2	5	4	3
	3			

On peut les mettre dans l'ordre **2 : ∇ ◆ Φ Ψ ♣**.

IV

PARTIE

Évaluer sa progression : test n° 2

10

Énoncés du test n° 2

Avant de commencer

Objectif

Ce test a pour fonction de vous permettre de mesurer le chemin parcouru, c'est-à-dire de vérifier que vos performances se sont améliorées.
Vous procéderez de la même manière que pour le test n° 1. À la fin de l'épreuve, calculez vos résultats après avoir consulté la grille de correction que vous trouverez à la fin du test.
Vous ferez le calcul suivant :

$$\frac{20 \times (?)}{85} =$$

(?) étant le nombre de réponses exactes obtenues.

Durée
1 h 30 min

Épreuves verbales : 15 min
Épreuves numériques : 30 min
Épreuves d'attention et de classement : 15 min
Épreuves de logique : 30 min

Grille de réponses

Vous noircirez au crayon HB la case qui correspond à la réponse choisie.

		A	B	C	D	E
ÉPREUVES VERBALES						
Épreuve n° 1 : similitudes et relations	1	☐	☐	☐	☐	☐
	2	☐	☐	☐	☐	☐
	3	☐	☐	☐	☐	☐
	4	☐	☐	☐	☐	☐
	5	☐	☐	☐	☐	☐
Épreuves n°s 2 et 3 : vocabulaire	6	☐	☐	☐	☐	☐
	7	☐	☐	☐	☐	☐
	8	☐	☐	☐	☐	☐
	9	☐	☐	☐	☐	☐
	10	☐	☐	☐	☐	☐
	11	☐	☐	☐	☐	☐
Épreuve n° 4 : orthographe	12	☐	☐	☐	☐	☐
	13	☐	☐	☐	☐	☐
	14	☐	☐	☐	☐	☐
	15	☐	☐	☐	☐	☐
	16	☐	☐	☐	☐	☐
	17	☐	☐	☐	☐	☐
Épreuve n° 5 : croisements de classes	18	☐	☐	☐	☐	☐
	19	☐	☐	☐	☐	☐
	20	☐	☐	☐	☐	☐
	21	☐	☐	☐	☐	☐
	22	☐	☐	☐	☐	☐
	23	☐	☐	☐	☐	☐
	24	☐	☐	☐	☐	☐
	25	☐	☐	☐	☐	☐
ÉPREUVES NUMÉRIQUES						
Épreuve n° 6 : calcul mental	26	☐	☐	☐	☐	☐
	27	☐	☐	☐	☐	☐
	28	☐	☐	☐	☐	☐
	29	☐	☐	☐	☐	☐
	30	☐	☐	☐	☐	☐
	31	☐	☐	☐	☐	☐
	32	☐	☐	☐	☐	☐
	33	☐	☐	☐	☐	☐
	34	☐	☐	☐	☐	☐
	35	☐	☐	☐	☐	☐
	36	☐	☐	☐	☐	☐
	37	☐	☐	☐	☐	☐
	38	☐	☐	☐	☐	☐
	39	☐	☐	☐	☐	☐
	40	☐	☐	☐	☐	☐

Épreuve n° 7 : raisonnement numérique	41	☐	☐	☐	☐	☐
	42	☐	☐	☐	☐	☐
	43	☐	☐	☐	☐	☐
	44	☐	☐	☐	☐	☐
	45	☐	☐	☐	☐	☐
	46	☐	☐	☐	☐	☐
	47	☐	☐	☐	☐	☐
	48	☐	☐	☐	☐	☐
	49	☐	☐	☐	☐	☐
	50	☐	☐	☐	☐	☐
ÉPREUVE D'ATTENTION ET DE CLASSEMENT						
Épreuve n° 8	51	☐	☐	☐	☐	☐
	52	☐	☐	☐	☐	☐
	53	☐	☐	☐	☐	☐
	54	☐	☐	☐	☐	☐
	55	☐	☐	☐	☐	☐
	56	☐	☐	☐	☐	☐
	57	☐	☐	☐	☐	☐
	58	☐	☐	☐	☐	☐
	59	☐	☐	☐	☐	☐
	60	☐	☐	☐	☐	☐
ÉPREUVE DE RAISONNEMENT SPATIAL						
Épreuve n° 9 : les cubes	61	☐	☐	☐	☐	☐
	62	☐	☐	☐	☐	☐
	63	☐	☐	☐	☐	☐
	64	☐	☐	☐	☐	☐
	65	☐	☐	☐	☐	☐
	66	☐	☐	☐	☐	☐
	67	☐	☐	☐	☐	☐
	68	☐	☐	☐	☐	☐
	69	☐	☐	☐	☐	☐
	70	☐	☐	☐	☐	☐
	71	☐	☐	☐	☐	☐
	72	☐	☐	☐	☐	☐
	73	☐	☐	☐	☐	☐
	74	☐	☐	☐	☐	☐
	75	☐	☐	☐	☐	☐
	76	☐	☐	☐	☐	☐
	77	☐	☐	☐	☐	☐
	78	☐	☐	☐	☐	☐
	79	☐	☐	☐	☐	☐
	80	☐	☐	☐	☐	☐
	81	☐	☐	☐	☐	☐
	82	☐	☐	☐	☐	☐
	83	☐	☐	☐	☐	☐
	84	☐	☐	☐	☐	☐
	85	☐	☐	☐	☐	☐

Épreuves verbales

Épreuve n° 1 : similitudes et relations

Durée 15 min

En vous appuyant sur l'exemple ci-dessous vous répondrez aux cinq épreuves suivantes.

Exemple : Incroyant/croyant

Ces deux mots sont dans un rapport d'opposition (contraires).

Dans la série suivante, trouvez le mot qui se trouve dans le même rapport avec le mot de référence :

Aigu/ ?	strident	angle	droit	plat	grave
	A	B	C	D	E

• *Réponse*

E parce que *grave* est le contraire d'*aigu.* Pour répondre, il faut entourer la lettre **E** et noircir cette lettre dans la grille de réponses.

Pour toutes les séries suivantes, vous devrez, comme dans l'exemple ci-dessus, trouver le rapport qui existe entre les deux mots de référence et respecter ce même rapport.

1 Université/étudiant

Supermarché / ?	vendeur	magasinier	client	caissière	livreur
	A	B	C	D	E

2 Œuf/ovoïde

Sphère / ?	astéroïde	négroïde	sphéroïde	astroïde	hypocycloïde
	A	B	C	D	E

3 Nom/argent

Adverbe/ ?	firmament	probablement	afférent	affermissement	aiguisement
	A	B	C	D	E

4 Mythe/allégorie

Éloge/ ?	concierge	Limoges	compliment	sondage	opinion
	A	B	C	D	E

5 Psychologie/individu

Sociologie/ ?	scientifique	démographe	échantillon	groupe	mesure
	A	B	C	D	E

Épreuve n° 2 : vocabulaire

Trouvez le synonyme des trois mots en gras ci-dessous et noircissez la lettre correspondante dans la grille de réponses.

6 Kyrielle
- ☐ **A.** Petite église
- ☐ **B.** Séquelle
- ☐ **C.** Groupe de fleurs
- ☐ **D.** Suite interminable
- ☐ **E.** Marelle

7 Supputation
- ☐ **A.** Action de peser
- ☐ **B.** Suspicion
- ☐ **C.** Estimation
- ☐ **D.** Action de supporter
- ☐ **E.** Discussion

8 Abhorrer
- ☐ **A.** Admirer
- ☐ **B.** Souffrir
- ☐ **C.** Aborder
- ☐ **D.** Exécrer de paroles
- ☐ **E.** Aimer l'horreur

Épreuve n° 3 : vocabulaire

Trouvez l'antonyme (contraire) de chacun des trois mots en gras ci-dessous et noircissez la lettre correspondante dans la grille de réponses.

9 Crépuscule
- ☐ **A.** Corpuscule
- ☐ **B.** Aurore
- ☐ **C.** Animalcule
- ☐ **D.** Éclipse
- ☐ **E.** Levée du jour

10 Ivrogne
- ☐ **A.** Pochard
- ☐ **B.** Tempérant
- ☐ **C.** Dipsomaniaque
- ☐ **D.** Modéré
- ☐ **E.** Alcoolique

11 Vociférer
- ☐ **A.** Crier
- ☐ **B.** Parler calmement
- ☐ **C.** Parler avec une voix métallique
- ☐ **D.** Parler avec colère
- ☐ **E.** Murmurer

Épreuve n° 4 : orthographe

Dans chaque liste de mots suivants, un mot est mal orthographié. Noircissez dans la grille de réponses la lettre correspondant au mot mal orthographié.

12
- ☐ **A.** Hidalgo
- ☐ **B.** Hiéroglyphe
- ☐ **C.** Intuitionnisme
- ☐ **D.** Lacrymal
- ☐ **E.** Anquilose

13
- ☐ **A.** Ballade
- ☐ **B.** Absorbtion
- ☐ **C.** Eczéma
- ☐ **D.** Capharnaüm
- ☐ **E.** Hémicycle

14
- ☐ **A.** Adhérent
- ☐ **B.** Ouïe
- ☐ **C.** Kirsch
- ☐ **D.** Hypophyse
- ☐ **E.** Psychanalise

15
- ☐ **A.** Des serre-papiers
- ☐ **B.** Des porte-paroles
- ☐ **C.** Des porte-avions
- ☐ **D.** Des casse-pieds
- ☐ **E.** Des allume-gaz

16
- ☐ **A.** Des crocs-en-jambe
- ☐ **B.** Des savoir-faire
- ☐ **C.** Des pinces-sans-rire
- ☐ **D.** Des beaux-frères
- ☐ **E.** Des amours-propres

17
- ☐ **A.** Des contre-épreuves
- ☐ **B.** Des essuie-glace
- ☐ **C.** Des clins d'œil
- ☐ **D.** Des demi-finales
- ☐ **E.** Des terre-plein

Épreuve n° 5 : croisements de classes

Voici deux séries de mots qui se croisent :

		Jaune		
		Vert		
		Rouge		
Banane	Pomme		Cerise	Fraise
		Bleu		

A. Violet **B.** Brun **C.** Orange **D.** Noir **E.** Turquoise

À l'intersection des deux séries, il manque un mot qui correspond à celui qui appartient à la fois aux deux séries.

• ***Réponse***

C'est orange parce qu'orange est à la fois un adjectif de couleur et un fruit.
Vous noircirez dans la grille de réponse la lettre correspondant au mot choisi.

18

		Aragon		
		Balzac		
		Colette		
Hirondelle	Canari	?	Vautour	Dinde
		Éluard		

A. La Fontaine B. Corneille C. Dante D. Descartes E. La Bruyère

19

		Cependant		
		Pourtant		
		Toutefois		
	Avancement	?	Signalement	Fourmillement
		Néanmoins		

A. Partout B. Tellement C. Adoucissement D. Maintenant E. Ailleurs

20 Voici des verbes conjugués à la première personne de l'imparfait du subjonctif :

		Dormisse		
		Confisse		
		Cousisse		
Prisse	Écrivisse	?	Fisse	Plaignisse
		Mentisse		

A. Maudisse **B.** Chantasse **C.** Finisse **D.** Choisisse **E.** Pusse

21

		Brisure		
		Cabinet		
		Échevin		
Public	Puéricultrice	?	Pyramide	Punitif
		Gagneur		

A. Prunier **B.** Potier **C.** Partition **D.** Poutrelle **E.** Gargarisme

22

		Orthographe		
		Orthophonie		
		Orthodontie		
Kinésithérapeute	Ergothérapeute	?	Psychomotricien	Psychopédagogue
		Orthopédagogie		
		Orthopédie		

A. Rééducateur **B.** Orthodontie **C.** Orthogénie **D.** Orthoptiste **E.** Orthodoxie

23 Cherchez les quatre lettres manquantes :

		K M O N			
		N P R Q			
P A T D	P F T E	?	P N T P	P Q T O	P T T T
		S U W V			
		T V X W			

A. P Q R S **B.** R S T U **C.** P R T S **D.** S T U V **E.** S T T T

24 **Cherchez la série de trois noms manquants :**

		Famille Hauteur Gamin		
		Joujou Lundi Kaolin		
Nadine Odile Thérèse	Christian Olivier Marcel	?	Amitié Ombilic Dindon	Freiner Ouvrir Courir
		Pratique Rapide Quantité		
		Stage Unitaire Tardif		

A. Martine Christine Anne
B. Patrice Valérie Pierre
C. Marbre Objet Nordique
D. Michel Noémie Olivier

25

		Tartine Ibère Accrochage		
		Odile Terrible Affection		
Taupe Hébéter Ictère	Addition Beurre Afrique	?	Ajourer Oklahoma Placer	Émérite Pneumonie Colporter
		Ajouter Okapi Illisible		
		Amour Énumérer Politique		

A. Cintrer Ahuri Iguane
B. Chaton Agraire Pitié
C. Âgée Éhonté Timide
D. Ogre Rituel Thym

Épreuves numériques

Durée
30 min

Épreuve n° 6 : calcul mental

Pour cette épreuve, on vous demande de travailler mentalement. Si vous hésitez, choisissez la réponse qui vous semble être la meilleure et noircissez la lettre correspondante dans la grille de réponses.

26 $\frac{3 + \sqrt{81}}{3^3 - 12} =$

A. 3/4 **B.** 1 **C.** 4/5 **D.** 1/2 **E.** 7/8

27 Quel chiffre ou nombre peut-on mettre à la place de : (?)

$3^{(?)} = \frac{324}{4}$

A. 16 **B.** 12 **C.** 8 **D.** 4 **E.** 5

28 Effectuez : 4 – [(3 + 24) : (12 – 3)] =

A. 5 **B.** 4 **C.** 3 **D.** 2 **E.** 1

29 Donnez le résultat approché de : 5 004 × 0,06 112

A. 200 **B.** 300 **C.** 350 **D.** 400 **E.** 500

30 Quel chiffre ou nombre peut-on mettre à la place de (?) :
144 = (?) + 11 × (?)

A. 12 **B.** 15 **C.** 16 **D.** 18 **E.** 19

31 Effectuez : $\frac{10^4 \times 10^3 \times 10^3}{1\,000\,000\,000} =$

A. 10 000 **B.** 1 000 **C.** 100 **D.** 10 **E.** 1

32 Effectuez :

19 h 35 min 45 s
\+ 4 h 50 min 30 s

A. 24 h 35 min 35 s **B.** 1 j 35 min 05 s **C.** 1 j 26 min 15 s
D. 1 j 25 min 25 s **E.** 1 j 45 min 25 s

33 **Effectuez :** $\frac{27/72}{18/54} =$

A. 3 **B.** 6 **C.** 1,125 **D.** 7 **E.** 4,125

34 **Effectuez :**

$\frac{5^{(3^2)} \times 3^6}{5^{(3^2)}\, 3^5} =$

A. 1 **B.** 3 **C.** 4 **D.** 6 **E.** 0

35 **Quel chiffre faut-il mettre à la place de (?) :**

$3^{(?)} \times 5^{(6-?)} = 3\,375$

A. 7 **B.** 6 **C.** 5 **D.** 4 **E.** 3

36 **Donnez le résultat approché : 0, 004 366 × 59 800 =**

A. 700 **B.** 800 **C.** 500 **D.** 400 **E.** 300

37 **Donnez le résultat approché :**

$4^3 + 6^2 + 3^3 + 10 + 2^3 =$

A. 150 **B.** 170 **C.** 180 **D.** 190 **E.** 200

38 **Effectuez :** $\sqrt{(5^3 + 10) \times 10 \times 6} =$

A. 100 **B.** 90 **C.** 50 **D.** 40 **E.** 30

39 **Donnez le résultat approché :**

$\frac{27}{24} \times 0{,}412 =$

A. 1,125 **B.** 0,4 **C.** 0,8 **D.** 1 **E.** 0,9

40 **Donnez le résultat approché :**

$968 \times 0{,}966 \times 0{,}426 =$

A. 400 **B.** 500 **C.** 600 **D.** 700 **E.** 800

Épreuve n° 7 : raisonnement numérique

Pour l'épreuve suivante, il est parfois nécessaire de poser des calculs. Utilisez une feuille de brouillon, puis noircissez la case qui correspond à la bonne réponse dans la grille de réponses.

41 De combien de manières différentes peut-on ranger en ligne sept automobiles dans un garage ?

A. 6 000 **B.** 5 040 **C.** 9 000 **D.** 10 000 **E.** 200

42 S'il y a 15 % de chances d'avoir un enfant par fécondation *in vitro* à la première tentative, combien y a-t-il de chances d'avoir un enfant à la sixième tentative ?

A. 75 % **B.** 80 % **C.** 90 % **D.** 92 % **E.** 95 %

43 Quel nombre de mots, ayant un sens ou non, peut-on former avec 3 consonnes différentes et 2 voyelles différentes choisies parmi 5 consonnes et 3 voyelles ?

A. 50 000 **B.** 60 000 **C.** 43 200 **D.** 1 500 **E.** 300

44 Une parcelle de terrain constructible coûte 4 500 F l'are. Vous achetez cette parcelle et payez 985 000 F.
Quelle est la surface de cette parcelle en hectare ?

A. 0,18 ha **B.** 1,5 ha **C.** 2,18 ha **D.** 3 ha **E.** 4 ha

45 Pour réaliser un mélange, un produit conditionné en bidon de 5 l doit être dilué à raison de 5 volumes d'eau pour 1 volume de produit.
Combien de litres d'eau et de produit faut-il pour préparer 8 l de solution prête à l'emploi ?

A. 1,5 l de produit et 6,4 l d'eau **B.** 3 l de produit et 5 l d'eau
C. 1,33 l de produit et 6,66 l d'eau **D.** 2 l de produit et 6 l d'eau
E. 1,2 l de produit et 6,8 l d'eau

46 La masse volumique du lait est de 1,03 kg/dm^3. Celle du vin est de 0,9 kg/dm^3.
Quel devra être le volume minimum d'un récipient pour recevoir 3,5 kg de lait ?
Quel devra être le volume minimum d'un récipient pour contenir 0,800 kg de vin ?

A. 3,5 dm^3 et 8 dm^3 **B.** 3,8 dm^3 et 0,8 dm^3 **C.** 3,39 dm^3 et 0,888 dm^3
D. 4 dm^3 et 8 dm^3 **E.** 3 dm^3 et 0,9 dm^3

47 **Un automobiliste a une voiture dont la consommation moyenne d'essence est de 11 l aux 100 km. Il parcourt habituellement 375 km par semaine. S'il prend la voiture de sa femme, qui est plus économique, il consomme 6,5 l aux 100 km.**
L'essence coûtant 5,26 F le litre, quelle est la diminution du prix de revient kilométrique s'il utilise la voiture de sa femme ?

A. 0,24 F **B.** 0,8 F **C.** 0,85 F **D.** 0,9 F **E.** 0,95 F

48 **Si l'automobiliste ci-dessus continue d'effectuer le même parcours hebdomadaire, quelle économie réalise-t-il par semaine pour l'achat de l'essence ?**

A. 100 F **B.** 99 F **C.** 88,76 F **D.** 75,12 F **E.** 70,60 F

49 **Pour réaliser un parterre de fleurs, vous souhaitez trois fois moins de tulipes que de pensées et cinq fois plus de pâquerettes que de pensées.**
Combien faudra-t-il prévoir de pâquerettes pour une tulipe ?

A. 5 **B.** 10 **C.** 15 **D.** 20 **E.** 25

50 **Lorsque l'ensemble de mon installation électrique fonctionne, la puissance nécessaire est de 8 500 watts.**
Quelle est l'intensité électrique (I) que mon compteur pourra supporter ? (P = UI)
Quelle serait la puissance que je pourrais tirer de mon installation électrique si l'intensité prévue était de 60 ampères ?

A. 50 A et 15 kW **B.** 38,68 A et 13,2 kW **C.** 40 A et 20 kW
D. 40,55 A et 12 kW **E.** 40 A et 12,65 kW

Épreuve d'attention et de classement

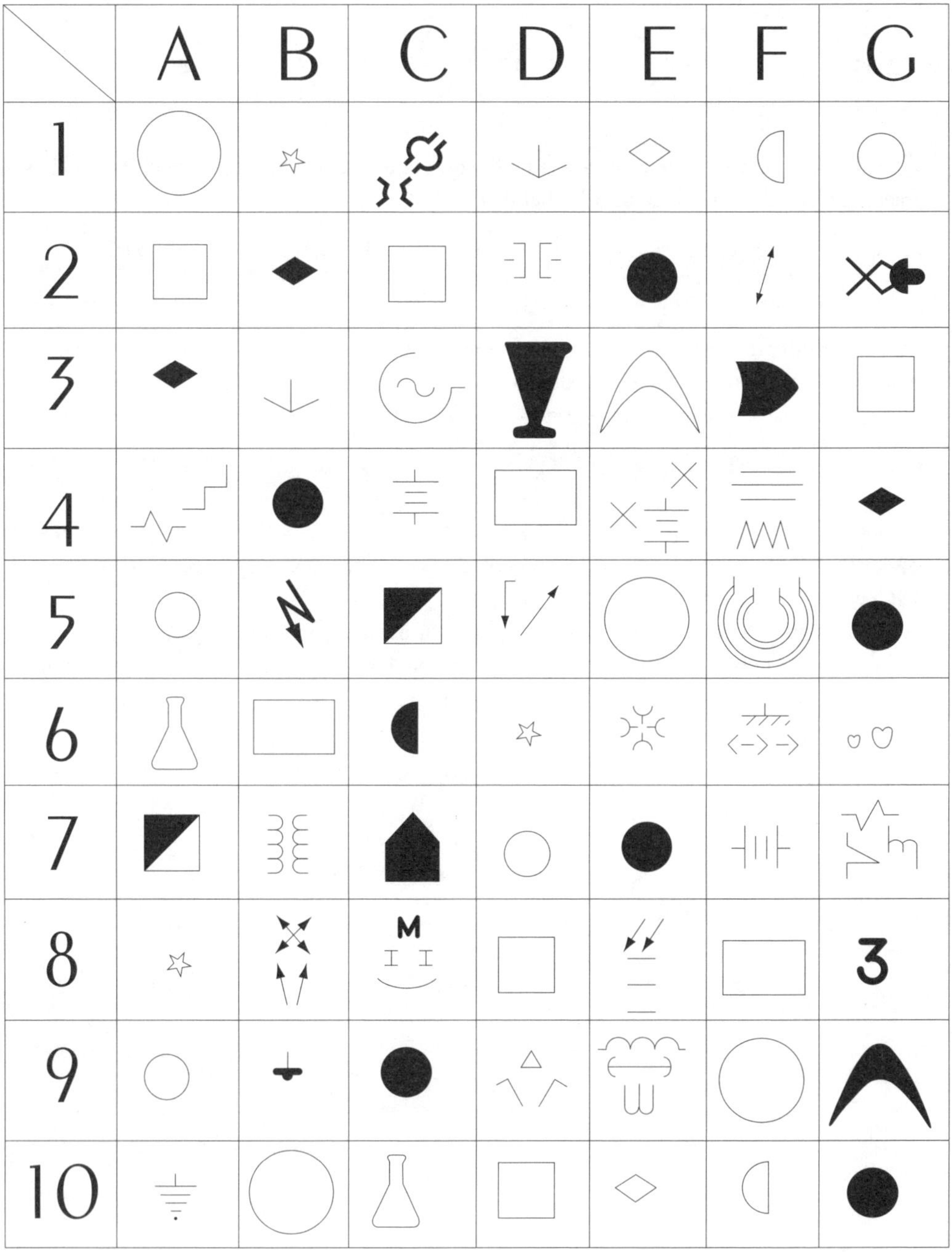

Épreuve n° 8

Durée 15 min

De l'attention, il en faut pour cette épreuve !
Ci-contre vous trouverez un ensemble de figures et vous répondrez aux questions posées ci-dessous.
On attend de vous que vous comptiez de manière systématique en classant des informations.

Conseil : si, après comptage, le chiffre ou nombre que vous obtenez ne correspond pas à l'un de ceux proposés, choisissez celui qui s'en rapproche le plus (et surtout ne recommencez pas l'opération de comptage : vous perdriez trop de temps !).
Pour chaque réponse, vous noircirez la case correspondante dans la grille de réponses.

51 Combien y a-t-il de carrés non noirs ?

A. 1 **B.** 7 **C.** 8 **D.** 9 **E.** 10

52 Combien y a-t-il de cercles non petits non noirs ?

A. 1 **B.** 4 **C.** 7 **D.** 8 **E.** 9

53 Combien y a-t-il de figures qui ne sont ni des cercles ni des carrés ?

A. 16 **B.** 26 **C.** 36 **D.** 46 **E.** 49

54 Combien de fois y a-t-il un cercle à gauche d'un cercle non grand non blanc ?

A. 1 **B.** 4 **C.** 6 **D.** 8 **E.** 10

55 Combien y a-t-il de cercles non grands non blancs au-dessous d'un losange soit non blanc soit non noir ?

A. 2 **B.** 5 **C.** 7 **D.** 9 **E.** 12

56 Combien y a-t-il de quadrilatères (figures à quatre côtés) non blancs ?

A. 1 **B.** 5 **C.** 8 **D.** 9 **E.** 12

57 Combien de fois une figure non blanche se trouve-t-elle au-dessus d'un quadrilatère non noir ?

A. 1 **B.** 4 **C.** 6 **D.** 8 **E.** 10

Découpez cette page pour la placer en vis-à-vis de la grille de dessins. Ainsi vous pourrez plus aisément répondre aux questions sans avoir à tourner la page à chaque fois.

58 **En partant de la case G8, si je me déplace verticalement de 3 cases vers le haut, puis horizontalement de 6 cases vers la gauche, puis verticalement de 2 cases vers le bas, puis horizontalement de 4 cases vers la droite, puis verticalement de 6 cases vers le haut, puis horizontalement de 4 cases vers la droite, et enfin verticalement de 5 cases vers le bas, sur quelle case arrive-t-on ?**

A. A1 **B.** aucune **C.** A8 **D.** A10 **E.** G2

59 **Je suis une figure qui se trouve à droite d'un cercle non noir au-dessus d'un cercle non blanc, en dessous d'une figure qui se trouve à droite d'un grand rectangle non noir. Dans quelle case suis-je ?**

A. G9 **B.** G10 **C.** A1 **D.** A8 **E.** A10

60 **En partant de la case C1, combien de cases devrais-je parcourir pour atteindre la première figure se trouvant à gauche d'une figure non noire, non cercle, en dessous d'une figure non blanche à droite d'un cercle non noir ?**

A. 2 **B.** 5 **C.** 6 **D.** 9 **E.** 15

Épreuve de raisonnement spatial

Épreuve n° 9 : les cubes

Pour cette épreuve, on vous demande de repérer les figures qui doivent se trouver sur la face indiquée par la flèche.

Exemple :

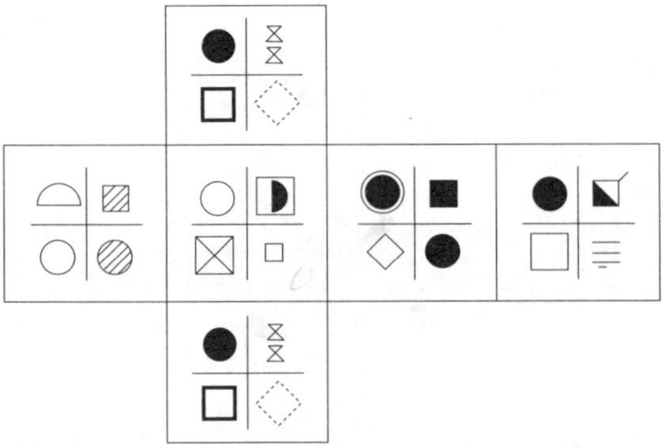

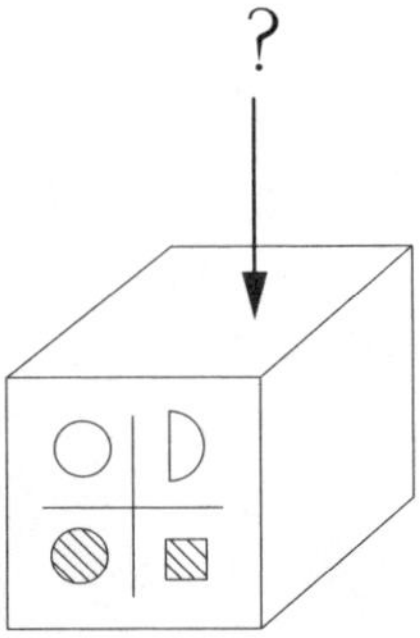

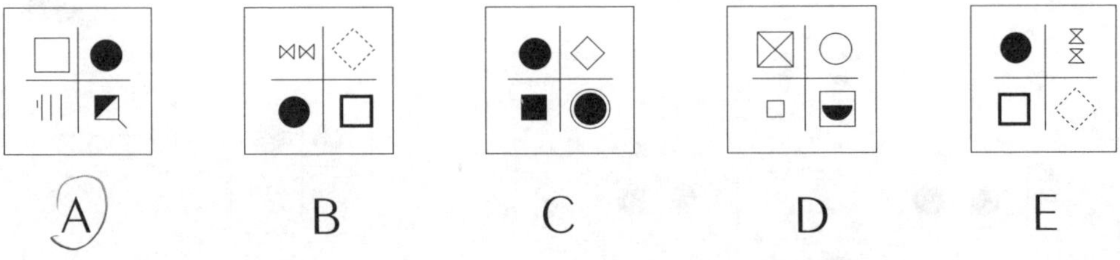

• ***Réponse : A***

Pour chaque réponse, vous noircirez la case correspondante dans la grille de réponses.

61

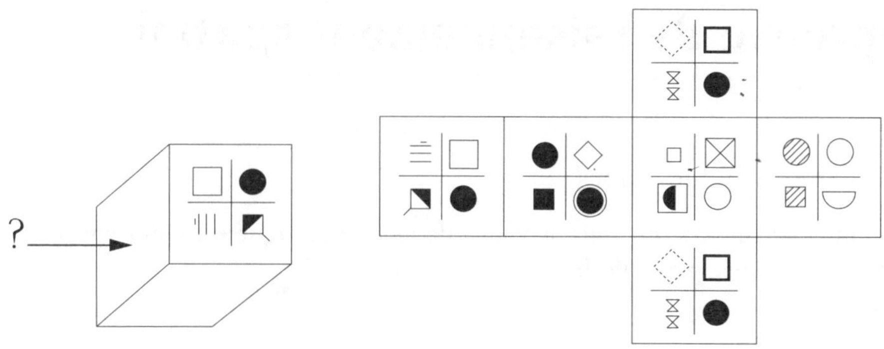

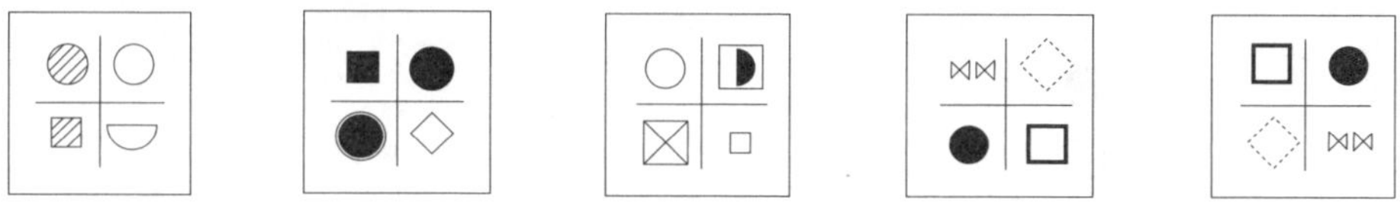

A B C D E

62

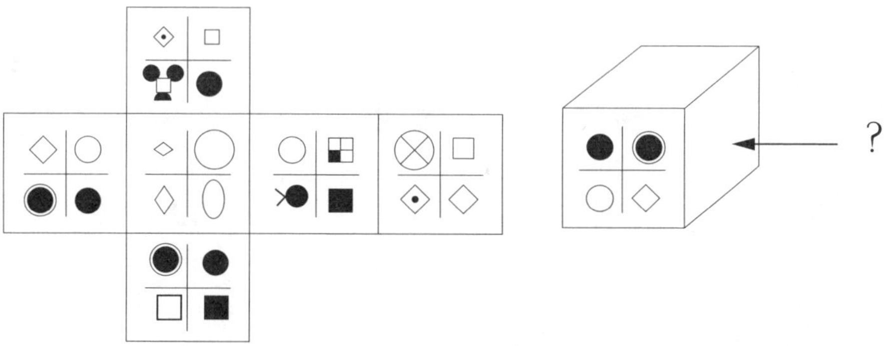

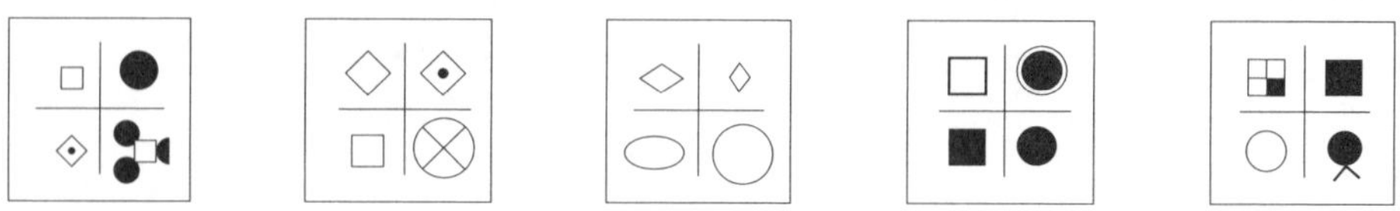

A B C D E

63

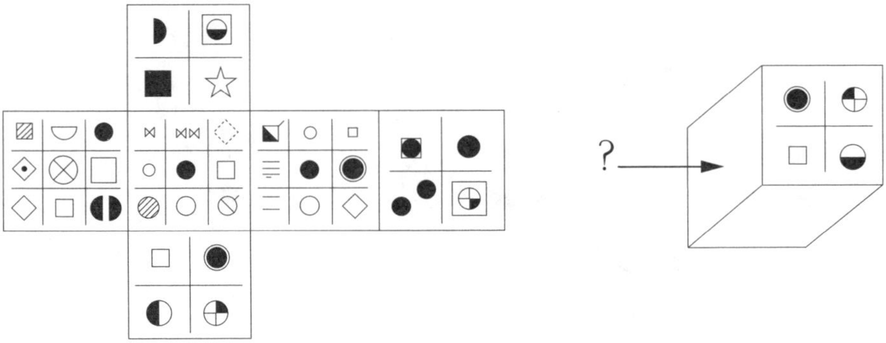

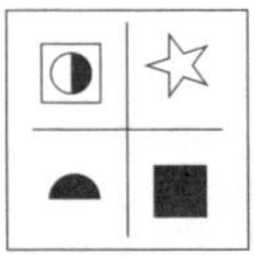
A

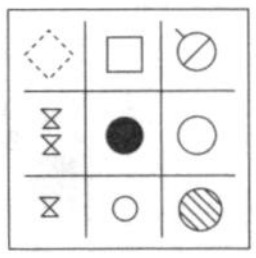
B

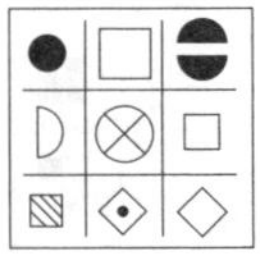
C

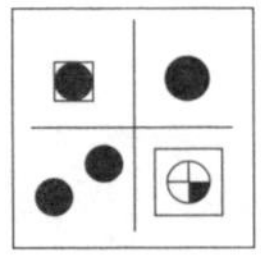
D

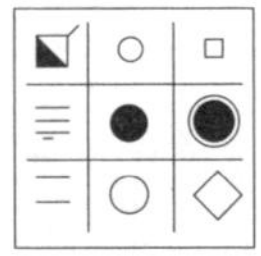
E

64

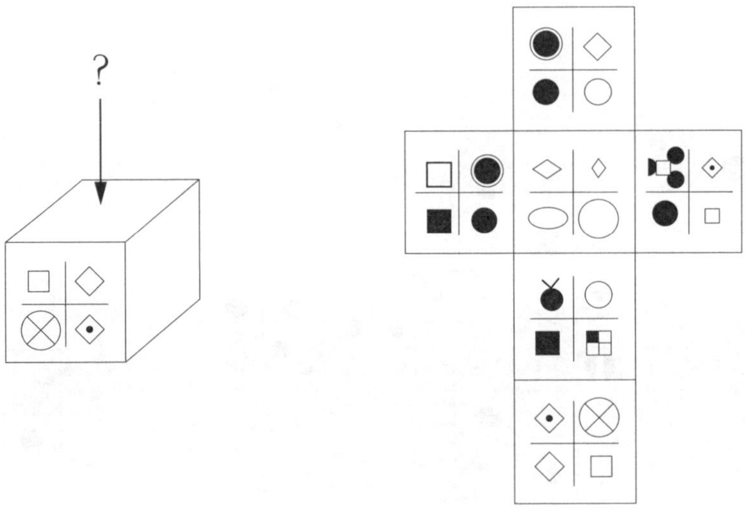

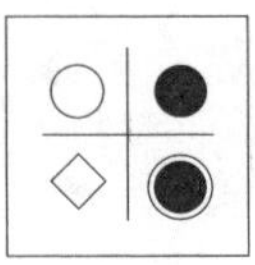
A

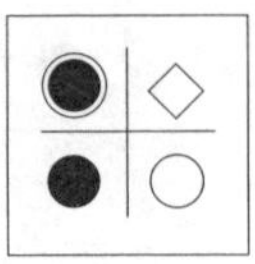
B

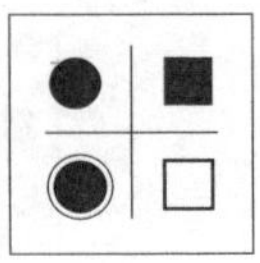
C

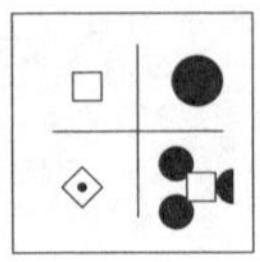
D

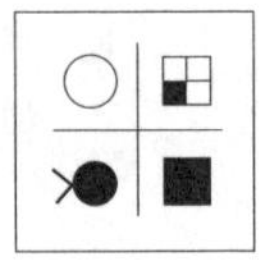
E

65

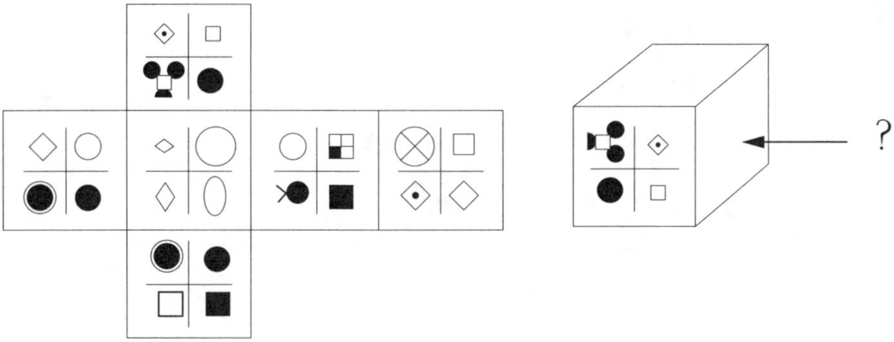

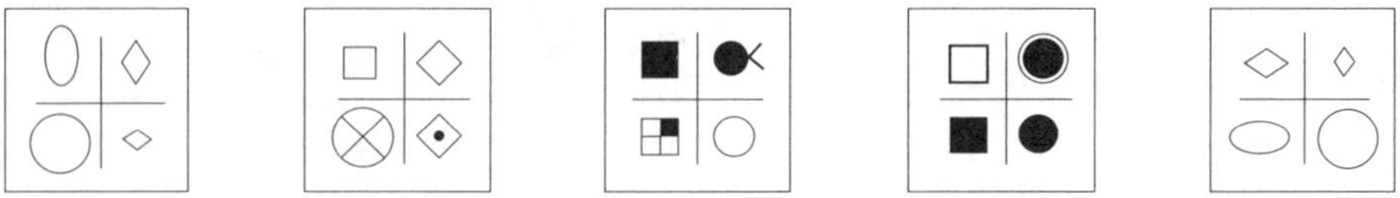

A B C D E

66

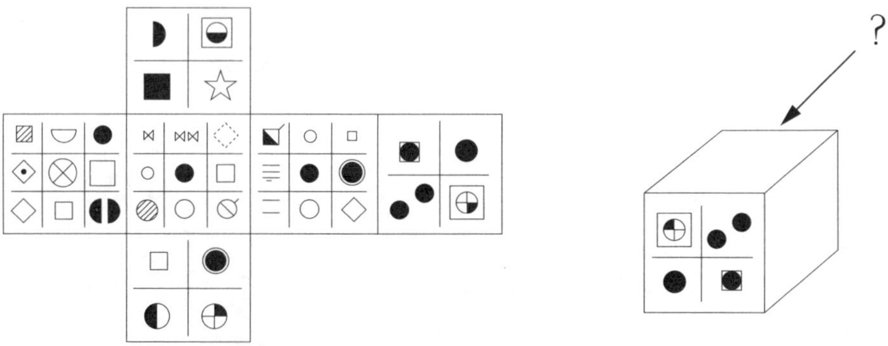

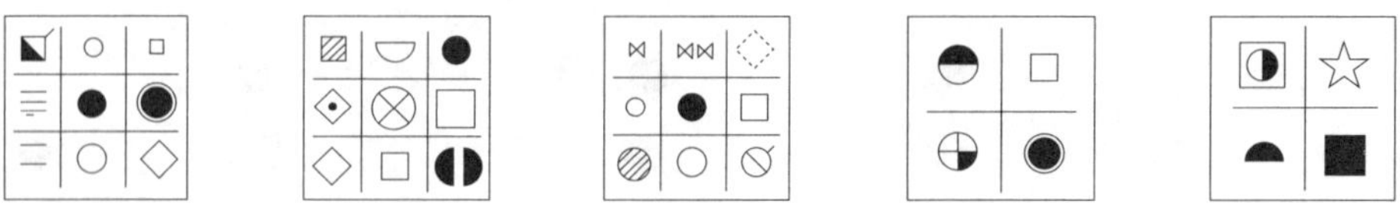

A B C D E

67

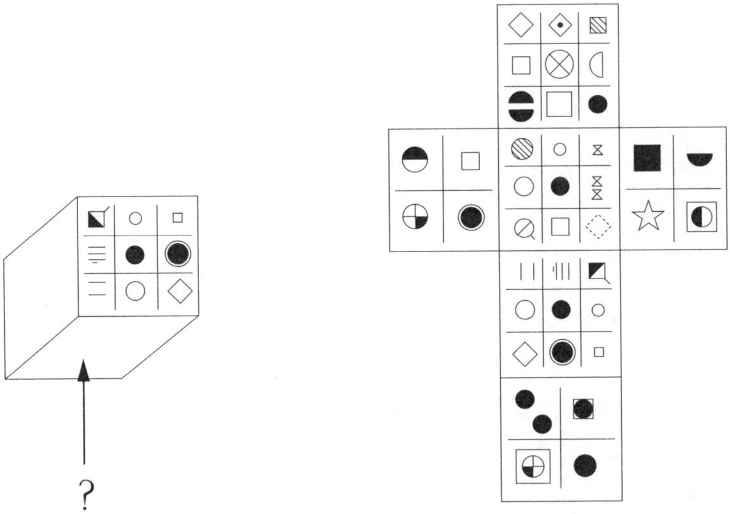

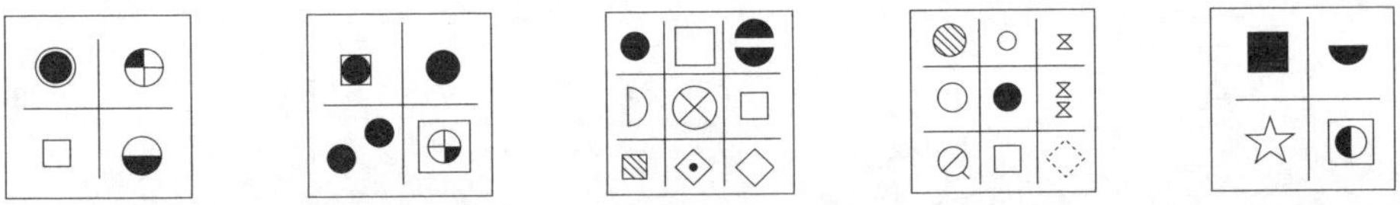

A B C D E

68

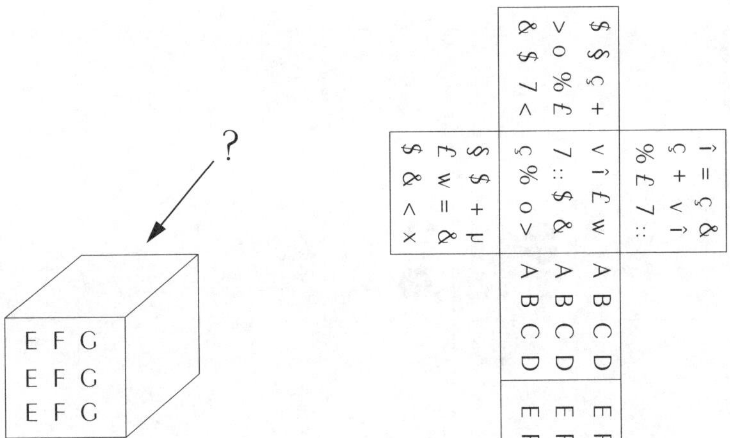

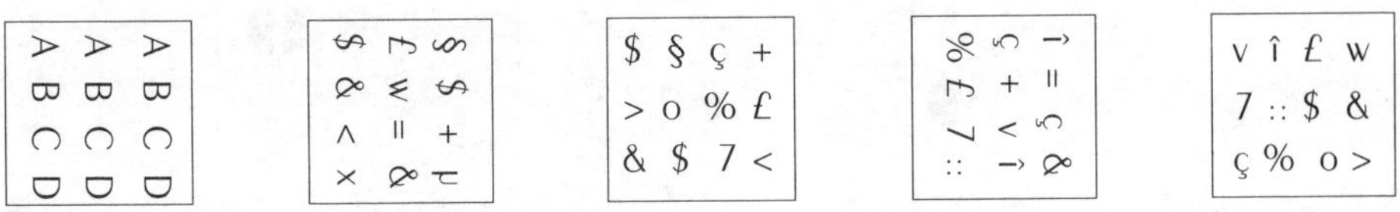

A B C D E

69

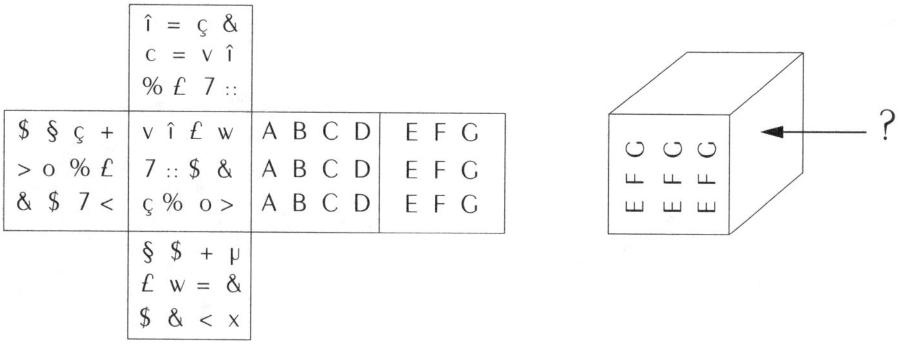

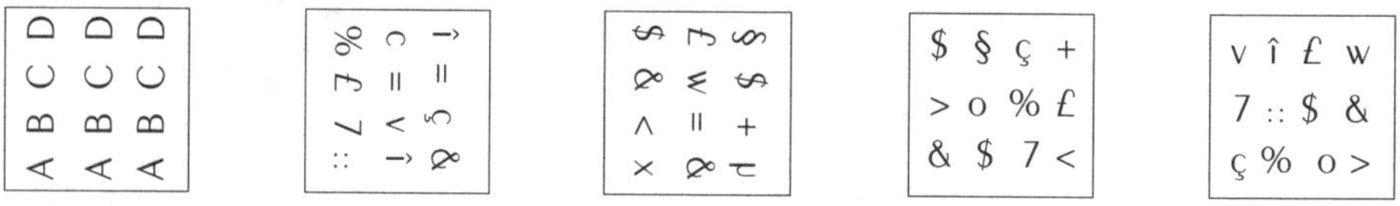

A B C D E

70

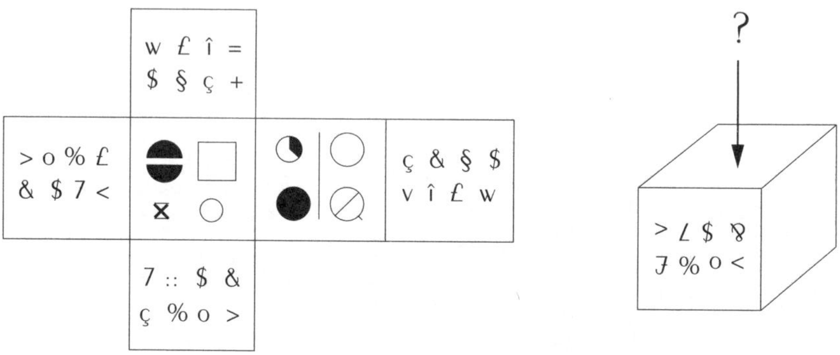

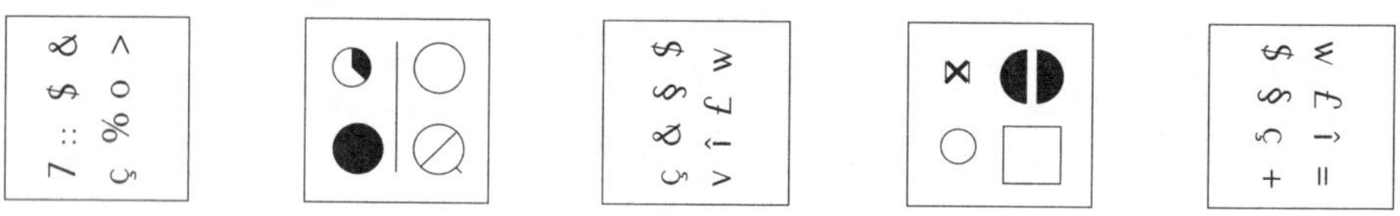

A B C D E

71

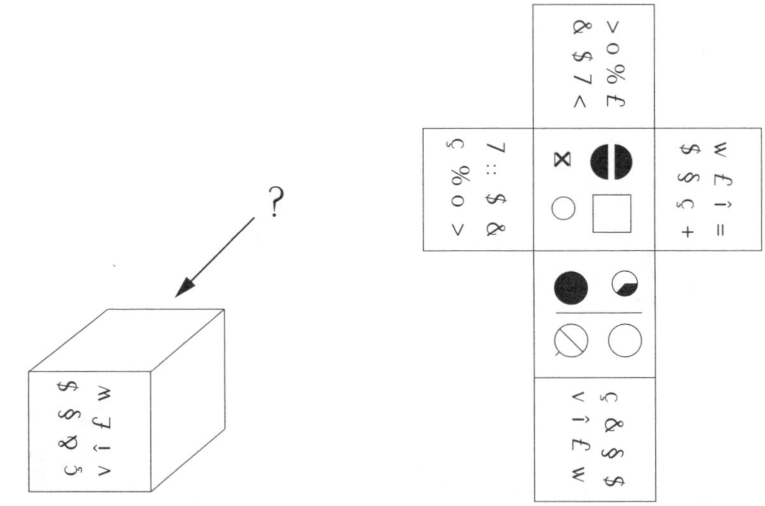

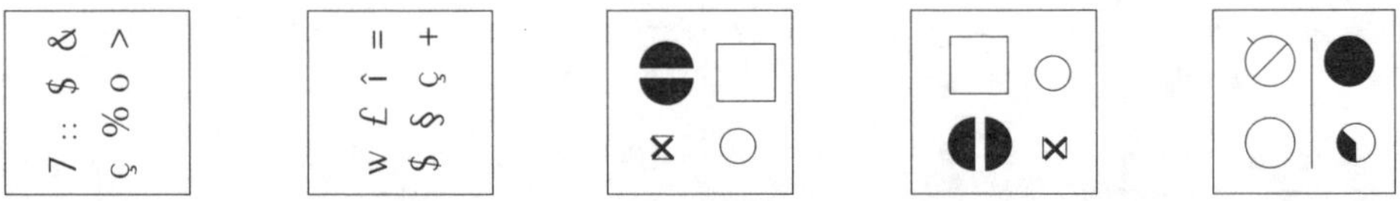

A B C D E

72

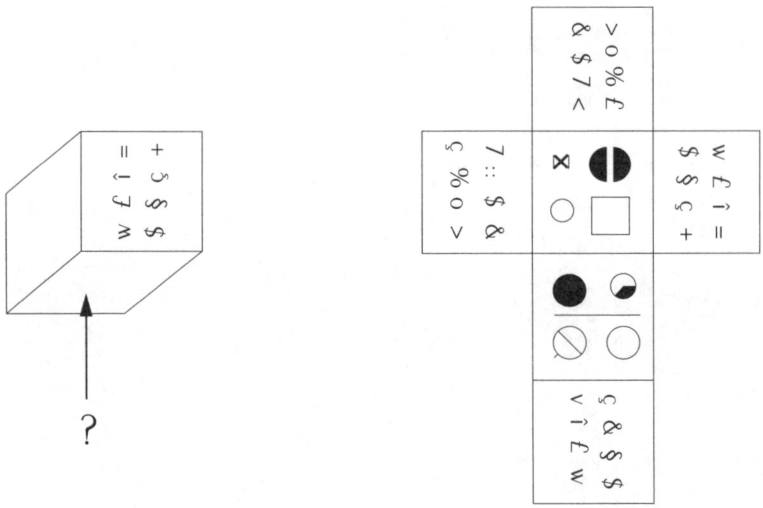

A B C D E

73

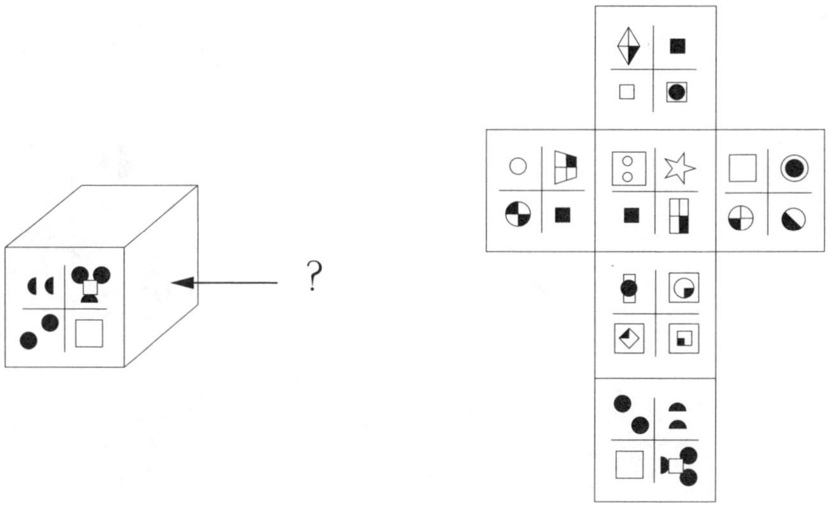

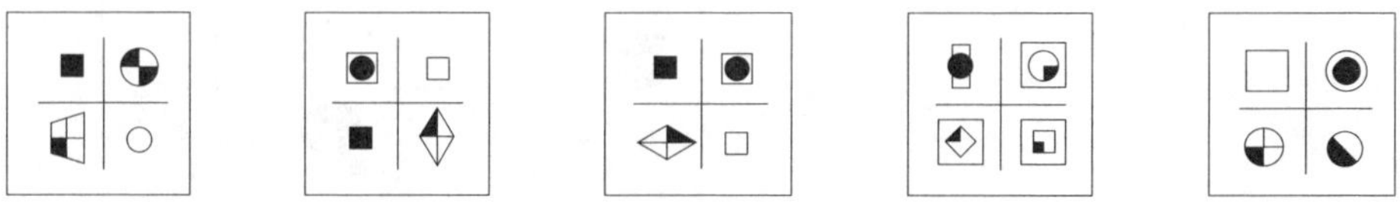

A B C D E

74

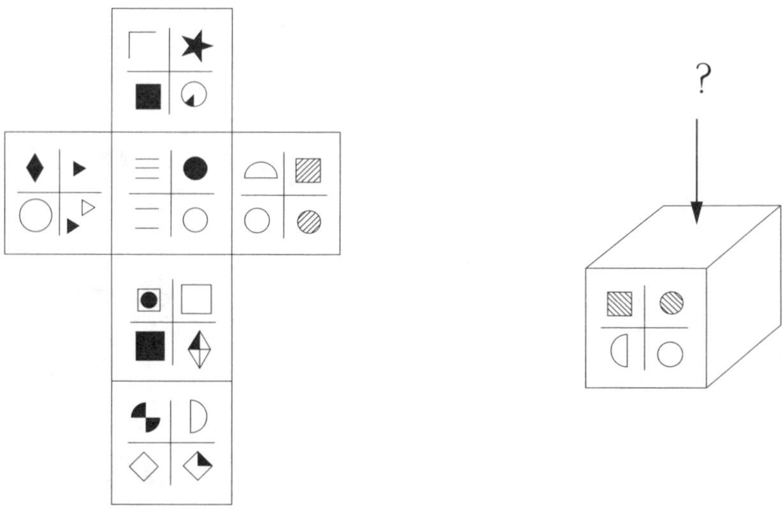

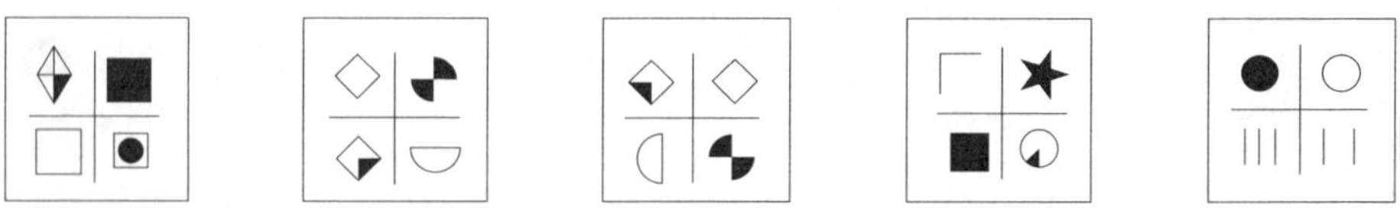

A B C D E

75

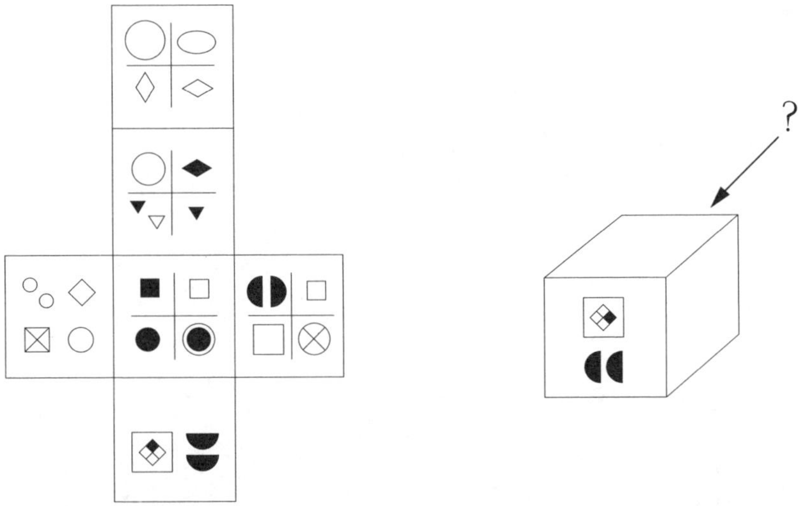

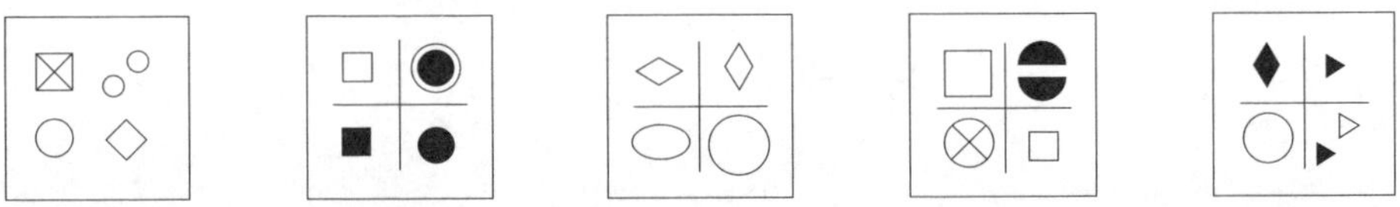

A B C D E

76

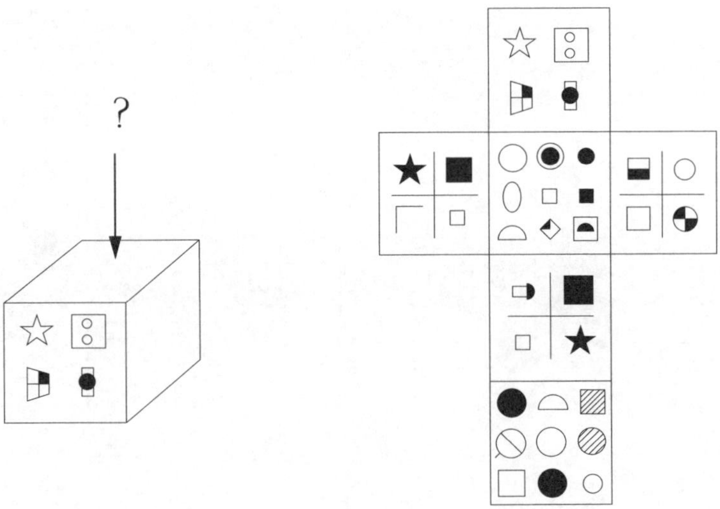

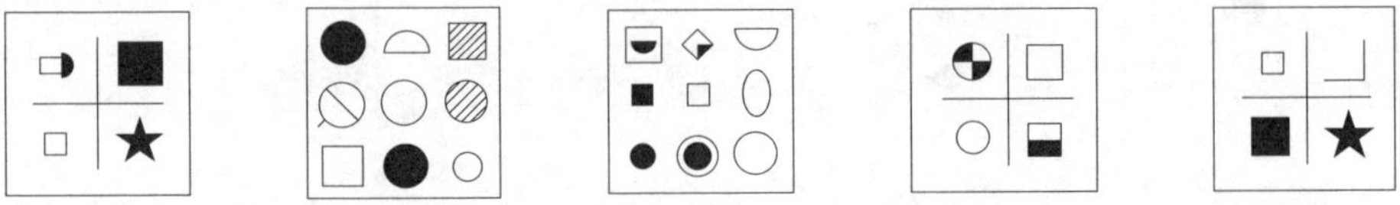

A B C D E

77

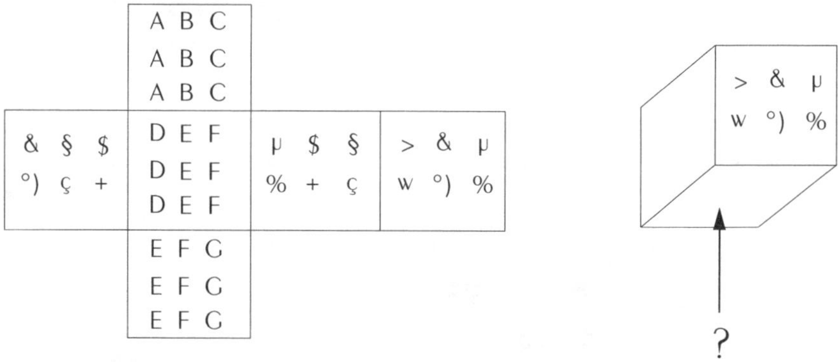
A B C
A B C
A B C
& § $
°) ç +
D E F
D E F
D E F
µ $ §
% + ç
> & µ
w °) %
E F G
E F G
E F G
?

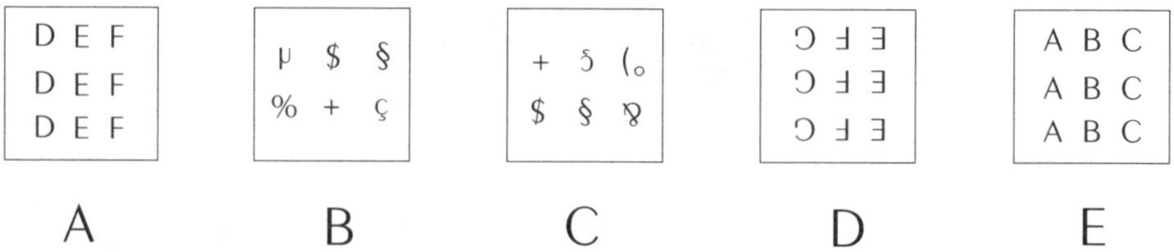
D E F
D E F
D E F
µ $ §
% + ç
A B C
A B C
A B C
A
B
C
D
E

78

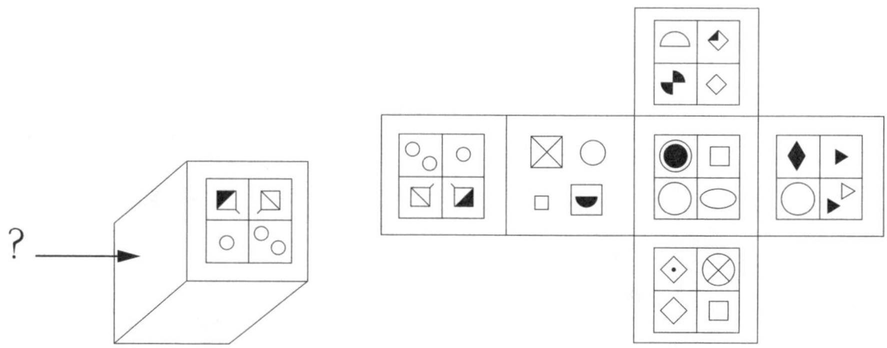
?

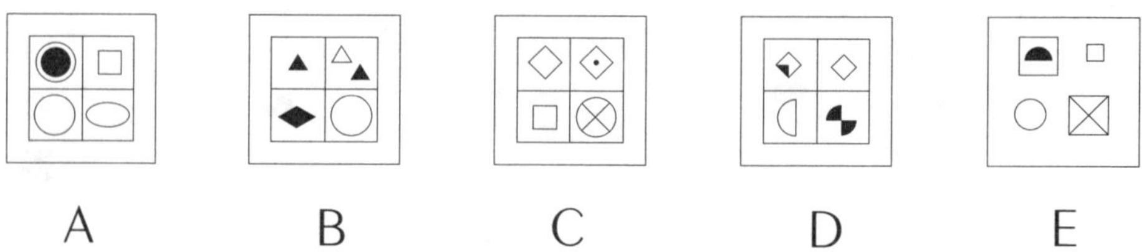
A
B
C
D
E

79

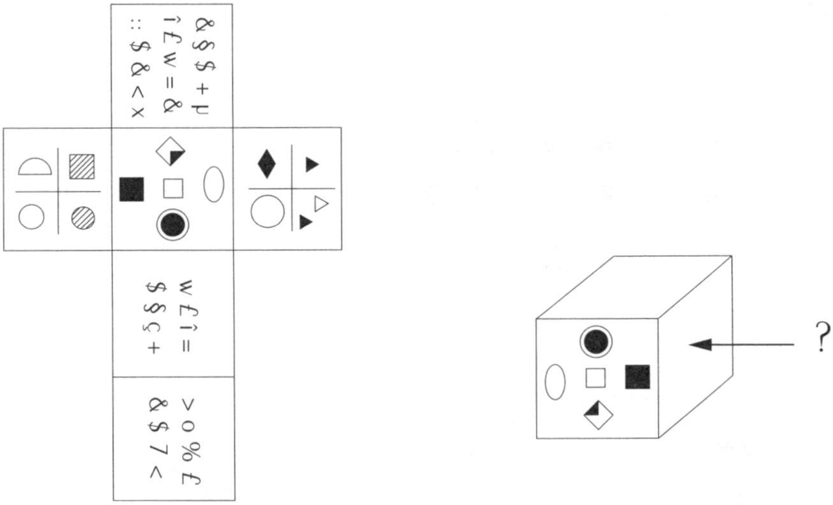

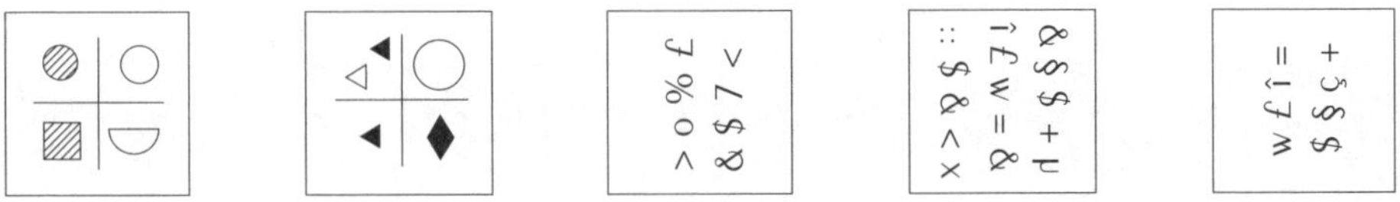

A B C D E

80

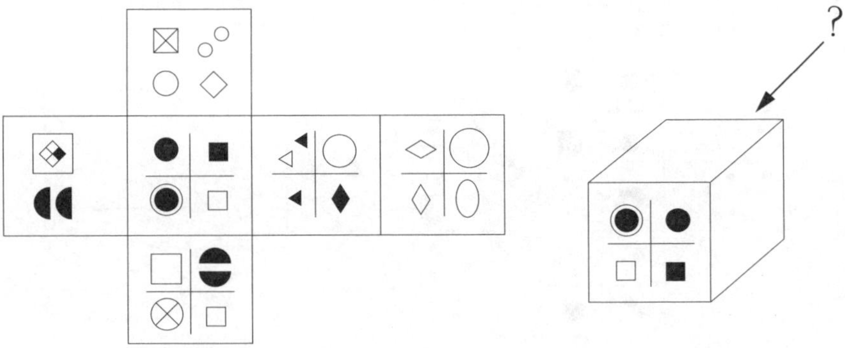

A B C D E

81

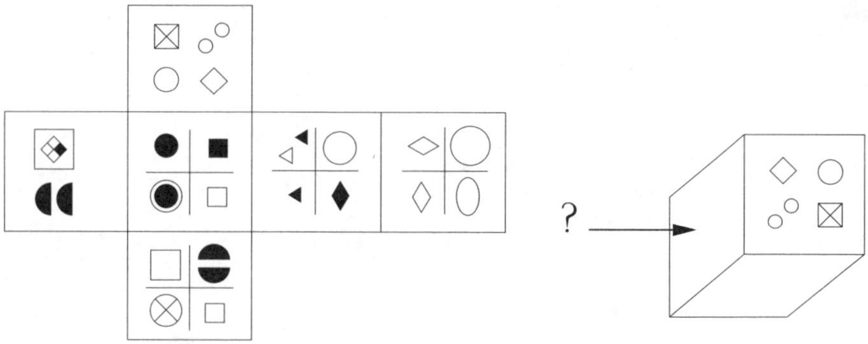

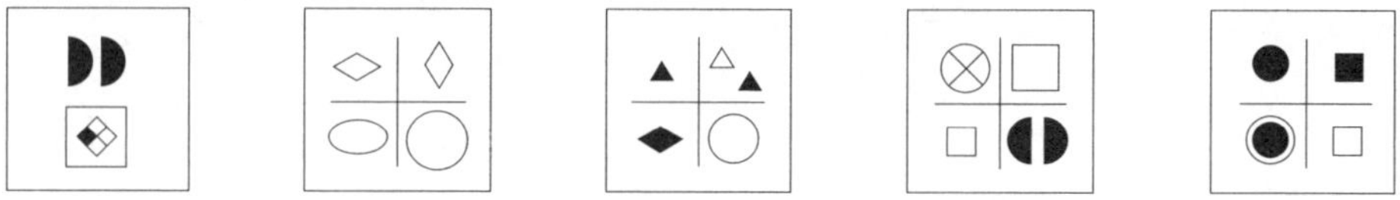

A B C D E

82

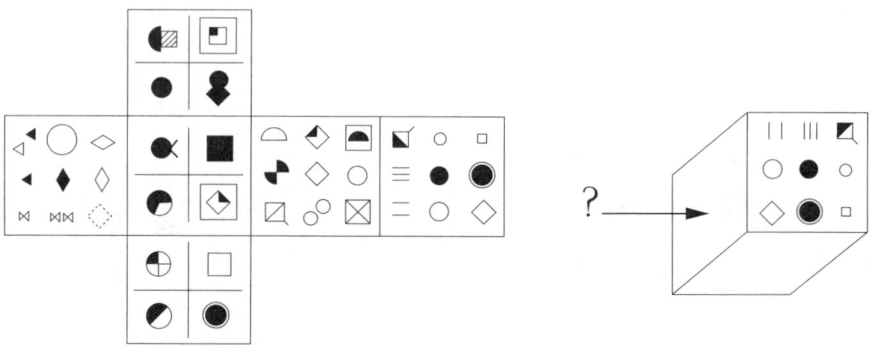

A B C D E

83

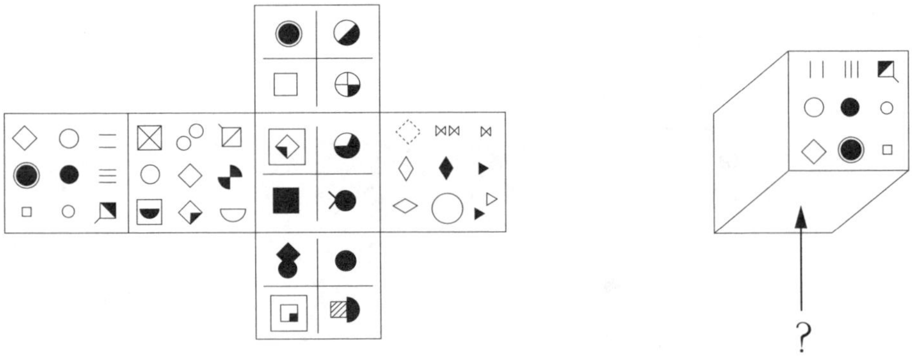

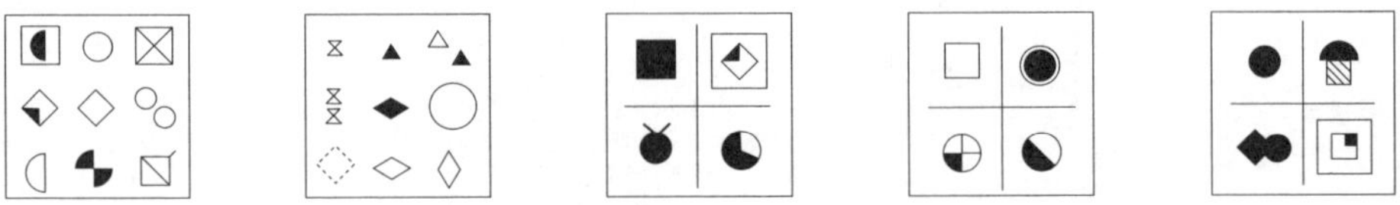

A B C D E

84

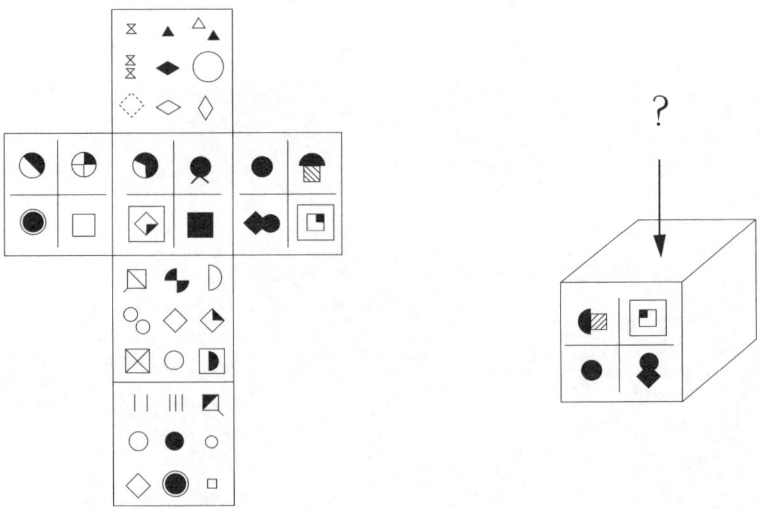

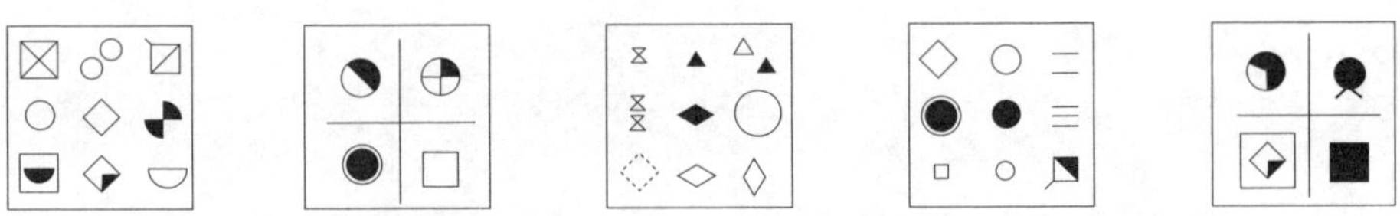

A B C D E

85

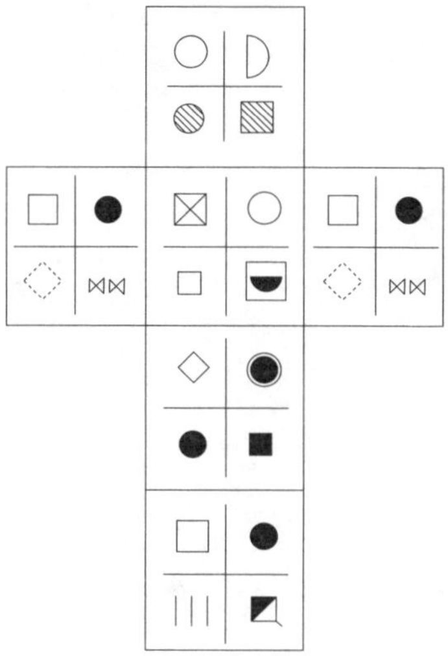

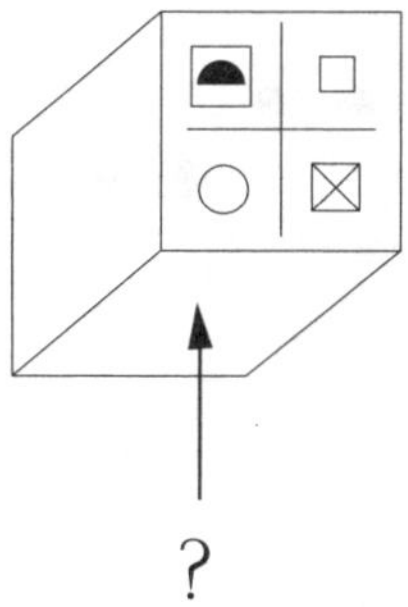

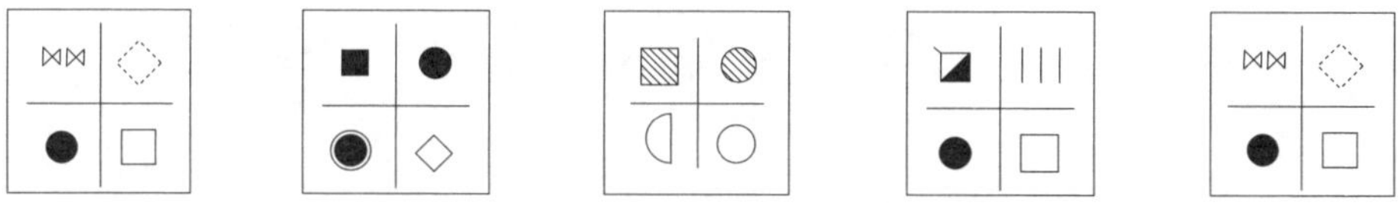

A B C D E

11

Corrigés du test n° 2

Grille de réponses

ÉPREUVES VERBALES						
	A	B	C	D	E	
Épreuve n° 1 : similitudes et relations	1	□	□	■	□	□
	2	□	□	■	□	□
	3	□	■	□	□	□
	4	□	□	■	□	□
	5	□	□	□	■	□
Épreuves nos 2 et 3 : vocabulaire	6	□	□	□	■	□
	7	□	■	□	□	□
	8	□	□	□	■	□
	9	□	■	□	□	□
	10	□	■	□	□	□
	11	□	■	□	□	□
Épreuve n° 4 : orthographe	12	□	□	□	□	■
	13	□	■	□	□	□
	14	□	□	□	□	■
	15	□	■	□	□	□
	16	□	□	■	□	□
	17	□	□	□	□	■
Épreuve n° 5 : croisements de classes	18	□	■	□	□	□
	19	□	■	□	□	□
	20	■	□	□	□	□
	21	■	□	□	□	□
	22	□	□	□	■	□
	23	□	□	■	□	□
	24	□	□	■	□	□
	25	□	□	■	□	□

ÉPREUVES NUMÉRIQUES

Épreuve n° 6 : calcul mental	26	□	□	■	□	□
	27	□	□	□	■	□
	28	□	□	□	□	■
	29	□	■	□	□	□
	30	■	□	□	□	□
	31	□	□	□	■	□
	32	□	□	■	□	□
	33	□	□	■	□	□
	34	□	■	□	□	□
	35	□	□	□	□	■
	36	□	□	□	□	■
	37	■	□	□	□	□
	38	□	■	□	□	□
	39	□	■	□	□	□
	40	■	□	□	□	□
Épreuve n° 7 : raisonnement numérique	41	□	■	□	□	□
	42	□	□	■	□	□
	43	□	□	■	□	□
	44	□	□	■	□	□
	45	□	□	■	□	□
	46	□	□	■	□	□
	47	■	□	□	□	□
	48	□	□	■	□	□
	49	□	□	■	□	□
	50	□	■	□	□	□

ÉPREUVE D'ATTENTION ET DE CLASSEMENT

Épreuve n° 8	51	□	■	□	□	□
	52	□	■	□	□	□
	53	□	□	□	□	■
	54	■	□	□	□	□
	55	■	□	□	□	□
	56	□	■	□	□	□
	57	□	■	□	□	□
	58	□	■	□	□	□
	59	■	□	□	□	□
	60	□	□	□	■	□

ÉPREUVE DE RAISONNEMENT SPATIAL

Épreuve n° 9 : les cubes	61	□	□	□	■	□
	62	□	■	□	□	□
	63	□	■	□	□	□
	64	■	□	□	□	□
	65	□	■	□	□	□
	66	□	□	■	□	□
	67	■	□	□	□	□
	68	□	□	□	□	■

69	□	□	■	□	□
70	■	□	□	□	□
71	□	□	□	■	□
72	□	■	□	□	□
73	□	□	■	□	□
74	□	■	□	□	□
75	□	□	□	□	■
76	□	■	□	□	□
77	□	□	□	■	□
78	□	□	□	□	■
79	■	□	□	□	□
80	□	□	□	□	■
81	□	□	■	□	□
82	■	□	□	□	□
83	□	■	□	□	□
84	□	□	□	■	□
85	□	□	■	□	□

Conseils pour remédier à ses faiblesses

Si vos résultats au test n° 2 sont inférieurs ou égaux à 10/20, nous vous conseillons de lire attentivement ce qui suit.

1. Repérez dans quelle(s) épreuve(s) sont vos faiblesses :
- épreuves verbales ;
- épreuves numériques ;
- épreuves d'observation ;
- épreuves de raisonnement spatial.

2. Commencez par chercher à améliorer vos performances mathématiques.
L'expérience montre que c'est dans le domaine mathématique que l'on peut améliorer ses performances le plus efficacement. C'est d'ailleurs pour cela que nous lui avons consacré la plus grande place dans cet ouvrage.
En effet, les échecs des candidats sont le plus souvent liés à cette épreuve parce qu'ils ont oublié certaines notions mathématiques de base.
Alors avez-vous fait attentivement les exercices de révision qui vous sont proposés ?
Si non, faites-les ; cela vous sera profitable !
Si oui, et si vos résultats dans la partie numérique sont inférieurs à 13/25, il faut poursuivre votre entraînement. Pour cela, vous pourrez vous adresser à l'atelier de pédagogie personnalisée le plus proche de votre domicile (le prix des cours peut être pris en charge par l'État pour les non-salariés et demandeurs d'emploi, et par votre employeur si vous travaillez). Dans ce cas, remettez le test n° 2 au formateur qui vous prendra en charge afin qu'il puisse vous aider.

3. Poursuivez votre entraînement par l'amélioration de vos compétences verbales.
L'épreuve verbale est, on peut s'en douter, nettement plus difficile à préparer parce qu'elle requiert surtout de la culture générale et des compétences que l'on acquiert lentement (comme l'orthographe par exemple). Par conséquent, nous vous conseillons de vous procurer les ouvrages suivants :
- *Tests psychotechniques*, de Jean Rembert aux Éditions Lamarre ;
- *Enrichissez votre vocabulaire*, « Collection Profil-Formation », aux Éditions Hatier.

Pour l'orthographe, nous vous laissons seul juge pour le choix de l'ouvrage ; cependant, de notre point de vue, nous pensons que se lancer dans une révision orthographique serait un gros invertissement pour un rendement qui risque d'être faible. Ne vous y attaquez donc que si vous disposez de temps !

4. Apprenez à identifier les différents types de raisonnements auxquels vous pouvez être confronté dans l'épreuve de raisonnement logique.

Pour cela, nous vous renvoyons une nouvelle fois à l'ouvrage de Jean Rembert cité ci-dessus. Par ailleurs, il existe aussi de nombreux ouvrages financièrement accessibles dans les collections de poche.

5. Entraînez-vous à observer.

Bien évidemment, le sens de l'observation est difficile à acquérir par un enseignement. Comme nous l'avons déjà évoqué plus haut, l'esprit d'observation est d'abord une attitude psychologique.

Mais vous pouvez trouver du bénéfice à faire les jeux d'observation que l'on trouve dans les journaux.

Bon courage !

Notes

Notes

Notes

Notes

Notes

Notes

Notes

Notes

Notes

Mise en pages : Axel Micro
Achevé d'imprimer en mai 2001
sur les presses de la SAGIM à Courtry (77)
Dépôt légal : mai 2001
N° d'impression : 5061